BASTEI
LÜBBE

BASTEI LÜBBE JONATHAN WYLIE IM TASCHENBUCH-PROGRAMM:

20 314 Die Stadt im Salz

DIE INSEL ZAYLS
20 348 Band 1 Das steinerne Auge
20 354 Band 2 Das Echo der Flammen
20 363 Band 3 Die letzte Prophezeiung

Die Insel Zalys

JONATHAN WYLIE

Die letzte Prophezeiung

Roman

Ins Deutsche übertragen
von Anneli von Könemann

BASTEI LÜBBE

BASTEI LÜBBE TASCHENBUCH
Band 20 363

Erste Auflage: Juli 1999

Sie finden uns im Internet unter
http://www.luebbe.de

Deutsche Lizenzausgabe 1999 by
Bastei-Verlag Gustav H. Lübbe GmbH & Co.,
Bergisch Gladbach
Originaltitel: The Last Augury
Lektorat: Alexander Huiskes / Stefan Bauer
Titelbild: Geoff Taylor by Arrangement with
Transworld Publishers
Umschlaggestaltung: QuadroGrafik, Bensberg
Satz: Fotosatz Steckstor, Rösrath
Druck und Verarbeitung: 47014
Groupe Hérissey, Évreux, Frankreich
Printed in France
ISBN 3-404-20363-1

Der Preis dieses Bandes versteht sich einschließlich der gesetzlichen Mehrwertsteuer

Diese Trilogie ist in Liebe
Betty Shine gewidmet,
eine äußerst bemerkenswerte Heilerin.

Prolog

Zwar rollten keine langen Konvois mehr durch die Deadlands, dennoch war es in der riesigen, von Menschen gemachten Wüste niemals still, niemals wirklich leer. Einige Flüchtlinge, die sich verspätet hatten, waren immer noch auf der mühseligen, gefährlichen Reise hinaus in freundlichere Regionen, während so manch Reisender in entgegengesetzte Richtung ritt, auf Xantium zu, das Herz des Ödlands – die unnatürliche warme Brise ignorierend, die ihm ins Gesicht blies, aus welcher Richtung man sich der Stadt auch näherte.

Solche unerschrockenen oder verwegenen Abenteurer gaben eine sonderbare Gesellschaft ab. Jeder von ihnen hatte seine Gründe, in die wirbelnden, kiesigen Wellen dieses ausgedörrten Meeres aus Staub zu waten – eines Meeres, das der heiße, rote Wind aus Xantium in ständiger Bewegung hielt. Einige von ihnen hielten in dem Irrglauben auf die Stadt zu, daß der Aufruhr in der kaiserlichen Hauptstadt Leuten mit ihren einzigartigen Fähigkeiten viele Möglichkeiten bieten könnte. Es waren Söldner, Propheten und Heiler, Kaufleute, die mit einer unvorstellbaren Palette von Waren handelten, die – so behaupteten sie – in diesen Zeiten der Krise lebenswichtig waren, sowie eine ganze Reihe von Glücksrittern und Verrückten. Doch die meisten hatten sich auf den Weg durch die Deadlands gemacht, weil sie nicht glauben wollten, was sie gehört hatten, weil sie es mit eigenen Augen sehen wollten.

Der Anblick, der sich all jenen bot, die unbeirrt diese feindliche Gegend durchquert hatten, war in der Tat sowohl erstaunlich als auch abschreckend. Je näher sie Xantium kamen, desto kräftiger blies der Wind und machte ihre Pferde nervös und unführbar, scheuerte ungeschützte Haut auf und wehte Sand in jede Falte der Kleidung. Die Stadt konnte man nur mit Unterbrechungen durch zusammengekniffene, geschützte Augen betrachten, doch diese kurzen Blicke reichten aus, die meisten davon zu überzeugen, besser nicht weiterzugehen.

Die massiven Mauern von Xantium, die in einer großen Schleife des Braunen Flusses lagen, wirkten so solide und uneinnehmbar wie eh und je, doch jetzt lag die Hauptstadt unter einer riesigen, undurchdringlichen Glocke. Diese dräuende graue Glocke schien halb aus Rauch, halb aus Wolken zu bestehen, wurde von unten durch einen dumpfen roten Schein erleuchtet und gelegentlich von innen heraus durch grelle, ungeduldige Blitze erhellt. Donner rollte dumpf von dort herüber, doch es fiel kein Regen.

Innerhalb der Mauern war die Stadt in kreisförmigen Terrassen um einen großen Hügel herum angelegt, die zum Gipfel hin immer steiler wurden. Der gesamte kaiserliche Hof und der höchste Bezirk, ein wahnwitziges Durcheinander exzentrischer architektonischer Narrheiten namens Turmviertel, lagen unter einer riesigen Kuppel aus flüssigem Feuer verborgen. Aus der Ferne ähnelte alles zunächst einem Sonnenuntergang am Horizont, doch bei genauerer Betrachtung sah man, daß sich die sonderbaren, geisterhaften Umrisse der Türmchen des Turmviertels *innerhalb* der Halbkugel befanden. Je mehr man sich dieser Kuppel näherte, um so deutlicher war zu erkennen, daß sie eigentlich nicht stabil war, sondern eher wie die Muster einer riesigen Seifenblase schimmerte und ineinander floß. Diese Schwankungen verursachten hin und wieder eine Konzentration von Energie, die das rote Licht so intensiv werden ließ, daß es die einengenden Grenzen der Halbkugel zu sprengen drohte. Dann platzte ein winziges Stück der Kuppeloberfläche ab, flirrte wie der Funke eines Leuchtfeuers davon und schoß wie ein Pfeil in die äußeren Bezirke der Stadt. Vermutlich waren diese glühenden Blitze der Grund für die vielen Feuersbrünste – in einigen Bereichen Xantiums wüteten immer Brände –, doch waren offenbar nicht die Feuer schuld am Untergang der größten Stadt in der bekannten Welt.

Jeder Flüchtling aus der Stadt brachte seine eigenen schreckerfüllten Geschichten mit. Alle waren sich einig, daß Kaiser Southan III. geflohen war und die Stadt Kräften überlassen hatten, die er nicht kontrollieren konnte, doch über alles andere war man geteilter Meinung. Einige glaubten, daß Southan und seine Familie gemeinsam mit den Überresten der Armee gen Südwesten nach Nadal gegangen wären, andere, daß er nach Idiron zöge, in Kaiserin Ifryns Heimat, weit im Osten. Praktisch jede Spekulation sah den Kaiser an einem anderen Ort, von den barbarischen Nordländern bis an Bord eines Schiffes der Südflotte. Andere Theorien gingen davon aus, daß Southan schon tot war – getötet von Zauberkräften oder von einem Drachen gefressen oder von dem verräterischen General Kerrell ermordet –, doch nur wenige hatten eine halbwegs realistische Vorstellung von der Wahrheit. Es war eine in jeder Hinsicht unsichere Zeit, eine Zeit, in der Gerüchte und Angst die Zungen der Menschen lösten.

Die verworrenen und widersprüchlichen Berichte der früheren Bürger von Xantium boten sogar noch mehr Raum für phantasievolles und sensationsgieriges Geschwätz über die Vorgänge in der verwüsteten Stadt. Religiöse Fanatiker behaupteten, die Götter des alten Pantheons seien zurückgekehrt in das Reich der Menschen, um sie für die Vernachlässigung ihrer Pflichten zu bestrafen, und dabei hätten sie die Stadt Xantium aufgrund ihrer grausamen und ausbeuterischen Tyrannei über ein gewaltiges, dauerhaftes und zugleich gottloses

Reich ausgewählt. Die Aufgeklärteren sagten, die glühende Kuppel und die Zerstörung, die sie verursacht hatte, seien die Folge einer besonders mächtigen Zauberkraft – vielleicht das Werk des gefürchteten Kanzlers Verkho oder von Zauberern, die von Southans Feinden angeheuert worden waren. Skeptiker glaubten, die ganze Sache habe einen natürlichen Grund – ein riesiges Feuer, Erdbeben oder ähnliche Katastrophen –, verbunden mit den Auswirkungen einer Massenhysterie.

Diese Zyniker spotteten auch über wilde Geschichten wie die, daß Xantium plötzlich von riesigem Ungeziefer überrannt worden sei – Ratten so groß wie Hunde, Hornissen von der Größe einer Männerfaust – und daß sogar zahme Tiere sich in rasende Killer verwandelt hätten. Die Leichtgläubigeren lauschten begierig und erschauerten bei den seltsamen Geschichten von tödlichen Seedrachen und riesigen Echsen, die mit furchterregenden Kiefern voller reißender, giftiger Zähne durch die vom Rauch erfüllten Straßen streiften und nur von einer ungewöhnlich großen Menge von Geistern beobachtet wurden.

Doch trotz all dieser außergewöhnlichen Gerüchte blieb es eine Tatsache, daß Xantium praktisch nicht mehr existierte. Die erste Überraschung hatte sich in ein Grauen verwandelt, das sich nunmehr durch das ganze Reich zog. Viele der Länder und Völker, die unter der harten Hand der xantischen Tyrannei gelitten hatten, brachen kurzfristig in Euphorie über ihre abrupte und unerwartete Befreiung aus, doch die Freude wich alsbald der Angst. Plötzlich und unverhofft befanden sie sich auf unbekanntem Terrain, und Zweifel und Terror ersetzten die natürliche Ordnung der Dinge.

Diese mangelnde Zuversicht war von allen Auswirkungen die schlimmste. Xantium hatte schon so lange regiert und ihr riesiges Territorium mit der eisernen Faust der Militärmacht im seidenen Handschuh der Handelsmacht kontrolliert, daß nur wenige die Kraft oder den Mut aufbrachten, die imperiale Herrschaft in Frage zu stellen. Doch jetzt waren alle gezwungen, über den eigenen Tellerrand zu blicken. In jedem Land, in jeder Provinz, an jedem gemeinsamen Lagerfeuer, in den Gasthäusern und Tavernen und auf einfachen Dorfplätzen stellte man dieselbe Frage: Was würde an die Stelle Xantiums treten?

Kapitel eins

Von weit oben werfe ich die Würfel der Vorsehung. Doch es sind nicht meine Hände. Sie sind jung und unschuldig, unbeschwert trotz der schweren Last des Schicksals.

Sieben Würfel, vier rot, drei weiß. Die weißen fallen zuerst. Alle zeigen Schädel –Tod und Gefahr. Von den roten zeigt einer das Wasser, das Zeichen für eine Reise, einer den Stern der Liebe, der ebenfalls das Unbekannte vorhersagen kann, und zwei zeigen die umgekehrten Schädel für Gefahr. Prophezeiungen sind in solchen leeren Gefäßen zu sehen, doch Knochen haben nicht die Sensibilität von Blut. Und der Traum geht zu Ende.

Erwacht sind die Würfel jenseits meiner sterblichen Reichweite. Meine Hände sind wie Geister.

Der Ausguck ganz oben auf dem Hauptdeck der *Tigerin* schwankte bedrohlich und ahmte übertrieben jede Bewegung des Schiffes nach. Kein Mannschaftsmitglied war begeistert über den Dienst im Ausguck, wenn frischer Gegenwind aufzog, und so verspürte niemand die Lust zu streiten, als sich zwei der Passagiere freiwillig meldeten.

Yeori Alektora fühlte sich sehr wohl auf dem gefährlichen Hochsitz. Sein untersetzter, drahtiger Körper verbarg erstaunliche Kraft und Beweglichkeit – Vorzüge, die den Inselbewohner unentbehrlich im Kampf machten. Aad, sein junger Gefährte, war noch nie auf dem Meer gewesen, sondern hatte sein ganzes, von Drangsalierungen geprägtes Leben auf dem Festland von Nadal verbracht. Die Inselbewohner, mit denen er jetzt auf Reisen war, hatten ihn vor einer Gruppe verrohter imperialer

Soldaten gerettet, die seine spektakulären allergischen Reaktionen zu ihrem eigenen Vergnügen und ihrem Profit benutzt hatten. Seitdem hatte sich seine Gesundheit unermeßlich verbessert, obgleich er am Anfang der Reise Probleme gehabt hatte, die sehr viel komplizierter als eine einfache Seekrankheit waren und ihm genauso sehr zusetzten. Doch jetzt, da sie ihr Ziel fast vor Augen hatten, überlagerte seine Aufregung alles andere. Der Wind belebte ihn genauso wie die Bewegungen des Schiffes, seine eigene Fähigkeit, in die Takelage klettern zu können, die flatternden, sich blähenden Segel und die blitzenden blauen Wellen tief unter ihm – und die Aussicht auf ein neues Zuhause.

»Dort!« Yeori zeigte mit ausgestrecktem Arm.

Aad folgte seinem Blick und sah einen winzigen, lilagrauen Fleck am westlichen Horizont.

»Zalys«, bestätigte sein Gefährte. »Bei Einbruch der Nacht müßten wir dort sein.«

Beide starrten schweigend einige Augenblicke in die Ferne, Yeori voller Vorfreude auf die Heimkehr und Aad in Gedanken an den sonderbaren Fall der Würfel des Schicksals, die ihn an diesen entlegenen Ort geführt hatten.

»Wir sollten den Kapitän informieren«, sagte Yeori.

Sie grinsten sich an. Es war einer jener Momente, in denen sogar eine Landratte wußte, was zu tun war. Aad hielt sich am Handlauf fest und beugte sich über die Seite.

»Land in Sicht!« schrie er.

Sagar und Nason Folegandros blickten nach oben, als sie den willkommenen Ruf hörten, und lächelten.

»Beinahe zu Hause«, sagte Nason.

»Es gab einmal eine Zeit, als mir der Begriff ›Zuhause‹ nichts bedeutete.«

»Und jetzt?«

Sagar zuckte die Achseln.

»Ich weiß es nicht«, erwiderte er langsam. »Es kommt mir immer noch vor wie ein Traum.«

Die beiden Brüder hatten fast den ganzen letzten Monat dazu genutzt, die verlorene Zeit ihrer neunjährigen erzwungenen Trennung aufzuholen. Sagar, mit zweiundzwanzig der ältere der beiden, war als Geisel fortgebracht worden – eine von zwölf Geiseln aus Zalys. Das Xantische Reich nahm häufig Geiseln, damit unterjochte Länder loyal blieben, und Sagar hatte fast ein Jahrzehnt in einer kleinen Enklave innerhalb der Stadt Xantium verbracht. An Essen, Bequemlichkeit oder Ausbildung hatte es keinen Mangel gegeben, doch sogar in der begrenzten Gemeinschaft der von Zweifeln erfüllten Geiseln war er ein einsamer und stiller Heranwachsender gewesen. Seine jüngsten Abenteuer und schließlich seine Flucht hatten ihn zutiefst verwirrt und zermürbt.

Nason war noch ein Kind gewesen, als man seinen Bruder entführt hatte. Mittlerweile war er sechzehn, und diese Reise war sein Übergang vom Kind zum Mann. Trotz der Einwände seiner Eltern war er mit den anderen Reisenden nach Xantium gegangen, um seine beiden Brüder zu suchen. Daß er einen von ihnen gefunden hatte, verschaffte ihm Befriedigung, und auch die berechtigte Annahme, daß der andere ebenfalls den Klauen des Reiches entkommen und jetzt bei seiner Liebsten war, freute ihn – allerdings wurde diese Freude durch die Tatsache geschmälert, daß niemand wußte, wo Bowen und Gaye waren. Nason war vernünftig genug, um zu erkennen, daß sein eigenes ungestümes Wesen ihn leicht in Schwierigkeiten bringen konnte, doch dieses waghalsige Unternehmen würde er nicht bereuen, und er wußte, daß er seinem Vater nicht mit gesenktem Blick entgegenzutreten brauchte. Nason wandte sich an seinen ernsten Bruder.

»Es ist wahr«, sagte er. »Die letzten neun Jahre waren wie ein Traum.«

»Ein Alptraum«, korrigierte ihn Sagar. »Und ich kann nicht glauben, daß er wirklich vorbei ist.«

Auch die beiden letzten Reisenden hörten Aads Ruf auf dem Vordeck. Fen Amari schloß die smaragdgrünen Augen und seufzte schwer. Dsordas Nyun, sozusagen ihr Ehemann, stand neben ihr und blickte sie voller Liebe und Sorge an. Manchmal schien sie ihm so zerbrechlich. Ihre schlanke Gestalt, die blasse Haut und das blonde Haar – so ganz anders als seine dunkle Haut und das schwarze, lockige Haar – täuschten hinweg über ein leidenschaftliches, temperamentvolles Wesen und eine manchmal furchterregende Entschlußkraft. Dsordas war ein intelligenter Mann, und er wußte, daß sein eigenes logisches und kontrolliertes Wesen im Notfall zu Rücksichtslosigkeit werden konnte, doch hatte er erst in letzter Zeit einige dieser Charakterzüge in Fen wiedererkannt. Die Liebenden waren in vielerlei Hinsicht verschieden, doch ihre komplizierte und selten bequeme Beziehung wurde durch die verborgenen Ähnlichkeiten ebenso wie durch gegenseitigen Respekt füreinander fester zusammengeschmiedet – und durch eine beständige und glühende gegenseitige Anziehung.

Fen öffnete die Augen und starrte in der Hoffnung gen Westen, den ersten Blick auf ihr Heim zu erhaschen.

»Es gab einmal eine Zeit«, sagte sie leise, »als ich glaubte, wir würden Zalys nie wiedersehen. Es scheint mir immer noch so fern.«

In den zwei Monaten, in denen sie nicht zu Hause gewesen waren, war so viel geschehen, daß sie sich nur schwer vorstellen konnten, wieder auf vertrautem Boden zu leben. Und noch schwerer fiel ihnen eine Vorhersage darüber, was sie dort erwarten mochte.

»Komm schon«, Dsordas zwang sich, locker zu sprechen, obwohl er einige ihrer Vorahnungen teilte, »wir haben die Rebellion überlebt, Zauberkräfte und den Zusammenbruch des Kaiserreiches. Jetzt müssen wir nur noch dafür sorgen, daß uns nicht allzuviele Kreischer über den Weg laufen, und schon sind wir sicher zu Hause!«

Fen erschauerte.

»Wie kannst du darüber nur Witze machen?« rief sie aus. »Du weißt, daß sie eine ganze Flotte zerstört haben. Diese Schüssel hier hätte keine Chance gegen sie.«

»Laß das bloß nicht Kapitän Tyler hören«, riet er ihr. »Er ist stolz auf die *Tigerin*.«

»Jetzt sei doch mal ernst!« fuhr sie ihn an.

»Das bin ich«, erwiderte er gelassen. »Es hat keinen Sinn, sich über Dinge Gedanken zu machen, die wir nicht beeinflussen können. Aber wir werden nach Hause kommen, du wirst schon sehen.«

»Dsordas Nyun ruft das Schicksal um Hilfe!« stichelte Fen. »Wer hätte gedacht, daß ich das noch erlebe!«

»Du würdest dich bald langweilen, wenn ich dich nicht immer mal wieder überraschen würde«, witzelte er.

Endlich lächelte Fen.

»Ich halte das nicht für sehr wahrscheinlich.«

»Gut.« Dsordas nahm sie in die Arme und küßte sie so leidenschaftlich, daß mehrere Seeleute pfiffen und bewundernd johlten. Als sie sich voneinander trennten, konnte man kaum erkennen, wer verlegener war, aber beide lachten. Doch es dauerte nicht lange, bis ihre gedämpfte, vorsichtige Stimmung zurückkehrte und sich einmal mehr die vertrauten Ängste zeigten. Es war ebensogut möglich, daß ihre Heimkehr sie mit neuen Schrecken konfrontierte wie mit der Willkommensfreude ihrer Familien und Freunde.

Sie hatten die verwüstete Stadt Xantium vor über einem Monat verlassen, und dabei hatten sie noch Glück gehabt, so schnell eine Passage zu finden. Das Festland lag im Chaos, und ohne die beträchtliche Hilfe ihrer neuen und unerwarteten Verbündeten, Kaiser Southan III. und seiner Frau Ifryn, hätten sie niemals ein Schiff gefunden, das bereit gewesen wäre, nach Zalys zu segeln. Ganz besonders die Kaiserin hatte sich vom ersten Treffen an auf unerklärliche Weise stark zu Fen hingezogen gefühlt, und die später folgenden Ereignisse hatten ihre Freundschaft gefestigt.

Die letzten Nachrichten aus Zalys – wenn auch sehr unzuverlässige – hatten sie mehr als einen Monat zuvor über eine telepathische Traumverbindung zwischen Gaye, Fens älteste Schwester – die mit ihnen in Xantium gewesen war –, und Natali, ihrem jüngsten Bruder, erhalten, einem altklugen Vierjährigen, der auf der Insel zu Hause war. Was er ihnen erzählt hatte, war nicht sehr ermutigend gewesen. Als sie ihn über die Kreischer befragten, antwortete er *Es sind mehr geworden*. Er fügte hinzu, daß alle unglücklich waren und zitierte seinen zehnjährigen Bruder mit den Worten *Wenn sie nicht bald zurückkommen, ist nichts mehr von Zalys übrig.*

Seitdem hatten die Reisenden nur darüber spekulieren können, welches Schicksal die Daheimgebliebenen ereilt haben mochte. Was sie nun zu sehen bekamen, trug nicht gerade zu ihrer Beruhigung bei. Je näher sie der Insel kamen, um so mehr Eigentümlichkeiten fielen ihnen auf. Zu dieser Jahreszeit waren die Strömungs- und Wetterbedingungen im Larenischen Meer stets wechselhaft, doch Kapitän Tyler behauptete, daß sie diesmal unnatürlich wild wären. Schlimmer noch war das gelegentliche Grollen, das aus den Tiefen des Meeres emporzusteigen schien, und die sonderbaren silbrigen Flecken im Wasser, deren unnatürliches Leuchten besonders bei Nacht sehr beunruhigend war. Ihre Phantasie wurde von allen möglichen Gerüchten angefacht. Einige der Seeleute behaupteten gar, sonderbare Wesen unterhalb der Wasseroberfläche gesehen zu haben – glühende Haie, riesige grüne Oktopi und andere Ungeheuerlichkeiten. Das alles brachte immer neue Befürchtungen, doch hatten sie bislang zumindest nichts von den Wesen gesehen, die die Inselbewohner so fürchteten.

Je weiter die *Tigerin* fuhr, je näher die Umrisse von Zalys kamen und je deutlicher sie wurden, um so mehr verstärkten sich Vorwarnung und Furcht der Reisenden. Sie sahen keine Boote – ein schlechtes Zeichen, wenn man bedachte, daß die Insel stark von ihren Fischern abhängig war –, doch als sie endlich die Stadt Nkosa erkennen konnten, die Hauptstadt der Insel, wurde offensichtlich, daß ihre Ankunft von den Wachtposten der Insel nicht unbemerkt geblieben war. Signalfackeln loderten im schwächer werdenden Licht des Spätnachmittags auf.

»Wir werden erwartet«, bemerkte Tyler trocken.

Je näher sie dem Strand kamen, um so deutlicher wurde, daß Nkosa schrecklich litt. Das Meer um die Einfahrt zur Lagune herum war mit riesigen Kolonien von Seetang und silbernen Wolken verstopft, und hinter den ehemals schützenden Sandbänken war es noch schlimmer. Das Wasser des Hafens schien sich völlig in Silber verwandelt zu haben und zeigte nur hier und da klare Stellen. Der Geruch war ebenfalls fremd, nicht die übliche Mischung aus Salz, Seetang, Schlamm, Fisch und Unrat. Die Lagune war tot, eine flüssige Wüste in einem Meer voller Überfluß.

Die Stadt selbst wirkte ebenso bestürzend. Die Überschwemmungen, die die Stadt in den letzten Jahren geplagt hatten, waren eindeutig schlimmer geworden. Überall waren die Anzeichen dafür zu sehen – von den Gezeitenmarkierungen über frischen Schlick bis zu eingestürzten Mauern und einsturzgefährdeten Anlegestellen.

Die Reisenden konnten sich nur schweigend umsehen.

Endlich war ihre lange Reise vorbei, doch die Erleichterung, die sie verspürten, weil sie zu Hause waren, wurde durch den Schrecken zunichte gemacht. Und zu allem Überfluß mußten sie den belagerten, aber erwartungsvollen Inselbewohnern nun bald erklären, daß ihre Mission in Xantium so gut wie vollständig gescheitert war. Obwohl Dsordas die Last der Verantwortung am meisten drückte, sagte niemand ein Wort, als Tyler seiner Mannschaft Befehle zurief und die *Tigerin* zum Anlegen bereit gemacht wurde.

Kapitel zwei

Ich erfülle meine Pflichten schon so lange, daß ich gar nicht daran denken mag. Doch bin ich nicht die einzige in diesem Amt. Wenn alle Glocken dieser Welt wie eine einzige erklingen, genügt dieses Läuten vielleicht, die Götter wachzurütteln. Bis dahin kann jeder Glockenschlag nur eine Warnung sein, ein einsames Echo der Hoffnung.

Dsordas hatte anerkennend die Beobachter und Wachen bemerkt, die auf den Sandbänken und Anlegern postiert waren. Seine Stellvertreter hatten in seiner Abwesenheit ganz offenbar gute Arbeit geleistet. Als er die Revolte angeführt hatte, durch die Zalys von jahrzehntelanger Unterdrückung durch das Xantische Reich befreit worden war, hatte er nur wenig Gedanken darauf verschwendet, was danach geschehen würde, und er war ehrlich überrascht gewesen, als die Inselbewohner in den folgenden Tagen ihn zu ihrem zivilen Führer bestimmten. Jetzt wußte Dsordas, daß er und die Insel sich noch größeren Problemen würden stellen müssen.

Als die *Tigerin* in die verschmutzte Lagune einlief, waren zunächst nur wenige Menschen dort unter offenem Himmel auf dem Kai, doch als sich das Schiff längsseits näher an die vom Wetter mitgenommenen Anleger schob, bildete sich bereits eine Menschenmenge. Besucher waren in Zalys in letzter Zeit wahrlich selten geworden, und die Neuigkeit, daß Dsordas, Fen und die anderen wieder da waren, verbreitete sich schnell, als man sie erst einmal erspäht hatte. Der Reiz ihrer Anwesenheit und die Hoffnung auf gute Nachrichten reichte für eine große Anzahl tapferer Leute aus, der Bedrohung durch die Kreischer zu trotzen. Als die Haltetaue sicher befestigt waren und die Laufplanke heruntergelassen war, wartete eine große Menschenansammlung auf sie und schrie ihnen Fragen entgegen.

Als Dsordas auf der Laufplanke erschien, brandete Jubel auf, doch die Zuschauer beruhigten sich bald, nachdem er ruhig, aber ohne Lächeln die Hände erhoben hatte. Er war ebenso wie seine Gefährten froh, wieder zu Hause zu sein, doch sein Herz war schwer, denn er wußte, daß die Nachrichten, die sie mitbrachten, nicht angenehm waren. Und einige von Zalys' Problemen waren ihm schon deutlich geworden.

»Meine Freunde, ich habe viele Dinge zu berichten, gute und schlechte, aber jetzt ist dazu weder die richtige Zeit noch der richtige Ort.« Er wartete einige Augenblicke, bis sich die Menge beruhigt hatte. »Ich muß privat mit den Familien der Geiseln reden. Und ich muß Eure Neuigkeiten hören. So bald wie möglich wird dann der Inselrat einberufen, damit Ihr alles erfahrt.«

Fen beobachtete die Gesichter der Menschen an Land, sah ihre Enttäuschung und fragte sich, ob Dsordas das Richtige tat – doch da wurden alle abgelenkt, und die Menge teilte sich, als Costa Folegandros und seine Frau Galisca vortraten, die Augen voller Hoffnung und Angst. Beim Anblick seiner Eltern konnte sich Nason nicht mehr zügeln, glitt hinter Dsordas die Laufplanke hinunter und rannte zu ihnen. Costa, sich wie stets seiner Würde voll bewußt, versuchte, streng zu bleiben, doch der ungehorsame Ausreißer achtete nicht darauf, und die Wut seines Vaters verrauchte, als sie sich umarmten. Während Nason anschließend von einer halb weinenden und halb lachenden Galisca in die Arme geschlossen wurde, folgte Sagar seinem Bruder und ging langsam auf seine vor langer Zeit verlorene Familie zu. Schweigen senkte sich herab, und Nason trat zur Seite. Sein Gesicht glühte, als seine Eltern ihren ältesten Jungen anstarrten, der als erwachsener junger Mann wieder vor ihnen erschien. Sein Gesicht war schmerzlich vertraut, und dennoch gehörte es einem Fremden.

»Sagar?« flüsterte Galisca. »Bist du es wirklich?« Sie fand als einzige Worte, obwohl ihre Stimme dabei brach. Jetzt weinten sie ganz offen und umarmten sich alle gleichzeitig, so daß die Zuschauer lachen mußten, auch wenn viele von ihnen selbst zu Tränen gerührt waren.

Endlich fand Costa die Sprache wieder.

»Und Bowen?« fragte er heiser.

»Er ist auch entkommen«, antwortete Nason unaufgefordert und fügte widerwillig hinzu: »Er ist bei Gaye, aber niemand weiß, wo sie sind.«

»Das ist mehr, als ich zu hoffen gewagt hatte, mehr als ich verdiene«, flüsterte Costa und sah von einem zum anderen. »Ich dachte, ich hätte alle drei Söhne verloren. Jetzt habe ich zwei zurück und höre, daß der andere frei ist ...« Er brach ab und schluckte schwer.

Inzwischen waren auch die anderen Reisenden an Land gegangen und wurden von den Inselbewohnern umringt, die begierig auf Neuigkeiten waren, doch war keine Zeit mehr für weitere Wiedersehensfeiern. Der gefürchtete Laut verschiedener Glocken erklang fast gleichzeitig, und die Menge reagierte sofort darauf. Es war die Warnung, daß Kreischer gesichtet worden waren.

Früher waren die Kreischer einmal Mantarochen gewesen – von den Inselbewohnern Seefledermäuse genannt –, sanfte, neugierige Wesen der Tiefe. Sie hatten immer noch ihre charakteristische Form, doch alles andere war von einem böswilligen Geist bis zur Unkenntlichkeit verzerrt worden. Ihre Größe und ihre Kräfte waren gewachsen, und sie waren in der Lage, so unwahrscheinlich es klang, zu fliegen. Die wellenförmige Bewegung ihrer riesigen, grauen Dreiecksflügel trieben sie mit unglaublicher Geschwindigkeit voran.

Doch das waren längst nicht alle Mutationen. Ihre peitschenähnlichen Schwänze enthielten ein tödliches Gift und waren mit langen spitzen Stacheln besetzt; sie enthielten so große Kräfte, daß eine einzige Berührung einen Menschen durch die Luft schleudern und ihn bewegungsunfähig und hilflos machen konnte. In ihren breiten Mäulern hatten sich Zähne wie die eines Hais gebildet, und ihre sogenannten Hörner, früher einmal nicht mehr als Verlängerungen ihrer Finnen, waren zu Waffen geworden, mit denen sie ihre Opfer zerreißen konnten. Diese entsetzliche Bewaffnung wurde dadurch vervollständigt, daß die Wesen im Fliegen schrien, ein hohes, wütendes Kreischen, das auch das tapferste Herz in Angst versetzte.

Sie griffen grundlos und willkürlich an, zerschmetterten ihre Opfer oder peitschten sie in dem Augenblick zu Tode, in dem sie über die Kanäle, Plätze und Gassen von Nkosa rauschten. Eine derartig sinnlose Bösartigkeit war schwer zu verstehen, geschweige denn wußte man sich ihr zu widersetzen. Die Menschen der Stadt konnten nicht mehr tun, als sich zu verstecken. Gelegentlich griffen die Kreischer auch die zerbrechlichen Holzbauten auf den Hafenkais an, doch die soliden Häuser waren zu Zufluchtsorten geworden. Je häufiger die Angriffe wurden – bis sie fast ein tägliches Ereignis waren –, um so mehr Beobachter und Warnsysteme stellten die Inselbewohner auf, Unterstände und Fluchtwege, wobei sie jeden Tunnel, Keller und jedes leicht zugängliche Gebäude benutzten.

Keine ihrer Waffen konnte gegen die Ungeheuer etwas ausrichten – Pfeile, Speere und sogar Feuer zeitigten keine echte Wirkung –, und so hatten die Inselbewohner nur darauf zurückgreifen können, allen, die sich draußen aufhalten mußten, so schnell wie möglich eine Flucht zu ermöglichen. Und es war der Gründlichkeit ihrer Vorkehrungen zu verdanken, daß jetzt alle einen sicheren

Hafen fanden, bevor die Wesen die Insel erreichten – obwohl sich sehr viel mehr Menschen als üblich unter offenem Himmel auf dem Kai aufhielten, einem besonders gefährdeten Ort. Die Angst ging tief, doch Panik brach nicht aus. Man hatte diese Übung schon oft durchgemacht, so daß alle ihre Pflichten kannten und die Neuankömmlinge Hilfe von ihnen zugewiesenen Führern bekamen. Die Mitglieder der Schiffsmannschaft, die nicht an Land gegangen waren, eilten unter Deck, doch zu ihrem Glück ignorierten die Kreischer die *Tigerin*.

Dicht zusammengedrängt lauschten Fen und Dsordas in einer feuchten unterirdischen Höhle den Schreien über ihnen und erzitterten. Das war nicht der Empfang, den sie sich gewünscht hatten.

Als die Gefahr an jenem Abend für einen kurzen Augenblick vorüber war, wurden Fen und ihre Familie endlich wiedervereint. Alle waren im Haus der Familie Amari. Die Matriarchin Etha, deren Verstand und mutiges Herz sie durch so viele Schicksalsschläge geführt hatte; Anto, mit siebzehn der älteste Sohn, der jetzt, wo sein Vater tot war, sein Bestes tat, um seiner Rolle als Mann im Haus gerecht zu werden; Tarin, ein dunkelhaariger und ernster Zehnjähriger; Ia, das jüngste Mädchen und die einzige Tochter, die nicht die hellen Augen und Haare ihrer Mutter geerbt hatte; und Natali, dessen blondes, engelsgleiches Äußeres, fröhliche Art und gelegentliche mit großen Augen zur Schau gestellte Ernsthaftigkeit eines Vierjährigen ihm die Zuneigung einer großen Zahl von Frauen auf der Insel sicherte. Und dennoch: trotz Fens Freude darüber, sie alle wiederzusehen, waren es jene, die im Augenblick *nicht* anwesend waren, denen ihre Gedanken hauptsächlich galten. Antorkas, ihr gutaussehender, impulsiver und liebevoller Vater, war bei den Kämpfen getötet worden, die die xantische Garnison auf der Insel zu Fall gebracht hatten. Und natürlich wußte niemand, wo Gaye war. Lange Zeit hatte Fen gehofft, daß sie Gaye auf ihrer Reise von Xantium nach Brighthaven in Nadal treffen würden, doch dazu war es nicht gekommen. Der letzte schwache Hoffnungsschimmer war gewesen, daß sie und Bowen einen Platz auf einem anderen Schiff gefunden hatten und bereits auf Zalys waren, doch diese Möglichkeit war niemals sehr wahrscheinlich gewesen. Der einzige Trost war, daß Fens Schwester und Bowen, ihr Freund seit Kindheitstagen und späterer Geliebter, die am festgesetzten Tag ihrer Hochzeit auf grausame Weise voneinander getrennt worden waren, endlich wieder vereint waren – wo sie auch sein mochten.

Doch die Anwesenden verlangten bald Fens ganze Aufmerksamkeit, und es sah so aus, als gebe es ein neues Familienmitglied zu begutachten. Niemand wußte, wie alt Eismann war. Er war fast so groß wie Anto, doch entsetzlich dünn, und sein Benehmen war das eines viel jüngeren Kindes. Bis vor kurzem war er Sklave des Xantischen Reiches gewesen, einer der telepathisch Talentierten, die man Fernrufer nannte. Ihre Fähigkeit, über große Entfernungen Nachrichten zu senden und zu empfangen, war durch die erzwungene Sucht nach einer Substanz namens Nektar in kontrollierte Bahnen geleitet worden, ein übles giftiges Sekret aus der Drüse speziell zu diesem Zweck gezüchteter Kröten. Fernrufer waren für die Regierung des Kaiserreiches ein lebenswichtiger Bestandteil gewesen, und der Gedanke, daß einer von ihnen vielleicht nützlich für Zalys sein könnte, hatte Dsordas und die anderen davon abgehalten, Eismann sterben zu lassen. Eismanns sonderbare Freundschaft zu Natali hatte zusammen mit Ethas beinahe unendlicher Hingabe eine erstaunliche Verwandlung bewirkt. Der Junge, so gut wie befreit von seiner Sucht, gut genährt und zum ersten Mal seit vielen Jahren von einer Atmosphäre der Liebe umgeben, war aufgeblüht. Seine frühere manische Intensität war einer scheuen Freundlichkeit gewichen, und seine ehemals trüben Augen funkelten hell. Fen blickte von ihm zu ihrer Mutter und sah Ethas Augen vor mütterlichem Stolz funkeln. Jetzt hatte sie ein weiteres Küken unter ihren Fittichen.

Und ich habe noch eins mitgebracht, dachte Fen.

Aad hatte Dsordas unbedingt begleiten wollen – der aus verschiedenen Gründen für den Jungen zum Held geworden war –, doch Fen wußte, daß Dsordas die Familien der Geiseln allein aufsuchen wollte und hatte den Jungen vom Festland daher mit nach Hause gebracht. Jetzt saß er still und verlegen in dieser neuen Umgebung, während Fen ihr Bestes tat, der Familie alles über die Ereignisse während ihrer Reise zu berichten.

Sie hatte kaum gewußt, wo sie anfangen sollte, doch schließlich brachte sie eine kurze Beschreibung der Reise, ihres Zusammentreffens mit Aad, der Ankunft in Xantium und ihrer Nachforschungen in der sagenhaften Stadt zustande. Sie beschrieb die karnevalsähnliche Atmosphäre des Großen Turniers und die eigentümlichen Umstände, die dazu geführt hatten, daß Dsordas ein kompliziertes Würfelspiel mit dem Namen *Das Vermögen des Kaisers* gegen den berüchtigten Kanzler Verkho gespielt hatte – und daß dabei ihr eigenes Leben der Einsatz gewesen war. Später hatte sich Dsordas' Sieg als bedeutungslos herausgestellt, denn Verkho erreichte sein gemeines Ziel, das Leben einer Frau zu gewinnen, in einem späteren Spiel, doch zunächst war es ein Triumph für sie. Als danach zwischen dem Kaiser und seinem Kanzler in der Stadt der Bürgerkrieg ausbrach, trafen die Reisenden die abtrünnige Kaiserin Ifryn und freundeten sich mit ihr an, bevor sie alle vor Verkhos erstaunlichen Zauberkräften fliehen mußten. Der gesamte kaiserliche Hof und der höhergelegene Teil von Xantium waren von einer glühenden roten Kuppel umschlossen.

In der kurzen Zeit, die Fen zur Verfügung stand,

konnte sie diese seltsamen Ereignisse nur ganz grob skizzieren. So waren ihre Zuhörer verständlicherweise gelegentlich verwirrt und konnten die Bedeutung einiger Vorkommnisse nicht recht würdigen. Erst als sie von Gaye und Bowens Flucht redete, hatte sie ihre volle und ungeteilte Aufmerksamkeit. Alle hatten viele Fragen, doch allmählich wurde Fen heiser und müde – und außerdem wollte sie wissen, was auf Zalys passiert war. Etha war offenkundig sprachlos über die außergewöhnliche Geschichte ihrer Tochter, doch weil Fen darauf beharrte, konzentrierte sie sich wieder auf die Insel.

»Hier sind schreckliche Dinge geschehen.« Sie schüttelte den Kopf. »Nicht vergleichbar mit dem, was ihr erlebt habt, würde ich sagen, aber ... Ihr seid gerade rechtzeitig zurückgekommen, schätze ich. Zwar haben Skoulli und Maus gute Arbeit geleistet, doch langsam gleitet ihnen alles aus den Händen.«

Kapitel drei

Der Verstand der Menschen wird von den Symbolen und Strategien des Krieges geformt. Und die Grenzen ihres Verstandes formen den Irrgarten der Politik. Solange sie nicht fliegen lernen, werden sie sich auf ewig selbst verlieren.

»Kaiser Southan und seine Familie sind entkommen«, sagte Dsordas, »wir sind im selben Konvoi nach Nadal gereist. Aber er hat sicher Wichtigeres zu bedenken als das Schicksal von Zalys.«

Dsordas und Yeori saßen um einen Tisch in der zweiten Etage des früheren Hauptquartiers der Imperialen Garnison, das inzwischen die neugebildete Regierung der Insel beherbergte. Die Fensterläden waren geöffnet, das helle Sonnenlicht des Herbstmorgens erwärmte die staubige Luft. Von draußen wehte der Lärm des Fournoi-Platzes herein.

Die beiden anderen Männer waren Skoulli Visakia und Yani Paphos, den alle unter dem Namen Maus kannten. Diesen beiden hatte Dsordas die Sicherheit von Zalys während seiner Abwesenheit anvertraut. Die Allianz der vier Männer reichte mehrere Jahre zurück in eine Zeit, als sie unter Dsordas' Führung – gemeinsam mit Phylo Zevgari, der getötet worden war – eine Untergrundbewegung ins Leben gerufen hatten, die sich *Kinder von Zalys* nannte. Seitdem waren sie seine Stellvertreter und Freunde.

»Also sind wir vor einer Invasion sicher?« fragte Skoulli. Er war der Philosoph der Gruppe, ein Mann, dessen Fähigkeiten in der langfristigen Planung und Kommunikation lagen.

»Auf jeden Fall, was Xantium angeht«, bekräftigte Dsordas. »Falls es der Imperialen Armee gelingt, sich neu zu organisieren – und wenn Kerrell das Kommando hat, könnte ich mir das gut vorstellen –, dann, schätze ich, marschieren sie eher auf Xantium.« Er hielt inne, bevor er hinzufügte: »Fen steht der Kaiserin sehr nahe, und sie ist davon überzeugt, daß Southan nicht die Absicht hat, uns jetzt anzugreifen.« Sein Gesichtsausdruck und der skeptische Tonfall machten deutlich, daß er nicht ganz so leicht bereit war, das Wort dieser neuen und mächtigen Bekannten zu akzeptieren.

»Doch das gesamte Kaiserreich wird für lange Zeit ziemlich in Aufruhr sein«, warf Yeori ein. »Wer weiß, welche neuen Kräfte plötzlich aus dem Boden schießen werden? Früher oder später wird jemand ein Auge auf uns werfen. Zalys war schon immer ein attraktives Ziel.«

Sie wußten alle, daß Xantium nur der letzte Besatzungsherr der Insel gewesen war. Zalys' isolierte Lage fast in der Mitte des Larenischen Meeres machte die Insel zu einem wichtigen und strategisch wertvollen Handelsknotenpunkt. Dazu kam, daß ihre Ufer die weltweit größte Quelle für Amberin waren – die kristallinen Edelsteine, die von den Fernrufern benutzt wurden –, und so wog der Besitz von Zalys stets mehr, als die Aufwendungen, die für ihre Eroberung nötig waren.

»Falls Xantium nicht mehr an uns interessiert ist«, fragte Maus offensichtlich verwirrt, »warum halten sie dann immer noch Geiseln fest?«

Er war das herausragend praktisch veranlagte Mitglied des Quartetts und verfügte über die Fähigkeit, jede Art von Gebäude zu bauen, den Fluß und die Gezeiten zu kontrollieren und alle Arten von Waffen herzustellen – doch politische Ränke waren noch nie seine Stärke gewesen.

Ein Schatten aus Schmerz und Erschöpfung huschte über Dsordas' Gesicht, bevor er antwortete. Er war den größten Teil der vergangenen Nacht wach gewesen und hatte mit den Familien derer geredet, die in Xantium zurückgeblieben waren. Ihr Schicksal war schwer zu erklären, und es hatte ihm nicht gefallen, so vielen besorgten Eltern Halbwahrheiten zu erzählen. Daß er versagt hatte, die Geiseln nach Hause zu bringen – mit Ausnahme von Sagar, der das wichtigste Ziel der Reisenden gewesen war –, schmerzte ihn ganz besonders.

»Es war einfach Pech«, erwiderte er schließlich, doch während er die Worte aussprach, wußte er, daß es nicht die ganze Wahrheit war. »Als ich Verkho beim Würfelspiel schlug, zwangen wir ihn, alle Geiseln aus der Enklave freizulassen – doch die unseren waren bereits woanders hingebracht worden; vielleicht, weil sie nicht mehr von Nutzen waren, nachdem wir die Garnison hier eingenommen hatten. Oder weil sie dafür bestraft wurden. Auf jeden Fall sind sie immer noch in der Stadt. Wer noch lebt, ist Verkhos Gefangener.«

»Und Verkho war die wahre Macht hinter dem Kaiser?« fragte Skoulli.

Dsordas nickte.

»Da bin ich sicher.«

»Aber du glaubst nicht, daß er die Autorität des Reiches wiederherstellen kann?«

»Nicht im herkömmlichen Sinne. Er hat jetzt weder die Männer noch die Mittel. Aber er ist ein Zauberer – und die Götter allein wissen, mit welchem Wahnsinn er noch aufwarten wird.«

»Gaye meinte, die Macht, die er benutzt, sei auch verantwortlich für die Kreischer«, sagte Yeori. »Es ergibt für mich trotzdem keinen rechten Sinn.«

»Gaye hat viele scheinbar unsinnige Dinge erzählt, seit sie erblindet ist«, fügte Dsordas ernst hinzu, »doch normalerweise hat sie damit recht.«

»In diesem Fall«, warf Maus offensichtlich entsetzt ein, »ist es unsere einzige Hoffnung, daß Southan Xantium zurückerobert und Verkho besiegt – und diese Zauberkräfte.«

»Vielleicht«, gestand Dsordas bitter zu, »aber ich weiß nicht, wie er das anstellen will. Diese Feuerkuppel ist ein eindrucksvolles Hindernis. In der Zwischenzeit dürfen wir hier nicht faul herumsitzen und darauf warten, daß die anderen unser Schicksal entscheiden. Dafür haben wir schon zuviel riskiert – und Gaye könnte auch Unrecht haben. Ihr wart offensichtlich fleißig, während wir fort waren. Erzählt uns alles.«

Maus und Skoulli sahen sich an, bevor Skoulli das Wort ergriff.

»Wir sind schon viel besser darin geworden, den Kreischern aus dem Weg zu gehen«, begann er. »Seit wir den letzten Unterschlupf fertiggestellt haben, gab es nur sehr wenige Verluste, aber es wird immer Leute geben, die sich dumm verhalten oder einfach Pech haben. Wir können nicht allen Risiken aus dem Weg gehen, sonst würde alles auf Zalys zum Erliegen kommen. Schon jetzt dauert alles viel zu lange.«

»Es war sehr beeindruckend, wie schnell die Docks sich gestern geleert haben«, bemerkte Dsordas.

»Dabei darf es nicht bleiben«, stellte Maus fest. »Wir können uns nicht ewig verstecken. Wir müssen Wege finden zurückzuschlagen.«

»Und?« gab Yeori das Stichwort.

Maus zuckte die Achseln.

»Bislang gibt es da nicht viel«, gab er zu. »Abgesehen von ein paar Fallen und dem Versuch, die Ungeheuer so zu reizen, daß sie sich selbst töten, haben wir noch nichts Praktikables gefunden.«

Alle wußten, daß der einzige »Erfolg«, den die Inselbewohner bislang verbuchen konnten, der Absturz der Kreaturen in Häuser oder auf festen Boden gewesen war, wo sie aufgrund ihrer Lage oder Verletzungen nicht wieder in die Luft aufsteigen oder zurück ins Wasser gleiten konnten. Und selbst dann waren sie noch bösartig und starben ganz langsam.

»Wir wissen, daß sie in dem Moment verwundbar werden, wenn sie das Wasser verlassen«, fuhr Maus fort. »Es kostet sie so große Anstrengung, in die Luft aufzusteigen, daß sie nicht mehr genügend Energie haben, um sich gegen uns zur Wehr zu setzen. Das haben wir durch reinen Zufall herausgefunden. Ein Boot war zum Fischen draußen, als zwei von ihnen durch die Wellen brachen und über die Wasseroberfläche schossen. Die Männer waren wie gelähmt vor Angst, doch Malo war an Bord und erkannte die Chance. Sie hatten nur eine Harpune und ein paar Speere und Pfeile, dennoch töteten sie einen von ihnen und machten den anderen zum Krüppel, so daß er nicht mehr fliegen konnte.«

»Das Problem ist offensichtlich, daß wir nie wissen, wann und wo sie aus dem Wasser kommen«, fügte Skoulli hinzu. »Daher laufen im Augenblick nur wenige Boote freiwillig aus, ganz besonders jetzt, wo sich das Meer so verändert hat ...«

»Und wenn die Kreischer erst einmal in der Luft sind«, fuhr Maus fort, »sind sie so gut wie unbesiegbar – und jeder, der sich in einem Boot befindet, ist hoffnungslos verloren.«

»Wir haben auch noch ein paar andere Theorien durchdacht«, erklärte Skoulli, »aber ohne echte Fortschritte. Wir dachten, daß ihre Sehkraft vielleicht nicht so gut sei, denn ganz offenbar greifen sie immer nur bei Tageslicht an. Bei Nacht haben wir sie zwar über dem Meer gesehen, aber niemals über Land. Also haben wir ein paar Männer so verkleidet, daß sie mit ihrer Umgebung verschmolzen. Zum Beispiel haben wir sie mit Stoff zugedeckt, der ungefähr die Farbe der Steine auf den Docks hatte. Aber es hat nicht funktioniert. Die Kreischer hielten direkt auf sie zu.«

»Ein paar der Freiwilligen konnten nur ganz knapp

entkommen.« Maus' schiefes Grinsen deutete an, daß er einer von ihnen gewesen war. »Es hat auch nichts genützt, sich ganz ruhig zu verhalten. Ihre Sehkraft ist also offensichtlich gar nicht so schlecht.«

»Einige meinten, sie reagierten vielleicht auf Lärm«, fuhr Skoulli fort, »und fänden ihre Ziele vielleicht, indem sie auf Bewegungen oder Stimmen lauschen. Wie sie jedoch trotz ihrer eigenen Schreie etwas hören können, ist mir schleierhaft.« Er zuckte die Achseln.

»Aber Stille funktioniert auch nicht«, vollendete Maus den Gedanken.

»Wir haben also nicht mehr als ein paar sonderbare, aber nutzlose Beobachtungen«, sagte Skoulli. »Erstens kommen die Kreischer niemals näher, wenn Fledermäuse herumfliegen. Einige Fledermäuse fliegen jetzt auch bei Tag, und die großen Kolonien oben in den Berghöhlen sind in Aufruhr. Niemand weiß warum.«

»Doch solange wir die Fledermäuse nicht davon überzeugen können, ohne Unterlaß über Nkosa und den anderen Dörfern zu kreisen, kann ich mir nicht vorstellen, wie sie uns helfen könnten«, warf Maus ein.

»Also hat es noch woanders auf der Insel Angriffe gegeben?« fragte Yeori.

»Ja. So gut wie überall, mit Ausnahme der höchsten Bergdörfer. Nkosa ist anscheinend ihr bevorzugtes Ziel, doch das könnte einfach daran liegen, daß hier mehr Menschen leben als anderswo.«

»Und auf gewisse Weise ist das auch gut so«, fuhr Skoulli fort. »Die meisten Häuser in den Dörfern bieten nicht so viel Schutz wie die Gebäude hier.«

»Und zweitens?« fragte Dsordas.

»Die Geister haben Angst vor den Kreischern. Aber natürlich kann niemand sie nach dem Grund fragen.«

»Sind immer noch mehr von ihnen hier als sonst?«

Skoulli nickte.

»Ja. Sie sind auf der ganzen Insel.«

Geister waren schon immer ein Teil von Zalys gewesen und wurden von den Lebenden als harmlose Beobachter akzeptiert. Geräusche konnten die Barriere zwischen den Welten nicht durchdringen, doch einzelne Personen hatte mitunter eine telepathische Verbindung mit den Geisterscheinungen gehabt. Gaye gehörte zu ihnen, doch sie war nicht mehr da. Ansonsten gab es keine Möglichkeit für die beiden Welten, sich gegenseitig zu beeinflussen, so daß die Reaktion der Geister auf die Kreischer – die absolut zur Welt der Lebenden gehörten – unlogisch war. Die vier Männer saßen schweigend eine Zeitlang da, bis Skoulli schließlich die Tatsachen zusammenfaßte.

»Alles in allem haben wir also nichts wirklich Nützliches erfahren. Maus arbeitet an größeren und besseren Armbrüsten und so weiter, doch ansonsten war unser einziger echter Erfolg, daß wir die Leute inzwischen schneller in Sicherheit bringen können.«

»Das habt ihr gut gemacht«, bemerkte Yeori.

»Das ist Skoulli zu verdanken«, sagte Maus. »Er hat die ganze Sache erdacht.«

»Aber du hast es in die Praxis umgesetzt.«

»Der Dank gebührt euch beiden«, sagte Dsordas mit fester Stimme.

»Lange wird das nichts nützen«, sagte Maus ernst voraus. »Die Kreischer sind ziemlich dumm, aber auch sie lernen ganz allmählich dazu. Sollten sie irgendwann in Gruppen angreifen oder auch nur zu zweit statt allein, werden uns einige der Fluchtwege gehörige Schwierigkeiten bereiten. Und die Überschwemmungen werden immer schlimmer. Bei dieser Geschwindigkeit wird die Hälfte der Keller bald unbrauchbar sein. Über kurz oder lang müssen wir neue Unterschlüpfe finden.«

Nkosa sank nun schon seit mehreren Jahren langsam ins Meer ab, und die Überschwemmungen waren ein immer größeres Problem geworden, ganz besonders zu den monatlichen Flutzeiten.

»Jede Flut ist inzwischen ein Risiko«, bekräftigte Skoulli. »Du hast den Hafenbereich gesehen. Einige Gebäude sind bereits eingestürzt, bei anderen dauert es nicht mehr lange. Wir mußten einige Gebiete evakuieren und so viele Leute wie möglich in die Dörfer weiter im Inneren der Insel bringen. Dort sind sie sicherer, doch hat das auch zu einigen Reibereien mit den Einheimischen geführt.«

»Ganz besonders, weil die Hälfte der Bauern jetzt nicht mehr allzu oft ins Freie auf die Felder hinaus geht«, warf Maus ein.

»Mehrere Schaf- und Ziegenherden sind angegriffen, in Stücke zerrissen und einfach liegengelassen worden«, fuhr Skoulli fort. »Und obwohl das Wetter dieses Jahr recht gut ist und die Ernte hervorragend sein dürfte, glaube ich nicht, daß mehr als die Hälfte abgeerntet wird. Dazu kommt, daß nur wenige Fischer aufs Meer hinausfahren und außerdem dieses widerwärtige Zeug im Meer treibt. Daraus ergibt sich folgerichtig, daß die Versorgung mit Lebensmitteln schon bald ein Problem sein wird.«

»In einigen Gegenden ist Nahrung schon jetzt knapp. Und auch der Transport bereitet offenkundig Schwierigkeiten.«

»Im Augenblick können wir wohl kaum viel importieren«, sagte Dsordas. »Der Rest der Welt hat genug mit den eigenen Problemen zu tun, um sich über Handel mit uns Gedanken zu machen.« Plötzlich fühlte er sich erschöpft und schwermütig. Sein Kopf tat weh, und es bereitete ihm Schmerzen, an die Zukunft auch nur zu denken.

»Und das ist noch nicht alles, fürchte ich«, sagte Skoulli widerstrebend.

Was denn noch? dachte Dsordas und versuchte, seine Bestürzung nicht zu zeigen.

»Kennst du noch Latchi Irini?«

Dsordas nickte.

»Der alte Fischer, der beim letzten Inselrat das Wort ergriffen hat.«

»Er ist offenbar so eine Art religiöser Fanatiker geworden. Er behauptet, er habe im Meer ein massives Wesen gesehen – so groß wie ein Berg, heißt es –, und er versteht das als Omen. Es ist erstaunlich, wie viele Menschen ihm glauben. Er predigt, daß ein Bote von den Göttern kommen wird, und viele Menschen lauschen seinen Prophezeiungen und warten auf weitere Visionen. Inzwischen führen sie alle möglichen Rituale nach alten Traditionen durch. Latchi hat offensichtlich keine Angst vor den Kreischern und führt seine Gefolgsleute am hellichtem Tage in die Arena und zu anderen Orten, die er als heilig betrachtet.«

»Früher oder später werden die Kreischer eine dieser Versammlungen im Freien angreifen«, sagte Maus vorher. »Das wird ein Massaker.«

»Das Ganze gleitet uns aus der Hand«, fuhr Skoulli fort. »Als nächstes werden sie Menschen opfern, nicht nur Ziegen und Hühner.«

Wie immer fühlte sich Dsordas unbehaglich, wenn er solche Angelegenheiten besprechen mußte. Die jüngsten Ereignisse bedeuteten, daß er diese Überzeugungen nicht länger als gefährlichen, unbedeutenden Unsinn abtun konnte – er hatte zuviel gesehen, das sich einer rationalen Erklärung widersetzte –, dennoch sehnte er sich nach echten, praktischen Lösungen.

»Was hat Nikolas dazu zu sagen?« fragte er schließlich. »Was macht er?«

Nikolas Vavara war der neue Patriarch der Insel und ihr geistiger Führer. Maus und Skoulli sahen sich an.

»Wenn wir hier fertig sind«, sagte Skoulli, »kannst du mit mir kommen. Nikolas kann es dir selbst erzählen.«

Kapitel vier

Im Sommer kam die Dürre über den Glauben, dessen tote Blätter trocken wie Asche wurden. In einem solchen Umfeld vermag bereits ein einzelner Funke einen Waldbrand zu entfachen.

Die dunkle Flamme brennt wieder. Wer kann sagen, welche Opfer sie verlangen oder was im Rauch des Winters fliegen wird?

Nikolas Vavara lag bewegungslos in seinem Bett. Zuerst dachte Dsordas, er schlafe, doch der alte Mann rührte sich, als Skoulli hinter sich die Tür schloß. Die Augen des Patriarchen waren einmal gütig und hell gewesen, doch jetzt wirkten sie trübe und gehetzt, und sein Gesicht war fast so weiß wie der lange Bart. Beim Anblick des Besuchers lächelte er schwach und bemühte sich verzweifelt, sich aufzusetzen.

»Wie geht es Euch, Nikolas?«

»Nicht besonders. Aber ich bin alt und muß mit allerlei Gebrechen rechnen. Jetzt, wo Ihr wieder hier seid, geht es mir schon besser. Erzählt mir Eure Neuigkeiten.«

Dsordas erstattete Bericht und beantwortete die Fragen des alten Mannes, doch so bald er konnte, lenkte er das Gespräch auf ein anderes Thema.

»Was fehlt Euch, Nikolas? Als ich abreiste, wart Ihr nicht so alt, daß Ihr an so einem schönen Morgen im Bett bleiben mußtet.«

Der Patriarch seufzte und warf einen Blick auf Skoulli, und schließlich begann er auf seine ruhige, bedächtige Art zu erzählen. Er berichtete Dsordas, daß er versucht hatte, die Inselbewohner angesichts der unaussprechlichen Greuel zur Ruhe und zu überlegten Taten anzuhalten. Sein eigener Glaube an die alten Traditionen erstreckte sich auf Gebete, Wohltätigkeit und eine Anerkenntnis der theoretischen Existenz jener Wesen, die die Menschen Götter nannten. Doch vielen hatte das in diesen schweren Zeiten nicht gereicht, und so hatte man seine Führungsrolle in Frage gestellt.

»All die Überzeugungen, die Vorurteile, der Wahnsinn der alten Traditionen sind nie wirklich verschwunden«, fuhr Nikolas fort. »Sie sind immer noch da, direkt unter der Oberfläche. Und in einer Krise genügt ein winziger Riß, damit sie wieder hervorbrechen, ein einziger Funken, bis die Flammen hochschlagen. Latchi hat ein ganzes Feuerwerk von Funken geboten.«

Dsordas nickte ernst. Das hatte er kommen sehen, und doch war er auf Nikolas' nächste Worte nicht vorbereitet.

»Er nennt sich selbst einen heiligen Mann – einen *Starez,* wie man früher sagte – und ermutigt die Leute zu allerlei wilden Taten. Ich bin zu einer seiner Versammlungen in der Arena gegangen.« Der alte Mann hielt inne, als schmerze ihn die Erinnerung. »Es war eine eindrucksvolle Vorstellung. Er schuf Geschichten aus den Steinen, aus Licht und Geräuschen, und einige Geister tauchten, wenn auch meiner Meinung nach unwillig, auf – und verzweifelten Menschen bedeutet solche Magie sehr viel. Das schadet natürlich nichts. In vielerlei Hinsicht ist die Arena das Herz von Zalys. Unsere Geschichte ist da, damit wir sie in Zeiten der Not benutzen können – genau, wie Gaye es getan hat –, aber Latchis Methoden gefallen mir nicht. Seine Zunge ist lilaschwarz gefleckt, und er hat sogar allen ein paar Kröten gezeigt, die er gestohlen hatte.«

Dsordas wurde ganz schlecht. Er wußte, wie verderblich der von den Kröten produzierte Nektar war, und er war entsetzt, daß jemand ihn freiwillig einnahm.

»Einige seiner Gefolgsleute trinken das Zeug ebenfalls«, fuhr Nikolas fort. »Eigentlich mußte es sie vergiften, doch irgendwie sind sie genau wie die Fernrufer dagegen immun geworden, und sie behaupten, es verleihe ihnen besondere Kräfte. Zumindest macht es sie offenbar so furchtlos wie dumm. Sie würden alles tun, was Latchi ihnen als den Willen der Götter befiehlt. Sich von Klippen stürzen, nach Nadal schwimmen, mit bloßen Händen gegen die Kreischer kämpfen ...«

»Jeden töten, der sich ihnen in den Weg stellt?« warf Skoulli ein.

»Das vermutlich auch«, gab Nikolas traurig zu. »Doch bislang haben sie nur Tiere getötet.«

»Opfergaben?« fragte Dsordas.

»Ja. Ziegen und Hühner. Ich habe versucht, sie davon abzuhalten. Die Arena ist – oder war – ein Ort wahrer Klarheit und Gelassenheit und sollte nicht derart entweiht werden.« Seine Entrüstung machte den Patriarchen für einen Augenblick sprachlos. Nie zuvor hatte Dsordas soviel Leidenschaft in dem gütigen alten Wanderer erlebt.

»Was ist geschehen?«

»Latchis Gefolgsleute warfen mich hinaus. Einige der Zuschauer wirkten zwar verlegen, doch andere jubelten. Und als ich ging, hat Latchi mich verflucht.«

Dsordas verkniff sich eine Antwort und fragte sich, ob Nikolas tatsächlich an die Wirksamkeit solcher Dinge glaubte.

»Seitdem bin ich bettlägerig«, schloß der alte Mann.

»Konnten die Ärzte nichts für Euch tun? Foran, Habella?«

»Sie haben es versucht, doch sie konnten mir nicht helfen. Der Schmerz ist immer noch da.«

Dsordas warf Skoulli einen Blick zu. Dieser nickte und breitete die Arme aus, als wolle er sagen, daß sie alles versucht hatten, jedoch ohne Erfolg.

»Dann ist da noch der Riese unter dem Meer«, fuhr der

Patriarch hartnäckig fort. »Latchi glaubt, dieses Wesen gesehen zu haben, oder zumindest einen Teil davon, und behauptet, wir hätten es verstimmt. Deshalb sinke die Insel und sei Ziel der Angriffe durch die Kreischer. Wenn wir diesen Riesen, diesen angeblichen Gesandten der Götter, besänftigt hätten, würde alles wieder gut werden – behauptet er.«

»Und wie genau besänftigen wir ihn?«

»Er wartet auf ein weiteres Zeichen, bevor er entscheidet, was als nächstes zu tun ist«, antwortete Nikolas resigniert.

»Und unter den augenblicklichen Umständen ist es nicht schwierig, Omen zu finden, wenn man sie nur verzweifelt genug sucht«, fügte Skoulli mit für ihn ganz ungewohntem Zynismus hinzu.

Dsordas war sich nicht sicher, wie er reagieren sollte. Er spürte Wut und Ekel, doch sein von Natur aus praktischer Verstand kämpfte gegen seine neu erworbenen Erfahrungen mit Zauberei, Göttern und Prophezeiungen. An all dem mußte etwas dran sein. Er wußte, Fen und Gaye hatten es gesagt, daß die Arena irgendwie wichtig war.

Doch wie sollte er mit Latchis fehlgeleitetem, bösen Ansatz umgehen? Und welche Hoffnung konnte er den Menschen stattdessen machen?

»Das habt Ihr sicher nicht hören wollen«, sagte Nikolas erschöpft. »Es tut mir leid, daß ich der Überbringer solcher schlechter Nachrichten bin, ganz besonders, weil ich nicht helfen kann. Ihr habt schon genug Bürden zu tragen.«

Dsordas streckte die Hand aus und nahm die zerbrechliche Hand des alten Mannes.

Bei der Berührung sagten ihm seine unbewußten Instinkte als Heiler sofort, daß mit dem Patriarchen körperlich alles in Ordnung war. Der Schmerz lag in seinem Verstand.

»Unterschätzt Euren Wert nicht so schnell«, sagte er. »Ihr habt immer noch eine Rolle auszufüllen.«

Wenn ich doch nur so zuversichtlich wäre, wie ich hier klingen möchte, dachte er dabei.

Die Familie Amari hatte mehr Glück als die meisten anderen. Ihr Heim war relativ hoch gelegen, und bislang war nur der Keller von der Überschwemmung in Mitleidenschaft gezogen worden. Die Schutzmaßnahmen hatten sogar gegen die höchsten Wasserstände ein paar Tage zuvor geholfen, doch alle wußten, daß ihr Haus nicht mehr sehr viel länger davonkommen würde. Wie alle anderen in Nkosa versank es allmählich im Meer. Im Augenblick war die Bedrohung jedoch gebannt, da das Wasser im nahegelegenen Kanal ein wenig zurückging. Das Leben konnte weitergehen.

Wie immer war die große Küche das Zentrum des Geschehens. Bislang hatten Qualität und Menge von Ethas Kochkünsten nicht gelitten, doch auch dies drohte sich zu ändern, da Nahrungsmittel immer knapper wurden und die Geschäfte leergekauft waren. Dennoch enthielt Etha ihrer großen Familie oder den zahlreichen Besuchern keinen Bissen vor.

Als der Mittag nahte, nahm Etha frisches Brot aus dem Ofen und legte die Laibe auf den Tisch neben den letzten Käse, eine Schüssel dunkler, schrumpeliger Oliven und einen Krug Wasser.

»Laßt sie erst eine Weile auskühlen«, sagte sie warnend mit einem Blick auf die ungewohnt kleine Runde, während sie sich setzte. Von ihren eigenen Kindern waren nur Fen und Natali da. Die anderen hatten woanders zu tun, doch Eismann und Aad machten das wieder wett, und Etha war froh, sie zu haben. Die beiden jungen Männer hatten beide schrecklich durch die Hand des Xantischen Imperiums und seiner Diener gelitten, doch waren die Auswirkungen für beide ausgesprochen unterschiedlich gewesen. Inzwischen kannte Etha Aads Geschichte – oder zumindest so viel, wie dieser preiszugeben bereit gewesen war –, und sie war bestürzt gewesen über die Unwürdigkeit und die Schmerzen, die er hatte erleiden müssen. Dennoch sah es so aus, als sei er ziemlich unbeschadet daraus hervorgegangen. Etha bezweifelte nicht, daß Dsordas zumindest teilweise dafür verantwortlich war, doch ehe sie ihn dazu brachte, das zuzugeben, hätte sie genauso gut versuchen können, Wasser aus einem Stein zu pressen. Körperlich gesehen war Aad stark und gesund, und er gewöhnte sich anscheinend mit Leichtigkeit an sein neues Leben, wenn er auch gelegentlich ungeduldig wurde. Die seelischen Narben würden sicher länger brauchen, bis sie verheilt waren, doch zumindest wirkte er äußerlich glücklich und intelligent, und er sah die Welt mit den Augen eines Erwachsenen. Eismann andererseits hatte sich offenbar in eine zweite Kindheit zurückgezogen. Es war, als habe man ihm ein Leben geraubt und als beginne er nun ein neues. Er machte den Eindruck, als habe er mehr mit dem vierjährigen Natali gemein als mit dem gleichaltrigen Aad. Und die Nachwirkungen seiner Sucht zeigten sich immer noch gelegentlich in plötzlichen Stimmungswechseln und geistiger Abwesenheit.

Doch es gab auch Ähnlichkeiten zwischen den beiden. Dies wurde ganz offensichtlich in der Tatsache, daß beide über eine Art Talent verfügten. Eismanns latente Telepathie war vom Imperium grausam ausgebeutet worden, und sie war immer noch da, und nach allem, was Etha wußte, hatte auch Aad eine schlecht zu erklärende Beziehung zu Magie – sowohl in gutem als auch in schlechtem Sinne. Auf der Reise nach Zalys hatte er von Zeit zu Zeit schreckliche, unerklärliche Ängste verspürt, doch seine vorangegangene Begegnung mit Gaye und den anderen hatte in ihm eine angenehme

Reaktion hervorgerufen, ein köstliches Kitzeln in den Händen. Sowohl Eismann als auch Aad hatten verständlicherweise große Angst vor den Kreischern – das hatten schließlich alle, die noch recht bei Verstand waren –, doch ihre Reaktionen gingen tiefer als die der meisten anderen Menschen. Es war ein instinktives, irrationales Zurückschrecken, selbst, wenn sie ganz in Sicherheit waren. Seit die Reisenden angekommen waren, hatten sie nur wenige Worte gewechselt, doch sahen sie einander häufig an. Diese Blicke waren nicht unbemerkt geblieben, und Etha fragte sich unwillkürlich, ob zwischen ihnen eine elementare Kommunikation auf einem Niveau stattfand, das weder sie noch die beiden Jungen selbst verstanden.

Als sie zu essen begannen, lenkte Etha ihre Aufmerksamkeit auf Fen. Ihre Tochter wirkte abwesend, sehr müde und ungesund blaß. Sie hatte nur wenig Appetit, doch tat sie alle Nachfragen mit einem Achselzucken ab. Nur Natali verhielt sich wie immer. In den vergangenen Monaten war Etha viele Male dankbar für die unermüdliche Fröhlichkeit und den unwiderstehlichen Charme des kleinen Jungen gewesen – wenn auch einige seiner Heldentaten sie beinahe zu Tode geängstigt hatten. Natali war der einzige in der Familie, der Antorkas' Tod voller Gleichmut akzeptiert hatte – manche Leute sagten, mit unnatürlicher Gelassenheit – und bei einer herzzerreißenden Gelegenheit hatte er sogar ganz genau vorhergesagt, daß der Geist seines Vaters erscheinen würde. Etha vermißte ihren Mann ganz schrecklich, doch sie tat ihr Bestes, um ihren Kummer nicht zu zeigen.

»Gewürzgurken!« verlangte Natali plötzlich und riß die überraschte Etha aus ihren melancholischen Grübeleien. »Es gibt ja keine Gewürzgurken! Eis mag Gewürzgurken. Die grünen.«

»Vielleicht könntest du welche für ihn holen«, schlug seine Mutter vor.

»Ich komme nicht dran«, beschwerte sich Natali entrüstet.

Etha lächelte.

»Dann vielleicht Eismann . . .?«

Der frühere Fernrufer nickte und ging in die Speisekammer.

»Früher Sklave des Xantischen Reiches, heute Sklave von Natali Amari«, bemerkte Fen mit einem trockenen Grinsen.

Ihr kleiner Bruder sah sie neugierig an und lächelte dann mit großen Augen sein unschuldiges Lächeln.

»Ich nehme an, es ist nur Zufall, daß Gewürzgurken deine Lieblingsspeise sind, Natali?« fragte Etha.

Ihr Sohn sagte nichts. Er wußte, daß man ihn aufzog, aber er verstand nicht genau wie.

Bevor Eismann zurückkam, klopfte es an der Tür, und Besucher stellten sich ein. Foran Guist war ein alter Freund der Familie und einer der besten Ärzte Nkosas. Habella Merini war ebenfalls Heilerin, eine Kräuterkundige, deren sorgfältige Behandlung viel dazu beigetragen hatte, daß sich Eismann wieder erholt hatte. Bald saßen auch sie am Tisch.

»Sind weitere von Eismanns Erinnerungen zurückgekehrt?« fragte Habella. Je mehr sich Geist und Körper von ihrer Beschränkung erholten, um so mehr erinnerte sich Eismann an vereinzelte Stücke aus einem alten Leben, kurze bruchstückhafte Erinnerungen aus der Zeit vor dem Nektar. Sein richtiger Name war ihm immer noch nicht eingefallen, und Etha wußte instinktiv, daß sein Leben wieder ganz normal verlaufen würde, wenn das erst einmal geschehen war.

»Nicht viel«, begann Etha.

In diesem Augenblick kam Eismann wieder herein und starrte wie gebannt auf das Glas in seiner Hand.

»Die haben wir auch gegessen«, sagte er. »Meine Großmutter hat sie immer gemacht.«

»Wie hieß sie?« fragte Habella sanft.

Eismann sah verwirrt aus.

»Ich kann mich nicht erinnern«, erwiderte er leise mit traurigem Gesicht.

Während sie weiteraßen, wandte sich Foran Aad zu.

»Nun, junger Mann, was hältst du von Zalys?«

»Ich habe noch nicht viel gesehen«, erwiderte Aad. Dann fügte er, aus Angst, er habe grob geklungen, hinzu: »Aber alle hier sind sehr freundlich.«

»Möchtest du mich gerne auf meinen Runden begleiten?« fragte Foran. »Dann würdest du ein wenig mehr zu sehen bekommen.«

»Ja, bitte!« rief der junge Mann eifrig aus. Doch dann zögerte er. »Falls es Dsordas recht ist.« Es gab keinen Zweifel daran, wem seine Loyalität galt.

»Ich bin sicher, er wird entzückt sein«, warf Fen ein. »Er hat im Augenblick so viel zu tun, daß er für uns kaum Zeit hat.« Ihre erschöpfte, mutlose Stimme ließ beide Heiler aufhorchen.

»Ich bin sicher, daß wir viel für dich zu tun finden«, sagte Foran zu Aad, »und vielleicht kann ich auch etwas für deine Zähne tun.« Der Arzt hatte den Schaden erkannt, der dem Jungen in der Zeit zugefügt worden war, als man ihm Nahrung aufgezwungen hatte, auf die er allergisch reagierte, und er hatte bemerkt, wie der Junge zusammenzuckte, wenn er kaute. Aad sah bei diesen Aussichten ein wenig beunruhigt aus, doch er nickte.

»Wie fühlst du dich?« fragte Habella Fen.

»Nur müde. Die Reise war nicht so einfach, und es gibt hier so viele Probleme.«

»Also, ich bin sicher, einen Nachmittag kommen wir mal ohne dich aus«, sagte die Kräuterfrau bestimmt. »Geh ins Bett. Ich werde dir etwas geben, damit du schlafen kannst und wieder Energie hast, wenn du aufwachst.« Sie kramte in ihrer Tasche und holte ein kleines Glas zum Vorschein.

»Ja. Tu das«, drängte Etha Fen. »Das wird dir gut tun.«

Plötzlich war die Anziehungskraft eines warmen, friedlichen Bettes so groß, daß Fen eine riesige Erleichterung verspürte und beinahe in Tränen ausgebrochen wäre. Mühsam erklomm sie die Treppe, doch die Belohnung war die Mühe wert, und als Etha mit Habellas Trank zu ihr kam, hatte sich Fen bereits ins Bett gekuschelt.

»Es macht dir nichts aus?« fragte sie vorsichtig.

»Sei nicht albern. Hier, trink das.«

Fen nahm den Becher, doch sie schnüffelte nur am Inhalt.

»Noch nicht. Ich muß dir erst noch etwas erzählen.«

Etha setzte sich auf die Bettkante und wartete.

»In Xantium, als Ifryn und ich ihr Baby gerettet haben ... da habe ich einen Mann getötet.«

»Einen Soldaten. Ich weiß.«

»Damals habe ich nicht darüber nachgedacht. Ich hatte keine Wahl ...«

»Im Krieg müssen wir alle tun, was getan werden muß.«

»Aber ich hatte noch nie ... nicht persönlich ... niemals.« Fen versuchte verzweifelt, ihre Gefühle in Worte zu fassen. »Ich habe so viele Tote gesehen ... zu viele ... aber ... mit Dsordas konnte ich nicht darüber reden. Er hört nicht zu und tut so, als wäre es nicht wichtig. Aber es *war* wichtig. Für mich.«

»Laß mich raten«, sagte Etha sanft, »die Reaktion kam erst viel später.«

Fen nickte.

»Es ist so viel passiert, und ich hatte keine Zeit nachzudenken, aber in jener Nacht war ich so erschüttert, daß ich zittern mußte. Ich konnte gar nicht wieder aufhören.«

»Es war eine gerechte Sache«, sagte ihre Mutter mit fester Stimme. »Daß du so fühlst heißt nur, daß du dir noch einen Rest Unschuld bewahrt hast. Anders würde ich es mir auch nicht wünschen. Ich bin sehr stolz auf dich, mehr, als du dir vorstellen kannst.«

Fen sah sie überrascht an.

»Aber Dsordas kann so hart sein«, sagte sie freudlos. »Nichts berührt ihn.«

»O doch, das tut es«, erwiderte Etha mitfühlend. »Er vergräbt es nur ganz tief in seinem Inneren. Du solltest doch eigentlich wissen, wie er ist. Er war schon immer wie getrieben und ist es heute noch. Nur du bist der Grund, daß er noch nicht verrückt geworden ist.«

Zunächst war Fen nicht sicher, ob sie das glauben sollte, doch Etha lag selten falsch mit ihrer Einschätzung anderer Menschen.

»Ich würde es wieder tun«, sagte Fen schließlich.

»Weil du tief im Inneren weißt, daß du das Richtige getan hast. Jetzt trink und ruh dich aus.«

»Wir *mußten* Azari dort rausholen«, beharrte Fen. »Ein Baby sollte seiner Mutter nicht auf diese Weise genommen werden.«

»Ich würde dasselbe für meine Kinder tun. Auch für dich.«

Mutter und Tochter lächelten sich an. Fen schluckte den Trunk und entspannte sich, und Etha verließ das Zimmer. Als Fen langsam in den Schlaf hinüberglitt, durchlebte sie noch einmal ein Gespräch, das sie mit der Kaiserin geführt hatte, kurz bevor ihre Wege sich trennten. Die beiden Frauen waren mit dem Baby allein gewesen.

In den Nachwirren ihres Auszugs aus Xantium waren viele Dinge ungesagt geblieben, doch Fen und Ifryn verstanden sich ganz intuitiv, waren durch ein besonderes Band vereint, das die beiden trotz des gewaltigen Unterschiedes ihres Status' verband. Ihre gemeinsame Rettungsaktion hatte eine Beziehung gefestigt, die aus Gründen, die keine von ihnen so genau verstand, weit über eine aus wenigen Tagen erwachsene Freundschaft hinausging. Was diese sonderbare Empathie zwischen den beiden Frauen auch hervorrief, ihre Macht stand außer Frage, und so hatte die Kaiserin bei ihrer Trennung wenige Stunden zuvor Fen Dinge gestanden, über die sie noch nie gesprochen hatte.

»Ich beneide Euch. Ich würde fast alles dafür geben, wenn ich das Kaiserreich und all seine Probleme vergessen, mit Euch nach Zalys reisen und dort in Frieden mit meinen Kindern leben könnte.«

»Und General Kerrell?« fragte Fen ohne nachzudenken. Sie hatte gesehen, wie Ifryn und Kerrell miteinander umgingen. Ihr steifes und korrektes Verhalten hatte Bände gesprochen. Einen Augenblick lang war die Kaiserin bestürzt, doch dann seufzte sie.

»Ich hätte wissen müssen, daß ich es nicht lange vor Euch geheimhalten kann. Southan ist mein Mann, der Vater meiner Kinder, der Mann, dem ich meine Loyalität schulde. Dennoch kann weder ich meine Liebe zu Kerrell leugnen noch er die seine für mich. Aber es ist hoffnungslos.«

»Es muß sehr schwer sein«, sagte Fen unbeholfen. Beinahe hätte Ifryn gelacht.

»Ihr habt ein Talent für Untertreibungen.« Ihr Gesicht wurde weich. »Kerrell und ich sind nur einmal *zusammen* gewesen – an einem Ort außerhalb der Zeit, außerhalb der Welt. Es war wundervoll, aber es war falsch, und wir bezahlen immer noch dafür.« Mehr brauchte sie nicht zu erklären, und sie brauchte auch nicht zu betonen, daß dies geheim bleiben mußte. Fen erkannte, wie prekär dieses Geständnis war, doch wußte sie nicht, was sie sagen sollte.

»Warum kommt Ihr nicht einfach mit nach Zalys?« fragte sie schließlich. »Ihr und Eure Kinder. Bis das hier vorbei ist.« Schon als sie die Worte aussprach, wußte sie, wie albern das war, und Ifryns Antwort überraschte sie nicht.

»Ich kann nicht. Für mich und meine Familie wird es nie vorbei sein.« Die Kaiserin hielt inne und lächelte schließlich. »Aber vielen Dank. Ihr habt keine Ahnung, wie erleichtert ich bin, daß ich einmal über diese Dinge reden konnte, nur einmal. Damit habt Ihr mir ein unschätzbares Geschenk gemacht.«

Fen hatte niemandem von den fast unerträglichen Worten ihrer Freundin erzählt, nicht einmal Dsordas, und sie wußte, das würde sie auch niemals tun. *Ein unschätzbares Geschenk.* Jetzt, als sie langsam ins Land der Träume glitt, kam Ifryns Wunsch ihr ironisch vor ... *und dort in Frieden mit meinen Kindern leben.*

Wenn sie keine Möglichkeit fanden, die Kreischer zu besiegen, würde es noch lange dauern, bis in Zalys wieder Frieden herrschte.

Kapitel fünf

Meyu beherrscht die Sonne, doch der Wind und der Regen gehören Gar. Sogar das Wetter teilt das uralte Pantheon.

Fen schlief den ganzen Nachmittag bis weit in den Abend hinein und wachte erst auf, als Dsordas neben ihr ins Bett glitt. Als sie sich dankbar aneinander kuschelten, spürte Fen, wie er sich entspannte und war zufrieden.

»Ich bin froh, daß du nicht auf mich gewartet hast«, flüsterte er. »Es war ein langer Tag.«

Die Müdigkeit in seiner Stimme ließ Fen ihre eigene Benommenheit vergessen, und ihre Vorbehalte wurden von einer Flut von Liebe hinweggespült. Wenn jemand ihre Unterstützung verdient hatte, dann Dsordas.

»Erzähl es mir«, sagte sie. »Oder möchtest du lieber schlafen?«

»Schlafen, glaube ich.« Doch wie erwartet fing er sofort an zu reden. Er mußte sich offensichtlich etwas von der Seele reden, und da sie sich seit der vergangenen Nacht kaum gesehen hatten, begann er mit seinen Besuchen bei den Familien der verlorenen Geiseln.

»Es war grauenhaft. Elf hoffnungsvolle Familien, elfmal hilflose Enttäuschung.«

Fen wußte nicht, was sie sagen sollte, um seinen Kummer zu mildern, also hielt sie ihn einfach nur fest.

»Ich habe allen dasselbe erzählt«, fuhr Dsordas fort. »Daß sechs der Geiseln tot sind und fünf überlebt haben, daß ich aber nicht weiß, wer.«

»Aber du weißt es, oder?«

»Ja. Aber ich brachte es nicht über mich, es ihnen zu

sagen. So haben sie noch ein wenig Hoffnung. Habe ich das Richtige getan?«

»Ja«, antwortete Fen mit fester Stimme und verbarg ihre eigenen Zweifel.

»Ich habe gesagt, daß diejenigen, die getötet wurden, schnell und schmerzlos im Schlaf gestorben sind«, gab Dsordas zu. Diese Lüge sollte barmherzig sein und den Familien das Grauen der tatsächlichen Ereignisse ersparen. Doch Dsordas konnte den Anblick nicht vergessen. Auch jetzt noch standen die Bilder allzu deutlich vor seinem inneren Auge. Die schrecklichen Mühen seiner Fernheilung hatten nur langsam Erfolg gezeigt, und schließlich hatte sich der *Soldat* eingemischt. Seine gewalttätige Art hatte den Kreis der Zauberkraft zwar wirkungsvoller unterbrochen, das allerdings auf Kosten eines langsamen, qualvollen Todes von sechs Bewohnern von Zalys. Die fünf Überlebenden, deren Körper Dsordas von weitem hatte reinigen können, waren inmitten eines furchtbaren Gemetzels erwacht.

»Ich bin nicht einmal sicher, ob die Toten auf lange Sicht nicht besser dran sind«, gestand Dsordas kläglich. »Die anderen sind immer noch in Verkhos Kugel gefangen, und nur die Götter wissen, welche Strafen er ihnen auferlegen wird – oder wie er sie weiter benutzen wird. Ich habe es nicht über mich gebracht, den Eltern davon zu erzählen.«

»Du hast dein Bestes getan. Das haben wir alle. Niemand kann mehr verlangen.«

»Du hast ihre Gesichter nicht gesehen.«

»Ich wäre mitgekommen, wenn –«

»Nein. Du hast genug gelitten.«

»Und was ist mit *dir*?«

»Ich mußte es tun«, antwortete er stur. »Ich muß beenden, was ich angefangen habe.«

»Dann laß mich dir helfen, du Narr! Ich bin nicht dumm, und ich bin nicht schwach«, protestierte Fen und schob voller Schuldgefühle den Gedanken an ihren Zusammenbruch beiseite. »Du kannst nicht alles alleine machen. Und jetzt sag mir, was Skoulli und Maus zu sagen hatten.«

»Es war nicht sehr angenehm.«

»Um so wichtiger ist es, daß du darüber sprichst«, sagte sie entschlossen, doch sie spürte, wie der Mut sie verließ.

Dsordas berichtete ihr in aller Kürze, was er über die Kreischer gehört hatte, die Überschwemmungen, die Lebensmittelversorgung und die Bedrohung aus Latchis wachsender Gefolgschaft.

Damit zeichnete er tatsächlich ein deprimierendes Bild, und Fen mußte sich sehr anstrengen, positiv zu reagieren.

»Die Fledermäuse sind wichtig«, sagte sie nachdenklich. »Da bin ich sicher. Gaye hat immer gesagt, daß sie in ihren Träumen mit ihnen geflogen ist, und Natali nennt sie manchmal seine Freunde.«

»Und sie haben uns geholfen, als wir im Hauptquartier der Garnison in der Falle saßen.«

»Ja!« Die Rebellion gegen Marschall Farrag und die imperialen Truppen lag erst drei Monate zurück, doch Fen kam das alles bereits wie lange zurückliegende Geschichte vor. »Wenn die Kreischer also Angst vor ihnen haben . . .«

»Das ist verrückt«, widersprach er. »Die Fledermäuse sind winzig klein. Wie könnten sie –?«

»Was wissen wir denn über sie?«

»Daß sie im Dunkeln sehen können. Sie leben in Höhlen, zumeist oben in den Bergen und –«

»Und sie kreischen«, warf Fen aufgeregt ein. »Dieser fast stumme Laut, den wir kaum hören können.«

»Was ist damit?«

»Erinnerst du dich, bevor wir nach Xantium fuhren, wie Gaye schrie und die Ungeheuer fortflogen? Vielleicht war es dieses Geräusch, das sie abgestoßen hat. Vielleicht machen es die Fledermäuse so!«

Dsordas begann zu lachen.

»Glaubst du, wir sollten alle kreischend herumlaufen?«

Fen warf ihm einen wütenden Blick zu, doch als ihr klar wurde, wie absurd ihre Idee war, mußte sie selbst lachen.

»Es war nur so ein Gedanke«, murmelte sie.

»Wir sollten versuchen, die Geister dazu zu bringen, gegen sie zu kämpfen«, schlug er neckend vor. »Sie mögen die Kreischer offenbar genauso wenig wie wir.«

»Naja, du könntest ja mal mit deiner Mutter reden«, nahm Fen Rache. Der Geist von Dsordas' Mutter war ihm schon zweimal erschienen und hatte ihn jedesmal gezwungen, sein vernachlässigtes Talent als Heiler zu nutzen, das er nicht so recht verstand.

»Vielleicht tue ich das«, überraschte er sie. »Schließlich ist Gaye nicht mehr hier, um das zu übernehmen. Aber nicht jetzt. Ich sollte schlafen. Bei der Ratssitzung morgen nacht gibt es noch Gelegenheit genug zum Reden.« Er gähnte. »Selbst für die Geister, wenn sie wollen.«

Fen lächelte in die Dunkelheit.

»Schlaf gut, Geliebter.«

Weit draußen auf dem Meer segelte ein einsames Schiff in seiner eigenen Welt. Die Nacht war ruhig und die Dünung sanft, doch die schwarzen Segel des Schiffes blähten sich, und sein Bug durchschnitt das Wasser mit unglaublicher Geschwindigkeit. Das dunkle Boot glitt aus eigener Kraft vorwärts, unter einem selbsterzeugten Sturm, der nur in dem vorübergehenden Augenblick seines Aufkommens zu existieren schien und das Meer ringsum unberührt ließ.

Riesige graue Umrisse zerteilten die mondbeschienenen Wellen zu beiden Seiten des Schiffes, geleiteten es gen Westen, und gelegentlich wurde die Stille durch kurze, haßerfüllte Schreie unterbrochen.

Dunkelheit hatte sich über den Fournoi-Platz gesenkt, doch der Schauplatz war erhellt von Fackeln und Lampen. Dsordas freute sich, als er eine große Anzahl von Fledermäusen hin und her flitzen sah, dunkle Schatten vor dem dunklen Himmel, und als ihm das Gespräch mit Fen einfiel, warf er einen Blick zu dem Balkon an der Ostseite des Platzes. Nach alter Tradition blieb dieser bei Gelegenheiten wie diesen leer. Sonst erschienen hier die Geister, schweigende Beobachter aus einer anderen Zeit und Welt, und ihre altmodischen Kleider und unhörbaren Gespräche waren für die Lebenden nur von geringem Interesse oder Belang. Jetzt versammelten sich die Geisterscheinungen und drängte auf den kleinen Balkon und in den Raum dahinter, und ihr Leuchten war in der Dunkelheit deutlich auszumachen. Aus irgendeinem nicht erkennbaren Grund freute sich Dsordas, auch sie zu sehen.

Seine größte Sorge war gewesen, daß Latchi und seine Gefolgsleute den Rat stören, ein Weiterkommen verhindern und vielleicht die Emotionen unkontrollierbar aufheizen könnten. Doch das würde auf keinen Fall geschehen. Latchi hatte eine aggressive Botschaft geschickt, in der er den Rat als bedeutungslosen Schwindel diffamierte und feststellte, daß ein wahrhaft bedeutsames Treffen des Volkes von Zalys nur in der Arena stattfinden könne, wo Latchi persönlich den Vorsitz übernehmen würde. Der selbsternannte Starez weigerte sich daher, zum Fournoi-Platz zu kommen. Dsordas war angewidert von der Selbsterhöhung des Mannes, doch erleichtert über dessen Entscheidung – obgleich er wußte, daß er sich Latchi bald würde stellen müssen.

Endlich war die verabredete Stunde gekommen, und Dsordas trat allein hinaus auf den Balkon, der einmal zum Hauptquartier der Garnison gehört hatte. Der Platz unter ihm war überfüllt. Am Kanal hatten viele Boote hinter der neu angelegten Flutbarriere angelegt. Selbst im Dämmerlicht konnte man überall im Herzen der Stadt die Spuren der Überschwemmungen erkennen, doch man hatte den Rat auch in die Abendstunden gelegt, damit er zeitlich mit der Ebbe zusammenfiel – darüber brauchten sie sich also im Augenblick keine Sorgen zu machen.

Als Dsordas sich der Aufmerksamkeit der Menge sicher war, sprach er ausführlich über die Geschehnisse auf dem Festland und rekapitulierte noch einmal kurz ihre Lage auf Zalys. Er wollte gerade von der Zukunft reden und die wenigen Pläne erläutern, die er und seine Stellvertreter gemacht hatten, als es am nördlichen Rand des Platzes, am Kanal, eine Unterbrechung gab, die ihn und viele seiner Zuhörer ablenkte. Er sah hinüber, erfüllt von plötzlicher Furcht, als Signalfackeln aufleuchteten und einem Boten den Weg vom Hafen leuchteten. Er erklomm die Stufen, die über die Schutzmauer führten und richtete über die Köpfe der anderen hinweg das Wort an Dsordas.

»Wachtposten haben gen Osten ein Schiff erspäht!« rief er völlig außer Atem. »Es fährt mit unglaublicher Geschwindigkeit. Es ist bereits in die Lagune eingefahren und wird von einem Wind angetrieben, der nur die Segel bläht und dann erstirbt.« Bei diesen Worten wurde das unterdrückte Murmeln in der Menge lauter, doch er hob die Stimme und sprach weiter. »Das Boot geht gerade vor Anker, und ein Skiff wird es an Land bringen.«

Noch als er diese Worte sprach, kam ein Boot in Sicht. Es war schwarz und auf dem dunklen Wasser unsichtbar, doch sein einziges Besatzungsmitglied, das die Ruder geschickt betätigte, war in lange, weiße Kleider gehüllt.

»Lassen wir ihn herkommen und zu uns sprechen!« rief Dsordas und fragte sich verzweifelt, was dieser unvorhergesehene Besuch wohl zu bedeuten hatte.

Der verhüllte Mann entstieg leichtfüßig seinem Boot und erklomm an Stelle des Boten das erhöhte Podest am nördlichen Rand des Platzes. Er war klein und von dünner Gestalt, und sein scharf geschnittenes Gesicht war bar jeden Ausdrucks. Doch als er sprach, erreichte seine tiefe Stimme ohne Probleme alle Anwesenden.

»Ich bin ein Gesandter«, verkündete er, ließ seinen Blick über die Menge schweifen und nahm dann Dsordas ins Visier. »Ich komme von Kaiser Verkho, Herrscher des Xantischen Reiches.«

Bei diesen Worten brach Lärm los, Schreie des Unglaubens, der Empörung und der Furcht. Die Menge geriet in Bewegung, als einige Leute sich vor dem Fremden zurückzogen, andere aber näher drängten und ihre Hände nach ihren Waffen griffen. Der unbewaffnete Gesandte ignorierte sie verächtlich. Er griff in seine voluminöse Robe und brachte einen kleinen grauen Stein zum Vorschein, ein unauffälliger Kiesel, den man an jedem Strand hätte finden können. Er hielt ihn zärtlich in seinen Händen.

»Erblickt Euren neuen Herrn und hört seine Worte!« rief er.

Augenblicklich brachen Bruchstücke aus Licht aus dem Kiesel hervor und formten sich zu dem schimmernden Bild eines Mannes. Er war eine imposante Gestalt, groß und breitschultrig, mit Bart und langen, glänzenden Haaren. Seine linke Hand war bandagiert. Doch es waren seine Augen, die die Aufmerksamkeit der erschreckten Zuschauer bannten. Sie waren silbrig und so hell in ihrer wahnsinnigen Intensität, als wären sie zwei Leuchtfeuer, die in die Welt hinausstrahlten. Nur sehr wenige der Anwesenden hatten den berüchtigten Kanzler Verkho – der sich nun selbst zum Kaiser ernannt hatte – schon einmal gesehen, doch niemand hegte einen Zweifel daran, wessen Ebenbild da vor ihnen stand.

Die Erscheinung begann zu sprechen, und die Stimme hallte wie Donnerschlag über den Platz.

»Einige einfältige Narren haben Euch vielleicht glauben gemacht, das Xantische Reich existiere nicht mehr. Das ist eine lächerliche Lüge. Xantium ist mächtiger als je zuvor, und *ich* bin jetzt der Herr dieser Macht. Ich beehre Euch mit meiner Gegenwart, um Eure erneuerte Loyalität gegenüber dem Reich einzufordern. Die Folgen einer Weigerung wären äußerst unangenehm. Noch vor morgen um diese Stunde werdet Ihr Euer Einverständnis meinem Gesandten an Bord seines Schiffes überbracht haben. Zu gegebener Zeit werden eine neue Garnison und ein neuer Gouverneur eintreffen, um über Zalys zu herrschen. Ihr tätet gut daran, in allen Belangen mit ihnen zu kooperieren.«

Verkho hielt inne und lächelte über das verblüffte Schweigen, das seiner Ankündigung folgte.

»Mein Abgesandter wird Euch nun ein kleines Beispiel meiner weitreichenden Macht zeigen.«

Mit diesen Worten verschwand er. Der Gesandte steckte den Stein wieder in die Tasche und zeigte dann nach rechts.

Einige Reihenhäuser gingen in Flammen auf, und die Taverne im Erdgeschoß und die Wohnungen in den beiden Stockwerken darüber wurden zu einem brüllenden, orangefarbenen Inferno. Das alles geschah im Bruchteil eines Herzschlags, und die Menschen in den Häusern und viele der Umstehenden starben sofort, und ihre Schreie mischten sich mit den Schreien der Wut und des Entsetzens auf dem Platz.

In der folgenden Panik versuchten einige Männer, den Gesandten anzugreifen, um Rache für diese sinnlose, rachsüchtige Tat zu üben, doch er hielt sie mit einem nachlässigen Wedeln der Hände von sich ab und schleuderte sie zu Boden, bevor sie noch auf fünf Schritte an ihr Opfer herangekommen waren. Ein Pfeil, der das Herz des Gesandten hatte treffen sollen, verbrannte mitten im Flug einfach zu Asche, während der Mann gemächlich zu seinem Skiff zurückging und davonfuhr.

In dem ganzen Aufruhr hatte Dsordas nur mit wachsender Sorge zusehen können. Jetzt, als die anderen endlich damit begannen, das Feuer zu löschen, rannte er hinunter, um ihnen zu helfen, denn er wußte, daß bei den Wassereimern jede Hilfe gebraucht wurde, wenn sich die Feuersbrunst nicht ausbreiten sollte. Auf gewisse Weise war ihm dieser Zwang, etwas zu tun, sogar willkommen. So hatte er keine Zeit zum Nachdenken.

Kapitel sechs

Die Wahrheit ist ein trügerisches Wesen, das sich manchmal gerne in einem Gewirr aus Lügen versteckt. Schuld ist eine menschliche Erfindung. Sie spiegelt leere, eingefallene Augen, handelt mit der Diplomatie von Wölfen und spricht mit gespaltener Zunge. Und dennoch kenne ich ihren Wert. Ich kann die Sühne einschätzen.

In der Schuld der Sperlinge liegt Leere.

»Ich habe so viele dumme, unverzeihliche Dinge getan.« Der Kaiser stellte seinen Weinkelch ab und blickte über den Tisch, auf dem Karten, Berichte und die Zeugnisse eines langen Arbeitstages verstreut lagen. Southan war müde, denn er hatte alles getan, was ihm im Augenblick möglich war, doch als der Abend hereinbrach, wurde sein manchmal schwerfälliger Verstand munter. Southans äußere Erscheinung verbarg hinter einer großen, eindrucksvollen Statur und hinter dunkelbraunem Haar, einem sorgfältigen Oberlippenbart und harten blauen Augen einen schwachen Charakter. Dies wurde ihm selbst erst ganz allmählich bewußt. »Warum bleibt Ihr mir gegenüber weiterhin loyal?« fragte er seinen Gefährten.

General Kerrell Adjeman dachte einige Augenblicke lang nach, bevor er antwortete.

»Meine Loyalität für Euch kann nicht leichtfertig über Bord geworfen werden«, sagte er schließlich. »Selbst wenn ich es wollte – was nicht der Fall ist.« Kerrell war der letzte eines Hauses, das zahllose Jahre lang verschworene Diener des Xantischen Reiches gestellt hatte, und Generationen in militärischer Tradition und Sachkenntnis hatten den vorgeblich gottgleichen Willen des imperialen Throns gestärkt.

»Aber das Kaiserreich gibt es nicht mehr«, beharrte Southan. »Das akzeptiert Ihr doch gewiß?«

»In gewissem Sinne tue ich das.« Die Nachrichten aus den äußeren Gebieten wiesen alle auf eine unbestreitbare Schlußfolgerung hin. Trotz all ihrer Anstrengungen war die Auflösung von Southans früherem Machtbereich nunmehr unvermeidbar.

»Aber?«

»Ihr seid immer noch mein Lord«, erwiderte Kerrell einfach. Der General war kleiner als sein Gebieter, kräftig gebaut, die Augen in seinem gebräunten Gesicht wirkten täuschend sanft. Sein langes, mittelbraunes Haar war zurückgebunden, ein Stil, den viele der jüngeren Offiziere nachahmten. Kerrell war ein vollendeter Soldat, doch die jüngsten Ereignisse hatten sein Leben sehr viel komplizierter gemacht, und damit konnte er nur schwer umgehen, selbst mit seinen erstaunlichen Fähigkeiten. Er hatte Kanzler Verkho immer mißtraut und ihn nie gemocht, doch hatte er den Intrigen und dem politischen Scharfsinn des Mannes nie etwas entgegensetzen können. Daß Verkhos Machtergreifung im Bürgerkrieg geendet und das Xantische Reich in eine Katastrophe unvorstellbaren Ausmaßes gestürzt hatte, war eine Schuld, die der General kaum ertragen konnte. Und dann war da natürlich noch Ifryn ...

»Ich bin sehr dankbar«, sagte Southan. »Aber am meisten habe ich Angst um meine Kinder. Welche Bestimmung auch auf meinen Sohn wartet, auch er wird einen Mitstreiter brauchen.«

»Meine Loyalität wird auch Azari gelten, ob Kaiser oder nicht«, schwor Kerrell.

»Aber er ist erst wenige Monate alt«, machte Southan deutlich. »Was wird mit ihm geschehen, wenn wir beide tot sind?«

Kerrell schwieg, seine Gedanken jagten sich. Die Zukunft war ungewiß. Er konnte nur weitermachen, wenn er für jeden einzelnen Tag lebte.

»Ein Sohn ist das größte Geschenk, das ein Mann auf dieser Welt erhalten kann«, fuhr der Kaiser fort. »Trost ebenso wie Verantwortung. Warum habt Ihr nie geheiratet, Kerrell? Soll die Familie Adjeman mit Euch aussterben?«

Der General blickte zu Boden und versuchte, seine Verwirrung zu verbergen, und er fragte sich, ob in den Worten seines Herrn ein Widerhaken verborgen war.

»Ich bin noch nicht zu alt dafür«, murmelte er. »Ich habe noch Zeit.«

»In dieser unsicheren Welt?«

»Ich werde akzeptieren, was das Schicksal mir zuweist. Kein Mensch kann mehr tun. Ich habe noch keine Frau gefunden, die ...« Ihm versagte die Stimme. Wie konnte er erklären, daß die einzige Frau, die jemals seine wahre Leidenschaft entfacht hatte, Southans Frau war? Kerrell liebte Ifryn, seit er sie zehn Jahre zuvor nach Xantium begleitet hatte – ihrer kaiserlichen Bestimmung entgegen –, doch hatte er sich seine Liebe erst in den letzten Wochen eingestehen können. Sehr zu seinem Erstaunen hatte er erkannt, daß auch sie ihn liebte. Nach einem Jahrzehnt perfekt beachteter Anstandsregeln war ihr unerlaubtes Verlangen nur einmal hell entbrannt, in einer magischen Leere jenseits der normalen Welt – doch diese kostbaren, verdammten Augenblicke hatten ihm nur schmerzliche Erinnerungen an verlorene Freuden und ein nagendes Schuldgefühl beschert. Und dann war Kerrell von Verkho fälschlich des Verrats beschuldigt worden. Der General selbst sah sich als Verräter, aber nicht auf die Weise, wie sein Feind es ihm vorwarf. Er wußte, daß dies alles in der Vergangenheit ruhen mußte, doch er konnte es niemals vergessen. Brennende Erinnerungen verfolgten ihn durch seine Träume und bahnten sich auch bei Tag ihren Weg in seine Gedanken, obwohl er versuchte, sie zu leugnen.

»Ich habe nicht aus Liebe geheiratet, wie Ihr wohl wißt«, fuhr Southan fort, »dennoch habe ich sie gefunden.« Mit seinem liebenswürdigen Lächeln machte er Kerrells Schmerzen unbewußt noch schlimmer. »Vielleicht könntet Ihr dasselbe tun.«

»Es gibt Wichtigeres zu tun«, stellte der General unbehaglich fest und zeigte mit der Hand auf die Papiere auf dem Tisch.

»Nun denn. Ihr wünscht immer noch, Euer Schicksal mit dem meinen zu verknüpfen?«

»Ja.«

»Selbst, wenn ich die Absicht habe, die närrischsten Dinge zu tun?«

»Ganz besonders dann!« Und zum ersten Mal lächelte Kerrell. Einen Augenblick lang wirkte Southan unsicher, doch dann lächelte er kläglich.

»Dies wird das gewagteste Spiel meines Lebens«, sagte er leise.

Seine früheren Fehleinschätzungen von Kerrell, Verkho und sogar Ifryn belasteten ihn schwer, und er war entschlossen, es wiedergutzumachen.

»Meines auch. Doch es gibt nichts, was dieses Risiko mehr wert wäre.«

Die beiden Männer hatten ihre Rückkehr nach Xantium geplant, seit sie in der relativen Ruhe von Nadal angekommen waren. In Brighthaven, der Hafenhauptstadt der südlichen Provinz, hatte man einen provisorischen kaiserlichen Hof errichtet. Fast ein Monat war vergangen, seit sie aus ihrer Heimat vertrieben worden waren, und die meiste Zeit hatten sie damit verbracht, Informationen über die Geschehnisse in den früheren Gebieten des Kaiserreiches zu sammeln. Das Chaos, das wegen der außergewöhnlichen Ereignisse in der Stadt herrschte, war so groß, daß es schwierig war, einen

Überblick zu gewinnen. Doch ganz allmählich klärte sich das Bild.

Der größte Teil des alten Reiches war in einzelne Teile aufgesplittert, eroberte Länder hatte ihre Unabhängigkeit wiedererlangt, und täglich bildeten sich neue Allianzen und Feindschaften. Rückblickend war ganz leicht zu erkennen, daß das ganze Gebäude verrottet war – hauptsächlich dank Verkhos harter und korrupter Methoden –, doch sowohl Southan als auch Kerrell verspürten Scham und Bedauern über ihre eigene Rolle dabei und waren nun in einem einzigen Ziel vereint. Zu diesem Zweck versammelten sie Männer, Waffen, Vorräte und Informationen so gut sie konnten.

Die meisten Kräfte der riesigen Xantischen Armee waren weit verstreut, doch eine überraschend große Anzahl von Einheiten war immer noch Kerrell loyal ergeben.

Mehrere kleinere Länder, besonders im Süden, hatten sich im Streben nach Stabilität und in der Hoffnung auf Schutz vor den habsüchtigen Nachbarn auf Gedeih und Verderb mit Southan zusammengetan.

Die Nachrichten aus entlegeneren Gegenden waren noch unvollständiger, obwohl jeden Tag Boten eintrafen. Man sprach von Machtkämpfen rivalisierender Kräfte in vielen Gebieten, und Tausende von Flüchtlingen aus Xantium stellten die Ressourcen vieler Länder zusätzlich auf die Probe. Es grassierten Gerüchte von regelrechten Kriegen im Osten, doch diese Gegend war so weit entfernt, daß man ohne das Netz der Fernrufer nur wenig als sicher annehmen konnte. Viele der Telepathen des Kaiserreiches waren immer noch in Xantium bei Verkho gefangen, und die wenigen, die Southan und Kerrell zur Verfügung standen, konnten keinen Kontakt mit der Stadt aufnehmen. Statt dessen benutzten sie ihre Talente so gut sie konnten, um eine Verbindung mit anderen Fernrufern in den alten Territorien aufzunehmen, doch viele dieser ganz besonderen Sklaven waren geflohen und antworteten nicht mehr.

Aber sogar inmitten dieses Durcheinanders schritt die Planung langsam voran. Schon sehr bald würde sich eine immer größer werdende Armee in Bewegung setzen.

»Falls wir die Welt von Verkho befreien können, dann kann ich zumindest glücklich sterben«, sagte Southan. »Das Böse, das er in die Welt gebracht hat – welche Form es auch annehmen mag – ist gefährlicher als alle unsere anderen Feinde.«

»Solange er nicht besiegt ist«, pflichtete der General ihm bei, »werden wir keinen Frieden finden.«

»Ihr solltet zu Bett gehen, meine Lady.«

»Aber es ist noch früh. Wir haben gerade erst die Mädchen zu Bett gebracht«, protestierte Ifryn schwach, doch die Erschöpfung spiegelte sich in ihren von Schatten umrandeten braunen Augen und auf ihrem ungewöhnlich blassen Gesicht. In Wahrheit war die Aussicht auf ein warmes, friedliches Bett sehr verlockend.

»Die Männer können auch einen Abend lang ohne Eure Hilfe auskommen«, sagte Doneta. »Ihr braucht Ruhe, das ist ganz offensichtlich. Und in den letzten Tagen habt Ihr kaum etwas gegessen«, fügte sie mißbilligend hinzu. Die schwarzhaarige Dienerin, die gemeinsam mit Ifryn aus der Heimat im Osten gekommen und seitdem bei ihr geblieben war, kam für die Kaiserin einer Vertrauten am nächsten. Sie war, abgesehen von der jetzt nicht anwesenden Fen, die einzige, die mehr als nur eine Ahnung von Ifryns Beziehung zu Kerrell hatte, und selbst sie wußte nichts von der Tiefe ihrer Gefühle.

»Legt Azari in die Wiege, dann mache ich Euch für die Nacht bereit«, sprach das Mädchen einschmeichelnd weiter.

Plötzlich mußte Ifryn gegen Tränen ankämpfen. Noch vor wenigen Monaten war sie recht zufrieden gewesen, ein beinahe unsichtbares Mitglied des kaiserlichen Hofes, ein gelehriges Weib, das endlich ihren Zweck erfüllt und Southan einen Erben geschenkt hatte. Man hatte Azaris Geburt schon lange erwartet, ebenso wie die der beiden Mädchen zuvor: Vrila, jetzt fast neun Jahre alt, und Delmege, anderthalb Jahre jünger. Doch die Ankunft des Jungen markierte den Beginn der schrecklichen Ereignisse, die in ihrem Exil gipfelten.

Ifryn, ein Einzelkind, hatte in dieser Zeit beide Eltern verloren: König Fyles, dessen Geist sie kurz besucht hatte, um sich zu verabschieden, und Zephia, die vergifteten Wein getrunken hatte, welcher eigentlich für Ifryn bestimmt gewesen war. Jetzt sah die Kaiserin mehr als je zuvor ihre Kinder, ihre direkten Familienangehörigen, als Sinn ihres Lebens. Doch selbst diese Überzeugung war durch die enthüllende Erfahrung mit Kerrell erschüttert worden.

In dieser Zeit der Prüfungen war Ifryn weniger reserviert.

In der Vergangenheit hatte sie stets vor Politik zurückgescheut, doch plötzlich fand sie sich mittendrin – und hatte beschlossen zurückzuschlagen, sowohl für sich selbst als auch für ihre Kinder. Zu ihren Eigenschaften hatten stets Intelligenz und Sanftmut gehört, die sich in ihrer vornehmen, natürlichen Schönheit spiegelten, doch jetzt entdeckte sie unbeugsame Entschlossenheit und eine mütterliche Wildheit, die alle erstaunten, die sie kannten – und Southan am allermeisten. Untätigkeit konnte sie kaum noch ertragen, so daß diese langen Zeiten des Wartens in Brighthaven an ihren Nerven zerrten. Doch sie hätte alle äußerliche Not überwinden können, hätte sie nur die Erfordernisse ihrer schon so lange akzeptierten Pflichten mit ihren eigenen knospenden Gefühlen in Einklang bringen können. Doch das konnte sie nicht, und so war sie dankbar für Donetas Freundschaft und Unterstützung.

Ifryn trug ihren kleinen Sohn zu seiner Wiege, die in ihrem Schlafzimmer stand, und legte ihn nieder. Unschuldige blaue Augen, die so sehr denen seines Vaters ähnelten, sahen vertrauensvoll zu ihr hoch, und sie mußte den Blick abwenden, als sie zu weinen begann. Azari seufzte, und es klang wissend, wenn er vermutlich auch eher schläfrig war, und lag ganz still, abgesehen von seinen winzigen Fingern, mit denen er aus unerfindlichen Gründen Greifbewegungen machte. Die Kaiserin sah ihn wieder an. *In was für eine Welt habe ich dich gebracht*? dachte sie. *Was bringt die Zukunft für dich*? Ihre Gedanken wanderten zu den Worten, die Alasia einst über Azari gesagt hatte. *Vergangenheit und Zukunft sind eins für ihn*. Es war eine ihrer typisch unergründlichen Aussagen gewesen, und Ifryn hatte immer noch keine Ahnung, was ihre sonderbare, erdentrückte Freundin damit gemeint hatte.

Ganz in Gedanken merkte Ifryn, daß sie an einem ihrer Ohrringe herumspielte. Das Schmuckstück hatte sie zehn Jahre zuvor von ihrer Mutter geschenkt bekommen, zu einer Zeit, als Ifryns Leben sich für immer verändert hatte – von der Prinzessin eines kleinen Königreiches zur Kaiserin von Xantium.

»Und jetzt wird wieder alles anders«, flüsterte sie laut. »Ich frage mich, was kommt wohl als nächstes?«

Da betrat Doneta mit einem Tablett voller Köstlichkeiten das Zimmer – Früchte, Bonbons und Wein. Ifryn konnte nicht anders, sie mußte lächeln, als sie den entschlossenen Gesichtsausdruck ihres Mädchens sah.

»Ihr könnt essen, während ich Euer Haar bürste«, sagte Doneta.

Gehorsam setzte sich die Kaiserin an den Tisch und stocherte lustlos im Essen herum, während ihre Gefährtin ihr den Zopf löste und mit einer Bürste durch das lange braune Haar fuhr. In der geübten, methodischen Bewegung lag etwas Tröstliches, und Ifryn war mehr als froh über die Aussicht, früh zu Bett zu gehen. Einige Zeit lang sagte keine der beiden Frauen ein Wort. Ifryn verlor sich fast schuldbewußt in Erinnerung an ihr Geständnis gegenüber Fen und fragte sich, wo ihre Freundin wohl gerade sein mochte. Sie war ganz erschreckt, als Doneta das Schweigen brach.

»Gehen wir mit ihnen, wenn die Armee nach Xantium zurückkehrt?«

»Ich weiß es nicht«, erwiderte Ifryn zögernd. »Southan sagt mir nicht einmal, wann sie bereit sein werden. Er will nicht darüber reden.«

»Kerrell wird den Zeitpunkt bestimmen«, warf das Mädchen ein. »Warum fragt Ihr nicht ihn?«

»Er ist zur Zeit so beschäftigt, daß er keine Zeit für mich hat.«

Doneta hörte den Schmerz in den Worten ihrer Herrin, doch sie sagte nichts dazu.

»Seine Arbeit frißt ihn auf«, fuhr Ifryn fort. »Alles andere vergräbt er tief in seinem Inneren. Er war sein ganzes Leben lang ein Getriebener.«

»Doch er ist auch ein Mann«, sagte Doneta vorsichtig.

Jetzt war es an Ifryn zu schweigen.

»Redet mit ihm.«

»Das würde ich, wenn ich nur könnte«, erwiderte die Kaiserin traurig.

»Ich sorge dafür, daß er Euch morgen aufsucht«, sagte ihr Mädchen entschlossen. »So, fertig.« Sie grinste, als Ifryn sie mit einer Mischung aus Hoffnung und Unglauben ansah. »Und jetzt geht schlafen. Überlaßt alles mir.«

Kapitel sieben

Die meisten Spiele sind Formen von Schlachten, bei denen nur der Stolz verletzt und nur die Eitelkeit getötet werden. Strategie, Taktik, List, Täuschung: das falsche Gepränge von Intellekt und Intuition.

Es wird niemals ausreichen.

Corton Magna verzog die Lippen zu einer unwillkürlichen Maske des Abscheus, und seine Augen wurden groß vor Zorn.

»Dieser Wein ist gepanscht!« rief er aus und starrte anklagend auf seinen Becher. »Es war schon schlimm genug ...«, fuhr er fort und merkte nichts von dem Schweigen, das sich über die Taverne senkte. »Aber das hier ...« Ihm fehlten die Worte.

Bis zu diesem Augenblick war Corton ganz vertieft in das Spiel auf dem Labyrinth-Brett, das zwischen ihm und seinem ständigen Begleiter Grongar lag. Beide Männer nahmen ihren regelmäßigen Wettstreit in diesem komplizierten Kriegsspiel sehr ernst, doch ihr Stil, das Spiel zu führen, war – wie alles andere an diesem ungleichen Paar – sehr unterschiedlich. Grongar spielte offenkundig so, wie es seine barbarische Erscheinung suggerierte. Er spielte schnell, instinktiv und mit gedankenloser Angriffslust. Corton hingegen war bedacht und methodisch und ließ sich vom gelegentlichen Spott seines Gegners nicht hetzen. Dennoch waren sie im Spiel ein gutes Paar und für die Lokalmatadoren des Spiels viel zu gut. Deshalb konnten sie nur noch gegeneinander spielen, und die Gäste der Taverne, die jetzt ihre Zuschauerschaft bildeten, schwelgten in der im ganzen

Kaiserreich weitverbreiteten Wettleidenschaft und setzten auf den Ausgang der jeweiligen Partie.

Jetzt jedoch wurden sie still, als Cortons Worte sich langsam setzten. Das Schweigen wurde noch drückender, als der Gastwirt, ein großer dünner Mann mit Namen Quince, hinter der Theke hervorkam, seinen Mietlingen zuwinkte und sich gemessenen Schrittes dem Tisch näherte. Inzwischen hatte sogar Corton die Bestürzung bemerkt, die seine Anschuldigung hervorgerufen hatte, und mit einer Mischung aus Entschuldigung und Schrecken auf seinem fein geschnittenen Gesicht warf er einen Blick auf Grongar.

»Ich hoffe doch, daß meine Ohren mich trügen«, sagte Quince leise.

Er bekam keine Antwort.

»In ganz Brighthaven gibt es keinen besseren Wein«, fuhr der Wirt fort und verdrehte damit schändlich die Wahrheit. »Und jeder, der etwas anderes behauptet, wird mir Rede und Antwort stehen müssen!«

Ein betrunkener Zuschauer war von dieser Drohung nicht im geringsten beeindruckt.

»Ihr meint: Er muß Hintz und Kunz gegenüberstehen«, lallte er und lachte über seinen eigenen Scharfsinn. Doch angesichts der wütenden Blicke von den beiden Männern, die er damit meinte, verstummte er eilig. Quince hatte die Zwillinge angestellt, damit sie für Ordnung sorgten und sein Eigentum vor böswilligen oder besonders tolpatschigen Gästen beschützten. Sie machten ihre Sache gut, und schon ihre Gegenwart reichte aus, die meisten Unruhestifter abzuschrecken. Beide Männer überragten ihren Herrn, und ihre Arme und Schultern waren mit dicken Muskeln bepackt. Die identischen Gesichter wirkten wie aus Granit gemeißelt und führten zu der Spekulation, daß sie die Nachkommen einer längst ausgestorbenen Rasse von Bergriesen seien. Niemand wußte so genau, woher die Zwillinge kamen.

Keiner von beiden sprach je mehr als ein paar Worte, und ihr unterentwickelter Intellekt paßte ganz eindeutig nicht zu ihrer körperlichen Verfassung. Hinter diesen dunklen Augen tummelten sich nur wenige Gedanken, doch was sie sahen, vergaßen sie *nie*. Wenn sie miteinander sprachen, waren ihre Worte unverständlich. Sogar ihre eigenen Namen waren eine unaussprechliche Ansammlung von Grunzen und Klicken, und so hatte irgend jemand, der über mehr Humor als Buchstabierfähigkeit verfügte, sie Hintz und Kunz getauft. Quince profitierte bereits seit einigen Jahren von ihren loyalen und unerschütterlichen Diensten.

»Probiert den Wein noch einmal«, wies Quince Corton an. »Ich bin sicher, Ihr werdet merken, daß Ihr Euch geirrt habt.«

Corton hatte den Becher gerade halb zum Mund geführt, als Grongar seufzte und sich erhob. Da der Mann aus dem Norden sehr klein war, wirkte er dadurch nicht sonderlich größer. Doch er war fast so breit wie groß, und nur die besonders Närrischen ließen sich mit ihm auf eine Schlägerei ein. Seine Kleider glichen einer Ansammlung von Lumpen, die von einem Seil und verkrustetem Schmutz zusammengehalten wurden. Seine Augen und Ohren waren unter einem fettigen Wust aus filzigen Haaren kaum zu sehen, und Schaumflöckchen verzierten hier und da seinen Bart. Wenn er sprach, drängte seine Stimme mit tiefem Knurren aus einer Höhle unter seiner vorstehenden breiten Nase hervor – die ihm bei weitem die meiste Farbe verlieh.

»Mein Freund macht keine Fehler«, bemerkte er freundlich.

»Er ist ein Lügner«, konterte Quince. »Niemand beschuldigt mich fälschlicherweise und kommt damit durch. Ich bin ein Meister meiner Zunft!«

»Nun denn, Meister Eurer verdammten Zunft, dieser verfluchte Wein ist gepanscht«, sagte Grongar wütend.

»Ist er nicht!«

Inzwischen rückten mehrere Zuschauer ein wenig von dem Streit ab, doch andere waren ganz erpicht darauf und genossen das unerwartete Spektakel. Die meisten glaubten auch, daß sich Quince vermutlich einige Freiheiten bei seinen Getränken herausnahm, doch niemand hatte es je gewagt, ihm das ins Gesicht zu sagen. Andere erhoben Einspruch dagegen, daß ein Fremder ihren Freund beleidigte.

»Wißt Ihr, wer das hier ist?« rief Grongar aus und zeigten mit einem knorrigen Finger auf seinen Gefährten. »Der kaiserliche Kellermeister, jawohl!«

Quince warf einen Blick auf Corton, der regungslos dasaß und sehr nervös über diese plötzliche Auseinandersetzung war. Der Kellermeister war von schmaler Statur und hatte kurzgeschnittene, dünne graue Haare. Er war sorgfältig gekleidet, und sein Äußeres war so wenig bemerkenswert wie Grongars Erscheinungsbild ungeheuerlich war.

»Ja, genau«, höhnte der Wirt, »und Ihr seid das Mädchen von Kaiserin Ifryn.«

Grongar stellten sich vor Wut die Haare auf – bei seiner Haarfülle ein außerordentlicher Anblick.

»Ich bin Hundeführer am kaiserlichen Hof«, fuhr er den Wirt an und ließ dabei bequemerweise den Verlust seiner Schutzbefohlenen außer acht.

Quince lachte.

»Genug mit diesem Unsinn«, wandte er sich an Hintz und Kunz. »Werft sie raus.«

Grongar rührte sich nicht von der Stelle, als die beiden Wachleute mit schweren Schritten vortraten.

»Wir haben unser Spiel noch nicht beendet«, sagte er ruhig.

»Na und?«

»Es ist viel Geld darauf gewettet worden.«

Mehrere Zuschauer nickten. Ein gutaussehender

Mann, dessen schwarze Haare und Oberlippenbart mit militärischer Präzision gestutzt waren, ergriff das Wort.

»Das ist richtig«, bestätigte er. »*Viel* Geld.«

»Haltet Euch da raus, Zmura«, fuhr Quince ihn an, doch er zögerte und hielt die Zwillinge mit einer kurzen Handbewegung zurück. Wetten waren eine allgemein verbreitete Leidenschaft, und die Spiele der Neuankömmlinge waren zweifellos gut fürs Geschäft gewesen. Doch obwohl er nicht den Wunsch verspürte, seine Stammgäste zu verprellen, hatte er doch seinen Stolz.

»Wenn er sich entschuldigt«, beschloß er schließlich, »können sie das Spiel beenden.«

»Er hat keinen Grund, sich zu entschuldigen«, sagte Grongar eilig. »Der Wein *ist* gepanscht, nicht wahr?«

»Ja«, bestätigte Corton widerwillig.

»Das reicht!« rief Quince aus. Seine Hand schoß vor, verstreute die Figuren auf dem Brett in alle Richtungen, und ein wütender Aufschrei entrang sich den Zuschauern. Gleichzeitig polterten Hintz und Kunz vorwärts, sicher, daß sie einschreiten sollten. Doch Grongar war schneller. Der Tisch flog durch die Luft, stieß Quince zur Seite und zersplitterte auf Hintz. Einen Augenblick später stemmte Grongar einen Stuhl, zerschmetterte ihn in Kunz' steinharter Magengrube und dämpfte den Angriff ein wenig ab, so daß der Barbar den Arm des entsetzten Corton ergreifen und ihn in Sicherheit ziehen konnte.

Innerhalb weniger Augenblicke war die ganze Taverne in Aufruhr. Einige weniger abenteuerlustige Seelen flohen durch die Tür oder offene Fenster oder versteckten sich hinter der Theke, während sich andere begeistert der allgemeinen Prügelei anschlossen. Quince lag am Boden und sah sprach- und hilflos zu, wie die Möbel um ihn herum in Stücke gingen und die Fäuste flogen, weil sich nun alle an der Schlägerei beteiligten.

Corton, dessen Körperbau und Temperament ihn für solch mißliche Lagen absolut ungeeignet machten, ließ sich bereitwillig von Grongar führen, dessen überraschende Behendigkeit und gelegentliche Rohheit es ihm erlaubten, sich allmählich aus dem Auge des Sturms zu entfernen. Sie waren jedoch noch ein ganzes Stück von der Tür entfernt, und dazwischen stand zudem Kunz, als sich Rettung aus einer unerwarteten Richtung andeutete. Während sie unter einen Tisch krochen, öffnete sich eine Falltür im Boden, ein Kopf lugte vorsichtig heraus und winkte sie herbei. Sie brauchten keine zweite Aufforderung, und halb kletterten, halb fielen sie die Leiter hinunter in einen dunklen Keller. Die Falltür schloß sich wieder und dämpfte die Geräusche der fortschreitenden Schlägerei über ihnen. Dann leuchtete eine Lampe auf und gab den Blick auf das glattrasierte Gesicht des Spielers frei.

»Zmura Bithray zu Euren Diensten, meine Herren«, sagte er lächelnd mit einer kleinen Verbeugung.

»Wir stehen in Eurer Schuld«, erwiderte Grongar und mußte grinsen.

»Für Notfälle wie diesen hier zahlt es sich aus, wenn man sich auskennt. Und wir Nordmänner sollten zusammenhalten, findet Ihr nicht?«

»Wußte ich doch, daß ich den Akzent kenne«, rief Grongar entzückt aus und streckte freundschaftlich die Hand aus. »Ein Mit-Exilant grüßt Euch.«

»Ein Mann des Militärs?« fragte Zmura.

»Was sollte ein herumstreifender Nordländer anderes sein als ein Krieger?«

»Dann haben wir auch das Metier gemeinsam.«

»Obwohl, um die Wahrheit zu sagen«, fügte Grongar verdrießlich hinzu, »ich habe meine wichtigsten Waffen verloren.«

»Die Jagdhunde?«

Grongar nickte.

»Soviel ich weiß, sind sie noch in Xantium.«

Zmura wandte sich an Corton.

»Grongars Namen kenne ich. Er hat ihn kühn genannt, wie es einem Soldaten gebührt, doch der Kellermeister hat bislang keinen Namen.« Im Gegensatz zu seinem stillen Freund liebte es der Barbar, sich mit allen und jedem bekannt zu machen.

Corton stellte sich vor. Während des Wortwechsels hatte er glücklicherweise sowohl Atem als auch Haltung zurückerlangt, doch jetzt wollte er am liebsten wieder gehen. Zmura, wenn er auch ihr Retter war, machte ihn nervös.

»Wir sollten besser gehen«, sprach Zmura die Gedanken des Kellermeisters aus. »Quince wird hier herunterkommen, sobald er wieder bei Verstand ist. Hier entlang.«

Er führte sie durch den Keller und blieb unterwegs einmal stehen, um eine staubbedeckte Flasche aus dem Regal zu nehmen. Er gab sie Corton.

»Ich denke, daß dieser hier Euch mehr munden wird.«

Sie erklommen ein paar Stufen zu einer weiteren, schwereren Falltür.

Zmura zog die Eisenriegel zurück und schob die Tür auf.

Wenige Augenblicke später waren die drei Männer auf der Straße und entfernten sich schnellen Schrittes von der Taverne.

»Erinnert Ihr Euch noch, wie die Figuren auf dem Brett standen?« fragte Zmura unerwartet.

Nach kurzem Nachdenken antworteten Corton und Grongar gleichzeitig. »Ja.«

»Gut. Ich kenne ein ... *erleseneres* ... Gasthaus, wo Ihr Euer Spiel vollenden könnt. Und wenn ich mich nicht sehr irre, wird Grongar hier in drei Zügen gewinnen.«

»Unsinn!« rief Corton wütend aus.

»Also habt Ihr *doch* ein wenig Feuer!« rief Zmura glücklich aus, und Corton merkte, wie er in klare, blaue Augen starrte, die ihn mit nervtötender Belustigung ansahen. Nach wenigen Augenblicken mußte Corton trotzdem lächeln.

»Als ob nicht ein Wahnsinniger aus dem Norden bereits genug wäre ...«, beklagte er sich. »Aber Ihr seht zumindest wie ein menschliches Wesen aus.«

Grongar lachte fröhlich in sich hinein.

Kapitel acht

Ich habe sie alle gesehen. Wie die Würfel fallen und die Karten verteilt werden, die Leere von Knochen, Briefe mit Blut geschrieben und die Zeichen der Gezeiten im Sand oder Schlamm, die Schatten von Wolken und Vogelschwärme, die Verfärbung der Sonne und die wechselnden Farben des Mondes.

In diesen mageren Tagen gibt es genügend Vorzeichen. Es wird ein dunkles Feuer geben, das ausreicht, die ganze Welt zu umfangen.

»Und Ihr seid Euch sicher?« beharrte Kerrell.

»So sicher man sein kann, wenn man es nicht mit eigenen Augen sieht«, erwiderte Baylin ruhig.

»Götter!« flüsterte Southan. »Wie kann nur alles so schnell auseinanderbrechen?«

»Wie weit seid Ihr gekommen?« fragte Kerrell.

»Bis Yermasoya«, antwortete Baylin. »Östlich davon sind die Straßen zu dieser Jahreszeit gefährlich, selbst in Friedenszeiten. Und außerdem dachte ich, Ihr solltet meine Neuigkeiten so schnell wie möglich erfahren.«

Baylin Parr war Reisender, der nach seinen eigenen Regeln lebte. Er schuldete niemandem die Treue, doch als alter Freund von Kerrell war er dem General viele Male von großem Nutzen gewesen. Jetzt, wo er sein eigenes Heim in Xantium verloren hatte, verschmolz er sein Schicksal mit dem des Kaiserreiches.

Seine letzte Reise hatte ihn weit in den Osten geführt, und der Bericht, den er mitbrachte, war nicht sehr ermutigend. Seinen Kontakten zufolge waren die drei Länder, die einst die äußerste östliche Grenze des Xantischen Reiches gebildet hatten, in Gefahr, völlig von den barbarischen Horden des Haresh-al-Keth überrannt zu werden. Southan konnte im Augenblick nichts tun, um diesen entlegenen Territorien zu helfen, doch sollten sie erobert werden, würde das weitreichende Folgen für den gesamten Kontinent haben.

»Haresh hat nicht lange gezögert«, bemerkte der Kaiser kläglich.

»Er hat viele Jahre auf diese Gelegenheit gewartet«, sagte Kerrell. »Nur Verkhos Strategien haben ihn unter Kontrolle gehalten.« Seine Stimme klang bitter. »Jetzt ...« Er zuckte die Achseln.

Zum ersten Mal, seit Baylin mit seinem Bericht begonnen hatte, ergriff das vierte Mitglied des Rates das Wort. Serchall Noy war der Gouverneur von Nadal, und sein normalerweise wohlgeordnetes Leben war durch die jüngsten Ereignisse heftig durcheinandergerüttelt worden. Als junger Mann war er aktiv und intelligent gewesen, ein kompetenter, wenn auch uninspirierter Herrscher, doch die Jahre der Zufriedenheit und des vergleichsweise leichten Lebens hatten sowohl seinen Verstand als auch seinen Körper aufgeweicht. Dennoch war seine Zusammenarbeit mit den Exilanten sowohl willkommen als auch nötig.

»Sollte Idiron erobert werden, wie lange kann es dann noch dauern, bis auch wir hier bedroht sind?« fragte er nervös.

»Noch ist Idiron nicht erobert, und das wird auch noch einige Zeit so bleiben«, antwortete Baylin und erklärte weiter, daß Haresh die allgemeine Annahme ignoriert hatte, die davon ausging, daß Idiron von Osten gesehen der beste Punkt für den Angriff sei. Statt dessen hatte er seine Truppen aufgeteilt und die eine Hälfte seinem ältesten General überlassen, die andere selbst übernommen. Beide Armeen waren durch feindliches, bergiges Terrain marschiert und hatten die Länder im Norden und Süden eingenommen – Tilesia und Agrea. Die zeitgleichen Angriffe hatten somit das Überraschungsmoment auf ihrer Seite, und wenn sein Plan von Erfolg gekrönt war, würde Idiron zwischen riesigen Zangen gefangen sein, zwischen denen es zerquetscht werden konnte, wann immer Haresh es wünschte.

»Agrea ist so gut wie eingenommen«, fuhr Baylin fort. »Einige Berichte sprechen davon, daß Besistral getötet oder gefangengenommen wurde, doch darauf würde ich nicht wetten. Auf alle Fälle hat Raamon sich in Tilesia einige Kämpfe geliefert, allerdings mußte er sich Haresh nicht persönlich stellen. Er und Besistral sind überrumpelt worden, und Latif weiß nicht, was er tun soll.«

Der erst vor kurzem gekrönte König Latif von Idiron war ein Cousin Kaiserin Ifryns und nach dem Tod ihres Vaters auf den Thron gelangt. Sowohl Southan als auch Kerrell machten sich besondere Sorgen um Ifryns Heimat, doch im Augenblick waren sie hilflos.

»Falls sie besiegt werden, ist für Haresh der Weg bis zum westlichen Rand der Großen Ebenen frei«, sagte Kerrell.

»Ob ihm das bereits genügt?« fragte Serchall klagend.

»Ein Mann wie Haresh weiß nicht, was das Wort *genügen* bedeutet«, bestätigte Kerrell mürrisch, »doch wir haben zunächst andere Dinge zu erledigen.«

»Sollten wir nicht zuerst versuchen, mit Haresh zu verhandeln?« fragte Southan plötzlich. »Wenn wir ihm einen attraktiven Vorschlag machen, könnten wir ihn vielleicht dazu überreden, uns gegen Verkho zu helfen.«

Das war zwar kaum mehr als eine verwegene Theorie, doch die anderen dachten erst eine Weile darüber nach, bevor sie antworteten.

»Ich wüßte nicht, was wir ihm anbieten könnten, das er nicht selbst erobern zu können glaubt«, erwiderte Kerrell zweifelnd.

»Es ist zumindest eine ungewöhnliche Idee«, grinste

Baylin. »Niemand hat je daran gedacht, mit Haresh zu *verhandeln.* Immer hatten alle viel zu viel Angst, um etwas anderes zu tun als zu kämpfen oder wegzulaufen.«

»Dabei verdient der Gedanke genauere Betrachtung«, sagte Serchall. »Ein Handel ist sicher besser als endloses Gemetzel – aber ist es möglich? Wer könnte zu Haresh gelangen? Nur wenige Männer haben ihn je gesehen.«

»Da gibt es schon Möglichkeiten«, sagte Baylin. »Selbst der große Haresh-al-Keth muß manchmal herauskommen, um einen Zug zu machen.«

»Meldet Ihr Euch freiwillig?« erkundigte sich Southan sanft.

»Warum nicht?« fragte der Reisende fröhlich. »Ich langweile mich schnell, wenn ich nicht unterwegs bin. Außerdem habe ich mich noch nie mit jemandem unterhalten, der für mindestens zwanzigtausend Tote verantwortlich ist.«

Einige Zeit später, als Baylin und Serchall ihrer eigenen Wege gegangen waren, studierten Southan und Kerrell bei einer Flasche Wein die neuesten Tabellen und Berichte. Schließlich schob der General die Papiere beiseite und rieb sich die müden Augen. Er wußte, daß für jedes militärische Unternehmen die Vorbereitung von entscheidender Bedeutung war, doch manchmal kam man an einen Punkt, an dem zu viele Vermutungen Selbstbetrug bedeuteten.

Southan blickte hoch und sah die Müdigkeit auf Kerrells Gesicht, und in einem der seltenen Augenblicke der Erkenntnis wurde ihm bewußt, daß sein Gefährte ebenso wie er unter angestautem Tatendrang litt.

»Wann, meint Ihr, können wir losmarschieren?« fragte er leise.

»In zwei Monaten«, erwiderte Kerrell langsam.

»Früher, wenn wir Nahrungsmittelvorräte aus dem Süden bekommen können. Man kann den Leuten keinen Vorwurf machen, daß sie für den bevorstehenden Winter hamstern, doch das macht meine Aufgabe als Quartiermeister nicht leichter.«

»Ganz besonders jetzt, wo die Fangerträge so gering sind.«

Kerrell sah Southan überrascht an. Ihm war nicht klar gewesen, daß der Kaiser sich um derart weltliche Dinge kümmerte. Offenbar waren ihm die Gedanken am Gesicht abzulesen, und sein Gefährte lächelte.

»Mancher Klatsch dringt selbst bis zu mir vor, wißt Ihr«, sagte Southan. »Ich bin nicht völlig abgeschirmt durch kaiserlichen Glanz.«

Kerrell lächelte, doch antwortete er nicht sofort. Er dachte darüber nach, daß die Menschlichkeit seines Herrn sich erst in der Not gezeigt hatte. Es waren Augenblicke wie diese, so erkannte er in einem Anfall von eifersüchtigem Schuldgefühl, in denen er verstand, warum Ifryn ihren Mann zu lieben gelernt hatte.

»Die letzte Überschwemmung war auch nicht gerade hilfreich«, sagte er schließlich und schob seine persönlichen Gedanken beiseite. »Die meisten Klagen der Seeleute ergeben keinen Sinn – aber es stimmt, daß die Fänge im Augenblick armselig sind.«

»Vorzeichen«, sagte Southan.

»Bitte?«

»Sie suchen nach Vorzeichen.«

»Das tun viele in Zeiten der Not. Und Seeleute waren schon immer abergläubisch.«

»Sie sind nicht die einzigen«, stellte der Kaiser fest. »Immer mehr Menschen gehen in die alten Tempel, und jeden Tag gibt es Geschichten von neuen Propheten. Starez nennt man sie.«

»Die Menschen wenden sich an die Götter, wenn –«

»Wenn die weltlichen Herrscher sie im Stich lassen«,

vollendete Southan den Satz für ihn. »Und ich habe sie im Stich gelassen, nicht wahr?«

»Das haben wir bislang alle«, gab Kerrell zu. »Aber wenn wir Verkho besiegen können –«

»Manche sagen, dazu brauchen wir mehr als eine Armee. Unser abtrünniger Kanzler benutzt Zauberkräfte. Sollten wir uns nicht selbst der Magie bedienen?«

Sofort kamen Kerrell einige Fragen in den Sinn. *Welche Magie? Woher, und wer könnte sie kontrollieren? Und zu welchem Zweck?*

»Ich weiß nicht viel über solche Dinge«, sagte er schließlich.

»Nein«, seufzte Southan. »Mir geht es ähnlich. Verkho hat viele fachkundige Leute, doch haben sie immer nur ihm Bericht erstattet, und jetzt sind sie eingeschlossen in dieser höllischen Kuppel. Aber es muß *irgend jemanden* geben, mit dem wir reden können. Auch wenn es zu nichts führt, zeigt das den Männern doch zumindest, daß wir es versuchen.«

»Ich werde mich darum kümmern, mein Lord.«

»Schaut nicht so mißbilligend, Kerrell. Ihr solltet doch um die Macht der Zauberei wissen.«

»Die Pest möge die Zauberei ereilen!« brach es aus dem General heraus, der plötzlich wütend wurde. »Hexerei ist unehrenhaft.«

»Es wäre ehrenhaft, diese Schlacht zu gewinnen, ganz gleich, wie.«

Nach diesem Ausbruch kam sich Kerrell dumm vor, und er konnte nur zustimmend den Kopf neigen.

»Wenn ich all diese Geister versammeln könnte, die dem Hörensagen nach überall auftauchen«, fuhr Southan fort, »und sie zu einer wirkungsvollen Kraft vereinen könnte, dann würde ich auch das tun.« Er lachte über diesen Einfall. »Eine Armee aus Phantomen. Wie wäre das, General?«

Kerrell antwortete nicht und verbarg seine Gefühle

hinter einem oberflächlichen Lächeln. Auch er war sich bewußt, daß die geisterhaften Erscheinungen zugenommen hatten, und man hatte ihm von einem ganz besonderen Geist berichtet, der sogar versucht hatte, Einfluß auf die Welt der Lebenden zu nehmen: Coulson Adjeman. Warum war er anderen erschienen, nicht aber seinem eigenen Sohn?

Als Kerrell den Kaiser schließlich allein ließ, wartete Doneta bereits auf ihn – und das Mädchen erfüllte schon bald ihr Versprechen, den General zu ihrer Herrin zu bringen. Dann rief sie die Kinder zusammen und ließ die beiden allein.

Sie fühlten sich immer noch nicht wohl in der Gegenwart des anderen, doch Ifryns offensichtliche Erleichterung und Freude, ihn zu sehen, entzündeten ein warmes Gefühl in Kerrell, das seine Lebensgeister weckte. Sie wagten es nicht, sich zu berühren – die Intimität körperlichen Kontakts wäre nur allzu schwer zu ertragen gewesen –, doch zumindest konnten sie miteinander reden.

»Du siehst müde aus«, begann Ifryn.

»Das bin ich auch«, gab er zu. »Es gibt viel zu tun, und Southan schafft nicht alles allein. Ich –«

»Dann laß mich helfen, du Narr!« explodierte sie. »Du solltest mich nicht von allem fernhalten. Ich bin weder dumm noch schwach.« Sie entschied, ihre absolute Erschöpfung vom Abend zuvor zu vergessen. »Du kannst doch nicht alles allein machen wollen«, schloß sie anklagend.

Kerrell konnte ihr nicht in die Augen sehen.

»Sag mir, was los ist!« verlangte sie.

»Das ergibt kein schönes Bild.«

»Um so wichtiger, daß du es mit mir teilst«, erklärte Ifryn resolut.

Und so berichtete er. Von den Vorbereitungen, dem

Zustand ihrer Streitkräfte, den Neuigkeiten aus anderen Teilen des sich auflösenden Kaiserreiches – einschließlich des möglichen Schicksals von Idiron und sogar ihrer jüngsten Diskussionen über Baylins diplomatische Mission bei Haresh und die offenkundige Notwendigkeit, gegen Verkho Magie anzuwenden. Das Bild, das er zeichnete, war in der Tat mehr als unangenehm, und Ifryn hörte mit schwerem Herzen zu. Einige Tatsachen und Gerüchte hatten auch sie schon erreicht, doch ein großer Teil seiner Worte war ihr neu, und sie versuchte, ihre Sorgen nicht allzu deutlich zu zeigen. Es gelang ihr sogar, selbst ein paar unbedeutende Vorschläge zu machen, doch sie wußte, sie konnte am meisten tun, wenn Kerrell ihr gestattete, ihm zumindest eine Weile einige Aufgaben abzunehmen.

»Magie *ist* wichtig«, sagte sie an einer Stelle. »Fen sagte, daß ihre Schwester –«

Ein unterdrückter Schrei und dann kindisches Gelächter aus dem Nebenzimmer schnitten ihr das Wort ab. Sie und Kerrell waren instinktiv aufgestanden, und jetzt rannte Ifryn dicht gefolgt vom General zur Tür. Als sie sie aufriß, wurde der Grund für die Bestürzung sofort klar. Die geisterhafte Gestalt von Zephia, Ifryns toter Mutter, stand mitten im Zimmer und wurde von ihren Enkeln und Doneta beobachtet, die mit weit aufgerissenen Augen beschützend Azari im Arm hielt.

»Großmutter ist hier!« rief Vrila kichernd aus. »Sie sieht brummig aus.«

Die Lippen des Geistes waren ständig in Bewegung, doch ihre Worte waren in der Welt der Lebenden nicht zu hören, und sie wandte sich zu Ifryn und Kerrell. Keiner von beiden wußte, wie sie reagieren sollten.

»Du mußt lauter sprechen, Großmutter«, sagte Delmege ganz unerwartet, »ich kann dich kaum hören.«

»Du kannst sie *hören*?« zischte Ifryn. Delmege sah ihre Mutter mit großen braunen Augen an.

»Du etwa nicht?« fragte sie neugierig. »Sie ist mürrisch.«

»Weshalb?«

Inzwischen hatte sich Zephia wieder Delmege zugewandt, ihr Mund bewegte sich zornig.

»Es ist nicht nötig zu schreien!« rief das kleine Mädchen und bedeckte mit den Händen ihre Ohren.

Der Geist machte eine ungeduldige Geste und sprach weiter.

»Großmutter sagt, sie hat eine Nachricht von der albernen Frau, die im Nest der Fledermäuse wohnt«, berichtete Delmege.

»Alasia?« Ifryn spürte, wie gleichzeitig Hoffnung und Furcht in ihr aufstiegen. Ihre Freundin war in Xantium zurückgeblieben, und ihr Schicksal hatte der Kaiserin schwer auf dem Herzen gelastet.

»Sie sagt, daß das Feuer erst beginnt«, fuhr ihre Tochter fort. »Wenn ihr das Schreien beenden wollt, habt ihr nicht viel Zeit. Was bedeutet das?« Ihr junges Gesicht verzog sich verwirrt.

Abrupt verschwand der Geist, und Ifryn rannte zu ihrer Tochter und umarmte sie.

»Geht es dir gut, Liebling?«

Delmege nickte und gähnte.

»Ich bin müde. Alasia ist *nicht* albern.«

»Nein, das ist sie nicht, Kleines. Ist das alles, was Großmutter gesagt hat?«

»Ja. Sie klang nicht sehr glücklich.«

Ifryn blickte ihrer Tochter über die Schulter, und Kerrells Blick und der ihre trafen sich. *Wir auch nicht,* dachte sie traurig. *Wir auch nicht.*

Kapitel neun

Klänge durchdringen Eisen, Stein und Wasser – sogar die Erde selbst – ebenso wie Luft. Für jene, die hören, lassen sich die Klänge nicht im Zaume halten. Kein Kerker kann Stille gefangen halten, es gibt keinen Zufluchtsort vor den Schreien.

Außer vielleicht im Wahnsinn.

Als sich Serchall Noy erst einmal von dem Schrecken erholt hatte, den die Ankunft von Kaiser Southan und seinem Gefolge verursacht hatte, wurden ihm schon bald die Vorteile dieser Situation klar. In einer Zeit, in der die Welt sich in ständigem Fluß befand, waren Stärke und Stabilität wertvolle Güter – und es war klar, daß Southan und Kerrell immer noch die Loyalität vieler Männer und Länder galt. Die Überreste der imperialen Armee aus Xantium sowie jener Soldaten, die bereits in Nadal stationiert waren, würden eine schlagkräftige Truppe ergeben, und Serchall trat nur zu gerne zurück, um das Kommando anderen, fähigeren Händen zu überlassen. Der Hauptbeitrag der Provinz zu dieser Armee lag bei der Marine, doch der Gouverneur hatte das Vertrauen verloren, seit Admiral Barvick und die Hälfte der Südflotte verschwunden und Opfer einer unbekannten Katastrophe geworden waren.

So war Serchall nur allzu bereit gewesen, die imperialen Gäste im Austausch für ihren Schutz willkommen zu heißen. Er hatte Southan sogar die Hauptquartiere überlassen und ihm damit nicht nur eine Unterkunft verschafft, sondern auch alle Mittel zur Verwaltung der Provinz.

Er hatte natürlich auf jede erdenkliche Weise geholfen,

denn in Wahrheit war die Übergabe der Verantwortung eine Erleichterung für ihn gewesen.

Seinen eigenen Wohnsitz hatte Serchall in den ›Sommerpalast‹ verlegt, ein viel kleineres, aber luxuriöses Gebäude in einem Vorort der Stadt. Es war ungefähr acht Jahre zuvor nach Serchalls eigenen Angaben gebaut worden. Das Sommerhaus des Gouverneurs von Nadal war ursprünglich eine weitläufige Burg in den höhergelegenen Regionen im Südosten der Provinz gewesen, doch obwohl er sich dorthin gelegentlich vor der drückenden Hitze der Küstenebene hatte zurückziehen können, ließ das Gebäude selbst – Serchalls Meinung nach – viel zu wünschen übrig. Je älter er wurde, um so beschwerlicher wurde die Reise dorthin. Der neue Sommerpalast bot mit seinen kühlen Marmorhallen, der luxuriösen Ausstattung und der aufmerksamen Dienerschaft die perfekte Alternative.

Hier konnte der Gouverneur die Gesellschaft jeder seiner drei Frauen sowie zahlreicher offizieller Geliebten genießen und stolz mit seinen Kindern zusammen sein oder sie ignorieren, ganz wie er wünschte. Hier konnte er vom Feinsten speisen und trinken, was Nadal zu bieten hatte, Musik hören oder sich anderen Unterhaltungen hingeben, und in heißem, duftendem Wasser baden. Und natürlich waren mehrere Zimmer verschiedenen Spielen gewidmet, so daß er seine Fertigkeiten an Freunden oder Gästen auf die Probe stellen konnte.

An diesem Abend jedoch war keine dieser Attraktionen so verführerisch wie der Gedanke an sein eigenes inneres Gemach. Das war Serchalls persönlicher Zufluchtsort, ein Ort absoluten Friedens und Schweigens, den er nur mit einer Person teilte – abgesehen von den Dienern, denen es gestattet war, täglich einige Augenblicke einzutreten, um alles in Ordnung zu halten. Die langen Zusammenkünfte des Tages und die Bedeutung dessen, was man diskutiert hatte, hatten ihn unaussprechlich erschöpft, und er sehnte sich nach der letzten Sicherheit seines Schlafzimmers.

Serchall entließ den letzten seiner Diener und nahm den Schlüssel, der an einer Kette um seinen Hals hing und schloß die soliden Außentüren des Vorzimmers auf. Es war der einzige Eingang, und er hatte den einzigen Schlüssel. Nachdem er eingetreten war, verschloß er die Türen wieder und schritt über den Holzboden zum inneren Zimmer. Unter seinen Schritten bewegten sich ganz leicht die Bohlen und kreischten fürchterlich. Es war ein Geräusch, das einem die Haare zu Berge stehen ließ, doch Serchall lächelte nur. Das Geheimnis des ›sprechenden Fußbodens‹ hatte ihm ein reisender Kaufmann verraten, der ihm erzählte hatte, die Prinzen eines entlegenen südlichen Landes hätten solche Böden benutzt, um sich vor Attentätern zu schützen. Es hatte zwei Jahre gedauert und vieler Experimente bedurft, bis der Boden endlich fertig war, doch jetzt konnten nicht einmal die wendigsten Akrobaten oder die kleinsten von Serchalls Kindern die Bohlen überqueren, ohne einen Lärm zu machen, mit dem man Tote hätte aufwecken können. Der Gouverneur hatte den Boden sogar mit Schlangen und Skorpionen prüfen lassen. Selbst diese winzigen, giftigen Wesen waren nicht in der Lage gewesen, ihn geräuschlos zu überqueren.

Wenige Augenblicke, nachdem Serchall eingetreten war, wurde er von einem tiefen Knurren und dann von einem einzelnen volltönenden Bellen begrüßt. Strange, ein Hund von bemerkenswerter Häßlichkeit mit vielen Vorfahren, wußte, daß er besser nicht auf die Bohlen trat, sondern wartete ungeduldig auf der Schwelle zum inneren Zimmer auf die Rückkehr seines geliebten Herrn. Nachts schlief Strange hier, und seine scharfen Ohren hörten ganz sicher jeden Eindringling, falls Serchall allzu tief schlummern sollte. Und trotz der begeisterten Freundlichkeit des Hundes gegenüber seinem Herrn, würde es jeder Eindringling bedauern, ihm begegnet zu sein. Serchall zauste Stranges Ohren und ließ ihn auf seinem Wachtposten zurück.

Das innere Zimmer war rund, und an seinen dicken, weißgekalkten Wänden hingen Seidenvorhänge und Kunstwerke. Die einzigen Fenster waren mit Eisengittern geschützte Oberlichter hoch oben in der Decke, die man nur von außen erreichen konnte, wenn man an den glatten Mauern emporkletterte. Bei Tage flutete reichlich Licht durch diese Fenster, doch jetzt, als der Abend sich niedersenkte, wurde das Zimmer nur durch das Licht einer einzigen Öllampe erleuchtet. Serchall entzündete noch weitere Lampen mit einem Kienspan, goß sich ein Glas süßen Wein ein und wählte einen Gedichtband aus seiner persönlichen Bibliothek. Zwei Stunden später gab er mit alkoholumnebeltem Verstand, in dem bunte Bilder umherwirbelten, der Müdigkeit nach. Er zog sich aus, löschte alle Lampen bis auf eine, rief Strange einen kurzen Befehl zu und kletterte ins Bett. Schon bald schlief er ein, genau wie sein Hund, dessen flache Schnauze zwischen seinen Vorderpfoten ganz in der Nähe der Holzbohlen ruhte.

Doch wurde dem Gouverneur die Ruhe verwehrt. Durch seine Träume geisterten Gemetzel, fremdartige Krieger, Blut, Rauch und Schreie ... und tief in der Nacht wachte er schweißgebadet auf. Die Vertrautheit seines sicheren Hafens beruhigte bald seinen rasenden Puls und seine Gedanken, doch er wußte, im Augenblick würde er es nicht riskieren, sich wieder schlafen zu legen. Er kletterte aus dem Bett, zog sich zum Schutz vor der Kühle der Nacht einen Morgenmantel über und ging hinüber zum Weinschrank. Seine nackten Füße verursachten auf dem glatten Marmorboden keine Geräusche. Der Wein funkelte wie Rubin, und der reiche, tiefe Duft erfüllte Serchalls Nase. Dankbar trank er davon und dachte, daß ein weiterer Kelch ihn über die Grenzen der lebhaften Phantasie, die seine Träume bebildert hatte, hinaustragen würde in die willkommenen Gefilde bewußtlosen Vergessens. Nachdem er seinen Kelch noch einmal aufgefüllt hatte, wollte er in sein warmes Bett zurückkehren – und erstarrte.

Mitten im Zimmer stand ein Mann in einem langen, weißen Gewand und starrte Serchall an. Die äußere Tür hinter ihm war geschlossen, Strange schlief friedlich auf seinem Posten. Kein Geräusch hatte den Schlaf des Hundes gestört – aber das war unmöglich! Der Gouverneur bekam seine Furcht nur mühsam unter Kontrolle, und seine Augen gingen unruhig von der Tür zum Hund, vom sprechenden Fußboden zu dem Eindringling.

»Wer ... wer seid Ihr?« stammelte er. »Wie seid Ihr hier hereingekommen?«

»Ich bin ein Gesandter«, verkündete der andere ruhig. »Ich komme von Kaiser Verkho, dem Herrscher des Xantischen Reiches.«

Serchall war sprachlos, seine Gedanken drehten sich in Windeseile in unmöglichen Kreisen, bis er an seiner eigenen Vernunft zweifelte. Unwillkürlich zuckte er zusammen, als der Gesandte in seine Kleider griff, doch der Mann brachte keine Waffe zum Vorschein, sondern nur einen kleinen weißen Kiesel, den er vorsichtig in der Hand hielt.

»Erblicket Euren neuen Herrn und hört seine Worte«, sagte er geringschätzig.

In diesem Augenblick bildete sich vor dem faszinierten Gouverneur ein funkelndes Bild von Verkho. Die Erscheinung begann zu sprechen.

»Seid gegrüßt, Serchall. Ihr spielt ein gefährliches Spiel, mein Freund. Das Verbergen von Abtrünnigen könnte als Verrat betrachtet werden.« Obwohl der frühere Kanzler lächelte, leuchteten seine silbrigen Augen drohend, und seine leicht dahin gesprochenen Worte waren scharf wie eine Klinge. »Ihr schenkt den

Worten von Verrätern doch sicher keinen Glauben?« fuhr Verkho fort. »Xantium existiert noch, und *ich* bin jetzt der Herr noch größerer kaiserlicher Macht. Ich fordere Eure neue Loyalität. Ich glaube, Ihr wißt, daß die Folgen einer Weigerung äußerst unangenehm wären. Morgen, noch vor dieser Stunde, wird mein Gesandter Euch erneut aufsuchen, und Ihr werdet Ihm Euren persönlichen Treueschwur überbringen. Ihr werdet mir all Eure Truppen zur Verfügung stellen und Schritte unternehmen, um die Verräter Southan und Kerrell und ihre Lakaien in Haft zu nehmen. Ich nehme an, ich habe mich deutlich ausgedrückt.« Nach einer kurzen Pause fügte Verkho hinzu: »Mein Gesandter wird Euch nun eine kleine Demonstration meiner Macht geben.«

Mit diesen Worten verschwand die Erscheinung. Der Gesandte steckte den Stein wieder in die Tasche und zeigte mit theatralischer Geste auf das Bett des Gouverneurs. Es ging in Flammen auf, und Serchall duckte sich schützend. Er war sprachlos und bestürzt, als Rauch und Fetzen schwarzen Stoffes zur Decke hinauf schwebten.

In wirbelndem Weiß drehte sich der Gesandte auf dem Absatz herum, ging an dem immer noch bewegungslosen Wachhund vorbei und überquerte den Holzboden ohne einen Laut. Er öffnete die Tür und verschwand. Erst danach konnte Serchall reagieren. Er würgte in den Rauchschwaden und rannte hinaus ins Vorzimmer. Das grauenhafte Kreischen weckte sofort Strange auf, der verwirrt bellte, während sein Herr nach der Türklinke griff. Zwar war Verkhos Gesandter soeben hindurchgegangen, doch sie war verschlossen, und Serchall mußte erst nach dem Schlüssel suchen, der noch um seinen Hals hing, bis er die Tür endlich öffnen und seine Diener um Hilfe rufen konnte.

Kapitel zehn

Inzwischen hat die graue Wolke einen Umriß, eine Form. Einen Namen. Sie erfüllt jeden Schatten mit Finsternis.
Das Chaos ist hier.

Zwar brannte die prächtige Stadt Xantium nicht mehr, doch die riesige Glocke war immer noch da und tauchte die Straßen in ständiges Dämmerlicht. Stellenweise hatten die Flammen ihr Werk vollendet und breite Streifen Landes zu grauem Ödland aus wirbelnder blasser Asche werden lassen. An anderen Stellen waren die Flammen erloschen, erstickt durch mangelnden Brennstoff oder durch die Bemühungen der Menschen. Einige Gegenden, ganz besonders in den oberen Ringen in der Nähe des Herzens der Stadt – Ringviertel und Staatsviertel, wo die Gebäude hauptsächlich aus Steinen bestanden – waren vollständig oder mit nur oberflächlichen Schäden aus der Katastrophe hervorgegangen. Darüber verbarg die scharlachrote Kuppel das, war einmal der kaiserliche Hof gewesen war, vor der Außenwelt, eine lebende Barriere geheimnisvoller, aber für alle sichtbarer Macht. Ein warmer Wind ging von dieser okkulten Barrikade aus und blies den Hügel hinunter.

Die wenigen Bürger der Stadt, die sich zum Bleiben entschlossen hatten, sowie die Abenteurer, die gekommen waren, um für sich das Beste aus der zerstörten Stadt herauszuholen, lebten in ständigem Zwielicht, wo Gelegenheiten und Unsicherheit, Gier und Furcht, Hand in Hand gingen. Sie schlugen sich mehr oder minder ehrlich durchs Leben, plünderten Lebensmittel oder Wertgegenstände und verteidigten ihre Trophäen mit allen nötigen Mitteln. Es gab mehrere riesige Lagerhäuser innerhalb der Stadtmauern, und die unbedeutenderen Kriegsherren, die sie kontrollierten, gelangten in ihrem Bezirk sofort zu einiger Macht. Allmählich bildete sich in dieser im Grunde gesetzlosen Gesellschaft eine primitive Hierarchie heraus. Der ungekrönte König des Ebenen Viertels war Bravin Flude, ein Mann, der genügend Voraussicht gehabt hatte, sich die Kontrolle über die riesigen unterirdischen Zisternen zu sichern, von der sämtliche Wasserlieferungen der Stadt abhingen. Bravin und seine Männer waren unter dem Namen »Wasserbabies« bekannt.

Abgesehen von Essen und Trinken galt die Hauptsorge der verbleibenden Einwohner der Plünderei. Riesige Mengen von Wertgegenständen aller Art waren bei der übereilten Evakuierung zurückgelassen worden, und jetzt wurden sie ausgeräumt, in verschiedenen Stützpunkten gelagert und bei Bedarf von ihren neuen Besitzern jenseits der Deadlands verkauft.

Es war eine gewalttätige Welt, bevölkert von Wahnsinnigen und Halsabschneidern, und sie wurde noch gefährlicher durch die Tiere, die offenbar allesamt durchgedreht waren. Entgegen der Überzeugung weit entfernt lebender Skeptiker waren sie tatsächlich zu gewaltiger Größe angewachsen. Ehemals zahme Hunde streiften wild umher, riesige Ratten bedrohten die Geschäfte, und Vögel hatten sogar erwachsene Männer angegriffen. Doch am furchterregendsten und schillerndsten waren die Seedrachen. Diese monströsen, giftigen Echsen hatten gepanzerte Haut und kurze, äußerst kräftige Beine. Einige von ihnen waren vor der Massenflucht getötet worden – es hieß, von Kaiser Southan persönlich –, doch jetzt schlichen fünf weitere durch die Straßen, wurden jeden Tag größer und töteten und verschlangen ihre Opfer ganz wie es ihnen beliebte. Die Gefangennahme eines dieser Ungeheuer, ob tot oder lebendig, war zur letzten Herausforderung geworden, und tatsächlich waren zwei von ihnen durch eine Gruppe von Jägern getötet worden. Die anderen waren immer noch auf freiem Fuß.

Das also waren die Elemente des städtischen Lebens, das nur noch den Gesetzen der Wildnis gehorchten. Das heißt, bis die Soldaten eintrafen.

Es wäre eine grobe Untertreibung zu behaupten, daß die Soldaten ungewöhnlich waren. Mehrere Einheiten drangen durch verschiedene Tore in den Außenmauern des Hofes, und als sie sie durchschritten hatten, wurde jeder dieser Krieger von einer glühenden, sich windenden Aura aus rotem Licht umfangen wie von einer zweiten Haut. Es sah aus, als sei jeder einzelne irgendwie in die Substanz getaucht worden, aus der die glühende Barriere bestand.

Obgleich keine Befehle laut wurden, marschierte jede Gruppe zielsicher voran und ignorierte die neugierigen Zuschauer und ihre gelegentlichen höhnischen Rufe. Schon bald wurde klar, daß Lebensmittel ihr Ziel waren, und die Kriegsherren machten sich eilig zur Verteidigung bereit. Doch die Kämpfe waren schnell vorbei. Die rote Außenhaut machte die Soldaten unverwundbar. Ein voller Schlag mit der Axt oder dem Schwert brachte sie vielleicht ins Taumeln oder gar zu Fall, doch floß kein Blut – und der Soldat war bald wieder auf den Füßen, mit unbewegtem Gesichtsausdruck, bereit für ein weiteres Aufeinandertreffen. Auch Pfeile konnten die okkulte Rüstung nicht durchdringen.

Andererseits trafen die Waffen der Soldaten mit tödlicher Wirksamkeit, und wer das Unglück hatte, mit der roten Haut in Berührung zu kommen, wurde wie von Säure verätzt. Angesichts dieser Überlegenheit und der vielen hingemetzelten Kameraden gaben die Verteidiger schnell auf und verließen ihre Festungen. Bald darauf dekorierten die Köpfe von Bravin und mehreren anderen Kriegsherren die Pfähle, die an wichtigen Punkten auf der Außenmauer des Ringviertels errichtet worden waren.

Danach beschlossen viele Einwohner der Stadt, die Sache aufzugeben und mit soviel Beute, wie sie nur tragen konnten, zu verschwinden – nur um herauszufinden, daß die Großen Tore verbarrikadiert und bewacht waren, um ihre Abreise zu verhindern. Xantium stand nun unter Kriegsrecht – und es gab viel zu tun.

Verkho gewann allmählich an Selbstvertrauen zurück. Einige Tage, nachdem es ihm gelungen war, den Talisman aus seinem jahrhundertealten Gefängnis zu befreien, war er von Zweifeln und Ängsten geplagt gewesen. In jener Zeit hatte das Auge des Gottes auf dem Schreibtisch gelegen, eine kalte, trockene Kugel aus lebendigem Stein, der seine Unzulänglichkeiten zu verspotten schien. Verkho wußte, daß er endlich Zugang zu beinahe unbegrenzter Macht hatte, doch jetzt, als all seine Wünsche eigentlich in Reichweite sein sollten, machte er sich übermäßig Sorgen wegen möglicher Fußangeln, sein Mut verließ ihn, und ihm wurde klar, wie lächerlich dürftig sein Wissen im Grunde war.

Doch in den geistigen Lücken zwischen seinem immer größer werdenden Wahnsinn konnte sich allmählich ein wenig von des Kanzlers altem Schneid festsetzen. Er prüfte, sondierte, experimentierte und lernte. Er konnte kleine Erfolge ohne wahrnehmbare Rückschläge verbuchen. Er erlangte innerhalb der allumfassenden Kugel die Kontrolle über die Höflinge und Diener zurück. Die Talentierten im Komplex des Ministeriums, das unterhalb des Hofes lag, machte er erneut fügsam – sehr zur Erleichterung von Harios Kedhara, dem offiziell Verantwortlichen für das Projekt. Verkho organisierte die Garnison neu und gab den Soldaten neue Aufgaben – und die Mittel, sie durchzuführen. Verkho stellte ein Verzeichnis seiner Vermögenswerte sowohl innerhalb der Kuppel als auch in der Stadt auf. Erst dann warf er einen Blick in die Zukunft.

Die Nacht war erfüllt von dumpfem, rotem Glühen. Über Xantium schienen keine Sterne. Verkho war allein in seinem versiegelten Arbeitszimmer, ging auf und ab, dachte nach und sprach laut mit sich selbst.

»Heute abend!« rief er aus. »Heute abend werden meine Gesandten mein Ultimatum in jeden Teil des Reiches tragen. Schon bald werden alle die Wahrheit kennen. Daß *ich* Kaiser bin, daß ich die Kraft und den Willen eines Gottes habe!«

Funkelnde, silbrige Augen blickten zum Talisman.

»Du hörst mich, Gar, nicht wahr? Ich bin dein Meister, derjenige, der dich befreit hat. Du mußt mir gehorchen.« Zweifel flackerte über seine dunklen Züge. »So lautet der Handel. Ich habe viel für dich aufgegeben.« Wieder diese leichte Unsicherheit in seiner Stimme, als versuchte er, sich selbst von der Wahrhaftigkeit seiner Worte zu überzeugen. »Vierzehn Jahre meines Lebens, mein Talent, Schmerz!« Er hielt die linke Hand hoch, die in eine schmutzige, fleckige Bandage gewickelt war. »Ich befehle es dir.«

Das Auge zwinkerte, und Verkho hielt inne. Er fand diese langsame, selbstgefällige Bewegung immer noch beunruhigend. Bislang hatte Gar ihm jeden Wunsch erfüllt, jedem Befehl gehorcht. Dennoch ...

Verkho wußte, daß er stets auf der Hut bleiben mußte. Er konnte sich des Gefühls nicht erwehren, daß der Talisman nicht wirklich sein Sklave war und daß er nur wartete. Darauf wartete, daß Verkho einen Fehler machte.

Gar für seinen Teil war es in der Tat zufrieden zu warten. Ihm war klar, daß er seinem Retter dankbar sein sollte, diesem schwächlichen Sterblichen, der die dunkle

Nachtwache zahlloser blinder Jahrhunderte beendet hatte. Doch Dankbarkeit war kein göttliches Gefühl. Wut und Belustigung dagegen waren göttlich, und beides spürte er im Übermaß. Eine Ewigkeit war in den Tiefen des kalten Meeres vergangen, und das, was noch geschehen mußte, bis seine Rückkehr in die Welt vollständig war, war im Vergleich dazu ein kurzer Augenblick. Bis dahin waren die Mätzchen dieser überheblichen Kreatur unterhaltsam genug.

Das würde schon bald anders werden. Gar hatte eigene Pläne.

In den höchsten Regionen der Stadt regte sich ein blasser Schatten. Unter dem falschen roten Himmel wirkte das Turmviertel noch stärker als früher wie eine wahnsinnige Landschaft aus einem Alptraum. Selbst unter normalen Bedingungen waren die von Fledermäusen umschwirrten Türme und Zinnen, schwungvollen Stützpfeiler, Labyrinthe und zerbröckelnden Skulpturen einschüchternd genug – doch jetzt, wo die uralten Steine den Farbton von Blut hatten und die Schatten noch tiefer hingen, wirkte das Viertel wie eine monströse Krankheit auf dem Gipfel der Stadt.

Dennoch war Alasia hier zu Hause. Sie war am Tag der großen Massenflucht zu ihren erhöhten Schlafplätzen zurückgekehrt, um die Glocken zu läuten – wie es sich geziemte. Seitdem war sie dort geblieben, hatte mit ihren Freunden gesprochen, den Fledermäusen, die ihr Heim mit ihr teilten und aufgeregt in dem ständigen scharlachroten Zwielicht im Kreise flogen.

Alasia war eine winzige Frau, so dünn wie ein Kind, mit feinem, weißblondem Haar und glatter, beinahe durchsichtiger Haut. Sie sah aus, als würde schon eine leichte Brise sie fortwehen. Bei den seltenen Gelegenheiten, bei denen sie sich in höfischen Kreisen bewegte, hatten die meisten Menschen sie gemieden, als sei sie eine Verrückte, doch die wenigen, die sie näher kennen und lieben gelernt hatten – unter ihnen Ifryn und ihre Kinder – hatten erkannt, wie wertvoll sie war, wie gut sie heilen konnte und welche Herzenswärme sie verbreitete. Und welche Gabe sie für esoterische Reden und Prophezeiungen hatte.

Doch die Lebenden waren jetzt alle fort, und Alasia war allein mit den Geistern. Selbst sie waren zum größten Teil schlechte Gesellschafter. Aber sie hatte keine andere Möglichkeit, die Welt vor den Schreien zu warnen. Die Leuchtfeuer waren nicht zu sehen und außerhalb ihrer Reichweite.

Kapitel elf

Der Blick auf Kommendes ist einfach. Wer vermag nicht die Eiche in einer Eichel zu erkennen? Doch wer kann die Geschichten aus den Jahresringen eines alten Astes herauslesen?

Man braucht schon die Verrücktheit einer Weisen, um die tanzenden Umrisse der Geschichte zu sehen.

Die Dorfbewohner hüteten sich jetzt vor Reisenden. Ihre früheren Gesetze der unbegrenzten Gastfreundschaft waren in letzter Zeit allzu oft mißbraucht worden – und es gab sogar Geschichten über bewaffnete Banden, den Bodensatz des in Stücke zerfallenden Reiches, die nur wegen Nahrungsmitteln oder aus Spaß töteten. Im Leben der Oberländer war Xantium früher nicht mehr als ein entlegenes, beinahe mythisches Wesen gewesen. Doch jetzt erreichten die Todeszuckungen des Kaiserreiches sogar diesen entlegenen Ort.

Trotzdem schlug den beiden Fremden, die sich eines nebeligen Morgens näherten, eher Neugier als Furcht entgegen. Einer der Späher kehrte ins Dorf zurück und beschrieb die Neuankömmlinge den Ältesten, die wie üblich in der Wärme des Räucherhauses versammelt waren.

»Ein Mann und eine Frau, beide auf demselben Pferd«, berichtete Vai. »Er sieht groß und stark aus, aber wir konnten keine Waffen sehen. Seine Haare und Haut sind dunkel, wie Winterblätter.« Bei diesen Worten regten sich die Zuhörer. Ein solcher Mann mußte von weit aus dem Süden kommen, vielleicht von einem Ort, der noch entlegener war als die sagenhafte Stadt Xantium selbst.

»Das Haar der Frau ist weiß«, fuhr Vai fort. »Sie sitzt hinter ihm und hält sich an ihm fest und sieht sich nicht um, als hätte das Land keine Bedeutung für sie.«

»Die Alten finden nur wenig Vergnügen am Reisen«, bemerkte Byard, und er sprach aus eigener Erfahrung.

»Ganz so ist es nicht. Abgesehen davon, daß sie weiße Haare hat, ist die Frau jung«, sagte der Späher. »Beide haben das gleiche Alter, nicht älter als ich.«

Vai war einundzwanzig Jahre alt. Er hatte die Augen eines Jägers, daher zweifelte niemand an seinem Wort, doch rief es nur noch mehr Neugier hervor.

»Ist sie blind?« fragte Ellise. Sie war Byards Frau und fast so alt und zerbrechlich wie der Älteste, daher stand es ihr zu, die Frage auszusprechen, die vielen durch den Kopf ging. Die Legenden der Oberländer enthielten viele Hinweise auf eine weißhaarige, weise Frau, die die Welt durch blicklose Augen ganz deutlich sah.

»Das könnte sein.«

»Wo sind sie jetzt?« fragte der älteste Yager, in das Stimmengewirr voller Spekulationen.

»Sie waren auf dem Trampelpfad, an der Stelle, wo er in den Hohlweg übergeht. Aber das Pferd kommt unter der doppelten Last nur langsam voran. Es wird sicher noch fast eine Stunde dauern, bis sie das Dorf erreichen – es sei denn, wir beschließen sie umzuleiten.« Zweifel hatten sich in seine Stimme geschlichen, und er sah die Ältesten ratlos an. Offenbar waren sie einer Meinung.

»Wir werden sie empfangen«, entschied Byard und erntete für diese Worte zustimmendes Nicken. »Vai, geh den Fremden auf dem Pfad entgegen. Meine Knochen sagen mir, daß sie uns mit ihrem Erscheinen ehren. Und vielleicht können sie uns ein wenig darüber erzählen, was in der Welt so passiert.«

Der junge Mann rannte los, um den Befehl auszuführen und war froh, daß die Älteren seine eigene instinktive Reaktion bestätigt hatten. Dieses sonderbare

Paar hatte sicher nichts Böses im Sinn, und zumindest er war bereits von der schönen Hexe bezaubert, deren Haar die Farbe von frisch gefallenem Schnee hatte.

Die letzten Schwaden des Nebels hatten sich gehoben und erlaubten der herbstlichen Sonne, die Lichtung in glühende Schattierungen von Braun, Gold und Grün zu tauchen. Beinahe alle Dorfbewohner hatten sich versammelt, um die Ankunft der Fremden zu beobachten, und sie sahen schweigend zu, wie das Pferd langsam in Sicht trottete, mit Vai zu Fuß daneben. Sobald sie stehenblieben, stieg der Mann mit einer fließenden, geübten Bewegung ab, dann hob er seine Gefährtin herunter. Er war kräftig gebaut und trug ganz leicht ihr Gewicht. Byard und die anderen Ältesten traten vor, doch bevor man irgendwelche Grußworte austauschen konnte, ergriff die Frau das Wort.

»Hier ist ein Kreis.« Ihre blauen Augen leuchteten hell vor Aufregung und Erschöpfung, doch sie richteten sich nicht auf einen festen Punkt. Sie war wirklich blind.

Byard zögerte, doch mehr sagte sie nicht.

»Willkommen. Unser Herd und unser Tisch gehören Euch«, sagte der Ältere schließlich und übersetzte die traditionellen Worte in die universelle Handelssprache. »Mein Name ist Byard.«

»Vielen Dank«, erwiderte der Mann. »Eure Warmherzigkeit und Euer Essen nehmen wir dankbar an, und wir werden es Euch mit Worten und Taten vergüten, so gut wir können.«

Die Dorfbewohner nickten wohlwollend und flüsterten miteinander. Der Akzent des Fremden war sonderbar, ohne eine klare Aussprache der einzelnen Töne, doch seine Worte waren kultiviert.

»Mein Name ist Bowen Folegandros«, fuhr der Mann fort. »Und dies ist Gaye Amari.«

Die Vorstellung der Dorfbewohner ging weiter, während man das Paar zu den in der Nähe aufgebockten Tischen führte. Sie setzten sich mit den Ältesten zusammen, während die hölzernen Becher gefüllt wurden, und die anderen Dorfbewohner rückten näher, um zu hören, was sie sprachen.

»Ihr müßt weit von Eurer Heimat entfernt sein«, gab Ellise das Stichwort.

»Ja«, begann Bowen.

»Nein«, widersprach ihm Gaye. Ihre Hand hielt immer noch die seine, während sie Seite an Seite auf der Bank saßen. »Meine Heimat ist hier.«

»Solange Ihr zusammen seid«, sagte Ellise verständnisvoll.

Gaye lächelte und nickte.

»Und dennoch reist Ihr?« fragte Yager, der keine so schnelle Auffassungsgabe hatte.

»Wir bleiben still«, sagte sie. »Die Welt bewegt sich um uns herum.«

Das verstanden die Zuhörer nicht. In Gayes Worten lag keine Arroganz, aber auch kein Zweifel. Es war einfach eine Feststellung. Die Dorfbewohner fragten sich allmählich, ob die Frau verrückt war – die Verrücktheit der Weisen, wie ein altes Sprichwort sagte.

»Wonach sucht Ihr?« fragte Byard.

»Wir suchen nichts außer Luft zum Atmen und die Freiheit, dies auch zu tun«, antwortet Bowen.

»Also, davon haben wir hier reichlich«, rief jemand aus.

»Aber sonst nicht viel!« fügte eine andere Stimme hinzu und brachte die anderen zum Lachen.

»Welche Neuigkeiten bringt Ihr aus der Welt jenseits des Waldes?« fragte Byard. »Es heißt, daß im Süden große Dinge vor sich gehen, doch obwohl wir hier auch schon mal Schwierigkeiten hatten, erfahren wir nur wenig von dem, was draußen geschieht.«

»Welchen Namen gebt Ihr diesem Ort?« fragte Gaye und ignorierte die Frage ihres Gastgebers.

»Eichenring.«

»Das paßt gut«, flüsterte sie und lächelte geheimnisvoll.

»Wo ist der eigentliche Ring?« fragte Bowen.

»Schon lange nicht mehr da«, antwortete Yager. »Bevor die Siedlung entstand, gab es hier einen Kreis aus Eichen. Die Menschen kamen, um in ihrem Schutz zu beten. Aber wie alle lebenden Dinge starben sie und zerfielen zu Staub.«

»Und heute?« beharrte Bowen.

Yager zeigte auf ein Wäldchen an einer Seite der Lichtung. Dort wuchsen Eichen in allen Größen, von kräftigen Riesen bis zu kleinen grünen Schößlingen.

»Wir kennzeichnen die Gräber unserer Vorfahren nicht mit Steinen oder Feuer wie andere Stämme«, fuhr der Ältere fort. »Aber für jeden pflanzen wir einen Setzling, so daß man mit der Zeit wählen kann zwischen den Wurzeln, die uns mit der Erde verbinden und den Zweigen, die uns in den Himmel führen.«

Bowen sah hinüber zu dem Friedhof und wußte, daß auch Gaye ihn vor ihrem inneren Auge sah, und daß sie beide seine Gelassenheit, seine wohlwollende Aufmerksamkeit spürten.

Da richtete Gaye ihre blicklosen Augen plötzlich auf Ellise, und die alte Frau war über die Intensität des Gesichtsausdrucks verwirrt.

»Ihr tragt einen blauen Anhänger. Darf ich ihn sehen?« Gaye streckte ihre Hand aus, und die Dorfbewohner flüsterten ehrfürchtig. War die Fremde etwa doch nicht blind? Selbst, wenn sie sehen konnte, wie wußte sie dann von dem Anhänger, der unter Ellises Kleidung verborgen war? Aber warum hatte sie ihn blau genannt? Die Kette bestand aus dunklem, goldenem Metall, das sich mit der Zeit verfärbt hatte.

Die alte Frau zögerte, doch dann überwand sie ihre Zweifel und öffnete die Kette. Sie legte den Anhänger sanft in die Hand der Fremden.

»Er ist sehr alt«, stellte Gaye fest.

»Ja. Er befindet sich seit Generationen im Besitz meiner Familie.«

»Erinnerungen liegen darin verborgen.« Gaye drehte den Anhänger zwischen ihren zarten Fingern und lächelte. Mit einem hörbaren Klicken sprang das geheime Medaillon auf, und die Zuschauer schnappten nach Luft, einschließlich Ellise. Innen fand sich ein winziges Fragment von blauem Stoff, feines Gewebe von tiefer, satter Farbe. Niemand hatte zuvor schon solch Material gesehen. Die seltene blaue Farbe war zu teuer für das Landvolk. Hinterher erinnerte sich jeder anders an die darauffolgenden Ereignisse. Nur über eines waren sich alle einig: daß es außergewöhnlich war. Einige behaupteten, das Bild einer schönen Frau in einer langen, blauen Robe gesehen zu haben, andere hatten das Gefühl, im kühlen grünen Schatten unter einem Kreis uralter Bäume zu ruhen. Ein paar Leute hörten das geisterhafte Echo von Gebeten und Gesang – oder vielleicht war es nur der Wind, der durch die Zweige pfiff. Ellise selbst sah eine endlose Folge von Kindergesichtern, jede Vision weit entfernt und dennoch real, und jede blies dem Staub der Geschichte Leben ein.

»Wir ziehen unsere eigenen Kreise«, sagte Gaye, und ihre Stimme schwebte in der unwirklichen Luft. »Und wir speichern unsere Erinnerungen in ihnen. So wie die Welt die Erinnerungen von Göttern speichert.«

Sie hätte noch weiter gesprochen, doch Bowen unterbrach sie.

»Spürst du sie?« fragte er wütend.

»Ja«, antwortete Gaye mit ungetrübter Gelassenheit. »Die Gesandten sind ebenfalls ein Kreis. Solche Macht kann zum Guten wie zum Bösen verwendet werden.«

Das Medaillon schloß sich mit einem schnappenden Geräusch und beendete den Traum. Die Realität des sonnendurchfluteten Tages kehrte wieder bei den sprachlosen und ein wenig verängstigten Dorfbewohnern ein. Und doch war nicht mehr alles wie zuvor.

Bei den Bäumen, den Wurzeln und den Zweigen und Blättern ihrer Gedenkstätten standen ihre Ahnen. Die Geister des Dorfes waren zurückgekehrt, um die Lebenden zu beobachten, herbeigerufen durch Visionen der Vergangenheit.

Kapitel zwölf

Feuer verbrennt Papier. Papier umfängt Stein. Stein sinkt im Wasser. Wasser löscht Feuer. Sogar in Kinderspielen gibt es unterbrochene Kreise. Aber der einfachste von allen bleibt verborgen.

Nur Erwachsene würden Feuer mit Feuer bekämpfen.

Es war mitten in der Nacht, als Dsordas und seine Stellvertreter endlich zusammenkommen und die Lage besprechen konnten.

Alle vier waren total erschöpft von ihren Anstrengungen, und ihre Haut, ihre Kleider und Haare waren verschmiert von Asche, Blut und Wasser. Besonders Yeori hatte Verbrennungen an den Händen und Unterarmen auszukurieren, doch wie die anderen wußte er, daß das Ultimatum des Gesandten zu wichtig war, um es bloß wegen Schmerzen oder Erschöpfung zu ignorieren. Zwar war das Feuer auf dem Fournoi-Platz schließlich gelöscht worden, doch das Grauen wirkte nach.

»Wir müssen also ganz kurzfristig entscheiden, welche Antwort wir ihm geben wollen«, begann Skoulli.

Dsordas nickte.

»Bis morgen abend sind wir vermutlich vor weiteren ›Exempeln‹ sicher«, sagte er. »Wir müssen die Zeit gut nutzen. Welche Möglichkeiten haben wir?«

»Wir könnten versuchen, uns dem Zwang zu einer Antwort zu entziehen«, schlug Maus vor.

»Wie?« konterte Skoulli. »Du hast gesehen, was mit den Männern passiert ist, die versucht haben, ihn anzugreifen. Er war allein gegen Hunderte von uns, aber er hatte nicht die geringste Angst.«

»Wir könnten sein Schiff versenken«, schlug Yeori vor. »Oder glaubst du, daß er über das Wasser wandeln kann?«

»Das würde mich nicht im mindesten überraschen«, erwiderte der Ältere. »Auf jeden Fall bleibt die Frage, wie wir das schaffen könnten? Feuerpfeile nützen nichts. Der eine Peil heute abend hat sich in Luft aufgelöst!«

»Er zerfiel zu Asche«, korrigierte Yeori. Er war näher dran gewesen.

»Wir könnten unsere Pfeile trotzdem als Ablenkung benutzen«, meinte Maus. »Solange er damit beschäftigt ist, Pfeile in Asche zu verwandeln, könnten vielleicht einige Taucher nahe genug herankommen, um Löcher in den Rumpf zu bohren und damit das Schiff zu versenken.«

»Dieses ›vielleicht‹ ist ein zu großes Risiko«, lehnte Skoulli ab.

»Ein Fehlschlag würde vermutlich schreckliche Folgen haben«, ergänzte Dsordas ein. »Das Feuer war offensichtlich geplant – um uns zu überzeugen –, aber wie würde er reagieren, wenn er angegriffen würde?«

Schweigen senkte sich nieder, als alle über den kaltblütigen Mord des Gesandten an mehr als vierzig Inselbewohnern nachdachten.

»So ungern ich es auch zugebe«, sagte Skoulli schließlich, »so glaube ich nicht, daß wir eine Chance haben. Gegen diesen Feind können wir nicht mit Gewalt vorgehen, solange wir nicht mehr über ihn wissen.«

»Dem stimme ich zu«, nickte Dsordas. »Auf jeden Fall sollte vor Ende des Ultimatums nichts unternommen werden.«

»Also sitzen wir einfach herum und tun gar nichts?« rief Maus aus.

»Manchmal ist das die beste Lösung«, erwiderte Dsordas ruhig. »Aber wir bleiben nicht untätig. Wir müssen uns so gut wie möglich vorbereiten. Wird das Schiff beobachtet?«

»Natürlich«, antwortete Maus. »Seit es Anker geworfen hat.«

»Und?«

»Nichts. Keine Lichter, nichts rührt sich. Entweder ist die Mannschaft unsichtbar, oder die Segel rollen sich von selbst auf und der Anker hat sich aus eigenem Antrieb gesenkt.«

»Willst du damit sagen, daß der Gesandte allein an Bord ist?« fragte Yeori.

»Es sieht so aus.«

»Vergeßt nicht, wie das Schiff hier angekommen ist, unter Wind, der nur für das Schiff allein blies«, sagte Skoulli trocken. »Es ist wohl offensichtlich, daß wir es nicht mit einem normalen Feind zu tun haben.«

»Falls er allein ist, kann er doch sicher nicht alle Himmelsrichtungen gleichzeitig im Auge behalten«, beharrte Yeori. »Einigen von uns sollte es doch möglich sein, unbemerkt näherzukommen.«

»Sind deine Späher zuverlässig?« fragte Dsordas.

»Darauf würde ich mein Leben verwetten«, erwiderte Maus. Er klang gekränkt. »Außerdem haben alle Späher dieselbe Geschichte erzählt. Es wäre schon sonderbar genug, wenn sich *ein* Mann eine solch unnatürliche Geschichte ausdenken würde, geschweige denn alle.«

»Womit wir wieder bei unserer ersten Frage wären«, stellte Dsordas fest. »Welche Antwort geben wir ihm?«

»Und wie würde er reagieren?«

»Nach allem, was ihr mir erzählt«, antwortete Maus, »und nach dem, was ich mit eigenen Augen gesehen habe, ist dieser Verkho nicht gerade ein bescheidener, demütiger Typ. Er geht doch sicher davon aus, daß wir nachgeben und tun, was er uns sagt?«

»Es wäre ein tödlicher Fehler, seine Arroganz«, Dsordas erschauerte innerlich beim Gedanken an sein Zusammentreffen mit dem Kanzler von Angesicht zu Angesicht, »mit Dummheit gleichzusetzen. Ihm muß klar sein, daß wir unsere Freiheit nicht bereitwillig aufgeben, nachdem wir sie erst vor kurzer Zeit zurückgewonnen haben.«

»Wir sollten also vernünftigerweise davon ausgehen«, sagte Skoulli, »daß der Gesandte Anweisungen erhalten hat, was er tun soll – ob wir nun kapitulieren oder uns dem Ultimatum widersetzen. Was geschieht, wenn wir überhaupt nicht antworten? Oder falls wir Bedingungen stellen oder Fragen?«

»Hätte Verkho ihm die Macht gegeben, eigene Entscheidungen zu treffen, meinst du?« fragte Yeori.

»*Einige* Befugnisse muß er haben«, bemerkte Maus. »Man würde doch keinem Gesandten so viel Macht verleihen, wenn man ihm nicht vertraut.«

»Woher kommt seine Macht?« fragte sich Skoulli leise, doch seine Frage ging angesichts Dsordas' nächster Bemerkung unter.

»Es sei denn, natürlich, es ist ein Fernrufer an Bord.«

»Natürlich«, rief Skoulli. »Das würde all seine Probleme lösen. Damit vermag er jederzeit Kontakt mit Xantium aufzunehmen.«

»Und ein einzelner Fernrufer könnte sich leicht auf dem Schiff verbergen«, fügte Maus hinzu.

»Oder der Gesandte ist selbst ein Telepath«, mutmaßte Yeori.

»Wie können wir das herausfinden?«

Dsordas' Frage brachte sie zum Schweigen. Schließlich ergriff Skoulli erneut das Wort.

»Das alles ist vielleicht nicht wichtig. Bei all unseren Hypothesen haben wir die zentrale Frage außer acht gelassen. Was verspricht sich Verkho von seinen Drohungen? Welche Antwort wir ihm auch geben, sie bedeutet doch nur etwas im Hinblick auf kommende Ereignisse.

Verkho ist doch sicher klar, daß wir lügen könnten und dann gegen die Garnison kämpfen, wenn sie hier eintrifft.«

»Einen solchen Mörder zu belügen, würde niemandem Gewissensbisse bereiten«, stimmte Dsordas zu.

»Was also gewinnt Verkho dabei?«

»Es sieht fast so aus, als wollte er seine eigene Macht unter Beweis stellen.«

»Ihr glaubt, es sind nur leere Drohungen? Falls das Reich in solch schlimmem Zustand ist, woher will er seine neue Garnison bekommen?«

»Was genau hat Verkho gesagt?« fragte Skoulli.

Dsordas wiederholte Verkhos Worte, die sich in sein Gedächtnis eingegraben hatten.

»›Einige einfältige Narren haben Euch vielleicht glauben gemacht, daß das Xantische Reich nicht mehr existiere. Das ist eine lächerliche Lüge. Xantium ist mächtiger als je zuvor, und *ich* bin jetzt der Herr dieser Macht.‹«

Er wollte weitersprechen, doch Skoulli schnitt ihm das Wort ab.

»Das widerspricht aber direkt dem, was du und Yeori uns erzählt habt. Zumindest, was die militärische Stärke angeht. Er versucht, uns davon zu überzeugen. Und«, fuhr er aufgeregt fort, »ich wette, wir sind nicht die einzigen! Zur Zeit müssen sich doch alle Länder des Kaiserreiches in Aufruhr befinden.«

»Du glaubst, er hat noch mehr Gesandte mit derselben Nachricht ausgeschickt?« hakte Dsordas nach.

»Ja! Was Verkho auch vorhat, er hat offensichtlich genügend okkulte Kräfte, während ihm Männer und Material fehlen.«

»Aber sollten seine Demonstrationen genügend Leute überzeugen, hat er auch die«, führte Yeori den Gedanken zu Ende.

»Und dann müssen wir uns Sorgen um einen Einmarsch machen«, fügte Skoulli hinzu.

»Also liegt unser Schicksal mal wieder in den Händen anderer?« fragte Maus angewidert.

»Vielleicht. Aber das alles sind nur Spekulationen.«

»Wenn du recht hast, und wir tun so, als akzeptierten wir seine Forderungen«, sagte Dsordas, »was wird der Gesandte dann tun? Einfach davonsegeln?«

»Wer weiß? Ich sehe keine Möglichkeit, wie er allein unsere Unterwerfung erzwingen sollte. Er hat vielleicht fabelhafte magische Kräfte, doch kann er nicht die ganze Insel einer Gehirnwäsche unterziehen!«

»Er könnte einfach hier warten, bis Verstärkung eintrifft«, spekulierte Yeori. »Wenn er dieser dann helfen würde, könnten wir ihrem Angriff kaum widerstehen.«

»Hoffen wir nur, daß die Kreischer ihre Flotte versenken wie beim letzten Mal«, warf Maus ein.

»Darauf können wir uns nicht verlassen«, stellte Skoulli fest. »Ich habe nicht gemerkt, daß sie uns in letzter Zeit einen Gefallen getan hätten.«

»Wie wäre es, wenn wir die Kreischer zu einem Angriff auf das Schiff des Gesandten bringen würden?« schlug Yeori, nicht ganz im Ernst, vor. »Egal, wer gewinnt, wir wären auf jeden Fall besser dran!«

»Ganz nette Theorie«, stimmte Maus mit offensichtlicher Faszination zu. »Ich arbeite mal daran.«

»Wir sollten noch etwas anderes bedenken«, sagte Skoulli. »Was ist, falls Latchi und seine Gefolgsleute die richtige Idee haben?«

»Nein!« rief Dsordas sofort aus, und auf seinem Gesicht zeichnete sich Entsetzen ab. »Du weißt, was sie sich selbst antun. Das Zeug ist böse! Ich habe es gesehen –«

»Ich spreche nicht für ihre Methoden. Nektar ist ein übles Zeug, und Latchi ist vielleicht wahnsinnig, aber ich sprach von ihren Zielen.«

»Die alten Traditionen?« fragte Maus, als sein Anführer schwieg.

»Magie«, fügte Yeori hinzu.

»In Ermangelung eines anderen Wortes, ja. Mir scheint, wir könnten selbst ein wenig Zauberkraft gebrauchen.«

»Nicht, wenn das bedeutet, Gift zu verabreichen«, widersprach Dsordas stur. »Ich werde nicht mit Latchi oder seinen Gefolgsleuten verhandeln.«

»Nicht einmal, um aus ihren Fehlern zu lernen?« beharrte Skoulli. »Wenn Gaye noch hier wäre, würden wir ihr Talent nutzen, oder? Es muß noch andere geben, die zumindest die Möglichkeiten ausloten können.«

»Feuer mit Feuer bekämpfen«, sagte Yeori.

»Es ist doch sicher einen Versuch wert?« fügte Maus hinzu.

Alle sahen Dsordas an und warteten auf seine Antwort; niemand bemerkte die Schritte draußen im Flur.

»Ich werde mich nicht mit ihnen abgeben«, wiederholte ihr Anführer schließlich. »Falls wir irgendwelche Zauberkräfte finden sollen, dann finden wir sie allein.«

Noch während er sprach, öffnete sich hinter ihm leise die Tür.

»Aus deinem Mund klingt das ungewöhnlich vernünftig«, bemerkte Fen und trat ins Zimmer.

Dsordas drehte sich zu ihr um. Sie war genauso schmutzig und durchnäßt wie sie alle, doch bei ihrem unerwartete Erscheinen machte sein Herz einen Sprung. Selbst in diesem Zustand erschien sie ihm unermeßlich schön, und ihr Lächeln brachte sein Blut in Wallung. Hier war sie, die Verkörperung all dessen, was er wollte, all dessen, wofür er kämpfen würde, all dessen, was ihm liebenswert erschien.

»Und wie es der Zufall will«, fuhr sie mit der Miene einer Zauberin fort, »habe ich hier genau den richtigen Mann, der euch sagen wird, was zu tun ist.«

Sie schob die Tür weit auf, und Sagar folgte ihr ins Zimmer. Doch Dsordas hatte nur Augen für Fen. Er stand auf, nahm sie in die Arme und drückte sie so fest, daß sie zu lachen anfing.

»Du zerquetscht mich noch, du großer Dummkopf!« keuchte sie. »Laß mich runter und hör Sagar zu.«

Er ließ sie los und fühlte sich ziemlich dumm; mit einiger Mühe konzentrierte er sich wieder auf die anstehenden Probleme.

»Bitte setz dich«, murmelte er, dann nahm er selbst neben Fen Platz.

Obwohl alle erwartungsvoll warteten, sagte Sagar nichts, sondern sah einfach auf seine Hände. Schließlich sprang Fen in die Bresche.

»Sagar ist zu mir gekommen, weil er dich nicht finden konnte, nachdem das Feuer gelöscht war«, erklärte sie. »Es sieht so aus, als könnte er uns viel über unsere Feinde erzählen. Der erste Schritt ist, daß wir verstehen, wen wir besiegen müssen. Wer weiß das? Wäre Gaye hier, könnte sie uns möglicherweise helfen«, wiederholte sie unbewußt Skoullis Ansicht, »also haben wir Glück, daß stattdessen Sagar zurückgekehrt ist.«

Der junge Mann lächelte dankbar, doch er sagte immer noch nichts. Die Wahrheit war, daß er Fen aufgesucht hatte, weil er in ihr eine verwandte Seele sah. Wäre alles auf Zalys normal gewesen, wäre es ihm schon schwer genug gefallen, sich wieder an das freie Leben zu gewöhnen. Doch im gegenwärtigen Durcheinander war er aufs äußerste verwirrt und wurde von unerklärlichen Schuldgefühlen sowie von zugleich schrecklichen und schönen Anfällen ungläubigen Glücks geplagt. Bevor er ihr von seiner Ausbildung berichtet hatte, hatten sie sich lange und ausführlich unterhalten, und er war ein wenig überrascht gewesen, daß sie sich so entschlossen darauf gestürzt hatte. Und jetzt, vor all diesen energischen Tatmenschen, fühlte Sagar sich unzulänglich.

»Du bist also ein Zauberer, ja?« gab Maus leise das Stichwort.

»Nein!« antwortete er eilig. »Ich kenne nur die Theorien der Magie. Ich habe in Xantium viel gelesen, darüber und über viele andere Dinge. Viel mehr hatte ich nicht zu tun. Aber ich selbst habe kein Talent.«

»Warum hast du uns noch nichts von dieser Sachkenntnis erzählt?« Als Dsordas Sagars Gesichtsausdruck sah, bedauerte er sofort seine ungewollt schroffen Worte.

»Ich ... es tut mir leid. Ich dachte, ich wäre diesen Dingen entkommen. Doch sie sind mir hierher nach Zalys gefolgt. Alles ist so verwirrend. Meine Eltern haben ihr Bestes getan, das weiß ich, und sie lieben mich, aber sie erwarten offenbar, daß alles so ist wie früher. Als ob ... als wäre ich nur neun Tage fort gewesen, nicht neun Jahre!« In seiner Stimme klangen Wut und Bedauern auf, und er war den Tränen nahe, als er wieder auf seine Hände hinunterblickte.

Es folgte verlegene Stille. Fen sprang auf und legte einen Arm um seine Schultern.

»Ist schon gut«, sagte sie leise. »Wir wissen, daß es schwierig ist. Aber wir brauchen deine Hilfe. Wir müssen etwas über Magie erfahren.«

»Es tut mir leid«, sagte er wieder und riß sich mit sichtbarer Mühe zusammen. Dann blickte er auf. »Ich werde euch alles sagen, was ich weiß. Mir ist alles wieder eingefallen, als ich sah, wie der Gesandte das Bild von Verkho erscheinen ließ.«

»Es schien aus dem Stein zu kommen, den er in der Hand hielt«, sagte Skoulli.

»Ja. Physische Gegenstände enthalten oft die Erinnerungen an alles, was um sie herum passiert ist«, erklärte Sagar. »Wie in der Arena hier. Irgendwie sind ihnen die Ereignisse tief eingegraben.« Er hielt inne, um seine Gedanken zu ordnen. »Normalerweise geschieht es unbewußt, ganz besonders bei Dingen, die kostbar sind oder immer in der Nähe einer Person, wie beispielsweise ein Ring. Aber Verkho hat offenbar einen Weg gefunden, es nach seinem Willen, für bestimmte Zwecke, zu beeinflussen.«

»Also war seine Nachricht irgendwie in den Stein eingegeben?« fragte Dsordas.

Sagar nickte.

»Verkho ist tief in seinem Innern offensichtlich ein richtiger Schauspieler«, bemerkte Maus. »Er hätte den Gesandten seine Befehle auch einfach vorlesen lassen können, doch auf diese Art war es viel dramatischer.«

»Also war der Verkho, den wir da gesehen haben, nur ein Bild, eine Erinnerung«, sagte Skoulli. »Aber der Gesandte war doch echt. Ist er auch ein Zauberer?«

»Ein gewisses Talent muß er schon haben«, erwiderte Sagar, »oder er wäre nicht in der Lage, die Erinnerungen zum Vorschein zu bringen. Und er hat eindeutig Zugang zu gewissen okkulten Kräften. Wie er mit seinen Angreifern umgegangen ist ... und ... das Feuer ... das macht es ganz deutlich.«

»*Zugang* zu okkulten Kräften?« fragte Dsordas. »Nicht seine eigenen Fähigkeiten?«

Sagar zuckte mit den Achseln.

»Weißt du noch, was Verkho gesagt hat?« warf Yeori ein. »›Mein Gesandter wird Euch nun ein kleines Beispiel für meine weitreichende Macht geben. *Meine* Macht, nicht seine.‹«

»Aber Verkho ist Hunderte von Wegstunden entfernt«, widersprach Maus.

»Also, Sagar, kannst du uns unwissenden Provinzlern das erklären?« fragte Skoulli.

»Ich kann es versuchen«, erwiderte die frühere Geisel mit allen anzeichen des Unbehagens. »Aber ich werde ganz von vorne anfangen müssen. Einiges habt ihr sicher schon gehört, aber habt Geduld mit mir, und ich versuche, es euch deutlich zu machen.« Er hielt inne, und jetzt waren die anderen bereit, ihm Zeit zu lassen. »Fast alle alten Philosophen«, begann er endlich, »sind einer Meinung, daß das, was wir Magie nennen, eine Ausdrucksform des menschlichen Verstandes ist. Viele Dinge, die in uns vorgehen, verstehen wir nicht, so daß uns das im Grunde auch nicht weiterhilft. Doch die Energie muß von irgendwoher kommen. Die meisten alten Texte behaupten, daß einst alle Menschen die Fähigkeit hatten, diese geheimnisvolle überschüssige Energie zu nutzen – einige meinen, das tun wir immer noch –, doch die Mehrheit glaubt, daß wir aus irgendeinem Grund das Wissen darüber verloren haben.« Er hielt wieder inne. »Oder, falls die Fähigkeit nicht längst verdorrt ist, daß wir uns zu sehr spezialisiert haben und die Energie nur von sehr wenigen Leuten benutzt werden kann – wie von den Telepathen, die inzwischen zu Fernrufern wurden. Die meisten Talentierten sind in der Tat so schwach, daß man nichts von ihren Fähigkeiten merkt, oder sie sind nutzlos, weil sie sich nicht kontrollieren lassen.«

»Die Bemühungen des Gesandten waren auf jeden Fall erkennbar«, bemerkte Yeori sarkastisch.

»Genau das ist es«, erwiderte Sagar eifrig und kam langsam in Fahrt. »Nach allem, was wir wissen, könnte überall um uns herum Magie zu finden sein – aber in so geringen Mengen, daß wir sie nicht bemerken. Der Trick des Zauberers ist nun, genügend Energie zusammenzufügen, sie zu konzentrieren, wenn ihr so wollt, so daß sie tatsächlich Einfluß auf die, wie wir sagen, richtige Welt hat, so daß es jeder sehen kann.«

»Wie das Licht der Sonne, das durch eine gebogene Glasscherbe geleitet ein Feuer verursachen kann?« schlug Maus vor.

»Ja, genau.«

»Das erscheint zwar recht plausibel als Theorie«, sagte Dsordas zweifelnd, »aber doch ziemlich weit hergeholt.«

»Ich weiß«, gab Sagar mit entschuldigendem Schulterzucken zu. »Ich versuche, Tausende von Worten zusammenzufassen, die viel klügere Männer als ich geschrieben haben – aber ich komme jetzt zu dem Teil, der vielleicht schon bald für Zalys wichtig sein könnte.«

»Es ist schwer zu glauben, daß ein einziger Verstand genügend Kräfte sammeln könnte, um dieses Feuer zu legen«, sagte Skoulli und nickte zu dem Fenster, das auf den Fournoi-Platz hinausging.

»Oder die Kuppel über Xantium«, sagte Yeori.

»Das sehe ich auch so«, erwiderte Sagar, »aber die sogenannten Hexenmeister der Alten haben offenkundig Wege gefunden, ihren Verstand zu trainieren und so zu entwickeln, daß ihre natürlichen Talente um ein Vielfaches verdoppelt wurden. Und es sieht so aus, daß sie diese Energie auch in Gegenständen speichern und sie nutzen konnten, wann und wo es ihnen beliebte.«

»Wie Erinnerungen?« fragte Dsordas skeptisch.

»Das nehme ich an. Daher die Geschichten über Zauberstäbe oder Schwerter mit magischen Kräften.«

»Ein paar davon könnten wir gut gebrauchen«, grinste Maus.

»Wie haben die Hexenmeister trainiert?« wollte Skoulli wissen und ignorierte den Versuch des Gefährten, sich leichtfertig zu zeigen.

»Das weiß keiner, aber es gibt viele Theorien, einige davon ziemlich grotesk. Sie haben alles mögliche getan – ihre Träume kontrolliert, sich in Trance versetzt, gefastet, keusch gelebt und auf Berggipfeln meditiert, religiöse Hingabe praktiziert, Symbole und verbotene Worte studiert und verschiedene Pflanzen und Tiere benutzt.«

»Krötennektar?« fragte Yeori.

»Ja. Das ist eines der stärksten und wirkungsvollsten Mittel, um verborgene Talente zum Vorschein zu bringen. Natürlich –«

Doch Dsordas schnitt ihm das Wort ab.

Bis die Sprache auf den Nektar gekommen war, hatte er bereitwillig zugehört, doch als Sagar die Magie mit dem Nektar in Verbindung brachte, hatte er ungewollt die Wirkung eines großen Teils seiner Argumente zerstört.

»Wirkungsvoll?« rief Dsordas hitzig aus. »Ich habe gesehen, wie das Zeug wirkt! Wenn Magie *dieses* Hilfsmittel braucht, will ich nichts damit zu tun haben.«

»Nektar ist nicht die einzige Möglichkeit«, sagte Fen hastig, als sie sah, wie die Unsicherheit in Sagars Augen wieder aufflackerte. »Er ist lediglich ein Hilfsmittel, das unmoralische Menschen für ihre eigenen Zwecke verwenden. Sagar hat das nur als Beispiel genannt. Es steht gar nicht zur Diskussion, ob wir es benutzen.«

»Latchi hat es bereits getan«, machte Skoulli klar.

»Er ist kein Hexenmeister!« sagte Maus höhnisch. »Er hat lediglich ein paar Ungeheuer gesehen.«

»Was sind die Kreischer denn sonst, wenn keine Ungeheuer?«

»Das ist etwas anderes, und das weißt du.«

Erschöpfung und die Anstrengung, das zu verstehen, was Sagar ihnen erzählt hatte, machten Maus ungeduldig. »*Sein* Ungeheuer war so groß wie ein Berg!«

»Wir kommen vom Thema ab«, stellte Fen eilig, aber mit entschlossener Stimme fest, und sie erwartete fast, selbst zum Gegenstand des Spotts zu werden. Zu ihrer Überraschung sagten die Männer jedoch nichts. Sie glaubte, daß die heftige Abneigung ihres Geliebten gegen den Nektar nur daran lag, daß er selbst über natürliche Heilkräfte verfügte, und seine Art von Magie eine instinktive Reaktion war – eine Magie, die keine Hilfe in Form von Gift brauchte. Fen war schlau genug, dies nicht auszusprechen, und sie war froh, als der peinliche Augenblick vorbeiging und Yeori Sagar ansprach.

»Du hast gesagt, du wolltest etwas erzählen, was für uns von größerer Bedeutung sei.«

»Ja ... doch zuvor noch ein letztes Stück allgemeine Theorie. Ihr werdet sehen, daß es nötig ist. Glaubt man den alten Büchern, gibt es noch ein weiteres Energieniveau, das als Magie genutzt werden kann. Es gibt anscheinend einen Verstand, der weitaus größer ist als der der Menschen, ›ein Geist von allem‹, wie es an einer Stelle heißt. Wir können ihn nicht sehen oder berühren, aber er ist überall um uns herum. Und wenn man eine Möglichkeit findet, sich mit ihm zu verbinden, bekommt man Zugang zu Kräften und Wissen, die uns normalerweise verborgen sind.«

»Klingt das nicht wie das, was Gaye uns beschrieben hat?« fragte Fen Dsordas voller Hoffnung. »Die Welt der Linien und Klänge?«

Er nickte, doch sein Gesicht blieb sorgfältig neutral.

»Viele der alten Bücher beschrieben, daß man sich in dieser Welt fliegend fortbewegt«, fuhr Sagar fort. »Sie hatten sogar einen Namen für dieses Reich.«

»Und zwar?«

»Das Reich der Götter.«

Kapitel dreizehn

Wer kann sich jenen Wald vorstellen? Welche Augen waren dort, um die goldenen Tränen zu sehen, die aus der uralten Borke hervordrangen?

In den zahllosen Jahrhunderten seit jener Zeit haben sie sich verändert, haben Fragmente der Luft und die Saat des Lebens, die Echos aus den weitläufigen Armen endloser Tunnel eingehüllt.

Selbst heute ist ihre Geschichte noch nicht vorbei. Ob dunkles oder helles Licht, sie funkeln immer noch. Die Steine ruhen in ihren eigenen Schatten.

»Und du glaubst, Verkho hat eine Verbindung zum Reich der Götter gefunden?« fragte Skoulli leise.

»Ja.« Sagar klang zuversichtlich, doch sein Blick schoß nervös durch das Zimmer.

»Einen Augenblick«, protestierte Dsordas. »Das alles ist doch nur eine Theorie.«

»Aber sie paßt so gut zu den Tatsachen«, entgegnete Fen. »Wie sonst willst du die unglaubliche Macht erklären, die Verkho jetzt kontrolliert? Du hast es doch selbst gesehen! Denn wenn er schon immer ein solcher Zauberer war, wieso hat er dann erst jetzt versucht, die Herrschaft über das Reich zu übernehmen?«

»Götter?« rief er ungläubig aus. »Das glaubst du wirklich?«

»Laß Sagar zu Ende reden.«

Sagar ergriff seine Chance.

»Als Alasia mir erzählte, daß einer meiner Brüder nach Xantium käme, sagte sie, er trüge zwei Lasten – und eine davon enthielte das Schicksal der ganzen Welt. Und Martyn – der *Soldat* – fand heraus, daß der Kapitän, der Bowen begleitete, noch etwas anderes an Verkho auslieferte.«

»Und Gaye hat uns erzählt, daß Gar erwachen würde«, warf Fen ein. »Erinnerst du dich?«

»Aber wie können wir ernsthaft erwarten, daß uns uralte Legenden helfen?« erwiderte Dsordas. »Sie sind von Natur aus sehr phantasievoll.« Er versuchte, nicht allzu offensichtlich skeptisch zu klingen.

»*Irgend etwas* wurde von hier zu Verkho gebracht, zur selben Zeit wie Bowen. Und Verkho hat kurz danach seine Karten aufgedeckt. Was wäre, wenn dieser geheimnisvolle Gegenstand die Verbindung zu dem anderen Reich wäre? Etwas, das mit Gar verbunden ist – was immer Gar auch sein mag?«

»›Es gibt eine Macht, die aus einem jahrhundertealten Traum hervortritt‹«, zitierte Dsordas flüsternd.

»Ja!« Fen nickte eindringlich. »Der Geist sagte, die Macht schliefe noch, doch sie sei kurz vor dem Erwachen.«

»Und du glaubst, daß sie jetzt erwacht ist?«

»Ja.«

»Und genau diese Macht ist verantwortlich für die Kreischer«, fügte Yeori hinzu. Auch ihm fiel Gayes Bericht über ihr Gespräch mit dem Geist wieder ein.

»Alles hängt zusammen«, schloß Fen. »Vermutlich ist diese Macht auch für den Zustand des Meeres verantwortlich.«

Lange sprach niemand ein Wort, und schließlich brach Maus das nachdenkliche Schweigen.

»Und wie sollen wir gegen einen Gott kämpfen?« fragte er.

»Das müssen wir nicht«, stellte Dsordas abrupt fest, und seine Stimme klang entschlossen. »Wir müssen uns dem Gesandten stellen. Selbst wenn er ein Aspekt dieser angeblichen göttlichen Macht ist, so ist er doch nur ein

Teil von vielen. Wir sind nicht so wichtig, daß Verkho all seine Mühen auf uns konzentriert. Vielleicht hat er Zugang zu Macht, die wir nicht sehen können – aber vielleicht können wir ihrer ganzen Wucht entgehen.«

»Wie?«

»Entweder, indem wir uns so unwichtig wie möglich machen, daß ein Angriff nicht lohnt, oder indem wir möglichst den Gesandten von der Quelle dieser Macht abschneiden. Falls er wirklich von einer Verbindung zehrt, die so weit fort ist wie Xantium, muß es eine Möglichkeit geben, sie zu durchtrennen.«

Skoulli war inzwischen auch aufgeregt und wandte sich an Sagar.

»Hast du auch etwas über die Geheimnisse der Fernrufer gelesen?«

»Ja. Aber da ist nicht viel geheim«, antwortete die ehemalige Geisel. »In letzter Zeit hat man mehr über sie geforscht als über alle anderen Talentierten, und alles ist recht gut dokumentiert. Ich weiß natürlich noch längst nicht alles, aber die Grundzüge sind klar.«

»Erzähl uns davon«, wies Skoulli ihn an. »Damit wir alle es deutlich vor Augen haben.«

»Telepathen besitzen irgendwie die Fähigkeit, gedachte Botschaften an andere Talentierte zu übermitteln. Die Fähigkeit ist von Person zu Person sehr unterschiedlich ausgeprägt, aber wenn die Bedingungen stimmen und sie sich sehr konzentrieren, können die Besten es über große Entfernungen tun. Zunächst war es nicht sehr zuverlässig, denn die Talentierten waren oft labil und ließen sich leicht verwirren. Wie ihr wißt, hat Xantium ihre Fähigkeiten erheblich verbessert, indem man ihnen Nektar gab.« Er warf einen nervösen Blick zu Dsordas, doch der Anführer der Insel blieb ungerührt. »Aber ein echter Durchbruch kam, als man das Amberin entdeckte. Offenbar hat jeder Kristall die einzigartige Eigenschaft, daß man ihn genau orten und als Empfänger einer bestimmten telepathischen Nachricht benutzen kann. In einem der Bücher wurde es als eine Art Resonanz bezeichnet, wie die unendlich unterschiedlichen Töne von Glocken. Anscheinend wissen nicht einmal die Fernrufer selbst, wie sie es machen, doch diese Technik hat sie schließlich befähigt, Botschaften augenblicklich über große Entfernungen zu senden, ohne daß sie sich mit Botschaften anderer Telepathen vermischten.« Sagar hielt inne und sah sich unsicher um, denn er wußte nicht, ob er ihnen genug erzählt hatte.

»Also, das einzige, woran bei uns kein Mangel besteht, ist Amberin«, erkannte Skoulli. »Wir könnten es sehr wohl benutzen.«

»Wie?« wollte Dsordas wissen.

»Der Gesandte könnte ein Fernrufer sein –« begann Fen.

»Das hatten wir bereits«, unterbrach er barsch. »Angenommen, er ist einer, dann reicht Verkhos Macht genauso weit wie telepathische Botschaften. Wenn wir also«, beantwortete er seine eigene Frage, »irgendwie seine Gedanken blockieren, wäre er machtlos – oder zumindest nicht ganz so mächtig. Irgendwelche Vorschläge?«

»Vielleicht kann Eismann uns helfen«, schlug Maus vor. »Wir wissen, daß er telepathisches Talent hat, und selbst wenn er seine Abhängigkeit vom Nektar fast überwunden hat, könnte er etwas tun.«

»Können wir ihm vertrauen?« Im stillen dachte Dsordas, daß Etha sich dabei sehr wohl als Hindernis herausstellen könnte – aber er war bereit, es nötigenfalls mit ihr aufzunehmen.

»Warum nicht?« fragte Fen. »Er ist Etha ergeben. Er würde nichts tun, was ihr Schaden zufügen würde.« *Falls wir sie dazu bringen, dieser Sache zuzustimmen,* fügte sie im stillen hinzu. Sie und Dsordas sahen einander an, und beide kannten die Gedanken des anderen.

»Eismann könnte vielleicht die Übertragung der Macht aufspüren«, sagte Skoulli. »Aber könnte er sie auch aufhalten? Ich dachte eher an eine direktere Vorgehensweise. Was wäre zum Beispiel, wenn wir alles Amberin zusammensuchen, dessen wir habhaft werden können, und es im Hafen auslegen? Wenn wir es auf den Sandbänken verteilen, könnten wir das Schiff beinahe vollständig einkreisen. Vielleicht gäbe es dann so viele ›Resonanzen‹, daß sie den Kontakt zu Xantium schwächen oder sogar durchbrechen.«

»Es ist einen Versuch wert. *Falls* es funktioniert, könnten wir unseren Feind besser einschätzen.« Dsordas klang beinahe eifrig, als sehne er sich danach, den Gesandten mit seiner eigenen Klinge in Stücke zu schneiden. »Aber es könnte auch völlige Zeitverschwendung sein – und gefährlich für den Handel.«

»Wir könnten ganz diskret vorgehen«, sagte Maus. »Es hat keinen Sinn, den Verdacht unseres Besuchers zu erregen, solange es nicht nötig ist.«

»Ich weiß nicht. Vielleicht wäre es besser abzuwarten bis nach dem Ultimatum. Zumindest kennen wir dann unsere Alternativen.«

»Dann hätten wir keine Zeit mehr«, widersprach Fen. »Das hier *ist* eine unserer Alternativen. Machen wir Gebrauch davon.«

Bevor sie weitere Argumente bringen konnte, öffnete sich erneut die Tür, und drei weitere Leute gesellten sich zu dem Rat. Nikolaus hatten sie am wenigsten erwartet. Obwohl der alte Mann von Foran und Aad gestützt wurde und unter offensichtlichen Schmerzen bei jedem zaghaften Schritt wimmerte, war sein Gesicht wild entschlossen. Der Patriarch nötigte allen sogar in seinem schwächlichen Zustand Respekt ab, und die Diskussion wurde ausgesetzt, bis er sich gesetzt hatte.

»Die beiden hier haben mich überzeugt, zu Euch zu stoßen«, sagte er, als alle sich gesetzt hatten. Seine

Stimme war leise und heiser, und die anderen konnten seine Qualen beinahe hören. »Der Junge hier«, fuhr er fort und zeigte mit zittriger Hand auf Aad, »hat einige sehr interessante Beobachtungen gemacht. Ich glaube, Ihr alle solltet sie hören.«

Aad sah über den Tisch zu Dsordas hinüber und fixierte ihn, während er sprach.

»Meine Hände sagen mir, wenn Magie in der Nähe ist«, begann er zögernd. »Ich selbst kann zwar keine magischen Dinge *tun,* aber ich kann sie fühlen. Manchmal kitzeln meine Hände nur, manchmal schmerzen sie, es ist jedesmal anders ... ähm ... ich kann es nicht genau beschreiben.« Er schluckte verlegen, weil er sich nicht richtig ausdrücken konnte. »Als der Gesandte das Gebäude niederbrannte, wurden meine Hände schier verrückt. Es fühlte sich grauenhaft an – aber als es mir besser ging, fiel mir ein, daß sie sich *schon einmal so angefühlt haben.*«

»Wann?« fragte Dsordas hastig.

»In Xantium, als ich in die Nähe der roten Kuppel kam.«

»Es sieht so aus, als sei unser wahrer Feind weit entfernt«, bemerkte Nikolas.

»Wir waren gerade zu derselben Schlußfolgerung gekommen«, sagte Fen, und sie war nervös, aber zufrieden. Ihre Intuition hatte sie nicht getrogen.

»Das war's dann also«, entschied Dsordas.

Einige Zeit später, nachdem der Patriarch und die beiden anderen sich mit allem vertraut gemacht hatten, was besprochen worden war, faßte Dsordas ihre Pläne zusammen.

»Als erstes werden wir tun, was Skoulli vorgeschlagen hat und das Schiff des Gesandten mit allen Amberinkristallen umgeben, die wir finden können. Maus, du kümmerst dich darum. Ich will nicht, daß er sieht, was du da tust.«

»Natürlich«, erwiderte sein Stellvertreter zuversichtlich. »Dann versuchen wir, Eismann davon zu überzeugen, daß er uns hilft.«

»Das übernehme ich«, sagte Fen.

»Und ich«, warf Aad unerwartet ein.

Dsordas nickte zustimmend.

»Wir halten euch alle über die Fortschritte oder über mögliche neue Informationen auf dem laufenden. Yeori, ich will, daß du dich bereit machst, das Schiff anzugreifen. Nimm dazu alles, was du kriegen kannst. Was auch sonst geschieht, vielleicht müssen wir das Schiff auf konventionelle Art versenken.«

»Und du willst, daß dies unerkannt geschieht.«

»Genau. Selbst wenn wir den Zauber des Gesandten abschneiden können, könnte es noch zu einem richtigen Kampf kommen. Ich will, daß wir bereit sind.«

»Das werden wir.«

»Und falls es zum Schlimmsten kommt«, fuhr Dsordas fort, »müssen wir bereit sein, auch gegen Feuer zu kämpfen.«

Yeori nickte und wartete mit den anderen, daß ihr Anführer weitersprach. Doch Dsordas ließ sich Zeit.

»So ungern ich es auch zugebe«, murmelte er schließlich, »wir müssen wohl Kontakt zu Latchi aufnehmen. Was er auch vorhat, wir müssen auf derselben Seite stehen und nicht gegen unsere Mitmenschen auf der Insel kämpfen.« Seine Abscheu angesichts dieses Gedankens war offensichtlich, doch seine eigenen Gefühle mußten hinter ihrem Ziel zurückstehen. »Kann ich dir diese Sache anvertrauen, Skoulli?«

»Falls irgend jemand aus diesem Wahnsinnigen noch ein wenig Verstand herausholen kann, dann du«, grinste Maus Skoulli an.

»Danke für diesen Vertrauensbeweis«, lächelte Skoulli zurück. »Ich werde mein Bestes tun.«

»Gleichzeitig will ich *alles* erforschen, was zu unserem

Wissen über Magie und die alten Legenden beitragen könnte«, fuhr Dsordas fort. »Und wir sollten versuchen, jeden zu finden, der oder die irgendein Talent hat – und wenn es noch so unbedeutend scheint.«

Fen sah überrascht zu ihm auf. Das war die endgültige Wende. Sie war so froh, ihn so zielsicher zu sehen, mit einem entschlossenen Funkeln in den dunklen Augen, doch sie konnte sich der Frage nicht erwehren, ob er seine eigenen Heilkräfte in diese neue Auffassung miteinschloß.

»Also, Aad, Sagar – was meint Ihr?« röchelte Nikolaus. »Werdet Ihr einem alten Mann bei dieser Suche helfen?«

»Gerne«, rief Aad ernsthaft. »Nachdem ich Eismann gesehen habe.«

Sagar nickte nur.

»Also, das wäre es dann«, sagte Dsordas. »Dann bleibt mir nur noch, unsere zähneknirschende und absolut unehrliche Kapitulation zu Papier zu bringen und morgen abend dem Gesandten zu übergeben.« Er sah seine Gefährten an, und sein Blick blieb an Fen hängen. Sie sah ihn ebenfalls an, und ihre Nervosität darüber, daß ihr Geliebter bei einer solchen Mission sein Leben riskierte, war deutlich zu erkennen.

Dsordas lächelte. Er wußte genau wie Fen, daß er niemals auch nur darüber nachdenken würde, die Verantwortung jemand anderem zu überlassen.

»Danach«, schloß er, »lehnen wir uns zurück und warten ab, was passiert.«

Kapitel vierzehn

Ich habe gesehen, wie das Kaiserreich viele eiserne Gewichte schmiedete. Neben ihnen ist Unschuld zerbrechlich, eine Feder, die leicht davonwehen kann. Aber wenn alles andere gleichwertig ist, kann auch sie die Waagschale neigen.

Kindheit kommt aus dem Inneren.

Das Licht kurz vor Sonnenaufgang hatte den Himmel im Osten bereits mit einem zarten orangefarbenen Schleier überzogen, als die Zusammenkunft zu Ende ging und die Ratsmitglieder sich trennten. Es hatte sich nichts Greifbares verändert, doch jetzt folgten sie Dsordas' eindrücklichem Beispiel und hatten einen Zweck, ein direktes Ziel. Vielleicht brachte die Zukunft ihnen die Katastrophe, doch sie würden nicht tatenlos darauf warten. Der Gedanke an das, was sie zu tun hatten, war stärker als das Bedürfnis nach Schlaf.

Fen und Dsordas gingen Hand in Hand hinaus, doch erst als sie gemeinsam in ihrem Boot saßen und die Ruder mit geübter Leichtigkeit durch das Wasser zogen, sprachen sie miteinander.

»Ich wette, du hättest nicht gedacht, daß du das noch erleben würdest«, sagte Dsordas leise.

»Vielleicht nicht diese *völlige* Bekehrung«, erwiderte Fen und lächelte sanft.

»Ich bin nicht sicher, wie es kam, auch jetzt noch nicht«, fuhr er nachdenklich fort. »Mein ganzes Leben lang wollte ich praktische Lösungen sehen, richtige Dinge, die ich berühren und sehen kann.«

»Du hast genug Magie erlebt, um zu wissen, daß sie existiert. Und wir haben auch keine Wahl mehr.«

»Nein, da hast du wohl recht. Aber was können wir in so kurzer Zeit zu erreichen hoffen?« Jetzt, wo Dsordas' Stellvertreter nicht mehr in der Nähe waren, kamen all seine Zweifel wieder zum Vorschein, doch Fen wußte, daß dies nur privat unter vier Augen geschehen würde. Es war sowohl ein Zeichen von Respekt als auch eine Last. Allen anderen gegenüber mußte er resolut und entschlossen erscheinen.

»Das wissen wir erst, wenn wir es versuchen«, sagte sie so fröhlich sie konnte. »Du bist nicht allein. Viele gute Menschen sind bei dir.«

»Und du bist die beste. Du mußt mit so viel schlimmeren Dingen fertigwerden als die anderen.« Das war keine großartige Erkenntnis. Die Überraschung war, daß er es so offen aussprach. »Warum wirst du mit mir fertig?«

»Du weißt warum. Ich würde dich nicht verändern wollen – oder die Art, wie du mich benutzt.« Die absichtliche Verwendung dieses gefühllosen Ausdrucks signalisierte ihm, daß sie es auch ernst meinte.

Sie sahen sich an und lächelten.

»Wenn wir nicht in der Mitte des Kanals wären«, bemerkte Fen, »würde ich aufhören zu rudern, dir die Kleider vom Leib reißen und dir *zeigen,* wie sehr ich dich liebe.«

»Schamloses Weib!« grinste Dsordas verschmitzt. »Wir würden kentern!«

In diesem Augenblick berührte seine Klinge nur ganz leicht das Wasser, so daß ein Bogen aus silberner Gischt aufspritzte und er beinahe hintenüber gefallen wäre, als das Boot sich auf die Seite legte.

»Konzentrier dich aufs Rudern«, befahl sie ihm lachend. »Wir haben viel zu tun.«

Ihre Worte beendeten das kurze Intermezzo unbeabsichtigt.

»Das ist richtig.« Plötzlich war er wieder ernst.

Sie ruderten weiter. Obwohl die Gebäude zu beiden

Seiten des Kanals noch immer tief im Schatten lagen, wurde der Himmel über ihnen immer heller, und Fen war glücklich, als sie die Umrisse mehrerer hin und her flitzender Fledermäuse sah. In der Nacht hatten sie die Bedrohung durch die Kreischer ganz vergessen, doch als das Tageslicht zurückkehrte, wollte sie nicht länger im Freien sein als nötig. Der Anblick der Kreaturen rief die Erinnerung an den vorigen Abend wach, an etwas, das sie wegen der vielen Geschehnisse ganz vergessen hatte.

»Hast du gestern abend auf dem Fournoi-Platz Fledermäuse gesehen?«

»Ja«, erwiderte Dsordas gleichgültig. »Viele.«

»Später waren keine mehr da.«

»Das Feuer hat sie sicher verscheucht.«

»Nein. Sie waren schon vorher verschwunden.« Fen fiel das laute Flattern der Flügel wieder ein, das nadelspitze Geräusch über dem menschlichen Lärm. »Sie sind fortgeflogen, als der Gesandte ankam. Vor ihm hatten sie Angst.«

»Dann haben sie mehr Verstand als wir«, schloß Dsordas mürrisch.

Vielleicht, dachte sie. *Vielleicht wissen sie mehr als wir.* Aber ihr Partner war ganz eindeutig nicht daran interessiert, und sie wollte noch andere Dinge mit ihm besprechen, bevor sie zu Hause ankamen.

»Hat jemand die Reaktion der Geister auf den Gesandten bemerkt?« fragte sie.

»Niemand hat etwas gesagt. Warum?«

»Das hier ist auch ihr Kampf.«

»Wie kommst du darauf?«

»Weil sie sich sehr bemüht haben, uns zu helfen. Sowohl hier als auch in Xantium.«

»Das hat uns bislang ja viel genützt«, bemerkte Dsordas störrisch.

»Jetzt, wo Bowen und Gaye fort sind«, ignorierte Fen nachdenklich seine Bemerkung, »brauchen wir jemand anderen, der mit ihnen reden kann.« Sie hielt inne. »Und du ...«

»O nein!« rief er aus. »Ich nicht. Das ist nicht meine Aufgabe. Du weißt, ich habe nur mit meiner Mutter gesprochen, und das auch nur zweimal – und in Zeiten schlimmster Not. Als ich dich ohne ihre Hilfe nicht retten konnte. Wenn du glaubst, ich werde wieder dein Leben riskieren –«

»Das ist überhaupt nicht nötig«, warf sie ein. »Unser aller Leben steht auf dem Spiel. Außerdem werden die Geister hier – das behauptet jedenfalls Gaye – von etwas oder jemandem gerufen, das oder den wir nicht verstehen. Sie entscheiden das nicht und wir auch nicht. Aber wir sollten bereit sein, falls sie uns *doch* etwas zu sagen haben.« Sie wiederholte absichtlich Dsordas' Aussage, man müsse bereit sein.

Er zuckte die Achseln und beruhigte sich wieder.

»Aber die Geister auf dem Fournoi-Platz werden anscheinend nicht gerufen«, wandte er ein. »Sie sind einfach immer da, wenn es etwas zu sehen gibt – und niemand, nicht einmal Gaye, konnte sie jemals hören.«

»Das ist wahr«, gab Fen zu. »Aber falls wir irgend jemand mit einem Talent finden könnten, könnte es doch nicht schaden zu versuchen, mit ihnen Kontakt aufzunehmen.«

»Aber ich nicht!« beharrte Dsordas.

»Nein«, stimmte sie hinterhältig zu. »Dein Talent liegt woanders.«

Ihr Gefährte schwieg mehrere Ruderschläge lang, und schließlich seufzte er.

»Meine Heilkräfte sind etwas anderes. Es ist bloß ... es ist bloß etwas, das ich tun kann ... manchmal.«

»Alles hängt zusammen. Das würdest du zugeben, wenn du nicht so stur wärst. *Alle* Talente sind Teil von etwas viel Größerem, und deins ist nicht weniger wert als das von Eismann oder Gaye oder Aad.«

»Wir alle sind potentielle Zauberer?« fragte er zweifelnd. »Und wissen es nur nicht?«

»Vielleicht.«

»Und welches Talent hast du dann?«

»Ich habe keins.« Das war das einzige, was Fen mit absoluter Sicherheit über Magie sagen konnte. Sie hätte nicht erklären können, warum das so war, doch ihre Intuition war zu stark, um es zu leugnen. »Mein Verstand ist vollauf damit beschäftigt, Euch alle dazu zu bringen, etwas Nützliches zu tun«, fügte sie grinsend hinzu.

»Wenn ihr das tut, lauft ihr Gefahr, genauso grausam zu werden wie Farrag«, erklärte Etha hitzig.

»Das ist nicht fair!« schrie Fen.

»Ich bin deine Mutter. Ich muß nicht fair sein!«

Dsordas blieb so ruhig wie immer, wenn er bei einem Streit ein klares Ziel vor Augen hatte.

»Wir sagen nicht, daß er Nektar trinken soll«, sagte er. »Du weißt, wie ich darüber denke. Wir werden ihn zu nichts zwingen.«

»Es wird reichen, wenn du ihn fragst«, gab Etha zurück. »Er bewundert dich, das mußt du doch merken.«

Dsordas war einen Augenblick lang sprachlos, und Eismanns selbsternannte Wächterin sprach weiter.

»Körperlich geht es ihm jeden Tag besser. Habella hat mit ihren Kräutern und Säften Wunder vollbracht, doch sein Geist braucht noch Zeit. Er ist noch ein Kind. Wenn du ihn bittest, wieder zum Fernrufer zu werden, könnte ihn das völlig zerbrechen – und dieses Risiko gehe ich nicht ein!«

»Aber seine Hilfe könnte lebenswichtig sein«, wandte Fen ein. »Damit könnte er uns alle retten. Glaubst du nicht, daß es das wert wäre?«

Etha schwieg eine Weile und sah ihre älteste Tochter mit traurigen Augen an.

»Ihr werdet es sowieso tun, ganz gleich, was ich sage, oder?« sagte sie schließlich.

»Wir täten es lieber mit deiner Zustimmung«, erwiderte Dsordas und machte sich gar nicht erst die Mühe, ihre Anschuldigung zu leugnen.

»Dann müßt ihr auch Natali davon überzeugen«, gestand Etha ihre Niederlage ein. »Die beiden sind dicke Freunde.«

»Wir hoffen, daß er uns helfen wird. Wo sind sie gerade?«

»Oben. Sie sind noch nicht lange wach.«

Dsordas wollte schon gehen, doch er zögerte, als Fen sich nicht rührte.

»Geh schon rauf«, sagte sie. »Ich komme gleich nach.«

Als er ging, lief Fen zu ihrer Mutter und umarmte sie.

»Es ist für alle das Beste.«

»O Fen. Ich bin zu alt für sowas.«

»Du bist nicht alt.«

»Ich spüre es. Jetzt, wo Antorkas tot ist . . .«

»*Du* bist diejenige, die uns immer zusammengehalten hat. Du mußt jetzt stark sein.«

Etha seufzte und verkrampfte sich, als plötzlich von oben Geräusche zu hören waren. Als sie Natalis entzücktes Lachen hörte, entspannte sie sich wieder und schob ihre Tochter entschlossen beiseite.

»Geh schon«, sagte sie. »Er hat offenbar einen guten Anfang erwischt, aber er wird deine Hilfe brauchen.«

»Danke«, flüsterte Fen. Sie rannte davon, immer zwei Stufen auf einmal nehmend, und fand Dsordas, Eismann und Natali im Schneidersitz auf dem Boden des Schlafzimmers. Als sie hereinkam, ließen Dsordas und Eismann gerade ihre Fäuste zum Spiel herunterschnellen.

»Eins, zwei, drei!«

Beim dritten Wort öffneten sich die Fäuste. Dsordas hatte die Hand flach ausgestreckt, das bedeutete Papier, Eismanns Finger zeigten nach oben, das bedeutete Feuer.

»Feuer verbrennt Papier!« rief Natali aus. »Eis gewinnt schon wieder. Jetzt spielst du.« Er sah Fen an.

»Ich würde gerne, aber wir müssen Eismann um einen Gefallen bitten.«

»Du könntest uns vielleicht auch helfen«, fügte Dsordas hinzu, denn ihm fiel ein, daß Natali schon einmal telepathische Botschaften erhalten hatte. Obwohl die Erfahrung ihn sehr angestrengt hatte, war sie inzwischen vermutlich längst vergessen.

»Wie?« wollte Natali wissen und klang sehr aufgeregt.

Eismann sagte nichts, und sein Gesicht wirkte argwöhnisch. Fen setzte sich zu ihnen auf den Boden, sah Dsordas an und fragte sich, was er wohl sagen würde.

»Ihr kennt den Mann, der gestern mit dem Schiff hergekommen ist –« begann er.

»Ich konnte ihn nicht leiden«, stellte Natali nachdrücklich fest. »Er hat meinen Freunden Angst gemacht.«

»Deinen Freunden?« fragte Fen eilig.

»Den Fledermäusen. Sie sind weggeflogen«, erklärte ihr Bruder.

»Warum mochten sie ihn nicht?« hakte sie nach.

Natali zuckte die Achseln und streckte seine kleinen Hände in einer beredten Geste aus.

»Weiß nicht.«

»Wir glauben, der Mann könnte ein Fernrufer sein«, fuhr Dsordas fort. »Wie du früher, Eismann.«

Der junge Mann sagte nichts. Sein Gesicht blieb ausdruckslos.

»Eis hört manchmal immer noch Stimmen«, gab Natali plötzlich unaufgefordert von sich.

»Tatsächlich?« fragte Fen voller Hoffnung.

Eismann nickte langsam.

»Könntest du mir sagen, ob der Absender ein Fernrufer ist? Konntest du hören, was er sagte?«

Eismann begann zu zittern, ein winziges Zittern von Händen und Armen, das sich schnell über seinen ganzen

Körper ausbreitete. Natali starrte seinen Freund an, und seine Neugier wurde zu Angst.

»Ich ... ich ... ich ... will nicht ... zurück ...« stotterte Eismann mit klappernden Zähnen.

»Das mußt du auch nicht«, sagte Dsordas. »Niemand wird dir weh tun, niemand wird dir Nektar geben. Wir können dir einen Kristall geben, wenn du ihn brauchst, aber ...« Sein Tonfall war freundlich, so aufbauend er konnte, doch Eismann schien ihn nicht zu hören.

»Sie ... machen, daß ich es vergesse ... Und ich muß mich doch erinnern.« Tränen traten in seine Augen.

»Er will nicht!« rief Natali, der jetzt selbst sehr beunruhigt war. »Er will nicht!«

»Wir brauchen seine Hilfe, Natali«, warf Fen dazwischen. »Es ist sehr wichtig. Der Gesandte –«

»Er hat die dunklen Flammen in sich«, flüsterte Eismann. »Sie tun weh.«

Eine Stimme an der Tür unterbrach sie.

»Das reicht!« erklärte Etha fest. »Hört auf.«

In der verlegenen Stille, die auf ihre Worte folgte, erklang auf den Stufen hohl das Geräusch weiterer Schritte. Aad kam näher und erfaßte die Lage mit einem Blick.

»Laßt mich mit Eismann reden«, sagte er atemlos. »Ich glaube, ich kann alles klarstellen.«

Die drei Erwachsenen sahen ihn zweifelnd an, doch es war deutlich zu erkennen, daß er es ehrlich und gut meinte, und Eismann protestierte nicht, als sie gingen und Natali mitnahmen. Kurze Zeit später kam Aad hinunter in die Küche, wo die anderen erwartungsvoll warteten.

»Habt ihr hier noch irgendwo Amberin?« fragte er. »Er will es jetzt versuchen.«

»Bist du sicher?« fragte Etha argwöhnisch.

»Ja. Ich werde nicht zulassen, daß ihm etwas zustößt.«

»Wie hast du ihn dazu überredet?« wollte Fen wissen.

»Eismann versteht meine Hände besser als ich«, erwiderte Aad undurchsichtig. »Er vertraut mir, daß ich weiß, ob das, was ihm widerfährt, gut oder böse ist.«

»Das kannst du?«

»Wenn ich bei ihm bin, ja. Amberin an sich ist gut. Ich kann ihn davon überzeugen«, sagte der Junge vom Festland zuversichtlich. »Aber wie er es benutzt oder was ihm geschieht, das könnte böse sein. Habt ihr welches?«

»Ja«, erwiderte Fen. Obwohl fast alle Kristalle Maus übergeben worden waren, hatte sie zwei Anhänger genau für eine Gelegenheit wie diese aufbewahrt, und diese zog sie jetzt aus ihrer Tasche hervor.

»Hübsche Steine!« rief Natali aus.

»Darf ich sie haben?« fragte Aad. Es machte ihm Spaß, die glatte Oberfläche der Steine zu berühren, und das geheimnisvolle Funkeln in den durchsichtigen goldenen Tiefen war einfach fesselnd.

Fen gab sie ihm, und alle marschierten wieder hinauf zu Eismann. Er saß auf dem Bett, lächelte und wirkte ziemlich gefaßt. Aad ging zu ihm, die Kristalle fest in der Hand.

»Nimm meine Hand.«

Eismann berührte ihn zaghaft mit einem Finger, dann grinste er und nickte. Aad nahm einen der Anhänger und legte ihn dem anderen um den Hals.

»Ich auch!« verlangte Natali und streckte seine Hand nach dem zweiten Stein aus.

Aad warf einen Blick zu Etha. Sie nickte, und so hängte er Natali die Kette um. In der Zwischenzeit legte Eismann seine Finger um seinen Stein.

»Hörst du etwas?« fragte Fen nach einigen Minuten Schweigen.

Eismann schüttelte den Kopf.

»Nur das Geräusch von Flammen«, antwortete er geheimnisvoll. »Nur das Lodern.« Seine Stimme klang weit entfernt, doch fühlte er sich offenbar gar nicht so unwohl – und die Erleichterung stand Etha deutlich ins Gesicht geschrieben.

»Da sind so viele Echos von Geräuschen«, sagte Eismann. »Ein halber Kreis. Fast. Sie bewegen sich.«

Dsordas und Fen sahen einander an.

»Hörst du irgendwelche Stimmen?« fragte Aad.

»Nein. Im Augenblick spricht niemand.«

»Ich höre nur Wellen«, sagte Natali fröhlich.

»Was für Wellen, Kleiner?« fragte seine Mutter.

»Im Meer«, erwiderte er, als sei das offensichtlich.

»Ein halber Kreis«, wiederholte Eismann leise.

»Ob sie wohl etwas davon hören, wie Maus den Kreis vollendet?« flüsterte Fen Dsordas zu.

Als sich die Dunkelheit niedersenkte, gesellten sich Dsordas und Fen zu Maus und Yeori an einem der Aussichtspunkte am Hafen.

»Irgendein Lebenszeichen da draußen?« fragte Dsordas.

»Nein, auf dem Schiff ist es so still wie in einem Grab.«

»Sind eure Männer auf dem Posten?«

»Ja«, erwiderte Yeori. »Die Bogenschützen und Boote sind in Position, und wir haben noch ein paar Überraschungen im Ärmel.«

»Gut. Was ist mit dem Amberin?«

»Alles ausgelegt«, bestätigte Maus. »Die größten Lücken gibt es an der Einfahrt zum Hafen, doch sonst liegen zwischen den einzelnen Steinen nirgendwo mehr als ein paar Schritte. Allerdings ist es kein richtiger Kreis«, fügte er hinzu und deutete den unregelmäßigen Umriß des Hafens an. »Und falls das Ganze eine Wirkung auf ihn hat, haben wir noch nichts davon gesehen.«

»Warten wir's ab«, antwortete Dsordas. »Ihr seid beide sicher, daß man vom Schiff aus nichts davon sehen konnte?«

Seine Stellvertreter nickten.

»Ist Eismann da?« fragte Yeori.

»Ja. Er und Aad und ein paar andere sind dort drüben in dem alten Lagerhaus. Er hat allerdings noch nichts Brauchbares erspürt.«

»Habt ihr was von Skoulli gehört?« fragte Dsordas.

»Nein. Er ist heute nachmittag nach Süden gegangen, in der Hoffnung, einige von Latchis Gefolgsleuten mitzubringen, doch seitdem haben wir nichts von ihm gehört.«

»Ist er allein gegangen?« wollte Fen wissen.

»Wie ich ihn kenne, ja«, erwiderte Yeori. »Was ist mit Nikolas? Irgendein Erfolg?«

»Er und Sagar sind den ganzen Tag die Aufzeichnungen der alten Garnison durchgegangen – zumindest das, was davon noch übrig ist – und haben versucht herauszufinden, ob Farrag irgendwelche Hinweise auf seine Zauberkräfte hinterlassen hat. Aber dieser Bastard hat dem Papier nicht viel anvertraut, also kommen sie nur langsam voran.«

»Es wird bald Zeit«, erinnerte Maus sie.

»Dann sollte ich es besser hinter mich bringen.«

»Bist du sicher, daß du allein gehen willst?« fragte Yeori.

»Ja.«

»Viel Glück.« Fen küßte ihn und lächelte, doch er sah die Angst in ihren Augen.

»Mach dir keine Sorgen.« Er tippte gegen das aufgerollte Dokument. »Das hier gibt ihm keinen Grund, mir etwas zu tun.«

Mit diesen Worten trat Dsordas hinaus und ging die Steintreppe des Anlegers hinunter. Dort lag ein Boot vor Anker, und er täute es los, setzte sich, machte es sich mit den Rudern bequem und ruderte in den Hafen hinaus. Es war eine ruhige Nacht, der Mond war aufgegangen und warf sein Licht auf das unnatürlich silbrige Wasser.

Von Fens Standpunkt aus gesehen schien das kleine Boot über eine sanft wogende funkelnde Eisscholle zu gleiten, deren Zentrum das Schiff des Gesandten mit seinen konturlosen Umrissen bildete.

Fens Augen waren nicht die einzigen, die Dsordas folgten. Er trug alle Hoffnungen von Zalys mit sich, und viele Bürger von Nkosa waren gekommen, um die Vorgänge zu beobachten. Yeori verließ die anderen mit den Worten, er wolle von einer anderen Stelle aus zusehen, doch Fen wußte, daß er bei den Männern sein wollte, die das Schiff angriffen, falls irgend etwas Unvorhergesehenes geschah.

»Dsordas ist sicher bald wieder da«, beruhigte Maus sie.

Fen sah ihn an und war ihm dankbar für seine freundlichen Worte, doch sie wußte, daß sie nichts bedeuteten. Dsordas war ganz auf sich allein gestellt.

Aus dem Schiff des Gesandten drang kein Licht nach draußen, während Dsordas die Ruder einholte und mit seinem Boot neben dem schwarzen Rumpf zu der Stelle glitt, wo eine Leiter hing. In dem schwachen Licht nahm er so viele Einzelheiten auf wie er konnte, denn er wußte, sie brauchten alle Informationen, die sie kriegen konnten, falls das Schiff angegriffen werden mußte. Er stopfte das Papier unter sein Hemd und erklomm vorsichtig das Deck. Im selben Augenblick öffnete sich geräuschlos die Kabinentür, und der Gesandte kam auf ihn zu. Er war immer noch in weiße Gewänder gehüllt und trug eine Lampe.

»Ihr seid pünktlich. Das ist gut. Ihr habt Eure Kapitulationserklärung dabei?«

Wortlos reichte ihm Dsordas das Dokument. Der Gesandte nahm es entgegen, entrollte es und überflog rasch den Inhalt.

»Das scheint mir zufriedenstellend«, verkündete er. »Jetzt bleibt mir nur noch, Euch dies hier zu geben.« Er holte seinerseits ein aufgerolltes Dokument zwischen den Falten seines Gewandes hervor und gab es Dsordas.

»Was ist das?«

»Eine Liste von Geiseln, die bis morgen mittag auf dieses Schiff gebracht werden«, erwiderte der Gesandte mit freundlichem Lächeln. »Als Garantie Eures guten Willens.«

Dsordas entrollte eilig das Papier und warf voller Entsetzen einen Blick auf die Liste, doch blieb er am dritten Namen von oben hängen.

Natali Amari.

Kapitel fünfzehn

Ich anerkenne seine verzwickte Lage, aber nicht seine geliehene Willensstärke. Der Prophet der Feuer blickt in beide Richtungen, zerrissen zwischen den Loyalitäten des Augenblicks. Welcher der finsteren Zwillinge wird als nächstes seine Aufmerksamkeit erregen? Wer wird in seinen Träumen am lautesten schreien? Die Stimmen der Götter sind für menschliche Ohren nur schwer zu ertragen.

In der Nacht sollte die Arena eigentlich nur eine von vielen schwarzen Einbuchtungen in der zerklüfteten Landschaft der Insel sein, ein natürliches Amphitheater, das Unkundige über trügerisch steile Hänge und herumliegende Felsbrocken stolpern ließ. Doch es war mehr als das. In der Vergangenheit hatten die meisten Inselbewohner den Ort bereits durch seine Atmosphäre identifizieren können. Die Arena war ein Ort voller Geschichten, die tief im Fels verborgen waren, ein Ort der Geschichte, der Erfahrungen, der Hoffnungen und Träume. Nur jene, die absolut unsensibel waren, spürten seine widersprechenden Emotionen nicht – Frieden und Wut, Leidenschaft und Zufriedenheit, Feuer und Eis. Die Arena war Zeuge vieler Ereignisse geworden. Und sie *erinnerte sich.*

Doch in den letzten Jahren war die besondere Eigenschaft dieses Tales, ihr ganzes Wesen, langsam in die untätigen Steine und Erde gesickert, und so erkannten inzwischen nur noch wenige diesen Ort als spirituelles Herz der Insel. Selbst die Geister, die hier früher zu Besuch kamen, waren verschwunden, und alles machte einen verlorenen und verlassenen Eindruck. Die sonderbar geformte Ausbuchtung blickte noch immer herab, der schräge Tunnel, der durch ihre Mitte lief, verband immer noch Himmel und Erde – doch das Steinerne Auge war blind. Falls die Arena, wie viele Menschen einst geglaubt hatten, so etwas wie die Seele von Zalys war, dann gab es allen Grund für furchteinflößende, düstere Prophezeiungen. Die Arena lag im Sterben.

Bei Nacht hätte die Arena eine dunkle Leere sein sollen – doch diese Nacht wurde durchlöchert von dem feurigen Glühen von Fackeln. Ganze Reihen davon wanden sich von allen Seiten hinunter in die Tiefe, zwischen den größeren Felsen und den kleinen Vorsprüngen hindurch. Die Menschen gingen ohne ein Wort voran. Das einzige Geräusch kam von Hunderten von Schritten auf unebenen Pfaden und grasbewachsenen Abhängen. Am Fuße des Tales sammelten sich schon bald große Menschenmengen, und weitere saßen an den Seiten auf verschiedenen Aussichtspunkten. Mehrere Feuer wurden entzündet und stimmten mit ein in das wogende Glühen der Fackeln – immer noch sprach niemand ein Wort. Die Arena war voller Erwartung.

Latchi Irini hatte sein Erscheinen perfekt geplant und erschien jetzt an einer Stelle ganz oben am Rand, damit viele seiner Gefolgsleute seine Silhouette gegen den Mond sehen würden. Er stand ein paar Augenblicke lang ganz still mit ausgestreckten Armen da, als wolle er alle segnen, und stieg dann, gefolgt von seinen engsten Ergebenen, hinunter. Dabei waren zum ersten Mal Stimmen zu hören.

»Willkommen.«

»Führe uns.«

»Latchi kommt.«

»Zeig uns den Weg.«

Von seinem sicheren Sitz in der Nähe des Steinernen Auges aus beobachtete Skoulli den selbsternannten Starez sorgfältig. Latchi trug immer noch die einfachen Kleider eines Fischers, doch irgendwie hatte er sich verändert.

Es lag jetzt eine Aura der Zuversicht um ihn, als akzeptiere er die Speichelleckerei um sich herum als ganz natürlich. Selbst von diesem fernen Punkt aus konnte man die brennende Intensität in Latchis Augen sehen, seine völlige Selbstsicherheit.

Die von Fackeln erleuchtete Prozession hatte endlich das Tal erreicht und kam zum Stehen. Latchi erklomm einen flachen Felsen, der ihm als natürliche Bühne diente, und hob die Hände. Als die letzten Rufe seiner Anhänger verstummt waren, ergriff er das Wort. Seine Stimme war tief und volltönend, und die Akustik im Amphitheater trug sie leicht zu allen Anwesenden – einschließlich Skoullis.

»Freunde, es hat ein zweites Zeichen gegeben!«

Diese Ankündigung wurde von Rufen und Lauten des Erstaunens begrüßt, die zu atemlosem Flüstern verebbten.

»Meyu von der Sonne kam in einem Wachtraum zu mir«, fuhr Latchi fort. »Er zeigte mir eine Vision, ein Schiff, das ohne Mannschaft segelte, unter einem selbstgemachten Wind, ein schwarzer Vorbote des Bösen. Das Schiff trägt unseren Feind, der Zalys in die kalten Tiefen des Ozeans zieht.«

Er hielt inne, als ein Murmeln die Menge durchlief wie eine Brise ein Weizenfeld.

»Dieses Schiff«, brüllte er in einem genau abgepaßten Augenblick, »liegt jetzt im Hafen von Nkosa!«

Der Boden des Tales explodierte unter den zornigen Schreien, und Latchis Anhänger zückten wütend die verschiedensten Waffen.

Latchi hob die Hand, und der Lärm verebbte. »Unser Feind hat seine Forderungen gestellt, und jene, die behaupten, die Anführer von Zalys zu sein, sind machtlos gegen ihn. Sie werden sich wie Verräter ergeben. Aber *wir* sind nicht machtlos, und *wir* werden uns nicht ergeben!«

Bei diesen Worten wurde der Lärm des Pöbels wieder lauter, doch dieses Mal hörte Skoulli sie nicht. Bis hierhin hatten ihn Latchis Worte zwar angewidert, doch er hatte sich damit begnügt zuzusehen und zu hören. Doch er würde nicht untätig zusehen, wie Dsordas und seine Freunde so ungerechtfertigt schlechtgemacht wurden. Er kletterte an der Seite der Arena nach unten, während Latchi weitersprach.

»Die Götter haben uns Hilfe gesandt. Wir werden sie nicht verschmähen, so wie die anderen, wie es Feiglinge tun. Bringt die Kröten herbei.«

Mehrere seiner Gefolgsleute traten vor. Sie trugen grob gezimmerte Holzkäfige. Darin befand sich jeweils eine große, häßliche Kröte, deren grün-braun gesprenkelte Haut im Schein des Feuers funkelte. Die Tiere wurden zu Latchi gebracht, während die Menschen wie gefesselt zusahen. Der Starez öffnete nacheinander die Käfige, nahm die Kreaturen heraus und hielt sie hoch.

»Die alten Sitten sprechen!« rief er, und seine Worte wurden von der Menge wiederholt.

Jede einzelne Kröte wand sich unter Latchis Griff und griff dann zu ihrer letzten Verteidigungsmöglichkeit, einem dicken schwarzen Gift, das aus Knötchen auf Rücken und Kopf hervorquoll. Einer von Latchis Assistenten kratzte die dicke Flüssigkeit eilig in eine Schüssel, bevor der Starez das Tier an seinen Aufpasser zurückreichte und sich dem nächsten zuwandte. Danach nahm Latchi die Schüssel und wollte gerade von dem Felsen heruntersteigen, als ein Schrei ihn ablenkte und alle sich dem Eindringling zuwandten.

Skoulli stand auf einem anderen Felsen am Rande der Versammlung. Obwohl das Steinerne Auge hinter ihm von den Sternen beleuchtet wurde, lag sein Gesicht im Schatten.

»Ihr tut Dsordas und seinen Verbündeten unrecht«, wiederholte er. »Sie kämpfen genauso für Zalys wie Ihr!«

»Ihr gehört nicht zu uns«, rief Latchi zurück. »Nennt Euren Namen vor den Wächtern der alten Sitten.«

»Mein Name ist Skoulli Visakia. Ich –«

»Ich kenne Euch«, schrie der Prophet. »Ihr seid sein Lakai.«

»Dsordas wird mit allen ihm zur Verfügung stehenden Mitteln unseren gemeinsamen Feind bekämpfen«, fuhr Skoulli fort und achtete nicht auf das wütende Gemurmel der Menge. »Er braucht Eure Hilfe, nicht Eure Feindschaft.«

»Dennoch wird er nachgeben, oder?« klagte Latchi an. »Ohne Kampf kapitulieren.«

»Wir werden alles tun, was nötig ist«, erwiderte Skoulli vorsichtig. »Der Gesandte verfügt über sonderbare Kräfte. Er hat ein ganzes Gebäude mit einer Handbewegung in Brand gesetzt und vierzig Inselbewohner getötet!«

Bei diesen Worten geriet die Menge unbehaglich in Bewegung, doch Latchi war nicht beeindruckt.

»Die Götter zeigen uns den Weg. Wir haben die Mittel, solch einfache Zauberei zu bekämpfen.«

»Dann sollten wir gemeinsam gegen diese Bedrohung angehen«, beschwor ihn Skoulli und fragte sich, welche ›Mittel‹ Latchi wohl meinte.

»Wir verspüren kein Bedürfnis, mit Ungläubigen und Verrätern zusammenzuarbeiten«, fuhr der Starez ihn an. »Was wir benötigen, ist Magie!«

Mit diesen Worten streckte Latchi einen Arm aus, und ein heller Nebel von Visionen erschien, als steige er aus der Erde selbst auf. Szenen voller Leidenschaft, voller Gewalt. Geburt und Tod, Feiern und Trauern, Hitze und Regen. Geisterhafte Blitze leuchteten über ihnen auf, die Erinnerungen an gekreuzte Klingen und die Träume von Liebenden. An einer Seite saß ein weißhaariges Mädchen mit einem kleinen Jungen im Arm. Und dann war alles verschwunden, das kurze Aufflackern nur der Rauch eines schon lange erloschenen Feuers. Der Pöbel brüllte seine Zustimmung zu diesem Spektakel, während Latchi, dessen Gesicht schweißnaß glänzte, auf seine Herde hinunterlächelte.

»Mit Magie können wir alles erreichen!« rief er. »Und damit . . .« Er hob die Holzschüssel hoch. »Damit können wir *alle* Magie entfalten!«

»Die alten Sitten sprechen!« antwortete ihm die Menge einstimmig.

»Bringt ihn her zu mir«, befahl Latchi.

Mehrere Männer sprangen auf Skoulli zu, und er rannte den Hang hinauf in der verzweifelten Hoffnung, zu entkommen und Dsordas so schnell wie möglich Bericht zu erstatten. Latchis Vorstellung war ganz hübsch gewesen, und ein Talent, das Geschichten aus der Vergangenheit hervorbringen konnte, durfte man nicht ignorieren – doch es war bei weitem nicht einzigartig, und derart dürftige Kräfte würden gegen die Kräfte des Gesandten nichts ausrichten.

Sollten sie versuchen, ihn anzugreifen, würden sie eine Katastrophe heraufbeschwören – für sich und für die gesamte Insel.

Skoulli schalt sich, daß er so närrisch gewesen war – was hatte ihn geritten, daß er sich eingemischt hatte? – und konzentrierte sich nur noch darauf zu verschwinden, nach Nkosa zurückzukommen. Vielleicht wäre es ihm gelungen, hätte einer der Männer, die ihn verfolgten, nicht einen Stein aufgehoben und nach ihm geworfen. Viele Jahre an der Harpune hatten dem Mann Kraft und ein gutes Augenmaß verliehen, und obwohl der Stein nur an der Schulter traf, war der Aufprall so hart, daß er Skoulli zu Fall brachte. Das reichte den Verfolgern.

Wenige Augenblicke später wurde er ohne viel Federlesens vor die wahnsinnigen Augen des Starez gezerrt. »Setzt Euch her und seht zu«, sagte Latchi herablassend. »Ihr könnt noch etwas lernen.«

Skoulli wurden zu Boden geschubst, stieß gegen seine schmerzende Schulter und hatte keine andere Wahl: er mußte gehorchen. Latchi nahm die Schüssel zu einem Feuer, über dem ein großer Bronzetopf hing. Aus seinen Tiefen stieg Rauch auf. Sorgfältig kratzte Latchi das Gift ins Wasser und fügte dann eine Handvoll einer Substanz hinzu, die er in seiner Tasche aufbewahrte. Der beißende Geruch des Krötennektars, vermischt mit dem süßen Duft von Kräutern, erfüllte die Nachtluft, und eine fieberhafte Aufregung bemächtigte sich der Zuschauer. Skoulli bemerkte das begeisterte Leuchten in ihren Augen, ihre verzückte Aufmerksamkeit, als ihr Anführer das üble Gebräu umrührte und dann seine Helfer anwies, den großen Kessel zum Abkühlen von den Flammen zu nehmen.

Nach einer Weile tauchte Latchi die Schüssel in die Flüssigkeit, hielt sie an seine Nase und schnüffelte anerkennend.

»Es ist bereit.«

Er trank einen Schluck, seine Augen rollten in ihren Höhlen und jeder einzelne Muskel seines Körpers zuckte, dann lächelte er und sah sich um.

»Die alten Sitten sprechen«, stimmte er leise an. »Kommt.«

Einer nach dem anderen traten alle – Männer, Frauen, sogar einige, die fast noch Kinder waren – vor und tranken.

Sie kamen gerne und gingen mit dem Glühen der Ekstase auf ihren Gesichtern. Skoulli sah dabei zu, und ihm wurde schlecht. Einige von ihnen kannte er, doch die meisten waren ihm fremd, und niemand würdigte ihn eines Blickes.

Endlich war die Prozession vorbei. Der große Kessel

war jetzt fast leer, und Latchi mußte ihn kippen, um die Schüssel ein letztes Mal zu füllen. Er wandte sich zu Skoulli.

»Und jetzt«, sagte er mit funkelnden Augen, »ist unser Gast an der Reihe.«

Kapitel sechzehn

Was ist tapferer – sich dem Unbekannten oder einem deutlich überlegenen Feind zu stellen? Kann man die Zukunft haftbar machen für Ereignisse, die zwar vorhersagbar sind, die man aber nicht vorhersehen kann? Ich wäre die letzte, die diese Frage beantworten könnte. In mir wie in allen anderen erweckt die Ignoranz Hoffnung.

»Götter, das war so offensichtlich! Warum haben wir nicht daran gedacht?« Dsordas' Wut richtete sich gegen sich selbst. Er war wieder bei Fen, Yeori und Maus an dem Ausguck im Hafen und hatte ihnen die Liste des Gesandten gezeigt. Sie enthielt die Namen von vierzig Kindern, alle Bürger von Nkosa und Mitglieder gutsituierter Familien. Als Fen sich von ihrem ersten Schrecken erholt hatte, wurde ihr klar, daß die Liste fast alle Kinder aufführte, denen der verstorbene und unbeweinte Marschall Farrag einen Amberinanhänger geschenkt hatte in der Hoffnung, die ahnungslosen Kinder als telepathische Spione benutzen zu können. Daraus schlossen sie, daß die Geiseln möglicherweise ebenso wegen ihres potentiellen Talents ausgewählt worden waren wie aus offensichtlicheren Gründen. Wie der Gesandte an derartige Informationen gelangt war – oder an die Namen der Kinder – blieb ein Geheimnis.

»Es ist zu spät, sich jetzt noch Gedanken darüber zu machen«, entschied Yeori. »Was machen wir jetzt?«

»Wir können sie nicht ausliefern!« rief Fen.

»Das steht außer Frage«, erklärte Dsordas. »Niemand auf Zalys würde auch nur daran denken.«

»Also sind wir wieder dort, wo wir angefangen

haben«, bemerkte Maus. »Was wird der Gesandte tun, wenn wir ihm nicht gehorchen?«

»Das werden wir nicht abwarten«, sagte Dsordas. »Es ist Zeit, daß wir handeln.«

Endlich kam der Morgen. Das Warten war vorbei.

Die Stunden der Dunkelheit waren nicht vergeudet worden. Maus und Yeori waren ihre Angriffspläne mit Dsordas durchgegangen und hatten so viele Verbesserungen wie möglich ersonnen. Zeitpunkt, Signale, Maßnahmen für unvorhergesehene Ereignisse und der Einsatz von Männern unter Berücksichtigung ihrer besonderen Fähigkeiten. In der Zwischenzeit hatte Fen herauszufinden versucht, ob Nikolas und Sagar Fortschritte gemacht hatten und ob Eismann etwas zu berichten hatte. Als sie zurückkehrte, versuchte Maus gerade, Dsordas von einem weiteren Plan zu überzeugen.

»Auf unsere anderen Vorhaben wird das keinen Einfluß haben«, argumentierte er, »und es könnte für uns alle die Rettung sein. Zumindest sollten wir dadurch wertvolle Informationen erhalten.«

»In Ordnung«, entschied Dsordas. »Du hast Zeit bis eine Stunde nach Sonnenaufgang. Wenn sie bis dahin nicht hier sind, schlagen wir ohne sie los.«

»Einverstanden«, rief Maus glücklich.

»Von wem sprecht ihr?« fragte Fen.

»Von den Kreischern«, grinste er. »Wir haben uns ein paar Tricks für sie ausgedacht.«

»Irgendwelche Neuigkeiten?« fragte Dsordas hoffnungsvoll.

»Nikolas und Sagar haben ein paar interessante Aufzeichnungen gefunden, doch das meiste kann uns jetzt nicht helfen. Farrag hatte offenbar einen Weg gefunden, den Fernrufern zusätzlich Energie abzuzapfen, doch hat er über seine Methode nichts geschrieben. Die Aufzeichnungen über Amberin enthalten entweder Dinge, die wir schon wissen, oder sind so oberflächlich, daß sie uns nichts nützen. Ringe und Kreise sind jedoch offenbar irgendwie wichtig für Magie, daher könntest du recht haben.«

»Hoffen wir es. Was ist mit Eismann?«

»Er hat überhaupt nichts gehört. Er und Natali sind immer noch im Lagerhaus, aber keiner von beiden hat irgend etwas gespürt. Allerdings hat Natali den größten Teil der Nacht geschlafen«, fügte sie hinzu.

»Also haben unsere Einsätze sie nicht gestört.«

»Welche Einsätze?«

»Wir sind in der Nacht mit ein paar Booten zum Schiff hinausgefahren, um zu sehen, ob er reagiert«, antwortete Maus. »Ein paar Taucher sind sogar ganz nahe herangeschwommen – allerdings haben sie den Rumpf nicht berührt –, und der Gesandte hat nicht reagiert. Entweder bemerkt er uns nicht, oder er hält sich für unbesiegbar.«

»Können die Taucher in diesem Schlamm denn sehen?« fragte Fen und erschauerte bei dem Gedanken, daß jemand durch diesen kalten, silbrigen Schleim schwamm.

»Bei Nacht sehen Taucher ohnehin nicht viel«, erwiderte Maus, und sein Grinsen gab ihr das Gefühl, eine dumme Frage gestellt zu haben. »Aber das Silberne geht nicht sehr tief, und darunter ist das Wasser immer noch fast ganz klar. Dort unten gibt es wegen der leuchtenden Schwärme sogar ein wenig Licht.« Das war der Name, mit dem im allgemeinen die sonderbaren glühenden Phänomene belegt wurden, die in den letzten Monaten durch das Wasser des Hafens und der Kanäle gegeistert waren.

»Die Sonne ist aufgegangen«, sagte Yeori und sah aus dem Ostfenster.

»Dann gehe ich lieber«, sagte Maus. »Wir sehen uns in einer Stunde – es sei denn, wir haben Glück.«

»Waidmannsheil«, sagte Yeori.

Sein Gefährte grinste und ging hinaus.

»Was macht er?« wollte Fen wissen.

»Das willst du lieber nicht wissen«, erwiderte Dsordas grimmig.

Die erste Gruppe von Kreischern wurde gesichtet kurz bevor Dsordas' Ultimatum ablief. Es waren sechs, doch sie teilten sich auf, als sie näher zur Küste kamen. Kreischer jagten allein.

Die Signalglocken und Leuchtkugeln hatten die Bevölkerung vor ihnen gewarnt, und die wartenden Menschen hielten die Luft an, denn sie wußten, daß sie jetzt das Schiff des Gesandten nicht angreifen konnten. Die Chance für Maus und seine Leute war gekommen. Sie sahen aus ihren Schutzräumen zu den großen grauen Schatten auf und legten sich die Hände über die Ohren, um das beinahe ununterbrochene hohe spitze Geschrei der Wesen zu dämpfen.

Die Freiwilligen, die sich bei Maus gemeldet hatten, sahen ganz besonders interessiert zu, und ihre Herzen klopften noch wilder. Die Läufer kauerten sich an ihren Positionen zusammen und ließen ihre Blicke zwischen dem Himmel und den Signalpunkten hin- und herschweifen. Andere, die als Köder eingeteilt waren für den Fall, daß etwas schieflief, wußten, was sie zu tun hatten, doch sie beteten, daß man sie nicht brauchen würde.

Dieser Lauf war in aller Eile erdacht worden, ohne daß man wie üblich alle Einzelheiten genau hatte durchgehen können – und alles mögliche konnte schiefgehen. Es genügte, wenn ein Mann stolperte, hinfiel oder eine Entfernung falsch abschätzte, und der ganze Zeitplan war hinfällig. Und der Zeitplan war das wichtigste. Im vergangenen Monat hatten sie viel darüber gelernt, Kreischer in Fallen zu locken, doch jetzt stand sehr viel mehr auf dem Spiel.

Alles hing davon ab, ob sie es schafften, eines der Ungeheuer von den anderen zu isolieren und dafür zu sorgen, daß es in die vorbestimmte Richtung flog. Jetzt, da die Bürger von Nkosa in der Einhaltung ihrer Fluchtrouten gut geübt waren und die Sicherheitsregeln für den Fall eines Angriffes genau kannten, war es nicht schwierig, die Aufmerksamkeit der Kreischer zu erregen. Der Trick bestand darin, sie dazu zu verleiten, herniederzustoßen, und dann selbst im allerletzten Augenblick in einem vorbereiteten Schutzraum zu verschwinden, so daß der nächste Mann in der Kette übernehmen konnte, indem er die Aufmerksamkeit auf sich zog. Ging dies problemlos vonstatten – einige der Inselbewohner waren inzwischen wahre Meister darin geworden, während andere weniger Glückliche dabei gestorben waren –, so konnte man mit dieser Technik einen Kreischer einen bestimmten Weg entlang in die neu erbauten Schluchten von Nkosa locken, ein Netz aus Gassen und Kanälen mit hohen Seitenwänden. Diese Läufe, wie sie von den Männern genannt wurden, führten normalerweise in eine Sackgasse, wo die Gebäude aus Stein waren, verstärkte Fensterläden hatten und eiserne Haken an den Dachgesimsen befestigt worden waren. Die frustrierten Ungeheuer zerschmetterten in ihrer wütenden Blutgier an den Wänden und saßen – wenn die Inselbewohner Glück hatten – in der Falle oder wurden verletzt und waren nicht mehr in der Lage, ins Meer zurückzufliegen oder -gleiten. Für heute hatte Maus jedoch ein ganz anderes Ende vorgesehen.

Endlich sah der Mann an der Spitze seine Chance und gab das Startzeichen, stand auf und gestikulierte wild zu dem Kreischer, der über ihm segelte und dessen ruhige Flügelschläge über die Geschwindigkeit seiner Annäherung hinwegtäuschten. Die Kreatur reagierte fast sofort, und sein Kreischen wurden immer lauter, je tiefer es sich vom Himmel fallen ließ. Der Mann blieb standhaft auf dem Dach eines niedrigen Gebäudes stehen, reizte das Ungeheuer mit Bewegungen und rief ihm Unflätigkeiten entgegen. Und dann, wenige Augenblicke, bevor der Tod nahte, sprang er durch eine offene Falltür und brachte sich in Sicherheit. Im selben Augenblick, jedoch viel weiter entfernt, aber direkt auf der Linie, die der Kreischer eingeschlagen hatte, erhob sich ein zweiter Mann und winkte mit den Armen, bevor er davonrannte. Die boshafte Kreatur, betrogen um ihr erstes Opfer, verfolgte ihre Jagd mit noch größerem Nachdruck. Der erste Mann sah durch die Falltür zu, als das Tier wie ein brüllender grauer Blitz über ihm dahinflog und seufzte erleichtert auf. Schließlich murmelte er ein Gebet für seine Gefährten im weiteren Verlauf der Strecke.

Alles funktionierte wie geplant. Das heulende Ungeheuer wurde von einem Läufer zum nächsten weitergereicht, auf einem Weg, der fast geradewegs in den Hafen führte. Jeder der Männer erfüllte perfekt seine Aufgabe als Köder.

Maus, der beste Läufer, wartete ungeduldig, bis er an der Reihe war, und das Feuer des Kampfes loderte in seinen Augen. Jetzt war keine Zeit mehr zum Nachdenken, nichts Wichtiger als der Lauf. Zuerst hörte er den Kreischer, sein unirdisches Jammern, das durch die Stadt hallte. Dann sah er ihn, sah das Zeichen, und sein Körper, sein Instinkt übernahm die Führung. Maus sprang aus seinem Versteck und sah, wie der Kreischer seinen Haß gegen ihn richtete. Er lief los, lief um sein Leben.

Fen und Dsordas waren immer noch auf ihrem Beobachtungsposten. Sie hatten einige der späteren Zeichen und das wutentbrannte Schreien gehört, doch bis zum letzten Augenblick konnten sie nichts sehen.

»Sie kommen«, übertönte Dsordas den anschwellenden Lärm.

Fen hatte schon vor einiger Zeit seine Hand genommen und drückte sie jetzt noch fester.

»Da!«

Maus kam in Sicht, wie er über einen der längsten Anleger im Hafen stürmte. Dieser Anleger führte direkt auf das Schiff des Gesandten zu – das ganz in der Nähe eines kleinen Bootes vor Anker lag, auf dem eine lebende Ziege stand, die jetzt blökte und verzweifelt an ihrer Leine zerrte. Man hatte das Boot einige Zeit zuvor dorthin geschafft und darauf geachtet, daß die Leinen nicht allzu offensichtlich waren und es eher so aussah, als sei es dort angetrieben worden. Der Plan sah vor, daß Maus bis zum Ende des Anlegers lief und in die kleine Öffnung einer steinernen Kaverne direkt unter der Wasseroberfläche tauchte, worauf der Kreischer die Ziege angreifen sollte. Dabei würde der Kreischer mit soviel Geschwindigkeit auftreffen, daß er es nicht verhindern konnte, gegen das Schiff zu prallen. Niemand wußte, was dann geschehen würde, doch ein derartiger Zusammenstoß wäre zumindest eine nützliche Ablenkung. Alle standen bereit, zu tun, was getan werden mußte, ganz gleich, was geschah.

Inzwischen war Maus nur noch dreißig Schritte vom Ende des Anlegers entfernt, und der ihm folgende Kreischer war noch nicht zu sehen.

»Er schafft es!« flüsterte Fen.

In diesem Augenblick tauchte der monströse Jäger auf, mit unglaublicher Geschwindigkeit und nahm anscheinend direkten Kurs auf das Schiff. Es sah so aus, als hätte Maus gerade genug Vorsprung.

»Lauf, Maus, lauf!« schrie Dsordas, als sich sein Freund dem Ziel näherte.

Einen Augenblick später schrien er und Fen auf. Maus hätte das Ungeheuer hinter sich tatsächlich besiegt –

doch plötzlich tauchte eine weitere Kreatur auf, wie aus dem Nichts, und flog im rechten Winkel auf Maus zu. Er versuchte auszuweichen, doch hatte er keine Chance. Dsordas und Fen konnten nur voller Entsetzen zusehen, wie die ganze Kraft des zweiten Kreischers Maus vom Boden hochhob und seinen Körper in Stücke riß. Die Hörner stachen zu, Fänge wie die eines Hais zerrissen das Fleisch, und der übelkeiterregende Schlag der riesigen dreieckigen Flügel tat sein übriges. Ihr Freund wurde zu einer unkenntlichen, formlosen Masse, eine rote Gischt, die kurz im Licht der frühen Morgensonne aufleuchtete und dann in Stücken in das verschmutzte Hafenwasser fiel.

»Nein, nein, nein«, stöhnte Dsordas.

Fen schluchzte, und ihr fielen die prophetischen Worte ein, die Maus einst gesprochen hatte. *Sollten sie jemals lernen, in Gruppen oder zu zweit zu jagen ...*

Sie waren so bedrückt, daß sie zuerst nicht einmal bemerkten, was mit dem ersten Kreischer geschah. Doch dann sahen sie, daß er, nachdem sein Gefährte ihn seiner Beute beraubt hatte, tief über dem silbrigen Wasser dahinflog, die Ziege riß und sich auf dem Weg zum Schiff wieder höher in die Luft schwang.

Und endlich rührte sich auf dem Schiff etwas. Der Gesandte war an Deck erschienen, und offensichtlich war er nicht im geringsten beunruhigt. Als das rasende Ungeheuer auf ihn zu schoß, entzündete er kein okkultes Feuer, um sich selbst zu schützen, sondern hob einfach eine Hand an die Lippen. Was er dann tat, ging in der doppelten Kakophonie unter, doch die Reaktion der beiden Kreischer war erstaunlich. Sie bekamen offenbar Zuckungen und stürzten dann in das gischtende Wasser.

Der Gesandte lächelte verächtlich, als hätte er soeben bei einem albernen Kinderspiel mitgemacht.

Kapitel siebzehn

Von weither folgen sie den brennenden Pfaden am Himmel und lassen gewundene Erinnerungen aus Rauch hinter sich. Werden Schwerter und Pfeile jemals ausreichen? Nicht alle Schilde sind aus Stahl gemacht. Nicht jedes Läuten kommt von Glocken.

Dsordas machte eine Verwandlung durch, so vollständig, als habe jemand einen Schalter in seinem Kopf umgelegt. In einem Augenblick war er noch bekümmert und trauerte um seinen Freund, im nächsten war er ganz ruhig und seine Augen kalt wie Eis, während er Befehle schrie. Jetzt trieb ihn die pure Notwendigkeit an, und seine Konzentration wurde durch so etwas unfaßbares wie Gefühle nicht gestört. Er hatte das Kommando über den Angriff, und nichts konnte an dieser Tatsache irgend etwas ändern. Nichts – mit Ausnahme einer Person vielleicht.

Er wandte sich an Fen und packte sie fest an den Schultern.

»Geh zu den anderen im Lagerhaus«, wies er sie an. »Dann weiß ich, daß du in Sicherheit bist. Halte dich verborgen. Verstehst du?« Die Dringlichkeit seiner Worte ließ sich nicht verleugnen.

Fen nickte benommen. Sie wollte reden, doch ihre Stimme versagte. Sie hatte ihn schon früher so besessen gesehen, sie verstand es sogar, doch kam es wie ein Schock, daß diese Haltung so plötzlich wieder auftauchte. Als sie aus der Tür rannte, hatte Dsordas sich bereits wieder umgedreht und gab Befehle.

Fen rannte so schnell sie konnte, und sie hatte Angst

vor dem, was kommen mochte, doch noch mehr Angst hatte sie davor, daß sie von den bevorstehenden Kämpfen etwas verpassen könnte. Sie rang nach Luft, als sie am Lagerhaus ankam, doch sie verlangsamte ihre Schritte nicht auf dem Weg nach oben auf den Balkon. Etha und Eismann, Aad und Natali beobachteten die Vorgänge durch die schmalen Fensterschlitze, die auf den Hafen hinausgingen.

Sie waren offensichtlich erschüttert von dem Lärm und der Grausamkeit der Kreischer, und Fen war froh, als sie sah, daß Foran und Habella bei ihnen waren. Die Kenntnisse der Heiler kamen ihnen möglicherweise bald gelegen.

»Was ist los?« keuchte Fen.

»Maus –« begann Habella mit brechender Stimme.

»Ich weiß«, unterbrach Fen. Sie war immer noch atemlos, aber entschlossen. »Nachdem die Kreischer gefallen sind?«

»Die Bogenschützen schießen von allen Seiten mit Feuerpfeilen«, erwiderte die Kräuterkundige. Während sie berichtete, flogen immer mehr orangeglühende Flammen durch die Luft und ließen öligen Rauch hinter sich. »Sie sind ziemlich treffsicher, doch die meisten Pfeile sind mitten in der Luft verschwunden. Selbst die, die getroffen haben, gehen sofort aus.« Sie alle wußten aus Dsordas' Berichten, daß das Schiff aus sonderbarem Material bestand; es war möglich, daß es überhaupt nicht brannte. »Einige der Boote haben sich in Bewegung gesetzt«, fuhr Habella fort, und sie klang jetzt ruhiger, »aber keines ist schon auf dem offenen Wasser.«

Fen nickte und wandte sich dann an Eismann.

»Geht es dir gut?«

Der frühere Fernrufer war ganz steif, und sein Gesicht wirkte blasser als sonst. Er antwortete nicht.

Aad antwortete für ihn.

»Dort draußen ist etwas«, er sah auf seine Hände,

»aber wir können nicht sagen was – oder wer – es ist. Ich kann nur das Amberin spüren. Es ist sehr verwirrend.«

»Keine Telepathie? Kein Kontakt zu Xantium?« beharrte Fen.

»Nichts, was er spüren könnte.«

»Die Wellen sind immer noch da«, fügte Natali geheimnisvoll hinzu. Er war der einzige, der nicht aus dem Fenster sehen konnte. Er hatte sich an den Rock seiner Mutter geklammert, und die Tatsache, daß ihr normalerweise unbezähmbarer kleiner Bruder sein fröhliches Naturell verloren hatte, verstärkte Fens Gefühl des Entsetzens.

Sie starrte hinaus auf den Hafen, und als erstes fiel ihr auf, daß der Gesandte immer noch an Deck stand und anscheinend überhaupt nicht um seine Sicherheit besorgt war. Gelegentlich machte er eine kleine Bewegung – zu den herbeifliegenden Pfeilen hin, wie sie annahm –, doch ansonsten rührte er sich nicht. Irgendwie hatte Fen den Eindruck, daß ihm die ganze Sache Spaß machte, und sie fragte sich, wann er wohl zu Vergeltungsmaßnahmen greifen würde.

»Dort sind die Boote«, sagte Foran.

Viele kleine Boote, die wegen ihrer Geschwindigkeit ausgesucht worden waren, tauchten plötzlich im offenen Wasser auf und hielten von verschiedenen Punkten im Hafen auf das Schiff zu. Die Männer ruderten schwer, aber mit der Disziplin geborener Ruderer.

»Ein guter Zeitpunkt«, flüsterte Etha nervös. »Er kann doch sicher nicht in allen Richtungen gleichzeitig wachsam sein?«

»Ich wäre nicht gerne in einem der Boote, die er im Blickfeld *hat*«, bemerkte Habella grimmig.

»Hoffen wir, daß die Kreischer nicht zurückkommen«, fügte Foran hinzu.

Sie vergaßen beinahe zu atmen, während sie zusahen. Wer bessere Augen hatte, bemerkte, daß sich auch andere Schiffe im Hafen in Bewegung gesetzt hatten. Auf den ersten Blick wirkten sie wie schwimmender Unrat – doch sie waren schneller als die Strömung und hielten ebenfalls auf das Schiff des Gesandten zu.

»Unter diesen Brettern sind Taucher«, erklärte Foran Fen. »Falls die Lufttaschen ausreichen, gelangen sie vielleicht zu seinem Schiff, bevor er sie bemerkt.«

»Tapfere Männer«, bemerkte Etha.

»Die an der Oberfläche sind noch tapferer«, sagte Habella. »Sie *wissen*, daß sie früher oder später zur Zielscheibe werden.«

Noch während sie sprach, war es soweit. Der Gesandte rührte sich endlich und zeigte beinahe gelassen auf eines der ersten Boote. Ein orangefarbener Blitz schoß aus seinem Finger hervor und traf direkt das Boot. Die Detonation war ohrenbetäubend und riß das kleine Schiff in Stücke. Bretter, Planken und Ruder flogen in alle Richtungen, und die vier Männer an Bord wurden in die Luft geschleudert. Selbst auf diese Entfernung war klar, daß zwei von ihnen tot waren, bevor sie auf dem Wasser aufschlugen, denn ihre Körper waren verkohlt und zerschmettert, doch die beiden anderen kämpften sich wieder an die Oberfläche. Eismann umfaßte mit beiden Händen seinen Kopf, der Anhänger fiel ihm aus den Händen, und Aad rang voller Schmerz nach Luft und verdrehte seine Finger. Natali fiel auf die Knie, verbarg sein Gesicht in Ethas Rock und begann zu weinen. Selbst Foran und Habella stöhnten auf und waren offensichtlich mehr als nur erschüttert.

»Was ist los? Was geht da vor sich?« rief Fen beunruhigt.

»Der Kreis klingelt«, sagte Eismann barsch. »Kannst du es nicht hören?«

»Götter«, flüsterte Aad. »So etwas habe ich noch nie zuvor gespürt.«

Schließlich richtete sich ihre Aufmerksamkeit wieder

auf das, was draußen passierte. Der Gesandte erhob die Stimme zu einem mächtigen Brüllen, das über den gesamten Hafen hallte.

»Haltet ein mit dieser Narretei! Falls nicht, wird es für Euch nur noch schlimmer. Ihr seht doch, daß Ihr keine Gegner für mich seid!«

Die Ruderer zögerten nicht einmal. Im Gegenteil, sie verstärkten ihre Anstrengungen eher noch.

»Narren!« brüllte der Gesandte.

Ein weiterer Feuersturm schoß hernieder, schlimmer noch als der letzte, und ein zweites Boot wurde zertrümmert, und die verbrannten Überreste von Boot und Männern wurden in einer Explosion aus Flammen, Gischt und Rauch weit umhergeschleudert.

Dieses Mal stöhnte sogar Fen laut auf, während sie voller Entsetzen zusah, unfähig, sich zu rühren. Einige Boote waren jetzt nahe an das Schiff gelangt – aber es war offensichtlich, daß der Gesandte nach Belieben mit ihnen umspringen konnte. Es war hoffnungslos.

»Diese Macht«, fragte Fen verzweifelt, »bekommt er sie von außen?«

»Nein. Es ist seine eigene«, erwiderte Aad durch zusammengepreßte Zähne.

Also haben wir uns geirrt, dachte sie hilflos.

Da tauchten die anderen Boote auf, eine ganze Flotte fuhr vom offenen Meer in die südliche Hafeneinfahrt ein und trat in den Kampf ein. Ihre Segel flatterten, als sie den Kurs änderten, um zwischen den Sandbänken hindurchzufahren. Ihre überraschende Ankunft bot allen eine dringend benötigte Abwechslung.

»Wer ist das?« fragte Etha, und ihr Gesicht war vor Schmerz ganz verzerrt.

»Das ist Latchi, oder?« stieß Foran krächzend hervor. »Dort in dem größten Boot, ganz vorne.«

»Ja!« rief Fen aus. »Was macht er hier?«

»Ist das da nicht Skoulli bei ihm?« fragte Habella verwundert. »Vielleicht hat er sie dazu überredet, uns doch zu helfen?« Die anderen konnten nur hoffen, daß sie damit recht hatte.

Die neuen Boote zogen die Aufmerksamkeit des Gesandten auf sich, als sie näherkamen, und er streckte wieder seinen Arm aus. Alle zuckten zusammen, als ein weiterer Blitz auf Latchis Boot niederfuhr, doch statt zu explodieren, verschwand er und wurde anscheinend von seinem Ziel einfach verschluckt. Eine zweite wilde Salve folgte, doch sehr zur Bestürzung des Gesandten verschwand auch sie sofort. Die einzige Auswirkung auf Latchi und seine Mannschaft war eine Erhöhung der Geschwindigkeit ihres Bootes. Dann ging das Boot, wie in einer verzögerten Reaktion, plötzlich kreischend in weiße Flammen auf. Doch der Starez und seine Anhänger standen unverletzt aufrecht in dem sengenden Feuer und hielten die Augen starr auf das große Schiff gerichtet.

»Er ruft!« kreischte Eismann plötzlich. »Es ist zuviel!«

»Der Gesandte zieht Kräfte von weither zusammen«, flüsterte Aad, der offensichtlich genauso litt wie Eismann. »Er ist jetzt besorgt.«

Fen, die als einzige nicht direkt durch den Schmerz des Konflikts beeinflußt wurde, fühlte sich durch seine Worte wie inspiriert.

»Laßt das nicht zu«, flehte sie. »Haltet die Macht fern!«

»Kann nicht«, stieß Aad aus. »Aber wir können ... sie zerteilen. Der Kreis ... schick die Kräfte um den Ring, Eismann.« Die Anstrengung, die es ihn kostete, dies zu sagen, machte Fen um so entschlossener.

»Tu es!« rief sie. »Tu es jetzt!« In ihrer Not wollte sie Eismann am liebsten schütteln, damit er etwas tat, doch irgend etwas hielt sie davon ab, ihn zu berühren.

»Echos!« schrie Eismann wieder. »Zuviel!«

»Benutz den Kreis«, flehte Fen. »Natali, hilf ihm. Bitte!« Sie warf einen Blick zu ihrem Bruder, der jetzt zusammengerollt auf dem Boden lag und weinte. Er blickte auf und hatte fast so etwas wie Haß in den Augen, und ganz kurz spürte sie Mitleid, doch verbannte sie diesen Gedanken schnell wieder.

Einen kurzen Augenblick lang fragte sich ein kleiner Teil ihres Verstandes, wieso sie – und sie ganz allein – nicht genauso betroffen war wie die anderen. *Wieso bin ich anders*? Aber dann nahm das »Klingeln«, von dem Eismann gesprochen hatte, eine neue Form an. Wenn Fen es auch nicht fühlen konnte, so konnte sie es jetzt doch zumindest *sehen*.

Es begann als vereinzeltes orangefarbenes und braunes Flackern um den gesamten Hafen herum, doch schon bald war die ganze Lagune von einem Funkeln umgeben, einer durchsichtigen Mauer in der Farbe von sonnendurchflutetem Amberin. Innerhalb dieses flüssigen Umrisses glühten Funken auf und erstarben wieder, Strömungen wanden sich, und die Realität geriet ins Wanken.

All diese außergewöhnlichen Vorkommnisse hatten Yeori und seinen Leuten die Möglichkeit verschafft, noch näher an das Schiff heranzukommen, und jetzt lagen nur noch wenige Schritte zwischen ihnen – doch der Gesandte achtete nicht mehr auf sie. Die Mauer aus Amberin beunruhigte ihn offenbar sehr, und er schickte Feuersturm auf Feuersturm wider Latchis Flotte – doch jeder einzelne erlitt dasselbe Schicksal. Er erreichte nur eins damit: sie kamen immer schneller auf ihn zu. Das unmögliche weiße Feuer brannte noch immer, ohne Menschen oder Boot zu verzehren.

Der Gesandte wurde immer verzweifelter, und Fen bemerkte nicht als einzige, daß seine Gegenangriffe immer schwächer wurden.

»Du hast es geschafft!« schrie sie Eismann zu, der jetzt auf dem Boden zusammengebrochen war. Habella kniete neben ihm.

Aad stand noch, doch er zitterte heftig. Foran, der ebenfalls sehr krank aussah, hatte einen Arm um ihn gelegt.

Etha saß zusammengesunken an eine Wand gelehnt und hielt Natali in den Armen. Beide hatten die Augen fest geschlossen.

»Er versucht es noch einmal«, stöhnte Aad.

»Halte ihn draußen!« schrie Fen zurück. »Wir haben es fast geschafft. Versuch es weiter!« Sie sah von ihren Gefährten zum Hafen – wo die glühende Wand intensiver wurde und sich leicht verschob und jetzt fast zu einer Kuppel geworden war, die sie – mit Ausnahme der Farbe – auf schreckliche Weise an die rote Halbkugel über Xantium erinnerte.

Männer schwärmten zu beiden Seiten des Schiffes an Bord. Andere gossen Öl über die Seiten und ins Wasser. Wenn ihre Schwerter nicht treffen wollten, so würde vielleicht das Feuer weiterhelfen. Taucher versuchten, an der Wasserlinie Löcher in den Rumpf zu schlagen. Doch da machte der Gesandte plötzlich eine letzte trotzige Geste, und als er mit den Armen herumwirbelte, erhob sich aus dem Nichts ein starker Wind, ein plötzlicher Tornado, der die Männer aus ihren riskanten Positionen riß und ins Wasser schleuderte. Dennoch war es zu spät. Latchis leuchtendes Boot stieß mit dem Rumpf des Schiffes zusammen, und der ganze Hafen schien zu explodieren.

Feuer mit Feuer bekämpfen, dachte Fen und bedeckte ihre Augen.

Weiße Flammen, mitgerissen von dem wilden Sturm, hatten das Schiff in wenigen Augenblicken umfangen. An anderen Stellen entzündeten sich Öl und Holz zu echtem Feuer in Orange und Rot. Die erste Takelage des Schiffes brach unter der Vielzahl der unnatürlichen Belastungen zusammen, und sogar das silberne Meer selbst schien zu brennen.

Bevor die ganze Szenerie sich in einem undurchsichtigen Miasma aus Feuer, Rauch und Dampf verlor, sah Fen als letztes, wie der inzwischen machtlose Gesandte sich vor dem Mann zusammenkauerte, dessen Schwert seinen Schädel in zwei Stücke spalten würde.

Kapitel achtzehn

Können sie draußen sein, diese beiden? So lange konnte ich sie nicht sehen, verborgen hinter den helleren Flammen der Leuchtfeuer. Aber so, wie sie das Licht der anderen verändern, wäre ich immer noch blind für sie.

Sie sind selten, diese Ebenbilder des Glaubens. Sie stehen außerhalb jeglicher Prophezeiung.

Mittags war die Welt wieder im Normalzustand. Beinahe.

Das weiße Feuer war verschwunden, nur das Qualmen der natürlichen Feuer war noch zu sehen. Die Amberinkuppel war ebenfalls verschwunden, obwohl die Kristalle noch an ihrem Platz lagen. Der Gesandte war wirklich tot, getötet von Yeoris rächender Klinge, und sein Schiff war gesunken. Von dem Wrack war nichts mehr zu sehen außer den Spitzen der Maste und einigen zerschmetterten Überresten.

Dsordas und seine Männer waren den ganzen Morgen damit beschäftigt gewesen, Überlebende aus dem »brennenden« Wasser zu retten, die Verwundeten zu behandeln und die Toten zu zählen. Yeori hatte wie viele andere Verbrennungen erlitten und verspürte eine grimmige Befriedigung über seinen gewalttätigen Erfolg. Es würde einige Zeit dauern, bis er oder die anderen verstanden, wie dieser Sieg zustande gekommen war, doch in der Zwischenzeit konnten sie zumindest sicher sein, daß die unmittelbare Gefahr vorüber war. Jetzt konnten sie nur noch den Preis errechnen, der sehr hoch gewesen war. Mindestens zwanzig Männer waren im Kampf gestorben oder ertrunken, weitere wurden vermißt, und eine ganze Reihe waren verwundet worden. Nkosas Heiler würden noch eine Weile beschäftigt sein.

Und dann waren da noch die weniger offensichtlichen Verluste. Latchi und viele seiner Anhänger hatten den Kampf mehr oder weniger unbeschadet überstanden, obwohl sie sich im Herzen des Feuers befunden hatten, doch jetzt lagen sie bewußtlos da und widerstanden allen Versuchen, sie wiederzubeleben. Unter ihnen war zur Besorgnis aller auch Skoulli. Er hatte wie alle anderen die vielsagenden lilaschwarzen Flecken des Nektars auf der Zunge – worüber Dsordas entsetzt und angewidert war. Doch Skoulli lebte noch – und es bestand die Hoffnung, daß er sich wieder erholen würde. Einige der anderen Anhänger Latchis waren verwirrt wieder davongesegelt, und niemand war sicher, was mit ihnen geschehen war.

Und es gab noch weitere leichtere Verletzungen, um die man sich kümmern mußte. Alle – mit der einzigen, unerklärlichen Ausnahme von Fen – die innerhalb oder in der Nähe des Kreises aus Amberin gewesen waren, hatten sehr gelitten, als der Zauber den Kreis zum Leben erweckte. Die meisten hatten plötzliche Kopfschmerzen bekommen, von leichten Schmerzen bis Qualen, die den Kopf fast zum Bersten brachten, sowie vorübergehendes Fieber und Zittern. Viele hatten gemerkt, wie sie schwach wurden oder an Orientierungslosigkeit litten, und einige Leute waren immer noch verwirrt und unsicher angesichts der Geschehnisse – oder darüber, was sie jetzt tun sollten. Der Rest erholte sich langsam mit Hilfe jener, die weiter weg gewesen und daher von den heftigen magischen Reaktionen in diesem Konflikt unbeeinflußt geblieben waren.

Eismann, Aad und Natali hatte es ganz besonders schlimm erwischt, und da Foran und Habella dringend bei den körperlich Verletzten helfen mußten, war es jetzt an Etha und Fen, sie nach Hause zu bringen und sich um sie zu kümmern. Eismann fühlte sich tödlich kalt an, zitterte unkontrolliert und konnte nicht sprechen. Aad ging es auch nicht viel besser, obwohl er langsam wieder Farbe bekam, als er erst einmal gut eingepackt im Bett lag, und Natali war ganz erschöpft vom Schluchzen und schlief sofort ein, kaum daß sein kleiner Kopf das Kissen berührt hatte.

Erschöpft von diesen Anstrengungen, zogen sich Fen und ihre Mutter in die Küche zurück. Fen, die Dsordas nur ganz kurz nach dem Kampf gesehen hatte, sehnte sich nach ihm, doch sie wußte, daß zuerst andere Angelegenheiten erledigt werden mußten. Etha blieb auffallend still, während sie das Feuer schürte und einen Topf Wasser aufstellte. Ihre eigenen Kopfschmerzen ließen allmählich nach, doch die Erinnerung an diesen Morgen konnte sie nicht so leicht loswerden.

»Sag's schon«, gab Fen das Stichwort und rüstete sich für das, was zweifellos folgen würde. »Sag, was du denkst.«

Etha sah ihre Tochter mit einem Gesicht an, das um so einschüchternder war, als es anscheinend milde wirkte. Nur ihre Augen zeigten, wie zornig sie wirklich war.

»Weißt du, weißt du *wirklich*, was du ihnen da zugemutet hast?« fragte sie und wartete gar nicht erst eine Antwort ab. »Ich konnte dich nicht aufhalten. Du hast nichts gefühlt, oder? Hättest du es gefühlt, hättest du sie nie dazu gezwungen, das zu tun.«

»Ich habe es gefühlt«, entgegnete Fen leise. »Nicht wie alle anderen, scheint mir, aber ich habe es gefühlt.«

»Was ist nur los mit dir, Fen?« fragte Etha traurig.

»Was soll ich deiner Meinung nach tun?« rief ihre Tochter, und das Leid ihrer Mutter schmerzte sie mehr als ihre Wut. »Eismann und Aad – ja, und Natali – haben den Schlüssel zu unserer Rettung in der Hand gehalten. Unser *aller* Rettung! Du hast gesehen, was sie getan haben. Ohne sie hätte der Gesandte möglicherweise alle

Kräfte bekommen, die er brauchte. Statt dessen haben sie dafür gesorgt, daß der Kreis aus Amberin die Kräfte absorbierte, so daß sie zu einem Schutzschild wurden. Du weiß, daß ich recht habe. Kannst du dir vorstellen, was geschehen wäre, wie viele Menschen getötet worden wären, wenn der Gesandte gewonnen hätte?«

»Jetzt opfern wir also Kinder, damit wir gewinnen können?« fuhr Etha sie an.

»Ja! Wenn das die einzige Möglichkeit ist!« gab Fen zurück. »Das Böse kann man nicht einfach so wegwischen. Wir alle müssen Opfer bringen.«

Etha starrte sie einige Augenblicke lang an.

»Ganz besonders du, wie mir scheint«, sagte sie schließlich. »Du mußtest dein Mitgefühl aufgeben.«

»Das ist nicht wahr!« erklärte Fen, wenn sich auch tief in ihrem Inneren verräterische Zweifel rührten. »Das ganze Leid tut mir genauso weh wie dir, aber ich werde dagegen kämpfen, mit allen Mitteln.«

Sie starrten sich lange schweigend an, und schließlich drehte sich Etha zur Seite und beschäftigte sich damit, einen heißen Trank aus Kräutern und Honig in Schüsseln zu gießen.

»Bring die hier zu Eismann und Aad hinauf, ja?«, sagte sie leise. »Meine Beine haben nicht mehr die Kraft dazu.«

Fen gehorchte sofort und gerne, doch ihr Herz war schwer, und tief in ihr brannte Schmerz.

Nikolas und Sagar hatten von den Vorgängen im Hafen nichts gesehen und nur Gerüchte gehört. Als Dsordas sie besuchte, waren sie daher sehr begierig, seine Schilderung aus erster Hand zu hören. Der Anführer der Insel tat sein Bestes und fügte noch einige Einzelheiten hinzu, die er seinen späteren Gesprächen mit Foran entnommen hatte. Keiner der beiden Männer sah einen Grund, die

Interpretation der Rolle, die Eismann und Aad in diesem Kampf gespielt hatten, anzuzweifeln.

»Aber das erklärt längst noch nicht alles«, fuhr Dsordas fort. »Erstens, warum wurden Latchi und seine Mannschaft nicht von dem Gesandten in Stücke gerissen wie unsere eigenen Leute? Und warum sind sie jetzt alle bewußtlos? Das ergibt doch keinen Sinn.«

»Sie haben offenbar selbst über gewisse Kräfte verfügt«, schlug Nikolas vor, »die die Kräfte des Gesandten irgendwie neutralisiert haben.«

»Und die einzige offenkundige Quelle solcher Macht ist, nach allem, was du uns erzählt hast, der Nektar«, fügte Sagar hinzu. »Ganz gleich, was du davon hältst, er zeigt tatsächlich Wirkung.«

»Entweder das, oder Latchi ist wirklich ein Freund der Götter«, sagte der Patriarch mit verzerrtem Grinsen.

»Also wurde das Feuer ... irgendwie von Latchis magischen Kräften absorbiert«, sagte Dsordas und versuchte, die einzelnen Teile des Puzzles zusammenzusetzen. »Oder wurde ausgelöscht ... oder ... oder in weiße Flammen umgewandelt, die nichts verbrannten?«

»Reine Energie, die keine Wirkung auf unsere Welt hatte«, warf Sagar ein. »Ich weiß, daß sie theoretisch existieren soll, doch ich hätte nie gedacht, daß es wirklich passieren könnte.«

»Ich bin immer noch nicht sicher, daß es wirklich so war«, antwortete Dsordas offensichtlich verblüfft, »obwohl ich es doch *gesehen* habe.«

»Aber ein Element *war* der Nektar«, bestätigte Nikolaus noch einmal. »Wodurch sonst sollten sich Latchis Anhänger von uns unterscheiden?«

»Das bestreite ich auch nicht«, sagte Dsordas. »Mir gefällt nicht, welche Folgerungen wir daraus ziehen müssen, aber so ist es nun mal. Ich wünschte nur, Skoulli würde aufwachen, damit wir mit ihm darüber reden könnten.«

»Oder Latchi selbst«, fügte Sagar hinzu.

»Ich bin nicht sicher, daß wir von ihm eine vernünftige Antwort bekämen«, erwiderte Dsordas. »Trotz der Ereignisse heute sehe ich ihn immer noch als unseren Feind.«

Erst am späten Nachmittag kam Dsordas endlich nach Hause und konnte sich um seine Familie und Freunde kümmern. Er fand das Haus sehr ruhig vor, die Atmosphäre war angespannt und gedämpft, und die Kranken lagen noch im Bett. Nachdem er Fen lange umarmt und mit einem dankbaren Lächeln bedacht hatte, interpretierte er die Lage richtig und widerstand der Versuchung, über den in seinen Augen hart erkämpften Sieg zu frohlocken. Statt dessen ging er hinauf zu Etha, legte von hinten seine Arme um sie und drückte sie fest.

»Danke.«

»Wofür?« Ihre Worte klangen scharf, doch sie wehrte sich nicht gegen seine Umarmung.

»Ohne dich wären wir nicht so weit gekommen. Jetzt sind wir wieder sicher.«

»Aber wie lange?« fragte sie freudlos.

»Spielt das eine Rolle?« Nach einer kurzen Pause fügte er hinzu: »Wir mußten kämpfen, weißt du, mit allen Waffen, die wir finden konnten. Hatten wir eine andere Wahl?«

»Ich weiß es nicht«, antwortete sie jämmerlich.

Da ließ er sie los und zog eine Papierrolle hervor.

»Die Liste der Geiseln, die der Gesandte haben wollte.«

Langsam entrollte Etha das Papier und warf einen Blick auf die Namen. Schon bald füllten sich ihre Augen mit Tränen.

»Es tut mir leid«, flüsterte sie zu Fen. »Ich bin nur eine dumme alte Frau.«

»Niemals!« rief Dsordas lächelnd aus.

»Ich liebe Natali genau wie du, Mama«, sagte Fen leise. »Ich wollte ihm niemals weh tun ... oder den anderen.«

»Sie haben uns heute geholfen, und zwar über alle Maßen«, fügte Dsordas hinzu. »Und sie werden uns wieder helfen. Wenn es ihnen wieder besser geht, müssen wir mit ihnen reden. Das verstehst du doch, oder? Wir müssen wissen, was geschehen ist.«

»Aber nicht heute«, beeilte sich Etha zu sagen.

»Nein. Dank der Bemühungen aller haben wir Zeit gewonnen.«

»Doch für viele ist die Zeit gekommen ... sogar für Maus«, sagte sie leise.

»Ja.« Er wirkte nüchtern. »Und es ist unsere Aufgabe, dafür zu sorgen, daß sie nicht vergebens gestorben sind.«

In jener Nacht lagen Fen und Dsordas gemeinsam im Bett und konnten trotz ihrer verzweifelten Müdigkeit nicht schlafen. Ihre Gedanken kreisten ständig weiter.

»Glaubst du wirklich, daß wir viel Zeit gewonnen haben?« fragte sie.

»Ein wenig. Wir wissen – zumindest glauben wir zu wissen –, daß wir die Macht aufgehalten haben, die den Gesandten von Xantium aus erreichte. Andererseits besteht genausogut die Möglichkeit, daß er nicht mit Verkho kommunizieren konnte. Doch Xantium wird auch wissen, daß *irgend etwas* geschehen ist, selbst wenn man nicht genau weiß, was es war. Wie schnell sie hierher kommen, um der Sache auf den Grund zu gehen, hängt davon ab, wie stark sie zur Zeit an anderen Orten beschäftigt sind.«

»Hoffen wir, daß all die anderen Gesandten ebenso behandelt wurden.«

»Das wäre nett«, lachte er. »Aber ich bezweifle es.«

»Was glaubst du, ist heute mit den Kreischern passiert?« wechselte Fen abrupt das Thema.

»Ich weiß es nicht, aber ich habe so das Gefühl, daß du mir das gleich sagen wirst.«

»Hast du gesehen, wie der Gesandte etwas an die Lippen geführt hat, kurz bevor sie hinunterfielen?« ignorierte sie sein Necken.

»Ja.«

»Was wäre, wenn das einen Pfeife war?«

»Ich habe nichts gehört.«

»Das konnte niemand in diesem ganzen Lärm ... oder vielleicht war das Pfeifen so hoch, daß es ohnehin nicht zu hören war.« Fen war jetzt ganz aufgeregt, und ihr Körper spannte sich an. »Wie die Fledermäuse! Was wäre, wenn dieser Ton sie besiegte?«

Dsordas dachte darüber nach.

»Manche Menschen glauben, daß Fledermäuse im Dunkeln sehen können, weil sie nicht ihre Augen benutzen«, sagte er. »Sondern weil sie ihren Weg finden, indem sie auf die Echos der Laute hören, die sie aussenden.«

»Deshalb haben sie so große Ohren!«

»Das schien mir immer eine verrückte Idee, doch ...« Dsordas zuckte die Achseln.

»Bei den Kreischern ist es genauso«, rief Fen aus. »Du hast doch gesehen, daß die Augen derjenigen, die wir getötet haben, immer so krank aussahen – vielleicht sind sie blind. Vielleicht finden sie ihren Weg, indem sie auf die Echos ihrer eigenen Schreie hören – und der Lärm der Fledermäuse hindert sie daran! Das paßt alles zusammen! Könnten *wir* solche Pfeifen herstellen?« Am liebsten wäre sie aufgestanden und hätte sofort angefangen.

»Ich weiß es nicht«, antwortete er gelassen. »Es ist aber eine Überlegung wert. Morgen früh. Laß uns jetzt schlafen.«

»Ich habe noch eine Idee.«

»Welche?« Dsordas lächelte im Dunkeln über ihre Begeisterung.

»Wenn man okkulte Kräfte von Xantium nach Zalys bringen kann, was hält uns dann davon ab, es andersherum zu versuchen? Verkho von hier aus anzugreifen?«

»Jetzt bin ich sicher, daß du verrückt bist«, erwiderte er warmherzig. »Selbst wenn das, was du da sagst, theoretisch möglich ist – und ich gebe zu, das könnte sein –, haben wir keine Ahnung, wie man das macht. Und auf alle Fälle haben wir gar keine Kräfte, die wir aussenden könnten!«

Fen schwieg eine Weile.

»Bei meinen besten Ideen sagst du immer, daß sie albern seien«, jammerte sie mit der Stimme eines ungezogenen Kindes. »Du bist ein Ungeheuer.«

»Mach dir nichts draus«, sagt er. »Ich werde dich besser behandeln, wenn du groß bist. Jetzt geh schlafen, Kleine.«

»Eines noch«, sagte sie mit ihrer eigenen Stimme. »Dann höre ich auf, ich verspreche es.«

»Sag schon«, gestand er ihr erschöpft zu.

»Hast du versucht, Skoulli zu heilen?«

»Ja.«

»Und?« Sie war ein wenig irritiert, daß sie ihm jede Information aus der Nase ziehen mußte.

»Ich habe nichts erreicht. All meine Sinne scheuten vor dem Nektar in ihm zurück. Und bevor du jetzt etwas sagst ...«, schob er eilig dazwischen, »ich konnte es sonst nur tun, wenn ein Leben auf dem Spiel stand, deins zum Beispiel. Skoulli liegt nicht im Sterben, allerdings verstehe ich nicht wieso. Wir wissen einfach nicht, wann er wieder aufwacht.«

»Ich hoffe bald.« Endlich war Fen zufrieden.

»Ich auch. Gute Nacht, meine Liebe.«

Skoulli, Latchi und die anderen Opfer, die nach dem okkulten Schlagabtausch im Koma lagen, befanden sich in den Schlafsälen der eilig errichteten Krankenhäuser. Im Augenblick konnte man nur wenig für sie tun. Ihr geheimnisvolles Leiden lag jenseits der Kenntnisse der Heiler. Einige weniger ermüdete Ärzte machten Dienst, doch alles blieb ruhig – bis zum nächsten Morgen.

Foran kam zurück, um den Zustand von Skoulli und den anderen nach einigen Stunden Schlaf zu untersuchen. Gerade als er eintraf, gab es auf der anderen Seite der Hauptstation einen Aufruhr, und Latchi setzte sich plötzlich aufrecht hin, öffnete die Augen und lächelte wahnsinnig. Während Foran an sein Bett eilte, ergriff der selbsternannte Prophet das Wort.

»Er kommt«, er klang ehrfürchtig und entzückt. »Der *wahre* Meister des Gesandten, unser wahrer Meister. Er kommt!«

Draußen kehrte die Dunkelheit zurück. Ganz Nkosa wurde von einem riesigen Schatten bedeckt.

Kapitel neunzehn

Worte kontrollieren viele Dinge. Mit ihnen umschreiben wir die Welt. Aber sie können auch doppelzüngig sein. Was sind Rätsel sonst, wenn nicht die Sprache der Täuschung? Was sind Kodes, wenn nicht andere Worte? Manchmal benutzen wir sie, um unsere wahren Absichten zu verhüllen.

Die Wahrheit liegt in den Worten.

Serchall Noy saß allein in den Ruinen seines einstmals perfekten Zufluchtsortes. Zwar war das Feuer gelöscht worden, doch die geschwärzten Überreste des Bettes, die Rußflecken an den weißen Wänden und der ätzende Geruch waren geblieben ihn zu verhöhnen. Doch nicht nur die geschändete Kammer lag in Trümmern. Der Geist des Gouverneurs, seine ganze Welt, war ähnlich verwüstet. Doch er hatte keine Zeit gehabt, sich auszuruhen und zu erholen. Er hatte seine Diener fortgeschickt – selbst Strange war in Ungnade gefallen und fortgeführt worden – und versuchte jetzt zu entscheiden, was als nächstes zu tun war.

Sein Instinkt sagte ihm zunächst, daß er den Forderungen des Gesandten gehorchen sollte. Die einfache Tatsache der Selbsterhaltung drängte ihn, sich Verkho zu ergeben, doch irgend etwas hielt ihn von dieser feigen Kapitulation ab. Serchall hatte immer noch ein wenig Stolz in sich, und ein Verrat dieses Ausmaßes paßte ihm nicht. Die Loyalität, die er dem Kaiser schuldete, war eine Frage der Bequemlichkeit, der Gewohnheit gewesen, doch jetzt, als sie auf die Probe gestellt wurde, spürte er sie ganz deutlich, und ihm fiel ein, wieviel er Southan und der Macht schuldete, die ihm so lange

Sicherheit geboten hatten. Das Ultimatum jedoch zurückzuweisen und nichts zu tun, war undenkbar – schon der Gedanke verursachte ihm Übelkeit. Zu Southan zu gehen und ihm alles zu sagen, wäre – auch wenn dies unauffällig möglich gewesen wäre – ebenso hoffnungslos. Früher oder später würde Nadal gewiß in einen Krieg gestürzt, und die Vergeltung des Gesandten käme sicher umgehend und wäre fürchterlich.

Einen Augenblick lang erwog der Gouverneur, einfach fortzulaufen, sich vor seiner Verantwortung zu drücken. Doch wohin konnte er gehen? Wo auf der ganzen Welt wäre er außerhalb der Reichweite von Verkhos Zauberkräften? Ganz kurz durchschoß der Gedanke an eine andere Welt seinen Verstand, doch Serchall wußte, er war ein viel zu großer Feigling, sein Lebenswille zu stark für Selbstmord. Also war es doch besser, das eigene Schicksal an Verkho zu knüpfen? Dieser Schluß lastete schwer auf ihm. Was konnte er sonst tun?

Er kratzte das letzte Quentchen Mut zusammen, dachte lange und ausgiebig nach und legte sich schließlich einen Plan zurecht. Die Chance, daß er funktionierte, daß er sowohl seine Position als auch ein gewisses Maß an Respekt vor sich selbst erhalten konnte, war nur minimal, doch es war seine einzige Hoffnung.

Der Morgen war noch einige Stunden entfernt, als Nadals hochrangige Offiziere sich im Konferenzraum des Sommerpalastes versammelten. Serchall warf einen Blick auf ihre besorgten Gesichter und fragte sich, ob er mit einer Meuterei rechnen mußte. Viele der Offiziere der Armee und Kapitäne zur See sahen so aus, als seien sie in aller Eile ihren Betten entstiegen, und sie waren ganz eindeutig verwirrt über diese geheime Zusammenkunft. Das, was der Gouverneur ihnen mitteilen wollte, würde ihre Stimmung nicht unbedingt verbessern.

Als alle anwesend waren, wurden die Türen verschlossen – obwohl sich Serchall durchaus bewußt war, daß er den Gesandten nicht aufhalten konnte, sollte dieser beschließen, an dem Treffen teilzunehmen –, und er erhob sich von seinem Stuhl am Kopf des langen Tisches.

»Meine Herren, wir haben es mit einer ungewöhnlichen Situation zu tun«, begann er. »Xantium hat einen neuen Kaiser.«

Die Männer wechselten bestürzte Blicke, doch sie waren klug genug, ihn nicht zu unterbrechen.

»Kanzler Verkho hat sich selbst zum Kaiser ausgerufen, und heute nacht hat mich ein Gesandter aufgesucht. Er hat ohne Erlaubnis mein zentrales Zimmer hier betreten.« Die Worte des Gouverneurs riefen entsetztes Murmeln hervor. »Loran hier kann die Einzelheiten bestätigen und auch den Schaden bezeugen, der entstanden ist.«

Der fragliche Captain hüstelte verlegen, denn er war sich klar darüber, daß er bei seinem Versuch, Serchall zu schützen, eine schlechte Figur abgegeben hatte.

»Zwei meiner Männer haben versucht, sich seinem Eindringen zu widersetzen, doch wurden sie innerhalb weniger Sekunden zu Asche verbrannt«, berichtete er nüchtern. »Von ihnen sind nur noch Asche und verkohlter Knochen übrig. Mehrere Leute sind bewußtlos, befallen von einer unbekannten Krankheit. Wir konnten nichts tun. Schwerter waren nutzlos gegen diesen Mann, obwohl er lediglich ein weißes Gewand trug und keine Rüstung.«

»Dieser Gesandte war außerdem in der Lage, durch verschlossene Türen zu gelangen und über meinen sprechenden Boden zu gehen, ohne ein Geräusch zu machen«, fuhr Serchall fort. »Meine Kammer liegt in verbrannten Trümmern, und ich lebe nur deshalb noch, weil er mir eine Aufgabe erteilt hat. Nadal soll sich Kaiser Verkho verpflichten.«

Falls einer seiner Männer etwas gegen dieses Begehren einzuwenden hatte, so sprach niemand seine Zweifel aus. Sie waren ausgebildet zu gehorchen – und alle waren schwer erschüttert über das, was sie da soeben gehört hatten. Falls dies ein Beispiel der Macht des neuen Kaisers war, dann war sie in der Tat furchterregend.

»Ein Ebenbild von Verkho persönlich erschien mir und erklärte, was er verlangt«, fuhr der Gouverneur fort und sah sich im Zimmer um. »Es folgen seine – und meine – Anweisungen. Sofort nach dieser Zusammenkunft nehmt Ihr alle Offiziere der Armee-Einheiten aus Xantium in Haft, sowie alle, die eine persönliche Loyalität gegenüber General Kerrell pflegen. Sie sind in Einzelhaft zu nehmen. Diese Operation muß perfekt koordiniert werden, unser aller Leben könnte von ihrem Erfolg abhängen. Einheiten, die Eurer Meinung nach revoltieren könnten, werden in ihren Kasernen oder Lagern umstellt, ihre Waffen eingesammelt. Ich will keine Kämpfe – aber wir müssen auf alles vorbereitet sein. Alle Truppen sind in diesen schweren Zeiten von äußerster Bedeutung, und Nadal wird sie brauchen, ganz gleich, welchem Herrn wir dienen. General Yandel, Ihr übernehmt das. Ist alles klar?«

»Ja, mein Lord.«

»Ist dies erfolgreich durchgeführt – und nur dann – können wir den Rest unserer Aufgabe erfüllen«, fuhr Serchall fort, den es drängte, zum Ende zu kommen. »Eine Stunde vor Sonnenaufgang werden Southan, Kerrell, Ifryn und ihre unmittelbaren Untergebenen unter Arrest gestellt. Die Anklage lautet Verrat. Zum gegebenen Zeitpunkt werden sie ohne Zweifel nach Xantium zurückgebracht und vor Gericht gestellt. Admiral Schoru, diese heikle Angelegenheit vertraue ich Euch an.«

Der Admiral zur See nickte mit grimmigem Gesicht.

»Sobald alles erledigt ist, erstattet Ihr mir Bericht«, schloß der Gouverneur. »Ich erwarte Euch bei Sonnenaufgang. Noch Fragen?«

Es gab keine Fragen. Serchall entließ seine Männer, doch als sie hinausgingen, um ihre Befehle auszuführen, rief er einen von ihnen zurück.

»Captain Zmura, auf ein Wort noch.«

Zmura kam zurück und fragte sich, warum er ausgewählt worden war. Er war unglücklich über die Geschehnisse, doch es war nicht das erste Mal – und würde auch nicht das letzte sein –, daß ein Soldat dazu gezwungen war, im Namen politischer Zweckdienlichkeit ungeliebten Befehlen zu gehorchen.

»Gouverneur?« fragte er und verbeugte sich kurz und präzise. »Wie kann ich Ihnen behilflich sein?«

»Ihr habt zwei der Begleiter des Kaisers – des *früheren* Kaisers – kennengelernt, nicht wahr?« erkundigte sich Serchall leise.

»Ja, mein Lord«, erwiderte der Captain und war überrascht, daß sein Herr so gut informiert war. »Grongar und Corton. Sie erschienen mir wie ehrenwerte Männer«, fügte er vorsichtig hinzu.

»Zweifellos«, sagte der Gouverneur in gleichgültigem Tonfall. »Ihr würdet gut daran tun, ein Auge auf sie zu behalten. Sollten sie Wind von unseren Plänen bekommen, könnten sie es sich in den Kopf setzen, Southan zu warnen und ihm so die Flucht ermöglichen.«

Zmura nickte verwundert. Hinter dieser Sache steckte mehr, als auf den ersten Blick zu erkennen war.

»Ihr wißt, wo sie residieren?«

»Ja, mein Lord.«

»Dann wißt Ihr, was Ihr zu tun habt.« Serchalls Augen leuchteten sonderbar auf. *Ist das lediglich die Sorge*? fragte sich Zmura. *Oder Hoffnung*? Der Gouverneur hatte sorgfältig darauf geachtet, daß niemand sonst ihr Gespräch mithörte, und er hatte mit ganz unnötigem Nachdruck auf die Möglichkeit einer Flucht hingewiesen. *Dann wißt Ihr, was Ihr zu tun habt.* War das ein Befehl oder ein Flehen? Und warum hatte er verfügt, daß zwischen der Festnahme der Soldaten und des Kaisers soviel Zeit verstreichen sollte?

»Jawohl, mein Lord.«

Zmura zog sich zurück und hoffte, daß er diesen Wortwechsel richtig interpretierte. Diese Sache durfte er nicht auf die leichte Schulter nehmen. Falls er falsch lag, wäre er in ein paar Stunden vermutlich tot.

Grongar nahm die Neuigkeiten wie üblich mit äußerlicher Gelassenheit auf.

»Gerade jetzt, wo es mir hier allmählich gefällt«, grummelte er und fuhr sich mit seinen knorrigen Fingern über sein vom Bart zugewachsenes Gesicht.

Corton jedoch war wie versteinert und konnte dieses Gefühl auch nicht verbergen. In der Nacht geweckt zu werden, hatte ihm noch nie behagt, und der Gedanke, daß Verkhos Macht ihn sogar in Brighthaven erreichen konnte, war kaum zu ertragen. Er setzte sich schweigend und mit bleichem Gesicht auf, während die beiden Männer aus dem Norden redeten.

»Serchall hat keine andere Wahl als zu gehorchen«, erklärte Zmura, »aber wenn ich recht habe, wollte er andeuten, daß er Southan und seine Familie gerne entkommen sehen würde. Vorausgesetzt, ihn trifft keine Schuld daran.«

»Also hat er doch ein Rückgrat«, bemerkte Grongar.

»Uns bleibt noch eine Stunde bis Sonnenaufgang, doch je eher wir aufbrechen, desto besser.«

»Wir?« hakte der Barbar nach.

»Ich komme mit Euch«, erwiderte Zmura. »Es wird schwer genug für Euch werden, leise hinauszuschlüpfen, und ich werde sehr viel leichter an Pferde und Vorräte gelangen. Außerdem bin ich bereits jetzt, wo ich nur darüber spreche, ein Verräter. Ich *muß* mit Euch kommen.«

»Wo ist die Xantische Armee untergebracht?« fragte Grongar mit Unschuldsblick.

»Denkt nicht einmal daran«, riet ihm der Captain. »Wenn sie zu früh davon erfahren, gerät die ganze Stadt in Aufruhr, und ich will nicht zuviel Blut an meinen Händen haben. Außerdem hat Yandel sicher schon begonnen. Seine ersten Züge müssen diskret sein, doch der General versteht sein Geschäft. Unsere einzige Hoffnung ist, daß wenigstens ein paar von uns entkommen können, bevor sich das Netz allzu eng zuzieht.«

Grongar dachte einige Augenblicke über seine Worte nach und akzeptierte dann offenbar das Wort seines Landsmannes.

»Davon werdet Ihr Kerrell überzeugen müssen«, sagte er schließlich. »Er wird seine Truppen nicht so einfach aufgeben.«

»Laßt mich mit ihm reden«, erbot sich Zmura sofort. »Ich sollte ihn eigentlich überzeugen können.« Dann kam er auf praktischere Fragen zu sprechen. »Wie viele werden dabei sein?«

»Southan, Ifryn und die drei Kinder«, erwiderte Grongar und zählte an seinen Fingern ab. »Aber Azari ist noch ein Baby, und die Mädchen sind zu klein, um allein zu reiten. Außerdem Kerrell und wir drei.«

»Und das Mädchen«, ergriff Corton zum ersten Mal das Wort. »Sie werden nicht ohne sie gehen.«

»Sieben Erwachsene, drei Kinder. In Ordnung.« Zmura wirkte beinahe aufgeregt. »Könnt Ihr Southan sofort aufsuchen?«

»Ja«, antwortete Grongar zuversichtlich.

»Gut. Wir treffen uns in einer Stunde in seinem Arbeitszimmer. Früher, wenn ich kann. Sorgt dafür, daß alle da sind – und daß sie alles dabeihaben, was sie brauchen. Sie sollten so wenig wie möglich mitnehmen. Schafft Ihr das?«

»Natürlich.«

Corton hoffte, daß die Zuversicht seines Freundes gerechtfertigt war.

»Dann also in einer Stunde«, sagte Zmura, und seine Augen funkelten.

»Waidmannsheil«, sagte Grongar anstelle eines Abschiedsgrußes.

Der Captain schlüpfte leise hinaus in die Nacht.

»Vertraust du ihm?«

»Alles in allem, ja.«

»Dir ist doch klar, daß das Ganze auch ein Trick des Gouverneurs sein könnte, um Serchall und Kerrell loszuwerden und die Truppen für sich zu behalten?«

»Daran habe ich auch schon gedacht. Aber ich glaube es nicht – so ehrgeizig ist Serchall nicht. Doch es könnte nicht schaden, selbst ein paar Nachforschungen anzustellen, bevor wir irgend etwas übereilen.«

»Nachforschungen?« fragte Corton nervös.

»Überlaß das mir«, sagte sein Gefährte munter. »Du gehst sofort zu Southan und erzählst ihm, was Zmura gesagt hat.«

»Aber ...«

»Ich komme nach, sobald ich kann.« Grongar ignorierte die Erschütterung des Kellermeisters. »Vielleicht solltest du zuerst zu Doneta gehen. Sie wird dich reinlassen.«

»Was ist mit den Wachtposten?« rief Corton aus. »Kerrell läßt den Kaiser sicher nicht unbewacht.«

»Denk dir etwas aus«, erwiderte sein Freund unbekümmert. »Falls du es nicht schaffst, warte auf mich. Ich gehe jetzt besser.«

Als sich die Tür zum zweiten Mal leise schloß, holte Corton mehrere Male tief Luft und versuchte, die aufsteigende Panik zu unterdrücken. *Hört dieser Alptraum irgendwann einmal auf?* fragte er sich. Er war sowohl auf Grongar als auch auf Zmura ärgerlich, weil sie ihn in diese Zwangslage gebracht hatten. Doch der eine war seit vielen Jahren sein hochgeschätzter Freund, und der andere hatte in Corton ein Gefühl der Kameradschaft erweckt, das er niemals nach so kurzer Bekanntschaft für möglich gehalten hätte. Er vertraute beiden Männern, ohne zu wissen warum, und er wußte, er mußte sich ihres Vertrauens in ihn würdig erweisen. *Falls du es nicht schaffst ...* Corton wurde sofort munter. *Ich habe in Xantium meinen Teil dazu beigetragen, jetzt werde ich es hier tun.*

Er sah sich in dem schlecht beleuchteten Zimmer um. Er hatte nur wenig mitzunehmen. Weder er noch Grongar hatten viele Besitztümer aus Xantium mitbringen können – wobei Grongar sowieso auch nur sehr wenig besaß. Corton zog sich an, raffte ein paar Kleider zusammen und nahm den einzigen Gegenstand an sich, der ihm etwas bedeutete. Grongar hatte Corton die Holzschnitzerei von Weintrauben und Blättern zum vierzigsten Namenstag geschenkt. Der Barbar hatte sie liebevoll selbst gemacht, und für Corton war dies ein Beweis, daß das Herz und die Seele eines Künstlers unter der schmutzigen Oberfläche seines Freundes schlummerten. Corton war immer ein Einzelgänger gewesen, beinahe schon als Kind, und das Geschenk hatte ihm mehr bedeutet, als er sagen konnte. Er wand seine Kleider um die Schnitzerei und packte sie vorsichtig in seine Tasche.

Er schlang sich die kleine Last über die Schulter und machte sich auf den Weg. Er hatte es nicht weit – und er hatte immer noch keine Ahnung, wie er sein Ziel erreichen sollte. Da fiel ihm ein, daß die Wachtposten in der Nacht nur kurze Zeit Dienst taten, damit sie nicht schläfrig wurden, und in seinem Verstand formten sich die ersten Ideen.

Dabei bestand er die erste Prüfung ohne große List. Er ging einfach zu den äußeren Toren des Komplexes und wartete auf Einlaß. Als die Wachen ihn erkannten, öffneten sie die Türen und winkten ihn ohne große Neugier hinein. Corton ging weiter zu den kaiserlichen Unterkünften und schritt so kühn er konnte auf die Wachen am äußeren Eingang zu.

»Ich habe hier den Wein«, erklärte er. »Bald ist alles wieder gut.«

»Corton?« fragte der offenkundig ältere der beiden. »Was führt Euch um diese Zeit hierher?«

»Es wurde nach Wein verlangt«, erwiderte Corton und schlug gegen seine Tasche. »Kommt, es eilt.«

»Wein?« fragte der Wachmann ungläubig. »Um diese Zeit?«

»Eine der Töchter des Kaisers hat eine Kolik«, spielte Corton Ungeduld, während sein Herz in seinem Brustkasten wild hämmerte. »Doneta ließ nach mir schicken, damit ich Wein bringe – Altaragia. Er hat wohltuende, beruhigende Wirkung auf einen unpäßlichen Magen.«

»Aber –«

»Leider habe ich einige Zeit gebraucht, bis ich ihn gefunden habe«, fuhr der Kellermeister mit scharfer Stimme fort. »Wollt Ihr behaupten, Ihr wüßtet nichts davon?«

»Wir haben nicht einmal seit einer Stunde Dienst«, sagte der ältere abwehrend und sah seinen Gefährten an. »Gair hat nichts davon gesagt, oder?«

Der zweite Mann schüttelte den Kopf.

»Das ist unzumutbar!« fuhr ihn Corton wütend an. »Ich werde das Eurem Captain melden, aber jetzt habe ich keine Zeit mehr. Vrila leidet!«

Er wollte an den Wachen vorbeidrängen, und die beiden Soldaten machten keinen Versuch, ihn aufzuhalten.

»Soll ich mit Euch kommen?« erbot sich der ältere.

»Nein«, gab Corton ein wenig zu schnell zurück. »Je weniger die kaiserliche Familie gestört wird, um so besser. Sorgt dafür, daß sonst niemand hereinkommt.«

»Ja ... Sir«, erwiderte der Wachmann unsicher, während sich die Türen schlossen.

»Ein komischer Kauz«, bemerkte sein Gefährte mit sarkastischem Grinsen.

»Aye, aber harmlos.« Der andere runzelte die Stirn. »Warte nur, bis ich Gair treffe. Ich werde den kleinen Wicht lehren, seine Pflichten zu vergessen.«

Auf der anderen Seite der Doppeltür stieß Corton einen langen erleichterten Seufzer aus und machte sich dann an den letzten Teil seines Weges.

Es war ganz leicht, Doneta aufzuwecken. Das Mädchen hatte einen leichten Schlaf und war seit Jahren daran gewöhnt, auf das nächtliche Weinen der kaiserlichen Kinder zu reagieren. Nachdem sie sich von ihrem ersten Schock erholt hatte, verschwendete sie keine Zeit mit der Frage nach Erklärungen, denn sie merkte sehr schnell, daß der Kellermeister es ernst meinte. Es dauerte nicht lange, bis Southan, Ifryn und Kerrell zu ihnen stießen, während die Kinder weiterschliefen und noch nichts von der neuen Wendung des Schicksals ahnten.

Kapitel zwanzig

Die Schreie sind gedämpft, aber da sind noch andere Stimmen; innen, sie hallen wider. Manchmal lausche ich ihnen, doch was sie sagen, ergibt wenig Sinn.

Vor langer Zeit habe ich fliegen gelernt, doch gibt es keinen Ort, wohin ich gehen könnte. Schon bald wird die ganze Welt so müde sein. Und ich werde vom Schlafen träumen.

Corton erzählte ihnen alles, was er wußte, und zunächst lauschten sie voller Unglauben, dann voller Entsetzen. Niemand sprach ein Wort, bis er geendet hatte.

»Ihr vertraut diesem Zmura?« wiederholte Kerrell Cortons eigene Frage.

»Ja – Grongar wird bald hier sein und bestätigen, daß das, was Zmura sagte, die Wahrheit ist.«

»Vielleicht können wir hier etwas tun«, sagte der General mit grimmiger Entschlossenheit.

»General, ich bitte Euch, übereilt nichts«, beschwor ihn Corton. »Falls man unsere Pläne errät, könnte Eure Chance auf eine Flucht dahin sein.«

»Wäre ich allein«, fügte Southan hinzu, »würde ich bleiben – und kämpfen, wenn es sein müßte –, aber ich werde nicht das Leben von Ifryn und den Kindern riskieren. Zumindest sie müssen entkommen.«

Die Kaiserin wollte protestieren, doch Kerrell setzte sich über sie hinweg. »Ich werde nichts tun, das Eure Position gefährden könnte«, sagte er mit fester Stimme. »In diesen Quartieren gibt es günstige Aussichtspunkte, und vielleicht kann ich etwas entdecken, ohne selbst entdeckt zu werden. Sucht alles zusammen, was für die Reise nötig ist. Ich bin bald zurück.«

Der Kaiser und seine Frau sahen einander an, während Kerrell hinausging. Corton und Doneta waren sich klar, daß sie hier im Augenblick keine große Rolle spielten und sagten nichts.

»Du und die Kinder seid mir jetzt am wichtigsten«, sagte Southan zu Ifryn. »Ich würde bereitwillig in Armut leben, wenn ich nur wüßte, daß ihr in Sicherheit seid und es euch gut geht. Jemand anderes kann sich um das Wohl des Reiches kümmern.«

»Auch, wenn es Verkho ist?« fragte Ifryn leise. Entsetzt wurde ihr klar, daß der böse Zauber des Kanzlers sie sogar jetzt noch verfolgte.

Southans Gesicht wurde hart, doch er nahm seine Worte nicht zurück.

»Das Schicksal wird entscheiden, was aus Verkho wird. Wenn ich dabei eine Rolle spielen muß, dann werde ich es tun – aber wenn nicht, ist es auch gut. *Du* bist wichtiger.«

Corton war ein wenig verlegen, daß er Zeuge dieses intimen Gespräches wurde, doch ebenso wie Doneta war er von Southans offenkundiger Ernsthaftigkeit berührt. Ifryn war ebenfalls bewegt, und sie spürte eine Woge der Zärtlichkeit für ihren Mann – wenn auch ein wenig getrübt durch das Schuldgefühl, weil sogar jetzt ihre Gedanken zu Kerrell gingen und sie sich leidenschaftlich wünschte, er möge zurückkehren. Ihr Alptraum war, daß er darauf bestehen könnte zurückzubleiben und das zu tun, was er als seine Pflicht betrachtete, und sich dann einiger der Truppen zu versichern, die man gerade so emsig zusammentrommelte. Daher wußte sie nicht, was sie sagen sollte.

»Komm. Wir müssen tun, was Kerrell sagt«, sagte Southan sanft. »Uns auf die Reise vorbereiten – sollte es nötig sein.«

»Die Mädchen?«

»Laß sie im Augenblick noch schlafen. Später haben

wir noch genug Zeit, sie aufzuwecken. Corton, helft Ihr mir?«

»Gerne«, erwiderte der Kellermeister.

Die beiden Männer gingen hinaus und ließen die Kaiserin und ihr Mädchen mit ihren Vorbereitungen allein. Kurz danach kehrte Kerrell zurück, und eilig kamen sie zusammen, um seine Neuigkeiten zu hören. Wie es aussah, waren Zmuras Informationen korrekt.

»In der Nähe der Kasernen nehmen große Truppen der Soldaten von Nadal Aufstellung«, berichtete der General. »Wenig hat auf Festnahmen oder Kämpfe hingedeutet, aber irgend etwas geht da definitiv vor sich. Es könnte alle möglichen Erklärungen geben, aber ...« Er zuckte die Achseln. »Ich habe die inneren Wachen im Augenblick entlassen, damit Grongar und Captain Zmura ohne Probleme hereinkommen. Jetzt können wir nur noch auf sie warten.«

Sie mußten sich nicht lange gedulden. Kurze Zeit später erschien ein atemloser Grongar – und das bißchen Gesicht, das unter seinem alles überdeckenden Haar hervorlugte, war errötet.

»Meine Lords«, keuchte er. »Es tut mir leid. Hätte ich gewußt, daß die Wachen entlassen sind, wäre ich früher hier gewesen. Ich mußte mir über einen weniger orthodoxen Weg Zutritt verschaffen.« Er führte seine Worte nicht weiter aus, und niemand fragte ihn danach. Es gab wichtigere Dinge zu besprechen.

»Corton hat uns von Captain Zmuras Warnung erzählt«, sagte Southan. »Decken sich Eure Entdeckungen mit seiner Geschichte?«

»Jawohl, Sire. Ich habe mit eigenen Augen die Folgen der Zauberei gesehen, und überall auf den Straßen bewegen sich Truppen. General Yandel ist offensichtlich sehr gründlich.«

Southan nahm die Nachricht gelassen entgegen, doch sein Gesicht war starr.

»Nun denn. Wir werden fliehen, sobald Zmura hier ist. Weckt bitte die Mädchen auf.«

Doneta folgte seiner Aufforderung, während Ifryn Azari aus der Wiege nahm und ihn zum Schutz vor der kühlen Nachtluft warm einhüllte. Als alle fertig waren, gingen sie ins Arbeitszimmer und warteten. Delmege und Vrila schliefen noch halb, so daß sie noch keine Angst zeigten. Das war ein kleiner Trost, doch alle wußten, daß das Schwierigste erst noch kommen würde. Southan und Kerrell nutzten die Zeit, das Gepäck durchzusehen und es auf ein Minimum zu reduzieren, während Corton und Grongar an den beiden Zugängen zum Arbeitszimmer Wache standen. Zmuras Erscheinen einen Weile später überraschte jedoch alle. Hinter einem der großen Wandvorhänge gab es plötzlich ein Knirschen, und der Stoff beulte sich leicht aus. Southan, Kerrell und Grongar hatten ihre Waffen gezogen, doch da rief leise eine Stimme und zerstreute ihre Ängste.

»Captain Zmura Bithray zu Euren Diensten, mein Lord. Darf ich eintreten?«

Grongars kurze Beine beförderten ihn mit bemerkenswerter Geschwindigkeit durch das Zimmer, und er riß den Vorhang zur Seite.

»Er ist es«, bestätigte er und trat beiseite, damit der Soldat eintreten konnte.

»Es ist zu schade, daß wir nichts von diesem Eingang wußten, als wir hier gearbeitet haben«, bemerkte Southan und lächelte. »Wir hätten besser darauf geachtet, was wir sagten.«

»Man hat Eure Privatsphäre nicht verletzt, Sire«, versicherte Zmura ihm ernst. »Nur einige Offiziere und Gouverneur Noy wissen von seiner Existenz, doch war sein Anstand Euch gegenüber echt. Aber die Umstände machen es unmöglich, daß es so bleibt.«

»Dennoch wünscht er offenbar, daß wir entkommen.«

»Das zumindest nehme ich an, mein Lord. Solltet Ihr

mehr Beweise brauchen, werde ich Euch oder General Kerrell gerne –«

»Nicht nötig«, schnitt ihm Southan das Wort ab. »Wir haben genug gesehen.«

Zmura warf Grongar einen Blick zu. Dieser nickte leicht.

»Dann ist alles bereit?« fragte der Captain und sah sich um. »Wir müssen uns beeilen.«

»Wir sind soweit«, antwortete Southan.

»In den Ställen am Osttor warten Pferde. Dieser Tunnel bringt uns ein Stück weit dorthin, doch wir müssen vorsichtig sein, wenn wir wieder an die Oberfläche kommen.«

»Der Tunnel ist nicht bewacht?« fragte Kerrell argwöhnisch.

»Von außen ist der Zugang unmöglich, und innerhalb des Komplexes gibt es nur zwei Eingänge. Es bestand niemals Grund, Eindringlinge zu fürchten, daher waren keine Wachen nötig. Wir können nur hoffen, daß unter den gegenwärtigen Umständen niemand an eine Bewachung gedacht hat. Wenn doch, steht mein Schwert Euch zu Diensten.«

»Hoffen wir, daß es nicht soweit kommt«, sagte der Kaiser. »Ich verspüre nicht das Bedürfnis zu sehen, wie einer meiner Männer getötet wird.«

Der Captain nickte.

»Wenn wir draußen sind, solltet Ihr Eure Gesichter so gut es geht bedecken«, wies er sie an. »In der Dunkelheit wird man uns wohl kaum erkennen, aber es ist viel los auf den Straßen. Den Patrouillen können wir aus dem Weg gehen – dennoch müssen wir vorsichtig sein.« Er hielt inne und wandte sich dann zum Eingang des Tunnels. »Folgt mir bitte.«

Kerrell ging direkt hinter Zmura und machte Grongar ein Zeichen, er solle den Schluß bilden und die anderen vorlassen. Southan, Ifryn und Doneta trugen jeweils eines der Kinder. Fackeln brannten in Abständen in dem Durchgang, dennoch war es dunkel und unsicher. Zunächst stieg der Tunnel steil über einige sich windende Treppen an, dann wurde der Weg eben und immer schmaler und niedriger, so daß die größeren Männer sich ducken mußten.

»Habt Ihr den Weg geplant, den wir draußen nehmen werden?« fragte Kerrell ihren Führer.

»Nach Osten oder Süden«, erwiderte Zmura einfach. »Im Westen liegt nur das Meer, und ich nehme an, Ihr wünscht nicht, näher an Xantium zu gelangen. In den Hügeln gibt es ein abgelegenes Dorf, fünf Tagesritte nach Osten – ich habe dort Freunde, die Euch gerne aufnehmen werden.«

»Dann also nach Osten«, entschied Kerrell und dachte, man könnte sich nötigenfalls immer noch neu entscheiden.

Gerade als der Tunnel nahezu endlos erschien, kamen sie in eine gemauerte Kammer. Zmura öffnete eine andere Geheimtür und ließ sie hinaus ins Mondlicht treten. Niemand hinderte sie daran. Bald erreichten sie die unbewachten Ställe, wo bereits sieben gesattelte Pferde warteten, und innerhalb weniger Augenblicke saßen alle Flüchtlinge auf. Die Mädchen waren inzwischen wach und voller Angst, doch zwang man sie zur Ruhe, und sie gaben weinend nach. Nur Azari schlief in seiner Schlinge unter Ifryns Umhang seelenruhig weiter.

»Ich werde vorausgehen und das Tor überprüfen«, sagte Zmura. »Vielleicht hat man es inzwischen unter Bewachung gestellt, in diesem Fall brauchen wir eine Ablenkung. Grongar, kommt Ihr mit mir?«

Die Beine des Barbaren umfaßten das kleinste, aber stämmigste der Pferde. Er grinste und ritt nach vorn.

»Ablenkungen sind meine Spezialität. Mal sehen, was wir da tun können.«

Die anderen warteten angespannt, und Kerrell stand

Wache am Eingang zum Stall. Die Pferde stampften und schnaubten und waren anscheinend genauso ungeduldig wie ihre Reiter, loslaufen zu dürfen. Doch sie waren gut ausgebildet und ließen sich leicht führen, sogar für einen unerfahrenen Reiter wie Corton.

Bald waren in der Ferne Rufe und Schreie zu hören, gefolgt von einem wilden, knisternden Geräusch. Wenige Augenblicke später tauchte Grongar wieder auf und drängte sie, ihm zu folgen. Sobald sie aus dem gepflasterten Hof heraus waren und auf dem festgetretenen Staub der Straße, machten die Hufe weniger Geräusche, und sie ritten flott auf das Tor zu. Ganz in der Nähe stand ein Gebäude in Flammen, und man sah eine große Anzahl von Soldaten umherirren. Die eine Hälfte des Tores stand bereits offen, als sich die Gruppe um den Kaiser näherte, und die andere schwang zurück, und sie ritten eilig und ungehindert hindurch. Sobald sie draußen waren, spornten sie ihre Pferde zu einem schnellen Trab.

Zmura holte sie ein, bevor sie noch eine Wegstunde zurückgelegt hatten.

»Irgendwelche Anzeichen einer Verfolgung?« fragte Kerrell, als sie vorübergehend ihr Tempo verlangsamten.

»Keines, General«, erwiderte der Captain. Er klang zufrieden.

»Das erschien mir fast allzu einfach«, bemerkte Kerrell leise.

Ifryn warf ihm einen Blick zu und fragte sich, ob er ihrem Retter immer noch mißtraute. Sie für ihren Teil hatte keine Zweifel. Falls Zmura sie tatsächlich hereingelegt hatte, dann war er ein hervorragender Schauspieler.

Serchall konnte den unnachgiebigen Groll im Gesicht des Gesandten nur wenige Augenblicke lang ertragen, dann mußte er zur Seite sehen. Er schwitzte heftig.

»Es ist unglaublich«, stotterte er. »Sie sind entkommen, ohne daß irgend jemand etwas bemerkt hätte. Niemand weiß, wie sie das geschafft haben.«

Der Gesandte zog lediglich die sanft geschwungenen Augenbrauen hoch.

»Ich habe es versucht!« protestierte der Gouverneur.

»Nicht genug. Wohin sind sie geflohen?«

»Ich weiß es nicht. In den frühen Morgenstunden gab es am Osttor einige Unruhe, aber wenn sie dort entlang geflohen sind, könnten sie alle möglichen Straßen genommen haben«, fügte Serchall widerwillig hinzu.

Der Gesandte nickte. Das hatte er seinem Herrn bereits berichtet. Aus irgendeinem Grund hatte Verkho eher belustigt als verärgert reagiert – aber der Gesandte sah keinen Grund, dies dem Gouverneur zu erzählen. Bei dem telepathischen Gespräch über die neue persönliche Fernruferin des Kaisers, bekannt als das *Herzstück*, hatten sie über die Möglichkeit diskutiert, Suchtrupps auszusenden, doch hatten sie diesen Gedanken schließlich aufgegeben. Der Gesandte war nicht mit allen Plänen seines Meisters vertraut, doch nahm er an, daß das Hauptziel seiner Mission darin lag, das Zusammenziehen der Armeen in Nadal zu sichern. Das hatte er erreicht, auch wenn die Situation noch immer instabil war – ein Grund mehr, keine möglicherweise mißtrauischen Truppen hinter Southan herzuschicken. Der frühere Kaiser stand jetzt wirklich allein da, ohne Macht mit Ausnahme der winzigen Wirkung seines Namens – falls er es überhaupt wagte, ihn zu benutzen – und spielte daher in Verkhos Rückeroberung des Kaiserreiches keine Rolle mehr. Vielleicht wollte der frühere Kanzler gar nicht mehr. Oder vielleicht wurden andere mit der Verfolgung betraut. Der Gesandte wünschte mit ungebührlicher Sorge, er hätte mehr Informationen bekommen, doch jedes Gespräch mit Xantium kostete ihn sehr große Mühe, jetzt, da die schützende rote Kuppel die Stadt umhüllte.

In der Zwischenzeit jedoch war klar, wo seine Aufgaben lagen.

»Ihr werdet Eure hohen Offiziere anweisen, sich in einer Stunde hier zu versammeln«, befahl er. »Ich wünsche mit ihnen zu sprechen. Eine Stunde später wünsche ich – und zwar an jedem Ort, den General Yandel für angemessen hält – mit allen Offizieren aus Xantium zu sprechen, die während der Nacht in Haft genommen wurden. Sie werden die Ehre haben zu sehen, wem sie ihre Loyalität schulden.«

»Natürlich«, antwortete Serchall ehrerbietig.

»Was Euch anbelangt«, schloß der Gesandte, »habe ich Euer Versagen Kaiser Verkho gemeldet. Ich bezweifle nicht, daß er einen Weg finden wird, Euch für Eure Schuld büßen zu lassen.«

Der weißgewandete Mann lächelte, und Serchall kam der Gedanke, daß Selbstmord vielleicht doch die beste Lösung für ihn war.

Kapitel einundzwanzig

Es gibt noch andere Wälder, anderen Schnee. Mein Weg wird mich schließlich zu ihnen allen führen, schweigende Schwingen auf mondbeschienenen Winden. Bin ich diejenige, die die Gesetzmäßigkeit durchbrechen muß? Mit der Zeit wird die weiße Eule für uns alle fliegen.

Während sie dahinritten, ging vor ihnen die Sonne auf, und trotz der Angst, daß sie gesehen werden könnten, war Ifryn dankbar für das Licht und die Wärme. Es deutete immer noch nichts darauf hin, daß man sie verfolgte, doch einmal, als sie sich bei einer ihrer seltenen Pausen umdrehten, glaubte Ifryn dunkle Schatten zu sehen, die sich in den Himmel von Brighthaven erhoben, und hörte das ferne Echo dünner Schreie. Zu diesem Zeitpunkt sagten die anderen nichts dazu, und sie behielt ihre Beunruhigung für sich. Jetzt jedoch, als die Entfernung zwischen ihnen und der Stadt größer wurde und die Gefahr geringer, durchlebte Ifryn ein sonderbares Gefühl der Freiheit. Es war, als nehme man ihr Stück für Stück alle Verantwortung ab, bis nur noch der Kern ihrer Existenz übrig war. Dadurch fühlte sie sich stark und zu allem bereit.

Ohne weiter darüber nachzudenken, hatte Southan das Kommando über die kleine Gruppe Kerrell überlassen.

Zmura gab als Kerrells Stellvertreter Ratschläge bezüglich Route und Geographie. Der frühere Kaiser hatte genug damit zu tun, Delmege zu beruhigen, die mit ihm auf einem Pferd ritt. Dieses jüngste Abenteuer war zuviel für das kleine Mädchen, und sie fühlte sich erbärmlich, auch wenn sie froh über die tröstenden Worte des Vaters war.

Das erste Ziel war gewesen, soviel Entfernung wie möglich zwischen sie alle und Brighthaven zu legen. Als jedoch klar wurde, daß sie nicht in unmittelbarer Gefahr schwebten, hatte die Gruppe ein gemütlicheres Tempo eingeschlagen, um damit auch die Kraft der Pferde zu schonen. Sie ritten den ganzen Tag lang, stets grob gen Osten, doch vermieden sie den direkten Weg und umgingen wenn möglich die meisten Hauptrouten. Kerrell war sich immer noch nicht sicher über ihr genaues Ziel, doch diese Diskussion konnte warten.

Der General und Zmura kamen überein, daß es am besten sei, in der ersten Nacht nicht in der Nähe einer Ansiedlung zu lagern, um ihren Weg noch schwerer nachvollziehbar zu machen. Der Nachteil daran war, daß sie durch ihre überstürzte Abreise schlecht auf eine Nacht im Freien vorbereitet waren. Zmura hatte für Nahrung und ein paar Decken gesorgt, doch die Stunden der Dunkelheit wurden immer kälter, je näher der Herbst kam, und es sah so aus, als stünde ihnen eine feuchte, unangenehme Nacht bevor. Doch das Glück war mit ihnen – und verstärkte Ifryns Gefühl, das alles vorherbestimmt war. Bei Sonnenuntergang erspähte Zmura auf einer Lichtung in der Nähe eines Waldweges die Lagerhütte eines Holzfällers. Sie stellte sich als unbewohnt und solide gebaut heraus. Das kahle, fensterlose Innere würde ihnen nur wenig Bequemlichkeit bieten, aber zumindest würden sie trocken bleiben.

Als sich die Dunkelheit niedersenkte, aßen sie ein kaltes und frugales Mahl, denn ein Feuer wollten sie nicht riskieren. Dann machten sie das Beste aus dem knappen Raum, denn sie wollten früh schlafen gehen und bei Sonnenaufgang wieder aufstehen. Grongar und Corton übernahmen freiwillig die erste Wache und hüllten sich in Umhänge, bevor sie nach draußen gingen. Die anderen warteten, bis die Mädchen fest schliefen, und wandten sich dann leise der nötigen Diskussion zu.

»Es ist sonderbar«, sagte Southan leise. »In nur wenigen Tagen sind meine Sorgen um ein ganzes Kaiserreich auf die Sicherheit meiner Familie zusammengeschrumpft.«

Ifryn erkannte darin ihre eigenen Gedanken und war sehr froh. Southan war ein Fremder gewesen, als sie heirateten, zurückhaltend und unglaublich mächtig. Lange Jahre der Pflichterfüllung und gemeinsamen Zeit hatten ihre Gefühle für ihn ganz allmählich in eine stille Liebe verwandelt, die unermeßlich gestärkt wurde durch ihrer beider Hingabe zu ihren Kindern. Und in diesem Augenblick, da Southan so menschlich war wie nie zuvor, verstand sie ihre Gefühle besser denn je. Wenn nur Kerrell, so dachte sie schuldbewußt, ihr nicht die schwindelerregende Heiterkeit wahrer Leidenschaft gezeigt hätte, echter, instinktiver Liebe, dann hätte sie für den Rest ihres Lebens mit Southan zufrieden sein können. Sie würde mit ihm zusammenbleiben – aber nicht zufrieden sein können. Sie sah zu Kerrell, doch er wich ihrem Blick aus, und sie fragte sich, ob ähnliche Gedanken durch seinen Kopf gingen. Doch als der General das Wort ergriff, ging es um ganz andere Dinge.

»Unser Konflikt mit Verkho ist noch nicht vorbei«, stellte er fest. »Ob wir eine Armee haben oder nicht.«

»Vielleicht können wir, wenn wir erst einmal in den Bergen sind, im Verborgenen Männer zusammenziehen«, schlug Southan optimistisch vor.

»Wie könnt Ihr nur darauf hoffen, Verkhos Zauberkräfte mit einer Armee zu besiegen?« rief Ifryn aus. »Wir brauchen Magie!«

»Vielleicht«, gab Kerrell zu, »aber was wissen wir schon über Magie? Niemand von uns hat dies Talent.«

Im stillen stimmte Ifryn ihm zu. Auf gewissen Weise *wollte* sie beinahe, daß ihre Lage hoffnungslos war, damit sie sich der Notwendigkeit der Auseinandersetzung mit Verkho entziehen und diese Aufgabe ohne Gewissensbisse anderen überlassen konnten – und das beste aus ihrem neuen Leben machen. Doch der kleine nagende Gedanke, daß es so einfach nicht sein würde, wollte keine Ruhe geben. Aber sie sagte nichts und bedauerte ihren Ausbruch, und sie war froh, als Southan das Thema überging.

»Die Zeit wird es uns weisen«, bemerkte er unbestimmt. »Aber das ist noch Zukunft, im Augenblick brauchen wir Schlaf.«

Eine Zeitlang fiel kein Wort, während sich alle so gut es ging in ihre Decken hüllten. Doch bevor der Schlaf sie übermannte, ergriff Southan noch einmal das Wort.

»Captain Zmura, wir waren nachlässig. Wir alle schulden Euch unseren herzlichsten Dank für Eure Hilfe, und wir werden Euch dafür belohnen, mit welchen Mitteln auch immer.«

»Eine ehrenhafte Tat trägt die Belohnung in sich und erfordert keinen Dank«, erwiderte Zmura. »Wir haben noch einen langen Weg vor uns, bis wir in Sicherheit sind, und ich werde Euch dienen, so gut ich kann, mein Lord.«

»Nichtsdestoweniger danke ich Euch, Captain«, sagte Ifryn und lächelte in die Dunkelheit über die anständigen Worte ihres Retters.

»Und Euer Angebot nehmen wir gerne an«, fügte Southan hinzu. »Ihr sollt unser Führer sein.«

Corton und Grongar gingen ein paar Schritte zu einer Stelle, von der aus sie die Hütte beobachten konnten, die Pferde – die an einer möglichst unauffälligen Stelle festgebunden waren – und den Weg. Sie setzten sich mit dem Rücken gegen den glatten Stamm einer Birke und zogen die Umhänge fester um sich. Dennoch durchdrang die Kälte schon bald ihre Knochen, die von der ungewohnten Bewegung ganz mitgenommen waren, und das stetige nächtliche Rascheln der kleinen Waldbewohner machte Corton nervös. Grongar jedoch fühlte sich offenbar ganz wohl. Nach einer Weile verspürten beide das Bedürfnis zu reden, um sich wachzuhalten, und so sprachen sie ausführlich über ihre Heldentaten in Brighthaven und bewunderten die Erfolge des anderen. Schließlich kamen sie leise auf weniger sichere Themen zu sprechen.

»Wo soll das nur alles enden?« fragte sich Corton laut.

»Der Abenteuer müde?« fragte sein Gefährte.

»Das nennst du Abenteuer?« erwiderte der Kellermeister streng. »Vor nicht einmal einem Monat besaß ich ein eigenes Haus – so bescheiden es auch war – in einer großartigen Stadt. Ich lebte mit der Sicherheit einer Aufgabe, in der ich gut war und die jedem vernünftigen Mann einige Bequemlichkeit verschaffte. Seitdem bin ich zu einem Flüchtling in einer fremden, wenig zivilisierten Stadt geworden – und von dort werde ich wie ein Krimineller fortgejagt! Und jetzt sind wir hier und zittern im wilden Wald wie Vagabunden.«

»Hm«, murmelte Grongar zufrieden. »Es ist fast wie daheim – allerdings wäre dort schon der erste Schnee fällig.«

Corton erschauerte bei diesem Gedanken.

»Mögen die Götter mir ein solches Klima ersparen«, flüsterte er. Für ihn war die Nacht schon kalt genug, selbst hier im Süden, wo der Winter noch lange nicht einbrach. »Aber wohin gehen wir?« jammerte er. »Was werden wir *tun*? Ich habe keinen Wein, und du hast deine Hunde verloren.«

»Jagdhunde«, korrigierte Grongar ihn ohne Groll. »Stimmt schon, aber das heißt nicht, daß wir nutzlos sind. Ich kann alles mögliche ausprobieren, und du hast selbst schon bewiesen, daß du vielseitiger bist, als ich erwartet hätte. Dieses Abenteuer ist noch nicht vorbei – und, ja, es *ist* ein Abenteuer. Wir sind jetzt Teil der Geschichte, du und ich!«

»Nur, weil wir mit denen da drinnen zu tun haben.« Corton nickte mit dem Kopf in Richtung Hütte. »Leute wie uns vergißt die Geschichte.«

»Dann müssen wir wohl ein Epos dichten, um unsere heldenhaften Taten für die Nachwelt aufzeichnen«, beschloß der Nordmann lachend. »Eines Tages wird es in jeder Taverne des Kaiserreiches gesungen, begleitet von singenden Weinflaschen und Jagdhunden, die aufs Stichwort bellen.«

»Die Ballade von Grongar und Corton«, sagte der Kellermeister und mußte jetzt selbst lächeln, als er diese phantastische Szene vor sich sah.

»Aus Zwinger und Keller ans Ende der Welt!« fügte Grongar als Untertitel hinzu.

»Und wieder zurück?« fragte Corton voller Hoffnung.

»Wer weiß? In der Gesellschaft, in der wir uns jetzt befinden, könnte *alles* passieren.«

»Wir könnten uns auch allein aufmachen«, schlug Corton verwegen, aber unsicher vor. »Wir nutzen Southan jetzt nichts mehr.«

»Es wäre sicherer«, gab der Barbar zu »aber viel uninteressanter. Und wer kann schon sagen, welche Rolle wir vielleicht in Zukunft spielen werden? Bislang haben wir uns gar nicht so schlecht geschlagen – und das hier ist eine Geschichte, deren Ende ich gerne hören würde.«

»Ich würde unser Schicksal auch gerne an sie binden.« Corton war erleichtert, daß er sich seiner Sache jetzt sicherer war. Seine loyalen Dienste waren das einzig Konstante – abgesehen von seiner Freundschaft mit Grongar –, das in seinem Leben noch geblieben war. Und was konnte er sonst schon tun? Seine einzigen echten Fähigkeiten waren überflüssig.

»Ich würde sie nicht im Stich lassen, ganz besonders Ifryn nicht«, bekräftigte Grongar.

»Man könnte fast glauben, du liebst sie«, neckte sein Freund.

»Und was wäre wenn? Sie hat Respekt verdient und ruft zwangsläufig Bewunderung oder sogar Liebe hervor.« Er klang eher verletzt als defensiv.

In der nachfolgenden Stille huschte ein weißer Umriß an ihnen vorbei, und sie hörten einen vertrauten Schrei. Corton zuckte unwillkürlich zusammen und fragte sich, warum der Anblick einer weißen Eule für viele Menschen ein Omen für den Tod war.

»Im Mondlicht sehen sogar Schleiereulen weiß aus«, beruhigte Grongar ihn leise, der das Unbehagen seines Gefährten gespürt hatte. »Wie auch immer, ich dachte, angeblich wären nur wir barbarischen Nordleute abergläubisch?«

»Das stimmt auch. Alle Magie kommt von dort. Das weiß jeder.«

»Aber erst, als ihr im Süden sie zu fassen bekamt, wurde sie zu einem Werkzeug des Bösen«, konterte Grongar nur halb im Scherz. »Und ich schätze, Southan wird selbst magische Kräfte brauchen, falls er Verkho je besiegen will.«

Dagegen konnte Corton nichts sagen – doch er konnte auch nicht erkennen, wie sie derartige Kräfte finden sollten, also wandte er sich einem anderen Thema zu, eines, das seine Gedanken einen großen Teil des Tages beansprucht hatte.

»Warum glaubst du ist Zmura mit uns gekommen? Er hat alles verloren.«

Grongar zuckte die Achseln.

»Vielleicht will auch er, daß man eine Ballade über ihn schreibt«, schlug er grinsend vor.

»Ich meine, hat er keine Familie?« fuhr Corton fort. »Keine Frau?«

»Vielleicht ist er klug genug, nicht in die Ehefalle getappt zu sein – wie wir! Vielleicht braucht er viele Frauen – oder keine.«

»Er sieht auf jeden Fall gut genug aus, um ein Mädchen zu betören.«

»Ich habe es dir schon mal gesagt«, stellte der Nordmann fest, »Frauen beurteilen Männer nicht nur nach der äußeren Erscheinung – wenn sie das täten, wäre das schlimm für mich! –, aber Zmura hat genug zu bieten, um die meisten zufriedenzustellen, das gebe ich zu. Außerdem hat er sich offensichtlich entschieden. Der einzige Mann, der uns seine Gründe nennen kann, ist der Captain selbst. Warum fragst du ihn nicht?«

Corton zog sich in nachdenkliches Schweigen zurück. Er spürte einen sonderbaren Widerwillen, mit Zmura zu reden, die Gründe für sein Verhalten aufzudecken. War es Pflichtgefühl, Ehrgefühl? Loyalität gegenüber seinem Kaiser? Es lag doch sicher nicht an einer Freundschaft, die erst zwei Tage alt war? Schließlich ließ er diese Gedanken fallen, sie beunruhigten ihn allzusehr, und er gab sich mit einer einfachen Bemerkung zufrieden.

»Welche Gründe er auch hat, wir schulden ihm viel. Ohne seine Hilfe stünden wir jetzt alle unter Arrest – oder Schlimmeres!«

»Wohl wahr«, stimmte Grongar zu, »aber von seinen Reisevorbereitungen halte ich nicht viel.«

»Warum?« Soweit es Corton anging, sollten sie bei dieser übereilten Abreise froh sein, überhaupt etwas zu essen zu haben.

»Er hat kein Bier eingepackt«, beklagte sich sein Freund. »Keinen einzigen Tropfen!«

Abgesehen von Zmura war nur Kerrell schon einmal in den östlichen Regionen von Nadal gewesen, und das war mehrere Jahre her, so daß der Captain in den folgenden Tagen tatsächlich ihr Führer war. In den nächsten zwei Tagen ritten sie stetig weiter und machten nur gelegentlich Halt, doch fühlten sie sich sicher genug, um in Tavernen entlegener Dörfer zu übernachten – sehr zu Grongars Freude. Sie nahmen sämtliche Rangabzeichen und verräterischen Schmuck von ihren Kleidungsstücken und wurden so problemlos als wohlhabender Kaufmann mit Familie und Dienern aufgenommen.

Sie waren schneller als die Neuigkeiten aus Brighthaven und konnten daher nicht beurteilen, ob sie inzwischen vor Verfolgung sicher waren. Dennoch gab es allenthalben Klatsch zur Genüge – das meiste waren phantasievolle Versionen der Folgen der Ereignisse in Xantium. Die Reisenden hielten sich bedeckt und widersprachen nicht den zumeist ungeheuerlichen Gerüchten – obwohl es ihnen manchmal schwer fiel, nichts dazu zu sagen, ganz besonders, wenn die Geschichten sich um ihre eigenen angeblichen Taten drehten. *Wenn sie nur wüßten, mit wem sie reden,* dachte Ifryn mehr als einmal. *Die Wahrheit ist schon fantastisch genug, warum müssen sie noch etwas dazuerfinden?*

»Es heißt«, informierte ein alter Säufer sie vielsagend, »daß Xantium jetzt das Versteck eines großen roten Wurms sei, so groß, daß sein Schwanz sich um die großen Mauern herumringelt und seine Schnauze viele Wegstunden weit Säure spuckt.«

»Und was ist mit dem Kaiser?« fragte Southan.

»Tot«, erwiderte der Mann prompt. »Alle sind tot, und ihre Köpfe sind auf Speere aufgespießt, um die Geister zu verscheuchen.«

»Dann wird die ganze Welt in Aufruhr geraten«, bemerkte Southan ernst.

»So wird es kommen«, stimmte der Trunkenbold ihm mit dem gelangweilten Gesichtsausdruck des geborenen Pessimisten zu, der mal wieder recht gehabt hatte. »So wird es kommen. Ihr solltet Eure schöne Frau und die

Kinder gut bewachen – aye, und Eure Sachen. Man weiß nie, was für Spitzbuben in Zeiten wie diesen unterwegs sind.«

Die Reisenden hatten keinen Bedarf an solchen Warnungen, denn sie ritten am nächsten Morgen weiter, doch es sollte sich herausstellen, daß sie ausgerechnet von einem solchen einsamen Vagabunden Nachrichten aus Xantium bekommen sollten, die einigermaßen echt klangen.

Kapitel zweiundzwanzig

Wann habe ich diese unsichtbaren Grenzen erreicht, diese Wendepunkte in meinem Leben? Hätte ich mich anders entscheiden können? Kann ein Prophet das Bedauern kennen oder Reue durchleiden? Alle Entscheidungen sind gefallen. Mein Leben ist klar, innerhalb der Träume der anderen, und jetzt kann ich ihm nicht mehr entkommen. Ich will es auch nicht – mein Ende ist sicher, und ich kann ruhig sein. Aber ich trauere um meine Freunde.

Alle Träume sind wie Fieber.

Der Mann trottete verbissen über den Schotterweg. Er hatte einen Speer auf den Rücken geschnallt und einen langen Dolch am Gürtel. Als sich die Reiter näherten, beäugte er sie argwöhnisch, aber sein anfängliches Unbehagen verflog, als er Frauen und Kinder erkannte. Dennoch blieb er vorsichtig und trat beiseite, um die Reiter vorbei zu lassen. Zmura jedoch, als Anführer der Gruppe, hielt an.

»Seid gegrüßt, Freund«, sagte der Captain leichthin.

Als Antwort nickte der Mann nur mißtrauisch.

»Ihr seht aus wie ein Mann, der weit gereist ist«, fuhr Zmura fort und betrachtete die staubigen Kleider und die argwöhnische Haltung.

»Das bin ich«, antwortete der Fremde vorsichtig.

»Habt Ihr Nachrichten aus der Welt? Mein Herr hier wird Euch für Eure genaue Berichterstattung belohnen. Woher kommt Ihr?«

Das Wort Belohnung zündete einen Funken Interesse in den trüben Augen des Mannes, und er begann sofort zu erzählen.

»Redlin Crake zu Euren Diensten, Ihr Herren. Ich kenne eine Fülle von Neuigkeiten, denn ich komme soeben aus Xantium, hinter den Deadlands – ich Narr. Mein Pferd – verflucht sei seine Haut – hat sich ein Bein gebrochen, bevor ich die Wüste hinter mir gelassen hatte, daher bin ich den Rest des Weges zu Fuß gegangen.«

»Es gibt viele Gerüchte über die Stadt«, gab ihm Zmura das Stichwort. »Einige sind kaum zu glauben.«

»Das bezweifle ich nicht!« rief Redlin aus. »Was ich mit eigenen Augen gesehen habe, ist schon unglaublich genug, da braucht es nicht viel, bis es Gerede gibt.« Jetzt, da er erst einmal angefangen hatte, konnte der Reisende den Schwall der Worte offenbar nicht zurückhalten; als giere er danach, sich von der Last dieser Geschichte zu erleichtern. »Seit die rote Kuppel – habt Ihr davon gehört? – auf dem Hügel erschienen ist und die Feuer begannen, herrscht dort Chaos. Der Kaiser ist geflohen – wer will ihm das auch verdenken. Ich hätte dasselbe getan, wenn ich genug Verstand gehabt hätte. Aber ich war damals erst wenige Tage in der Stadt, und das Ganze schien mir eine gute Gelegenheit, also ließ ich mich zum Bleiben überreden. Einige Leute profitieren vom Chaos, und eine Zeitlang tat ich das auch.« Er betrachtete die Gruppe, als schätze er sie ein. Vielleicht erwartete er Kritik an seinen Worten. Doch nichts geschah, und er sah nur Neugier auf ihren Gesichtern. »Es gab reichlich Beute«, fuhr er fort, »wenn man kühn genug war, sich den wilden Hunden und riesigen Echsen zu stellen, von den Menschen selbst ganz zu schweigen. Sie waren wie die Tiere. Aber das wurde alles anders, als die Soldaten kamen.«

»Welche Soldaten?« fragte Kerrell.

Redlin warf einen Blick auf den General, doch war an seinem Gesicht nicht abzulesen, ob er ihn erkannte.

»Das klingt vielleicht verrückt, aber ich habe es mit eigenen Augen gesehen, ich schwöre es. Jeder einzelne von ihnen glühte wie Feuer, doch sie nahmen keinen Schaden – nicht einmal Klingen oder Pfeile konnten ihnen etwas anhaben. Diese roten Bastarde – Verzeihung, meine Damen – waren unbesiegbar, und bald kontrollierten sie alles. Ich war einer der letzten, die hinausgelangten. Jetzt sind die Stadtmauern sicher, die Tore fester als ... fest versiegelt. Niemand kommt hinein oder heraus ohne Verkhos Genehmigung.«

»Die Soldaten waren Verkhos Männer?« fragte Kerrell.

»Wessen sonst? Sie kamen unter der roten Kuppel hervor. Der Kanzler nennt sich jetzt selbst Kaiser – und zumindest in Xantium ist er das auch. Man braucht mehr als eine Armee, um ihn jetzt noch zu vertreiben.«

»Also hat niemand die Stadt verlassen, seit Ihr geflohen seid?« fragte Zmura.

»Ein paar schon«, erwiderte der Informant, »ohne Zweifel im Auftrag von Verkho. Einige habe ich selbst gesehen, einzelne Reiter in allen Himmelsrichtungen.«

»Wie waren sie gekleidet?«

Redlin schenkte dem Captain einen sonderbaren Blick.

»In weiße Gewänder. Warum?«

»Wir haben Geschichten über einen Gesandten in Nadal gehört«, antwortete Zmura.

»Wenn er ein Gesandter war, dann nur einer von vielen. So lautet meine Geschichte. Ihr habt eine Belohnung erwähnt ...«

Kerrell griff in seine Tasche und warf dem Mann eine kleine Goldmünze zu. Er fing sie geschickt auf und wog sie abschätzend in der Hand.

»Meinen Dank«, sagte er. »Zumindest auf dieser Münze hat Southans Gesicht noch einen Wert.«

»Ehrliche Worte haben ihren Wert«, erwiderte Kerrell in der Hoffnung, daß das Abbild dem Kaiser nicht allzu ähnlich sah. »Wohin geht Ihr jetzt?«

»Zurück nach Hause, wo ich hätte bleiben sollen. Scrapes Ridge.«

»Seid vorsichtig in der Nähe von Brighthaven, Freund«, riet ihm Zmura. »Wir hörten, daß es dort Probleme gibt. Lebt wohl.«

Redlin nickte und sah ihnen neidisch nach, als sie davonritten.

Er steckte das Geld in die Tasche und grinste plötzlich. Jetzt hatte er zumindest das Geld für ein Nachtmahl. Das war eine kleine Wiedergutmachung für die Anstrengungen der Reise und den Verlust seines Reittieres – aber mehr, als er erwartet hatte.

Als die Reiter sich ein wenig entfernt hatten, ritten sie näher zusammen, um das Gehörte zu besprechen.

»Ihr habt ihm mehr gegeben, als er verdient hat, General«, sagte Zmura. »Ich schätze, er ist nur ein einfacher Dieb.«

»Wie auch immer, Geld gehört zu den wenigen Dingen, von denen wir noch reichlich haben«, erwiderte Kerrell gelassen. »Glaubt Ihr, daß er die Wahrheit gesagt hat?«

»Ja.«

»Und sein Bericht paßt zu dem, was wir *wissen*«, fügte Southan hinzu. »Im Gegensatz zu einigen anderen Geschichten!«

»Abgesehen von Verkhos Soldaten«, führte Kerrell nüchtern an.

»Noch mehr Zauberei«, sagte Ifryn. »Ihr stimmt doch sicher zu, daß wir ihn nicht mit normalen Mitteln bekämpfen können – selbst wenn wir *drei* Armeen hätten!«

Das Gesicht des Generals wirkte versteinert, und er sagte nichts.

»Und was schlägst du vor sollen wir dagegen tun?« fragte Southan ruhig. »Falls wir wollten?«

»Ich weiß es nicht!« seufzte sie aufgebracht. »Aber Kerrell hat immer noch vor, gegen Verkho zu kämpfen, oder?« Es klang beinahe wie eine Anklage.

Wieder blieb der General still.

»Nun, Kerrell?« hakte Southan nach.

»Wenn ich kann. Aber zunächst bin ich Euch verpflichtet. Was Ihr auch verfügt –«

»Ihr habt nur die Pflichten eines Freundes«, schnitt ihm der frühere Kaiser das Wort ab. »Ich entlasse Euch aus allen anderen Pflichten und aller Loyalität.«

Wenn es nur so einfach wäre, dachte Ifryn kläglich. Zumindest in dieser Hinsicht kannte sie Kerrell genau.

»Meine Lords«, sagte Zmura plötzlich, »falls Ihr wirklich die Geheimnisse der Magie erkunden wollt, gibt es da jemanden, mit dem Ihr reden könnt – eine weise Frau in dem Dorf, zu dem wir reiten. Sie hat viel gelernt, und ich habe gesehen, wie sie einige Wunderheilungen und andere besondere Künste vollbracht hat.«

Niemand wußte darauf so recht zu reagieren. Es kam ihnen lächerlich vor, daß eine weise Frau in irgendeinem Dorf über die Art Wissen verfügen sollte, die sie brauchten, wenn sie sich Verkho stellten. Andererseits: welche Wahl hatten sie?

»Wo ist das Dorf, Captain?« fragte Ifryn schließlich. »Woher wißt Ihr das?«

»Es liegt in den Hügeln von Cabral, auf dieser Seite der Grenze zwischen Nadal und Ty-Algar. Das Dorf selbst heißt Furse Hollow. Ich weiß davon, weil es die Heimat eines sehr guten Freundes von mir ist; er war Soldat in meiner Einheit und wurde vor zwei Jahren getötet. Ich war dort, um seine Eltern davon in Kenntnis zu setzen, und man hat mich herzlich aufgenommen. Seitdem bin ich mehrere Male dort gewesen.«

»Es tut mir leid«, sagte Ifryn leise.

»Er war ein guter Soldat, meine Lady. Er kannte die Gefahren.« Zmura sprach mit einfachen Worten, doch mit stark kontrollierter Stimme – und zeigte damit den Schmerz, der eine pochende Narbe hinterlassen hatte. »Wenn Ihr wünscht, können wir in zwei Tagen, höchstens drei dort sein. Dort leben einfache Leute, aber sie sind ehrlich und gastfreundlich.« Seine Zuneigung zu diesem Ort war offensichtlich.

»Wir haben kein besseres Ziel«, gab Southan unumwunden zu. »Ihr sollt auch hier unser Führer sein, Captain.«

Jetzt, da ihr Ziel feststand, ritten sie mit neuer Entschlossenheit weiter. Ihr endgültiges Ziel lag verhüllt in den Nebeln der Ungewißheit, doch zumindest war der erste Schritt jetzt klar. Es gab nichts mehr zu sagen – bis Delmege eine Bemerkung zu Redlins Geschichte machte.

»Mami?«

»Ja, meine Kleine?«

»Was ist mit dem Pferd des Mannes passiert?«

»Es hat sich ein Bein gebrochen«, erwiderte Ifryn und wußte, das würde nicht reichen.

»Aber was ist *dann* passiert? Warum hat er es zurückgelassen?« beharrte Delmege.

»Der Mann mußte es töten, damit es keine Schmerzen mehr hatte«, erklärte Ifryn. Sie wußte nicht, wie sie es freundlicher ausdrücken sollte.

»Oh.«

Delmege sagte nichts weiter, doch ihre Mutter bemerkte mit einem Kloß in der Kehle, daß große Tränen über die Wangen ihrer Tochter liefen. *Sie ist die einzige von uns, die noch über etwas so Einfaches wie ein unglückliches Pferd weinen kann,* dachte Ifryn. *Wären wir doch nur alle so unschuldig geblieben.*

In den nächsten zweieinhalb Tagen wand sich ihr Weg fast unaufhörlich nach oben, durch einen prächtigen Landstrich, der jetzt mit dichtem Wald bedeckt war, bis sie endlich in Furse Hollow ankamen. Die Ansiedlung lag, wie der Name Hollow – Senke – schon andeutete, umgeben von grasbewachsenen Erdwällen auf einer kleinen Lichtung. Die Sonne ging allmählich unter, und der Geruch von Holzrauch und das Glühen der Feuer zwischen den niedrigen, solide gebauten Holzhäusern hieß sie willkommen.

Noch bevor sie den Hügel zur Hälfte hinuntergeritten waren, rannten mehrere Kinder auf sie zu und riefen Zmuras Namen. Hier gab es keinen Zweifel über seinen Ruf.

Und auch alle Besucher wurden freundlich und ein wenig aufgeregt begrüßt. Es war klar, daß Furse Hollow nur wenig von der Außenwelt zu sehen bekam, und eine so große und gut situierte Gruppe war eine Seltenheit, die man voll auskosten mußte. Bereitwillige Hände halfen, die Satteltaschen abzuladen und in das Gästehaus zu tragen, eine kärgliche, aber große, einstöckige Hütte mit genügend Betten für alle Erwachsenen – außer Zmura, der keine andere Wahl hatte, als bei seinen entzückten Gastgebern zu wohnen.

Ihr überschwenglicher Empfang machte deutlich, daß die Eltern des toten Soldaten Zmura nunmehr als ihren Ersatzsohn betrachteten.

Die Ältesten des Dorfes hatten sich allesamt versammelt und bestanden darauf, vorgestellt zu werden. Die Reisenden hatten zuvor besprochen, was Zmura ihnen erzählen sollte, und so stellte er Southan, Ifryn und Kerrell als Savell, Iseult und Kieran vor, während die anderen ihre eigenen, weniger bekannten Namen behielten. Gleichzeitig wurden Delmege und Vrila sofort von ein paar Mädchen aus dem Dorf mit Beschlag belegt, die ihre Kleider bewunderten und die beiden Neuankömmlinge bald in ihre Spiele mit einbezogen hatten. Die Mädchen waren gewarnt worden, niemandem zu erzählen, wer sie waren oder woher sie kamen, dennoch war Doneta zunächst nervös. Ifryn tat ihr Bestes, das Kindermädchen zu beruhigen und führte ins Feld, daß ihre Töchter ein wenig sorglose Zeit mit anderen Kindern ihres Alters verdient hatten. Sie glaubte, wenn ein paar Dinge erzählt wurden, die nicht ganz zu ihrer Geschichte paßten, so würde man das nur als kindliche Angeberei verstehen. Schließlich machte Vrilas pflichtbewußtes Beharren, daß einige Dinge geheim bleiben mußten, die Besucher nur um so interessanter, und schon bald entwickelten sich neue Freundschaften.

In der Zwischenzeit erzählten die Erwachsenen ihre eigene Version der Geschichte, wobei zumeist Zmura das Reden übernahm.

Dabei wurde Essen für die Gäste vorbereitet. Southans Identität als Kaufmann wurde ohne Fragen akzeptiert, und man verschlang hungrig den Klatsch aus der Außenwelt. Als das Mahl jedoch vorbei war, wurde den Besuchern mit einfacher, natürlicher Höflichkeit zugestanden, sich zurückzuziehen und von der Reise zu erholen. Nur Zmura blieb noch auf und unterhielt sich am Feuer mit den Gastgebern.

Bald schliefen Vrila, Delmege und Azari in ihren tragbaren Betten, die man eilig herbeigebracht hatte, und zur Überraschung der Älteren waren auch sie selbst schon bald sehr müde. Der herzliche Empfang hatte Ifryn Schuldgefühle wegen ihres Betrugs beschert, doch sie sah ein, daß es nötig war – zumindest im Augenblick –, und sie spürte hauptsächlich überwältigende Erleichterung und Dankbarkeit.

Der erste Schritt war gemacht. Alles andere konnte bis zum nächsten Tag warten.

Als sie sich unter die groben Decken, die mit Fellen bedeckt waren, kuschelte, durchlebte sie ein Gefühl des Übergangs. Ein Teil ihres Lebens ging zu Ende, ein neuer würde am Morgen beginnen.

»Es fühlt sich richtig an, daß wir hier sind«, flüsterte sie mit sich selbst.

Doch Southan, der sein Bett nahe an das ihre herangeschoben hatte, hörte ihre leisen Worte.

»Ich empfinde dasselbe«, sagte er zufrieden. »Und morgen werden wir hören, was unsere weise Frau zu sagen hat.«

Ifryn fand sich in den endlosen Gefilden eines sonderbaren kahlen Labyrinths wieder, dessen dunkle Gänge nur von dem unruhigen Flackern von Kerzen erleuchtet wurde, die in der Luft schwebten. Vor ihr war die blasse Gestalt von Alasia zu sehen, deren Lippen sich still bewegten.

Ifryn wußte, daß ihre Freundin versuchte, ihr irgend etwas zu sagen, und sie rannte auf sie zu – doch so schnell sie auch lief, Alasia zog sich zurück, ohne sich wirklich zu bewegen, so daß sie immer denselben Abstand zueinander behielten und ihre Worte stets unhörbar blieben.

Dann verschwand Alasia, und Kerrell nahm ihren Platz ein. Ifryn rief seinen Namen, rannte noch schneller, doch auch er blieb stets außer Reichweite. Da merkte sie, daß sie nackt war und sah sich nach ihren Kleidern um, und sie schämte sich und hatte Angst. Erst dann tauchte sie aus diesem Irrgarten von Tunneln auf. Sie hörte Weinen, und vor ihr auf der kahlen Ebene lag ein totes Pferd, mit durchgeschnittener Kehle. Sie wandte sich um und suchte irgendeinen Zufluchtsort, und sie sah, daß das Labyrinth verschwunden war. Die staubige Landschaft zog sich in allen Richtungen endlos dahin. Das Land wurde immer kleiner, als sie zu fliegen begann und sich hoch hinaufschwang – doch sie konnte immer noch nichts sehen als trockene, rote Erde.

Sie erwachte bei ihrem letzten Schrei, der noch in ihrem Kopf widerhallte. *Wo sind meine Kinder?*

Erst, als sie das vertraute Gesicht über sich erkannte und Southans besorgte Stimme hörte, wurde ihr klar, daß sie laut gesprochen hatte.

»Sie sind alle hier, meine Liebe. Sieh. Alle in Sicherheit.« Er küßte sie sanft auf die Stirn. »Es war nur ein böser Traum. Leg dich wieder hin.«

Ifryn tat, wie ihr geheißen, und fragte sich, ob sie auch Kerrells Namen im Schlaf genannt hatte. Und wenn ja, wer sie gehört hatte.

Kapitel dreiundzwanzig

Spiegel werfen Bilder über die Kontinente, und Echos hallen durch die Welt. Aber was ist mit den Unsichtbaren, die kein Spiegelbild haben und keine Geräusche machen?

Vielleicht werden sie am Ende heller leuchten als die Leuchtfeuer. Vielleicht werden sie für uns alle sprechen.

Das ungewohnte Gefühl der Sicherheit hüllte sie alle so fest ein, daß die Reisenden erst lange nach Sonnenaufgang erwachten. Schon bald darauf trat Zmura ein, nachdem er höflich geklopft hatte. Er brachte eine Frau mit.

»Dies ist Tharasia, von der ich Euch erzählt habe.«

Die weise Frau sah ganz anders aus, als Ifryn sie sich vorgestellt hatte. Sie hatte an ein verhutzeltes altes Weib mit weißen Haaren gedacht – doch Tharasia war nicht älter als vierzig, hatte ein dunkles, faltenloses Gesicht, dunkelbraune Haare und dunkle Augen. Sie zeigte die gespannte Vorsicht eines wilden Tieres, als sei sie bereit, jeden Augenblick zu fliehen, doch ihr Blick war beunruhigenderweise gänzlich unbewegt, als sie nacheinander alle ansah. Endlich kam sie zu Ifryn, die kein Wort herausbrachte.

»Ich dachte, es sei vielleicht am besten«, erklärte Zmura, »wenn Ihr miteinander reden würdet, bevor wir wieder hinausgehen.« Die Geräusche hektischen Treibens jenseits der Tür unterstrichen seine Worte.

Tharasia hatte Ifryn nicht aus den Augen gelassen.

»Kerzen, selbst jene, die in der Luft schweben, reichen niemals aus, ein Labyrinth zu erleuchten«, sagte sie.

Ifryn starrte sie mit offenem Mund erstaunt an.

»Ihr braucht nicht um das Pferd zu trauern«, fügte die

weise Frau hinzu. »Es ist nur eine Erinnerung, ein Symbol, mehr nicht.«

»Woher wißt Ihr ...?« begann Ifryn in der Hoffnung, weitere Offenbarungen zu verhindern, doch sie war zu sprachlos, um eine zusammenhängende Frage zu formulieren.

»Träume kommen aus dem Verstand«, erwiderte Tharasia, »ebenso wie das Wissen. Manchmal verfüge ich einfach über Wissen. Das ist kein besonderes Talent.«

»Ihr habt den Traum meiner Frau gesehen?« fragte Southan, der außergewöhnlich schnell schaltete.

»Ja. Aber Träume sind privat. Ich werde nichts mehr sagen, nur noch eine Frage stellen. Wer ist Kerrell?«

Instinktiv warf Ifryn einen Blick zum General und versuchte sofort, woanders hinzusehen. Doch es war zu spät.

»Ich bin Kerrell.« Er stand auf.

»Also war Kieran nur ein Deckname. Das dachte ich mir.«

»Aber Ihr wart letzte Nacht nicht einmal hier!« rief Ifryn aus. Sie war sicher, sie hätte es bemerkt, wenn die weise Frau anwesend gewesen wäre.

»Nicht körperlich«, gab Tharasia zu. »Aber ich höre alles, was im Tal geschieht.«

»Dann wißt Ihr, daß wir beide auch andere Namen tragen?« fragte Southan ernst.

»Das ist nicht wichtig.«

»Wir wollten nicht unhöflich sein«, erklärte Zmura eilig, »sondern hofften eher, unsere Gastgeber von möglichen Gefahren fernhalten zu können.« Er hätte noch weitergesprochen, doch Tharasia schnitt ihm das Wort mit einer geringschätzigen Geste ab.

»Das ist nicht wichtig«, wiederholte sie. »Ihr seid auf der Suche nach Magie.«

»Nach Wissen, ja«, antwortete Southan.

»Zu welchem Zweck sucht Ihr dieses Wissen?«

Die Reisenden sahen einander an und fragten sich, wieviel sie ihr erzählen durften. Tharasia hatte auf Kerrells Namen nicht reagiert, doch würde sie sicher wissen, wer sie waren, wenn sie ihr ihren Kampf gegen Verkho beschrieben. Andererseits spielte es vielleicht keine Rolle, wenn sie alles wüßte. Schließlich entschied sich Southan für Ehrlichkeit – wenn auch nicht für die ganze Wahrheit.

»Wir kommen aus Xantium«, sagte er. »Dort werden Zauberkräfte für sehr üble Zwecke eingesetzt, und wir wünschen das Gleichgewicht wiederherzustellen.«

Tharasia betrachtete ihn nachdenklich.

»Das ist auf jeden Fall eine Aufgabe für größere Geister«, sagte sie geheimnisvoll. »Was können so wenige Leute ausrichten?«

»Irgendwo müssen wir anfangen!« protestierte Ifryn.

»Größere Geister?« fragte Corton und merkte kaum, daß er unterbrach. »Was meint Ihr damit?«

Tharasia traf anscheinend eine Entscheidung.

»Ich habe nicht allzuviel gelernt, aber ich werde Euch alles sagen, was ich weiß.«

Und so wurde eine Szene an einem anderen Ort, mit einer anderen Besetzung wiederholt. Diesmal war der Lehrende nicht Sagar, dessen theoretisches Wissen aus Büchern stammte, sondern eine weise Frau, die nicht lesen konnte und die ihr Wissen aus der Erfahrung schöpfte, vom Zuhören und Zusehen. Der Kern ihrer Aussagen aber und auch die Aufmerksamkeit der Zuhörer waren sehr ähnlich. Dieses Mal kamen die Fragen, die eine ausführliche Erklärung forderten, nicht von Dsordas, Skoulli und den anderen, sondern von Southan, Kerrell und ihren Gefährten – doch waren sie ebenso sehr auf höchst unterschiedliche Weise verunsichert und begeistert. Und aus Gründen, die Ifryn selbst nicht recht fassen konnte, mußte sie an Fen denken, an die Geschichten, die sie ihr erzählt hatte, als sie sich in Xantium kennengelernt hatten. Tharasia sprach von der Verbindung zwischen Geist und Magie, erzählte ihnen, daß alle Menschen ein verborgenes Talent hätten, wenngleich man nur die stärkeren, spezialisierten Fähigkeiten bemerkte.

Sie erklärte, wie die Zauberer und Hexenmeister alter Zeiten angeblich Möglichkeiten entwickelt hatten, ihre natürlichen Kräfte anzusammeln und zu vergrößern – sie sogar auf unbelebte Gegenstände zu übertragen. Und sie endete mit der Erklärung, daß die größeren Geister jenseits der Menschheit zu finden waren, und daß die größten unter ihnen den Gelehrten als ›Geist des Ganzen‹ bekannt waren.

»Das Reich der Götter«, sagte Zmura leise und überraschte damit seine Gefährten.

»Einige Menschen nennen es so. Es ist ein Phantasiename, aber nicht weniger genau als die meisten anderen.«

»Ist es möglich, diese *größeren Geister* zu sprechen, irgendwie mit ihnen in Verbindung zu treten?« fragte Ifryn. »Könnte Verkho das bereits getan haben?«

»Das ist möglich, ja. Aber um das zu tun, müßte er so kühn und mächtig sein wie die uralten Hexenmeister. So etwas hat es seit Jahrhunderten nicht auf der Welt gegeben.«

»Könnte man eine solche Verbindung durch einen Gegenstand herstellen?« hakte Ifryn nach. »Durch etwas Altes und Mächtiges?« Sie war inzwischen ganz aufgeregt.

»Das gehört ins Reich der Legenden. So weit erstreckt sich meine Kenntnis nicht.«

Ifryn wandte sich an ihren Mann.

»Erinnerst du dich, bevor das alles hier begann, hat Verkho eine Lieferung erhalten – zur selben Zeit, als man Bowen Folegandros brachte. Sobald die Lieferung erfolgt war, hat er sich tagelang eingeschlossen. Was wäre, wenn diese Lieferung so ein Gegenstand war, eine Möglichkeit, sich mit den größeren Geistern zu verbinden? Das würde alles erklären.«

Einige Zeit lang sprach niemand ein Wort, bis Grongar das grüblerische Schweigen brach.

»Wenn Ihr Recht habt, wie sollen wir dann die Macht der Götter bekämpfen?«

»Vielleicht müssen wir das gar nicht«, erwiderte Southan. »Falls Verkhos Macht tatsächlich von solch einem Gegenstand kommt – müssen wir ihm diesen nur wegnehmen.«

»Wie?« konterte Kerrell. »Wenn das, was wir gehört haben, stimmt, ist Xantium inzwischen uneinnehmbar. Es wäre nicht einmal möglich, den kaiserlichen Hof zu erreichen, also wie könnten wir den Gegenstand *stehlen*?«

Niemand, am allerwenigsten Southan, hatte eine Antwort darauf.

»Es muß eine Möglichkeit geben«, sagte Ifryn schließlich. »Fen und ich sind der roten Kuppel entkommen, wenn auch mit Hilfe von außen. Wenn wir herauskonnten, kann man auch hineingelangen.« Selbst die leiseste Hoffnung auf einen Sieg über Verkho zwang sie auf perverse Weise, es zu versuchen. »Aber trotzdem werden wir magische Kräfte brauchen«, fügte sie unsicher hinzu.

»Woher?« fragte Kerrell. »Dsordas ist nicht mehr hier – und von uns hat niemand ein besonderes Talent.«

»Seid Ihr da so sicher?« fragte Tharasia. Der General konnte sie nur anstarren. »Ich könnte es herausfinden, wenn Ihr wollt.«

»Wie geht das?« erkundigte sich Southan.

»Ich habe da meine Mittel. Es ist leichter, wenn ich jeden von Euch berühre.«

»Dann beginnt bei mir«, erwiderte er und streckte seine Hände aus.

Tharasia nahm sie in die ihren, wartete bewegungslos ein paar Minuten und ließ ihn dann los.

»Und?«

»Wartet«, sagte sie energisch, ignorierte seine Verwirrung und ging zu den anderen. Sie versuchte es bei Kerrell, dann bei Corton und Grongar und lächelte geheimnisvoll, als sie die knorrigen Finger des selbsternannten Barbaren berührte. Er hielt mit ungewohnter Geduld eine Bemerkung zurück und wartete wie die anderen auf ihr Urteil.

»Ihr alle seid praktisch veranlagte Männer«, erklärte sie endlich. »Zmura genauso – ich kenne ihn gut. Spuren von Magie liegen in Euch allen verborgen, aber ganz tief vergraben, außerhalb meiner Reichweite.«

Die Männer sahen einander an und wußten nicht, ob sie ihr glauben sollten oder nicht, und sie waren nicht sicher, ob sie erleichtert sein sollten oder enttäuscht.

»Jetzt Ihr«, sagte Tharasia zu Doneta.

Das Mädchen streckte nervös ihre Hände aus.

»Bei Euch ist es dasselbe«, sagte die weise Frau wenige Augenblicke später lächelnd.

Doneta lächelte ebenfalls, und ihre Erleichterung war deutlich zu sehen.

Sie war in ihrer praktischen Welt sehr zufrieden und verspürte nicht den geringsten Wunsch, etwas Außergewöhnliches zu sein. Inzwischen drängten sich Vrila und Delmege immer weiter nach vorne, denn sie waren begierig, selbst an die Reihe zu kommen, und beide hofften, etwas Besonderes zu sein. Vrila kam als Ältere der beiden zuerst dran.

»Dein Potential ist größer«, sagte Tharasia zu ihr, »doch es wird schwächer. Das ist in deinem Alter häufig der Fall.«

Vrilas anfängliche Freude verebbte, und sie machte den Weg frei für ihre Schwester. Als die weise Frau Delmeges kleine Hände nahm, war sie zunächst überrascht, und ihre dunklen Augen wurden größer. Delmege kicherte halb nervös, halb erwartungsvoll.

»Also, meine Kleine, du hast also mit deiner Großmutter gesprochen?« sagte Tharasia sanft.

»Sie hat mit *mir* gesprochen!« stellte das Mädchen richtig. »Sie hat mich nicht zu Wort kommen lassen.«

»Eure Tochter hat viele Talente«, sagte die weise Frau zu Ifryn, »aber sie sind noch ungebildet. Sie kann sie nicht kontrollieren, es sei denn unter besonderen Umständen.«

Delmeges Gesichtsausdruck schwankte zwischen Aufregung und Zweifel, während Vrila ganz geknickt war. Ifryn nahm sich vor, dafür zu sorgen, daß ihre ältere Tochter sich nicht weniger ernstgenommen fühlte als ihre Schwester.

»Sie sind doch noch Kinder«, sagte Southan fürsorglich. »Welche Talente sie auch haben, ich werde sie nicht gegen Verkho einsetzen.«

»Das solltet Ihr auch nicht«, sagte Tharasia sanft. »Gibt es noch ein Kind?«

Ifryn ging hinüber zur Wiege, in der Azari so still wie immer friedlich schlief. Die Dorfbewohnerin folgte ihr.

»Ihr glaubt doch gewiß nicht ...? Wie ...?« widersprach Southan. »Er ist noch ein Baby!«

»Ich werde ihn nicht anfassen, wenn Ihr es nicht wollt«, beruhigte die weise Frau ihn. »Aber in jedem von uns liegen schlummernde Talente, von den jüngsten bis zu den ganz Alten, und oft ist es bei den ganz Kleinen besonders leicht zu spüren.«

Southan sagte nichts, doch Ifryn beugte sich über die Wiege und hob ihren Sohn heraus.

»Sagt es uns.«

Tharasia streckte eine Hand aus, und Azari, der zwar die Augen geöffnet hatte, aber noch nicht ganz wach war, legte seine winzigen Finger um einen der ihren. Das sanfte Lächeln der weisen Frau wandelte sich ganz langsam zu Verwirrung.

»Was? Was ist los?« flüsterte Ifryn plötzlich nervös.

»Es ist nichts«, erwiderte Tharasia eilig und beruhigte ihre Ängste, doch ihr verblüffter Gesichtsausdruck blieb derselbe. »Wir haben hier etwas Wundervolles und Merkwürdiges, vielleicht Einzigartiges.«

Inzwischen waren die anderen nähergekommen. Ganz besonders Southan wirkte besorgt, doch er hielt sich zurück und mischte sich nicht ein.

»Das hier ist nicht wie andere Talente, die ich kennengelernt habe oder von denen ich gehört habe. Er sieht weiter als wir alle. Er ist jung und alt. Sein Leben hat keinen Horizont. Er ...« Ihr fehlten die Worte.

»›Vergangenheit und Zukunft sind für ihn dasselbe‹?« zitierte Ifryn.

»Ihr wißt es?« Tharasia wirkte überrascht.

Ifryn schüttelte den Kopf.

»Eine Freundin hat diese Worte gebraucht, als er erst ein paar Tage alt war. Ich verstehe es nicht.«

»Ich auch nicht.« Als die weise Frau ihren Finger wegzog, beobachtete Azari sie aus ernsten blauen Augen. Das Baby war offenbar gänzlich unbeeindruckt von den vielen Leuten, die sich um es herum versammelt hatten.

Diese Geheimnisse hatten sie alle von ihrem ursprünglichen Vorhaben abgelenkt, und es dauerte einige Augenblicke, bis ihnen klar wurde, daß noch eine weitere Person überprüft werden mußte.

»In mir gibt es keine magischen Kräfte«, stellte Ifryn fest, dennoch streckte sie ihre Hände aus.

Einige Minuten lang hielten sie sich bei den Händen. Tharasia wartete gelassen ab, doch wirkte sie zunehmend aufgewühlt. Ifryn beobachtete sie, und obwohl sie keine Angst hatte, war sie doch verwirrt. Southan und Kerrell waren kurz davor einzugreifen, als Tharasia ehrfürchtig flüsterte.

»Ihr habt recht gesprochen.«

»Was meint Ihr?« fragte Ifryn.

»Ihr habt *keinerlei* Magie in Euch. Überhaupt keine.«

»Habt Ihr das noch nicht erlebt?« fragte Southan, der ihre Verwunderung nicht verstand.

»Niemals«, antwortete die weise Frau. »In jedem Mann und jeder Frau gibt es immer zumindest eine kleine Spur Magie. In allen – außer in denen, die bereits tot sind.«

Kapitel vierundzwanzig

Schattige Wege führen zu den verbotenen Orten der Welt, aber nur wenige haben die Augen, sie zu sehen, oder die Kraft, sie zu erklimmen. Wo sind die Führer, die ich vorhersah? Wer kann die anderen Glocken hören? Selbst das Licht eines Leuchtfeuers leuchtet nicht so weit, und andere Sinne vernebeln meine Sicht.

Das menschliche Herz hat auch verbotene Stellen.

Als Ifryn später den Tag noch einmal überdachte, wußte sie nicht, wie sie den Morgen überstanden hatte. Sie hatte keine Ahnung, wie sie hatte lächeln können, reden, die überwältigende Gastfreundschaft der Dorfbewohner akzeptieren und die Dinge ansehen, die man ihr zeigte. Ihre Gastgeber hatten in der Tat guten Grund, stolz zu sein. Ihre bescheidene Ansiedlung konnte sich mit gemeindeeigenen Salz- und Rauchhäusern rühmen, in denen Fleisch geräuchert wurde, mit einem großen Haus, in dem bei schlechtem Wetter gegessen wurde, mit gut bestückten Gärten und Hütten, in denen Leder und Pelze verarbeitet, Kräuter getrocknet und Früchte gelagert wurden. Ziegen und Hühner bereicherten ihren Speisezettel. Man teilte alles miteinander, und niemandem fehlte es an Essen oder warmer Kleidung. Die Kinder wirkten alle gesund, und die meisten Älteren waren noch aktiv. Ihr Leben war einfach, wie Zmura bemerkt hatte, aber glücklich. Unter anderen Umständen hätte sich Ifryn über jede neue Entdeckung gefreut und Spaß gehabt an dem stillen Vergnügen, das die Dorfbewohner beim Vorzeigen ihrer Errungenschaften verspürten – doch sie war wie von einem Nebel umgeben. Wie konnte sie weitermachen, wenn ein nicht genauer zu benennender Teil in ihr *tot* war?

Tharasia war gegangen, bevor Ifryn auf die makabre Aussage der weisen Frau reagieren konnte, und jetzt war sie nirgendwo zu sehen – während sich die restlichen Bewohner des Dorfes ganz im Gegensatz zu Ifryn in geradezu festlicher Stimmung befanden. Auch die anderen Reisenden waren sprachlos gewesen, und obwohl sie sich sehr bemüht hatten, sie zu trösten, waren sie ebenso verwirrt wie sie. Ifryn hatte ihre Bemühungen zur Seite gewischt und versucht so zu tun, als habe Tharasias Feststellung nichts zu bedeuten. Doch je weiter der Tag fortschritt, um so mehr wurde allen bewußt, daß sie noch einmal mit der weisen Frau sprechen und ein paar Antworten finden mußten – über Azari ebenso wie über Ifryn. Als man die morgendlichen Höflichkeiten hinter sich hatte, ging die Kaiserin zu Zmura und machte ihm dieses Anliegen ganz deutlich. Doch er wirkte verlegen und ungewöhnlich zurückhaltend – und so ergriff Ifryn beim Mittagsmahl, während kleine Kelche mit dem kostbaren Honigwein unter Besuchern und Bewohnern gleichermaßen herumgereicht wurden, die Gelegenheit und sprach mit einem der Älteren, einem verschrumpelten, vogelähnlichen Mann mit stechenden, hellen Augen. Feavyer kam einem Häuptling des Dorfes am nächsten.

»Wo ist Tharasia jetzt?« fragte sie geradeheraus.

»Ich weiß es nicht«, antwortete der alte Mann gleichmütig, doch sein wachsamer Gesichtsausdruck zeigte ihr, daß dies nicht die ganze Wahrheit war. Andere Dorfbewohner in Hörweite hörten auf zu reden und lauschten ihrem Wortwechsel.

»Sie ist nicht hier?«

»Nein.«

»Wann ist sie wieder da?«

»Tharasia kommt und geht, wie es ihr gefällt«, antwortete Feavyer. »Sie ist niemandem Rechenschaft schuldig.«

Ifryn warf einen Blick zu Zmura. Er wirkte unbehaglich, doch sie war nicht bereit, jetzt schon aufzugeben.

»Wißt Ihr, was sie uns heute morgen erzählt hat?«

»Nein.« Mehr sagte der Ältere nicht, doch Ifryn spürte, daß er noch mehr wußte.

»Wo hat Tharasia etwas über Magie gelernt? Sie scheint mir bemerkenswert gute Kenntnisse zu haben für eine Frau, die hier im Wald lebt.«

Ihre absichtliche Provokation hatte die gewünschte Wirkung, und Stille senkte sich nieder. Sogar die Kinder spürten die Veränderung der Atmosphäre und hielten im Spielen inne. Alle warteten auf Feavyers Antwort.

»Ihr seid hier fremd«, sagte er schließlich. »Ihr seid willkommen, aber es gibt Dinge, über die sprechen wir nicht.«

Jetzt wurde Ifryn wütend. Welches Recht hatten sie, etwas vor ihr zu verbergen? Sie warf erneut einen Blick zu Zmura, der mit entschuldigendem Gesicht leicht den Kopf schüttelte. Sie wollte gerade weiterreden, als Southan seine Hand auf die ihre legte.

»Wir haben nichts an Eurer Gastfreundschaft auszusetzen«, sagte er zu Feavyer und den anderen Älteren. »Wir mußten uns auf unseren Reisen einiger Heimlichkeiten und, das gebe ich jetzt zu, ein wenig der Täuschung bedienen. Es gibt auch Dinge, die *wir* nicht mit *Euch* besprechen können. Doch Eure Großzügigkeit verlangt nach der Wahrheit.«

Kerrell wirkte inzwischen außerordentlich beunruhigt, doch Ifryn hielt ihn mit einem Blick von einem Eingreifen ab, und so fuhr Southan fort.

»Ich bin kein Kaufmann – wie Tharasia vielleicht schon vermutet hat. Niemand kann sagen, was die Zukunft für mich bereithält, aber ich war einmal Kaiser von Xantium. Mein Name ist Southan.«

Selbst der scheinbar unerschütterliche Feavyer wirkte bei diesen Worten verblüfft, und die anderen schnappten vor lauter Ungläubigkeit ganz offen nach Luft.

»Dies ist meine Kaiserin Ifryn, und das hier sind meine Kinder. General Kerrell hier war bis vor kurzem der Generalkommandeur der Xantischen Armee. Die anderen tragen ihre richtigen Namen und sind Mitglieder meines Hofes – wenn man es so bezeichnen kann.«

Nach einer atemlosen Pause ergriff Feavyer das Wort.

»Könnt Ihr das beweisen?« Seine Stimme zitterte ein wenig.

»Er sagt die Wahrheit«, stellte Zmura einfach fest und rief mit diesen Worten weiteres Erstaunen hervor.

»Ich weiß nicht, inwiefern das Kaiserreich einen Einfluß auf Furse Hollow hatte«, fuhr Southan fort, »ob zum Guten oder zum Bösen – denn heute kann ich zugeben, daß die Art, wie Xantium die Welt sah und benutzte, nicht immer in Ordnung war. Ich trage selbst einen Teil der Schuld, und ich kann nicht einmal symbolisch Eure Loyalität verlangen. Das Kaiserreich existiert nicht mehr. Wir sind Privatbürger dieser Welt, und Ihr müßt uns behandeln, wie Ihr es für richtig haltet. Doch Ihr müßt wissen, daß der Mann, der einst mein Kanzler war und sich jetzt selbst Kaiser Verkho nennt, Zauberkräfte von großer Macht und noch größerem Übel einsetzt. Wir wollen uns ihm widersetzen, wenn wir können – und heute morgen hat Tharasia mit uns über Magie gesprochen, über Talente und Geist – und einiges davon war höchst beunruhigend, ganz besonders für Ifryn.« Er drückte die Hand seiner Frau, und sie sah zu Boden. Die Kühnheit dieses Eingeständnisses und seine offensichtliche Sorge berührten sie, und sie hoffte, das Risiko, das er damit eingegangen war, würde mit ebensolchem Vertrauen durch ihre Gastgeber gewürdigt.

»Wir sind in diesem Bereich noch Neulinge«, schloß

Southan, »aber jetzt kennt Ihr zumindest unsere wahren Motive. Wir bitten Euch untertänigst um Eure Hilfe.«

Es dauerte einige Zeit, bis Feavyer antwortete. In der Zwischenzeit flüsterten die faszinierten Zuhörer aufgeregt miteinander.

»Mein Lord –« begann der Älteste.

»Nicht!« schnitt Southan ihm mit einem Lächeln das Wort ab. »Ihr schuldet mir keine Anrede mit einem Titel. Mein Name ist Southan.«

»Eure Ehrlichkeit – mit der Ihr ein großes Risiko eingeht – verlangt eine Antwort von ähnlicher Offenheit. Aber ich habe ... wie wir alle ... geschworen ...« Offensichtlich fiel ihm das folgende nicht leicht.

»Ihr habt Euer Vertrauen auch mir gezeigt«, warf Zmura ein. »Könnt Ihr es nicht wieder tun für diese Gäste? Ihre Sache ist es wert.« Zu Southan und Ifryn gewandt fügte er hinzu: »Ihre Geheimnisse können nur sie Euch zuteil werden lassen. Ich konnte ihr Vertrauen nicht mißbrauchen.«

»Ich hätte mich auch gewundert, wenn Ihr sie verraten hättet«, erwiderte der frühere Kaiser.

»Ihr seid einer von uns, Zmura«, erklärte Feavyer mit bedeutungsschwerer Stimme. »Diese Männer sind daran gewöhnt, Ereignisse heraufzubeschwören, die die ganze Welt verändern. Können wir ihnen vertrauen?«

»Ihr müßt nicht genau sagen, wohin Tharasia gegangen ist«, drängte ihn der Captain. »Aber es kann doch sicher nicht schaden, ihnen zu erzählen, *zu wem* sie gegangen ist.«

Ein anderer der Ältesten ergriff das Wort.

»Tharasias Eile deutet darauf hin, daß diese Gäste wichtig sind, und Zmura verbürgt sich für sie. Sicherlich können wir ihnen im Tausch für ihre Ehrlichkeit etwas anbieten.«

»Wir schulden Xantium keinen Gefallen«, sagte ein junger Mann kriegerisch. »Viele unserer Landsleute haben unter der Herrschaft dieser Stadt gelitten.«

Zwar nickten einige zustimmend, doch schienen nur sehr wenige Dorfbewohner seine Feindseligkeit zu teilen.

»Doch wir selbst haben nur wenig erlitten, Falck«, stellte ein anderer Mann fest.

»Und nichts gewonnen!« rief Falck aus. »Ginge es nicht um unseren Schutz –« Er brach ab, und die Diskussion war wieder den Ältesten überlassen.

»Tharasia wird noch vor Einbruch der Nacht zurückkehren«, sagte eine alte Frau leise, »und vielleicht wird dann alles ausgesprochen, doch könnten ein paar Worte schon jetzt angemessen sein. Das gebietet die Gastfreundschaft.«

Die alten Gesetze der Gastfreundschaft hatten in ländlichen Gegenden immer noch viel Gewicht, wie die erste Reaktion der Dorfbewohner gezeigt hatte. Feavyer kam offenbar zu einer Entscheidung.

»Nun gut«, sagte er mit fester Stimme. »Southan, schwört Ihr, Euch zu unterwerfen, ganz gleich, welche Entscheidung Tharasia mitbringt?«

»Ich schwöre es«, antwortete Southan ohne zu zögern.

»Dann wird die Äbtissin die letzte Schlichterin sein«, sagte der alte Mann. »Ich werde lediglich ein wenig Hintergrundwissen vermitteln.«

»Die Äbtissin?« hakte Ifryn fasziniert nach.

»Nicht weit von hier, versteckt vor der Außenwelt, so daß man sie nicht ohne Führung finden kann, liegt eine Abtei. Es ist ein wundervoller Ort – wenn ich selbst ihn auch nie gesehen habe –, ein Ort der Studien, der Kontemplation, des Wissens und der uralten Weisheit. Die ihr Leben dort verbringen, tun dies um der Anbetung und der Magie willen. Ihr Gebiet ist das Göttliche und Nicht-Weltliche, so wie unseres das Menschliche und Materielle ist. Ihre Herrin, die Äbtissin, ist Gelehrte und Seherin sowie ein Quell des Wissens.«

»Sie ist eine Zauberin«, fügte eine alte Frau hinzu.

»Und zu ihr ist Tharasia gegangen«, fuhr Feavyer fort, »um Eure mißliche Lage zu besprechen.«

»Und Euer Schutz?« nahm Ifryn die frühere Bemerkung auf.

»Die Abtei bietet uns Schutz. Die Beschwerlichkeiten der Welt hinterlassen kaum ihre Spuren in Furse Hollow, und im Gegenzug haben wir geschworen, ohne Erlaubnis durch die Äbtissin niemandem die Existenz der Abtei zu offenbaren. Dadurch, daß ich Euch dies erzähle, habe ich bereits die strikten Grenzen dieses Schwurs überschritten, doch ich hoffe, ich habe unsere Vereinbarung damit erfüllt.«

»Wir werden Euer Vertrauen nicht mißbrauchen«, bestätigte Southan noch einmal. »Ich habe es geschworen.«

»Nach allem, was Ihr sagt, Feavyer«, sagte Kerrell, »hätte uns die Abtei nicht davon abgehalten, hierher zu kommen, wenn wir Böses im Schilde führten?«

»Das könnte sein, doch die Menschen sind von Natur aus fehlbar. Viele führten nichts Böses im Schilde, bis sich ihnen die Versuchung in den Weg stellte.«

»Wir werden uns der Entscheidung der Äbtissin beugen«, bekräftigte Southan. »Aber ich hoffe, daß sie uns ihre Gunst gewährt. Ich würde diesen Ort nur zu gerne sehen.«

»Das könnt Ihr nicht«, sagte Feavyer bedauernd. »Vielleicht könnt Ihr einen Teil des Weges gehen, doch dann werden Eure Frau und Eure Kinder allein weitergehen müssen – wenn sie wollen. Nur Frauen wird der Zutritt zur Abtei oder auch nur die Annäherung auf Sichtweite gewährt.«

Der Nachmittag schlich qualvoll langsam vorbei, obwohl sogar die Besucher beschäftigt waren. Nachdem ihre wahre Identität nunmehr enthüllt war, sahen einige

Dorfbewohner sie voller Ehrfurcht an, doch einige besonders kühne bedrängten sie und fragten sie aus, und bald versammelten sie sich, um Geschichten über Xantium zu hören, über den kaiserlichen Hof und andere exotische Themen. Ganz allmählich wurde offensichtlich, daß die Reisenden einfache Sterbliche waren wie die Dorfbewohner auch, und selbst der zurückhaltendste der Dörfler lauschte begierig den Geschichten über berühmte Leute. Die Kinder, die keinerlei solcher Vorbehalte kannten, veränderten einfach ihre Spiele ein wenig, um dem neuen Status ihrer Freunde Rechnung zu tragen.

Falck, der junge Mann, der sich als einziger offen gegen die Preisgabe des Dorfgeheimnisses ausgesprochen hatte, bestand darauf, in einem ruhigen Augenblick das Wort an Southan und Ifryn zu richten.

»Ich wollte Euch mit meinen Worten nicht angreifen«, sagte er.

»Das haben wir auch nicht so verstanden«, erwiderte Southan. »Ich bin nicht so dumm zu glauben, daß Xantium ganz und gar rechtschaffen war. Die gegenwärtigen Ereignisse sprechen eher für das Gegenteil. Ihr habt jedes Recht, Euch für Eure Heimat und Euer Volk einzusetzen.«

»Zmura ist nicht der einzige, der in den Kriegen Freunde verloren hat«, sagte Falck, als müsse er sich näher erklären.

»Das tut mir leid«, sagte Ifryn. »Auch wir haben Freunde in diesen schweren Zeiten verloren.«

Der junge Mann starrte sie an, als sei ihm dieser Gedanke noch nie gekommen. *Vielleicht,* dachte Ifryn kläglich, *geht niemand davon aus, daß Kaiser Freunde habe.*

»Mir für meinen Teil tut es schrecklich leid, daß ich mit an den Übeln Schuld habe, die Euch heimgesucht haben«, fügte Southan hinzu. »Und ich versuche jetzt, es wiedergutzumachen. Wenn wir zulassen, daß das Böse, das Verkho entfesselt hat, ungehindert weiterwachsen kann, dann könnte das uns allen unermeßlichen Schaden zufügen.«

»Ich wünsche Euch viel Erfolg dabei«, sagte Falck ernst. »Tharasia hat uns gesagt, daß Ihr etwas Besonderes seid. Jetzt kann ich sehen warum.«

Die beiden Männer blickten sich einige Augenblicke in die Augen, bevor Falck sich zurückzog und das Reden den anderen überließ.

Kurz nach Sonnenuntergang kehrte Tharasia zurück. Als sie auf einem der vielen Waldwege auftauchte, versammelten sich alle eilig um sie, um zu hören, was sie zu sagen hatte. Nach einem schnellen, kurzen Wortwechsel mit Feavyer kam sie ohne Umschweife zur Sache.

»Die Äbtissin lädt Euch«, sagte sie zu Ifryn, »und Eure weiblichen Verwandten ein, morgen zu ihr zu kommen. Falls Ihr akzeptiert, werde ich Eure Führerin sein.«

»Ich nehme gerne an. Aber darf ich nicht meinen Sohn mitbringen? Es betrifft auch ihn ...«

Tharasia schüttelte den Kopf.

»Die Verfügung ist eindeutig. Er muß zurückbleiben.«

»Aber er ist noch ein Baby! Welchen Schaden könnte er schon anrichten?«

»Die Entscheidung ist gefallen«, sagte die weise Frau mit hilflosem Achselzucken. »Kein Mann, ganz gleich wie alt, darf die Abtei betreten. Es gibt Mütter mit Neugeborenen hier im Dorf, die sich um Azari kümmern können, und Euer Mann ...«

»Ich hatte gehofft, so weit es geht mitkommen zu können.«

»Ihr würdet außer Wald nichts zu sehen kriegen«, sagte Tharasia, »und wir brauchen kaum Schutz.«

»Mir wäre es lieber, du würdest bei Azari bleiben, wenn er schon nicht mitdarf«, fügte Ifryn hinzu.

»Dann werde ich Euch begleiten«, erbot sich Kerrell.

»Und ich«, warf Falck ein. »Damit jemand Kerrell zurück zum Dorf begleiten kann.« Er war offensichtlich sehr darauf bedacht, seinen früheren Ausbruch wiedergutzumachen.

Tharasia nickte zustimmend.

»So soll es sein«, schloß sie. »Ihr braucht nichts mitzunehmen. Ihr werdet in der Abtei mit allem versorgt. Beim ersten Tageslicht brechen wir auf.«

Mit diesen Worten zog sie sich zurück, denn sie war von ihrer Reise offensichtlich erschöpft, und so mußten Ifryn und die anderen noch warten, bis ihre Neugier befriedigt wurde.

Bei Sonnenaufgang waren alle Dorfbewohner zugegen, um sie zu verabschieden. Tharasia ging mit Ifryn voran, Doneta und die Mädchen – die sehr aufgeregt waren – folgten, und Kerrell und Falck bildeten den Schluß. Sie hatten keine Zeit gehabt, sich ausführlich zu verabschieden, und bevor der Wald sie verschluckte, blickte Ifryn sich nur einmal um, und sie sah, daß Azari anscheinend ganz zufrieden in den Armen seines Vaters lag. Die beiden zurückzulassen, schmerzte sie sehr – doch sie mußte es tun.

Der Weg war schmal und gewunden und an manchen Stellen so stark überwuchert, daß nur die Kinder ohne sich zu bücken weitergehen konnten. Pferde hätten sie in diesem Umfeld eher behindert, und oft ging die Gruppe im Gänsemarsch hintereinander. Der Wald schien ziemlich ruhig. Es lag eine Stille in der kühlen Luft, als hielten die Bäume den Atem an, bis die Eindringlinge vorbei waren, doch fühlte sich niemand bedroht. Abgesehen von ihren eigenen leichten Schritten und gelegentlichem Schwatzen war alles sehr friedlich.

Den ganzen Morgen gingen sie bergan und sahen nur

wenig vom Himmel oder der Umgebung. Gegen Mittag ermatteten die Mädchen ein wenig, obwohl Tharasia nicht allzu schnell ging. Keines der Kinder hatte sich beklagt, das mußte Ifryn ihnen zugestehen, doch sie wollte ihnen gerade einen Gefallen tun und um eine Pause bitten, als ihre Führerin sie auf ein ziemlich offenes Fleckchen führte, das nicht von großen, überhängenden Bäumen verdeckt wurde, sondern von dichtem Gebüsch und Dornenbüschen. Auf der anderen Seite erhob sich eine Klippe aus glattem grauem Fels, durchstoßen von einem einzigen, sehr schmalen Paß.

»Bis hierher könnt Ihr mitkommen«, sagte Tharasia zu Kerrell. »Ihr könnt uns übermorgen bei Sonnenuntergang wieder im Dorf erwarten.« Zu Doneta und den Mädchen gewandt fuhr sie fort: »Wir machen hier eine kurze Pause. Wenn Ihr etwas trinken möchtet, gibt es dort drüben eine Quelle mit klarem Wasser, hinter dem Stechginster.«

Das Mädchen und ihre erschöpften Schutzbefohlenen, durstig von dem langen Weg, liefen dankbar davon.

»Falck, kommt mit mir«, sagte die weise Frau. »Ich will den Signalstein überprüfen, und Eure Augen sind besser als meine.« Beide verschwanden hinter dichtem Gebüsch.

Zum ersten Mal seit vielen Tagen waren Kerrell und Ifryn plötzlich ganz allein miteinander, und sie standen sehr nahe beieinander, doch berührten sie sich nicht.

»Das hat sie absichtlich getan«, flüsterte Ifryn.

»Ist sie eine solche Hexe?« Kerrell zeigte deutlich sein Unbehagen. »Woher konnte sie das wissen?«

Ihre Blicke trafen sich, und beide sahen die Liebe in den Augen des anderen, das Verlangen und die Sehnsucht, gepaart mit Schuldgefühlen und Hilflosigkeit.

»Ich wollte so viel ...« begann sie, doch sie fand keine Worte.

»Das ist Wahnsinn«, flüsterte er. »Zweifle niemals

daran, daß ich dich liebe, niemals! Aber es darf nicht sein.«

Alles in Ifryn sagte ihr etwas anderes, und sie wußte, ihm ging es ebenso. Es war wie ein Feuer, das verborgen hinter einem Erdwall brannte, aber jeden Augenblick in unkontrollierbare Flammen ausbrechen konnte. Sie kamen sich näher.

»Mami, Mami, guck mal!« Delmege tauchte aus dem Wald auf und wedelte entzückt mit einer leuchtenden gelben Blume. »Guck mal, was ich gefunden habe!«

Ifryn und Kerrell traten hastig auseinander und versuchten, sich unauffällig zu geben – doch sie hatten das Gefühl, als habe man ihre Herzen in Stücke gerissen. Einige Augenblicke später war die Gruppe aus Frauen wieder vereint, und Tharasia ging den Frauen voran zu dem verbotenen Hohlweg.

Kerrell sah ihnen wortlos nach, drehte sich schließlich um und folgte Falck zurück in den stillen Wald.

Kapitel fünfundzwanzig

Selbst hier, in den künstlichen Höhlen, ist der Berg in Bewegung – die Spitzen wachsen so langsam nach oben und unten, daß kein menschliches Auge ihre Bewegung wahrnimmt. Tropfen für Tropfen kennzeichnet der Zuwachs die vorbeistreichenden Jahre, Zeugnis in Stein und Wasser.

An den schmalen Stellen, wo die Echos keinen Laut brauchen, gibt es Stalaktiten aus Gefühlen, Zeugen für Liebe und Feuer.

»Es ist gruselig, aber hübsch«, flüsterte Delmege, und ihre Stimme hallte in der Enge der Schlucht hohl wider.

Ihre Worte gaben auch Ifryns Gefühle wider. Die Schlucht war so schmal, daß sie an manchen Stellen mit ausgestreckter Hand die Seitenwände berühren konnte, und dennoch ragte das Kliff Hunderte von Schritten empor, ein Ende war nicht zu erkennen. Der Himmel war nur noch ein blauer Streifen in der Ferne, der gelegentlich sogar ganz verschwand, wenn die Reisenden unter überhängenden Felsen entlangliefen. Unten am Boden lagen große Felsbrocken und kleinere Steine, durch die sich ein kleiner Strom seinen Weg bahnte. Der Fuß der Felswand war glatt ausgewaschen, und man konnte erkennen, daß das Wasser später im Jahr viel höher stand. Wenn der Strom durch die Schmelzwasser im Frühling Hochwasser führte, war die Schlucht offensichtlich unpassierbar, doch jetzt bekamen die Frauen nur nasse Schuhsohlen, und man brauchte nicht die Hilfe eines dicken Seils, das an in den Fels gehämmerten Metallklampen hing. Die Luft war kühl und die Schatten tief, sogar gegen Mittag, und die beengte Atmosphäre wurde noch verstärkt, als Ifryn und ihre Gefährtinnen unter einem riesigen, eiförmigen Felsbrocken hindurch laufen mußten, der bedrohlich zwischen den Wänden der Schlucht eingeklemmt war. Tharasia sah, wie die anderen nervös hinaufblickten und versuchte sie zu beruhigen.

»Macht Euch keine Sorgen. Er sitzt seit dem letzten Erdbeben dort – und das war lange, bevor ich geboren wurde.«

»Erdbeben?« flüsterte Doneta, und ihre Phantasie brachte neue Schrecken hervor.

»Die gibt es nur etwa alle hundert Jahre«, sagte die weise Frau lächelnd. »Ich glaube nicht, daß Ihr so viel Pech habt! Die einzige Gefahr für Euch besteht darin, die Äbtissin zu verärgern.«

»Die Äbtissin kann Erdbeben machen?« fragte Ifryn ungläubig.

»Nein – aber es heißt, sie kann diesen Felsen zu Fall bringen und den Eingang versperren, falls die Abtei in Gefahr ist. Und ihn dann wieder hochheben, wenn die Gefahr vorüber ist.«

»Erinnert mich daran, nett zu ihr zu sein«, sagte Doneta leise.

Direkt hinter diesem Schutzfelsen wurde die Schlucht ein wenig breiter, und sofort fühlte sich dieser Ort anders an.

»Was ist das da?« fragte Vrila neugierig.

Auf der anderen Seite der Schlucht waren Hunderte, vielleicht Tausende von Schmuckplatten in den Fels geschnitzt oder darauf befestigt. Sie bestanden aus den verschiedensten Materialien – Stein, Metall, Holz, sogar Steingut und zerschlissener Stoff –, und jede von ihnen trug eine Inschrift. Einige waren allerdings so verblaßt und abgenutzt, daß man sie nicht mehr lesen konnte. Tharasia lächelte.

»Jede dieser Platten symbolisiert einen erfüllten

Wunsch«, erklärte sie. »Viele Frauen sind auf der Suche nach Wissen, Rat oder der Lösung eines Problems zur Abtei gekommen – und die meisten haben bekommen, was sie wollten. Einmal, vor sehr langer Zeit, kehrte eine von ihnen zurück, um hier eine Dankesbotschaft zu hinterlassen, und es wurde zu einer Tradition. Einige der Platten sind viele Jahrhunderte alt.«

Alle betrachteten inzwischen die verschiedenen Plaketten. Ifryn sah, wie Delmege aus keinem ersichtlichen Grund breit grinste – und merkte dann, daß auch die anderen lächelten. Die Kaiserin fand diese Denkmäler der Dankbarkeit ansprechend und faszinierend, doch teilte sie nicht das offensichtliche Vergnügen der anderen. Ein genauerer Blick brachte zutage, daß die meisten lesbaren Botschaften in der universalen Handelssprache geschrieben waren, doch es gab noch mindestens ein Dutzend andere Sprachen, von denen Ifryn einige nicht einmal kannte. Die wenigen, die sie lesen oder übersetzen konnte, waren jedoch ziemlich ergreifend, von perfekt geschriebenen Briefen bis zu kindischem Gekritzel.

»Äbtissin, wir schulden Dir Dank. Der Fluch ist gebannt, der Große Wurm ist tot.«

»Ebtisin, Mein Sohn lept.«

»Äbtissin, mein Mann ruht in Frieden. Der Ring wurde gefunden.«

Andere Worte waren noch geheimnisvoller, jedoch ebenso nachdrücklich.

»Apfelsamen! Ihr ward stets weise.«

»Freut Euch. Das Rückenschild kehrt zurück.«

Ifryn hätte noch lange so weiterlesen können und hätte viele Fragen gehabt, um die Geschichten hinter den Botschaften zu hören, doch Tharasia gestattete nicht, daß sie noch länger verweilten. Dennoch konnten sie alle nicht anders, sondern warfen im Vorbeigehen noch einen Blick auf einige andere Platten.

»Hörst du sie, Mami?« fragte Delmege.

»Wen, meine Kleine?«

»Die Stimmen. Es ist fröhlich hier. Das gefällt mir.«

Ifryn sah Tharasia hilfesuchend an.

»Ihr spürt es wirklich nicht?« fragte diese.

Ifryn schüttelte den Kopf.

»Es sind so viel Liebe und Freude in diese Plaketten eingeprägt«, erklärte die weise Frau, »und einige dieser Gefühle sind in jedem einzelnen dieser Steine gespeichert. Die Emotionen haben sich über die Jahrhunderte aufgebaut und durchdringen jetzt sogar den Felsen. Einige Menschen spüren es mehr als andere, aber Ihr seid meines Wissens die erste, die gar nichts fühlt. Offenbar hatte ich recht. Kommt«, fügte sie freundlich hinzu. »Ich sehe Fragen in Euren Augen, und die Äbtissin kann sie beantworten.«

Ifryns Kopf schwirrte vor lauter Fragen, und Tharasias Worte riefen ihr wieder den Grund für diesen Besuch und ihr banges Gefühl der Isolation ins Gedächtnis. Sie verspürte nicht den Wunsch, irgendwie anders zu sein als der Rest der Menschheit, und ihre Unfähigkeit, die Reaktion ihrer Gefährtinnen zu teilen, verstärkte ihr Unbehagen noch. Im Augenblick schien es ihr nicht sehr wahrscheinlich, daß sie irgendwann einmal zurückkehren würde, um ihren Dank für einen erfüllten Wunsch zu hinterlassen, und so konnte Ifryn nur hoffen, daß die Äbtissin wirklich so weise war, wie die vielen Zeugnisse andeuteten.

Endlich wurden die Wände der Schlucht weniger steil, und schließlich trat die Gruppe auf eine weite, offene Ebene hinaus – umringt von hochaufragenden Bergen, die den Eindruck einer riesigen Schüssel hervorriefen. Die Luft wirkte hier kälter, doch die Bewegung hatte dafür gesorgt, daß allen warm war, und der Anblick war genau die Ermunterung, die sie brauchten, um weiterzugehen.

In dieser natürlichen Enklave gab es Seen, große Weiden und Felder mit allen möglichen Getreidesorten, sowie Obstgärten und Weinberge. Alles wirkte ordentlich und gepflegt, und das Grün und Gold versprach Überfluß. Doch es war das bemerkenswerte Bauwerk in der Mitte der Schüssel, das die Blicke aller auf sich zog. Selbst aus der Ferne schien die Abtei riesig und beeindruckend mit ihren größeren Gebäuden aus blassem grauem Stein. Als sie näherkamen, konnte Ifryn die starken eckigen Türme und die anmutigen Spitzbögen des Zentralgebäudes ausmachen, das von niedrigeren Bauwerken aus Holz, Schiefer und dunklerem Stein umgeben war. Trotz der verschachtelten, beinahe chaotisch miteinander verbundenen Konstruktion, war der Gesamtkomplex von großer Schönheit und paßte perfekt in die Umgebung.

Der Klang einer Glocke schwebte durch die stille Luft, zugleich Willkommensgruß wie Warnung.

»Man erwartet Eure Ankunft«, bemerkte Tharasia.

Ifryns Gedanken huschten zehn Jahre zurück, als sie sich zum ersten Mal dieser sonderbaren Stadt mit Namen Xantium genähert hatte.

Kerrell, damals ein junger Captain, hatte genau dieselben Worte gesprochen, als eine andere Glocke in der Ferne erklungen war, um die Ankunft der neuen Kaiserin zu melden.

»Dann sollten wir sie besser nicht warten lassen«, erwiderte sie und wiederholte damit auch ihre Antwort von damals.

Sie gingen über den grasbewachsenen Pfad, der sie durch grünende Felder führte, und gelegentlich erhaschten sie einen Blick auf schwarzgewandete Gestalten in der Ferne, die mit Tieren oder auf dem Feld arbeiteten. Doch niemand eilte zu ihrem Empfang herbei. Als sie nur noch ein paar hundert Schritte von den ersten Nebengebäuden entfernt waren, wurde die Größe der Abtei endlich deutlich.

»Das ist ja wie eine kleine Stadt, alles unter einem Dach!« rief Ifryn aus.

»Ja, das ist es«, stimmte Tharasia zu. »Hier gibt es jedes Handwerk, sogar einen Hufschmied!«

»Und das alles wurde von Frauen erbaut?«

»Nicht alles. Die frühesten Gebäude, die hellgrauen Türme in der Mitte, wurden von einem unbekannten Volk erbaut und vor langer Zeit verlassen. An manchen Stellen sind es immer noch Ruinen, obgleich man schon viel repariert hat. Aber der Rest wurde von Frauen erbaut.«

Jetzt, da sie die eindrucksvollen Mittelgebäude besser sehen konnten, wurde klar, daß sie teilweise unvollständig waren – doch irgendwie machte das ihre Schönheit um so ausdrucksvoller. Sie erinnerten Ifryn an das Turmviertel, doch herrschte hier viel größere Ruhe und Gelassenheit, ein Gefühl der Vollständigkeit; eine allumfassende Absicht war darin erkennbar. Der Architekt der ursprünglichen Abtei hatte seinen Geisteszustand offensichtlich weitaus besser im Griff gehabt als der Kaiser, der den wirren Prachtbau über Xantium erbaut hatte.

Tharasia führte sie durch den kleinen Spitzbogen einer Außentür in den ersten von mehreren Innenhöfen, die von Kreuzgängen und Gebäuden umschlossen waren. Entlang der Korridore gab es zahlreiche Statuen aus Stein und viele bunte Pflanzen und Blumen sowie mehrere kleine Teiche und andere außergewöhnliche Schöpfungen, einschließlich einer Quelle in Form eines reichverzierten Baumes. Wieder sahen sie schwarzgewandete Frauen ihrem Tagewerk nachgehen oder sich unterhalten, doch keine von ihnen schenkte den Besucherinnen mehr als nur flüchtige Aufmerksamkeit. Falls die eilige Einladung der Äbtissin aus irgendeinem Gefühl der Dringlichkeit erfolgt war, dann hatte sie dies ihre Schwestern nicht wissen lassen. Über dem ganzen Ort hing eine Atmosphäre undurchdringlicher Gelassenheit.

Schließlich kamen sie zu einer soliden Halle fast in der Mitte des Komplexes, und Tharasia geleitete sie hinein.

»Hier empfängt die Äbtissin ihre Gäste«, erklärte sie. »Hier gibt es auch etwas zu essen.«

Im Inneren war es zunächst halbdunkel, doch als ihre Augen sich daran gewöhnt hatten, konnten sie das Zimmer genauer in Augenschein nehmen. Der Boden bestand aus polierten Holzfliesen, die Wände waren aus Stein und zu Halbsäulen gehauen, doch ansonsten frei von Verzierungen. Die Fenster hoch oben waren aus vielen winzigen Buntglasscheiben zusammengesetzt, die dem Ganzen durch den Staub, der unbeteiligt in den schrägeinfallenden Sonnenstrahlen herniederschwebte, ein verträumtes Glühen verliehen.

Die einzigen Möbel standen in der Mitte der Halle: Bänke zu beiden Seiten eines langen Tisches, der jetzt teilweise mit einer appetitlichen Auswahl an Gerichten gedeckt war. Verschiedene Sorten Brot, Früchte und Käse sowie rohe und eingelegte Gemüse standen neben Karaffen mit Wasser, Milch, Apfelwein und Wein. Messer und Holzteller lagen zum Gebrauch bereit.

»Setzt Euch und eßt«, wies Tharasia sie an. »Die Äbtissin möchte, daß Ihr Euch von Eurer Reise erholt, bevor sie Euch begrüßt.«

Ifryn hatte überhaupt keinen Appetit und wollte ihre Gastgeberin so bald wie möglich kennenlernen, doch sie setzte sich gehorsam und stocherte in ihrem Essen herum. Die anderen langten kräftig zu, und obwohl ihre eigenen Gedanken ziemlich durcheinander gingen, mußte sie doch über die Begeisterung und den Schwung ihrer Töchter lächeln.

»Willkommen in der Abtei.«

Die Worte kamen aus den dunklen Schatten auf der anderen Seite der Halle und überraschten sie alle. Die Stimme der Äbtissin war leicht und gelassen, doch ihre Autorität war fraglos zu erkennen. Ifryn und die anderen standen auf, als die Äbtissin ins Licht trat, doch sie deutete mit der Hand an, daß sie sich wieder setzen sollten.

»Setzt Euch, setzt Euch. Ihr wart lange genug auf den Beinen.«

Ifryn tat wie ihr geheißen und war plötzlich sprachlos. Wie sollte sie diese ehrwürdige Frau nur ansprechen?

Das Gesicht der Äbtissin paßte genau zu ihrer Stimme. Ihre Haut war weich und ganz leicht vom Alter gezeichnet, und warme braune Augen durchdrangen ihre Gäste mit eindrucksvoller Gelassenheit. Ihr Haar war glatt und eisengrau und direkt unter ihrem Kinn ohne Schnickschnack abgeschnitten. Sie war mittelgroß und trug ein schweres schwarzes Gewand.

»Vielen Dank ... Äbtissin«, sagte Ifryn. »Ich bin froh, daß Ihr uns empfangen könnt.«

»Seit Tharasia mir von Eurer Ankunft berichtet hat, bin ich sowohl nervös als auch begierig, Euch kennenzulernen«, erwiderte die Frau.

Ihr seid nervös? dachte Ifryn erstaunt. Sie hatte noch nie jemanden gesehen, der *weniger* nervös wirkte. Da ergriff die Äbtissin erneut das Wort.

»Wo ist die andere? Eure Zwillingsschwester?«

»Äh ... ich habe keine Zwillingsschwester. Ich bin Einzelkind.« Diese unerwartete Frage brachte Ifryn aus dem Gleichgewicht. »Warum ...?«

Die Äbtissin wirkte verwirrt.

»Ihr habt keine Schwester?«

»Keine«, bestätigte Ifryn und fragte sich, wohin das führen sollte.

»Ich werde Euch später erklären, warum ich danach frage«, sagte die alte Frau. »Ich hatte gedacht, Ihr seid die Antwort auf Fragen, die mich mein ganzes Leben begleitet haben, aber wie es aussieht, gibt es nur noch mehr Fragen. Nehmt meine Hand.«

Ifryn tat wie ihr geheißen, und sie war immer noch verwirrt, aber auch von neuem Mut erfüllt durch dieses

Versprechen, bald eine Erklärung zu bekommen. Die Finger der Äbtissin waren warm und trocken. Nach einer Weile zog sie sich zurück und nickte Tharasia leicht zu. Sie wiederholte diesen Vorgang bei Delmege, Vrila und Doneta, lächelte sie an und ließ sie nach einigen Augenblicken wieder los. Die Mädchen grinsten zurück und akzeptierten sie sofort, und sogar Donetas ehrfürchtiges Gesicht hatte sich ein wenig entspannt.

»Von diesen da also keine«, sagte die Äbtissin zu sich selbst mit Blick zu Tharasia. Zu Ifryn gewandt fügte sie hinzu: »Erzählt mir von Eurem Sohn.«

»Azari ist noch ein Baby, nicht einmal vier Monate alt. Was soll ich da über ihn erzählen?«

»Auch er könnte wichtig sein.«

»Warum durfte ich ihn dann nicht mitbringen?«

»So lautet unser uraltes Gesetz«, erwiderte die Äbtissin, und sie klang gleichzeitig erschöpft als auch zum ersten Mal wachsam. »Es war während meiner Zeit als Verwalterin, als der einzige Mann, der in den letzten sieben Jahrhunderten hierher gekommen war, unserer Wachsamkeit entschlüpfte. Das ist ein dunkler Fleck in meinem Leben. Der verderbliche Einfluß seines Besuchs schwebt immer noch über uns, obwohl es schon fünfzehn Jahre oder länger her sein muß. Er hat sich seinen Weg hierher erschlichen, Geheimnisse gestohlen, die auf ewig hätten verborgen bleiben sollen, und er hat getötet – hier, an diesem Ort, wo das Leben heilig ist.« Ihr großer Schmerz, den sie bei dieser Erinnerung verspürte, war deutlich zu erkennen. »Solange ich lebe, soll kein anderer Mann hierher kommen. Ich habe einmal das in mich gesetzte Vertrauen enttäuscht. Das wird mir nicht noch einmal passieren.«

»Wie gelangte er hinein?« fragte Ifryn nach längerem Schweigen.

»Niemand kennt den Weg, den er nahm«, erwiderte die Äbtissin, »aber als er erst einmal eingedrungen war, wurde er wagemutig, und seine Verkleidung täuschte auch erfahrene Augen. Er hatte Frauenkleidung angelegt, sein Gesicht geglättet und sich einen Zopf geflochten, doch war er auch von einem unnatürlichen Glanz umgeben, der ihn verbarg, bis es zu spät war. Als man ihn schließlich entlarvte, traf uns seine Gewalttätigkeit gänzlich unvorbereitet.« Ausnahmsweise schien sie nahe daran, ihre Haltung zu verlieren, und sie sprach nicht weiter.

»Welche Geheimnisse hat er gestohlen?« fragte Ifryn leise.

»Auch das werdet Ihr erfahren, wenn es soweit ist – zumindest hoffe ich es, aber Ihr müßt noch viel lernen, und ich muß noch viel vorbereiten, bis alles bereit ist. Wenn Ihr gegessen habt, werde ich Euch Eure Quartiere zeigen.«

Da überkam Ifryn eine plötzliche, schreckliche Vorahnung.

»Dieser Mann«, fragte sie, »kennt Ihr seinen Namen?«

»Damals nicht, aber inzwischen habe ich ihn erfahren. Sein Name war Verkho Yulsare.«

Kapitel sechsundzwanzig

Ich könnte Prüfungen des Intellekts ersinnen, ich könnte Opfer verlangen, ich könnte von jedem Menschen verlangen, das eigene Gewissen zu verleumden. Aber niemand kann dem Glück Befehle erteilen – das liegt nicht in unserer Macht. Reiner Zufall ist abstrakt.

Würfeln die Götter? Und wenn sie es tun, können die Steine dann zufällig fallen?

Ifryn hätte nicht sagen können, ob es durch Zufall oder absichtlich geschah, doch am frühen Nachmittag fand sie sich allein in den Zimmern wieder, die man ihnen zugeteilt hatte. Doneta und die Mädchen durften sich unter Führung einiger Bewohnerinnen andere Teile der Abtei ansehen, doch Ifryns Gedanken galten ganz allein der Äbtissin, und sie sehnte sich danach zurückzukehren. Ihr Wunsch wurde bald erfüllt, und die beiden Frauen setzten sich und redeten. In Ifryns Kopf schwirrten die Fragen, doch obwohl die Äbtissin dies offensichtlich bemerkte, kam sie ihr mit ihren einleitenden Worten zuvor.

»Ich weiß, es gibt viel, was Ihr noch lernen müßt, und ich werde mein Bestes tun, mein Wissen mit Euch zu teilen, aber ich muß am Anfang beginnen. Werdet Ihr Geduld mit mir haben, Tochter?«

Ifryn nickte und fand diese Anrede ganz angemessen.

»Die Welt ist nie, was sie zu sein scheint«, begann die alte Frau. »Das war schon immer so und wird auch so bleiben. An Orten wie diesen suchen wir die Geheimnisse zu ergründen, doch kratzen wir immer nur die Oberfläche an. Alle Menschen haben Götter, auch wenn wir sie vielleicht nicht verstehen oder wissen, wer sie wirklich sind. Ob zum Guten oder Bösen, sie existieren – zumindest dessen bin ich mir sicher. Und es gibt Zeiten in der Geschichte, da ihr Leben das unsere berührt, wenn die Abgründe zwischen unseren Welten durch irgendein verheerendes Ereignis überbrückt werden.«

»Und solch ein Ereignis erwartet uns jetzt?« fragte Ifryn ängstlich.

»Ich glaube ja«, erwiderte die Äbtissin ernst. »Aber um das zu verstehen, müssen wir ein wenig in der Zeit zurückgehen, in die fernen Gefilde der Legenden, denn dort sprachen die Götter zu uns – wenn auch in einer unklaren, orakelhaften Sprache.«

»Das Pantheon«, flüsterte Ifryn, denn ihr fiel ein, wie Fen ihr phantastische Dinge erzählt hatte, deren Zeuge ihre Schwester Gaye angeblich geworden war. Außerdem hatte sie einige Theorien über ihre gegenwärtige Situation erläutert. Eine kalte Woge der Furcht überflutete sie. *Wie kann irgend etwas davon für mich von Belang sein? Welche Rolle kann ich im Reich der Götter spielen?*

»Ja, das Pantheon«, fuhr die Äbtissin fort. »Ich bin sicher, Ihr kennt einige der Legenden, doch habt Geduld, während ich eine der berühmtesten erzähle. Von den Sieben waren die mächtigsten Meyu der Sonnengott und Gar, der Wächter aller lebenden Wesen. Diese beiden waren Zwillinge, auseinandergerissen im Augenblick ihrer Erschaffung von urzeitlichen Kräften, so daß jeder von ihnen nur ein Auge hatte. Sie hegten stets eine wilde Rivalität, und es kam eine Zeit, da die Brüder sich so sehr stritten, daß ihre Wut alle Welten zerstörte, bis sie beschlossen, die Sache ein für allemal zu regeln. Sie gaben ihren göttlichen Status auf und bestimmten mit einem Glücksspiel – einige sagen, es war ein Würfelspiel – den Sieger und den Besiegten. Meyu gewann und verbannte Gar in immerwährendes Exil, blind und machtlos unter das Meer. Aber Götter können nicht sterben, und so bestand immer die Chance, daß Elcar, Gott der Wiedergeburt, durch sein plötzliches erneuerndes Feuer Gar gestatten könnte, in die Welten zurückzukehren. Sollte das geschehen, würde das uralte Gift der Fehde ausreichen, alles zu vergiften – in unserer Welt und in ihrer. Die Bosheit, die sich so lange aufgestaut hätte, wäre jenseits aller Vorstellungskraft.«

Das klang ziemlich vertraut, doch die nächsten Worte der Äbtissin waren Ifryn neu, und daher gefror ihr beinahe das Blut in den Adern.

»Die Sprache der Mythologie ist leider bekannt dafür, sehr vieldeutig zu sein«, sagte sie, »ganz besonders, wenn es um Zidon geht, die Göttin der Prophezeiung, und in den vergangenen ungezählten Jahren ist alles ohne Zweifel noch zusätzlich ausgeschmückt worden. Doch Gelehrte wie ich konnten einige Körnchen Wahrheit entdecken. Mythen sind nicht nur reine Phantasie, daher will ich Euch mehr über diese Legende erzählen. Ihr müßt selbst urteilen, wieviel Ihr davon für bare Münze nehmen wollt.« Die alte Frau hielt inne, um ihre Gedanken zu ordnen. »In einer Version erfahren wir, daß Gar geblendet wurde, weil Meyu ihm das Auge ausriß und in einen soliden Fels versenkte, bevor er diesen ins Meer warf. Darob erhoben sich die Feuer der Erde, und dieser Vulkanausbruch verursachte eine riesige Flutwelle, die ganze Zivilisationen zerstörte. Die Rauchfahne reichte hinauf bis zu den Sternen und machte die Dunkelheit zum Tag, doch als sich alles wieder beruhigt hatte, war aus den Tiefen des Meeres eine neue Insel geboren. Diese Insel kennen wir heute als Zalys, und der Mythos sagt, wenn Gar sich wieder erhebt, wird Zalys zurückkehren in die Gefilde unter dem Wasser, in Vergessenheit versinken, dorthin, woher es einst kam.«

O Fen! Das alles war zu unglaublich, und doch erschien es Ifryn, als passe es genau, wie ein Teil eines riesigen abscheulichen Puzzles. Gayes Prophezeiungen,

Verkhos unglaubliche Macht, die Tatsache, daß Zalys tatsächlich versank ... doch was hatte das alles mit ihr zu tun?

Die Äbtissin hatte den betroffenen Gesichtsausdruck ihres Gastes bemerkt, doch sie wußte, daß sie weitersprechen mußte.

»Meyu tat sein Bestes, damit sein Bruder niemals zurückkehren konnte und erlegte ihm dafür derart strenge Bedingungen auf, daß sie kaum erfüllbar schienen. Doch die Ewigkeit ist eine lange Zeit, und nur wenig ist wirklich unmöglich. Offenbar sollte der Schlüssel zu Gars Rückkehr die Fähigkeit eines einzigen Mannes sein, eines Sterblichen, der viele Aufgaben erfüllen mußte, darunter Prüfungen seiner Intelligenz, seiner Opferbereitschaft und seines Glücks, und der über bösartige Abgestumpftheit verfügen mußte. Selbst wenn alle Bedingungen erfüllt waren, so konnte ein Mann mit diesen Fähigkeiten und Zielen nur einmal in mehreren Jahrhunderten geboren werden.«

Ifryn konnte sich nicht mehr zurückhalten.

»Verkho hat das Auge, nicht wahr? Daher bekommt er seine Macht.«

»Ich fürchte, so ist es«, erwiderte die Äbtissin.

Prüfungen der Intelligenz, der Opferbereitschaft und des Glücks. Ifryn dachte an Baylins Bericht über die obszönen Würfelspiele zwischen Verkho und Dsordas und zwischen Verkho und dem *Soldaten* – beide Male wurde um das Leben einer Frau gespielt. Dsordas hatte gewonnen und hätte damit alles beenden sollen, hatte Fen Ifryn erzählt und die Worte ihrer Schwester zitiert. *Wenn du Verkho besiegst, kann er die Macht niemals freisetzen, und Gar wird wieder unter das Meer verbannt. Die Kreischer werden in der Falle sitzen, und Zalys ist gerettet*. Doch Ifryn fiel auch Dsordas' Zugeständnis ein, daß er bei seinem Sieg eine Art übernatürlicher Hilfe durch eine geisterhafte Hand – die nur er gesehen hatte – erhalten und die den Fall des schicksalhaften Würfels beeinflußt hatte, und plötzlich war sie sicher zu wissen, was geschehen war.

»Meyu hat betrogen!« rief sie aus. »Daher bekam Verkho eine zweite Chance – und hat gewonnen.«

Die Äbtissin reagierte verwirrt und fasziniert auf Ifryns Ausruf.

»Die Götter können sich in die Angelegenheiten der Menschen nicht einmischen, ohne sich zu verraten, doch manchmal zeigen sie sich einigen wenigen, während die anderen blind bleiben.«

»Und Meyu glaubte, daß Dsordas ihn nicht verraten würde!« schloß Ifryn.

»Doch können sie ihre Taten nicht vor den anderen Göttern verbergen«, fuhr die alte Frau fort und betrachtete Ifryn genau. »Gottheiten haben ihre eigenen Gesetze. Ich glaube, meine Tochter, es ist Zeit, daß Ihr mir jetzt Eure Geschichte erzählt.«

Und Ifryn tat, wie ihr geheißen, obwohl ihr Verstand kaum die Tatsachen verarbeiten konnte, die sie soeben erfahren hatte.

Sie erzählte der Äbtissin von den folgenschweren Ereignissen der vergangenen Monate und beantwortete ihre vielen Fragen. Danach waren beide Frauen davon überzeugt, daß der Mythos sich erfüllte, daß schon bald Götter auf der Erde wandeln würden. Erst jetzt fiel Ifryn wieder die Frage ein, die zumindest für sie von größter Bedeutung war.

»Aber ...« begann sie zögerlich. »Aber was hat das alles mit mir zu tun? Warum bin ich hier?«

»Die Abtei hat ihre eigenen Legenden«, antwortete die Äbtissin und lächelte mitfühlend. »Woher sie stammen, kann ich nicht sagen, aber sie sind auch sehr alt und werden verehrt. Eine von ihnen erzählt von einer Zeit, in der alle Welten in Gefahr sind, und die einzigen Menschen, die das verhindern können, sind zwei Schwestern ohne magische Kräfte.«

»Ohne magische Kräfte? Ich?« Ifryn versagten die Worte.

»Normalerweise ist von Zwillingen die Rede, aber diese Dinge sind selten so einfach wie sie scheinen.«

»Ich?« wiederholte Ifryn. Sie stand am Rande eines hysterischen Anfalls. »Um alle Welten zu retten?«

»Ihr seid der erste Mensch, den Tharasia oder ich kennengelernt haben, der keinerlei Magie in sich trägt«, sagte die Äbtissin leise. »Daß Ihr hier seid, kann wohl kaum ein Zufall sein.«

»Aber was kann ich *tun*?«

»Es gibt hier Relikte, uralte Artefakte, mit eigenen Erinnerungen und Kräften. Ich glaube, Ihr könntet diese Kräfte zum Leben erwecken.«

»Aber ich habe für sowas kein Talent – das habt Ihr selbst gesagt«, protestierte Ifryn hilflos. Sie war jetzt aufs Äußerste verwirrt. »Es muß hier noch andere Menschen geben ... Ihr selbst ...«

»Wir können es nicht«, sagte die Äbtissin entschieden. »Aber falls wir gerettet werden wollen, muß es irgend jemand tun. Es ist genau Euer fehlendes Talent, das Euch so einzigartig macht.« Ifryn schwankte immer noch, und so fuhr die Äbtissin fort. »Die Relikte befinden sich innerhalb einer Kugel aus durchsichtigem Material, wie Glas, aber sehr viel härter und widerstandsfähiger. Außerdem werden sie von Flüchen beschützt, deren Wirksamkeit nicht zu unterschätzen ist. Das ist einer der Gründe für unsere strengen Gesetze über Männer, denn die Schutzschilde haben auf sie weniger Einfluß, und so könnten sie Unheil über sich selbst und uns alle bringen. Als Verkho hierher kam, brach er die äußeren Siegel, doch mußte er nicht dafür leiden – er gab dieses Verhängnis an andere weiter, als er entfloh. Wir wissen nicht, welche Geheimnisse er erfahren hat, doch nach den darauffolgenden Ereignissen können wir es vermuten. Ich hoffe, daß *Ihr* uns Gewißheit verschaffen werdet – und eine Möglichkeit aufzeigen könnt, uns ihm zu widersetzen.«

»Weil ich keine Talente habe?«

»Ja. Abgesehen von Verkho hat in mehr als dreihundert Jahren niemand versucht, diesen alten Relikten ihre Erinnerungen zu entlocken.«

»Warum nicht?«

»Weil alle, die tollkühn oder eitel genug waren, es zu versuchen, verrückt wurden und als lallendes Etwas gestorben sind«, erwiderte die Äbtissin ruhig. »Und je größer das Talent, um so schneller hat sich ihr Zustand verschlechtert.«

Während Ifryn von der Äbtissin befragt wurde, durften ihre beiden Töchter und Doneta sich die interessanteren Seiten der Abtei ansehen. Ihre Führerin war ein begeisterungsfähiges Mädchen von ungefähr elf Jahren, das auf den Namen Padina hörte. Sie hatte sich offenbar freiwillig für diese Aufgabe gemeldet, und die älteren Frauen hielten sie für verantwortungsbewußt genug. Padina trug gewöhnliche Kleider, nicht die schwarze Robe, doch sie erzählte ihren Besucherinnen stolz, daß sie in der Abtei lebte und man ihr schon bald gestatten würde, das Gelübde abzulegen, damit sie die Gewänder anlegen und ein ständiges Mitglied dieser zurückgezogenen Gemeinschaft werden könnte.

Sie hatten ihren langen Marsch und ihre Erschöpfung vergessen und bekamen viele wundervolle Dinge von Padina gezeigt, die sie anschließend zum Küchentrakt führte – wo eine der Köchinnen ihnen erfrischende Getränke servierte.

»Eure Mutter muß sehr wichtig sein, daß sie die Äbtissin so lange sprechen darf«, bemerkte Padina.

»Natürlich ist sie das«, sagte Delmege loyal.

»Sie muß sehr viel Talent haben«, nahm ihre Führerin

an. »Ich habe nur ganz wenig, aber ich werde immer besser.«

»Könntest du es mir beibringen?« fragte Vrila begierig. »Tharasia hat gesagt, mein Talent würde verschwinden.«

»*Ich* kann mit Toten sprechen!« behauptete Delmege fröhlich.

Padina wirkte skeptisch.

»Kann ich! Wie mit Großmutter.«

»Hör auf anzugeben«, sagte Doneta streng. »Du weißt, daß du das nur einmal getan hast.«

»Ich könnte es noch mal tun, wenn ich wollte«, gab Delmege trotzig zurück.

»Nein, könntest du nicht«, sagte Vrila gehässig vor Neid.

Delmege schnitt ihrer Schwester ein Gesicht und rannte weg. Aus Angst, das kleine Mädchen könnte sich verlaufen, eilte Doneta hinter ihr her und rief Vrila und Padina zu, sie sollten sich nicht von der Stelle rühren. Delmege verfügte jedoch über einen guten Orientierungssinn und fand mit Leichtigkeit ihren Weg durch das Labyrinth von Fluren und Innenhöfen. Sie gelangte sicher zu den Gästeunterkünften, dicht gefolgt von Doneta. Von Ifryn oder der Äbtissin war nichts zu sehen.

»Ich will Mamis Ohrringe haben«, sagte das Mädchen atemlos zu ihrem Kindermädchen, »die, die Oma ihr geschenkt hat. Sie hat sie vorhin abgenommen.« Delmege rannte zu Ifryns Zimmer.

»Hier sind sie! Ich werde es Vrila zeigen!«

Auf Donetas Drängen hin gingen sie wesentlich langsamer zurück zur Küche, doch das Mädchen konnte die Kleine nicht davon überzeugen, ihr von ihren Absichten zu erzählen. Delmeges kleine Hand hielt die Ohrringe jedoch immer noch fest umklammert, und Doneta konnte sich nicht vorstellen, daß ihr Spiel irgend jemandem Schaden konnte. Als sie wieder in der warmen Küche waren und die beiden anderen Mädchen halb verächtlich, halb erwartungsvoll zusahen, hielt Delmege die Ohrringe hoch.

»Großmutter, ich will mit dir sprechen«, sagte sie mit fester Stimme.

»Kleines ...«, begann Doneta, doch sie verstummte, als die Luft plötzlich zu glühen begann.

Zum Erstaunen aller, außer Delmege, erschimmerte Zephias Geist vor ihnen, und sie sah wütend und aufgewühlt aus. Das triumphierende Lächeln der Ruferin verschwand schon bald, als die geisterhaften Lippen ihrer Großmutter sich bewegten. Niemand sonst konnte sie reden hören, doch Delmege wurde offensichtlich immer unglücklicher. Doneta kam zu ihr und legte ihr schützend einen Arm um die Schultern, doch das kleine Mädchen schien es nicht zu merken, und die Zankrede des Geistes ging weiter. Scheinbar nach einer Ewigkeit verschwand der Geist wieder so schnell, wie er gekommen war. Delmege schloß die Augen und ließ sich in die Arme ihres Kindermädchens fallen, und die anderen Mädchen sahen gespannt zu.

»Geht es dir gut?« flüsterte Doneta eindringlich. Sie gab sich selbst die Schuld, daß sie das Ganze nicht verhindert hatte.

»Müde«, antwortete das Mädchen benommen.

»Was hat sie gesagt?«

»Viele Sachen. Sie kann Großvater immer noch nicht finden ... und es gab eine Nachricht von Alasia. Sie sagt, wir sollen vorsichtig sein. Sie weiß, daß wir ... etwas tun müssen ... aber auf jedem Weg gibt es Gefahren und Belohnungen.« Delmege wiederholte die Worte, ohne sie zu verstehen. »Dann sagte Großmutter, alle Geister hätten Angst. Es gefällt ihnen nicht.«

»Was gefällt ihnen nicht?«

»Das Ende ihrer Welt«, erwiderte Delmege und schlief sofort ein.

Ifryn kam mit den anderen zusammen zu ihrer Unterkunft zurück, und all ihre Sorgen schwanden dahin, als sie ihre jüngere Tochter schlaff in Donetas Armen liegen sah.

»Was ist passiert? Geht es ihr gut?«

»Sie schläft nur«, erwiderte das Kindermädchen und erklärte, was geschehen war. Vrila und Padina sahen zu und kamen sich offenbar ein wenig albern vor.

Ein Ruck durchfuhr Ifryn, als sie die letzten Worte ihrer Mutter hörte, und ihr fielen die prophetischen Sätze der Äbtissin ein. *Eine Zeit, wenn alle Welten in Gefahr sind* ... War es möglich, daß Verkho und Gar irgendwie nicht nur die Lebenden sondern auch die Toten bedrohten? Je mehr sie erfuhr, um so erschreckender wurde die ganze Situation. Doch jetzt schlief Delmege friedlich, und Ifryn wandte sich an Padina und vergaß für einen Augenblick ihre unmittelbaren Ängste.

»Padina Uldara, meine Lady«, erwiderte das Mädchen höflich auf die ihr gestellte Frage.

Der Name kam Ifryn sonderbar bekannt vor, und sie starrte die neue Freundin ihrer Töchter fragend an.

»Wo ist deine Familie, Padina? Deine Eltern?«

»Meine Vater kenne ich nicht. Er ist gestorben, bevor ich geboren wurde. Mama hat nie über ihn gesprochen.«

»Und wo ist sie?«

Padina schlug die Augen nieder.

»Ich weiß es nicht. Sie mußte fortgehen, daher habe ich bei meinen Großeltern gelebt. Als sie starben, kam ich hierher.«

Da fiel es Ifryn wieder ein, und die Erinnerung erschütterte sie so sehr, daß sie zögerte, bevor sie weitersprach. Padin Uldara, so gut wie sicher Padinas Großvater, war der Imperiale Schatzmeister gewesen, bevor er in Ungnade gefallen und ins Exil geschickt worden war, und zwar aufgrund von Beweisen, die Verkho vorgelegt hatte – der damals ein relativ junger Beamter gewesen war. Das alles war geschehen, bevor Ifryn nach Xantium gekommen war, aber sie kannte die Geschichte. Es ging das Gerücht, daß die Anklagen gegen Padin von Verkho gefälscht worden waren, weil dieser sich dagegen verteidigen wollte, daß er angeblich Padins Tochter verführt hatte – doch niemand hatte ihm irgend etwas beweisen können.

»Wie lautet der Name deiner Mutter, mein Kind?« fragte Ifryn leise.

»Maissa.«

Dieser Name bestätigte ihren Verdacht, und alles andere war nun klar. Padinas Gesicht war so sanft wie das ihrer Mutter, doch ihr pechschwarzes Haar und die grauen Augen waren das Vermächtnis ihres Vaters – der nicht tot war, sondern sich nunmehr Kaiser Verkho nannte. Padina wußte über ihre Eltern offenbar nicht Bescheid, und sie durfte die Wahrheit niemals erfahren. Doch das war noch nicht das Ende der Schrecken. Maissa war fortgegangen, wie ihre Tochter sagte, und Ifryn wußte, wohin sie gegangen war – zurück nach Xantium, auf der sinnlosen Suche nach Rache. Dort war sie als williger Einsatz in einem Glücksspiel benutzt worden, ein Spiel, das Verkho gewonnen hatte. Und so hatte er ihr Leben eingefordert.

Ifryn fiel Baylins Beschreibung der mitleiderregenden Gestalt ein, die sich aus ihrem Stuhl in der Großen Würfelhalle erhoben hatte, um sich ihrem Feind zu stellen, eine letzte trotzige, aber sinnlose Geste. *Erinnert Ihr Euch an mich, Kanzler*? hatte sie mit haßerfüllter Stimme gesagt. Auch das durfte Padina niemals erfahren.

Maissa war gestorben, ohne Rache nehmen zu können. Doch wenn Ifryn in dieser Sache etwas zu sagen hatte, würde es Padina anders ergehen.

Kapitel siebenundzwanzig

Ich habe ihr Rufen gehört, aber nur ganz schwach, ganz weit entfernt. In beengten Räumen verfangen sich die Gedanken in ihren eigenen Echos.

Hörst du ihre Stimmen, Zidon? Hörst du meine?

Nachdem Padina an jenem Abend gegangen war und Delmege und Vrila schliefen, gesellte sich Tharasia zu Ifryn und Doneta, um die Ereignisse des Tages zu besprechen. Draußen flitzten Fledermäuse zwischen Türmen und Kreuzgängen umher, und ihre Schreie lagen knapp über der Hörgrenze. »Hat die Äbtissin Euch gezeigt, wo die Relikte aufbewahrt werden?« fragte die Weise.

»Ja, aber wir haben die Kammer nicht betreten. Sie sagte, ich müsse mir Zeit nehmen, um zu entscheiden, ob ich das Risiko auf mich nehmen will.«

»Sie hat die alte Aufzeichnungen studiert«, sagte Tharasia. »Um so viel wie möglich aus den Niederschriften zu erfahren, die jenen vorenthalten wurden, die versuchten, die Relikte untersuchen. Sie war nicht die erste, die erkannt hat, daß Talent ein Nachteil ist – zumindest bei dieser Aufgabe –, und sie glaubt, Ihr seid die einzige, die die Geheimnisse lüften kann. Das ist eine gewaltige Verantwortung.«

»Ich weiß. Aber es soll zwei von uns geben!«

»Wie kann die Äbtissin dann sicher sein, daß Ihr die richtige seid?« warf Doneta ein. Die ganze Sache kam ihr doch sehr absurd vor.

»Das kann sie nicht«, gab Ifryn zu. Nach einer langen Pause fügte sie hinzu: »Aber habe ich eine andere Wahl? Ich muß es tun.«

Am nächsten Morgen wurde Ifryn schon früh durch den Besuch einer Frau namens Yuille geweckt, der Stellvertreterin der Äbtissin, die sie am Tage zuvor bereits kurz kennengelernt hatte. Ein Blick auf ihr dickes, unglückliches Gesicht reichte, um zu erkennen, daß etwas Furchtbares geschehen war.

»Was ist los?« flüsterte Ifryn, um die anderen nicht zu wecken.

Yuille winkte sie zu sich, und als sie draußen im Kreuzgang standen, begann sie zu reden.

»In der Nacht hat die Äbtissin versucht, nach Xantium zu blicken – sie ist als Telepathin ein großes Talent –, aber ... irgend etwas ist passiert. Jetzt liegt sie im Koma, und keine von uns kann sie aufwecken. Ihr Verstand ist irgendwo gefangen. Sie hat das für Euch getan.« Zum Glück klang sie nicht beschuldigend. »Könnt Ihr ihr helfen?«

Ifryn begleitete sie, obwohl sie wußte, daß diese außerhalb ihrer Macht stand. Das alte Gesicht war ruhig, aber die offenen Augen zeigten kein Leben und starrten etwas an, das nur die Äbtissin sehen konnte.

»Es tut mir leid«, sagte Ifryn hilflos.

»Ich weiß viel über die Dinge, die Ihr mit ihr besprochen habt, doch ...« begann Yuille.

»Ich hatte gehofft, heute morgen noch einmal ihren Rat in Anspruch nehmen zu können«, sagte die Kaiserin, »aber jetzt nehme ich an, daß ich allein weitermachen muß.«

»Die Relikte?«

»Ja.«

»Ich lasse Euch nur ungern ins Heiligtum«, gab Yuille unglücklich zu. »Ich gestehe, ich bin auf eine solche Pflicht nicht voll und ganz vorbereitet, und solange die Äbtissin lebt ...«

»Aber wir haben keine Zeit!« rief Ifryn aus. »Das versteht Ihr doch sicher? Die Äbtissin wußte, wie wichtig es ist, was wir tun – warum sonst hätte sie so etwas Gefährliches versucht? Wollt Ihr, daß ihr Opfer umsonst war?« Sie war von ihrer eigenen Heftigkeit überrascht. Schon der Gedanke daran, die Katakomben zu betreten, wo die Relikte aufbewahrt wurden, erfüllte sie mit Grauen – dennoch *mußte* sie es einfach tun.

»Verfügt Ihr wirklich über keinerlei Magie?« fragte Yuille leise.

»Das hat man mir gesagt. Hier, überprüft es selbst.« Ifryn streckte ihre Hände aus.

»Ich habe diese Fähigkeit nicht.«

»Dann holt eine, die es kann, aber überzeugt Euch davon. Die Äbtissin erholt sich vielleicht längere Zeit nicht von ihrem Leiden – und wir können es uns nicht leisten zu warten.«

»Unsere Heilerinnen sind ratlos«, gab die Stellvertreterin zu. »Sie sind nicht sicher, daß sie jemals wieder gesund wird.«

»Um so wichtiger also ...«

Yuille gab nach, doch ihre Unsicherheit blieb.

»Nun gut. Ich werde den Weg vorbereiten. Kommt, sobald Ihr bereit seid.«

Als die Entscheidung erst einmal gefallen war, ertappte sich Ifryn, daß sie einerseits zwar furchtbare Angst hatte, andererseits aber begierig war, so schnell wie möglich zu handeln. Wenn sie diese Aufgabe tatsächlich auf sich nehmen wollte, dann sollte es besser bald geschehen – oder sie verlor die Nerven und wäre nie mehr dazu in der Lage. Sie hatte kurz mit Vrila und Delmege gesprochen, obwohl ihre Töchter noch schläfrig waren und die unvollständige Erklärung nicht richtig verstanden. Danach hatte sie Doneta für, wie sie hoffte, alle Fälle Anweisungen gegeben.

»Falls mir irgend etwas ... etwas passiert, müßt Ihr

Euch um die Mädchen und Azari kümmern. Bleibt bei Southan. Er wird Euch brauchen.« *Ich kann nicht glauben, daß ich das sage!* »Und sagt ihm, daß ich ihn liebe.«

»Euch wird nichts geschehen«, protestierte ihr Mädchen, doch die Zweifel in ihren Augen waren deutlich zu erkennen.

»Ich bin sicher, das wird es nicht«, erwiderte Ifryn und zwang sich zu einem Lächeln, »aber man kann nie wissen . . .«

»Gibt es sonst noch etwas?« fragte Doneta leise und senkte den Blick.

Ifryns Gedanken kehrten kurz und voller Kummer zu Kerrell zurück, doch das, was sie sagen wollte, konnte sie nicht in Worte fassen. Er würde es verstehen.

»Nein. Ich muß jetzt gehen.«

Sie warf einen letzten Blick auf ihre Töchter und fragte sich, ob sie sie jemals wiedersehen würde – oder ob sie sie dann erkennen würde –, doch dann schob sie diese Gedanken beiseite und ging hinaus. Tharasia wartete draußen im Kreuzgang, und als sie losgingen, ergriff Ifryn das Wort.

»Die Äbtissin sagte, je mehr Talent die Leute hatten, um so schneller wurden sie wahnsinnig. Wenn ich also überhaupt kein Talent habe, wird nichts passieren. Ich werde nicht wahnsinnig. Das ist doch logisch, oder?« Sie wußte, daß sie nur versuchte, sich selbst zu beruhigen.

»Ja«, erwiderte die weise Frau zuversichtlich. »Die Äbtissin hätte das nicht angedeutet, wenn sie glaubte, daß Ihr dadurch zu Schaden kommen würdet.«

Es sei denn, sie war verzweifelt, dachte Ifryn, aber sie sagte nichts.

Die Relikte wurden in einer heiligen Kammer unter der Erde aufbewahrt, in einem riesigen Keller unterhalb des ältesten Zentralgebäudes. Ifryn hatte bei ihrem ersten Besuch hier nur einen kurzen Blick auf das höhlenartige Innere werfen können, doch das hatte gereicht, um zu erkennen, daß dieser Ort völlig anders war als alle anderen, die Ifryn je gesehen hatte.

Als sie dieses Mal die Stufen zur äußeren Kammer hinunterging, stand die Tür des Heiligtums offen, und ungefähr ein Dutzend oder mehr Frauen warteten auf sie, und ihre nervösen Gesichter leuchteten hell im Schein der Lampen. Yuille trat vor.

»Das Siegel der Kammer wurde entfernt. Wollt Ihr es wirklich tun?«

»Ja.«

»Nun gut. Sabena und ich werden mit Euch eintreten«, fuhr die Stellvertreterin fort und zeigte auf eine ihrer Gefährtinnen. »Aber nur Ihr allein dürft die Kugel berühren.«

Ifryn nickte.

»Wir gehen zuerst hinein und zünden die Lampen an«, fügte Yuille hinzu. »Ich werde ein Zeichen geben, wenn alles bereit ist. Mögen Eure Instinkte Euch leiten – und denkt daran, was Ihr gelernt habt.«

Mit diesen Worten wandten sie und Sabena sich um und gingen voran, während die anderen sich ein wenig zurückzogen. In der Katakombe brannten immerwährende Kerzen und gaben ein schwaches Licht, das auf dem rätselhaften Gegenstand in der Mitte der Kammer schimmerte und andere Geheimnisse an den Wänden erahnen ließ. Ifryn sah zu, wie das hellere Licht der Lampen einige der Geheimnisse der Kammer enthüllte, und obwohl man sie gewarnt hatte, war es wie ein Schock. Entlang der Wände standen Steinsärge aufrecht – als stünden die Menschen darinnen noch immer auf den Beinen. Jeder Sarg hatte ein besonderes Fach in Kopfhöhe mit einem Fenster darin – und die augenlosen Schädel aller früheren Äbtissinnen blickten heraus und wachten über die Lebenden und über die Relikte, die sie schon so lange beschützten. Diese lagen in einer Kugel aus glasähnlichem Material, die auf einem Steinsockel stand. Yuille gab Ifryn ein Zeichen, und Ifryn trat mit dem Gefühl vor, als bewege sie sich in Zeitlupe. Beiläufig bemerkte sie, daß sich die Lippen der anderen Frauen still bewegten. *Für wen beten sie*? fragte sie sich. *Und zu wem?*

Als sie näher an die Relikte kam, konnte sie die Kugel genauer erkennen. Sie war kristallklar und hatte ungefähr die Größe eines Männerkopfes. Das Licht schien wirbelnd hindurch und warf an ihrem Fuß kleine Regenbogen. Eingebettet in ihre Mitte lag ein kleines Bündel aus einem Stück tiefblauem Stoff mit eingewebten Gold- und Silberfäden. Es war wunderschön und wirkte absolut unschuldig – und dennoch hatte dieser uralte Preis offenbar viele Frauen wahnsinnig gemacht. Das ergab einfach keinen Sinn.

Vorsichtig ging Ifryn in der Hoffnung auf irgendeine Eingebung um den Sockel herum, dann drehte sie sich zu Yuille um, die ihr zunickte. Dann blickte sie Tharasia an, die jetzt draußen vor der Tür zusammengedrängt zwischen den anderen stand und sie ermunternd anlächelte. Ganz behutsam streckte Ifryn einen Zeigefinger aus, und ihr Herz raste. *Jetzt oder nie.*

Sie berührte die glatte, kühle Oberfläche – und spürte nichts. Sie ignorierte den angehaltenen Atem und die halberstickten Schreie der Zuschauerinnen und legte nach wenigen Augenblicken beide Hände flach auf die Kugel. Immer noch spürte sie nichts Außergewöhnliches.

Ifryn wollte gerade das ganze Ding vom Sockel heben – das erschien ihr als logischer nächster Schritt –, als alle erneut nach Luft schnappten und sie einen leisen Schrei hörte. Erst hinterher wurde ihr klar, daß er sich ihrer eigenen Kehle entrungen hatte. Das durchsichtige Material glühte grellweiß, und wenn Ifryn auch kein Leid zugefügt worden war, so war die Kugel wenige Augenblicke später einfach nicht mehr da. Der blaue Stoff lag offen auf dem nackten Stein des Sockels.

Ifryns Zuschauer sowohl in als auch außerhalb der Kammer blickten gebannt und schweigend auf das Wunder. Offensichtlich war Ifryn noch bei Verstand, doch sie alle hielten ihren Atem an und wollten sehen, was als nächstes geschah. Einige der Frauen beteten wieder.

Also, dachte Ifryn. *Es hat mir nichts getan, also hatte die Äbtissin in dieser Hinsicht wohl recht, aber noch habe ich nichts wirklich Brauchbares erreicht. Ich muß die Relikte selbst in die Hand nehmen.*

Sie streckte noch einmal die Hand aus und berührte den Stoff. Er war weich, aber irgendwie spröde und machte den Eindruck, als sei er schon sehr alt. Sie hob ihn hoch und hielt ihn sehr vorsichtig fest. Der gefaltete Stoff wog so gut wie nichts. Sie spürte immer noch nichts. *Aber würde ich es überhaupt merken?* fragte sie sich kurz. *Wissen die Wahnsinnigen um ihren eigenen Zustand?* Ein Blick auf die anderen beruhigte sie. Zwar wirkten sie ehrfürchtig, doch zeigten ihre Gesichter nichts von dem Schrecken, mit dem sie offenkundigem Wahnsinn begegnet wären.

Ifryn faltete das Material sanft auseinander, und schon bald merkte sie, daß nichts darin enthalten war. Das Relikt war einfach ein Stück Stoff, wie eine kleiner Schal aus feinem blauem Faden, verwoben mit kostbaren Metallen, so daß er schimmerte. Ifryn hatte noch nie eine so zarte Arbeit gesehen, nicht einmal unter den kaiserlichen Schätzen – dennoch war es nur ein Stück Stoff. Es gab keine Enthüllungen, keine Woge der Macht, keine Erinnerungen.

Und jetzt? Sie sah hilfesuchend zu Yuille, Sabena und Tharasia hinüber, doch ihre Augen waren weit aufgerissen und ihre Gesichter ausdruckslos. *Wie soll ich denn Erinnerungen hervorrufen*? Langsam wurde Ifryn wütend. *Ich habe kein Talent*!

Ohne nachzudenken blickte sie die untätigen Schädel an und begann zu schreien.

»Ist das ein Trick? Ein Witz? Die einzige, die das hier berühren kann ...«, sie wedelte mit dem Stoff wie mit einer Flagge, »... kann es als einzige nicht benutzen? Hä?«

Inzwischen sahen einige der Frauen ziemlich entsetzt aus, erschreckt über Ifryns Lästerung, und einige waren instinktiv demütig auf die Knie gefallen. Aber das war der Kaiserin gleichgültig. Sie war viel zu weit gegangen, um zu akzeptieren, daß das Ganze bedeutungslos war.

»Brauche ich jemand anderes, der mir helfen kann?« schrie sie den schweigenden Schädeln zu. »Den anderen Zwilling? Tja, es gibt keinen! Ihr habt nur mich. Niemand kann uns helfen.« Zu Yuille gewandt rief sie: »Was soll ich tun?«

Die Stellvertreterin der Äbtissin zog sich zurück. Sie war eindeutig hilflos und entsetzt – und das vergrößerte Ifryns Enttäuschung nur noch.

Da gab es an der Tür ein plötzliches Durcheinander, und Padina stürmte herein, vorbei an den warnenden Händen der Älteren.

»Ich werde Euch helfen!« erklärte sie atemlos, während sie auf Ifryn zurannte.

»Nein!« riefen mehrere Stimmen gleichzeitig, und Ifryn, die völlig überrumpelt war, versuchte, den Stoff außer Reichweite des Mädchens zu halten. Doch es war zu spät. Eine Ecke des rechteckigen Stoffes streifte Padinas ausgestreckte Hand, und sie schrie einmal auf und brach auf dem Boden zusammen, als habe ein schwerer Schlag sie niedergestreckt.

Und dann brach für Ifryn die Realität zusammen, und die ganze Welt spielte verrückt.

Kapitel achtundzwanzig

Sieh auf den zerfurchten Altar. Wirf die Kirschkerne und tritt einen Schritt zurück, damit die Priester das Muster deuten können – die Priester, die in hölzernen Särgen schlafen, die Priesterinnen, die im Stein liegen.

Ritual wird zum Atem des Lebens. Und zum flatternden Tuch des Todes.

Willkommen, Herrin! Obgleich die Stimmen in Ifryns Kopf widerhallten, konnte sie nicht sagen, ob die Begrüßung an sie oder jemand anderen gerichtet war.

Der Raum war erfüllt von Funken und Flammen – Lichter wirbelten umher, Rauch kräuselte sich, Stein erzitterte und begann, wie graues Wasser zu fließen. Die Geräusche vervielfachten sich zu einer Kakophonie, Musik schwoll an und verebbte wie die Gezeiten eines unsichtbaren Meeres, Stimmen schrien und heulten, lachten und sangen, die Luft knisterte. Doch nichts berührte sie. Sie befand sich im Auge eines unvorstellbar gewaltigen Sturms, ihr wurde schwindelig, doch sie blieb unversehrt.

In diesen Strudel drangen dunkle, geflügelte Schatten ein.

Die Fledermäuse brachten ihre Bewegung und ihre Geräusche mit, und Ifryn spürte, wie sie ganz ruhig wurde. *Erinnert Euch gut an das, was Ihr erfahrt.* Ihr Körper wurde zu einem Ding ohne Dimensionen, ohne Schmerzen oder eigenen Wert, ohne echte Existenz. Sie war einfach ein Mittel, um Gefühle aufzuzeichnen, ein Medium für die anderen. Sie sah und hörte zu.

Es war sonderbar, daß sie in dem ganzen Durcheinander die Kammer immer noch spüren konnte, und sie wußte, daß die Geschichte sie beobachtete.

»Kannst du mich hören, mein stilles Mädchen?« Die Stimme schien von überall gleichzeitig zu kommen und klang ein wenig belustigt. »Leisten deine Ohren dir noch ihren Dienst, auch wenn deine Magie dir verwehrt bleibt?«

»Ich höre«, wagte Ifryn schüchtern zu sagen. Wie hätte sie nicht hören können? Die Worte waren beinahe ohrenbetäubend laut.

»Ich werde meine Stimme dämpfen«, sagte die Stimme lachend.

»Wer seid Ihr?«

»Erkennst du mich nicht?« Die Stimme klang jetzt spöttisch. »Ich bin Zidon. Ich würde dir mein Gesicht zeigen – doch es könnte dich blenden.«

Ifryn bemühte sich verzweifelt, ihren letzten Rest von Vernunft nicht fahren zu lassen. *Zidon? Die Göttin der Prophezeiung*? Sie fand es beinahe unmöglich, diesen Gedanken zu akzeptieren. *Die Göttin? Und sie spricht zu mir*?

»Vergiß deine kleinmütigen Zweifel«, donnerte die Stimme ungeduldig.

»Was wollt Ihr?« flüsterte Ifryn.

»Ich wollte so vieles«, erwiderte Zidon plötzlich ganz ernst, »aber die Menschen sind so stur – selbst, wenn sie Götter sind!« Jetzt klang sie angewidert. »Ich wollte meine *beiden* Brüder zurückhaben. Ich wollte Harmonie im Pantheon – das ist das Wort, das ihr für uns benutzt, nicht wahr? Ich wollte *spielen*, Spaß haben – nicht das Chaos beobachten. Also machte ich einen Handel mit den Gesetzen. Ich wußte, Meyu konnte Gars Schicksal nicht auf ewig bestimmen, aber ich habe mein Bestes getan, alles zu beschleunigen, indem ich Hinweise verstreute.«

»Hinweise?«

»Du hältst ein Stück meines Gewandes in deiner

Hand – es ist nur ein Stück von vielen, doch sehr viel mächtiger als die anderen, weil es hier viele Jahre lang treu und ergeben bewacht wurde. Sein Ruf war der lauteste, und ich wußte, daß es begann, als der junge Mann kam. Oh, er war wunderschön, so arrogant, so gefühllos. Perfekt!«

»Verkho.«

»Welche Bedeutung haben Namen?« bemerkte die Göttin. »Was er gelernt hat, ist wichtig. Er erkannte, wie man den Talisman ausfindig machen und für sich nutzen kann, sah, wie man seine Macht gewinnen kann. Oh, er kannte einige der Fallen, wußte, daß er auch verlieren konnte, doch sein Stolz war so groß, ich konnte erkennen, daß ihn das nicht abhalten würde. Und er sah, wie er vielleicht zu einem *Gott werden* könnte, anstatt nur zu lernen, die Macht eines Gottes zu gebrauchen. Wie konnte er da widerstehen – der arme Narr! Also hat er den Talisman an sich gebracht und Gar befreit, so daß mein Bruder erneut auf die Welt herunterblicken kann. Damit ist die erste Phase vollendet. Und jetzt, jetzt bist du hier.« Zidon klang wieder belustigt, als sei sie entzückt über ihre eigenen manipulativen Fähigkeiten.

»Ihr habt das alles so geplant?« Ifryn schnappte nach Luft, und die Bedeutung dieser Worte erfüllte sie mit Schrecken. »Das Leiden, das Elend, die Toten? Das alles?«

»Du stellst mein Recht dazu in Frage?« erwiderte die Göttin, belustigt über die Verwegenheit der Kaiserin.

Diese Frage brachte Ifryn zum Schweigen, und zum ersten Mal dachte sie ganz kühl darüber nach, mit wem sie da sprach. Ihre Angst kehrte zurück – ebenso die Welt. Die Kammer sah genauso aus wie zuvor, doch jetzt war sie allein. Padina, Yuille, Tharasia und die anderen Frauen waren alle verschwunden, und die einzigen Zuschauer waren die toten Skelette. Da wurde Ifryn klar, daß auch ihr eigener Körper unsichtbar war. Sie konnte sich nicht bewegen – denn es gab nichts, was sie bewegen konnte. Ein Schrei entrang sich hilflos ihrer nicht vorhandenen Kehle, doch die Stille durchbrach er nicht. Eine andere Stimme drang in die leere Stille, und der Sarkasmus in Zidons Tonfall brachte Ifryns Entschlossenheit zurück.

»Dir wäre es lieber, wenn ich nicht so gottähnlich wäre? Soll ich ein paar Tricks vorführen, damit du dich wohler fühlst?«

Während der Satz ausgesprochen wurde, imitierte einer der Schädel grotesk die Worte. Ifryn spürte die Unwürdigkeit dieser Vorstellung und fühlte die Geister all dieser ergebenen Frauen sich voller Protest erheben. Sie sah Generation um Generation von Wanderinnen, die Zuflucht suchten, Jahrhunderte voller Vertrauen und Liebe. Sie wußte um ihre Suche nach Wahrheit und Schönheit. Das hatten sie nicht verdient.

»Hört auf damit!« schrie Ifryn. »Ihr habt kein Recht, sie zu verspotten!«

»Ich habe das Recht einer Göttin«, antwortete ein anderer Schädel. »Jedes Recht«, klapperte ein weiterer – und noch einer und noch einer –, derselbe Satz, immer wieder, und die blassen Kiefer mahlten und wirbelten mit zerbröckelnden Zähnen den Staub von Jahrhunderten auf. Ifryn, über alle Maßen verstört, verschloß diesem Anblick ihren Verstand und war entschlossen, diese Erniedrigung zu ignorieren. Langsam verebbten die obszönen Echos.

»Was soll ich tun?« fragte sie.

»Gehorche der Prophezeiung. Bislang hast du es getan«, erwiderte Zidon selbstzufrieden.

»Welcher Prophezeiung?«

Gelächter erfüllte ihren Verstand, diesmal als echte Belustigung, nicht als mutwillige Grausamkeit – dennoch fühlte sich Ifryn einmal mehr erniedrigt.

»Manchmal sind es ein paar wenige Sterbliche wert,

einige Fragmente meiner Arbeit zu spüren«, erklärte die Göttin. »Propheten, Seher – ihr habt so bildhafte Worte für diese einfachen Dinge. Alasia – ich glaube, so nennt ihr sie – ist eine von ihnen. Sie ist wissend. Sie ruft dich zurück.«

»Nach Xantium?« Ifryn war verblüfft, den Namen ihrer Freundin zu hören. Vielleicht war das hier die erste einer Reihe von wirklich wichtigen Einzelheiten. Aber all ihre Hoffnungen schwanden bei den nächsten Worten der Göttin in einem dunklen Strudel des Entsetzens.

»Wo sonst könntest du deinen Sohn Verkho übergeben?« fragte Zidon nüchtern.

»*Was*?« Ifryn traute ihren Ohren nicht. Sie war wie betäubt.

Die Göttin lachte wieder und sprach voll übertriebener Geduld mit Alasias Stimme weiter.

»Vergangenheit und Zukunft sind für ihn eins.« Dann nahm sie wieder ihre eigene Stimme an und fügte hinzu: »Aus der magischen Leere kommt das Potential, alle Welten zu heilen – oder sie für immer zu zerstören.«

»Nein!« schrie Ifryn. »Warum sollte ich das tun?«

»Du hast die Wahl«, bemerkte Zidon drohend. »Aber du solltest sicher sein, daß du weißt, was du da ablehnst.«

»Ich werde meinen Sohn nicht aufgeben!«

»Du mußt!« fuhr die Göttin sie so heftig an, daß Ifryn innerlich vor Angst erzitterte.

Es war das erste Mal, daß Zidon wütend wurde, und schon die Berührung ihres Zorns erschütterte Ifryn bis ins Mark.

»Und wenn du ihn übergeben hast, gewinne ihn zurück – wenn du es vermagst«, fügte ihre Peinigerin unerwartet hinzu.

»Ist das möglich?« fragte Ifryn verzagt.

»Natürlich«, erwiderte Zidon verächtlich.

»Wie?«

»Du und dein gleichgesinnter Zwilling könnt euch als einzige dem letzten Spiel stellen.«

»Wo ist mein Zwilling? Wo ist sie?«

»Du hast sie schon gefunden. Du wirst es erkennen, sobald die Leuchtfeuer erstrahlen.«

»Wovon redet Ihr?« flehte Ifryn.

Zidon lachte nur, und der Verstand der Kaiserin rebellierte.

»Nein!« Wie konnte sie auch nur darüber nachdenken, Azari zurück nach Xantium zu bringen? »Das werde ich nicht tun. Warum sollte ich?«

»Es wird schlimmer für dich – und für alle Welten –, wenn du es nicht tust«, sagte die Göttin gelassen.

»Woher wißt Ihr das?«

»Ich bin die Göttin der Prophezeiung. In dieser Hinsicht fehlt es mir nicht gänzlich an Talent.«

»Dann sagt mir, was geschehen wird«, forderte Ifryn sie heraus. Sie erwartete, daß dieser Vermessenheit weiterer Sarkasmus folgen würde, doch zu ihrer Überraschung antwortete Zidon ihr ganz ruhig.

»Die Prophezeiung spricht von drei möglichen Folgen. Im ersten Fall verlierst du dein Duell gegen Verkho. Gar wird sowohl ihn als auch deinen Sohn bekommen, und durch sie wird er sowohl Zeit als auch Raum beherrschen können. Alle Welten werden unter seine Herrschaft fallen, und sogar das Pantheon wird sich all seinen Launen beugen. Ich sehe, daß du zitterst. Das solltest du auch. Der endlose Aufenthalt meines Bruders in der Dunkelheit hat ihn verbittert, und seine Bosheit wird eine Million Jahre lang brennen.

In der zweiten gewinnt niemand. Wenn du dein Schicksal zurückweist und dich entscheidest, Azari nicht nach Xantium zu bringen – denn ich sehe, daß du diese Möglichkeit bereits erwägst –, wird es Krieg unter den Göttern geben. Endlose vergebliche Konflikte und Verwüstung. Alle Menschen werden in Furcht und Dunkelheit leben, und obwohl Verkho in diesem Krieg lediglich ein einfacher Soldat sein wird, kann er die Welt der Sterblichen nach seinen Vorstellungen regieren. Ich glaube, du hast schon einmal einen Vorgeschmack auf seine Tyrannei bekommen.«

»Und die dritte Möglichkeit?« fragte sie verzweifelt.

»Du gewinnst«, erwiderte die Göttin schlicht.

»Und dann?« beharrte Ifryn. »Bekomme ich Azari zurück?«

Zidons grausames Lachen verspottete sie einmal mehr. »Ist das alles, woran du denken kannst? Du würdest den Frieden wiederherstellen und allen Welten Hoffnung bringen, eine Wohltäterin der Götter werden, Meyu und Gar noch einmal ebenbürtig machen – und du kannst nur an deine eigenen unbedeutenden Angelegenheiten denken?«

Ifryn wollte schreien, erklären, daß ihr Sohn keine unbedeutende Angelegenheit war, doch sie brachte es angesichts dieses überwältigenden Hohns nicht über sich.

»Da hast du also drei Schicksale«, schloß Zidon.

»Und welches wird sich erfüllen?« flehte Ifryn. »Sagt es mir!«

»Du willst das Ergebnis wissen, bevor du deinen Einsatz gemacht hast?« Die Göttin war wieder belustigt. »Selbst Gottheiten können die Zukunft nicht exakt vorhersehen. Warum, glaubst du wohl, ist die Sprache der Orakel so ungenau?« Wieder veränderte sich ihre Stimme, wurde zu einem tiefen, widerhallenden Grollen, das die Steine erzittern ließ. »Feuer ist der Anfang, Schreien das Schicksal, aber du wirst das Ende wählen.«

Ifryns Gedanken gingen zurück, und sie erinnerte sich an Zephia, die Alasia zitierte. *Das Feuer ist nur der Anfang. Wenn du das Schreien beenden willst, hast du nicht mehr viel Zeit.*

»Dieses Geschwätz langweilt mich allmählich«, sagte

Zidon abrupt, und das Feuer loderte wieder auf. Eine Woge aus Lärm stürzte über Ifryn zusammen. Alles schimmerte und geriet in Bewegung und wirbelte in schwindelerregenden Kreisen umher.

»Wie komme ich zu Verkho?« überschrie Ifryn eilig das Durcheinander. »Xantium ist uneinnehmbar.«

Zidons Stimme erreichte sie als schwindendes Echo aus unvorstellbarer Ferne.

»Du wirst eine Armee haben, die dir den Weg bahnt – die einzige Armee, die diesen Feind bekämpfen kann. Sieh zu den Generälen.« Nach einer Pause fügte sie hinzu: »Und vergiß nicht, daß die ersten Blumen im Osten erblühen.«

Dann war da nur noch Schweigen und Dunkelheit. Alle Lampen, alle Kerzen waren erloschen. Das einzige Geräusch kam von Ifryns schwerem Atem und dem Donnern ihres eigenen Herzschlags. Plötzlich kam ihr alles, was sie gesehen, alles, was sie gehört hatte, unwirklich vor, unmöglich – doch da hörte sie draußen das Geräusch vorsichtiger Schritte, die sich die Treppe herunter näherten, und sah das flackernde Licht einer Handlampe.

Die Wirklichkeit kehrte zurück. Padina lag zu Ifryns Füßen. Yuille und Sabena lagen ausgestreckt auf dem Boden und atmeten kaum – und offenbar waren auch alle anderen Frauen in der Kammer in Ohnmacht gefallen. Ifryn war wirklich allein gewesen.

Sie hob die Hand vor ihr Gesicht, sah den blauen Stoff an, die dünnen Linien aus Gold und Silber. Und während sie den Stoff betrachtete, zerfiel er zu Staub und schwebte sanft zu Boden, und sie blieb mit leeren Händen zurück.

Kapitel neunundzwanzig

Wir alle sind Grenzen unterworfen, aber er, der ein Gott sein will, braucht solche Beschränkungen nur abzuschaffen. Keine Enge begrenzt das Feuer. Es liegt außerhalb von Stunden oder Entfernungen.

Das Heulen breitet sich aus.

Als in die Abtei wieder so etwas wie Normalität zurückgekehrt war, war es schon zu spät, um sich auf den Rückweg nach Furse Hollow zu machen, und so blieben Ifryn und die anderen gezwungenermaßen eine weitere Nacht in den Besucherunterkünften. Die Kaiserin fand Trost in der bedingungslosen Liebe ihrer Töchter und der besorgten Unterstützung der stets loyalen Doneta, doch da die Äbtissin weiterhin in tiefer Bewußtlosigkeit lag, war es Tharasia, an die sie sich um ein offenes Ohr und in der Hoffnung auf einen Rat wandte. Die weise Frau war bei den Ereignissen dieses Morgens ebenfalls ein wenig in Mitleidenschaft gezogen worden, doch als sie sich davon erholt hatte, machte sie es sich zur Aufgabe, Ifryn wieder aufzurichten und den anderen bei den Nachwirkungen des Besuches der Göttin beizustehen. Sie hatte mit den meisten Beteiligten gesprochen und soviel sie konnte aufgenommen, damit sie Ifryn, die nachdenklich, aber gewiß nicht verrückt war, alle nötigen Einzelheiten nennen konnte.

Viele der Neuigkeiten, die Tharasia brachte, waren nicht gut. Padina war wahnsinnig geworden, ihr junger Verstand war von Kräften zerstört worden, die sie nicht verstehen konnten. Sie sprach nur noch in unverständlichen Grunz- und Stöhnlauten, und ihre Bewegungen waren unkoordiniert. Sie schwankte zwischen wütender Gewalttätigkeit und bemitleidenswertem Schrecken, wenn sich ihr irgend jemand näherte, und so etwas wie Frieden fand sie nur, wenn sie schlief – doch auch dann waren ihre Träume häufig voll großer Qualen. Zwar wußte Ifryn, daß Padinas Unglück nicht völlig ihre Schuld war, doch ihr wurde ganz schlecht bei dem Gedanken, welche Rolle sie dabei gespielt hatte, und sie machte sich schwere Vorwürfe. *Intellekt, Opfer und Glück*, dachte sie mürrisch. Das Opfer war jetzt offensichtlich – und das war furchtbar –, aber war es Intelligenz oder einfach nur Glück gewesen, das zu allem anderen geführt hatte? Da fiel ihr noch etwas ein, was die Äbtissin gesagt hatte. *Verkho brach die äußeren Siegel, doch mußte er nicht dafür leiden – er gab dieses Verhängnis an andere weiter, als er entfloh.* Dieser Zufall war allzu offensichtlich, als daß sie ihn ignorieren konnte. *Bin ich genauso gefühllos wie er*? fragte sich Ifryn und verteidigte sich dann, daß seine Tat willkürlich, ihre hingegen durch Zufall geschehen war. Doch dieses Argument wirkte nicht sehr überzeugend.

Yuille, Sabena und die anderen hatten mehr Glück gehabt. Sie hatten sich von ihrer Bewußtlosigkeit erholt und einen Schock davongetragen, doch ansonsten waren sie unverletzt. Sie erinnerten sich an nichts von dem, was geschehen war, nachdem Padina den Stoff berührt hatte. Dennoch war das Trauma, das die Ordensgemeinschaft erlitten hatte, sehr ernst, und es hallte immer noch nach. Doch nachdem sie Ifryns kurzen, stockenden Bericht über die Tortur gehört hatten, waren sie sich in einem Punkt einig. Die Göttin war in die Abtei gekommen. Yuille und ihre Gefährtinnen *glaubten*.

Doch all das half Ifryn nicht bei ihrer Entscheidung, ob sie Zidon und ihrer Prophezeiung vertrauen und nach Xantium zurückkehren sollte. Jedesmal, wenn sie darüber nachdenken wollte, Azari tatsächlich auszuliefern, weigerte sich ihr Verstand, sich diese Szene vorzustellen. Es war einfach lächerlich, schrecklich, obszön ... unmöglich. Und doch: wenn man der Göttin glauben wollte, war es Ifryns einzige Chance, ihren Sohn zu behalten und ihm ein Leben zu bieten, das nicht von Chaos und Terror überschattet war. Natürlich war es gleichermaßen eine Möglichkeit, durch die sie ihren Sohn vollständig verlieren und er ein Teil irgendeiner böswilligen, monströsen Gottheit werden konnte.

»Es muß noch eine andere Möglichkeit geben«, brach es aus ihr heraus, und sie fühlte sich, als werde ihr das schmerzende Herz herausgerissen. »Das muß es einfach!«

Tharasia wußte nichts Beruhigendes zu sagen. Sie konnten jetzt nur noch die Nacht hinter sich bringen und dann beim ersten Tageslicht zu ihren Mitreisenden in Furse Hollow stoßen.

Als die Sonne aufging, wünschte ihnen Yuille trübsinnig Lebewohl, doch sie wußte auch keinen Rat – und Ifryn argwöhnte, daß sogar die Äbtissin hilflos gewesen wäre. Der Morgen war kalt, und graue Wolken im Westen drohten mit Regen, und so ging Tharasia mit schnellem Schritt voran – so eilten sie den ganzen Morgen trotz einiger halbherziger Proteste der Mädchen weiter. Alle anderen waren sich der Notwendigkeit, so schnell wie möglich nach Furse Hollow zurückzukehren, vollkommen bewußt, und sie kamen dieser Pflicht mit zielstrebiger, beinahe fieberhafter Intensität nach. Die ordentlichen Felder, der Hohlweg mit seinen Botschaften von Dankbarkeit und Hoffnung, der stille Wald – sie alle erregten keinerlei Aufmerksamkeit mehr und wurden keines Blickes gewürdigt.

Es war noch eine Stunde vor Mittag, als sie zwischen den Bäumen hervor auf die Lichtung des Dorfes traten. Man erspähte sie sofort, und ein Schrei war zu hören. Innerhalb weniger Augenblicke rannte Southan auf seine müde Frau zu und schloß sie in die Arme. Kerrell folgte dicht dahinter, und Ifryn sah ihn über die Schulter ihres Mannes hinweg an, und ihrer beider Augen sagten alles, was ihnen gestattet war.

Die anfängliche Freude über ihre Rückkehr schwand sofort, als die gedrückte Stimmung der Frauen deutlich wurde. Man verlangte Erklärungen, und das Geschrei hätte Ifryn beinahe zum Weinen gebracht. Sie konnte es nicht ertragen, ihre Geschichte vor dem ganzen Dorf zu erzählen, und als Southan dies erkannte, benahm er sich sehr beschützend und sorgte dafür, daß sie sich mit den anderen aus ihrer Gruppe in der Gästehalle versammeln konnte. Ifryn wußte, daß ihre Gastgeber ein wenig Rücksicht erwarten konnten, und da sie nicht alles zweimal erzählen wollte, bestand sie darauf, daß einige der Ältesten mit ihnen kamen. Doch nur Feavyer akzeptierte die Einladung mit der Bemerkung, seine Augen und Ohren würden dem Dorf genügen, und Tharasia würde die Einzelheiten berichten, die er nicht mitbekam. Doneta, die von diesen Geschichten inzwischen genug hatte, erbot sich freiwillig, mit den Mädchen draußen zu warten, damit zumindest sie die Möglichkeit hatten, sich zu erholen. So fand sich Ifryn einem Publikum aus fünf Männern ihrer eigenen Gruppe sowie Tharasia und dem Dorfältesten gegenüber – doch in den ersten Augenblicken ignorierte sie alle. Sie konnte nur an Azari denken, und sie hielt ihren Sohn fest an sich gedrückt. Er gluckste glücklich, als er den vertrauten Duft seiner Mutter roch und schloß seine winzigen Finger um ihre Haare. Als sie ihren Kopf zurücklehnte, um in seine zufriedenen, großen blauen Augen zu sehen, begann Ifryn hilflos zu weinen, und Southan eilte an ihre Seite.

»Was ist los?« fragte er aufgeregt. »Es geht ihm doch gut, oder? Man hat sich gut um ihn gekümmert.«

»Ich weiß«, flüsterte sie zwischen zwei Schluchzern. »Das ist es nicht.«

»Was dann? Komm, setz dich und erzähl uns alles.« Er tupfte ihre Tränen fort, und die Sorge stand ihm deutlich ins Gesicht geschrieben.

Und so erzählte sie ihnen alles, und die Worte strömten nur so aus ihrem Mund. Vieles davon klang unglaublich, sogar für sie selbst, und ihre Zuhörer waren erstaunt und hin- und hergerissen zwischen Unglauben, Entsetzen und instinktiver Leugnung. Als Ifryn geendet hatte, erfüllte sie das Gefühl der Erleichterung. Jetzt lag die Entscheidung nicht mehr nur in ihren Händen. Sie fühlte sich völlig ausgelaugt und war absolut nicht auf den zornigen Streit vorbereitet, der nun ausbrach. Besonders überraschend kam für sie Southans plötzliche und von ganzem Herzen empfundene Verwandlung.

»Wir müssen mit Azari nach Xantium zurückkehren«, sagte er. »Wenn wir es nicht tun, bleibt uns – uns *allen* – nur endloses, alles durchdringendes Grauen. Es ist vielleicht unsere einzige Chance, uns dieses Bösen zu entledigen.«

»Seid Ihr wahnsinnig?« brach es wütend aus Kerrell heraus. »Ihr würde das Leben Eures Sohnes aufs Spiel setzen? Vielleicht will Verkho genau das. Und selbst, falls es stimmt, daß wir damit eine Chance haben, so ist doch gleichermaßen wahr, daß es dem Bösen, von dem Ihr sprecht, den allerletzten Sieg beschert.« Sein gebräuntes Gesicht war rot geworden. Er war es nicht gewohnt, seinem Kaiser so deutlich und offen zu widersprechen. »Und warum ist Azari so wichtig?« fragte er leidenschaftlich.

Southan war ganz kurz verblüfft über den Ausbruch des Generals, und es blieb Tharasia überlassen, eine angemessene Antwort zu geben.

»Nach allem, was ich höre«, sagte sie, »hat Azaris Verstand eine besondere Gabe, die dazu führt, daß seine Magie sich über unsere vertraute Welt hinaus erstreckt. Für ihn ist die Zeit noch formbar, nicht so festgelegt wie für uns. Das macht ihn zu einem wertvollen Pfand. Ohne ihn – als Köder, wenn Ihr so wollt – bekommen wir vielleicht niemals die Chance, dieses Böse zu besiegen oder mit gleichen Chancen zu kämpfen.«

»Das ist doch Unsinn!« gab Kerrell ungläubig zurück. »Er ist noch ein *Baby*! Was weiß er schon von der Zeit? Ich leugne nicht, daß wir versuchen müssen, Verkho zu besiegen«, beruhigte er sich ein wenig, »aber das ist reiner Wahnsinn. Ich würde mir eher die rechte Hand abhacken, als Azari Verkho zu überlassen!«

»Würdet Ihr auch die Herzen der gesamten Menschheit herausschneiden?« konterte Southan. »Genau darauf würde es hinauslaufen, wenn wir gar nichts tun.«

»Nur, wenn diese sogenannte Prophezeiung wahr ist«, widersprach Kerrell. »Und ich schlage nicht Untätigkeit vor, sondern lediglich einen anderen Weg.«

»Es gibt keinen«, sagte der frühere Kaiser. »Wir haben das schon besprochen. Verkho ist immun gegen normale Kräfte. Sämtliche militärischen Fähigkeiten unsererseits sind nutzlos«, fügte er schonungslos hinzu. »Magie ist unsere einzige Hoffnung.«

»Welche Magie?« wollte Kerrell wissen. »Ifryn hat keine, und wir haben so wenig, daß sie uns nichts nützt. Der einzige von uns, der *vielleicht* etwas Talent hat, ist ein Baby – und wir sollen ihn aufgeben!«

»Es muß eine Möglichkeit geben«, erwiderte Southan ein wenig unsicher. »Die Prophezeiung muß *irgend etwas* bedeuten.«

Kerrell konnte nur den Kopf schütteln und machte ein düsteres Gesicht. Die anderen hatten alle geschwiegen, während die beiden Männer stritten, doch jetzt ergriff Ifryn wieder das Wort.

»Bitte, Kerrell. Wenn wir nur einen Funken Hoffnung haben wollen, brauchen wir Eure Hilfe«, flehte sie. »Zidon sagte ›Seht zu den Generälen‹.«

»*Generälen*«, wiederholte er und betonte dabei die

Mehrzahl. »Ich bin nur einer. Und ich will damit nichts zu tun haben.« Er sah sie nicht an. »Wie soll ich so eine eingebildete, unbesiegbare Armee zusammenstellen? Das ist absurd.«

»Ihr seid der einzige General hier«, erwiderte sie, »so wie ich der einzige Zwilling bin. Das heißt nicht, daß wir aufgeben müssen.«

»Ich gebe nicht auf!« brüllte er zornentbrannt, doch dann preßte er die Lippen zusammen, schluckte schwer und wandte sich ab. Ifryn sehnte sich danach, ihn in die Arme zu nehmen, doch sie stand bewegungslos da.

Völlig unerwartet durchbrach ausgerechnet Grongar das folgende Schweigen.

»Was meint Ihr, Tharasia?« fragte er ruhig. »Neben Ifryn seid Ihr mit dieser Sache am besten vertraut. Glaubt Ihr der Göttin?«

»Ich muß«, antwortete die weise Frau. »Zu viele andere Dinge passen genau zu ihrer Geschichte. Ifryns fehlende magische Kräfte, ihre einzigartige Fähigkeit, die Relikte zu berühren, sogar Verkhos Geschichte – und meine eigene Reaktion auf Azari. Ich könnte noch weitere Punkte nennen, aber Ihr alle kennt die Tatsachen so gut wie ich. Die Schwestern in der Abtei haben keinerlei Zweifel, und das bedeutet einiges, und das Schicksal der Äbtissin spricht dafür, daß es in Xantium in der Tat eine böse Macht gibt, der es sich zu widersetzen gilt. Man kann Prophezeiungen niemals hundertprozentig vertrauen, doch ich habe schon genug erlebt, um Ifryns Erfahrung ernst zu nehmen.«

Während Tharasia redete, wurde Ifryn plötzlich etwas anderes ganz klar.

»Zidon *will*, daß wir gewinnen!« rief sie aus. »Das Ergebnis, das wir uns wünschen, ist genau das, welches sie wählen würde. Sicher wird sie uns helfen, wenn sie kann, uns zeigen, wie wir die Magie benutzen können.«

»Daß Zidon die ganze Menschheit gleichgültig ist,

wird doch deutlich durch das, was sie uns erzählt hat.« Kerrell sprach jetzt ganz leise. »Für sie kommt es nur auf das Ergebnis an. Ihr ist doch egal, wer und wie viele umkommen, wenn sie nur ihre eigenen Ziele erreicht. Wie könnt Ihr von ihr Hilfe erwarten?«

Seine kühle, unbeteiligte Antwort wirkte seltsamerweise ernüchternder als sein Zorn, und Ifryns plötzlich aufgekeimte Hoffnung verdorrte wieder, bevor sie Wurzeln schlagen konnte. Doch da hatte Southans manchmal langsamer Verstand plötzlich erfaßt, was die Vorgehensweise, die er selbst unterstützt hatte, bedeutete.

»Mein Sohn«, flüsterte er. »Götter, wie kann das nur sein?« Seine Sicherheit war verpufft, und Ifryn erkannte endlich und mit Schrecken, daß die Entscheidung bei ihr liegen würde, und zwar ganz allein bei ihr. Und sie konnte nur noch an die Rätsel denken, an die unbeantworteten Fragen. Wer war ihr angeblicher Zwilling? Was waren die Leuchtfeuer? Gab es die von Zidon versprochene Armee wirklich? Und was war mit den Blumen, die im Osten blühen sollten? Wenn auch einige Aussagen der Göttin nur allzu deutlich gewesen waren, so lagen andere doch immer noch im Nebel verborgen. Und sie konnte sich an niemanden um einen Rat wenden. Es sei denn ...

»Es gibt einen Menschen, den wir noch nicht gefragt haben«, sagte sie leise. »Jemand, der uns vielleicht helfen könnte ...«

»Wer?« fragte Southan düster.

»Alasia.«

Delmeges Gespräch mit Zephia war fast vergessen, doch der Gedanke, mit jemandem in Kontakt zu treten, der ein größeres Wissen über Prophezeiungen besaß, war so verführerisch, daß sie bereit waren, alles zu versuchen. Delmege willigte nur allzu gerne ein, denn sie hatte vergessen, wie ermüdend ihr letzter Versuch gewesen war. Doch Ifryn wollte ihre Tochter nicht noch mehr Druck als nötig aussetzen, und so bat sie alle außer Southan, Kerrell und Tharasia, sie allein zu lassen.

»Meine Kleine, ich will versuchen, mit Alasia zu sprechen. Kannst du Großmutter dazu überreden?«

»Großmutter kann Alasia nicht besonders gut leiden«, erwiderte Delmege, »aber ich werde es versuchen.«

»Gut. Aber mach dir keine Sorgen, wenn es nicht gelingt. Das macht nichts«, log Ifryn in der Hoffnung, daß ihre Tochter nicht zu übereifrig wurde. »Möchtest du dazu wieder die Ohrringe haben?«

Delmege nickte, und Ifryn reichte sie ihr. Zum Erstaunen aller erschient Zephias Geist ohne Verzögerung mitten im Zimmer und starrte ihre Enkelin an. Wie üblich wirkte sie reizbar, ihre Lippen waren unentwegt in Bewegung.

»Sie sagt, es wäre auch Zeit!« gab Delmege weiter, und ihre kleine Stirn kräuselte sich konzentriert.

Ifryn blieb ganz nah bei dem kleinen Mädchen und flüsterte ihr ins Ohr.

»Sag ihr, wir wollen Alasia ein paar Fragen stellen. Frag sie, ob sie uns helfen kann.«

Delmege gab die Botschaft weiter und wiederholte Zephias Antwort.

»Was wollt ihr von dieser Verrückten? Aber sie tut es«, fügte sie eilig hinzu.

»Frag, ob Alasia von einer Prophezeiung weiß, nach der wir Azari zurück nach Xantium bringen müssen.«

Die Antworte folgte sofort.

»Alasia sagt, alle ... Proph ... Proph ...«

»Prophezeiungen?« half Ifryn ihr leise.

»Ja. Alles ist Teil des Geistes des Ganzen. Sie hat dich zurückkommen sehen. Es ist die einzige Möglichkeit, alle Welten zu retten – aber auch die einzige, alle zu zerstören. Du mußt dich entscheiden.« Inzwischen wurden ihre Lider schwer, und sie sprach immer undeutlicher. Bevor Ifryn noch eine weitere Frage formulieren konnte, sprach ihre Tochter weiter. »Großmutter sagt, ihr müßt zurück in die Stadt kommen und ihr helfen, Großvater zu finden.«

Dann verschwand der Geist, und Delmege brach in den Armen ihrer Mutter zusammen. Ifryn legte das kleine Mädchen vorsichtig auf das Bett und sah Kerrell an. »Glaubt Ihr, Delmege, Zephia und Alasia sind alle Teil einer Verschwörung, um uns zu täuschen?«

Kerrell sagte nichts.

»Wir müssen zurückkehren«, entschied Ifryn.

Niemand widersprach ihr.

In jener Nacht wurde das Dorf zum ersten Mal seit Menschengedenken von Wölfen angegriffen, wenn auch der Angriff eher Furcht als Schaden verursachte. Niemand wurde verletzt, und nur eine Ziege und ein paar Hühner wurden gerissen, doch diese unerwartete Barbarei schien ein Symbol für den Weg, den die Welt einschlug. Wenn sogar der Schutz der Abtei nicht mehr funktionierte, lagen in der Tat dunkle Zeiten vor ihnen. Der Überfall bedeutete, daß am folgenden Morgen die Atmosphäre im Dorf düster und gedrückt war, als die Besucher sich auf ihre Abreise vorbereiteten. Nur ein Zwischenfall konnte die Stimmung ein wenig aufhellen, und das war ein Gespräch zwischen Grongar und Tharasia.

»Ich wollte Euch schon die ganze Zeit fragen«, sagte der Barbar, »warum Ihr gelächelt habt, als Ihr meine Magie erfühlt habt?«

»Ihr habt mich nackt gesehen«, erwiderte die weise Frau. »So mancher Verstand ist einfach besser zu durchschauen als andere.«

»Mir gefiel, was ich da sah!« erwiderte Grongar grinsend und nicht im mindesten verlegen.

»Ich bin sicher, Eure Phantasie hat mir geschmeichelt«, sagte sie und mußte selbst lachen. Sie war sich bewußt, daß einige Leute mit belustigtem Interesse zuhörten.

»Nein«, sagte er entschieden, »ich habe gute Augen – und an der Berührung einer Frauenhand kann ich viel erkennen.«

»Da bin ich sicher«, stimmte sie friedfertig zu. »Ich hoffe nur, Ihr habt noch andere Talente. Dort, wo Ihr hingeht, werdet Ihr alle brauchen.«

»Das Spiel tritt in seine entscheidende Phase ein«, nickte er. »Was auch geschieht, niemand soll sagen, daß Grongar es nicht bis zum Schluß durchgestanden hätte.«

Kurz danach ritten die Reisenden unter tiefempfundenen Glückwünschen und gedämpftem Lebewohl davon. Die Dorfbewohner wußten alle ziemlich genau, was in der Abtei geschehen war, und so war ihnen die Bedeutung der Reise bewußt.

Einige Stunden später riskierte es Ifryn, sich im Sattel umzudrehen und einen Blick zurück auf die Berge zu werfen. Große dreieckige Schatten, die in der Ferne winzig, aber nicht weniger furchteinflößend wirkten, kreisten am Himmel – und eine kalte Wahrheit erfüllte ihr Herz.

Wir brauchen alles Glück, das wir kriegen können, dachte sie kläglich.

Kapitel dreißig

Einige Flechten sind eßbar, einige Insekten sehr nahrhaft, und es gibt noch Wasser. Es gibt kalte Eier, aufgegeben von den Elternvögeln – die weniger unverwüstlich sind als meine Freunde –, doch die brauche ich nicht. Warum den Magen befriedigen, wenn die anderen Organe des Lebens langsam verhungern?

Jetzt, da die Stadt sicher war und Verkhos mit roten Rüstungen bewehrte Truppen jeglichen törichten Widerstand unterbunden hatten, fragte sich der Kanzler, ob er die Kuppel entfernen sollte. Doch schließlich entschied er, sie zu belassen wo sie war. Die riesige Halbkugel war ein Zeichen seines Triumphs, sowohl für ihn selbst als auch für alle, die in Xantium und in aller Welt lebten. Man konnte sie schon von weitem sehen, und der warme Wind, den sie abstrahlte, war eine stetige Mahnung an die Macht, die aus dem Herzen des neuen Kaiserreiches aufstieg. Der einzige Nachteil war, daß die Kuppel die Aufgabe der Fernrufer behinderte, doch das war von untergeordneter Bedeutung. Harios hatte alle Talentierten – oder besser: diejenigen, die das Trauma von Gars Wiedererscheinen überlebt hatten – wieder unter Kontrolle, und sie hatten genügend Kapazitäten für die nötigen telepathischen Gespräche übrig. Es spielte keine Rolle, wenn manche Talentierte völlig erschöpft waren – es gab reichlich Ersatz –, und wenn die ausgedehnten Territorien des Kaiserreiches erst einmal wieder ihren angemessenen Tribut zahlten, würde es noch einfacher werden, für Versager Ersatz zu finden. Mit all der Macht, die Verkho jetzt zur Verfügung stand, konnte jeder, der auch nur über das geringste Talent verfügte, ganz einfach zu diesem nützlichen Dienst gezwungen werden.

Den selbsternannten Kaiser plagten nunmehr zwei Hauptsorgen. Die erste galt dem Wiederaufbau Xantiums – oder zumindest des kaiserlichen Hofes – zu seiner rechtmäßigen Position als Zentrum für jede Art von Vergnügen. Verkho selbst interessierte sich im Augenblick nicht für Maß- und Zügellosigkeiten, trotz der schüchternen Versuche früherer Geliebter und anderer Bediensteter, doch er wußte, daß er damit seine Höflinge belohnen konnte und die Stadt erneut von der gesamten zivilisierten Welt beneidet würde.

Zu diesem Zweck hatte er bereits alle Vorräte innerhalb Xantiums beschlagnahmt und war begierig, die Verbindung zu den äußeren Ländern wiederherzustellen, damit bald wieder die riesigen Konvois durch die Deadlands fahren und jeden erdenklichen Luxus in die Hauptstadt bringen konnten. Zwar waren die ersten Lieferungen noch nicht angekommen, doch einiges war bereits unterwegs, und die meisten Berichte seiner Gesandten waren zufriedenstellend gewesen. Sie hatten offensichtlich einen tiefen Eindruck hinterlassen – Verkho lächelte habgierig bei diesem Gedanken – und konnten bei Bedarf erneut eingesetzt werden. Die verschiedenen ›Überzeugungsmöglichkeiten‹ waren jetzt nur noch von seiner eigenen Phantasie begrenzt.

Natürlich gab es ein paar kleinere Störungen. Die Neuigkeiten aus Nadal hatten ihn beinahe belustigt, doch hatten sie auch ernste Zweifel an Serchall Noys Ergebenheit heraufbeschworen. Verkho hatte fast mit Southans Entkommen gerechnet, und er hatte darauf mit einer sonderbaren Mischung aus Vergnügen, Vorfreude und Angst reagiert – eine Mischung, die er nicht ganz begreifen konnte. Andere Berichte, dieses Mal aus dem Osten – und ganz besonders aus Agrea und Tilesia –, sprachen von massiven Invasionen der barbarischen Armeen von

Haresh-al-Keth, doch das bereitete Verkho im Augenblick weniger Sorgen. Militärische Kräfte waren keine Bedrohung für ihn. Schon bald würde das sogar Haresh erkennen und sich dem Unvermeidlichen beugen, doch die Unterbrechungen bei der Wiederherstellung des Kaiserreiches waren ärgerlich. Früher oder später würde Verkho Haresh eine Lektion erteilen müssen, doch im Augenblick konnte dieses Vergnügen noch warten.

Zalys war ein weiteres Haar in der Suppe. Was war nur mit diesem verfluchten Ort los? Das Herzstück hatte von einem beträchtlichen Energieabzug berichtet, und es war offensichtlich, daß der Gesandte dort weitere Demonstrationen von Verkhos Macht hatte geben müssen. Doch inzwischen hatte man seit mehreren Tagen nichts mehr von ihm gehört, und das war merkwürdig. Es war lächerlich anzunehmen, daß er von diesen Bauern besiegt worden sein könnte, und Verrat stand völlig außer Frage, also *was* war mit ihm geschehen? Die entlegene Lage der Insel machte es schwierig, die Antwort herauszufinden, doch schon um des Amberins willen würde er es über kurz oder lang in die Wege leiten müssen. Abgesehen von diesen relativ unwichtigen Belangen lief alles andere nach Plan.

Innerhalb Xantiums selbst ging es täglich besser, je zivilisierter die Stadt wieder wurde. Aber auch hier gab es einige kleinere erschwerende Umstände. Einige Höflinge, selbst jene ohne spürbare Talente, waren wahnsinnig geworden, während andere die rote Kuppel voller Furcht und Verachtung betrachteten, als sei sie ein Gefängnis und kein Schutzschild. In den äußeren Regionen der Stadt befanden sich immer noch monströse Tiere auf der Jagd. Verkho wußte, daß das irgend etwas mit Gar zu tun haben mußte – er war schließlich der Schutzpatron aller lebenden Wesen – und hatte beschlossen, daß Xantiums menschliche Einwohner sich so gut es ging selbst um das grotesk gewachsene Ungeziefer, die plötzlich bösartigen Haustiere und die drei noch übriggebliebenen Seedrachen kümmern sollten. Er war sicher, daß seine Soldaten dieser Bedrohung nötigenfalls Herr werden konnten, doch er hatte nicht das Bedürfnis, sich dem schlafenden Gott entgegenzustellen, von dem er all seine Macht bezog. Ansonsten konnte Verkho die Stadt so benutzen, wie er es für richtig hielt.

Die zweitgrößte Sorge des Kanzlers galt den Vorbereitungen für die Rückkehr Southans und ganz besonders Azaris – falls sie sich trauten zurückzukommen! Wenn Verkho alles richtig gelesen hatte – und nichts von dem, was er fünfzehn Jahre zuvor in der Abtei in den Bergen erfahren hatte, war nicht eingetreten – würde er, wenn oder falls man ihm Azari bedingungslos übergab, endlich die unvorstellbare Gelegenheit bekommen, ein Gott zu werden. Das letzte Hindernis vor seiner Gottwerdung würde durch dieses Geschenk und die einzigartigen Talente dieses lange erwarteten Kindes beseitigt.

Doch es gab auch noch Fallstricke. Zwar wurde Verkhos bösartige Intelligenz nicht gänzlich von seiner Habgier dominiert, doch lockte das Unendliche mit Macht. Unsterblichkeit war nur eine der Belohnungen. Aber war sie nicht bereits greifbar nah? Es war sicher nur eine Frage der richtigen Anwendung seiner Macht.

Natürlich bestand noch ganz entfernt die Möglichkeit, daß Southan überhaupt nicht nach Xantium kommen würde – dann würde Verkho, wenn man der Prophezeiung vertrauen durfte, die sterbliche Welt so lange regieren wie er wollte. In den Windungen seines Hirns hielten sich ein paar nagende Zweifel, die dem Kanzler sagten, daß diese Wendung der Ereignisse vorzuziehen und die mit Sicherheit weniger gefährliche sei. Denn falls Azari *tatsächlich* zurückkehrte, bestand auch die Chance, daß Verkho alles verlor. Nach den vielen Jahren voller Mühen, Opfer und Planung hatte er viel zu verlieren. Er bezweifelte, daß Southan den Mumm hatte, in eine Stadt zurückzukehren, von der er wußte, daß sie uneinnehmbar war, sich einem Mann zu stellen, der ihm offenkundig überlegen war. Aber falls er es dennoch tat, durfte nicht zugelassen werden, daß irgend etwas Verkhos Sieg im Wege stand, und man mußte alle nötigen Vorbereitungen treffen.

Einst hatte der Kanzler erwogen, aus Azari etwas zu machen, das noch unterhalb der Tiere rangierte, ein geistloses Spielzeug, indem er ihm vorsichtig Gift verabreichte. Rückblickend hätte das den Vorteil gehabt, daß Southan seinen Sohn vermutlich viel leichtherziger übergeben hätte, doch Verkho hatte Azaris volle Bedeutung damals gar nicht erkannt – ebensowenig wie er hätte abschätzen können, wie das Gift auf das Talent des Kindes gewirkt hätte. Später, nachdem der Talisman ihm sein Wissen offenbart hatte, war Verkho der Gedanke gekommen, den Jungen einfach umzubringen und sich mit dem zu begnügen, was er mit seinen eigenen Fähigkeiten und seiner eigenen Genialität erreichen konnte – doch die Ereignisse hatten sich gegen ihn verschworen und ihm diese Option genommen, und jetzt war er es zufrieden, es auf eine Konfrontation mit dem Schicksal ankommen zu lassen. Daher rührte auch seine Belustigung über Southans Flucht aus Nadal. Das Spiel würde noch ein Weilchen weitergehen.

Natürlich machte das Eindringen der Äbtissin, so unbeholfen es auch gewesen sein mochte, es um so wahrscheinlicher, daß Southan und seine Verbündeten wußten, was ihnen bevorstand. Es war leicht gewesen, mit dem telepathischen Eindringling fertigzuwerden, eine angenehme Aufgabe, der Verkho sich persönlich angenommen hatte, doch er war sich nicht sicher, welche Auswirkung dieses Wissen auf Southan haben würde – wenn man überhaupt davon ausging, daß er Zugang dazu bekommen hatte. *Vielleicht*, grübelte der neue Kaiser, *ist Southan inzwischen verrückt, ein am Boden kriechen-*

des Wrack, wie all diese dummen Frauen vor ihm, und meine sämtlichen Vorbereitungen sind umsonst. Er war nicht sicher, ob ihn dieser Gedanke freuen oder erzürnen sollte.

Da fielen seine funkelnden Augen auf den Talisman, Gars Auge, und er grinste, als er dessen Macht spürte.

»Bring ihn her«, rief er laut aus. »Wie kann ich schon verlieren?«

Gar hörte die Worte, die in dem Raum zwischen den Welten, welchen er nun bewohnte, widerhallten. Er lachte leise, doch war er auch mit Wut erfüllt – über die bemitleidenswerte Vermessenheit dieses unbedeutenden Menschen, dieses *Insekts*. Die Zeit würde kommen – und das würde schon bald sein –, da Verkho merken würde, wie närrisch seine Überheblichkeit gewesen war.

Gar war nicht nur unter dem dunklen, unbarmherzigen Meer gefangen gewesen, sondern auch in einer körperlichen Form, die er sich nicht selbst ausgesucht hatte, und jetzt, da sein Auge – sein Geist – frei war, mußte er seine erneuerte Seele nur noch mit dem Körper wiedervereinigen, den zu benutzen er gezwungen worden war, und seine Rückkehr zu göttlicher Freiheit wäre vollendet. Noch ein paar Herzschläge, dann würde es soweit sein, nach diesen unendlichen Scheibchen der Zeit, die die Sterblichen Tage nannten. Er konnte spüren, wie sein weltlicher Körper stärker wurde, sich für seine letzte Reise bereit machte. Bald würde er fliegen – und dann konnte ihn nichts davon abhalten, ins Pantheon zurückzukehren. Und er würde sich erneut Meyu stellen. Das war eine Konfrontation, auf die sich Gar seit einer Ewigkeit freute.

Aber es stand noch mehr auf dem Spiel. Falls dieser idiotische Mensch nicht alles völlig durcheinander brachte, bestand eine gute Chance, daß Gar nicht nur ins

Pantheon zurückkehrte, sondern sich selbst auch zum immerwährenden Herrscher ausrief, losgelöst von Zeit, Welten oder sogar den Gesetzen. Diese Aussicht war viel zu verführerisch, als daß er sie hätte ignorieren können. Sie war ein wenig mehr Geduld wert, und Gar verbrachte seine Zeit damit, sich an diesem Gedanken zu erfreuen. Zidon hatte recht gehabt. Ihre Vorgehensweise war in der Tat die langen kalten Jahrhunderte wert gewesen – denn jetzt waren sie fast zu Ende. Die Vorfreude stieg in Gar auf wie eine Flutwelle sämtlicher Ozeane der Welt.

Weit entfernt von Xantium lief einem höhlenartigen Maul das Wasser im Munde zusammen.

Alasia wirkte inzwischen noch weniger körperlich als die Geister, die ihre einzigen menschlichen Gefährten gewesen waren, seit sie aus den Kerkern entlassen worden war – von einem Gefängniswärter, der vergeblich gehofft hatte, sie könne *ihm* helfen, aus der roten Kuppel zu entkommen. Ihr winziger Körper wirkte blutleer, schien nur aus Haut und Knochen zu bestehen, und ihr Haar sah aus, als sei es nur aus Licht gemacht. Ein leichter Wind hätte sie hinwegfegen können wie einen federleichten Samen, und dennoch war sie noch da und streifte auf ihren streichholzdünnen Beinen durch das Turmviertel, während die Fledermäuse in der rotgefärbten Luft hin und her flogen und die Glocken sie immer wieder an ihre Pflicht erinnerten.

In der Welt dort draußen geschah so viel, außerhalb des Zaubers der Kuppel, daß ihr schmetterlingshafter Geist es kaum deutlich erspüren konnte. Doch die wenigen Male, da sie mit Zephia gesprochen – und die Vorurteile der Toten ignorierte – hatte, waren seltene Inseln sicherer Bewußtheit. Sie hatte zumindest sprechen können, hoffen können, daß ihre Worte aufmerksame Ohren fanden. Mehr konnte sie nicht tun, bis das Schicksal ihr eine wichtigere Rolle zugedachte.

Alasia hatte ihrer Schwester in der Abtei weder helfen noch sie warnen können, und sie trauerte, weil die andere in eine Falle geraten war. Sie wußte nicht, welche Folgen eine derart bösartige Behandlung haben konnte. Manchmal wünschte sie, daß das Licht der anderen Leuchtfeuer durch die Barrieren um sie herum hindurchscheinen konnte, aber sie wußte, daß das selbstsüchtig war. Welches Recht hatte sie, beruhigt zu sein, wenn alle Welten unter einer dunklen Wolke der Unsicherheit und Bösartigkeit lagen? Aber Alasia vermißte den Kontakt, ihre Wärme und ihre Stimmen, und sie fragte sich, ob sie die Leuchtfeuer jemals wiedersehen würde – ganz gleich, ob in diesem oder einem anderen Leben.

Kapitel einunddreißig

Die Welt dreht sich, und sie bleiben still. Doch ich kann nicht länger durch den Schleier der Bewegungen hindurchsehen, durch den Nebel der Zeiten. Der Fremde wird zu ihnen kommen, wie er früher auch zu mir kam. Doch sein Tempel hat keine Glocken, keine brennenden Zeichen. Und er liegt in weiter Ferne.

Der Geist von Guyland Brak wartete am Fuß der Felszinne auf sie – Bowen hatte es sicher gewußt. Es war ungewöhnlich, daß er die Male seiner Todeswunden behalten hatte, und sein kantiges Gesicht war zerstört wie eine Ruine. Seine blauen Augen, so dunkel, daß sie zu Lebzeiten beinahe schwarz gewirkt hatten, waren jetzt blasser, doch glühten sie immer noch in einer Besessenheit, die Freund und Feind gleichermaßen hypnotisiert hatte. Er stand da, die körperlosen Arme vor der Brust verschränkt, die geisterhaften Füße fest auf den Boden gestemmt, als halte er Wache, und beobachtete die langsame Annäherung des Pferdes, das Gaye und Bowen zu ihm brachte.

»Ist er es?« flüsterte Gaye. Sie hatte die Gegenwart des Geistes gespürt, seine Feindschaft gefühlt, seine Wut, die über den Tod hinaus ging, doch sie konnte sich nicht vorstellen, wie er aussah.

»Ja. Ihn habe ich gesehen.« Immer häufiger konnte Bowen jetzt Ereignisse voraussagen, die sie auf ihrer Reise erwarteten. Er wunderte sich nicht darüber und akzeptierte sein wachsendes Talent als natürlich, doch seine Vision dieses Geistes war ihm doppelt unheimlich vorgekommen. Das verunstaltete Gesicht war ihm sonderbar vertraut, und dennoch konnte Bowen ihm keinen Namen geben. Warum wurden sie von diesem Ort angezogen? Was wollte der Wächter dieses Berggipfels von ihnen? Hier konnte es doch sicher keine Kreise geben.

Bowen brachte ihr Pferd vor dem regungslosen Phantom zum Stehen. Die Luft war immer noch kalt, und der Atem des Tieres stieg in kleinen Wölkchen auf. Die Gipfel der Berge um sie herum waren alle schneebedeckt, und es würde nicht mehr lange dauern, bis die Täler und Pässe dieser kargen Region ebenfalls unter Schnee lagen.

Einige Augenblicke lang rührte sich keiner von ihnen, niemand sagte ein Wort. Bowen wußte, daß es an Gaye war, den nächsten Schritt zu tun. Er hatte sie hierher gebracht, sie würde sowohl den Ort als auch dessen furchteinflößenden Wächter einschätzen. Seine blinde Geliebte saß hinter ihm im Sattel, und erst, als sie zu zittern begann, bemerkte er, unter welcher Anspannung sie stand. Er verfluchte sich für seine Gedankenlosigkeit, stieg ab, hob sie leicht herunter, küßte ihre tränennassen Wangen und hielt sie in den Armen, bis das Weinen verebbte.

Der Geist sah dabei zu, und langsam wurde sein Gesicht weicher, und schließlich blickte er sie verwundert an.

Ihr spürt es?

»Ja. Wie könnt Ihr das nur ertragen?« antwortete Gaye laut.

Ihr hört mich? Die Geisterscheinung klang jetzt noch erstaunter. *Und doch lebt Ihr! Seid Ihr ein Trugbild?*

»Eure Familie, Eure Freunde ... vor Euren Augen ... Oh ...« Gaye begann wieder zu weinen.

Diese Zinnen aus kahlem Fels sind ihr Tempel, erklärte er grimmig. *Sie ist aus Erinnerungen erbaut, nicht aus Stein. Ihre Erinnerungen und meine. Alles andere ist verschwunden.*

»Verschwunden. Sogar ihre Geister. Aus allen Welten.«

Vernichtung, stimmte der Geist ihr zu, und er hielt

seine lodernde Wut nur mit Mühe im Zaum. *Ich habe geschworen, Rache zu nehmen, aber ich habe versagt. Jetzt bin ich machtlos.* Seine Frustration war deutlich zu erkennen. *Und Verkho lebt immer noch.*

»Dieses Schicksal erwartet uns alle«, sagte sie, und diese Erkenntnis schnürte ihr die Luft ab, »falls er gewinnt.«

Bowen hatte Gaye beobachtet und dabei gelegentlich einen Blick auf den Geist geworfen, den er nicht hören konnte.

Doch da er seiner Liebe so nah war, daß er einen Großteil des stummen Gesprächs aus ihren Antworten und Reaktionen ableiten konnte, wollte er noch etwas wissen.

»Wer ist er?« flüsterte er.

Mein Name ist Guyland Brak, aber in Xantium hat man mich mit anderen Namen belegt. Die meisten kannten mich als Martyn Waysinger, doch ich war auch der Soldat. In seiner Stimme klang ein Hauch von Stolz durch.

Gaye gab seine Antwort weiter, und Bowen nickte. Er hatte in einer Zeit voller Wahnsinn den *Soldaten* in Xantium kurz kennengelernt. Auch sein Bruder Sagar war dort gewesen. Und doch kam ihm alles so verschwommen vor, so lange her – als hätte es in einem anderen Leben stattgefunden. Aus Gründen, die er nicht verstand, hatte Bowen das Gefühl, er schulde dem *Soldaten* etwas, doch er konnte nicht sagen, warum oder wofür, und der Geist hegte ihm gegenüber offenbar keine besonderen Gefühle. Er konzentrierte sich vollkommen auf Gaye.

»Wir müssen dabei helfen, Verkho zu besiegen«, sagte Gaye völlig unerwartet. »Wir sind davongelaufen und haben nur an uns gedacht.«

»Aber du bedeutest mir mehr als alles andere auf der Welt«, protestierte er.

»Und du mir«, erwiderte sie, »aber falls Verkho

gewinnt, werden wir einander verlieren, werden wir *alles* verlieren!«

Befehlt mir! rief der *Soldat* still. *Dies ist auch meine Sache. Wenn ich Euch helfen kann ...*

»Es gibt hier einen Kreis«, verkündete Gaye und widerlegte damit Bowens Ansicht, »aber er ist der letzte seiner Art, jenseits des normalen Musters. Er wird der Sammelpunkt zwischen allen Welten sein. Mit Eurer Hilfe, Martyn, werden wir dafür sorgen, daß ihr Opfer nicht umsonst war.«

»Aber auch Kreise können böse sein«, widersprach Bowen. »Woher willst du wissen, ob dieser hier ...«

»Ich weiß es«, sagte sie kategorisch. »Verwechsle nicht Haß mit Bosheit. Martyns Haß ist seine einzige Waffe. Wichtig ist, wie sie benutzt wird.«

»Na gut«, akzeptierte er ihre Entscheidung, ohne sie ganz zu verstehen. »Was sollen wir jetzt tun?«

»Auf den richtigen Zeitpunkt warten. Wenn der Ruf uns erreicht, werden wir antworten.«

Der *Soldat* hob die Arme gen Himmel.

Hört mich, meine Ahnen! rief er, und obwohl nur Gaye ihn wirklich hören konnte, war seine Gesinnung so stark, daß sogar Bowen das Echo seines Schwurs hörte. *Hört mich, treulose Götter! Vielleicht bin ich ein Instrument für das Schicksal des Zerstörers. Und ich werde ihn zerschmettern oder selbst bei dem Versuch zerstört werden.*

Die Felszinne wurde für einen kurzen Augenblick zu einem Turm voller Labyrinthe, einem Ort der Anbetung, des Gebets, der Qualen und des Todes. Altäre, Türmchen und Zinnen, Kerker und Hallen erwuchsen aus dem Stein. Erinnerungen sangen und schrien in Tunneln und Gräbern.

Und dann war die Zinne verschwunden und mit ihr der *Soldat*. Das einzige Geräusch war das Stöhnen des kalten Windes, der während ihres Gesprächs heraufgezogen war. Gaye erzitterte und war jetzt offenkundig müde, und Bowen nahm seinen äußeren Umhang ab und legte ihn ihr schützend um.

»Komm«, sagte er leise. »Wir müssen einen Unterschlupf für die Nacht finden.«

Gaye, deren Feuer fast erloschen war, ließ sich widerstandslos vom Tempel der Verlorenen fortführen.

Während Gaye und Bowen in der Hochlandkälte des Nordens Schutz suchten, bereitete sich noch ein anderer Reisender auf die Dunkelheit vor, doch seine Umgebung sah völlig anders aus. Baylins letzte Reise hatte ihn bislang in die Nähe des Zentrums der Großen Ebenen gebracht, dem flachen, nur sanft hügeligen Herzstück der östlichen Hälfte des Kaiserreiches. Er hielt sich immer noch ostwärts, während die meisten anderen Menschen offenbar in die entgegengesetzte Richtung zogen. Die Ebenen boten fruchtbares Ackerland, und ihre Bewohner würden es sicher nicht ohne guten Grund verlassen, doch ihre Vorräte wurden geplündert, und die Straßen liefen über vor lauter Flüchtlingen aus dem Osten. Diese Exilanten flohen allesamt vor den barbarischen Horden des Haresh-al-Keth, die, wenn man dem allgemeinen Klatsch glauben durfte, bereits die östlichen Grenzländer Tilesia und Agrea überrannt hatten und inzwischen Idiron sowohl von Norden als auch von Süden her belagerten. Sollte es fallen, so die allgemeine Meinung, würde Haresh gen Westen über die Ebenen hinwegfegen bei dem Versuch, alles zu erobern, was einmal das Xantische Kaiserreich gewesen war. Hier auf den Großen Ebenen wurden die Ereignisse in Xantium und der Einfluß irgendwelcher Gesandter Verkhos – von denen Baylin im Vorbeigehen gehört hatte – von der viel greifbareren Gefahr des gefürchteten barbarischen Anführers überrollt. Und ohne Hoffnung auf Schutz durch die frühere Imperiale Armee warteten die meisten

Menschen nicht das unvermeidbare Gemetzel ab, sondern flohen in der Hoffnung, weiter westlich sicheres Land zu finden, und dabei nahmen sie so viel wie möglich mit sich. Das wiederum hatte zu Plünderei und sogar Mord geführt, denn die Flüchtlinge stellten für weniger skrupellose Menschen des Ostens eine leichte Beute dar. Als Folge davon hatten sich viele Reisende zu Gruppen zusammengetan und reisten in Wagenkonvois mit kleinen Privatarmeen, die ihr Hab und Gut schützen sollten.

Dadurch fiel Baylin um so mehr auf, schließlich reiste er nicht nur in entgegengesetzter Richtung, sondern auch ganz allein. Er tat sein Bestes, dieses auffällige Verhalten so gut es ging zu verschleiern, indem er nur die schäbigsten Gewänder trug in der Hoffnung, man würde ihn eines Überfalls für nicht würdig erachten. Tatsächlich trug er eine beträchtliche Geldsumme bei sich, das einzige Wertvolle überhaupt. Jeder aufmerksame Beobachter würde erkennen, daß seine beiden Pferde ausgezeichnete Tiere waren – wenn ihre Pflege in den vergangenen Tage auch absichtlich vernachlässigt worden war – und viel zu gut für einen Mann, der angeblich so arm war, doch daran konnte er nichts ändern.

Er war flott vorwärts gekommen, selbst für seine Verhältnisse, und war daher weitaus schneller als die Nachrichten aus Nadal, wo er Southan und seine Gruppe immer noch vermutete. Und selbst wenn er von ihrer tatsächlichen Situation Kenntnis gehabt hätte, wäre er nicht anders vorgegangen. Hareshs Hilfe war vielleicht immer noch die letzte Hoffnung, gegen Verkhos Zauberkräfte anzukommen, und auf jeden Fall war Baylin entschlossen, den charismatischen Abenteurer kennenzulernen, der bislang innerhalb der Grenzen des Xantischen Reiches noch nie gesehen worden war. Er war sich klar darüber, daß er vielleicht nicht mehr lange leben würde, wenn er mit seiner Suche Erfolg hatte, doch das war eine

Herausforderung, der sich Baylin auf seinen verschiedensten heimlichen Expeditionen schon viele Male gestellt hatte. Jetzt stand ihm vielleicht seine größte Stunde bevor, wenn auch möglicherweise zugleich seine letzte.

Er hatte beschlossen, direkt nach Idiron zu reisen und, falls er es schaffen sollte, in die Hauptstadt Ochido vorzudringen. Früher oder später würde Haresh dort eintreffen. Wäre die Invasion noch rascher vorwärts geschritten, als die Gerüchte vorhersagten, hätte immer noch die Chance bestanden, Haresh auf der nächsten Etappe gen Westen zu erwischen. Und wenn Baylin erst einmal eine Audienz gewährt bekam – der Reisende lächelte in sich hinein bei seiner unbekümmerten Annahme, daß er dies erreichen konnte –, würde er dem Führer der Barbaren einen Vorschlag unterbreiten, der halb Versprechen, halb Drohung war. Nein, keine Drohung, korrigierte er sich, sondern eine Warnung. Auf Drohungen würde Haresh vermutlich nicht allzu wohlwollend reagieren.

Das Versprechen war die Zusage, das ganze Land östlich der Deadlands ohne Gegenwehr oder Bedingungen unter Hareshs Herrschaft zu stellen zuzüglich Handelsabkommen mit allen Provinzen im Westen. Das wäre für beide Seiten von Vorteil und würde Haresh große Kosten und Unannehmlichkeiten ersparen, die anfallen würden, wenn er seine entlegeneren Außenposten versorgen mußte. Ob Southan tatsächlich in der Lage war, eine derart allumfassende Zusammenarbeit zu garantieren, war eine rein akademische Frage – doch Baylin sah keinen Grund, das zu erwähnen. Für sich genommen war dieses Zugeständnis allein allerdings kaum dazu angetan, ihren Feind zu verlocken. Wie Kerrell schon angemerkt hatte, boten sie Haresh etwas an, das zu erreichen er sich auch allein in der Lage wähnte. Doch in Verbindung mit Neuigkeiten über Verkhos Zauberkräfte und mit den gräßlichsten Ausschmückungen, die Baylin sich ausdenken konnte, durfte man hoffen, daß Haresh zumindest darüber nachdenken würde. Und vielleicht kam er ja zu dem Schluß, daß dieses Versprechen eine Allianz wert war – wenn auch nur vorübergehend –, um sich von dieser unerwarteten Bedrohung zu befreien.

Haresh war angeblich ebenso ein religiöser und abergläubischer Mann wie ein Meister der Militärtaktik und unglaublichster Brutalitäten fähig, und Baylin hoffte, ihn mit seinen Fähigkeiten hinreichend zu beeindrucken, daß Haresh seine Hilfe in Anspruch nahm – oder daß er zumindest zurückkehren und von seinem Versagen berichten konnte. Der Reisende war sich seiner schwachen Position wohl bewußt, und er vertraute auf Tollkühnheit und sein eigenes schnelles Mundwerk als Retter, falls er überhaupt die Chance bekam, seine Sache vorzutragen. In der Zwischenzeit nahm er jede Gelegenheit wahr, den Gerüchten und gelegentlichen Tatsachenberichten zu lauschen, die die Flüchtlinge mitbrachten, und diese Nacht verbrachte er in einem schmutzigen und heruntergekommenen Gasthaus, dessen Gäste als einzige Gemeinsamkeit ihren gegenseitigen Argwohn hatten. Die Atmosphäre war von Mißtrauen und Angst geprägt, und es dauerte einige Zeit, bis er einen jungen Mann mit unstetem Blick zum Reden brachte.

»Ihr kommt also aus Idiron?« erkundigte sich Baylin leise.

»Aye, aus Ochido. Und ich habe bis hierher einiges mitgemacht«, antwortete der Mann bitter.

»Warum das?«

»Haresh marschiert von Süden ein und sein General von Norden. Sie wollen die Stadt wie eine Nuß knacken. Inzwischen ist sie sicher gefallen, würde ich wetten. Als wir flohen, hieß es, Latif sei bereits tot. Und wir sind gerade noch rausgekommen, bevor der Sack zugezogen wurde. Mir tun alle leid, die es nicht geschafft haben.«

»Wann seid Ihr über die Grenze gekommen?«

»Ungefähr vor zwölf Tagen«, antwortete der Mann. »Und ich bleibe erst wieder stehen, wenn ich das Meer im Westen erreicht habe. Vielleicht nicht einmal dann. Einige der Geschichten, die ich über Haresh gehört habe, ließen mit das Blut in den Adern gefrieren, das kann ich Euch sagen. Wißt Ihr, wie man ihn jetzt nennt? Den Blutdrachen des Ostens. Je mehr Wegstunden zwischen mir und ihm liegen, um so besser!«

Baylin nickte verstehend, während ihm der Gedanke kam, daß sein Gefährte möglicherweise die richtige Idee hatte. Vor einem Drachen fortzulaufen ergab sehr viel mehr Sinn, als den Kopf zwischen seine Kiefer zu stecken. Doch genau dazu war er entschlossen.

Kapitel zweiunddreißig

Ich habe nie das Meer gesehen, aber ich bin mit den Gezeiten geschwommen, auf seiner wogenden Brandung geritten und auf seiner Dünung dahingeglitten zum Zusammenfluß aller Strömungen des Meeres. Niemals habe ich seine Macht oder die erbarmungslosen Gezeitenwechsel in Frage gestellt. Auch der Wahnsinn wird vom Mond beherrscht.

Gibt es genügend Hexenmeister, um die letzte Welle zurückzuhalten?

Der lebendige graue Berg erhob sich aus dem Meer, verdunkelte den Himmel im Osten und überschattete die frühe Morgensonne. Dieses Mal sah ganz Nkosa den massiven, sich wellenförmig fortbewegenden Leviathan, und niemand, nicht einmal Dsordas, konnte es als nektargeschwängerte Illusion von Latchi und seinen Anhängern abtun. Diese monströse Kreatur, wenn es denn eine Kreatur war, wirkte nur allzu real.

Das Wesen blieb eine Zeitlang auf der Stelle und streckte sich langsam, als prüfe es seine Kräfte, während die entsetzten Inselbewohner voller Furcht und ehrfurchtsvoller Faszination zusahen. Dann drehte es sich schwerfällig zur Seite, so daß sein Umriß kleiner wirkte und von der Seite betrachtet wie eine vergleichsweise dünne Linie wirkte, die sich in den Himmel hinauf wand. Schließlich sank es herab, zunächst ganz langsam, dann immer schneller, bis es krachend ins Meer fiel und eine riesige Gischtfahne emporschleuderte, die leise im funkelnden Sonnenlicht explodierte. Mehrere Herzschläge später erreichte der Donner die Insel wie eine Lawine aus Lärm, ein splitterndes Brüllen, zehnmal lauter als der furchtbarste Donnerhall. Der Lärm erschütterte Gebäude, löste Dachziegel und ließ das silberne Wasser im Hafen erzittern. Die Menschen schützten mit den Händen ihre gequälten Ohren, andere fielen aus schierem Entsetzen zu Boden oder brachen bewußtlos zusammen. Doch erst, als diese ohrenbetäubende Erschütterung abebbte, erkannten die Menschen allmählich die größte ihnen bevorstehende Gefahr.

Yeori, der zufällig am Hafen war, reagierte als einer der ersten.

»Weg vom Meer!« schrie er verzweifelt. »Alle! So weit weg vom Wasser wie möglich. Sofort!«

Und so begann voller Furcht der Auszug der Menschen, die wie Ratten aus einem brennenden Lagerhaus flohen. Die meisten hatten die Welle kommen sehen, und niemand mußte ihnen sagen, wie eilig ihre Flucht geboten war.

Es war wie eine massive, breite, wogende und schäumende Wand, und die Oberfläche blitzte mit ihren vielen Facetten in der Sonne auf, als sei sie mit poliertem Stahl verkleidet. Man brauchte nicht viel Phantasie, um sich die schiere Kraft des Aufschlags vorzustellen oder das Blutbad, das sie verursachen würde. Alle rannten um ihr Leben, nur das eigene Überleben im Sinn.

Einzig die massiven Sandbänke um die Lagune konnten Nkosa vor der totalen Zerstörung retten. Als die Welle auf ihnen zerschellte, verschob sich die Erde und absorbierte ein wenig von der furchterregenden Wucht des Aufpralls, und eine riesige Kaskade aus Wasser stieg Hunderte von Schritten in den Himmel auf. Dennoch war die Welle, die weiter landeinwärts rollte, noch zerstörerisch genug, und viele Gebäude an den Kais, die bereits von vielen Jahren des maritimen Verschleißes geschwächt waren, brachen zusammen und wurden davongeschwemmt. An anderer Stelle richteten die Überreste der Woge noch mehr Schaden an. Doch hätten die Sandbänke nicht die Wucht der ersten Woge gebrochen, wäre vielleicht die ganze Stadt dem Erdboden gleichgemacht worden. So richteten die wirbelnden Strömungen weiter landeinwärts und mehrere folgende schwächere Wellen noch genügend Schäden an. Hunderte von Menschen wurden getötet, entweder von der Wucht des Wasser zerschmettert oder ertränkt, viele saßen in den Schutzräumen in der Falle, die dem Ansturm des Meeres nicht standhalten konnten.

Noch als das Meer sich endlich wieder beruhigte, ging das Grauen weiter, denn jetzt hatten die Überlebenden die schmerzliche Pflicht, die Vermißten und die Toten zu suchen, sich um die Verletzten zu kümmern und zwischen den Ruinen der Stadt so etwas wie Normalität und ein wenig Hoffnung wiederherzustellen. Anders als andere war das Haus der Amari recht glimpflich davongekommen. Keiner war mehr als nur leicht verletzt, und ihr Heim stand noch, wenn auch die unteren Stockwerke zeitweise überflutet gewesen waren. Für Dsordas war das in all dem Grauen ein Segen, doch hatte er viel mehr zu bedenken. Es gab ungeheuer viel zu tun, und er, als Anführer der Insel, konnte sich nicht schonen. Viele Dinge erforderten seine sofortige Aufmerksamkeit, und erst spät am nächsten Tag konnten er und Fen sich endlich mit Yeori zusammensetzen – der, wie er selbst zugab, Glück gehabt hatte –, um mit ihm Pläne für die Zukunft zu machen.

»Es war ein Segen, daß sich das Ding zur Seite geneigt hat«, bemerkte Yeori, und sein Gesicht war vor Erschöpfung ganz blaß. »Sonst wäre die Hauptwelle direkt auf uns niedergekracht, anstatt nach Norden abzudrehen. Dann hätten wir keine Chance gehabt.«

Fen erschauerte bei dem Gedanken, daß die Katastrophe noch schlimmer hätte sein können. Sie hatte schon so viel Leid gesehen, daß sie kaum glaubte, noch mehr ertragen zu können.

»Glaubst du, wir sollten die Stadt evakuieren?« fragte Dsordas erschöpft.

»Wohin? Die Dörfer sind schon überfüllt, und wir können die Leute nicht im Freien lagern lassen. Nein. Wir können nur hoffen, daß das Schlimmste vorbei ist.«

»Die meisten Häuser im Westen sind noch in Ordnung«, fügte Fen hinzu. »Wenn sie wieder getrocknet sind, können wir für alle, die ihr Heim verloren haben, einen Platz finden.« Sie hatte Tränen in den Augen. »So viele Menschen wurden getötet, es sollte für alle Platz genug geben.«

»Essen?« hakte Dsordas nach.

»Das wird schon bald ein Problem«, gab Yeori zu. »Viele Lagerhäuser sind zerstört, und wir haben nicht mehr viele Möglichkeiten, sie aufzufüllen. Die Kreischer haben uns ein paar Tage in Ruhe gelassen, aber ich nehme nicht an, daß das andauern wird.«

Schweigend saßen sie eine Weile da.

»Was *war* das für ein Ding?« flüsterte Fen, die den riesigen grauen Umriß wieder vor sich sah und sich fragte, ob das Unvorstellbare geschehen würde. Falls es zurückkehrte, würde dann irgend jemand überleben?

»Es sah aus wie die Finne eines Kreischers«, stellte Dsordas nachdenklich fest.

»Das ist doch verrückt!« rief Yeori aus. »Es hatte zwar dieselbe Form, da stimme ich dir zu, aber wenn das nur eine Finne war, müßte das ganze Wesen mehr als zwei Wegstunden Spannweite haben!«

»Hast du einen besseren Vorschlag?« fragte Dsordas leise.

Die Antwort blieb seinem Stellvertreter erspart, da Foran zu ihnen stieß. Der Heiler wirkte völlig erschöpft, doch das war in diesen Tagen nichts Ungewöhnliches in Nkosa.

»Ich bin froh, daß ich Euch endlich gefunden habe. Bei diesem Durcheinander . . .« Er zuckte hilflos die Achseln.

»Latchi ist aufgewacht. Er wußte, daß das Ding kommen würde. Er sagte es voraus, nannte es ›der wahre Herr des Gesandten‹.«

»Er ist wahnsinnig«, sagte Dsordas ausdruckslos.

»Vermutlich. Und er will mit Euch sprechen.«

Als sie sich auf den Weg zu dem Gebäude machten, in dem Latchi und seine Anhänger lagen und sich von ihrem Kampf gegen den Gesandten erholten, fragte sich Fen, wozu das alles wohl führen würde. Dsordas' Widerstand gegen Nektar war so groß, daß davon vermutlich alle Gespräche mit dem selbsternannten Propheten überschattet würden. Doch ihr fiel gerade etwas ein, als sie abgelenkt wurde.

»Ist Skoulli auch wach?«

»Nein«, erwiderte Foran unbehaglich. »Er und die anderen sind immer noch bewußtlos. Warum nur Latchi aufgewacht ist, kann ich nicht sagen, aber jetzt redet er wirres Zeug. Es ist schon schwierig genug, ihn unter Kontrolle zu halten. Doch urteilt selbst«, fügte er resigniert hinzu.

»Welche Wirkung hatte die Flut auf Euch?« fragte Yeori.

»Dem Schlimmsten sind wir entkommen, nach allem, was man so hört«, antwortete der Arzt. »Einige wurden klatschnaß, aber wir haben niemanden verloren. Wir hatten großes Glück.«

»Vielleicht ist Latchi *tatsächlich* ein Freund der Götter«, bemerkte Dsordas düster.

Als sie den Schlafsaal betraten, sahen sie Latchi aufrecht im Bett sitzen, bewacht von zwei stämmigen Aufsehern. Er schrie und fuchtelte mit den Armen. Sobald er die Besucher auf der anderen Seite des Raumes erspäht hatte, wurden seine Augen schmal, und er verstummte und wartete, bis sie an seinem Bett standen und Dsordas die Wachen entlassen hatte. Dann starrte er den Anführer der Insel an, und mehrere verschiedene Gefühle huschten in schneller Folge über sein Gesicht. Verachtung, Wut, Gleichgültigkeit, Angst, Haß und Belustigung waren ganz kurz zu sehen, doch als er sprach, klangen seine Worte ganz ruhig.

»Wird auch Zeit – ich habe viel zu erledigen. Ich werde Euch jetzt meine Anweisungen geben, und Ihr müßt dafür sorgen, daß sie sofort ausgeführt werden.«

»Wie kommt Ihr auf den Gedanken, daß ich von Euch Befehle annehme?« erkundigte sich Dsordas mit milder Stimme.

»Meine Anweisungen kommen von den Göttern!« brüllte Latchi plötzlich. »Würdet Ihr *ihnen* gegenüber ungehorsam sein?« Ein Ausdruck kindischer Gerissenheit huschte über sein Gesicht, und er fügte leiser hinzu: »Vielleicht haltet Ihr Euch zu wichtig für solche Dinge. Soll ich es Euch zeigen?«

Dsordas japste plötzlich voller Schmerzen nach Luft und packte nach seiner Schulter. Gleichzeitig zuckte Skoulli, der bewegungslos im nächsten Bett lag, heftig unter seiner Decke.

»Aufhören!« brachte Dsordas zwischen zusammengepreßten Zähnen hervor. Fen kam ihm zur Hilfe, doch er schien sie nicht zu bemerken. Seine Augen blickten starr in die des Starez.

»Ihr könnt Euch selbst heilen«, spottete Latchi. »Euer Freund kann das nicht. Ist es da nicht richtig, daß Ihr diesen Schmerz ertragt? Als hätte ein Stein Euch getroffen, nicht wahr?«

In Dsordas stieg ein tief verborgener Instinkt auf, und er machte eine zuckende Bewegung, als werfe er etwas von sich.

Dann seufzte er auf und entspannte sich sichtlich. Skoulli, um den sich inzwischen Foran kümmerte, lag wieder still da.

»Ich bin beeindruckt«, bemerkte Latchi sarkastisch. »Aber vielleicht nehmt Ihr mich jetzt ernst.«

»Ich sollte Euch umbringen«, sagte Dsordas mit rauher Stimme.

»Oh, das wäre *sehr* vernünftig«, sagte der Ältere höhnisch. »Das würde alle Probleme von Zalys lösen. Zumal ich der einzige bin, der uns retten kann!« Er hatte die Stimme wieder zu einem einschüchternden Brüllen erhoben.

Doch ganz abrupt verschwand seine Wut, und er lächelte grotesk und streckte Dsordas die gefleckte Zunge heraus. Beinahe hätte sich der Anführer der Insel auf seinen Peiniger gestürzt, doch Fen und Yeori hielten ihn zurück, und so begnügte er sich damit, mit seinen Fingern zu spielen, als wolle er sie um Latchis Kehle legen.

»Eure Macht kommt von bösartigem Gift«, sagte er kalt. »Es ist verdorben, noch bevor es benutzt wird. Wie kann dieses Böse uns retten?«

»Narr!« rief der Starez aus. »Nektar ist ein Tor, mehr nicht. Wer die Kraft hat hindurchzutreten, wandelt in den Gefilden der Götter.«

Seine Wortwahl verblüffte sie alle, und sogar Dsordas machte sich nicht die Mühe, das zu leugnen. Latchi glaubte diese Lügen und würde sich nicht vom Gegenteil überzeugen lassen. Sie warteten, daß er fortfuhr.

»Wir alle haben magisches Potential. Ja, sogar Ihr, Dsordas.« Der Name klang aus seinem Mund wie ein boshaftes Zischen. »Nektar verstärkt es – und wir brauchen Magie, wenn wir denjenigen besiegen wollen, der uns unter das Meer versenken möchte. Ich habe den Weg gezeigt. Der Gesandte hätte Eure armseligen Bemühungen leicht abgewehrt, wenn ich nicht eingegriffen hätte.«

Dieser letzten Feststellung konnte Dsordas nicht widersprechen.

»Gibt es noch andere Möglichkeiten, um zu Magie zu kommen?« fragte er leise. »Abgesehen von Nektar?«

»Sie ist hier«, Latchi tippte sich gegen die Stirn, »und überall um uns herum. Wir müssen sie nur finden.«

»Wie?«

»Fragt Euren eigenen Zauberer«, antwortete Latchi, und sein Gesicht bekam wieder einen verschlagenen Ausdruck. »Der, der den Amberinschild um den Hafen gebaut hat.«

Eismann – ein Zauberer? Fen war verwirrt. So hatte sie Eismann noch nie zuvor gesehen.

Doch bevor sie Latchi noch weiter befragen konnten, wurde er von einer Art Krampf geschüttelt. Schaum trat vor seinen Mund, seine Glieder zitterten und seine Augen wurden einen Moment lang blicklos, um danach um so wahnsinniger zu funkeln.

»Nektar gehört mir!« rief er. »Ihr könnt ihn nicht haben. Niemand von Euch hat Magie. Niemand von Euch kann es mit mir aufnehmen – oder mit meinem Meister.«

»Wer ist Euer Meister?« fragte Yeori, als die anderen schwiegen.

»Das werdet Ihr früh genug erfahren«, stieß Latchi hervor. »Bald wird er die ganze Welt regieren, *alle* Welten! Dann werden seine Jünger ihren rechtmäßigen Platz einnehmen, und Idioten wie Ihr werden sich jeder seiner Launen beugen müssen.« Er lachte wie ein Verrückter. »Selbst die Geister werden uns dann gehorchen.«

Die Besucher wechselten Blicke und waren verblüfft über seine Worte.

»Verbeugt Euch und betet. Verbeugt Euch vor seinen Dienern«, stimmte Latchi an. »Fürchtet ihn! Wenn die Kreischer sich erheben, wird Zalys versinken – und nur die wahrhaft Gläubigen werden gerettet.«

»Ich dachte, Ihr wolltet denjenigen besiegen, der Zalys zum Sinken bringt«, sagte Yeori.

»Idiot! Wie können wir einen Gott besiegen? Dies ist unser Schicksal. Habt Ihr denn nicht die Zeichen bemerkt?«

»Welche Zeichen?« fragte Dsordas.

»Er hat im Meer gelegen, doch jetzt strebt er seine Flucht an«, erklärte der Starez. »Schon bald wird er frei sein.«

»Das graue Ungeheuer?«

»Gotteslästerer!« schrie Latchi. Er erschauerte wieder und schien für einen Augenblick den Verstand zu verlieren, doch dann sah er seine Zuhörer wieder an, als habe er sie noch nie gesehen.

»Magie ist der Schlüssel«, flüsterte er. »Es gibt keine andere Möglichkeit, Zalys zu retten. Wir müssen in der Arena beginnen. Alle Linien beginnen dort.« Er war jetzt so ruhig und erschöpft, daß sie sich sehr anstrengen mußten, seine Worte zu verstehen. Der Kontrast zu seinem vorherigen Wortschwall war so auffällig, daß sie nicht recht wußten, wie sie darauf reagieren sollten.

Latchi legte sich wieder hin und schloß die Augen, als wolle er schlafen. Dsordas beugte sich plötzlich vor, packte den alten Mann bei den Schultern und schüttelte ihn sanft, aber bestimmt.

»Wer ist Euer Meister?«

Der Starez riß die Augen weit auf und wand sich vor Furcht.

»Meyu ist verdammt«, flüsterte er. »Die Sonne wird sterben.«

Kapitel dreiunddreißig

Wie beginnt es? Woher kommt die Absicht, der Wunsch? Sind wir so getrieben, daß eine Sache, die getan werden kann, auch getan werden muß?

Einige Tore führen zu dem Labyrinth, aus dem es keine Rückkehr gibt.

»Es kommt mir fast so vor, als sei Latchi zwei Menschen«, bemerkte Foran. »Zwei Persönlichkeiten im selben Körper.«

»Und beide wahnsinnig«, knurrte Dsordas.

»Nein. Wahnsinn kommt von innen«, stellte Fen fest. »Es war eher so, als werde Latchi von *außen* kontrolliert, von zwei Mächten, die um ihn kämpfen.« Instinktiv wußte sie, daß sie recht hatte.

Nachdem sie Latchi verlassen hatten, machten sie sich auf die Suche nach Nikolas und Sagar, in der Hoffnung, die beiden Gelehrten könnten Latchis sonderbares Benehmen zumindest zum Teil erklären. Sie fanden die beiden Männer recht schnell im früheren Imperialen Hauptquartier. Glücklicherweise hatten sie sich in einem höheren Stockwerk aufgehalten, als die Welle das Gebäude erreichte. Weil Nikolas zu schwach war, sich rechtzeitig in Sicherheit zu bringen, waren sie gezwungen gewesen zu warten – und auf das Glück zu vertrauen.

Obwohl der Fournoi-Platz einige Stunden lang unter Wasser gestanden hatte und auch die unteren Stockwerke des Gebäudes überflutet gewesen waren, war das Fundament noch in Ordnung – anders als bei einigen anderen Gebäuden rund um den Platz. Sagar und Nikolaus hatten die Katastrophe weitaus bequemer überlebt, als sie hatten erwarten dürfen.

»Also hat Latchi zwei Herren?« fragte der Patriarch nachdenklich.

»Ja«, antwortete Fen. »Einer davon will Zalys offenbar retten, der andere will uns zerstören. Und Latchi wechselt zwischen beiden hin und her.« Sie warf einen Blick zu Foran und Dsordas, damit sie ihre Worte bestätigten, und sie nickten zweifelnd.

»Welcher von beiden will, daß wir Nektar benutzen?« fragte Sagar neugierig.

»Beide«, antwortete Dsordas. »Glaube ich.«

»Also, wenn Ihr recht habt, ist es nicht schwer, diese beiden Herren zu benennen«, sagte Nikolas. »Latchi hat einen selbst genannt.«

»Meyu?« fragte Foran.

»Und der andere kann nur Gar sein«, bestätigte der Patriarch.

»Ihr glaubt, er hat zwei *Götter* in seinem Kopf?« fragte Dsordas.

Nikolas' Gesicht legte sich unter einem langsamen schmerzhaften Lächeln in Falten.

»Das dürfte ausreichen, um die meisten Menschen in den Wahnsinn zu treiben, nicht wahr?« Dann erzählte er ihnen von dem Mythos der beiden göttlichen Brüder, von ihrer Meinungsverschiedenheit und Gars Strafe. Und er erzählte ihnen von der damit einhergehenden Legende über die Erschaffung von Zalys und ihr angebliches Schicksal, falls der verbannte Gott sich jemals wieder erheben sollte – und das machte Latchis unzusammenhängendes Gerede ganz klar. Fen fielen die Worte eines Geistes wieder ein, der mit Gaye gesprochen hatte. Das erschien ihr eine Ewigkeit her. *Eine große Macht taucht aus einem jahrhundertealten Traum wieder auf.* Die Zeichen wiesen alle in dieselbe Richtung. Die Omen sprachen mit einer Stimme. *Wir wußten es die ganze Zeit,* dachte sie, *aber konnten uns nicht überwinden, es zu akzeptieren*. In der modernen Welt schien es für solche Dinge keinen Platz zu geben.

»Wäre es nicht möglich«, fragte Dsordas, der verzweifelt versuchte, dem Gespräch eine rationale Note zu verleihen, »daß Latchi diese Legenden irgendwoher kennt und sie jetzt irgendwie entstellt wiedergibt und sich einbildet, wirklich ein Prophet zu sein? Aber daß er in Wirklichkeit einfach verrückt ist?«

Sagar kam Fen zuvor.

»Und wie willst du dann dieses *Ding* erklären, was es auch war, das die Welle verursacht und uns beinahe alle getötet hat? Wenn ein Gott nach Jahrhunderten der Gefangenschaft auf die Erde zurückkehrt, wäre da so ein Ungeheuer nicht genau die Form, die er dafür wählen würde?«

»Das war kein Gott«, erwiderte Dsordas, »das war echt, Fleisch und Blut und ...« Er verstummte.

»Und was?« fragte Fen leise. »Hat die natürliche Welt jemals so etwas erschaffen?«

»Schon gut, schon gut«, gestand er seine Niederlage ein. »Wie können wir dann, um mit den Worten unserer Propheten zu sprechen, darauf hoffen, einen Gott zu besiegen?«

Ihr kürzlicher Triumph über Verkhos Gesandten schien bereits einer alten Vergangenheit anzugehören, und ihre Annahme, sich in Sicherheit zu befinden, wirkte jetzt lächerlich. Dsordas kam es so vor, als sei jedes traumatische Ereignis der vergangenen Monate nur der Vorläufer von etwas weitaus Schlimmerem gewesen – bis sie sich jetzt der allerletzten Herausforderung gegenübersahen.

»Mir scheint«, begann Nikolas, »daß einige der Dinge, die Latchi gesagt hat, durchaus vernünftig sind. Falls er unter Gars Einfluß steht – vorausgesetzt, unsere Hypothese ist richtig –, ist er gefährlich, unser Feind. Wenn er jedoch für Meyu spricht, kann er vielleicht als unser Verbündeter betrachtet werden.«

»Und wir brauchen alle Verbündeten, die wir kriegen können«, warf Fen ein. »Sogar gefährliche.«

»Gegen den Gesandten hat er uns ja geholfen«, gab Dsordas zu.

»Einige seiner Anhänger sind immer noch auf freiem Fuß«, fiel Foran ein. »Diejenigen, die nach der Schlacht davongesegelt sind. Auf wessen Seite werden sie stehen?«

»Das können wir nicht wissen«, sagte Nikolas. »Und ohne ihre Anführer sind sie vielleicht nicht zu gebrauchen. Über sie brauchen wir uns keine Sorgen zu machen. Am besten folgen wir Meyus Ratschlägen. Erzählt mir noch einmal, was er gesagt hat.«

Fen rief sich dieses beunruhigende Ereignis noch einmal ins Gedächtnis und wiederholte die wichtigsten Sätze.

»›Wir alle haben magisches Potential. Nektar verstärkt es – und wir brauchen Magie, wenn wir denjenigen besiegen wollen, der uns unter das Meer versenken möchte … Magie ist hier.‹« Sie berührte ihre Schläfe. »›Und überall um uns herum. Wir müssen sie nur finden.‹«

»Und als wir ihn fragten, wie«, fügte Foran hinzu, »sagte er, wir sollten unseren eigenen Zauberer fragen.«

»Eismann«, führte Dsordas den Satz zu Ende. »Wen könnte er sonst meinen?«

»Er sagte ›Magie ist der Schlüssel‹«, fuhr Fen fort. »›Wir müssen in der Arena beginnen. Alle Linien beginnen dort.‹«

»Auch das paßt zu dem, was wir herausgefunden haben«, sagte die frühere Geisel.

»Es ergibt einen Sinn«, stimmte der Patriarch zu.

»Da bin ich ja froh, daß es irgend jemand so sieht«, murmelte Dsordas.

»Habt Ihr etwas herausgefunden?« drängte Fen.

»Es ist noch ziemlich unklar«, erwiderte Nikolas, »aber da wir in Farrags Aufzeichnungen nicht viel finden konnten, haben wir uns den Schriften meiner eigenen Vorfahren, der frühen Patriarchen, zugewandt. Die meisten ihrer Worte wurden normalerweise als bedeutungsloses Gerede oder exzentrische Einbildung abgetan, aber jetzt scheinen mir einige doch ziemlich vernünftig zu sein.« Er rutschte unbehaglich auf seinem Stuhl hin und her. Seine Stimme war heiser, und er hatte offensichtlich Schmerzen, und so nickte er Sagar zu, dieser möge fortfahren.

»Die alten Patriarchen glaubten, daß Zalys von einem Netz aus Linien und Kreisen bedeckt sei, die sich an magischen Orten schnitten«, erklärte der junge Mann. »Es gab Hunderte solcher Orte, einige wichtiger, andere weniger wichtig, aber das ganze Muster sei bedeutend. Es bot Schutz vor bösen Mächten – einschließlich vor den Verwüstungen durch das Meer – und sorgte dafür, daß die Insel spirituell gesund blieb, wenn ihr so wollt. Die Dokumente, die wir gelesen haben, gaben alle leicht unterschiedliche Interpretationen, doch in einem Punkt sind sie sich einig, nämlich, daß die Arena das Zentrum oder die Mitte des gesamten Netzes ist.«

»›Alle Linien beginnen dort‹«, zitierte Fen, und ihr fiel der zweite Teil des Rates ein, den der Geist ihrer Schwester gegeben hatte. *Um sich ihm zu widersetzen, ist ein Kreis um die ganze Welt vonnöten. Doch der Kreis beginnt und endet auf Zalys.*

»Genau«, nickte Sagar.

»Aber die Arena ist nicht einmal in der Nähe der Inselmitte«, widersprach Dsordas. Fen seufzte leise. Er konnte manchmal alles so aufreizend wörtlich nehmen.

»Das Netz ist nicht symmetrisch, nicht einmal gleichmäßig«, erklärte Sagar. »Aber jeder weiß, daß die Arena irgendwie in seinem Herzen liegt.«

»Auch wenn wir alles andere fast vergessen haben, so blieben Überreste davon doch erhalten«, fügte Nikolas hinzu. »Ihr wißt selbst, wie man den Ort bis vor kurzem betrachtete.«

»Aber jetzt ist er tot«, sagte Dsordas hoffnungslos.

»Nein, aber er stirbt«, widersprach Fen. »Es liegt an uns, ihn wiederzubeleben. Und den Rest ebenfalls. Mit einer Sache hatte Latchi zumindest recht. Wir *brauchen* Magie. Das ist unsere einzige Hoffnung gegen ... Gar.«

»Einverstanden«, sagte er plötzlich ganz geschäftsmäßig. »Was *machen* wir also?«

Dsordas abrupte Wandlungen vom Zweifler zum praktisch veranlagten Anführer überraschten Fen nicht mehr. Das hatte sie schon zu oft erlebt. Hatte er sich erst einmal eine bestimmte Vorgehensweise zu eigen gemacht, schob er alle Zweifel beiseite und verfolgte den Weg voller Tatkraft und in allen Einzelheiten.

»Sagar, du bist unser Theorie-Experte«, sagte er. »Wo fangen wir an?« Der junge Mann wirkte ein wenig verblüfft, daß er so plötzlich die Verantwortung auferlegt bekam, und versuchte verzweifelt, seine chaotischen Gedanken zu ordnen.

»Wir müssen damit anfangen, die Talente, die wir haben, zu nutzen ...« brachte er hervor.

»Einschließlich des meinen, ich weiß«, sagte Dsordas jämmerlich. »Natürlich werde ich tun, was ich kann, aber wenn ich auch Menschen heilen kann, so kann ich nicht sehen, wie uns das helfen könnte. Ich kann keine Insel heilen.«

»Vielleicht doch!« rief Foran aus. »Dazu ist nur eine andere Perspektive erforderlich.«

»Macht Euch nicht lächerlich.« Dsordas klang angewidert.

»Na gut«, gab sie nach. Sie hütete sich, ihr Glück allzu sehr zu versuchen. »Versprich mir einfach, daß du mit uns zur Arena kommst.«

Dsordas sah sie einige Augenblicke lang ernst an, und schließlich nickte er.

»In Ordnung, ich verspreche es, wenn es dich glücklich macht. Aber wir haben noch bessere Talente als meins. Eismann zum Beispiel.«

»Ja«, stimmte Sagar begeistert zu. »Wenn wir ihn dazu bringen, wieder als Fernrufer zu arbeiten, könnte das alle möglichen Vorteile bringen, an die wir jetzt gar nicht zu denken wagen.«

»Vielleicht kann er sogar mit anderen Ländern in Verbindung treten«, schlug Fen vor. »Um zu sehen, ob die anderen Gesandten von Verkho sich besser geschlagen haben als unserer.«

»Verkho ist für Gars Wiedererscheinen verantwortlich?« fragte Foran unsicher.

»Ja. Es hängt alles zusammen. Daran zweifelt doch sicher niemand mehr?« Fen sah sich um, doch niemand widersprach. »Vielleicht können wir Verkho sogar zwingen, Farbe zu bekennen und den anderen klarmachen, daß sie ihm nicht gehorchen müssen.«

»Wie hilft *uns* das?«

»Alles, was Verkhos Fortkommen verhindert, verhindert auch Gars Erfolg. Die beiden gehören zusammen.« Sie glaubte, daß Dsordas dies bereits gewußt hatte, es jedoch noch einmal hören wollte, damit es ihm – und auch allen anderen – ganz klar wurde. »Wer weiß, vielleicht finden wir sogar eine Möglichkeit, magische Kräfte von hier nach Xantium zu schicken. Der Gesandte hat es in der anderen Richtung ja auch geschafft, als er uns angriff.«

»Ja, ja. Das hast du schon einmal angedeutet«, warf Dsordas knapp ein. »Aber wir eilen schon voraus. Wir wissen nicht, wie man das macht – und wir haben keine nutzbaren Kräfte.«

»Noch nicht«, beharrte Fen. Auch sie konnte stur sein, wenn sie dafür in der Stimmung war. Sie sahen einander mit gerunzelter Stirn an, doch als Sagar das verlegene Schweigen durchbrach, lächelten sie schon wieder.

»Und dann ist da noch Aad«, sagte er. »Wenn wir ihn dazu bringen können, sein Talent ein wenig besser zu strukturieren, ist er offensichtlich der richtige, das Netz über der Insel zu erspüren.«

»Natürlich. Vielleicht ist er extra für diese Aufgabe vorgesehen!« rief Fen aus. »Wenn seine Hände uns sagen können, wo die magischen Orte sind, können wir versuchen, sie wieder miteinander zu verbinden.«

»Und vielleicht kann er auch die Menschen erspüren, die vielleicht noch mehr Talent besitzen«, schlug Nikolas vor. »Wir müssen einfach unsere gesamten Möglichkeiten ausschöpfen.«

»Seit dem Kampf hatten wir keine Gelegenheit, mit ihm oder Eismann zu reden«, sagte Dsordas nüchtern. »Beide waren dadurch schwer mitgenommen. Wir verlangen sehr viel von ihnen, wenn wir sie darum bitten.«

»Womit könnten wir sonst anfangen?« fragte Fen. »Wir könnten es immer noch mit den Kindern versuchen – diejenigen, denen Farrag Amberinanhänger geschenkt hat. Wie Natali. Wir wissen, er hat sie ausgewählt, weil er in ihnen ein latentes Talent sah, also vielleicht können *sie* uns helfen.«

Die anderen teilten ihre Begeisterung für diese Idee nicht. Niemand faßte die Einwände in Worte, doch ihre Gesichter zeigten, daß die Kleinen ihrer Meinung nach genug gelitten hatten.

»Angenommen, wir finden diese magischen Stellen«, sagte Dsordas, »wie wollen wir sie dann verbinden und das Netz wieder aufbauen?«

Sagar zuckte mit den Achseln.

»Ich weiß es nicht genau, außer, daß für die Methode Menschen nötig sind. Aber Nikolas und ich werden versuchen, es herauszufinden.«

»Und irgend jemand muß mit den Geistern reden«,

warf Fen ein. »Als Latchi für Gar sprach, sagte er, er würde *alle* Welten beherrschen. Vielleicht meinte er damit auch die Welt der Geister.«

»Und falls die Kreischer Gars ›Diener‹ sind«, fügte Dsordas hinzu, »würde das erklären, warum die Geister Angst vor ihnen haben.«

»Wir haben schon ein paar Ideen, was wir gegen die Kreischer unternehmen könnten«, erklärte Fen aufgeregt.

»Das müssen wir auch«, bemerkte Foran. »Wenn wir ganz Zalys nach Magie absuchen sollen, können wir das kaum in der Dunkelheit tun.«

»Ich hatte gehofft, Maus könnte unsere Pläne umsetzen«, sagte Dsordas düster. »Aber es sollte nicht sein. Jemand anderes wird es tun müssen.«

Schließlich war es Nikolas, der die eine Frage stellte, die zu stellen alle anderen vermieden hatten.

»Was ist mit dem Nektar?«

»Nein. Ich würde fast alles tun – aber das nicht.« Dsordas sprach ganz gelassen, doch seine Stimme klang entschlossen. »Was Latchi auch sagt, dieses Zeug kann nur Böses bewirken. Und wenn wir irgend etwas dadurch gewinnen würden, so würden wir doch andererseits sehr viel mehr verlieren. Schlagt Euch das aus dem Kopf.«

Angesichts dieses unerschütterlichen Widerstands verspürte niemand Lust zum Streiten.

»Reden wir also mit Eismann und Aad«, sagte Fen.

Dsordas nickte und wandte sich an Foran.

»Laßt mich wissen, wenn Latchi noch etwas Neues sagt oder wenn Skoulli aufwacht.«

»Natürlich. Ich werde den anderen Heilern mitteilen, sie sollen die Menschen wissen lassen, was wir tun. So wie die Dinge im Augenblick liegen, können wir die Neuigkeit auf diese Weise ganz gut verbreiten.«

Dsordas nickte zustimmend.

»Und wir lesen weiter«, verkündete Nikolas.

»Ich nicht«, widersprach Sagar. »Zumindest noch nicht. Ich muß ein paar Leute aufsuchen.«

»In Ordnung«, schloß Dsordas. »Wir treffen uns bald wieder hier, morgen, um die gleiche Zeit. Dann können wir planen, wann wir zur Arena gehen wollen.«

»Und wer hingeht«, fügte Fen hinzu.

Kapitel vierunddreißig

Wollt Ihr die Rätsel des Flammofens lösen? Spürt Ihr das frostige Sengen des dunklen, funkelnden Feuers? Dann blickt nach innen, nicht nach außen. Die Reflexe des Blutes sind unendlich verschieden, anders als jene des Verstandes.

Fen und Dsordas hatten die ganze Familie in Ethas Schlafzimmer, dem größten Zimmer im ersten Stock, versammelt. Die Überflutung der Küche hatte Etha sehr bestürzt, doch es gab jetzt dringendere Dinge zu erledigen, bevor sie sich der langen und harte Aufgabe widmen konnten, die Küche aufzuräumen und ihre Wärme und Gemütlichkeit wiederherzustellen. Sie saß neben ihrem jüngsten Kind auf dem Bett. Natali wirkte wie immer fröhlicher als alle anderen. Er hatte sich von dem furchtbaren Zusammentreffen mit dem Gesandten ziemlich gut erholt, und das Grauen der Welle hatte ihn nicht so sehr berührt wie die anderen. Es war nicht das erste Mal, daß Etha in Natalis Lächeln und seinem fröhlichen Geplapper Trost fand, doch sie war froh, daß auch die anderen dort waren. Ganz kurz fragte sie sich, wo Gaye wohl sein mochte und ob sie ihre Tochter je wiedersehen würde.

Anto saß schweigsam und verdrossen auf dem Boden zu Füßen seiner Mutter. Er wußte, er mußte hinter Dsordas – der immerhin der Anführer der Insel war – zurückstehen, obwohl er normalerweise der Kopf des Haushalts war, dennoch war er einfach der Meinung, daß er *irgendeine* Aufgabe bekommen mußte und nicht wie Tarin und Ia nur wie ein Kind behandelt wurde. Die beiden saßen nebeneinander auf dem Boden, der Ausdruck ihrer aufgeregten Gesichter veränderte sich ständig, ihre Augen flackerten unruhig hin und her. Seit der Rebellion – und dem Tod ihres Vaters – unterlagen sie ständig wechselnden Stimmungen und Gefühlsschwankungen, und sie hatten sich in ihre eigene Welt zurückgezogen, wann immer sie konnten. Für ihr Alter wirkten sie ungewöhnlich unabhängig, und Etha machte sich Sorgen um die beiden. Doch insgeheim machte sie sich um all ihre Kinder Sorgen, sogar um Fen, ihre älteste, die schon mehrere Male bewiesen hatte, daß sie nicht mehr am Rockzipfel ihrer Mutter hing.

Und dann waren da noch die adoptierten Mitglieder der Familie, Eismann und Aad, die schweigend am Fußende des Bettes saßen und Dsordas genau beobachteten. Zwar waren die beiden jungen Männer sehr verschieden, doch Etha betrachtete sie als Brüder. Beide hatten sich von Schmerz und Widerwärtigkeit des magischen Kampfes erholt, doch hatte er von beiden einen hohen Tribut gefordert. Keiner der beiden hatte bislang darüber gesprochen, doch Etha wußte, sie würden bald reden müssen, und der Gedanke, sie noch einmal diesen Alptraum durchleben zu lassen, widerte sie an. Eismann war immer noch sehr blaß, wenn sich die unnatürliche Kälte auch gelegt hatte – und obwohl Aad anscheinend robust genug war, verglichen mit seinem Aussehen bei seiner Ankunft auf Zalys, so war doch seine alte Scheu zurückgekehrt. Seine Haut war nicht mehr so gefleckt, Forans Arbeit an seinen Zähnen ersparte ihm viel Ungemach, und sein verfilztes Haar wuchs langsam raus – doch hatte er seine Augen jetzt zusammengekniffen, als habe er die Grausamkeit der Welt neu entdeckt. Wenn Dsordas sprach, hing Aad ihm förmlich an den Lippen.

Dsordas und Fen brauchten den ersten Teil des Abends, um der Familie von ihren früheren Gesprächen zu berichten, doch einige der unglaublicheren Punkte spielten sie wegen der jüngeren Kinder herunter, und sie hatten auch noch keine Einzelheiten über ihre Pläne für Eismann und Aad erwähnt. Niemand hatte sie unterbrochen. Aad hatte offensichtlich mehrere Male etwas sagen wollen, doch er hatte sich zurückgehalten.

»Ich weiß, daß das alles sicher sonderbar und ein wenig furchterregend klingt«, schloß Fen, »aber wenn wir alle unsere Rolle spielen, können wir für Zalys' Sicherheit sorgen.«

»Und genau hier kommt ihr ins Spiel«, sagte Dsordas und sah sich im Zimmer um, aus dem ihn ernste und neugierige Mienen anblickten.

»Wir alle?« fragte Ia. Sie war erst sieben und daran gewohnt, daß man sie für alles als zu jung betrachtete.

»Ihr alle«, bestätigte Dsordas. »Ich will, daß du und Tarin mit Anto zusammenarbeitet und alles tut, was er euch sagt. Tut ihr das?«

»Ja«, erwiderte Ia. Tarin nickte, und Anto machte ein finsteres Gesicht.

»Das ist sehr wichtig«, sagte Dsordas zu ihm, »und du kannst das am besten erledigen, aber Ia und Tarin werden dir helfen.«

»Wie?« fragte Anto zweifelnd. »Was sollen wir tun?«

»Ich will, daß ihr alle Kinder findet, denen Farrag einen Anhänger geschenkt hat.«

»Mir!« rief Natali entzückt aus und zeigte mit seinen kleinen Fingern auf seine Brust.

»Ja, das wissen wir, mein Süßer«, lächelte Fen. »Aber wir brauchen auch die anderen. Es müßten ungefähr zwanzig gewesen sein.«

»Pauli!« rief Natali. Pauli Gallo war ungefähr ein Jahr älter als der jüngste der Amari, und als er den Amberinanhänger trug, hatte Gaye einmal seine Gedanken lesen können.

»Pauli war einer von ihnen«, bestätigte Dsordas. »Hier ist eine Liste von allen, die uns noch eingefallen sind.« Er gab Anto das Papier. »Ich bin sicher, ihr erinnert euch an die anderen, aber sie zu finden, könnte schwieriger werden.« Er führte nicht aus, warum er dieser Meinung war. So viele Menschen waren getötet, Familien getrennt und Häuser zerstört worden, daß die Probleme offensichtlich waren. »Aber wir brauchen sie, weil wir glauben, sie könnten uns dabei helfen, die Magie zu finden, nach der wir suchen.«

»Ihr dürft ihnen oder ihren Eltern jedoch keine Angst machen«, fügte Fen mit einem Blick auf Etha hinzu, »und vielleicht fühlen sie sich wohler, wenn sie mit jemandem reden, der jünger ist, wie Ia und Tarin.«

Anto nickte, und sein Gesicht war eine ernste Maske.

»Und seid selbst auch vorsichtig«, wies Dsordas sie an. »Viele Gebäude sind nach der Überflutung in einem gefährlichen Zustand. Bei jeder Flut brechen weitere zusammen, also paßt auf, wo ihr hintretet.«

»Kann ich das Boot nehmen?« fragte Anto. Nur eines der Boote war noch benutzbar.

»Ja. Wir finden irgendwo ein anderes. Du weißt, was zu tun ist, wenn du die Warnsignale hörst?«

»Natürlich.«

»Gut. Ihr könnt bei Tagesanbruch aufbrechen.«

»Was werdet ihr tun?« Anto wollte nicht von den anderen ausgeschlossen werden, nachdem seine Aufgaben nun geklärt waren.

»Wir müssen heute abend noch weitere Pläne machen«, antwortete Dsordas mit einem Blick auf Eismann und Aad, »bevor wir über unseren nächsten Zug entscheiden können. Aber es arbeiten bereits viele Leute mit uns zusammen. Ich hoffe, daß du überall auf Entgegenkommen rechnen kannst.«

Nach diesen Worten wurden Ia und Tarin gegen ihre Proteste und auf Ethas Anweisung hin ins Bett geschickt. Anto, der spürte, daß er selbst auch entlassen war, selbst aber nichts mehr von seinen früheren Vorbehalten empfand, ging in sein Zimmer, um seine Strategie für den nächsten Tag zu planen. Inzwischen lag Natali schlummernd in den Armen seiner Mutter, und es bestand keine Hoffnung mehr, noch an diesem Abend mit ihm zu reden, doch Aad brannte darauf mitzumachen. Eismann folgte ihm vertrauensvoll, als Fen und Dsordas vorschlugen, sie sollten in ihrem Zimmer weiterreden. Als die vier hinausgingen, warf Etha ihrer Tochter einen warnenden Blick zu. *Tut ihnen nicht weh,* wollte sie damit sagen. Fen nickte und schenkte ihrer Mutter ein Lächeln, das diese hoffentlich als beruhigend empfand. Es war gut möglich, daß das Gespräch für die beiden jungen Männer sehr schmerzhaft werden würde, doch dagegen konnte sie nichts tun.

Sobald sie alle saßen, ergriff Aad begeistert das Wort. »Ich kann helfen, nicht wahr! Meine Hände können uns sagen, wo Magie ist.«

»Das hoffen wir«, stimmte Dsordas zu.

»Kannst du uns mehr über Magie in den Menschen erzählen?« fragte Fen.

»Ich bin mir nicht sicher.« Aad hatte über diese Frage anscheinend noch nie nachgedacht. »Ich wußte schon, als ich ihn zum ersten Mal sah, daß Dsordas etwas Besonderes war ...« Seine Hochachtung für den Heiler hatte stets an Heldenverehrung gegrenzt, eine Tatsache, die Dsordas irgendwie peinlich war. »Eismann irgendwie auch ... Und Natali, nehme ich an. Ich habe niemals richtig darüber nachgedacht.«

»Was ist mit mir?« fragte Fen.

Aad zögerte. »Kann ich dich berühren?«

Fen streckte ihre Hände aus, und er stand auf und nahm sie in die seinen.

»Ich fühle nichts«, sagte er niedergeschlagen nach einigen Augenblicken. »Vielleicht bin ich doch nicht so gut.«

»Oder vielleicht muß das Talent größer sein als meins«, sagte sie lächelnd. Sie hatte immer gewußt, daß sie sehr wenig Magie hatte – falls überhaupt.

»Hat Latchi nicht gesagt, wir alle hätten Potential?« fragte Aad.

»Ja, aber wir können nicht alles, was er sagt, ganz wörtlich verstehen.«

Eismann hatte derweil die ganze Zeit untätig da gesessen, doch jetzt ergriff er zum ersten Mal das Wort.

»Er hat das dunkle Feuer in sich«, sagte er leise. »Es brennt.«

»Nektar?« fragte Fen.

Eismann erschauerte, und sein dünner Körper zitterte, als er nickte. Die letzte Überreste seiner Sucht glommen ganz kurz in seinen Augen auf, doch dann schwanden sie dahin, und er verfiel wieder in Schweigen.

»Wann fangen wir also an?« wollte Aad begierig wissen. »Was soll ich tun?«

»Bevor wir unsere Pläne in allen Einzelheiten besprechen«, warf Dsordas ein, »müssen wir darüber reden, was während des Kampfes gegen den Gesandten geschehen ist. Fühlt ihr euch dazu in der Lage?«

»Ich nehme es an«, erwiderte Aad, doch sein Gesicht wirkte eingefallen.

»Eismann?«

Der frühere Fernrufer nickte, doch mit deutlich erkennbarem Widerwillen.

Das wird schwieriger, als ich mir vorgestellt hatte, dachte Fen, doch ihre Ängste sollten sich als unbegründet herausstellen. Als die beiden erst einmal angefangen hatten, redeten sie schnell und anscheinend ohne Probleme, und jeder schien die Worte des anderen vorauszuahnen. Fen hatte schon zuvor diese Verbindung zwischen den beiden bemerkt. Sie war nicht so stark wie Telepathie, aber sie teilten Gefühle und Ahnungen auf eine Art und Weise, die keiner von beiden erklären konnte. Die meiste Zeit redete Aad, doch machte er oft Pausen, damit sein Gefährte seine eigenen Bemerkungen einfügen konnte. Fen hatte Dsordas schon so viel wie möglich erzählt, doch dieser Bericht aus erster Hand war wesentlich aufschlußreicher. Als erstes fragte Fen, was der Gesandte mit den Kreischern gemacht hatte.

»Es war wie ein Pfeifen«, sagte Aad vorsichtig. »Wir konnten es nicht hören, aber sie.«

»Hat sie verletzt«, sagte Eismann kalt. »Konnten nichts mehr sehen.«

Fen blickte Dsordas jubilierend an. Sie hatte recht gehabt!

Dann kamen sie zum eigentlichen Kampf und zu den ersten Schlägen des Gesandten. Der qualvolle Schmerz, den sie gespürt hatten, war in gewisser Weise von fast allen bemerkt worden, die in der Nähe des Kreises aus Amberin gestanden hatten – wenn die Erklärung auch, vorsichtig ausgedrückt, sehr vage war.

»Es war böse«, bemerkte Eismann. »Kalt.«

»Meine Hände fühlten sich an, als wären sie von Eis umfangen«, nickte Aad. »Und als steckten Nadeln in allen Gelenken.«

»Du sagtest ›der Kreis klingelt‹«, gab Fen das Stichwort. »Was hast du damit gemeint?«

»Wie Glocken«, flüsterte Eismann.

»Die Kristalle begannen zu schwingen«, erklärte Aad. »Es war wie aller Lärm der Welt, alles auf einmal, sehr laut. Nur, daß es Magie war, kein Lärm.« Er sah deprimiert aus. »Ergibt das irgendeinen Sinn?«

»Es paßt zu dem, was Sagar uns über Resonanzen erzählt hat«, antwortete Dsordas nachdenklich.

»Aber dann begann alles widerzuhallen«, fuhr Aad zuversichtlicher fort. »Schnellte im Kreis herum, wurde immer lauter, kein Entkommen.«

»Zuviel«, sagte Eismann leise.

»Es war viel schlimmer, als der Gesandte versuchte, Kräfte aus Xantium zu bekommen. Ich glaube, da wurden meine Hände taub, doch mein restlicher Körper zitterte fürchterlich.«

»Aber ihr habt ihn daran gehindert, neue Kräfte zu bekommen«, warf Fen ein. »Wie habt ihr das gemacht?«

»Wir haben die ... Resonanzen ... des Amberins benutzt, um die Macht aufzubrechen, sie nutzlos zu machen. Dann ließen wir die Stücke um den Ring herumlaufen, damit sie nicht hineingelangen konnten.«

»Also blieb die Macht aus Xantium draußen«, bestätigte Dsordas. »Die einzigen Kräfte innen waren die des Gesandten selbst – die ihm schließlich ausgingen.«

»Das ist richtig. Aber auch Latchis weißes Feuer war dort«, sagte Aad. »Keiner von uns hat das verstanden. Es war nicht gut oder schlecht, es war einfach nur da.«

»Brannte«, fügte Eismann hinzu. »Nichts.«

»An viel mehr erinnere ich mich nicht, bis zum nächsten Tag«, fuhr Aad fort. »Wir haben beide geschlafen.«

»Und am nächsten Tag kam das Wesen«, sagte Dsordas. »Hat einer von euch es kommen gespürt, so wie Latchi?«

Eismann schüttelte den Kopf.

»Zu groß, um es zu sehen«, sagte er.

»Meine Hände benahmen sich immer noch seltsam«, erwiderte Aad. »Ich bin mir nicht sicher, *was* ich gefühlt habe. Ich weiß nur, daß ich Angst hatte, aber das ging ja allen so.«

»Vielen Dank für alles, was ihr getan habt.« Fens Dankbarkeit war mit Schuldgefühlen gemischt, denn sie wußte, sie hatte sie zumindest teilweise dazu gezwungen. »Ihr zwei seid wichtig, und ich weiß, ihr werdet uns auch jetzt bei unseren Plänen helfen, aber wenn ihr nicht gewesen wärt, hätten wir schon verloren.«

Die beiden Jungen nickten mit ernstem Gesicht.

»Der Gesandte hätte jeden getötet, der sich ihm entgegengestellt hätte. Ohne die Kuppel aus Amberin, die ihn isoliert hat, wäre es hoffnungslos gewesen.«

»Wir haben die Kuppel nicht gebaut«, sagte Aad. »Wir haben vielleicht dabei geholfen, als sie sich aufbaute, aber wir haben nicht mehr getan, als die Kraft des Gesandten mit dem Amberin zu brechen.«

»Und wer *hat* den Kreis dann gebaut?«

Da blickte Eismann sie an, und sie kannte die Antwort, bevor er sie aussprach.

»Natali.«

Kapitel fünfunddreißig

In der Asche glühen jetzt Funken. Das Tal der Geister hat eine neue Geschichte zu erzählen.

Die Steinbäume lachen.

»Ja, aber was hast du *getan,* Natali?« beharrte Fen.

»Was du mir gesagt hast«, erwiderte ihr Bruder, und ein kleines Stirnrunzeln breitete sich auf seinem unschuldigen Gesicht aus.

»Das hast du sehr gut gemacht«, sagte Dsordas, der nicht wollte, daß Natali kritisiert wurde. »Aber wie hast du die Kuppel gebaut?«

»Sie hat sich selbst aufgebaut«, erwiderte der kleine Junge fröhlich. »Nachdem ich die Steine gefragt habe. Es hat aber wehgetan«, fügte er hinzu, und sein Lächeln verschwand. Die Diskussion nahm einen Teil des Morgens ein, doch Natalis Antworten waren alle gleichermaßen frustrierend gewesen, und jetzt hatte Etha genug.

»Er hat euch alles gesagt, was er weiß«, sagte sie mit fester Stimme und gab den anderen keine Gelegenheit, mit ihr zu streiten. Sie nahm ihren Sohn beiseite, und Dsordas und Fen wechselten ein paar Blicke.

»Es ist hoffnungslos«, sagte er mutlos. »Wir haben keine Ahnung, womit wir es zu tun haben. Selbst diejenigen, die es *tun,* können es nicht erklären.«

»Wir werden es schon schaffen«, erwiderte Fen zuversichtlicher, als sie sich fühlte. »Wir können jetzt nicht aufgeben.«

»Ich gebe nicht auf«, antwortete er nüchtern. »Aber so viele Menschen verlassen sich auf mich ... und ich gerate ins Schwimmen.«

»Also, du bist nicht allein.« Sie lächelte mitfühlend. »Laß uns mal nachsehen, wie die anderer Schwimmer vorwärtskommen.«

Anto, Tarin und Ia hatten sich bereits auf die Suche gemacht, und Aad war auf Dsordas' Vorschlag hin zu Nikolas gegangen und hatte Eismann mitgenommen. Der frühere Fernrufer hatte das Haus seit mehreren Tagen nicht verlassen, und Etha hatte schließlich entschieden, daß es ihm gut genug ging, um ein paar Freiheiten zu genießen. Aad, der ziemlich neu in der Familie war, gab den idealen Führer ab, da er die Stadt gemeinsam mit Foran erkundet hatte.

»An was dachtest du?« fragte Dsordas.

»Lust auf ein wenig Musik?«

Er starrte sie offensichtlich verwirrt an, doch dann dämmerte es ihm und er grinste.

»Warum nicht?«

Als die Zusammenkunft am Nachmittag weiterging, boten die Gesichter um den Tisch eine wahre Studie an Kontrasten. Sagar und Nikolas wirkten – trotz der Krankheit des Patriarchen – sehr aufgeregt, begierig, ihre neuesten Entdeckungen zu enthüllen. Aad sah besorgt aus, und Eismann, voller Ehrfurcht, bei einer solchen Versammlung dabeisein zu dürfen, war wie immer sehr still. Fen lächelte und versuchte, ihre eigene Nervosität zu verbergen, und Dsordas zeigte eisige Ruhe – zumindest nach außen –, als er das Wort ergriff.

»Bevor wir anfangen, sollt ihr erfahren, daß Foran mich hat wissen lassen, daß Latchi immer noch bei Bewußtsein ist, aber nur sehr wenig gesagt hat – und nichts davon war von Bedeutung. Sie können die anderen immer noch nicht aufwecken, Skoulli eingeschlossen, also finden wir dort keine Hilfe.« Er hielt inne, bevor er zum nächsten Punkt kam. »Heute morgen hat Anto mit seiner Suche nach den Kindern mit Anhängern begonnen. Er hat bislang ungefähr die Hälfte gefunden und bestätigt, daß mindestens drei tot sind.« Diese schreckliche Nachricht wurde mit mürrischem Schweigen aufgenommen. Alle wußten, daß die kleineren Kinder in solch gefährlichen Zeiten oft am verletzbarsten waren. »Viele Menschen haben uns ihre Dienste angeboten und wollen uns wissen lassen, wer möglicherweise über Talente verfügt – ganz gleich, welcher Art. Die Koordination der ganzen Sache liegt in den Händen von Sagars Vater«, fügte er mit anerkennendem Nicken hinzu. »Costa arbeitet wie ein Besessener.«

»Nason auch«, bemerkte Sagar. Sein jüngster Bruder hatte Dsordas und Fen auf ihrer Reise nach Xantium begleitet, doch seit ihrer Rückkehr hatten sie ihn kaum zu Gesicht bekommen. »Ihr werdet ihn nicht lange da raushalten können«, sagte Sagar liebevoll.

»Also«, gab Dsordas das Stichwort. »Was habt ihr zu berichten?«

»Eigentlich eine ganze Menge«, antwortete die Ex-Geisel, »aber noch ist nicht alles ganz schlüssig. Zuvorderst haben wir jetzt, da wir aktiv suchen, einige Hinweise auf magische Orte gefunden. Hier ist die vorläufige Liste.«

Dsordas warf einen Blick auf das Blatt Papier und stieß einen überraschten Pfiff aus.

»Ihr wart ja richtig fleißig!«

»Ich habe keine Probleme mit meinen Augen«, bemerkte Nikolas, »und dieser Tage brauche ich auch kaum Schlaf.« Nichtsdestoweniger war sein altes Gesicht von Müdigkeit gezeichnet.

»Aad hier hat uns geholfen, alles in eine Karte zu zeichnen«, fuhr Sagar fort. »So weit wir sehen können, ergibt sich bislang kein Muster, aber wir hoffen, daß wir bald eines erkennen können.«

»Und wir glauben, eine Möglichkeit gefunden zu haben, mit der wir die Linien zwischen den Orten aufspüren können.« In Nikolas' Augen flackerte eine ungewohnte Erregung auf. »Für jemanden mit dem richtigen Talent ist das wie Wünschelrutengehen, allerdings auf der Suche nach Magie statt Wasser. Amberinkristalle können in einer Reihe ausgerichtet werden, und ein Adept kann er spüren, wenn sie vom richtigen Weg abweichen.«

Bei dieser Enthüllung waren die meisten Blicke zu Aad gewandert, der jetzt das Wort ergriff.

»Ich weiß immer noch nicht, ob ich es kann, aber ich werde es versuchen.«

»Und das werden auch alle anderen tun, die es probieren wollen«, warf Sagar ein. »Eismann hat bereits eingewilligt.«

»Ihr glaubt, das Talent sei ähnlich wie Telepathie?« fragte Fen.

»Warum nicht?« fragte Nikolas. »Es ist schließlich eine Art Kommunikation über Distanzen, und Amberin ist der Schlüssel dazu.«

»Es könnte gut möglich sein, die Orte und Linien zu finden«, sagte Dsordas, »aber haben wir etwas davon? Wir müssen sie doch sicher irgendwie aktivieren. Nur zu wissen, daß sie da sind, reicht nicht.«

»Vielleicht doch«, warf Sagar ein. »Wenn sich genügend Menschen dieser Orte bewußt sind, könnten ihre latenten Fähigkeiten vielleicht tun, was wir wollen, ohne es zu wissen.«

»Bewußtsein ist lebenswichtig«, bestätigte Nikolas. »Wer weiß, was dann möglich ist?«

»Das heißt also, je mehr von uns beteiligt sind, um so besser?« fragte Fen.

»Ja, und das so schnell wie möglich«, antwortete Sagar.

Kein Wunder, daß Aad so nervös aussieht, dachte Fen. *Als einziger, der ganz sicher das Talent hat, Magie zu erspüren, hat er eine enorme Verantwortung zu tragen.*

»Glaubt Ihr, es gibt noch andere, die ähnliche Fähigkeiten haben wie Aad?« sprach Dsordas ihre Gedanken aus.

»Wir haben keinen Grund anzunehmen, daß er einzigartig ist.« Nikolas grinste den jungen Mann an. »Um seinetwillen hoffe ich es nicht.«

»Könntest du es erkennen, Aad?« fragte Fen. »Wenn du jemanden treffen würdest, der so ist wie du?«

»Ich weiß es nicht.«

»Er hat uns bereits geprüft«, gestand Sagar. »Ich habe so gut wie kein Talent, wie ich mir schon dachte. Nikolas hat offensichtlich mehr, aber es wird überlagert.«

»Von Latchi?« fragte Dsordas. Niemand antwortete ihm, und plötzlich wurde er ärgerlich. »Es reicht mir jetzt.« Er stand auf und ging zu dem Patriarchen. Er nahm eine Hand des alten Mannes, der sich nicht dagegen wehrte, und legte seine andere Hand auf Nikolas' Hals. Dsordas schloß die Augen, und sein Gesicht war eine Maske der Konzentration, während alle anderen atemlos zusahen. Einige Augenblicke später sprang Aad auf.

»Es ist weg!« rief er aus. »Es ist weg!«

Als Dsordas Nikolas losließ und sich ein wenig zittrig setzte, kam Aad zu ihnen herüber – doch er brauchte sein besonderes Talent nicht, um von Nikolas' Genesung zu berichten. Der Patriarch grinste wie ein Verrückter, und seine alten Augen zeigten, daß er endlich keine Schmerzen mehr hatte. Fen ging zu Dsordas und legte ihre Arme um ihn.

»Siehst du, du *kannst* es, wenn du es nur wirklich willst«, flüsterte sie, und sie liebte ihn für diese impulsive Tat.

»Es war furchtbar«, keuchte er. »Wie kann jemand so etwas tun?«

»Ich habe Lust zu tanzen!« rief Nikolas glücklich. »Vielen Dank.«

»Das habt Ihr selbst getan«, sagte Dsordas heiser. »Ich habe Euch nur gezeigt, wie Ihr es machen müßt. Euer Verstand war falsch ausgerichtet, das war alles.«

In diesem Augenblick sprang die Tür auf, und Yeori fiel beinahe ins Zimmer und wedelte mit einer kleinen Pfeife.

»Es funktioniert!« rief er aufgeregt. »Brillant! Abax und die anderen Musiker machen uns so viele von diesen Dingern wie sie können.«

»Wovon redet ihr?« fragte Nikolas lachend und verblüfft.

»Was ist passiert?« rief Fen neugierig.

»Wir haben bei den Fluchtwegen gewartet, bis die Kreischer ganz nahe waren«, berichtete Yeori. »Dann haben wir diese hier benutzt.« Er legte das hölzerne Instrument an die Lippen und blies hinein. Kein Laut drang an ihre Ohren, doch die Luft fühlte sich plötzlich unbehaglich an. »Es war genauso wie bei ihrem Anflug auf das Schiff des Gesandten«, fuhr Yeori atemlos fort. »Sie haben das Raumgefühl verloren und sind wie Steine vom Himmel gefallen. Wir haben heute bereits drei von ihnen getötet.« Er sprang vor Freude praktisch auf und ab.

Jetzt grinsten alle. Das waren wundervolle Neuigkeiten. Jetzt konnten alle, die nach magischen Orten suchten, sich ganz offen im Freien bewegen und hatten einen Schutz gegen die bösartigen Angreifer zur Hand.

»Siehst du – du kannst es auch«, flüsterte Dsordas Fen stolz ins Ohr.

Offenbar besserten sich die Aussichten für Zalys doch. Die Atmosphäre im Raum war sehr positiv, als Dsordas ihren nächsten Schritt bestätigte.

»Wir brauchen noch ein wenig Zeit, um die ganze Sache richtig zu organisieren, aber ich glaube, ein paar von uns sollten morgen zur Arena gehen.«

Schließlich bestand die Gruppe, die den gewundenen Weg durch die Hügel südlich von Nkosa nahm, aus fünf Personen. Weder Eismann noch Aad hatten bislang die Stadt verlassen, und es war Jahre her, seit Sagar die Gegend gesehen hatte, und so waren Fen und Dsordas ihre Führer. Sie hatten auch daran gedacht, Natali mitzunehmen, doch hatten sie schließlich entschieden, damit noch zu warten, damit er und Etha sich an diesen Gedanken gewöhnen konnten.

Der Spaziergang an diesem kühlen Morgen war angenehm, und sogar Eismann gewöhnte sich ohne Schwierigkeiten an die ungewohnte Bewegung. Die meiste Zeit wirkte er völlig gedankenverloren und starrte selbst die einfachsten Dinge mit weitaufgerissenen Augen an. Jedes Feld, jeder Baum und jede Blume faszinierten ihn, und man brauchte nicht viel Phantasie, um sich den Grund dafür zu denken. Es war sehr gut möglich, daß er diese Dinge noch nie gesehen hatte, da er vom Kaiserreich entführt worden war, als er noch klein war. Es machte Fen wütend, wenn sie daran dachte, was er alles erlitten hatte, und sie verfolgte seine Fortschritte mit Entzücken.

Fen hatte mehrere Amberinkristalle bei sich, und sie und Dsordas trugen Pfeifen, die Abax so hergerichtet hatte, daß sie unglaublich hohe Töne abgaben – doch diese Vorsichtsmaßnahme stellte sich als unnötig heraus, denn sie bekamen keine Kreischer zu sehen. Als sie in Sichtweite der sonderbar geformten Felsformation kamen, die als das Steinerne Auge bekannt war, waren sie bereit für die nächste Phase ihres Experiments. Fen nahm die Steine aus der Tasche und winkte damit Eismann und Aad.

»Sucht euch jeder einen aus – oder wenn ihr wollt auch mehrere.«

Sie folgten ihrer Aufforderung, und Aad wog seinen Stein mit sichtlichem Vergnügen in der Hand, während

Eismann die glatte Oberfläche seines Amberins nur sehr vorsichtig berührte.

»Spürt ihr etwas?« hakte Fen nach.

Beide schüttelten den Kopf, und die Gruppe ging weiter, vorbei an dem wachenden Felsen und den Abhang ins Tal hinunter. Auf ihrem Weg drehte Aad den Amberin in den Händen, drehte ihn immer wieder um, und als er ungefähr die halbe Strecke hinter sich hatte, schrie er plötzlich auf.

»Meine Hände kitzeln. Dort ist eine Linie ... vom Zentrum aus ... geht sie dort entlang.« Er zeigte ihnen die Stelle mit dem Finger.

Fen blickte Eismann an, doch er zuckte nur die Achseln und schüttelte den Kopf. Ein paar Schritte weiter merkte Aad erneut etwas.

»Noch eine. Dort entlang.« Er rannte das letzte Stück des Hügels praktisch hinunter und rief alle paar Augenblicke etwas, bis er herumwirbelte und so schnell die verschiedenen Stellen zeigte, daß er außer Atem geriet.

»So viele!« keuchte er mit weit aufgerissenen Augen. »Ich kann das alles nicht ganz begreifen.«

Sagar war so weitsichtig gewesen, ein paar Holzpflöcke mitzubringen, mit denen sie die Stellen kennzeichnen konnten, doch die Linien waren in solchem Überfluß vorhanden, daß ihm die Pflöcke schon bald ausgingen. So nahmen sie Steine, Stöcke und alles, was sie sonst noch finden konnten.

»Wir werden den ganzen Tag dafür brauchen«, bemerkte Dsordas schließlich. »Das ist zuviel für uns. Wir brauchen Hilfe.«

»Und noch mehr Adepten«, stimmte Fen zu. »Wenn wir auch nur einem Bruchteil dieser Linien folgen wollen, schafft Aad das nicht allein.«

Der Junge vom Festland hatte offensichtlich sehr viel Spaß und zeigte keinerlei Anzeichen von Ermüdung, doch auch er verstand ihre Argumente.

»Es ist erstaunlich«, sagte er. »Ihr würdet das nie für möglich halten. Sie kommen aus allen Richtungen, einige gerade, einige krumm.« Sein Gesicht strahlte vor lauter Anstrengung und Aufregung. »Laßt uns wenigstens einer folgen.«

»In Ordnung.« Dsordas hatte sich von der Begeisterung des jungen Mannes anstecken lassen. »Gibt es eine, die stärker ist als die anderen?«

»Ich bin mir nicht sicher.«

»Geht eine von ihnen direkt durch das Steinerne Auge?« Fen war sicher, daß diese dann eine der wichtigeren Linien wäre.

»Natali sagt, es gäbe da eine, aber wir sind alle zu groß, um ihr zu folgen«, sagte Eismann.

»*Natali* sagt?« hakte Dsordas nach.

»Er spricht mit mir«, erklärte Eismann und hielt seinen Stein hoch.

Obwohl alle ziemlich erschrocken waren, erholten sie sich doch schnell von dieser Eröffnung, und Fen dachte wehmütig, daß ihr kleiner Bruder sie nun mit nichts mehr überraschen konnte. Und endlich gab es auch keinen Zweifel mehr über Eismanns Fähigkeiten. Er war immer noch ein Fernrufer.

»Er meint bestimmt, daß die Linie durch das Loch geht«, sagte sie, und alle blickten zu dem leicht ansteigenden Tunnel, den eine Urkraft in den Fels gegraben hatte. Beide Seiten waren glatt geschliffen von Generationen von Kindern, die glaubten, es bringe Glück, durch den Tunnel zu klettern. Aber Natali hatte recht. Keiner aus ihrer Gruppe war klein genug für diese Reise.

»Wir könnten die Linie am anderen Ende aufspüren«, schlug Dsordas vor.

»Was schlägt Natali vor? Wo sollen wir es versuchen?« Fen spürte, daß es schwerer würde, als sie dachten.

Eismann wartete einige Augenblicke und zeigte dann gen Südwesten. Als Dsordas zögerte, weil er wußte, daß dieser Weg sie noch weiter von Nkosa fortbringen würde – wohin er bald zurückkehren wollte –, machte Eismann von sich aus einen weiteren Vorschlag.

»Natali sagt, der Kreis ist nicht sehr weit.«

»In Ordnung. Aad, hast du die Linie gefunden, die er meint?«

»Ich glaube.«

»Dann gehen wir.«

Sie folgten ihrem Führer über den mit Felsbrocken übersäten Abhang und über eine Reihe von kleinen, grasbewachsenen Erdwällen, bis sie schließlich zu rauhem Unterholz kamen, das ihre Schritte verlangsamte. Aad hielt die ganze Zeit seine Hände von sich gestreckt, umklammerte das Amberin und richtete gelegentlich seinen Kurs nach dem Kitzeln in seinen Fingern neu aus. Nach ein paar Augenblicken blieb er abrupt stehen und drehte sich unsicher um sich selbst.

»Hier muß es sein«, sagte er zweifelnd. »Hier sind mehrere Linien. Nicht so viele wie in der Arena, aber ...« Während er sprach, wurde sein Lächeln immer breiter. »Es atmet!« flüsterte er entzückt und grinste Eismann an – der offenbar wußte, was er meinte. Sogar Dsordas und Sagar spürten ein entferntes Echo des Erwachens. In der Zwischenzeit betrachtete Fen sorgfältig den Ort und schob lose, trockene Pflanzen beiseite.

»Seht mal!« Sie hatte einen uralten Baumstumpf freigelegt, so alt, daß er eigentlich schon hätte verrottet sein sollen – doch statt dessen war er hart wie Stein geworden, und die Unregelmäßigkeiten von Borken, Knoten und Ringen waren deutlich zu erkennen. Zwar konnte man ihn unmöglich schön nennen, doch besaß er eine gewisse würdevolle Größe. Bald hatten sie weitere dieser Stümpfe gefunden, die beinahe kreisförmig angeordnet waren.

»Hier gibt es Erinnerungen«, sagte Sagar. »Sogar ich spüre etwas.«

»Ich zweifle nicht an deinen Worten«, antwortete Fen. »Und falls du recht hast, werden die Erinnerungen und die Magie um so stärker, je mehr Leute davon wissen.«

In den folgenden Tagen fanden sich immer mehr solcher Orte, und das Wissen wurde so schnell wie möglich verbreitet. Auch wenn die Menschen die Orte nicht persönlich aufsuchen konnten, so war ein Bewußtsein aus zweiter Hand immer noch besser als gar keines. Je mehr Pfeifen hergestellt wurden und je häufiger sich ihre Wirksamkeit gegen die Kreischer bestätigte, um so mehr Inselbewohner besuchten die Arena und die anderen wiederentdeckten Orte der Magie und versuchten sich selbst am Auffinden neuer Linien. Niemand war dabei so gut wie Aad, aber auch andere waren erfolgreich, und ganz langsam stellte sich ein umfassendes Bild heraus. Sagars Karte war schon bald mit Linien und Kreuzen übersät.

Auch in anderen Gegenden wurde weiter gesucht. Menschen mit allen möglichen Talenten wurden ermutigt, sich mit Gleichgesinnten zusammenzutun und ihre eigenen Fertigkeiten weiterzuentwickeln. Costa und Nason Folegandros bekamen die Unterstützung vieler Freiwilliger, die ihnen halfen, alle Nachrichten in verwertbarer Form an Dsordas weiterzuleiten, eine Aufgabe, die um so schwieriger wurde, je mehr sich der Prozeß über die ganze Insel verteilte.

In vorderster Front dieser Anstrengungen standen die Kinder. Anto hatte fünfzehn Kinder aus der gesuchten Gruppe gefunden und sie alle zum Helfen überredet. Einige von ihnen spielten jetzt neue und faszinierende Spiele – mit Leuten auf der anderen Seite der Stadt reden, die Gedanken der Menschen erraten, Gegenstände bewegen, ohne sie anzufassen. Ein paar von ihnen gingen sogar noch weiter und behaupteten, sie könnten wie Fledermäuse fliegen oder sehen, was unterhalb der Meeresoberfläche passierte. Die meisten dieser wilden Behauptungen wurden mit großer Vorsicht behandelt, doch die Fortschritte der Kinder konnte man nicht leugnen. Falls man die ungezügelten Kräfte der Jüngeren zähmen konnte, würden sie wahrscheinlich sämtliche Anstrengungen ihrer Eltern übertreffen.

Doch ein dramatisches Ereignis konnten sicherlich auch die skeptischsten Erwachsenen nicht leugnen, und es machte sowohl die Fußangeln der Magie als auch ihre Vorteile überdeutlich. Pauli Gallo hatte schon lange gemerkt, daß seine Hände heiß wurden, wenn er an Feuer dachte, und da sich um ihn herum diese vielen Talente entfalteten, beschloß er herauszufinden, ob er tatsächlich Feuer entstehen lassen konnte. Er hatte Erfolg. Doch nicht nur das kleine Stück Holz, das er als Zielpunkt ausgesucht hatte, fing Feuer, sondern auch ein großer Teil der Fußbodendielen. Pauli und mehrere andere Kinder mußten von den besorgten Eltern gerettet werden.

Auf Fens Beharren hin wurden mehrere talentierte Kinder und Erwachsene auf den Balkon am Fournoi-Platz gebracht, wo sich für gewöhnlich die Geister versammelten, doch konnten sie keinen Kontakt zu ihnen herstellen, obwohl klar ersichtlich war, daß einige der Phantome dies beabsichtigten und sehr frustriert über ihren Mißerfolg waren. Dieser Zwischenfall überzeugte Fen nur um so mehr, daß es nötig war, den Kontakt herzustellen, und ihre Entschlossenheit wuchs. Doch es nützte nichts, sich Gaye herbeizuwünschen, und ihr selbst standen keine anderen Möglichkeiten offen. Gelegentliche Begegnungen mit Geistern, die an anderen Orten auf Zalys herumwanderten, stellten sich als ebenso unergiebig heraus.

Als Eismann merkte, daß sich seine Fähigkeiten als Fernrufer wieder aufbauten, wurde er nervös und unglücklich, und er fürchtete, er würde wieder in sein altes Elend zurückgezwungen. Aber je mehr Zeit verging und nichts geschah, um so zuversichtlicher wurde er. Er trat mit mehreren anderen Telepathen auf Zalys in Verbindung und beriet sich mit ihnen, und er konnte auch mit jenen sprechen, die wie er selbst Zugang zu Amberin hatten. Und als Fen ihm einen entsprechenden Vorschlag machte, richtete er seinen Verstand noch weiter hinaus bis aufs Meer. Zunächst konnte er überhaupt nichts spüren, doch nach mehreren Versuchen ertappte er sich dabei, wie er einer Stimme lauschte, deren Bosheit ihn entsetzt zurückschrecken ließ – denn er erkannte seine eigene verhaßte Vergangenheit –, doch deren Worte zwar schwach, aber klar und deutlich waren und nicht ignoriert werden konnten.

Er versuchte nicht, den Kontakt zu erwidern, sondern lauschte nur aufmerksam.

In Nadal läuft alles zufriedenstellend, Eure kaiserliche Majestät. Southan und seine Familie wurden zuletzt vor einigen Tagen auf dem Weg nach Osten durch das Terrent-Tal gesehen, über ihren gegenwärtigen Aufenthaltsort ist nichts bekannt. Sämtliche Armee- und Marineeinheiten sind hier gesichert und stehen zu Euren Diensten. Serchall beteuert immer noch seine Unschuld und gibt Captain Zmura die Schuld an Southans Entkommen.

Die Nachricht endete mit einer kriecherischen Loyalitätsbekundung. Soweit Eismann es beurteilen konnte, kam keine Antwort vom Kaiser – bei dem es sich um Verkho handeln mußte. Als Fen die Neuigkeit hörte, war sie froh, daß Ifryn und ihre Familie offenbar Verkhos Klauen entkommen waren, doch sie war beunruhigt über die Kapitulation Nadals. Falls diese Nachricht repräsentativ war, dann war ihr eigener Widerstand auf Zalys nur ein kleiner Rückschlag für den früheren Kanzler – was für die Zukunft nichts Gutes ahnen ließ. Wenn sie sich nicht nur dem Zorn der Götter, sondern auch dem Zorn des gesamten Kaiserreiches stellen mußten, gab es wenig Hoffnung auf ein gutes Ende.

Und das waren nicht die einzigen schlechten Nachrichten. Trotz der allgemeinen Euphorie über die wachsenden magischen Kräfte auf der Insel und über den Sieg gegen die Bedrohung durch die Kreischer konnte das nicht lange darüber hinwegtäuschen, daß Zalys immense praktische Probleme hatte. Mangel an Nahrungsmitteln war das schlimmste, und auch sauberes Trinkwasser war seit der letzten Überflutung knapp geworden. Man tat alles, um ein wenig Getreide zu ernten, doch der ganze Ackerzyklus war unterbrochen, und zu viele Lebensmittellager waren zerstört worden. Kein Fischer wagte es, mit einem der wenigen einsatzbereiten Boote auf das unberechenbare Meer hinauszusegeln, um zu fischen. Die Zeiten, als man die Nachbarn zum Essen einlud, waren vorbei. Sogar Etha mußte eifersüchtig auf ihre Vorräte achten, damit sie ihre Kinder ernähren konnte. Krankheiten griffen um sich, zum Teil verursacht durch schlechte Ernährung und zum Teil durch die feuchten und schmutzigen Bedingungen in vielen Häusern. Falls man vor Einsetzen des kühleren, feuchteren Wetters nichts unternahm, würde alles nur noch schlimmer werden. Doch das alles wurde aus Dsordas' Gedanken verbannt, als ihn eine verzweifelte Nachricht von Foran erreichte, der ihn auf dem Fournoi-Platz treffen wollte. Als Dsordas eintraf, sah er erstaunt Skoulli an Forans Arm herbeitaumeln. Sie fanden einen Platz, um sich zu setzen, denn sein Stellvertreter war völlig erschöpft, und Dsordas' anfängliche Freude verebbte.

»Skoulli wurde in der Nacht plötzlich ganz aufgeregt«, erklärte der Arzt. »Er hatte offenbar Angst vor Latchi und schlug im Schlaf nach ihm. Wir konnte ihn zwar nicht wecken, aber wir beschlossen, ihn woanders hinzubringen, und als wir das taten, belebte sich sein Geist, und er konnte sprechen. Erzählt es Dsordas, Skoulli.«

Der Kranke öffnete seine Augen und versuchte mühevoll, seinen Anführer anzusehen.

»Geht es dir gut?« fragte Dsordas besorgt.

Skoulli schien seine Frage nicht zu hören, doch nach einigen Augenblicken begann er heiser zu flüstern.

»Latchi hat mich benutzt. Benutzt sie alle.«

»Er meint die anderen, die im Koma lagen«, erklärte Foran.

»*Wie* hat er dich benutzt?« hakte Dsordas nach.

»Unseren Verstand«, krächzte Skoulli. »Hat Magie genommen, für sich selbst benutzt.«

»Wie Farrag mit den Fernrufern«, erkannte Dsordas entsetzt, und Foran nickte. »Wir müssen ihn aufhalten, sonst wissen wir nicht, was noch geschehen kann. Wenn nötig, werde ich ihn umbringen.«

»Zu spät«, sagte der Arzt kläglich. »Latchi ist verschwunden. Wir können ihn nirgendwo finden.«

»Ihr habt ihn entkommen lassen?« schrie Dsordas bestürzt.

»Nein. Er ist verschwunden – ganz wörtlich zu verstehen. Vor unseren Augen in Nichts aufgelöst.«

Kapitel siebenunddreißig

Blumen können sogar in der Wüste blühen, und der Tempel der Katzen ist eine solche Oase. Die größten Fluten nehmen ihren Anfang in winzigen Veränderungen der Erde.

Sanftheit ist auch eine Form von Stärke.

Southan und seine Begleiter erreichten den verlassenen Außenposten am Rande der Deadlands, als die Nacht hereinbrach. Die Reise hatte mehrere Tage gedauert, doch nach den Zwischenfällen in der Abtei und in Furse Hollow war sie ziemlich ereignislos verlaufen. Doch als sie jetzt die staubbedeckten Gebäude nach einem bequemen Platz für die Nacht durchsuchten, erwartete sie eine Überraschung. Eine der Hütten war bewohnt.

Zmura entdeckte den Eremit, und seine soldatischen Instinkte sorgten dafür, daß er sein Schwert in der Hand hielt, bevor der andere nur ein Wort sagen konnte. Doch schon bald war klar, daß der unerwartete Bewohner keine Bedrohung darstellte. Er saß im Schneidersitz auf dem Boden, blinzelte sie an wie eine Eule und war von mehreren Katzen umringt – sie alle starrten jetzt Zmura an, zischten, und ihr Fell sträubte sich. Die Tiere waren eindeutig gefährlicher als ihr Herr. Der Geruch im Zimmer war umwerfend.

»Willkommen, Fremder«, sagte der Eremit. »Eure Klinge braucht Ihr nicht. Alles in Ordnung, meine Hübschen.« Diese Worte waren an die Katzen gerichtet, die sich wieder niederließen, aber offensichtlich argwöhnisch blieben.

Einige Zeit später saß der Eremit, dessen Name Nyl Harobed lautete, mit seinen Besuchern an einem Lagerfeuer und nahm dankbar ihr Angebot an, mit ihnen zu essen. Ganz besonders die Mädchen waren von dem einsamen Mann fasziniert. Er wirkte fast noch ungepflegter als Grongar, doch in seinen Augen lag eine angeborene Sanftheit, die ganz im Gegensatz zu dem wilden Humor des Barbaren stand. Falls Nyl neugierig war, warum die Gruppe dort war, so zeigte er es nicht und beschied sich damit, von sich zu erzählen und von seinen Katzen – die anscheinend seine Gefährten waren. Er wußte nichts von den Ereignissen in Xantium und beantwortete die meisten ihrer Fragen mit einem Schulterzucken oder ein paar nichtssagenden Worten.

Auf ihrem Weg hatten die Reisenden das sonderbare Verhalten der Wildtiere bemerkt. Hin und wieder hatten sie Angst vor der uncharakteristischen Angriffslust von Hunden, Vögeln, Füchsen und sogar Schweinen gehabt – und Ifryn war nicht die einzige, die in der Ferne unheimliche fliegende Wesen gesehen hatte. Doch Nyls Katzen, die sich gerade gegenseitig jagten, zeigten keinerlei Anzeichen dieser allgemeinen Krankheit. Sie waren ihrem Herrn ganz offensichtlich ergeben, und nachdem er die Besucher willkommen geheißen hatte, waren auch die Katzen zufrieden. Als Ifryn den Eremiten danach fragte, klang seine Antwort ebenso geradeheraus wie unheilvoll.

»Die Götter führen Krieg«, stellte er fest. »Der Geist aller Dinge und Wesen ist in Bewegung. Magie lebt wieder auf in der Welt – zum Guten wie zum Schlechten. Ich bewache meinen kleinen sicheren Hafen und werde hierbleiben, bis ich sterbe. Aber jenseits dieses kleinen Raumes ...« Er zuckte die Achseln.

»Ihr meint, daß *sämtliche* Magie stärker wird?« hakte Ifryn nach.

»Natürlich. Die Gesetze verlangen, daß es stets ein Gleichgewicht geben muß. Und es würde ein wahrhaft ohrenbetäubendes Desaster geben, das Ende der Zeit, wenn die Gesetze nicht befolgt würden. Weil also in der Welt das Böse umhergeht, kann ich hier ein wenig vom Guten bewahren. Wäre es anders, könnte ich dann das hier tun?«

Nyl streckte seine Hand über einem kahlen Stück Erde aus, schloß die Augen und wartete. Einige Augenblicke später hob er die Hand, und darunter zeigte sich ein kleiner Kreis grüner Schößlinge, in deren Mitte eine winzige weiße, sternenförmige Blume in voller Blüte stand.

In jener Nacht legte sich trotz des Zauberbanns, den Nyl über ihre provisorischen Lager geworfen hatte, ein allgemeines Gefühl böser Vorahnungen über die Gruppe. Alle spürten es, mit Ausnahme von Azari – niemand konnte sagen, was er fühlte –, doch es war Corton, der es am besten in Worte faßte.

»Das hier ist unsere letzte Chance, oder? Umzukehren, meine ich.«

Grongar und Zmura, die sich den Raum mit ihm teilten, sagten nichts.

»Sind wir erst einmal in den Deadlands, gibt es kein Zurück mehr«, fuhr der Kellermeister halb zu sich selbst fort. »Wir könnten nicht mehr umkehren.«

»Du kannst ja hierbleiben, wenn du willst«, sagte Grongar.

»Nein«, antwortete Corton fatalistisch. »Wie du schon sagtest, werden wir diese Geschichte bis zum Ende durchstehen.«

Zmura durchbrach das darauffolgende Schweigen.

»Keiner von uns hat Kinder –«, begann er.

»Von denen wir wüßten«, berichtigte Grongar, doch sein Grinsen verging ihm, als er sah, daß die beiden anderen nicht in der Stimmung für Witze waren.

»Wie müssen sich Ifryn und Southan jetzt fühlen?« beendete Zmura seinen Gedanken.

Der frühere Kaiser und seine Familie waren in einer weiteren eilig hergerichteten Hütte untergebracht. Seit sie sich zurückgezogen und den schlaflosen Kerrell allein auf seinem Wachtposten zurückgelassen hatten, war kaum ein Wort gesprochen worden. Der General hatte ihre Entscheidung, nachdem sie erst einmal getroffen worden war, nicht in Frage gestellt, doch seine Augen machten ihnen mit jedem Blick Vorwürfe, und nur sein Pflichtgefühl hielt ihn davon ab, gegen dieses, wie er meinte, Selbstmordunternehmen zu protestieren. Ganz besonders Ifryn war sich seiner unglücklichen Gefühle bewußt, und sie war sehr traurig darüber, doch sie hatte wenig Raum für andere Gefühle als ihre eigene Angst. Sie war immer noch entschlossen, doch manchmal hatte sie das Gefühl, als rinne statt Blut eiskaltes Wasser durch ihre Adern, und sie bezweifelte ihre wahren Vorsätze.

»Southan?« flüsterte sie.

»Ja, meine Liebe.«

»Morgen geht es weiter, oder?«

»Ja. Aber ich glaube, wir sollten Vrila und Delmege mit Doneta hier lassen.«

»Das wollte ich auch vorschlagen.« Ifryn war froh, daß sie einer Meinung waren. Wenn sie Azari zurückgewinnen wollten, konnten sie es sich nicht leisten, sich von den anderen Kindern ablenken zu lassen. »Bei Nyl sind sie in Sicherheit.«

»So sicher wie sonst nirgendwo.«

Kerrell war auf das Dach einer der unbewohnten Hütten gestiegen und hatte nun ungehinderten Überblick über die dunkle Landschaft. Weit im Nordwesten glaubte er ein rotes Leuchten am Horizont zu sehen, doch er wußte, daß dies vermutlich nur seine Einbildung war. Der Mond ging auf und warf seinen silbernen Schein über das Land und nahm dem Wüstensand alle Farbe. In diesem Licht wirkte alles grau. Kerrell drehte den Ring an seinem Finger und dachte an alle, die ihn vor ihm getragen hatten, all diese Jahre der Dienstbarkeit und Loyalität. *Und soweit ist es jetzt gekommen,* dachte er bitter.

Irgendwo über den Deadlands tauchte noch ein silbriges Licht auf, das dem von Mond und Sternen in nichts nachstand. Der General sah es und blickte blinzelnd in die Ferne, doch er konnte keine Einzelheiten erkennen. Das Licht bewegte sich nicht, und er sah keinen Grund, die anderen aufzuwecken, solange keine unmittelbare Gefahr bestand. Das Leuchten strahlte ebenfalls so etwas wie Geduld aus, eine sonderbare Art von Warten.

In derselben Nacht sah Baylin über die Grenze nach Idiron, viele Wegstunden gen Osten. Die neuesten Gerüchte besagten, daß Ochidon bereits in Hareshs Händen war, und daß der Führer der Barbaren sich jetzt gen Westen fortbewegte. Dennoch war Baylin überrascht, daß er dem Lager der Vorhut so schnell begegnete.

Bei Sonnenuntergang war er auf offener Ebene gewesen und hatte beschlossen weiterzureiten, in der Hoffnung, noch eine Unterkunft zu finden und nicht eine weitere Nacht unter freiem Himmel verbringen zu müssen. Man hatte ihm gesagt, daß nach ungefähr einer Wegstunde ein Dorf käme. Doch jetzt, da er die riesige Ansammlung von Lagerfeuern in der Ferne überblickte, wußte Baylin, daß die Lage der Ansiedlung ohne Bedeutung war. Jetzt konnte er sich nur noch überlegen, wie er sich der einmarschierenden Armee stellte. Er konnte nicht wissen, wie bald Southan und Kerrell gen Xantium marschieren wollten, doch er nahm an, daß es nicht mehr lange dauern würde. Daher war es wichtig, sich zu beeilen – aber er durfte es nicht riskieren, getötet zu werden, bevor er Haresh seine Sache vortragen konnte.

Er grübelte noch über diese Frage nach, als eine

Stimme von hinten ihm ruhig, aber bestimmt befahl, langsam die Hände zu erheben. Der Mann hatte sich so leise genähert, daß Baylin ihn nur bewundern konnte, wenn er sich auch selbst für diesen unverzeihlichen Mangel an Konzentration verfluchte. Er tat wie ihm geheißen und bemerkte, daß der Befehl in dem militärischen Dialekt Aric geäußert worden war, den alle Armeen im Osten sprachen, und den er von früheren Begegnungen her gut verstand. Daß er in die Hände professioneller Soldaten gefallen war, bereitete ihm gemischte Gefühle. Es war weitaus weniger wahrscheinlich, daß ihm die Flucht gelingen würde, doch ebenso unwahrscheinlich war, daß man ihn wegen seiner Pferde und Wertgegenstände abschlachten würde, bevor er erklären konnte, was er hier machte.

Der unsichtbare Soldat befahl ihm jetzt abzusteigen, und Baylin gehorchte und wandte sich dem Gegner zu. Der Mann stand nur wenige Schritte entfernt, und seine Augen funkelten hell in der dunklen Haut. Mit einer Armbrust zielte er unverkennbar auf das Herz des Reisenden. Auf ein gellendes Pfeifen hin tauchten drei weitere Männer aus ihren Verstecken auf. Einer von ihnen erleichterte Baylin um Schwert und Messer, während die anderen ihre Aufmerksamkeit den Satteltaschen widmeten. Sein restliches Gold war bald entdeckt und rief zufriedene Bemerkungen hervor, doch wurde es wie alle anderen seiner Besitztümer ohne viel Federlesens zu Boden geworfen. Die ganze Zeit stand der Mann mit der Armbrust schweigend und bewegungslos dabei und starrte seinem Gefangenen ohne mit der Wimper zu zucken ins Gesicht.

»Euer Name?« verlangte er knapp, als sie Suche beendet war.

»Baylin Parr. Und Eurer?«

Die Augen des Soldaten wurden ob dieser Impertinenz zu schmalen Schlitzen, doch schien die zuversichtliche Haltung dieses Mannes aus dem Westen ihn zu beeindrucken. Er ignorierte die Frage. »Was macht Ihr hier?«

»Ich bin ein Gesandter Kaiser Southans III. Ich bringe Nachrichten für seine Majestät Haresh-al-Keth.«

Der andere lachte, und seine Untergebenen stimmten ein.

»Tatsächlich?« sagte er, und seine Augen blitzten belustigt auf. »Wir hatten schon genug Gesandte von falschen Kaisern.«

Baylin war sich nicht sicher, wie er das verstehen sollte, und so schwieg er.

»Außerdem ist Southan getötet worden oder nach Süden geflohen«, fuhr der Commander fort. »Alle wissen das.«

»Es stimmt, daß er Xantium verlassen hat«, gestand Baylin ein, »doch jetzt sammelt er in Nadal eine Armee und wird schon bald zurückkehren, um die Stadt zurückzufordern.«

Seine Aussage wurde mit einem selbstzufriedenen Lächeln quittiert.

»Entweder ist dieser Mann verrückt, oder er glaubt diesen Unsinn wirklich«, bemerkte sein Gegner zur weiteren Belustigung seiner Gefährten. »Habt Ihr irgendeinen Beweis für Eure Worte, *Gesandter*?«

Ganz langsam, um seine Gegner nicht zu beunruhigen, griff Baylin in sein Hemd und holte ein kleines Stück Pergament und einen Ring hervor, der an einer Kordel um seinen Hals hing. Einer der Soldaten nahm ihm beides ab, übergab es dem Anführer und nahm diesem die Armbrust ab, damit er beides genauer betrachten konnte.

»Der Ring trägt das Siegel von Xantium, wie Ihr seht«, sagte Baylin. »Der Brief trägt Southans persönliches Siegel. Das Wachs ist unversehrt, und Ihr werdet darin meinen Namen finden.«

Der Commander ließ den Ring über seinen Finger gleiten, sah ihn prüfend an, dann erbrach er das Siegel und warf einen Blick auf den Brief.

»Also, Baylin Parr, wie es aussieht, sind Eure Referenzen in Ordnung. Und Ihr habt Glück. Ich bin Prinz Javagal, Sohn des Mannes, den Ihr sucht.«

Der Reisende entnahm den Reaktionen der anderen Soldaten, daß dies tatsächlich der Wahrheit entsprach, und verbeugte sich tief.

»Mein Lord, ich fühle mich geehrt«, sagte er.

»Welche Mission führt Euch zu Haresh?«

»Das darf ich nur Eurem Vater offenbaren, Prinz.«

Javagal lachte wieder und zeigte dabei makellos weiße Zähne.

»Mir scheint, Gesandter, Ihr seid unhöflich. Und Eure Position ist ziemlich geschwächt. Ich hätte Euch an den Baum dort nageln können, wenn ich gewollt hätte, oder Euch vielleicht auch lebendig begraben. Doch ich werde solcher Freuden entsagen. Werdet Ihr mir zum Ausgleich eine nichtmilitärische Frage beantworten?«

»Ich habe geschworen, meine Mission zu beenden oder bei dem Versuch zu sterben«, erwiderte Baylin gelassen. »Ich werde meinen Schwur nicht brechen, unter keinen Bedingungen.«

»Diese sture Kühnheit fasziniert mich«, bemerkte Javagal lässig, als handele es sich bei der ganzen Angelegenheit lediglich um ein wenig Klatsch und Tratsch. »Sie verdient eine Belohnung.« Zu den Soldaten gewandt fügte er hinzu: »Packt die Satteltaschen wieder ein. Unser Gast wir mit mir zum Lager reiten.«

Als all seine Habseligkeiten verpackt waren, stieg Baylin wieder auf sein Pferd und ritt langsam mit dem Prinz auf die Feuer zu.

»Ich bin sicher, Ihr denkt nicht an Flucht«, sagte Javagal selbstgefällig, »aber Ihr solltet dennoch wissen, daß ich der beste Schütze in der ganzen Armee bin, selbst zu

Pferde.« Baylin antwortete nicht, und sein Aufpasser lachte beifällig in sich hinein.

»Für einen Mann aus dem Westen habt Ihr wirklich Charakter«, bemerkte er. »Aber ich hoffe, Eure Gründe, meinen Vater aufzusuchen, sind angemessen wichtig. Er hat eine entzückend unangenehme Art, mit Leuten umzuspringen, die seine Zeit verschwenden.«

Kapitel siebenunddreißig

Warum ist die Wahrheit so schwer zu ertragen?

Auf den Schubladen unseres Lebens stehen viele verschiedene Etiketten. Unsere Botschaft lautet stets: »Hier gibt es keine Botschaften.« Noch mehr Lügen in einer verbotenen Schatulle: »In dieser Schatulle ist nichts zu finden.«

Verschlossen und verriegelt, gibt es keine Hinweise auf diese Rätsel, keinen Schlüssel, um den Durchgang zu erleichtern. Erinnerungen haben ihre eigenen Regeln.

Volle sechs Tage waren vergangen, seit Latchi verschwunden war, und in dieser Zeit hatte man nirgendwo etwas von ihm zu sehen bekommen. Doch man hatte ihn nicht vergessen. Das Leben seiner bewußtlosen Anhänger hing an einem seidenen Faden, doch hatte sich ihr Zustand nicht verschlechtert. Das führte zu der Annahme, daß Latchi – oder wer ihn auch kontrollierte – sie lebend brauchte, damit er von ihren Kräften zehren konnte. Auf der ganzen Insel hielt man Ausschau nach dem Starez sowie nach seinen Anhängern, die am Tag des Kampfes entkommen waren. Man nahm an, daß sie sich irgendwo im Süden der Insel aufhielten, doch war keiner von ihnen gesehen worden.

Skoulli erholte sich rasch, und sein Verstand war offenbar frei von verderblichen Einflüssen. Habellas Erfahrung mit Eismann war jetzt wieder sehr hilfreich. Schon bald waren die vielsagenden Zeichen des Nektars fast ganz verschwunden, und Skoulli war gesund genug, Dsordas alles zu erzählen, was geschehen war. Skoulli erklärte, das Gift habe nicht tödlich gewirkt aufgrund einer Mischung von Kräutern, die Latchi zusammengebraut hatte, bevor er und seine Anhänger die Droge nahmen. Skoulli konnte sich an das, was danach geschehen war, nicht mehr genau erinnern. Seine Erinnerungen waren ein wildes Durcheinander, abgesehen von der Euphorie, die er inmitten des weißen, nicht brennenden Feuers erlebt hatte. Jetzt wollte er die ganze Geschichte nur noch vergessen und Zalys helfen, magische Kräfte zu gewinnen.

Sie hatten inzwischen schon viele Fortschritte gemacht und immer mehr Linien und magische Orte entdeckt, auf Karten verzeichnet und so vielen Menschen wie möglich gezeigt. Und je mehr die Insel erwachte, um so mehr erwachten auch die Menschen. Viele merkten, daß sie unerwartete und lange vernachlässigte Talente hatten, andere wiederum entwickelten ihre Fähigkeiten mit erstaunlicher Geschwindigkeit. Die meisten waren sich nicht sicher, zu welchem Zweck die neuen Kräfte benutzt werden sollten, hofften jedoch, bald darüber Klarheit zu gewinnen.

Die Mehrheit der Bevölkerung war sich der plötzlichen Fortschritte zwar bewußt, nahm aber nicht direkt daran teil, da ihre eigenen Kräfte zu schwach waren, um einen Beitrag zu leisten. Dennoch halfen diese Menschen mit, indem sie alle wichtigen weltlichen Aufgaben übernahmen – Orte und Linien markierten, die Nachricht von neuesten Entdeckungen verbreiteten, und sich um die talentierteren Gefährten kümmerten, damit diese sich auf ihre Aufgaben konzentrieren konnten.

Eine der bemerkenswertesten Verwandlungen fand im Hause der Amari statt. Aad hatte irgendwie herausgefunden, daß Tarin allergisch auf Fisch reagierte – ebenso, wie er selbst allergisch gegen Shrimps war –, und diese Entdeckung brachte ihn darauf, daß Tarin möglicherweise ein ähnliches Talent zum Aufspüren von Magie hatte wie er. Zunächst machten sie nur geringe Fortschritte, doch als Tarin den Festlandjungen auf einem seiner täglichen Ausflüge ins Inland der Insel begleitete, kam gänzlich unerwartet der Durchbruch. Aad hatte gerade einen Flußlauf überquert, wobei er wie üblich seinen Händen gefolgt war, als die Linie ganz plötzlich einfach verschwand. So etwas war noch nie zuvor geschehen, und er war völlig verblüfft. Es gab keine Anzeichen, daß es sich hier um einen magischen Ort handelte – wo die Linie vielleicht endete –, doch keiner der anderen Wege hatte jemals sozusagen mitten in der Luft geendet.

Tarin war auf einem Trittstein mitten im Fluß stehengeblieben.

»Sie verläuft hier mit dem Wasser«, rief er aufgeregt.

»Was?«

»Spürst du es nicht?« Tarin betastete seinen Amberinkristall. »Sie fließt mit dem Strom. Sie ist aber ganz schlüpfrig, wie Wasser.«

Aad kam zurück und ignorierte die Kälte, die seinen Stiefel umfing, und ganz allmählich spürte er, was sein Gefährte meinte. Die Linie war an dieser Stelle ganz anders, nicht direkt eine klar umrissene Linie, sondern eher eine wirbelnde Strömung, wie der Strom selbst. Aad konnte sie nur schwer ausmachen, aber Tarin hatte keinerlei Probleme damit. Für ihn war sie weitaus leichter zu erkennen als die einfachen Linien über trockenem Boden. So entdeckten sie ein Untersuchungsfeld, auf dem sich Tarin als besonders fähig erwies. Sie fanden heraus, daß beinahe jeder größere Wasserlauf über Kraftlinien verfügte, und bald wurden auch diese in Karten verzeichnet.

In dieser Zeit war die Bedrohung durch die Kreischer so weit zurückgegangen, daß sie fast unbedeutend erschien. Die angewandten Instrumente hatten sich sogar als so wirkungsvoll erwiesen, daß die Ungeheuer jetzt weitaus seltener angriffen. Ein paar Zwischenfälle gab es natürlich noch, wenn die Pfeifen nicht schnell genug zum Einsatz kamen oder man sie vergessen hatte, aber alles in allem war diese bemerkenswerte neue Waffe ein voller Erfolg. Die einzige Nebenwirkung war, abgesehen von ein paar verwirrten Hunden, daß die Pfeifen viele Fledermäuse aus ihrem Tagesschlummer rissen, wenn sie in der Nähe ihrer Höhlen benutzt wurden.

Etha nahm an der Suche nach magischen Linien und Orten nur selten teil und begnügte sich damit, sich um ihre vielen Familienmitglieder zu kümmern, die alle mehr oder weniger stark in die Suche eingebunden waren. Sie wußte, daß ihr eigenes Talent sehr gering war und ihnen überhaupt nicht helfen konnte, doch bereitete ihr das keine Sorgen. Sie hatte genug zu tun.

Als ein weiterer Tag dem Ende zuging und die ersten ihrer Schützlinge nach Hause zurückkehrten, war Etha in der Küche und versuchte, mit kleinen, aber wahrnehmbaren Schritten ihre frühere Pracht wiederherzustellen. Als Eismann sich zu ihr gesellte, begrüßte sie ihn liebevoll, gab ihm etwas zu trinken und ließ ihn am Tisch sitzen, während sie weiterarbeitete. Während sie saubermachte, kam ihr eine alte Melodie aus Kindertagen in den Sinn, und sie begann zu singen. Es war ein Schlaflied aus ihrer Heimat im Norden, weit weg von Zalys, und die Worte fühlten sich inzwischen sonderbar fremd an, doch es war eine tröstlich einfache Melodie. Als sie geendet hatte, merkte sie, daß Eismann ganz still dasaß und ihm die Tränen über das Gesicht liefen.

»Was ist los?« fragte sie beunruhigt.

Eismann antwortete nicht, doch in seinen Augen funkelte gleichzeitig Wut und Traurigkeit.

»Es tut mir leid«, bettelte Etha. »Was habe ich getan?«

»Du nicht«, antwortete er mit erstickter Stimme und stand plötzlich auf. Sein Stuhl fiel krachend zu Boden, und er stieß einen halbunterdrückten Schrei aus.

Jetzt war Etha äußerst beunruhigt, doch es war niemand da, der ihr helfen konnte, und sie versuchte, Eismann zu umarmen, ihn zu trösten – aber er war in seiner eigenen Hölle gefangen, und sie zog sich ängstlich zurück. Als er sie endlich ansah, wirkte sein Blick noch gehetzter.

»Sie haben sie umgebracht«, flüsterte er. »Sie haben sie umgebracht!«

»Wen?« fragte sie hilflos.

»Meine Mutter. Die Soldaten, die kamen, um mich mitzunehmen.«

Da wußte Etha, daß Eismanns Erinnerung endlich vollständig zurückgekehrt war, und mit der Erinnerung kam schrecklicher Schmerz. Ihr Mitgefühl drohte sie zu überwältigen, und auch ihr rannen nun Tränen über das Gesicht. Nach diesem Augenblick hatte sie sich gesehnt, sie hatte ihn herbeigewünscht – und auch gefürchtet. Für Eismann sollte das Schlimmste nun vorbei sein. Er war wieder ein ganzer Mensch. Aber man mußte abwarten, ob er sich jemals ganz erholen würde.

»Sie hat mir dieses Lied immer vorgesungen«, sagte Eismann mit brechender Stimme. »Bevor ich schlafen ging. Sie hat mich Tamor genannt.« Er hielt inne. »Das ist mein richtiger Name.«

Als Fen und Dsordas in jener Nacht im Bett lagen, waren sie immer noch aufgerüttelt durch die gemischten Gefühle des Tages. Tamors lange erwartete Rückkehr in die richtige Welt war ein Rechtfertigung für Ethas selbstlose Hingabe gewesen, doch hatte die Belohnung sie alle auch wieder an die Grausamkeit der Welt erinnert. Aad und Natali waren ebenso wie Etha beunruhigt über die Qualen ihres Freundes, und sie hatten ihr Bestes getan, ihn zu trösten. Auch Habella, die so viel dazu beigetragen hatte, den Fernrufer zu rehabilitieren, war gekommen, um ihn zu sehen und verschrieb ihm ein Schlafmittel. Jetzt war alles ruhig, doch das Elend des Jungen faßte für Fen die gesamte Frage nach Zalys' Schicksal zusammen. Hier war jemand, der schon in frühen Jahren die Kontrolle über sein Leben verloren hatte, dem man gefühllos sowohl Glück als auch Unabhängigkeit geraubt hatte, und dann, nach Jahren der Erniedrigungen, war er entkommen – nur um herauszufinden, daß auch Freiheit ihren Preis hatte.

»Glaubst du, daß er je darüber hinwegkommen wird?« fragte sie leise.

»Nein«, erwiderte Dsordas ehrlich. »Aber er hat schon gezeigt, daß er stärker ist, als wir alle glaubten. Mit unserer Hilfe kann er sich ein eigenes Leben aufbauen.«

»Ein zweites Leben.«

»Ja. Zumindest bekommt er diese Chance. Viele bekommen keine mehr.«

»Letztlich ist er doch ein guter Freund, oder?«

»Ja«, gab Dsordas zu. »Zuerst habe ich ihm nicht getraut, aber er hat es jetzt viele Male bewiesen. Ich hoffe nur, daß er – und Etha – ein wenig Zufriedenheit finden. Wenn nicht, stehen beiden schwere Zeiten bevor.«

Fen wußte, daß er recht hatte. Sollte der Schock der Erinnerung zuviel für Eismann sein – Tamor, verbesserte sie sich selbst –, würde ihre Mutter sich die Schuld geben. *Bitte macht, daß alles in Ordnung kommt,* flehte sie im stillen. *Bitte macht, daß alles gut wird.*

»Auf jeden Fall brauchen wir ihn«, fügte Dsordas hinzu und stellte die scheinbare Gefühllosigkeit zur Schau, die ihm durch seine Rolle als Anführer von Zalys aufgezwungen wurde. »Er ist bei weitem der beste Telepath, den wir haben, und früher oder später wird das sehr wichtig.«

»Was glaubst du wird geschehen?« fragte Fen sanft. »Wenn alle Magie erwacht ist, meine ich. Was geschieht als nächstes?«

»Ich weiß es nicht. Ich wünschte, ich wüßte es. Irgend etwas wird uns den Weg weisen – oder wir müssen die Zukunft einfach für sich selbst sorgen lassen.«

Am nächsten Morgen ging Eismann – Tamor – mit den anderen los, um die unterschiedlichsten Aufgaben zu erfüllen. Etha war einerseits froh, daß er sich anscheinend unter Kontrolle hatte und sich nützlich machte, doch andererseits tat es ihr auch leid, ihn gehen zu sehen, ohne mit ihm über sein neues Erinnerungsvermögen sprechen zu können. Bald war sie allein im Haus, mit Ausnahme von Natali, der ausnahmsweise in ihrer Obhut zurückgeblieben war. Nach dem Frühstück hatte sie aufgeräumt, und sie merkte erst jetzt, daß ihr Sohn nicht mehr in ihrer Nähe war.

Da sah sie, daß die Tür zum Hof offenstand – und sie hörte das hohe Pfeifen, das ganz Nkosa bis auf die Grundmauern erschütterte.

»Natali!« überschrie sie den Lärm und rannte hinaus. Sie sah ihren Sohn neben dem Kanal stehen und mit ganzer Aufmerksamkeit ins Wasser blicken.

»Ich komme!« hörte sie ihn sagen, als antworte er auf eine ungeduldige Frage. »Ich komme!«

Die Späher im Hafen sahen es als erste und entfachten alle Warnsignale, bevor sie um ihr Leben rannten. Sie wußten, daß ein Entkommen vermutlich unmöglich war.

Das graue Ungeheuer erhob sich erneut. Dieses Mal waren es zwei dreieckige Berge aus Fleisch, das sich wellenförmig vorwärtsbewegte, und zwischen beiden befanden sich einige Wegstunden Wasser. Immer höher erhoben sie sich, bis sie den gesamten östlichen Himmel verdeckten. Dann ließen sich beide fallen und krachten ins Meer. Zwischen der doppelten Explosion der Wellen schleuderte sich ein riesiger grauer Körper gen Himmel und streifte Millionen Tonnen Wasser ab wie eine unerwünschte Haut. Die Flügel spannten sich wieder, und er stieg noch weiter auf. Zwei Hörner, jedes von ihnen länger als eine ganze Flotte von Schiffen, ragten aus einem Rumpf hervor, der mindestens sechs Wegstunden lang war, und der peitschenähnliche Schwanz der Kreatur war doppelt so lang wie das Wesen selbst. Von Flügelspitze zu Flügelspitze war der gigantische Rochen breiter als zehn Wegstunden, und seine Finnen hätten fast die Hälfte von Zalys bedecken können.

Die Anstrengung, die erforderlich war, sich in die Luft zu schwingen, brachte das Meer fast zum Kochen, und die Luft war erfüllt von seinem blindwütigen Brüllen. Und doch gelang es ihm.

Wie ein riesiger dunkler Fleck am Himmel erhob sich der Behemoth in die Lüfte und verdunkelte die Sonne und die ganze Welt.

Sein Vermächtnis waren ein Reihe von Flutwellen, die sich in alle Richtungen ausbreiteten. Die größte war so hoch wie ein dreistöckiges Gebäude, und selbst die kleinsten hatten mehr Zerstörungskraft als die Welle, die Nkosa zuvor verwüstet hatte.

»Natali!« schrie Etha. »Komm herein!«

Sie rannte auf ihren Sohn zu und blieb abrupt stehen. Das ohrenbetäubende Brüllen, als die ersten Wellen die Ostseite der Stadt trafen, war unverkennbar. Es konnte nur wenige Augenblicke dauern, bis die Woge sie erreichte und Natali fortspülte. Etha machte einen Satz nach vorn, und sie dachte, daß ihre Augen sie trogen, daß sie wahnsinnig wurde.

Natali verschwand direkt vor ihren Augen ganz langsam im Nichts. Zuerst konnte sie durch ihn hindurchsehen, und dann verschwanden auch seine Umrisse, und sie blieb allein zurück.

Etha fiel auf die Knie, unfähig, ihren Blick von der Stelle zu lösen, wo ihr Sohn gestanden hatte. Sie kniete noch dort, als die erste Woge durch den Kanal donnerte, ein Katarakt aus Schaum und Gischt. Das Gewicht des Wassers riß sie zurück, als wäre sie so leicht wie eine Feder, und sie wurde unter Wasser gesogen. Ihre Glieder ruderten hilflos, bis sie gegen eine Steinmauer geschmettert wurde und alles Leben aus ihrem Körper wich.

Kapitel achtunddreißig

Sonderbare Blumen blühen im Osten.

Ich sehe Bruchstücke ihres Traums, ihrer Arbeit. Ihr Umhang war zerrissen in tausend Fetzen, in tausend Samen. Solche Geduld ist schwer vorstellbar, doch das lange Warten ist vorbei. Sie haben Wurzeln geschlagen.

Sonderbare Blumen blühen in allen Ländern.

Verkho spürte Verrat. Irgend etwas ging vor, etwas, das er nicht kontrollieren konnte. Und er hatte keinen Zweifel, wer die Verantwortliche war. Äußerlich hatte der Talisman sich nicht verändert, doch sein Warten hatte eine neue Qualität angenommen, eine andere Stimmung. Es schien, als sei er jetzt selbstzufrieden, beinahe selbstgefällig.

»Ich bin immer noch dein Herr«, erinnerte er Gar. Er rechnete damit, daß das Auge blinzelte, doch das tat es nicht. »Du mußt meine Frage beantworten. Southan bringt Azari zurück nach Xantium, nicht wahr?«

Die Antwort erklang in seinem Kopf, bevor die Worte ausgesprochen waren. Also stimmte es. Das letzte Spiel sollte stattfinden. Verkho hätte in Hochstimmung sein müssen, aber das war er nicht. Irgend etwas lief falsch. Seine Gedanken wanderten zurück in eine Zeit, viele Jahre zurück, als er die Geheimnisse der Relikte in der Abtei enthüllt hatte – und was er entdeckt hatte, schien ihm jetzt viel weniger klar umrissen, versunken in orakelhafter Zweideutigkeit.

»Das ist es, oder?« erklärte er laut. »Wenn ich Azari gewinne, gewinne ich ihn für dich, nicht für mich.« Dieses Mal bekam er keine Antwort, doch der Gedanke, daß er tatsächlich ein Gott werden würde, schien ihm plötzlich grotesk vermessen. Hatte er sich all diese Jahre selbst betrogen? Dieser Gedanke führte zum nächsten.

»Ich habe dich immer noch in der Hand«, wiederholte er. »Und da bleibst du auch, solange Azari die Stadt nicht erreicht. Ich werde dafür sorgen, daß er Xantium niemals betritt!«

Die Lösung war ihm jetzt klar. Die einzige Möglichkeit, wie er die Kontrolle über seine hart erkämpften Kräfte behalten konnte, bestand darin sicherzustellen, daß das letzte Spiel *nicht* stattfand. Ironischerweise waren es genau jene Kräfte, die Gar ihm bereits vermacht hatte, die nun als Instrument dienen würden, die Pläne des Gottes zu vereiteln.

Verkho lächelte. Sein Ehrgeiz ging jetzt vielleicht nicht mehr ganz so weit wie früher, doch in der sterblichen Welt wäre er immer noch unbesiegbar. Er bereitete seine Befehle vor. Von dem riesigen Schatten, der unaufhaltsam der letzten Vereinigung zustrebte, ahnte er nichts.

Man hatte Baylin zu einem großen Zelt gebracht, wo er allein blieb und alles bekam, was er brauchte, um sich für eine Audienz bei Haresh anständig herzurichten – falls dieser ihm eine Audienz gewährte. Nur die Wachen mit ihren harten Gesichtern draußen deuteten darauf hin, daß er eher ein Gefangener denn ein geehrter Gast war. Die Zeit schlich dahin, und gerade, als er sich fragte, ob man ihn bis zum nächsten Tag warten lassen würde, kehrte Javagal zurück. Der Prinz schlug den Eingang des Zeltes zurück, schritt herein, um die Erscheinung des Gesandten zu überprüfen, und lächelte schließlich sein charmantes Lächeln.

»Mein Vater erbittet Eure Gegenwart, Botschafter«, verkündete er. »Aber wollt Ihr mir nicht zunächst sagen, um welche Angelegenheit es geht?«

Baylin erkannte plötzlich, daß Javagal versuchte, sich selbst zu schützen. Sollte sich der Gesandte als Zeitverschwendung herausstellen, würde Hareshs Zorn nicht nur gegen Baylin gerichtet werden. Der Prinz würde auch seinen Teil abbekommen – und diese Aussicht machte ihm Angst. Wenn ein Mann wie Javagal sich einschüchtern ließ, mußte sein Vater in der Tat außerordentlich furchterregend sein.

»Es tut mir leid, mein Lord ...«, begann er.

»Dann kommt«, befahl der Prinz mit einer Spur Ungeduld in der Stimme.

Die beiden Männer gingen zwischen den schier endlosen Reihen von Zelten und den zahlreichen Feuern hindurch durch das Lager. Baylins Nase füllte sich mit Düften – einige ganz unbekannt, andere die allgegenwärtigen Gerüche einer Armee auf dem Feldzug. Sie zogen die neugierigen Blicke einiger Soldaten auf sich, doch niemand sprach mit ihnen. Es war offensichtlich, daß keiner der Männer sich ohne guten Grund in Javagals Angelegenheiten einmischte.

Hareshs Zelt war leicht zu finden. Es war bei weitem das größte im ganzen Lager, ein niedriges Zelt, das sich über eine große Fläche erstreckte. Man führte Baylin in einen Vorraum, der offenkundig nur einer von vielen war. Becken mit glühenden Kohlen standen am Rand, und der Boden war mit Matten und Teppichen bedeckt. Zwei muskelbepackte Wachen warteten teilnahmslos am Eingang zum inneren Raum – den Javagal jetzt betrat, nachdem er Baylin bedeutet hatte, sich nicht zu rühren. Wenige Augenblicke später hörte er von innen einen Ruf, und einer der Wachtposten zeigte an, daß Baylin ihm folgen solle und zog den schweren Eingang zur Seite. Der Reisende trat vor und fand sich in einem achteckigen Raum wieder, der von Lampen und weiteren Kohlebecken erhellt wurde. Sieben Seiten des Zimmers waren mit Seidenbannern bedeckt, auf denen die Symbole der sieben Mitglieder des Pantheons abgebildet waren. Die Stickerei war recht hübsch. An der achten Seite saß ein Mann auf einem dekorativ geschnitzten Holzstuhl, und der Prinz stand neben ihm. Baylin verbeugte sich tief und wartete.

»Erhebt Euch.«

Der Reisende richtete sich auf und betrachtete den Mann, den man in den Ländern, die er regierte, für einen Gott hielt. Haresh war ein großer, gut proportionierter Mann in Reisekleidung aus feinstem Leder, die jedoch nicht im mindesten protzig wirkte. Der einzige Schmuck war eine große goldene Brosche in Form eines Falken auf seiner Schulter. Seine Haut war ein wenig dunkler als die seines Sohnes, und er war völlig kahl.

Die beiden Männer starrten sich schweigend einige Augenblicke lang an.

»Ihr habt Neuigkeiten für mich?« fragte Haresh milde. Einleitende Floskeln hielt er offenbar nicht für nötig.

»So ist es, Eure Majestät.« Auf dieses Stichwort hin stürzte sich Baylin in seine lange, gut vorbereitete Rede über das Zugeständnis von Ländern und Handelsabkommen, und als er bemerkte, daß Haresh sich langweilte, brachte er das Gespräch schnell auf Verkhos Zauberkräfte. Dieses Thema interessierte den Führer der Barbaren eindeutig sehr viel mehr.

»Ich habe einige Gesandte dieses Verkho abgefangen«, bemerkte er. »Sie waren auf dem Weg zu den früheren Herrschern dieser Länder – deren Ohren jetzt natürlich taub sind. Nichtsdestoweniger fand ich seine Forderungen amüsant. Sie kamen mir vor wie die eines sehr verzweifelten Mannes.«

»Verkho ist gefährlich, aber noch nicht verzweifelt«, erwiderte Baylin. Er beschrieb die Zauberkräfte des neuen Kaisers, nannte Einzelheiten über die rote Kuppel und andere Wunderdinge, die er entweder aus der Gerüchteküche aufgeschnappt oder selbst erfunden hatte. »Verkho hat den Ehrgeiz, die ganze Welt zu beherrschen«, schloß er.

Haresh hörte aufmerksam zu und zerschmetterte Baylins Hoffnung schließlich mit einem Satz.

»Ein Mann mit solchem Ehrgeiz könnte für mich von Nutzen sein«, bemerkte er, »aber auf jeden Fall steht ein Bündnis mit Southan nicht zur Debatte.«

»Ich bitte Euch, dies noch einmal zu überdenken«, flehte der Reisende ernst. »Gemeinsam können wir Verkhos böse Absichten vielleicht besiegen, aber getrennt wird er uns mit Leichtigkeit niederringen.«

Darüber mußten Haresh und Javagal lächeln.

»Aber er hat so wenige Männer und ich so viele«, betonte er. »Ich fürchte sein Magie nicht.«

»Ihr habt uns nicht alles erzählt, glaube ich«, drängte sein Sohn.

»Meine Mission ist erfüllt«, erwiderte Baylin schlicht und fragte sich, was man sonst noch von ihm erwarten mochte.

»Kommt schon«, sagte Haresh. »Meine eigenen Zauberer versichern mir, daß viel in der Welt vorgeht. Sollen wir glauben, daß ein kluger Mann wie Ihr nichts davon weiß?«

Bei seinem sanft spöttischen Ton wurde Baylin unbehaglich zumute. *Meine eigenen Zauberer*? Zum ersten Mal in seinem Leben fühlte er sich völlig ratlos – und unter solchen Umständen konnte er nur die Wahrheit sagen.

»Ich gebe zu, so ist es.«

»Meine Zauberer sagen, Verkhos Zauberkräfte seien nur das Symptom einer schlimmeren Krankheit – oder größerer Gesundheit? Ich habe es vergessen«, erklärte Haresh.

Javagals Lächeln allein deutete darauf hin, daß sein Vater sich immer noch dem Spott ergab.

»Magie entspringt beinahe wörtlich bei jedem Schritt aus der Erde«, fuhr Haresh fort. »Das heißt, wenn man den Propheten glaubt. Zum Beispiel ...« Er schnippte mit den Fingern, und direkt vor Baylins Füßen erhob sich so etwas wie ein Rauchwirbel aus dem Teppich. Während er zusah, wurde der Rauch zunächst grün, dann hart. Zunächst glaubte der Reisende, es sehe aus wie eine blühende Pflanze, doch dann verzerrte sich das Gebilde und nahm die Form einer kobraartigen, giftigen Schlange an, die drohend ihre Zähne entblößte und mit wütenden kleinen Augen den Gesandten fixierte. Er brauchte ziemlich starke Nerven, um während dieses Schauspiels stehenzubleiben und nicht zurückzuzucken. Da klatschte Haresh in die Hände, und die Schlange verschwand.

»Wenn schon ich, ein einfacher Soldat, das kann«, bemerkte er lässig, »dann ist doch etwas Sonderbares im Gange, oder?«

Baylin holte tief Luft, bevor er antwortete.

»Eure Majestät sind ein Mann mit vielen Fähigkeiten. Alle Welt weiß das.«

»Bravo!« brach es aus Javagal hervor. »Vater, könnte es sein, daß du in diesem einfachen Gesandten einen ebenbürtigen Gegner gefunden hast?«

»Halt deine Zunge im Zaum, Junge!« fuhr Haresh ihn an, doch dabei lächelte er. »Ich habe noch ein paar Prüfungen für ihn.« Das gefiel Baylin ganz und gar nicht, doch es war offensichtlich, daß er sich zumindest ein wenig Respekt erkämpft hatte.

»*Falls* ich Euch gestatte, zu Eurem Herrn zurückzukehren«, fuhr der Führer des Ostens fort, »dürft Ihr ihm erzählen, daß Verkho und ich dazu bestimmt sind, uns auf dem einen oder anderen Schlachtfeld gegenüberzustehen. Ist diese Sache erst einmal beschlossen, werden er und ich unsere Differenzen beilegen. Bis dahin will ich nicht über *Handel* sprechen.« Aus seinem Munde klang das Wort regelrecht obszön. »Habe ich mich deutlich ausgedrückt?«

»Absolut, mein Lord.« Ermutigt durch die offenbare Tatsache, daß Haresh sich Verkho entgegenstellen würde – wenn auch zu seinen eigenen Bedingungen – wagte Baylin sich weiter vor. »Wann wird Euer Kampf gegen Verkho stattfinden?«

»Das werde ich entscheiden«, antwortete Haresh kalt. »Javagal wird Euch nun zurück zu Eurem Zelt geleiten. Ihr habt Zeit bis morgen mittag, um einen guten Grund zu finden, warum ich meine Antwort an Southan nicht in Eurem leeren Schädel schicken sollte.«

Als Doneta erfuhr, daß sie zurückbleiben sollte, war sie unglücklich, aber sie verstand es. Die Mädchen hatten keine Wahl, und der Schmerz ihres tränenreichen Abschieds von ihren Eltern wurde von der tröstenden Gegenwart Nyls nur leicht gemildert. Southan und die anderen ritten früh am Morgen los, nachdem sie sichergestellt hatten, daß sie mehr als genug Nahrungsmittel und Wasser hatten, um sicher die Stadt zu erreichen.

Sie ritten den ganzen Tag und spürten warm den unangenehm vertrauten Wind auf ihren Gesichtern. Als die Nacht hereinbrach und Kerrell den Lagerplatz wählte, zeigten ihre Pferde alle Anzeichen von Unbehagen und ließen sich immer schwerer kontrollieren. In der Nacht wurde ihre Stimmung noch schlechter, und als die Gruppe am nächsten Morgen in der Hoffnung weiterreiten wollte, die Reise vor Einbruch der Dunkelheit hinter sich zu bringen, waren die Pferde praktisch unbezähmbar. Der Wahnsinn, der den Rest des Tierreichs bereits ergriffen hatte, schlug nun eindeutig auch hier zu, und nach mehreren vergeblichen und gefährlichen Versuchen, die Tiere zu satteln und mit Gepäck zu beladen, kamen die Reisenden zu einer unvermeidlichen Entscheidung. Sie würden zur Fuß weitergehen müssen. Sie sortierten die Vorräte, wählten die wichtigsten Dinge aus und ließen dann die Pferde frei, in der Hoffnung, daß sie zu Nyl zurückkehrten. Nach einigen Augenblicken der Unsicherheit galoppierten sie tatsächlich in die richtige Richtung davon. Die Gruppe sah ihnen nach, bis nur noch eine Staubspur zu sehen war, und Corton dachte an seine eigenen prophetischen Worte. Sie konnten tatsächlich nicht mehr umkehren.

Es bestand keine Hoffnung, Xantium noch am selben Tag zu erreichen, doch sie gingen so flott sie konnten, und als sie bei Sonnenuntergang ein Lager errichteten, schätzte Kerrell, daß sie ungefähr die Hälfte der verbleibenden Strecke zurückgelegt hatten. Je mehr das Tageslicht schwand, um so deutlicher konnten sie das trübe rote Leuchten am nordwestlichen Horizont erkennen, doch als sie es genauer beobachteten, schien es wie von einem blassen Licht umgeben, das aus einer anderen Quelle leuchtete – und offenbar immer stärker wurde.

Es dauerte nicht lange, bis sie alle aufgesprungen waren und das näherkommende Leuchten wie gebannt anstarrten. Ganz langsam teilte sich die Quelle des Lichts, während sie immer näher kam, und wurde schließlich zu Hunderten von einzelnen blassen Schatten. Die Geister schritten zielsicher über die Wüste. Sie alle hatten Arme, und obwohl sie nur kurzlebige Erscheinungen waren, war ihr Gefühl der Stärke und militärischen Haltung eindeutig erkennbar. Als die ersten dieser geisterhaften Armee nur noch zwanzig Schritt entfernt waren, blieben sie stehen.

Ifryn hörte wieder Zidons Worte. *Du wirst eine Armee haben, die dir den Weg bahnt – die einzige Armee, die diesen Feind bekämpfen kann.*

Einer der Geister aus der ersten Reihe trat vor, und Ifryn erkannte ihn voller Schreck. *Sieh zu den Generälen.*

Kerrell ging, seinen Vater zu begrüßen.

Kapitel neununddreißig

Alles Leben geht weiter. Aber warum sind die Riten der Veränderung so schwer für jene, die zurückbleiben? Selbst das Wissen über Kontinuität macht die Trauer über die Trennung nicht leichter.

Was sind Geister überhaupt? Die Philosophen sagen, sie seien Erinnerungen, selbständig und empfindungsfähig. Wenn das stimmt, wo liegt dann der Unterschied zwischen ihnen und Verkörperungen der Seelen? Aber Geister sind nicht so eingeschränkt, sie sind mehr als sie selbst, sie sind Teil eines größeren Ganzen.

Zerstört man die Erinnerungen dieser Welt, so zerstört man zugleich bereits die der nächsten.

Sie fanden Etha erst spät am nächsten Tag. Sie hatten schon lange vermutet, daß sie und Natali tot waren, und die Familie hatte die Hoffnung, ihre Körper zu finden, schon aufgegeben, als Anto zufällig die völlig durchnäßte Leiche fand. Sie lag ein wenig entfernt zwischen umgestürztem Mauerwerk in einer kleinen Gasse unweit ihres Hauses. Er trug sie unter großen Mühen nach Hause, ein dicker Kloß in seiner Kehle machte ihm das Atmen schwer. Ihr Heim stand noch, wenn auch in schrecklichem Zustand, doch zumindest hatten sie ein Dach über dem Kopf. Im Osten war der größte Teil der Stadt von der wütenden Wassermauer einfach eingeebnet worden, und viele Gebäude, die weiter vom Meer entfernt gestanden hatten, waren unter der unglaublichen Woge zusammengebrochen. Unzählige Menschen waren getötet worden, und das einzige, was diesen Blutzoll weniger erschreckend machte, war die Tatsache, daß so viele Einwohner sich nicht in der Stadt befanden. Fen betrachtete mit weißem und vor Sorgen verzerrtem Gesicht den Körper ihrer Mutter. Dsordas war an ihrer Seite, bereit, ihr trotz seines eigenen Kummers soviel Unterstützung wie möglich zu geben. Der Tod hatte Ethas Züge entspannt, und so wirkte sie viel größer als zu Lebzeiten. Ihr Gesicht wirkte friedlich, doch Fen mußte immer daran denken, wie ihre Mutter gestorben war und wie grauenhaft ein solches Ende sein mußte. Ethas Hinterkopf war teilweise zerschmettert, und sie war offenbar bewußtlos gewesen, bevor sie ertrunken war, doch das war kein Trost. Trotz der vielen Tragödien, von denen Nkosa zur Zeit heimgesucht wurde, konnte Fen immer nur daran denken, daß sie nun beide Eltern verloren hatte. Sie fühlte sich alleingelassen, gefangen in einem Alptraum, der nie enden wollte. Daß Natali ebenfalls ertrunken war, daß der kleine Zauberer sie nie mehr zum Lachen bringen oder ihre Stimmung heben würde, machte alles noch unerträglicher.

Die anderen Kinder der Amari hatten mit unterschiedlich großem Entsetzen reagiert. Anto schwieg, und sein Gesicht zeigte große Verzweiflung. Tarin und Ia wirkten ganz leblos und versuchten erfolglos, die Katastrophe zu verarbeiten, die sie ereilt hatte. Aad, der die beiden in den vergangenen Tagen recht gut kennengelernt hatte, erwies sich als Fels in der Brandung und tat sein Bestes, sie zu trösten. Doch einer war absolut untröstlich: Tamor. Er war außer sich, jammerte und schrie, tobte vor Kummer, bis er eine Gefahr für sich und andere wurde. Alle versuchten ihr Bestes, ihn zu trösten, doch ihr eigener Schmerz machte es ihnen schwer, stark zu bleiben. Sogar Habella konnte Tamor nicht beruhigen. Der Verlust der zweiten Mutter, so kurz, nachdem er sich wieder an den Verlust seiner richtigen Mutter erinnert hatte, war ein schwerer Schlag für das zerbrechliche Selbstvertrauen des jungen Mannes, und die Tatsache, daß sein guter

Freund Natali ebenfalls tot war, machte sein Elend zwar verständlich, aber auch nicht leichter zu ertragen.

Schließlich sperrten sie ihn in ihrer Verzweiflung ein und hofften, daß sein heftiger Schmerz mit der Zeit abklingen würde.

In der Zwischenzeit mußten sie an die Lebenden denken. Ein großer Teil von Nkosa bestand nur noch aus Ruinen, und wenn auch einige der robusteren Gebäude noch standen, so waren sie doch unbewohnbar. Die Aufräumungsarbeiten würden Monate dauern, und die Probleme der Hinterbliebenen, Obdachlosen und Nahrungsmittelknappheit wurden immer dringlicher. Die Erneuerung der Magie der Insel schien jetzt weniger wichtig. Wenn das, was sie bislang erreicht hatten, Zalys nicht hatte schützen können, so schien einigen die ganze Sache sinnlos. Doch trotz ihres Kummers wußten Fen und Dsordas, daß dies nicht stimmte, und sie ermutigten alle, die helfen konnten, mit der Arbeit weiterzumachen.

Das einzig Positive an der Katastrophe war, daß das riesige Wesen fortgeflogen war gen Nordosten, und daß seitdem nichts von ihm gesehen worden war. Falls es für immer verschwunden war, waren zumindest die heftigen Meeresunruhen vorbei.

Außerdem hatte das Ungeheuer offenbar die Kreischer mitgenommen. Einige hatte man unter seinem riesigen Körper fliegen sehen, wo sie nicht größer als Flöhe gewirkt hatten, und seitdem gab es keine Berichte über Angriffe mehr. Dennoch war nur schwer zu glauben, daß die äußeren Probleme der Insel vorbei sein sollten – und es entging niemandem, daß das Wesen direkten Kurs auf Xantium genommen hatte.

Angesichts der großen Anzahl von Bürgern aus Nkosa, die in letzter Zeit in die Welt der Geister eingetreten waren, schien es wie Ironie, daß bei der Kommunikation mit den Inselgeistern an diesem Abend ein Durchbruch erzielt wurde. Eine große Zahl versammelte sich an der Stelle, wo einmal der Fournoi-Platz gewesen war, und es ergab sich eine wie es schien schweigsame Debatte. Die lebenden Männer und Frauen, die ihnen zusahen, wurden vorübergehend von ihren Problemen abgelenkt. Einige von ihnen dachten daran, Yeori herbeizurufen, und er kam gerade rechtzeitig, um zu sehen, wie eine kleine Gruppe von Geistern wie eine Delegation vortrat. Der Anführer begann zu sprechen, doch Yeori konnte kein Wort hören – bis eine kleine Stimme hinter ihm fragte: »Warum antwortet Ihr nicht?«

Als der Stellvertreter sich umsah, entdeckte er ein kleines Mädchen mit einem Amberinanhänger um den Hals, das ihn fragend ansah.

»Du kannst sie hören?« fragte er.

»Ja.«

»Was sagen sie?«

»Er sagt, daß Zalys nur gerettet werden kann, wenn Ihr das Netz vervollständigt. Er meint die Magie«, erklärte sie für den Fall, daß Yeori nicht klug genug war, sie zu verstehen. »Wir dürfen nicht damit aufhören. Er klingt wütend.«

»Ich glaube, er hat nur Angst«, schätzte Yeori. »Sag ihm, daß wir tun, was wir können, und frag ihn, ob er uns helfen kann. Können sie uns weitere magische Orte zeigen?«

Nach einigen Augenblicken übermittelte das Mädchen die Antwort.

»Er sagt, daß er froh ist, und ja, sie werden Euch helfen. Aber es bleibt nicht viel Zeit. Das Schreien wird morgen aufhören.«

»Was meint er damit?« fragte Yeori eilig.

»Mehr kann er jetzt nicht sagen«, sagte sie und brach plötzlich zusammen. Yeori fing sie geschickt auf und merkte, daß das Kind fest schlief.

Der Geist verbeugte sich, und die geisterhafte Menschenmenge verblaßte.

Fen konnte nicht mehr schlafen und war beim ersten Licht des Tages nach unten gegangen. Sie stand allein in den Ruinen der Küche und fragte sich, was der Geist wohl gemeint hatte. *Das Schreien wird heute aufhören,* dachte sie. *Zu welcher Stunde?*

Da schreckte Lärm sie auf, als die Tür aufgerissen wurde und irgend jemand beinahe die Stufen hinuntergefallen kam. Tamor tauchte auf, bis zur Taille nackt, und sein dünner Körper und die dünnen Arme waren mit blauen Flecken überzogen, die er sich selbst zugefügt hatte, und sein Gesicht zeigte eine rätselhafte Mischung aus Gefühlen.

Sein Mund bewegte sich, aber es drangen keine Worte hervor.

»Was ist los?« fragte Fen. »Was ist passiert?«

»Natali!« keuchte er und tippte gegen seinen Kopf. »Hier drin.«

»Was?«

»Spricht mit mir.«

»Wie –?«

»Sieh her!« Tamor zeigte auf den fleckigen und vielfach reparierten Tisch, der wieder in der Mitte des Zimmers stand.

Fens Blick folgte seinem Finger, und ihr schlug das Herz bis zum Hals, als sie den Umriß ihres kleinen Bruders in der Luft sah. Als sie sich gerade damit abgefunden hatte, Natalis Geist zu sehen, merkte sie, daß er wesentlich körperlicher aussah als alle Geister, die sie je gesehen hatte. Er wirkte sogar richtig echt. Sie trat vorsichtig einen Schritt vor und wagte kaum zu atmen oder zu hoffen.

»Warum warst du nicht da?« fragte Natali vorwurfsvoll.

»Ich kann dich hören!« rief Fen. Das war genug. Das war kein Geist. Sie rannte zu ihm und hob ihn hoch in ihre Arme. Er war echt, ganz körperlich, warm und sehr lebendig – wie sein Gestrampel bewies. »O Natali.« Fen mußte weinen, doch sie merkte es gar nicht. »Wo *warst* du?«

»Überall auf der Insel«, antwortete er mit strahlendem Gesicht in seiner eigenen, unverkennbaren Stimme. »Dann in der Arena. Wir alle müssen dorthin gehen. Das sagt Latchi.«

»Latchi?« Fen hatte das Gefühl, als würde sich der Boden unter ihr auftun.

»Ja«, bestätigte Natali zuversichtlich. »Er weiß es. Du solltest auch dort sein.«

»In der Arena?« fragte sie verwirrt. *Was geht hier vor*?

»Bevor das Schreien aufhört«, erklärte er geduldig. »Wir müssen bereit sein. Ich muß jetzt gehen.«

In ihren Armen verschwand Natali allmählich. Es war das merkwürdigste und schrecklichste Gefühl, das Fen je erlebt hatte.

»Nein!« Sie ergriff ihn fester, doch vergeblich. Einige Augenblicke später war er einfach nicht mehr da, und Fen war nichts außer Luft geblieben.

Nicht schon wieder, jammerte sie still. *Nicht schon wieder!*

Natali war ihr schon einmal so entschlüpft. Aber zumindest wußte sie dieses Mal, wo sie ihn finden konnte, und damit machte sie sich selbst Mut gegen die aufsteigende Hysterie.

Kapitel vierzig

Der Halbmond ist nur eines von sieben Symbolen auf dem Würfel, und aus anderen Gefilden magische Kräfte abzuziehen ist ein Glücksspiel. Die Chancen im Spiel und die Prophezeiung zerschmettern oft vereint übergroße Ambitionen.

Ifryn wußte nichts über die Regeln, die die Gefilde der Geister regierten, aber sie wußte, daß die Wiedervereinigung von Kerrell und Coulson für beide von großer Bedeutung gewesen war, ganz gleich, wie weit entfernt ihre beiden Welten voneinander waren. Es hatte keinen hörbaren Wortwechsel gegeben, körperlicher Kontakt war offensichtlich unmöglich, und eine direkte Kommunikation war auf den Gesichtsausdruck und auf Handzeichen beschränkt – doch das hatte gereicht. Alle, die diesem Austausch zusahen, waren sehr gerührt.

Anschließend hatte die geisterhafte Armee das Lager umstellt, und ihre Wacht war sehr tröstlich gewesen, wenn auch die Lebenden nicht wissen konnten, ob die Geister wirklichen Schutz boten.

Erfrischt von dem ungewöhnlich festen Schlaf der vergangenen Nacht, machten sich Southan und die anderen am nächsten Morgen auf den Weg nach Xantium, und zu ihrer Überraschung stellten sie fest, daß sie schneller vorankamen als bisher. Die Geister hatten sie immer noch umringt und begleiteten sie, und irgendwie ließ ihre Gegenwart die Menschen nicht nur schneller gehen, sondern sie hielten auch den warmen Wind ab, der ihnen ins Gesicht geweht hatte. Niemand verspürte das Bedürfnis, eine Pause zu machen, auch nicht, als es wärmer wurde. Sie drängten weiter, und ihre Überzeugung, daß sie das richtige taten, wurde von der offensichtlichen Entschlossenheit ihrer Begleiter bestätigt – wenn auch niemand wußte, wie diese ganz besondere Armee sich durch irgend etwas einen Weg bahnen sollte.

Sehr zur Überraschung aller sichteten sie die Mauern der Stadt kurz vor Mittag.

»Ich weiß, daß wir uns sehr beeilt haben«, sagte Kerrell nachdenklich, »aber wir können doch nicht schon so weit gekommen sein!«

Aber sie waren da. Je näher sie kamen, um so höher erhoben sich die großartigen grauen Mauern aus der Wüste, wurden mit jedem Schritt solider, und die rote Kuppel auf dem Hügel wirkte bedrohlich wie nie zuvor. Die Reisenden verspürten einen natürlichen Widerwillen, sich dem Schauplatz des Grauens zu nähern, doch zumindest hatte sich die Rauchwolke teilweise aufgelöst. Xantium brannte nicht mehr.

Da sie sich aus dem Südosten näherten, würde der direkte Weg sie an einem Arm der Braunen Flusses entlangführen, wo sie sich dann entscheiden mußten, ob sie gen Norden weiterzogen, zwischen den Mauern und der alles umfassenden Windung des Flusses zum Osttor – oder links durch das Große Tor, das sich gen Süden öffnete. Letzteres war ein wenig näher und würde bedeuten, daß sie sich nicht schon auf lange Sicht einem Angriff von den Zinnen aussetzen mußten, und so fiel ihnen die Entscheidung leicht. Dennoch hatten sie keine Ahnung, wie sie die Tore aufbrechen sollten, falls ihnen diese verschlossen waren.

Derartige Probleme waren jedoch ohne Belang, da sich das Südtor öffnete und eine große Truppe von Soldaten herausmarschierte, während sie noch weit entfernt waren. Jeder Mann war in rotes Licht gehüllt, und es waren so viele, daß die fünf Klingen der Reisenden schon bald übermannt worden wären – auch wenn ihre Feinde von Stahl hätten verletzt werden können. Auch

Ifryn hätte gerne gekämpft, aber sie mußte Azari beschützen; wie es jetzt aussah, konnten sie nichts dagegen tun, daß man sie niedermetzeln würde. Die Entscheidung, nach Xantium zurückzukehren, kam ihnen plötzlich absolut verrückt vor. Doch die Geister hatten andere Vorstellungen. Unter Coulsons gelassener Anweisung verteilten sie sich, um sich den Soldaten entgegenzustellen, und sie bezeugten Kerrell und den anderen zurückzubleiben. Die anderen gehorchten und wurden Zeuge des außergewöhnlichsten Kampfes, den sie je gesehen hatten.

Verkhos Soldaten, sich ihrer eigenen Unbesiegbarkeit gewiß und angetrieben von den wütenden Schreien ihrer Kommandeure, griffen direkt Southan und die anderen an und schenkten den Geistern lediglich ein paar neugierige oder verächtliche Blicke. Doch die Phantome erwiesen sich nicht nur als bloße Ablenkung. Als die ersten Soldaten in ihre Nähe kamen, ging Coulson voran, und seine geisterhafte Klinge durchschnitt die Luft. Als sie die scharlachrote Aura des ihm am nächsten stehenden Mannes traf, schimmerte sie kurz auf, wurde zu echtem Stahl und köpfte den Gegner des Generals. Der Soldat fiel in einer Gischt aus seinem eigenen Blut. Der Schutzschild aus rotem Licht war verschwunden.

Kerrell und die anderen sahen ehrfürchtig zu, unfähig zu glauben, was sie da sahen, doch konnten sie es nicht leugnen. Gegen die Geister waren die roten Schilde ganz klar ein Nachteil. Irgend etwas an ihnen verwandelte die ätherischen Schwerter in echte Waffen, die sich tief in das menschliche Fleisch schnitten.

Je mehr die Zuversicht der Soldaten verpuffte, um so mehr verlor ihr Angriff an Schwung, und Verkhos Armee griff zu Vergeltungsmaßnahmen. Ebenso, wie die Waffen der Geister durch den glühenden Schild hindurch treffen konnten, verletzten die Schwerter, die von dem roten Licht umgeben waren, die Geister. Als die Phantome getroffen wurden, waren ihre Wunden nicht weniger furchtbar als die der Lebenden, und der Anblick war nicht weniger schmerzlich, nur weil ihre Schreie ungehört verklangen. Doch Coulson und seine Männer wankten nicht, sondern verstärkten ihre Bemühungen noch mit militärischer Entschlossenheit.

»Wir müssen ihnen helfen!« keuchte Kerrell, der seinen Vater nervös beobachtete.

»Nein! Das hier ist ihr Kampf, nicht unserer«, sagte Grongar eilig. »Wir würden ihnen nur im Weg stehen.«

»›Die einzige Armee, die diese Feinde besiegen kann‹«, erinnerte Zmura sie alle mit gebanntem Flüstern.

Alle Männer hatten ihre Waffen gezogen, doch bislang hatten sie keine Gelegenheit bekommen, sie auch zu benutzen. Ifryn stand neben ihnen und war so erstaunt wie die anderen, und sie fragte sich, wie es möglich war, daß ein Geist *starb*, wie es hier offenbar mehrfach geschah. Die körperlosen Gestalten lagen bewegungslos am Boden. Doch es war klar, daß Coulsons Armee gewann, selbst nachdem der erste Schock über ihr Eingreifen sich gelegt hatte. Der Feind war dezimiert, und der Rest von Verkhos Armee wurde zurückgedrängt. Es war nur eine Frage der Zeit, bis sie auseinanderbrach und sich in die Sicherheit der Stadt flüchtete.

»Wenn sie sich zurückziehen, müssen wir ihnen sofort folgen«, rief Kerrell. »Wir *müssen* durch diese Tore gelangen, bevor sie wieder geschlossen werden.«

Und so machten sie sich bereit und schritten vorsichtig hinter dem Kampfgeschehen voran – doch da trat eine Veränderung ein. Einer ihrer Feinde, den der Streifschlag eines Geisterschwertes seines roten Schildes beraubt hatte, war zunächst entsetzt, doch als der nächste Schlag seines Gegners ihn nicht verletzte, wurde ihm klar, wieviel Glück er gehabt hatte, und er erkannte die Gelegenheit, Verkhos Befehl auszuführen. Er ignorierte die nunmehr hilflosen Geister und rannte direkt auf Ifryn zu.

»*Der* gehört uns!« rief Grongar aus und trat vor – doch Kerrell war schneller. Der General hatte sich nach dem Kampf gesehnt, und diesen ersten Angreifer streckte er mit einem präzisen Schlag und einer kompromißlosen Grausamkeit nieder, die Bewunderung und Grauen zugleich hervorriefen.

Danach verloren mehrere Soldaten ihre Schilde – einige von ihnen mit voller Absicht – und machten sich bereit, die Gruppe anzugreifen. Die fünf Männer waren alle damit beschäftigt, Ifryn und Azari zu schützen, die das Hauptziel des Gemetzels waren. Selbst Corton, der durch Konstitution und mangelnde Erfahrung für solche Abenteuer weniger geeignet war, spielte tapfer seine Rolle und überraschte sich sogar selbst, während die anderen Männer zeigten, daß sie hervorragende Soldaten waren. Als den Soldaten klar wurde, daß auch ihre neue Taktik versagte, brach ihr Widerstand zusammen, und sie flohen.

»Schnell!« drängte Kerrell. »Lauft!«

Die Geister hielten leicht Schritt mit den Soldaten, doch schon bald merkten sie, daß sie schneller waren als die Lebenden, die Ifryn nicht zurücklassen konnten. Weil sie Azari trug, konnte sie es mit den entsetzten Männern nicht aufnehmen. Die Kommandeure in der Stadt hatten rücksichtslos entschieden, ihre Männer auszusperren und sich nur im Schutz der Zinnen gegen die Eindringlinge zu verteidigen. Als die Geister den letzten der aufgegebenen und hoffnungslosen Soldaten niedergemetzelt hatten, sah Kerrell die Gefahr und befahl stehenzubleiben.

»Bogenschützen!« schrie er. »Zurückbleiben.«

Also machten sie halt, und all ihre Hoffnungen waren zerschlagen. Zwar wurden ein paar Pfeile abgefeuert, doch sie verfehlten ihr Ziel. Ihre Verbündeten aus der anderen Welt hatten sich Verkhos anfänglichen Zauberkräften mehr als ebenbürtig erwiesen, doch hatten sie sich keinen Zutritt zur Stadt verschaffen können – und niemand sah eine Möglichkeit, wie sie es schaffen konnten. Doch Coulson war noch nicht am Ende seiner Möglichkeiten. Die Pfeile und Wurfgeschosse, die von oben auf sie niederprasselten, zeigten keinerlei Wirkung auf seine Truppen, und nachdem er offenbar weitere Anweisungen gegeben hatte, traten er und einige andere Geister einfach durch die solide, verstärkte Masse des Tores.

»Wenn wir das auch könnten ...« bemerkte Grongar.

»Dazu müßtest du tot sein«, erinnerte ihn Corton.

Sie sahen zu, wie der Rest der Geister Coulson folgte, und fragten sich, was als nächstes geschehen würde. Sie mußten nicht lange warten. Von ihrem Standort aus war schwer zu sagen, was dort drinnen vor sich ging, aber als erstes bemerkten sie ein offenkundiges Durcheinander auf den Zinnen und Türmen über ihnen und zu beiden Seiten des Tores. Es sah fast so aus, als kämpften die von roten Schilden umgebenen Soldaten gegen sich selbst und gegen ihre ungeschützten Gefährten, doch was dort auch passierte, als Folge davon wurden die Bogenschützen außer Gefecht gesetzt. Als nächstes schwangen, für alle unbegreiflich, die Tore auf. Die Reisenden starrten einander an.

»Jetzt oder nie«, rief Ifryn.

»Gehen wir«, stimmte Southan zu.

Sie rannten so schnell sie konnten, und Ifryn hielt Azari ganz fest im Arm. Während all ihrer Abenteuer war das Baby stets ganz ruhig gewesen, hatte kaum einmal verängstigt gewirkt und nicht einmal geschrien. Sein Gleichmut gehörte zu den Dingen, die Ifryn in Zeiten des Zweifelns immer wieder Mut gemacht hatten. Natürlich konnte er nicht wissen, was sie vorhatte. Oder doch? Was es möglich, daß so ein winziges Wesen mitbekam, was geschah? Das erschien ihr kaum glaublich, doch schließlich galt das auch für alles andere, was in letzter Zeit passiert war.

Sie erreichten das Tor und rannten hinein, Kerrell und Southan als erste, die anderen bewachten Ifryn. Es waren nur die Soldaten zu sehen, die die Räder für die großen Gegengewichte des Tores bewegten, und sie schenkten den Fremden keinen Blick. Der Grund wurde schon bald klar. Jeder Mann wand sich in Todesqualen, denn sie waren von mindestens zwei Geistern umgeben, die ihre Klingen durch den roten Schutzschild getrieben hatten und sie zu noch mehr Leistung antrieben. Der Weg war frei.

»Kommt schon«, drängte Southan. »Wir haben noch einen langen Weg vor uns.«

»Bleibt dicht bei mir, links und rechts von der Kaiserin«, fügte Kerrell hinzu, »und achtet auf Bogenschützen.«

Die rote Kuppel überragte immer noch unheimlich die Spitze des Hügels, doch da sich die Unbesiegbarkeit der Soldaten als Illusion herausgestellt hatte, ließ sich vielleicht auch dieses sagenhafte Hindernis durchbrechen. Aber als sie durch die verlassenen Straßen weitereilten, merkten sie schon bald, daß die Geister nicht mehr bei ihnen waren.

»Wir sind jetzt auf uns allein gestellt«, bemerkte Grongar und sprach damit aus, was alle anderen dachten.

Verkho bemerkte seinen Fehler erst viel zu spät. Gars Kräfte zu benutzen, war ein schrecklicher Irrtum gewesen.

»Du hast es gewußt, oder?!« schrie er den Talisman an. Und die Antwort kam sofort als ungebetener Gedanke. *Zidons Prophezeiung kann nicht umgangen werden.*

»Zidon! Was hat sie damit zu tun?« wütete Verkho. Doch da dämmerte es ihm. Die Göttin hatte die ganze Zeit seine Fortschritte gelenkt. Gleich von Anfang an, als die Enthüllung eines unwissenden Jungen ihn zu einem Starez mit vielen Talenten gemacht hatte, war sein Leben ein einziger Hohn gewesen! Er, der sich selbst mit seiner großen Macht gebrüstet hatte, mit seinem Intellekt und seiner Gerissenheit! Alles falsch. Verkho fühlte sich erniedrigt, verraten und ohne Hoffnung. Doch schließlich gewann seine Wut die Oberhand, sein letztes bißchen Trotz.

Er ließ Harios kommen und erteilte ihm kurz einige Anweisungen. Der Beamte bekam keine Gelegenheit zu antworten und hatte keine andere Wahl, als zu gehorchen. Trotz seiner Befürchtungen eilte er davon, um zu tun, wie ihm geheißen.

Kurze Zeit später verschwanden abrupt die roten Auren der Soldaten – ebenso verschwand weitaus spektakulärer die rote Kuppel. Mit einem Geräusch, als hole die Erde tief Luft, hauchte die Kugel flackernd ihre Existenz aus. Harios hatte, wie ihm befohlen worden war, alle Talentierten freigelassen, die mit den blutigen ›Experimenten‹ zur Aufrechterhaltung dieser Verteidigungsschilde zu tun gehabt hatten.

Es dauerte einige Zeit, bis allen Bewohnern innerhalb des kaiserlichen Hofes, die in diesem magischen Gefängnis eingesperrt gewesen waren, klar wurde, daß sie frei waren. Doch als sie es begriffen, war die Flut der flüchtenden, desillusionierten Männer und Frauen nicht mehr aufzuhalten.

Verkho spürte, wie sie gingen und verachtete ihre Feigheit, aber er war noch nicht bereit aufzugeben. Er nahm den Talisman vom Schreibtisch, warf ihn in einen Satinbeutel und machte sich selbst auf den Weg. Er machte sich keine Illusionen und glaubte nicht, den Gott wieder blenden zu können, doch er konnte den selbstgefälligen Blick dieses Auges nicht länger ertragen – und er mußte die Quelle der Macht mit sich nehmen. Vielleicht war es gefährlich, doch es war seine einzige Chance. Jetzt konnte niemand mehr seine Kämpfe für ihn ausfechten. Verkho machte sich für das letzte Gefecht bereit, denn er kam zu dem Schluß, daß sein letzter Handel mit dem Schicksal an einem Ort geschehen sollte, wo niemand nach ihm suchen würde. Er machte sich auf den Weg ins Herz des Kaiserreichs, in die wahnsinnige Steinwüste, die alle das Turmviertel nannten.

Kapitel einundvierzig

Die Gesetze verlangen ein Gleichgewicht. Als Gars uralte Bosheit die sanften Meeresrochen in bösartige Mutationen verwandelte, die seine eigene Form angenommen hatten, wurde ein wenig Wiedergutmachung nötig. Und so wurden die Fledermäuse erwählt, gegen diesen verderblichen Einfluß immun zu sein. Meine Freunde sind jetzt Freunde für alle Welten.

Fen war überrascht, wie leicht sie ihre anfängliche Panik bändigte. Sie nahm all ihre Kraftreserven zusammen und sagte sich entschlossen, daß sie zu tun hatte – und als erstes mußte sie Tamor beruhigen. Sie ging zu ihm, nahm seine Hände und blickte in seine wilden Augen.

»Es ist gut, Tamor. Natali lebt. Wir werden ihn zurückbekommen.«

»Lebt Etha auch noch?« fragte er voller Hoffnung. Da er gesehen hatte, wie eine Person auferstand, sehnte er sich vergeblich nach seiner Ersatzmutter.

»Du weißt, daß es nicht so ist«, sagte Fen sanft, und sie konnte verstehen, daß er das Unmögliche ersehnte. »Aber sie würde wollen, daß du alles tust, um Natali zu helfen.« Tamor nickte traurig und schien sich jetzt besser unter Kontrolle zu haben.

»Du hast gehört, was er gesagt hat«, fuhr Fen fort. »Wir müssen alle zur Arena gehen. *Alle*. Verstehst du?«

Er nickte wieder und war bereit, seine Gefühle für den Augenblick beiseite zu stellen und sogar zur Arena zu rennen, wenn er damit nur seinem kleinen Freund helfen konnte. Fen fand, daß er noch nie so kindlich gewirkt hatte wie in seinem ungeduldigen Eifer.

»Gut so. Du spielst eine sehr wichtige Rolle in der

ganzen Sache«, sagte sie vorsichtig und betonte jedes einzelne Wort. »Während ich die anderen aufwecke, mußt du mit den anderen Telepathen auf der Insel sprechen. Sag ihnen, sie sollen es weitersagen und sich dann so schnell wie möglich selbst auf den Weg zur Arena machen – und dafür sorgen, daß sie so viele Leute wie möglich mitbringen. Je mehr, desto besser. Hast du das alles verstanden?«

»Ja.« Seine Augen funkelten.

»Dann los.« Fen lächelte. Mit diesen Worten rannte sie nach oben, immer drei Stufen auf einmal nehmend, und schrie nach Dsordas.

Eine Stunde später waren Fen und Dsordas mit Tamor und Aad im Schlepptau schon auf dem Weg zur Arena. Anto, Tarin und Ia waren losgeschickt worden, Skoulli und Yeori zu suchen und so viele Menschen wie möglich zu informieren. Als Anto protestiert hatte, weil Tamor und Aad direkt zur Arena gehen durften, wo Natali doch *sein* Bruder war, hatte Dsordas ihm entschieden erklärt, daß Tamor seinen Teil zu dem allgemeinen Aufruf bereits beigetragen hatte – und von jeder Stelle aus damit fortfahren konnte –, und daß Aad wegen seines Talents, magische Stellen zu orten, gebraucht wurde. Anto hatte diese Entscheidung angesichts Dsordas' Hartnäckigkeit und Fens Tatendrang akzeptiert und widerwillig zugegeben, daß er sich besser auf Nkosa auskannte als die Fremden. Er und die beiden jüngeren hatten sich auf den Weg gemacht und waren entschlossen, ihre Pflichten so bald wie möglich zu erledigen und dann zu den anderen in der Arena zu stoßen. Auf dem Weg riefen Fen und ihre Gefährten allen, die sie trafen, die Neuigkeiten zu. Sie bemerkten mehrere Geister, die anscheinend ihr Versprechen an Yeori erfüllten, indem sie den Lebenden neue Linien und magische Stellen zeigten, und auch ihnen erzählte man von der Versammlung im spirituellen Zentrum der Insel – obwohl man nicht wußte, ob sie die Menschen überhaupt hören konnten. Doch zumindest wußte Fen, daß sie alles tat, um Natalis Anweisung Folge zu leisten. »Er sagte zu mir ›Wir müssen alle bereit sein‹. Bereit wofür?« fragte sie sich, während sie auf die Arena zueilten.

»Ich weiß es nicht«, antwortete Dsordas, »aber ich glaube, das werden wir bald herausfinden.«

Er zeigte auf das Steinerne Auge, das soeben in Sichtweite gekommen war. Mehrere Menschen standen daneben, und alle hatten so etwas wie Waffen dabei – Stecken, Heugabeln und ähnliches. Aus einem Feuer schlängelte sich Rauch gen Himmel. Aad und Tamor verlangsamten ihren Schritt, und ihre Gesichter spiegelten Sorge wider.

»Das dunkle Feuer«, flüsterte Tamor voller Furcht und Entsetzen.

»Das gefällt mir nicht«, sagte sein Gefährte und blickte auf seine Hände.

Als sie näher kamen, konnten sie sehen, daß das ganze Tal von Menschen umringt war, und über mehreren Feuern hingen Kessel mit kochender Flüssigkeit.

»Latchis Leute«, sagte Dsordas.

»Wenn diese Töpfe das enthalten, was ich denke, sind wir in Schwierigkeiten«, fügte Fen hinzu, der Skoullis Beschreibung von der Masseneinnahme des Nektars einfiel.

»Darum werden wir uns kümmern«, erwiderte er, und sein Gesicht war vor Abscheu ganz verzerrt. »Komm. Ihr beiden bleibt hier«, befahl er den anderen.

Inzwischen hatte man sie entdeckt, und Wachtposten zeigten in ihre Richtung und alarmierten die Anwesenden. Offenbar hatte man sie erwartet. Als sie den Rand des Tales erreicht hatten, versammelte sich eine ziemlich große Menschenmenge auf ihrem Weg, und Dsordas blieb stehen, bevor sie in die Arena blicken konnten.

»Niemand darf hier durch, der nicht vom Stärkungsmittel der Götter trinkt«, verkündete ein Mann neben dem Kessel wichtigtuerisch.

»Auf wessen Befehl?« Dsordas konnte seine Wut kaum im Zaum halten.

»Des heiligen Propheten Latchi.«

»Ich akzeptiere ihn nicht«, lehnte Dsordas glatt ab. »Ich werde für keinen Menschen übles Gift trinken.«

Daraufhin wurde die Atmosphäre deutlich feindseliger, und mehrere Waffen wurden gezückt.

»Dann geht«, sagte der Mann. »Ihr seid hier nicht willkommen.«

»Wir sind gekommen, um mit Latchi zu sprechen«, beharrte Dsordas mit eiserner Geduld. »Er wird uns empfangen.«

»Der Prophet hat bereits gesprochen. Ihr müßt trinken.«

Eine Frau trat mit einer Schale voller dunkler Flüssigkeit vor und hielt sie Dsordas hin. Er schlug mit der Behendigkeit einer angreifenden Schlange danach, riß ihr die Schale aus der Hand und schleuderte sie durch die Luft. Tröpfchen des Nektars klatschten zu Boden, und die Umstehenden murmelten wütend. Fen stand wie versteinert da und fragte sich, wie sie aus dieser Sackgasse wieder herausfinden konnten.

In diesem Augenblick kehrten die Kreischer zurück. Den furchterregenden Kreaturen ging ihr ohrenbetäubendes Heulen voraus, und innerhalb weniger Augenblicke starrten alle voller Grauen hinauf. Der Himmel schien erfüllt von Ungeheuern, ein bösartiger Schwarm, der in alle Richtungen flog. Die ersten schossen bereits hernieder, und die Menschen rannten um ihr Leben. Die Rochen flogen wild umher und verletzten einige von Latchis Anhängern.

»Wir haben die Pfeifen vergessen«, zischte Fen und duckte sich.

»Götter, wie dumm von uns!« fluchte Dsordas.

Weitere Kreischer stießen jetzt hinunter und verbreiteten Panik und Tod unter den hilflosen Menschen. Kessel kippten um und vergossen ihren schädlichen Inhalt.

»Tamor!« überschrie Fen das Brüllen. »Sag Natali, er soll seine Freunde holen. Wir brauchen sie jetzt!« Sie sah, wie der Telepath antwortete, doch konnte sie seine Worte nicht verstehen. Aber sie hatte keine Zeit, darüber nachzudenken, denn ein weiteres Ungeheuer schoß auf sie hinunter.

»Wenn wir es bis zu diesen Bäumen dort drüben schaffen, sind wir ein bißchen geschützt«, drängte Dsordas.

»Nein. Hier entlang.« Fen rannte auf das Steinerne Auge zu, und er folgte ihr. Am Fuße des Felsens warf er sich auf sie, als der Kreischer, gierig auf die nächste Beute, vorbeischoß. Inzwischen konnten sie in die Arena hinunterblicken. Dort standen nur ungefähr ein Dutzend Leute, und sie alle ignorierten die Kreischer und blickten zu Latchi auf – der auf einem abgeflachten Felsen stand und Natali hochhielt, als sei der kleine Junge ein Opfer.

»Sieh!« schrie Fen bestürzt.

Im selben Augenblick stürzte sich der Kreischer ins Tal, und Latchis Zuschauer spritzten auseinander. Der Starez blieb ruhig stehen. Offenbar wollte er Selbstmord begehen – und Natali umbringen.

»Nein!« kreischte Fen.

Da wurde der Himmel schwarz. Das Heulen erstarb, und das Ungeheuer, das auf Natali zuhielt, kippte zur Seite und schoß wieder in den Himmel hinauf. Die anderen reagierten ebenso sonderbar. Viele flohen gen Meer, während andere auf dem Boden zerschmettert wurden, als könnten sie nicht mehr sehen, wohin sie flogen. Die Fledermäuse waren da.

Es waren Tausende, eine wirbelnde schwarze Wolke flatternder Flügel und stechend hoher Schreie gerade über der Hörgrenze. Fen und Dsordas warfen sich einen erleichterten Blick zu und rannten mit einem letzten Blick zum Himmel mit voller Geschwindigkeit den Abhang hinunter. Latchi hatte Natali inzwischen abgesetzt, doch hielt er den Jungen weiter fest, während er sich verwundert umsah. Seine versprengten Anhänger fanden sich allmählich wieder zusammen und blickten ängstlich zum Himmel, und viele kamen den Hügel hinunter und suchten Sicherheit in der Gegenwart ihres Anführers. Der Ring um das Tal hatte sich aufgelöst. Tamor und Aad waren vorsichtig bis zum Steinernen Auge vorgedrungen. Latchi erspähte Dsordas und Fen und bedeutete seinen Anhängern, die Eindringlinge aufzuhalten. Als sie ein paar Schritte vor der natürlichen Bühne stehenblieben, winkte Natali ihnen zu und lächelte offenbar unverletzt und sorglos – doch Fen war viel zu besorgt, um ruhig zu reagieren.

»Laßt meinen Bruder los«, verlangte sie.

»Wenn Ihr ihm Nektar gegeben habt, bringe ich Euch um«, schwor Dsordas.

Latchi betrachtete beide verächtlich.

»Ihr befehligt weder mich«, antwortete er, »noch den Zauberer.«

»Er ist noch ein Kind«, flehte Fen. »Laßt ihn los.«

»Er bleibt bei mir, bis er seinen Zweck erfüllt hat.«

»Und der wäre?« fragte Dsordas kalt.

»Gar wurde wiedergeboren«, erwiderte Latchi, und in seinen Augen funkelte es feurig. »Er ist der Herr des Pantheons und der Welt, und wir sind hier, um ihn willkommen zu heißen.« Seine Jünger murmelten zustimmend.

»Gar hat Euch im Stich gelassen«, rief Fen aus. »Er ist davongeflogen –«

»Er wird zurückkehren!« brüllte Latchi.

»Und seine Diener haben Euch angegriffen«, fuhr sie mit verzweifelter Beharrlichkeit fort. Einen Augenblick lang schwieg Latchi, doch dann sprach er weiter.

»Seine Kinder sind ungebärdig. Mein einfaches Gebet hat sie wieder zu Verstand gebracht.«

Diese ungeheuerliche Selbsttäuschung machte Fen sprachlos. Sie wollte ihm sagen, daß sie Gar *besiegen* mußten, wenn Zalys überleben sollte – doch ihr war klar, daß es viel zu provokant wäre. Sie und Dsordas waren den anderen vielfach unterlegen. Es war sinnlos zu wünschen, daß Yeori und die anderen bald kamen, um die Zahlen auszugleichen.

Sie mußten noch einen ziemlich weiten Weg vor sich haben. Dsordas sah aus, als wisse er weder ein noch aus, und so versuchte sie es anders.

»Natali, willst du nicht mit mir kommen?« lockte sie ihn.

»Es geht mir gut«, rief er fröhlich. »Meine Freunde sind hier.« Er zeigte hinauf in den Himmel, an dem immer noch die Fledermäuse herumwirbelten. »Und überhaupt, wir müssen hierbleiben.«

»Aber –«, begann Fen, doch weiter kam sie nicht.

Plötzlich sprang Dsordas auf die Plattform zu und an der Seite hoch. Für die Umstehenden war er zu schnell gewesen, aber Latchi war darauf vorbereitet. Er zeigte mit dem Finger auf Dsordas, der daraufhin zurückprallte, als sei er gegen eine Mauer gelaufen, und er schleuderte zurück und fiel besinnungslos zu Boden. Fen eilte an seine Seite, und die wachsende Menge murmelte zustimmend. Dsordas atmete flach, und seine Augen waren verdreht, so daß nur noch das Weiße zu sehen war.

»Was habt Ihr mit ihm gemacht?« schrie Fen.

»Er muß Respekt lernen«, erwiderte der Starez gleichgültig und lehnte sich zurück, und seine knorrigen Hände ruhten auf Natalis Schultern. Auf dem Gesicht des Jungen machte sich leichtes Stirnrunzeln breit, doch er versuchte nicht zu fliehen.

»Die Zeit ist noch nicht gekommen«, verkündete Latchi. Fen versuchte, ihren Geliebten wieder zu Bewußtsein zu bringen, doch er reagierte nicht. *Was jetzt*? fragte sie sich voller Verzweiflung.

»Wir warten«, antwortete der Prophet mit singender Stimme.

Die Zeit verstrich. Stille senkte sich über die Arena, und sogar das Flattern der unzähligen Fledermäuse wirkte gedämpft. Dsordas bekam wieder ein wenig Farbe und hatte die Augen geschlossen, doch er blieb bewußtlos, und Fen saß hilflos neben ihm. Über dem Tal warteten auch Tamor und Aad, die nicht wußten, was sie tun sollten. Um sie herum versammelten sich die Bewohner der Insel. Zunächst kamen sie allein oder zu zweit, doch allmählich wurden es immer mehr, erst ein steter Fluß, dann ein reißender Strom. Sie alle blieben am Rand des Tales stehen, denn eine unerklärliche Vorahnung hielt sie davon ab, sich zu den anderen am Talboden dazuzugesellen. Auch die anderen drei Kinder der Amari waren jetzt da. Ia hielt sich an Aads Hand fest, und Tarin versuchte, nicht allzu ängstlich auszusehen. Yeori und Skoulli waren ebenfalls gekommen und diskutierten die verschiedenen Möglichkeiten, Dsordas, Fen und Natali außer Gefahr zu bringen – doch auch sie waren von der allgemeinen Stille gefangengenommen und beschlossen zu warten wie alle anderen. Sagar kam mit Nikolas am Arm, gemeinsam mit Nason und ihrem Vater Costa. Habella und Foran folgten nicht viel später und wurden schon bald von den meisten überlebenden Bewohnern Nkosas umringt, einschließlich der Kinder mit den Amberinanhängern. Die Menschen kamen auch aus anderen Gegenden der Insel, angezogen von den Aufrufen folgten sie den uralten magischen Linien, die schließlich alle zur Arena führten.

Nur aufgrund großer Entfernungen waren nicht alle

Einwohner von Zalys anwesend, und alle, die nicht rechtzeitig kommen konnten, wurden irgendwie zu anderen magischen Orten geschickt.

Und nicht nur die Lebenden waren da, auch eine große Menge von Geistern hatte sich versammelt und ihre ewige Gegenwart mit der Menge verschmolzen.

Die Sonne stieg höher und erwärmte die kühle Luft, doch alles blieb still. Bis das Steinerne Auge zwinkerte. Ein kleines Kind, gelangweilt durch das Herumstehen und völlig unberührt von der allgemeinen Stimmung, war in den schrägen Tunnel geklettert und lief ihn entlang, als der Felsen erschütterte. Das tiefe Grollen machte allen Angst, ganz besonders den Näherstehenden, doch das Kind im Tunnel war entsetzt. Das Mädchen schrie, schlitterte den Rest des Weges hinunter und fiel ins Gras darunter.

Genau in diesem Augenblick sah Latchi hoch, sah, wie das Steinerne Auge wieder hell wurde und hob die Arme.

»Es beginnt«, verkündete er.

Dsordas rührte sich und Fen blickte erleichtert auf ihn hinunter.

Ihr Herz war überglücklich, daß er sich erholt hatte – doch als sie hinaufblickten, beunruhigt durch das leichte Zischen von tausendfach tief eingesogenem und dann angehaltenem Atem, konnten sie ihren Augen nicht trauen. Mitten in dem von Felsen übersäten Tal war ein Irrgarten aus Türmchen, Zinnen und Bogengängen gewachsen, ein wahnsinniges Durcheinander aus Gängen und Brücken, Geländern und Klüften, aus Stein erbaut und dennoch durchsichtig. Der Geist dieser wahnsinnigen Architektur lag jetzt *innerhalb* der Arena.

»Das sieht aus wie ...« flüsterte Dsordas.

»Das *ist* es«, korrigiert Fen ihn ungläubig.

Sie saßen mitten im Turmviertel.

Kapitel zweiundvierzig

Durch Würfeln läßt sich der Zufall vorhersagen. Jedes Symbol birgt seine eigenen Geheimnisse, jede Kombination erzählt ihre eigene Geschichte. Aber für die wahre Prophezeiung ist die Hand, die den Würfel wirft, viel wichtiger als all diese Zeichen.

Ich habe zugesehen, unter den Sternen, als ich noch fliegen konnte, und habe alle Arten von Prophezeiungen gesehen. Mit Ausnahme von einer, wie es scheint. Die letzte wird die wichtigste sein, dennoch bleibt sie die letzte.

Ifryn starrte hinauf zu Xantiums Gipfel. Die rote Kuppel war von einem Augenblick auf den anderen verschwunden, und die von der Sonne beleuchteten Gipfel des Turmviertels waren wieder zu sehen. Eine volltönende Glocke schlug einmal an, als wolle sie dieses Ereignis feiern. Die Luft stand still.

Kerrell und Southan waren durch die verlassenen Straßen der teilweise zerstörten Stadt vorangegangen. Zu ihrem Erstaunen waren sie auf keinerlei Widerstand gestoßen – seit sie durch das Tor getreten waren, hatten sie nicht einen Menschen gesehen –, und sie hatten zuerst das Ringviertel und danach das Staatsviertel ohne Schwierigkeiten betreten. Als sie erst einmal innerhalb der inneren Mauer waren, blieben sie im Schutz eines leeren Wachhäuschens stehen, um ihren nächsten Schritt zu planen.

Die rote Kuppel war schon einmal durchdrungen worden, doch dieses Mal verfügten sie nicht über die nötigen geheimnisvollen Talente, und wieder sahen sie sich einem offenbar unüberwindlichen Hindernis gegenüber.

Doch jetzt war auch dieses verschwunden, und den Grund dafür verstanden sie nicht.

»Es scheint, als würde uns jemand den Weg bahnen«, bemerkte Southan.

Ifryn fielen Zidons Worte ein: *Ich will meine* beiden *Brüder zurückhaben,* und sie fragte sich, ob die Göttin vielleicht wirklich auf ihrer Seite stand. Die andere mögliche Erklärung war schrecklich.

Wenn Gar dafür verantwortlich war, dann wurden sie wie törichte Fliegen in die Mitte eines monströsen Netzes gelockt.

»Vielleicht verliert Verkho die Kontrolle über seine Zauberkräfte«, sagte Kerrell voller Hoffnung.

»Oder vielleicht ist ihm nicht klar, in welcher Gefahr er sich befindet«, schlug Corton vor.

»Kann er wirklich so arrogant sein?« fragte sich Grongar laut.

»Früher war er so«, erwiderte Ifryn. »Aber ich glaube, jetzt hat er seinen Meister gefunden. Wie sollen wir weitergehen?«

»Durch die Geiselenklave, wie letztes Mal?« bot der Barbar an.

Sofort wünschte sich Ifryn, Fen wäre bei ihnen. Ihre Freundin hatte ihr damals geholfen, Azari zu retten, und sie sehnte sich nach dem Trost, den sie in Gegenwart der anderen Frau verspürte. Der Gedanke an das, was vor ihnen lag, erfüllte das Herz der Kaiserin mit Grauen. Sie sagte nichts, und die Entscheidung war Kerrell überlassen.

»Ja. Vielleicht haben sie noch nicht daran gedacht, diesen Weg bewachen zu lassen, und wir kämen dann ganz in der Nähe von Verkhos Gemächern heraus. Ich schätze, wir werden ihn in seinem Arbeitszimmer finden.«

»Einen Teil des Weges können wir durch die Weinkeller gehen«, warf Corton ein. »Ich habe immer noch den Schlüssel.«

»Du hast die Hoffnung nie ganz aufgegeben, oder?« grinste Grongar.

»Einige dieser Weine sind unbezahlbar«, verteidigte sich der Kellermeister.

»Dafür haben wir jetzt keine Zeit«, erklärte Southan. »Gehen wir.«

»Wartet!« Zmura, der sich als einziger nicht in Xantium auskannte, hatte sich wachsam umgesehen, während die anderen diskutierten, und plötzlich sah er eine große Menschenmenge den Hügel hinunter auf sie zu gerannt kommen. »Bleibt hier drinnen.«

Sie zogen sich tiefer in das Wachhäuschen zurück, und Grongar rannte die Wendeltreppe zu den Zinnen hinauf, um einen besseren Überblick zu gewinnen. Während die anderen geduldig warteten und sich darauf einstellten, sich wenn nötig zu verteidigen, beobachtete er von oben den Exodus. Doch die Menschen, die vom kaiserlichen Hof flohen, interessierten sich nur für ihr eigenes Entkommen. Eine Abwehr war nicht nötig. Sobald der Ansturm vorüber war, wollte Grongar wieder nach unten gehen – und sah sich einer Ratte gegenüber, so groß wie ein kleiner Hund. Ihm wurde ganz schlecht, und er beförderte sie mit einem Tritt zur Seite und eilte die Treppe hinunter, gerade rechtzeitig, um Ifryns unterdrückten Schrei zu hören.

»Was ist los?« zischte er, das Schwert bereit.

»Spinnen«, antwortete Kerrell. »Einige so groß wie meine Hand. Das ganze Häuschen ist verseucht.«

»Raus hier«, drängte Southan.

»Der Weg ist frei«, bestätigte Grongar.

Kerrell lief voran und folgte dem Weg, den Corton ihnen beschrieben hatte. Doch als sie die Außentüren der Weinkeller erreichten, sah der Kellermeister voller Bestürzung, daß sie den Schlüssel nicht mehr brauchten. Die Tür war mit brutaler Gewalt eingeschlagen worden und lag zertrümmert vor ihnen.

»Plünderer«, rief Kerrell resigniert.

Sie betraten die kühlen, dunklen Kavernen. Es fehlten tatsächlich viele Flaschen, und Hunderte waren einfach zerschmettert worden und erfüllten die Keller mit einem überwältigenden, reifen Kopfaroma. Corton war angeekelt von dieser Verschwendung, doch er wußte, es gab jetzt wichtigere Dinge zu erledigen und führte die anderen zu der Tür am anderen Ende seines Reiches. Diese war noch intakt, und Corton schloß sie leise auf. Sie traten hindurch und hielten direkt auf die Enklave zu. Es gab keine Wachen am Eingang, und ihre Hoffnungen bekamen neuen Nahrung, als sie sich ihren Weg durch die nunmehr aufgegebene Enklave bahnten. Seit Freilassung der Geiseln waren erst zwei Monate vergangen, doch hatte dieser Ort bereits etwas Verlorenes und Verlassenes. Den Reisenden war unbehaglich zumute, und sie waren beinahe froh, als sie den Hof durch das obere Tor betraten. Der Zeitpunkt der Entscheidung rückte immer näher.

Ifryn hielt Azari fest im Arm, und obwohl sie tief in ihrem Inneren wußte, daß sie ihn aufgeben mußte, bezweifelte sie mit dem Herzen, daß sie es tatsächlich tun konnte. Als sie zu Verkhos Arbeitszimmer kamen, rechneten sie damit, daß es verschlossen war wie in den Tagen, bevor sie Xantium verlassen hatten, doch die Türen standen offen, und der Raum war eindeutig leer. Nichtsdestoweniger sahen sich Kerrell und Southan vorsichtig um. Überall lag Unrat verstreut, und eine kleine Kugel auf dem Schreibtisch erregte Kerrells Aufmerksamkeit. Er nahm sie in die Hand. In das Glas war eine Spielkarte eingebettet, und das Gesicht des Roten Henkers kam ihm sonderbar vertraut vor. Der General ließ die Kugel in eine Tasche gleiten, um sie später den anderen zu zeigen.

»Er ist nicht hier«, bestätigte Southan.

»Wo suchen wir jetzt?« fragte Kerrell.

»Ihr nehmt doch nicht an, daß er wie seine Lakaien geflohen ist?« wunderte sich Grongar.

»Nein«, erwiderte Kerrell, »wohin sollte er denn gehen? Wenn er Xantium nicht haben kann, war sein ganzes Leben umsonst.«

Über ihnen erklang erneut der tiefe Ton der Glocke.

»Alasia!« rief Ifryn aus. »Sie ist noch hier. Und dort wird auch Verkho sein. Im Turmviertel.« *Mitten im Netz,* dachte sie und erschauerte.

»Warum sollte er dort oben sein?« fragte Southan.

»Ich weiß es nicht. Vielleicht glaubt er, er könne sich in dem Irrgarten verstecken. Aber ich weiß, daß er dort ist.« Ihre Intuition war viel zu stark, um sie einfach außer acht zu lassen.

»Das reicht mir«, sagte Southan. Er betrachtete das blasse Gesicht seiner Frau und spürte eine Woge fast überwältigenden Mitgefühls. »Geht es dir gut?«

»Nein. Und solange Azari nicht sicher ist, wird das auch so bleiben.«

Hinter Southan starrte Kerrell sie mit einer Mischung aus unverhohlener Liebe und Angst und Verwirrung an. Er konnte es nicht ertragen, sie leiden zu sehen, und doch konnte er ihr nicht helfen. Er konnte noch nicht einmal seine Gefühle offen aussprechen. Ifryn schenkte ihm ein schwaches Lächeln, und er wandte sich ohne ein Wort ab, um voraus ins Turmviertel zu gehen.

Verkhos Zorn bestand zu gleichen Teilen aus Angst, Wahnsinn und Rachegedanken. Er hatte die Glocke ebenfalls gehört und suchte nach der Verantwortlichen. Er wußte, es konnte nur Alasia sein, und er verfluchte sie dafür, daß sie die Aufmerksamkeit auf sein Versteck zog. Wenn er sie fand, würde er sie mit bloßen Händen in Stücke reißen – das hätte er schon viel früher tun sollen, als sie zum ersten Mal seine Autorität in Frage gestellt hatte. Das Gewicht des Talismans lag schwer in seiner Jackentasche, doch er tat sein Bestes, ihn zu ignorieren. Es mußte eine Möglichkeit geben, seine Macht nutzbar zu machen, ohne weiterhin für die eigenen Zwecke des Gottes mißbraucht zu werden, doch bislang hatte er keine Lösung gefunden. Da kam ihm die Erleuchtung. Er hatte schon über große Kräfte verfügt, bevor er den Talisman in Händen gehalten hatte. Langes Studium und Hartnäckigkeit hatten sich ausgezahlt – und wenn er seinen Glauben an sich selbst, seine eigene Magie wiederfand, konnte er Gars Kräfte vielleicht für sich selbst nutzen, sie als Waffe einsetzen – und sie so unter Kontrolle halten. Es war eine wahnsinnige Idee, und ein winziger Teil seines Gehirns wußte das auch, doch er dachte nicht mehr klar. Er glaubte, daß ihn seine Kräfte, auch ohne die Unterstützung des Gottes, verbergen konnten, damit er das letzte Spiel umgehen konnte. Doch dazu brauchte er Hilfe.

Es gibt eine Möglichkeit.

Verkho wirbelte herum, um zu sehen, wer da gesprochen hatte, und stand einem Geist gegenüber. Dem Geist von Martyn Waysinger.

»Welche Möglichkeit?« fragte er, obwohl er nicht wußte, warum oder wie der andere seine Worte hörte.

Nektar, erwiderte der *Soldat. Ihr habt ihn bei Euch.*

»Natürlich«, murmelte Verkho. Er nahm die Phiole aus einer geheimen Innentasche, entfernte den Stöpsel, warf in einer zuckenden Bewegung den Kopf zurück und trank den Inhalt in einem Schluck. Der Nektar verbrannte seine Zunge und seine Kehle, und dann brachen in seinem Inneren die Flammen aus. Als das dunkle Feuer durch seinen Körper schoß, hörte er spöttisches Gelächter.

Also habt Ihr doch noch meinen Weg gewählt.

»Nein!« schrie Verkho auf. Er wußte, er hatte seinen letzten und tödlichen Fehler gemacht. Der Geist hatte *in* seinem Kopf gesprochen. Und der *Soldat* hatte seine Rache bekommen.

Du wirst jetzt für mich sprechen, bemerkte Gar selbstgefällig. *Ich brauche deine Zunge und deine Hände, damit sie würfeln, aber bald wirst auch du bedeutungslos sein. Ist mein Körper erst einmal hier, ist meine Rückkehr vollständig – und bis dahin werde ich den Schlüssel gewonnen haben, den Jungen, den du dir zwischen den Fingern hast entschlüpfen lassen. So werde ich ihn mit Gewalt nehmen. Jetzt bring mich zu dem runden Turm.*

Verkho merkte, daß er seinen Körper nicht mehr unter Kontrolle hatte, er war gezwungen, mit energischem Schritt weiterzugehen, und konnte keinen Versuch unternehmen, sich zu verbergen. Zum ersten Mal seit vielen Monaten schmerzte seine verletzte Hand nicht mehr, doch das tröstete ihn nicht. Der kleine Teil seines Verstandes, der immer noch Verkho war, der immer noch durch diese silbern funkelnden Augen blickte, saß hilflos in der Falle. Und schrie.

Als sie erst einmal im Turmviertel waren, ging Ifryn voraus. Die Glocke hatte Erinnerungen an Alasias Schlupfwinkel wachgerufen, und sie wußte instinktiv, wo sie die Mitte des Netzes finden würde, das Zentrum aller Kreise. Gerade als Verkho den kleinen Hof von der anderen Seite aus betrat, erreichten sie dieses Plätzchen am Fuße des runden Turmes. Die beiden blieben abrupt stehen, und Ifryns Gefährten spürten, wie sie von Kräften zurückgehalten wurden, die keine Stärke oder Wut durchbrechen konnten. Sie konnten nur zusehen – so wie auch Alasia aus ihrem Horst weit oben zusah.

Aber sie waren nicht die einzigen Zuschauer. Im Augenblick ihrer Ankunft war die Welt erzittert – und hatte sich verändert. Das Turmviertel war jetzt von unmöglichen grünen Abhängen eines felsenübersäten

Tales umgeben, das bis in den Himmel hinaufragte, eine sonderbare, durchsichtige Vision, die dennoch irgendwie real wirkte. Und in diesem natürlichen Amphitheater standen mehrere Menschen, deren Blicke jetzt auf den Hof gerichtet waren. Ifryn erkannte Fen sofort, und ihr Herz machte einen Satz. Ihre Freundin sollte also doch bei ihr sein – auf gewisse Weise. Dsordas stand neben Fen, und Hunderte weiterer Zuschauer sahen vom Rande der Arena zu.

Die Zuschauer im Turmviertel waren sprachlos über diese plötzliche Erscheinung, doch Ifryn und Verkho waren mehr auf ihre eigene Konfrontation bedacht.

Der frühere Kanzler sah sich argwöhnisch um und lächelte schließlich – doch in seinen Augen lag keine Freude, sondern nur Entsetzen –, und er streckte die Hände aus.

»Ihr habt mir meine Belohnung gebracht«, sagte er. »Gebt ihn mir.« Die Stimme war nicht nur die des Kanzlers, sondern sie war mit einer zusätzlichen Schwingung angereichert. Sie hallte zwischen den wahnwitzigen Umrissen des Turmviertels wider und erschütterte den uralten Stein. In der Ferne war das Donnern fallenden Mauerwerks zu hören.

»Er ist nicht Eure Belohnung«, erwiderte Ifryn, und ihre Stimme wäre vor Angst und Zorn beinahe gebrochen. »Ihr habt ihn noch nicht gewonnen.«

»Aber zuerst müßt Ihr ihn freiwillig übergeben. Das wißt Ihr.«

Die Worte wurden mit honigsüßer Stimme, aber drohend ausgesprochen, und Ifryn merkte, daß sie nicht nur mit Verkho sprach, sondern mit einer verheerenden Kombination aus ihm und Gar. Sie sah hinunter auf ihr Baby, in seine vertrauensvollen blauen Augen, doch sie konnte sich nicht bewegen.

»Ihr seid bereit?« fragte Verkho leise. Es folgte eine scheinbar endlose Pause.

»Ja, aber ...« *Ich kann das nicht tun,* protestierte sie innerlich. *Ich kann nicht!*

Doch da verschwand Azari ganz langsam aus ihren Armen, und nun blieb ihr keine Wahl mehr.

»Nein!« schrie sie, doch es war zu spät. Ganz gleich, wie fest sie ihn hielt, ihr Sohn wurde immer durchsichtiger, und gleichzeitig erschien er in Verkhos Armen. Endlich war die Übergabe erfolgt. Das echte Kind kuschelte sich behaglich in den linken Arm des Kanzlers, und Ifryn stand mit leeren Händen da. Die Kaiserin blieb zurück, und ihr Gesicht war weiß vor Schmerz. Sie konnte sich nicht bewegen, und kleine Geräusche hinter ihr sagten ihr, daß ihre Gefährten ebenso hilflos waren. Der einzige, der ganz unbekümmert wirkte, war Azari. Er blieb gelassen wie immer, als geschehe ihm so etwas jeden Tag. Er strampelte nicht und weinte nicht und wirkte sogar ganz zufrieden.

Ifryn fühlte sich, als habe er sie verraten. Sie war seine Mutter! *Aus der magischen Leere kommt das Potential, alle Welten zu heilen – oder sie zu beenden,* dachte sie. *Wie kann er so ruhig bleiben, mit dieser Verantwortung auf den winzigen Schultern? Fühlt er denn nichts?*

Verkho machte mit seiner freien Hand eine kleine Bewegung, und ein mit Filz bezogener Steintisch erschien in der Mitte des Hofes. Darauf lagen zwei Sätze mit je sieben Würfeln – ein weißer, ein roter.

»Jetzt werden wir um den Preis spielen«, stellte Verkho fest. »Reiner Zufall wird sein Schicksal entscheiden.«

Dann gewinn ihn zurück – wenn du kannst. Ifryn fielen Zidons Worte ein und fragte sich, ob dies wirklich die einzige Möglichkeit war.

»Reiner Zufall? Wie kann ich Euch vertrauen?«

»So lautet der Handel. Ein einziger Wurf, nur vom Glück beeinflußt. Darin muß auch ich den Gesetzen gehorchen«, fügte er einschmeichelnd hinzu. »Macht Euren Wurf.«

Inzwischen konnte sich Ifryn wieder bewegen, und sie ging ganz langsam zum Tisch hinüber. Sie nahm die roten Würfel auf, während Verkho sich von der anderen Seite näherte und die anderen in die rechte Hand nahm. Ifryn war ihrem Baby so nahe, daß es ihr körperliche Schmerzen bereitete, es nicht zu berühren. Aber das lag außerhalb ihrer Kräfte. Die Würfel waren die einzige Möglichkeit.

Nein! Die Stimme kam aus dem Nichts, donnerte über den Hof und durch das entlegene Tal und hallte in den Welten wider wie eine mit Abscheu erfüllte Verweigerung. Ifryn hörte Fens Schrei und wußte auf einmal, wie obszön ihr Vorhaben war. Wie konnte sie auch nur darüber nachdenken?

»Ich werde nicht um das Leben meines Kindes spielen«, erklärte sie. »Niemals!«

»Dann werdet Ihr ihn verlieren«, erwiderte Gar gehässig.

Kapitel dreiundvierzig

Jedes Pantheon ist ein Ganzes, seine einzelnen Teile sind die Rollen in einem Stück. Und jede Rolle hat ihre eigenen Charakterzüge, die durch das Talent der Schauspieler zum Vorschein gebracht werden. Aber wer ist der Autor des Stücks?

Wie die Geister zu den Menschen, so verhalten sich die Götter zu den Welten. Sie werden von den Talenten des allumfassenden Geistes geformt. Sie sind die Erinnerungen der Planeten.

Fen blickte starr wie alle anderen auf dieses unheilvolle Schauspiel, das da vor ihren Augen aufgeführt wurde. Sprachlos sah sie, wie Ifryn und ihre Gefährten geisterhaft zerbrechlich auf der Bühne des nachgebildeten Turmviertels erschienen – und ihr Herz war bei Ifryn, auch wenn sie zunächst nicht wußte, warum die Kaiserin dort war oder was sie dort machte. Verkhos Erscheinen und die darauf folgende Begegnung verursachte Fen Übelkeit. Die Stimmen der beiden Kontrahenten waren für alle Menschen auf Zalys zu hören, denn sie wurden durch die natürliche Akustik der Arena noch verstärkt. Aber als Fen klar wurde, daß Azaris Leben vom Fall der Würfel abhängen sollte, konnte sie nicht mehr schweigen. Sie schrie ihre Weigerung hinaus und sah ungläubig, wie Ifryn reagierte. Die neue Entschlossenheit ihrer Freundin wurde mit ihren nächsten Worten deutlich.

»Ich werde nicht um das Leben meines Kindes spielen. Niemals!«

Aber Verkhos Antwort ließ ihnen das Blut in den Adern gefrieren.

»Dann werdet Ihr ihn verlieren.«

»Gar ist auferstanden!« schrie Latchi plötzlich. »Hört seine Worte. Seine Herrschaft ist vollkommen.«

Nein! dachte Fen verzweifelt. *Das kann nicht sein. Es kann noch nicht vorbei sein.* Ihr Blick fiel auf Natali, der immer noch verwirrt aussah, aber offenbar unverletzt war. *Warum sind wir hier Zeuge, wenn wir nichts dagegen tun können? Welchen Sinn sollte es gehabt haben, die ganze Magie neu zu erwecken*? Und plötzlich wußte sie es.

»Es ist nicht so einfach, wie es scheint«, flüsterte sie Dsordas ins Ohr. »Zalys' Magie ist erst der Anfang. Es gibt noch mehr, viel mehr, aber wir müssen den Anfang der Kette bilden.« *Wir brauchen einen Kreis um die ganze Welt.*

»Aber die Magie hier ist böse«, flüsterte er heiser. »Sie ist vergiftet von Latchi und seinem Nektar. Solange er sie beherrscht . . .«

»Dann ändere es!« zischte Fen. »Du bist ein Heiler. Du weißt tief im Inneren, wie es sein sollte. Du kannst diese Krankheit besiegen.«

Der Schmerz, die Müdigkeit und die Selbstzweifel in seinen Augen waren Fen jetzt gleichgültig. Diese Sache war viel zu wichtig, und sie hatte ihre Lektion gelernt – von ihm. Es gab Zeiten, in denen Rücksichtslosigkeit vonnöten war.

»Tu es!« sagte sie fest. »Nimm Tamor oder Aad oder Natali zur Hilfe. Irgend jemanden. Aber *tu* es!«

Dsordas sah sich um und rechnete fast damit, den Geist seiner Mutter zu sehen, doch dieses Mal war er allein – und voller böser Vorahnungen.

»Wenn du es nicht tust, trinke ich vom Nektar«, drohte sie. »Dann *mußt* du etwas unternehmen.«

Seine Ungläubigkeit wurde allmählich zu schlichtem Entsetzen, als ihm klar wurde, daß sie es todernst meinte.

»Lobpreiset!« jubilierte Latchi. »Wir, seine Diener, sind gerettet. Bringt das Heilmittel des Gottes herbei. Der

Zauberer von Zalys wird als erster einen Glückwunsch auf die neue Ära ausbringen, um unsere Insel Gar zu widmen.«

Fen wußte, daß er damit Natali meinte, und mit einem letzten flehenden Blick zu Dsordas sprang sie auf.

»Gar sei gepriesen!« schrie sie, und alle Augen ruhten auf ihr. »Ich werde die erste sein, die ihn lobt. Laßt mich die Dienerin des Zauberers sein. Laßt mich ihm den Nektar bringen.«

Einen Augenblick lang betrachtete Latchi sie argwöhnisch, doch dann nickte er. Fen ging eilig zu dem nächsten Kessel und nahm eine Schüssel. Eine Frau füllte ein wenig von der dunklen Flüssigkeit hinein und lächelte die frisch Bekehrte an. Fen zwang sich zurückzulächeln und sah dann ihren kleinen Bruder an. Er starrte sie an, und zum ersten Mal zeigte sich Besorgnis auf seinem Gesicht, als sie auf den Felsen kletterte.

Latchis Verkündigungen und Fens letzte Worte waren in Xantium zu hören, und Verkho lächelte.

»Seht Ihr. Selbst die Bauern in der Nähe meines früheren Ruheplatzes erkennen die Wahrheit«, sagte Gar. »Schon bald wird alles erfüllt sein. Seid Ihr sicher, daß Ihr nicht würfeln wollt?«

Ifryn konnte nur zusehen, und sie wußte, daß Fens Verrat nicht das sein konnte, was er zu sein schien, und sie hoffte, daß etwas, *irgend* etwas, ihrem Schicksal noch eine Wendung gab. Sie war ebenso wie ihre Gefährten wie gelähmt, die schicksalsschweren Würfel immer noch in der Hand. *Er blufft,* redete sie sich ein und hoffte verzweifelt, daß es stimmte. *Er habe Azari noch nicht verloren. Oder doch?*

Weit im Südwesten blickten die entsetzten Bewohner von Nadals Küste voller Ehrfurcht gen Himmel und versuchten, sich vor der Dunkelheit des Himmels zu verstecken. Der riesige Schatten flog weiter und ignorierte die unbedeutenden Wesen unter sich. Langsam schlugen weite Schwingen, doch so schnell war der Flug, daß viele Wegstunden des Körpers schnell vorbei waren. Es dauerte viel länger, bis die Echos des tiefen, erderschütternden Grollens verhallt waren.

Baylin dachte schon, man habe ihn vergessen. Ein ganzer Tag war seit dem Beginn des Ultimatums vergangen, und immer noch hatte Haresh ihn nicht rufen lassen. Man reichte dem Reisenden etwas zu essen, und jedes seiner Bedürfnisse wurde höflich erfüllt, doch allmählich ängstigte ihn seine Gefangenschaft, und er war begierig herauszufinden, was vor sich ging. Nach den wenigen Blicken, die ihm gestattet gewesen waren, zeigte das Lager keinerlei Anzeichen für einen Aufbruch. Haresh hatte offenbar die Absicht, seinen Männern vor dem nächsten Zug Ruhe zu gönnen, doch sicher hatte er inzwischen Zeit genug gehabt, die Position des Gesandten zu überdenken.

Baylin begann gerade, sich mit den gefährlichen Gedanken an eine Flucht zu beschäftigen, als Javagal zurückkam.

»Kommt mit«, befahl er kurzangebunden. Offenbar war er in Eile.

Baylin folgte ihm nach draußen und paßte sich auf dem Weg zu Hareshs Zelt den langen Schritten des Prinzen an. Sie gingen hinein, ohne die Wachen zu informieren, und Javagal ging voraus direkt in den inneren Raum. Der Anblick, der sich ihnen bot, überraschte beide. Haresh und sieben weitere Männer, alle in auffällig verzierte Gewänder gehüllt, knieten wie zum Gebet im Kreis und hatten die Augen geschlossen. In der Mitte des Kreises war eine nebelhafte Säule zu sehen, in der eine verwirrende Abfolge von Bildern so schnell aufflackerte, daß man sie unmöglich im einzelnen erkennen konnte.

»Habt Ihr eine Ahnung, was hier vor sich geht?« fragte Javagal halb beschuldigend, halb verblüfft. »So sitzen sie jetzt schon mehr als einen Tag da – und niemand kann sie wecken.«

»Ich bin genauso ratlos wie Ihr«, gab Baylin zu.

»Ihr habt die Nachricht von Verkhos Zauberkräften mitgebracht«, sagte der Prinz wütend. »Ist das hier sein Werk?«

»Ich glaube nicht. Wer sind diese Männer?«

»Unsere Zauberer«, fuhr Javagal ihn an, als sei das offensichtlich. Plötzlich schnappte er nach Luft, als die Nebelsäule sehr hell aufblitzte und ein Lichtimpuls durch das Dach des Zeltes schoß. »Götter! Das ist bislang noch nicht passiert.«

»Ich glaube, Euer Vater liegt bereits mit Verkho im Krieg«, schätzte Baylin hoffnungsvoll. »Aber es ist ein Krieg der Magie, nicht der Schwerter.«

»Das ist –«, begann der Prinz, doch er wurde von einem Ruf vor dem Zelt unterbrochen. Die beiden Männer eilten ins Freie, wo mehrere Wachen mit weitaufgerissenen Augen und Mündern hinauf in den Himmel blickten.

Obgleich der Himmel klar war, schien die Sonne nicht mehr so warm. Es war, als würden ihre Strahlen von einer halbdurchsichtigen Substanz gefiltert, die die neuen Sterne über dem Lager noch heller funkeln und strahlen ließ. Während sie zusahen, flog ein weiteres blendendes Licht aus Hareshs Zelt hinauf in den Himmel und nahm seinen Platz in der neu entstehenden Konstellation ein.

Die Kreuzgänge und Innenhöfe der Abtei hallten unter den inbrünstigen Stimmen wider, als Yuille ihre Schwestern zum Gebet führte. Es war eine instinktive Reaktion auf ihre Gefühle, doch die Verdunkelung der Sonne ließ einige von ihnen schwanken und an ihrem Glauben zweifeln. Da schrie Sabena erstaunt auf und zeigte auf die Äbtissin, die immer noch in tiefem Koma lag. Auf ihren bislang unveränderten Gesichtszügen lag jetzt ein Lächeln. Die Frauen verdoppelten ihre Bemühungen, und sie hörten, wie andere ihren Ruf beantworteten. Dennoch herrschte Verwirrung. Niemand wußte, was geschah.

Alasia hatte das Gefühl, sich im Auge eines heftigen Sturms zu befinden. Doch nicht einmal hier war es ruhig. Auch die Fledermäuse spürten es und wirbelten exzentrisch umher.

Sie sah zu, wie im Osten die ersten Sterne erblühten, und lächelte. Diese Arroganz, diese Prahlerei, diese natürliche Meisterschaft. Es war kein Wunder, daß sie die ersten waren. Sie spürte, wie die Stimmen in der Abtei sich in den Lärm mischten – und viele andere dazu. Sie sah eine weise Frau auf ihrer Lichtung im Wald, einen Eremiten mit grünem Daumen, umgeben von seinen Katzen, exotisch gekleidete Tänzer, die durch Flammen liefen, Mystiker, die ihre Andacht dem neuen Erstrahlen widmeten. Überall auf der Welt erblühte die Magie, wie sie es nie für möglich gehalten hätte.

Und dennoch war alles so sinnlos, so unzusammenhängend. So viele Talente, so viel Energie! Sollte das alles verschwendet sein? Alasia wußte, daß das Schreien bald aufhören würde, und dann war es zu spät. Wo waren die Leuchtfeuer, die den Weg weisen sollten?

Der frische Schnee bedeckte die Erde, ein wenig klebte sogar an den Seiten der Felsspitzen, doch Gayes inneres Feuer brannte so hell, daß sie die Kälte nicht spürte. Sie hatte erwartet, daß der Geist des *Soldaten* bei ihrer Rückkehr am Tempel sein würde, doch sie wußte auch ohne die Gabe der Vorsehung, daß er woanders war – und das, so wurde ihr klar, war richtig. Sein Haß diente jetzt anderen Zwecken, hier war kein Platz dafür.

Bowen führte sie zum Fuße des Felsens.

»Es ist Zeit«, sagte Gaye. »Hilf mir.«

Er streckte die Hände aus, starrte in ihre blicklosen Augen und ergab sich ihr. Dabei fühlte er sich völlig schutzlos, doch hatte er keinerlei Bedenken. Ihre Liebe war unantastbar. Sie würde ihn nicht verraten, auch nicht aus Versehen. Ganz unbefangen gab er ihr alles – seinen Geist, sein Talent. Es war die höchste Form des Vertrauens.

»Sieh nicht hin«, sagte sie leise. »Es wird mir sehr weh tun, und ich weiß, das kannst du schwer ertragen. Du mußt aber gelassen und ruhig sein.«

Gehorsam schloß er die Augen, doch er sah immer noch ihre Tränen, hörte ihr leises Wehklagen, als sie den Kreis der Erinnerungen rief und begrüßte. Doch er blieb zurück, denn er verstand, daß sie es tun mußte.

Gaye flog durch ein Chaos. Die Welten waren in Aufruhr. Die Stimmen der Steine waren ihre Führer, ihr Eintrittspunkt. Sie waren rein, Erinnerungen ohne Leben oder Verständnis, die bemitleidenswerten Überreste von Martyns Familie – und so konnten sie zwischen allen Gefilden völlig unbemerkt hin und her wechseln. Doch Gaye mußte weiterfliegen. Sie mußte Ordnung in das Chaos bringen, sonst war alles verloren.

Einen Augenblick lang war sie beunruhigt, Etha zu sehen, sie in der falschen Welt zu finden. Zu wissen, daß ihre Mutter tot sein mußte, durchbrach beinahe ihre Konzentration, doch Etha ließ das nicht zu. In den Gefilden der Geister war sie genau so, wie sie immer gewesen war, voller Liebe und Mitgefühl. Sie wußte, daß ihre Tochter eine wichtige Aufgabe erfüllen mußte, und so sagte sie Lebewohl und bereitete sich auf ihre eigene Rolle vor.

Durch Bowens Augen sah Gaye nach vorn und begann, seine Prophezeiung zu erfüllen.

Überall in allen Welten erhob sich Magie, kam wie eine Wüstenblume plötzlich zu voller Blüte – und ebenso wie diese feinen Pflanzen war sie dazu bestimmt zu vergehen, wenn ihre Pflicht getan war. Gayes Aufgabe, ihre Pflicht war es, die zarten Blüten zusammenzusuchen, damit sie den Zweck ihres kurzen, hektischen Lebens erfüllen konnten.

Zunächst war Gayes Botschaft kaum zu hören, doch ganz allmählich antworteten einige Linien und Kreise, gesellten sich dazu und paßten sich an und vergrößerten das Netz zu immer mächtigeren, komplexeren Strukturen – bis sich der Prozeß von selbst fortsetzte. Die Magie nährte sich von ihrem eigenen Wachstum, und Gaye mußte nichts mehr dazutun. Dennoch arbeitete sie weiter, rief und schleuderte ihren Willen, ihr Licht in die endlose Leere, die schon bald eine eigene Stimme haben würde – wenn sie einen passenden Mund fand, ein Zentrum für all ihre Energie.

Wähle eine Geschichte. Laß sie wahr werden.

Die Worte erreichten sie gleichzeitig mit der Vision einer kleinen, blassen Frau, die von ihrem Turm auf eine wahnsinnige Welt hinunterblickte. Und mit den Worten aus der Vergangenheit kam das Verstehen.

Der Kreis beginnt und endet auf Zalys.

Das war das Zentrum, der Schlüssel, der die letzte Tür öffnen würde. Zalys. Und die Arena. Ihre Heimat.

Die Kunde zu verbreiten war nun ganz einfach. Sie mußte nur daran denken, und die anderen Welten antworteten. Alle Aufmerksamkeit richtete sich auf die Insel und auf das Herz der Magie. Die Geschichte wurde wahr.

Plötzlich zuckte Gaye zusammen und zog sich bestürzt zurück. Zalys war krank. Die Magie einem solchen Ort anzuvertrauen bedeutete sie zu beschmutzen, die Niederlage einzugestehen. Aber welche Alternative hatten sie? Sie hatten getan, was sie konnten.

Bowen öffnete die Augen, als Gaye endlich einsah, daß sie ihren Teil erfüllt hatte. Er nahm sie in die Arme und hielt sie fest, bis das Zittern aufhörte. Über ihnen schien trübe die Sonne.

Doch das Leuchtfeuer, das diese beiden auf dem gemarterten Steintempel hoch in den Bergen entzündet hatten, leuchtete weiter. Die Welt hatte noch nie solch ein Strahlen gesehen.

Die Sonne verdunkelte sich, als Fen die steinerne Plattform erklomm. Noch einmal blickten alle hinauf und fragten sich, was kommen mochte – doch Fen *wußte* es.

Meyu wird schwächer, dachte sie. *Gar hat die Oberhand.* Sie warf einen Blick zu Dsordas, wollte ihn mit ihren Gedanken dazu bringen, etwas zu tun, doch er wirkte wie in Trance und hatte den Blick auf den Boden geheftet. Natali wehrte sich inzwischen gegen Latchis festen Griff und sah Fen genauso haßerfüllt an wie während des Kampfes gegen Verkhos Gesandten.

Langsam und überlegt drehte Fen die Schüssel um und ergoß den üblen Inhalt über die Steine. Der Geruch verursachte ihr Übelkeit, doch tapfer sah sie Latchi an, und in ihren Augen brannte ihr eigenes Feuer. Sie hatte die ersten Anzeichen der Hoffnung gesehen.

»Es geschieht!« schrie sie laut und hoffte, daß Ifryn sie hören konnte. »Das hier ist unsere Magie, die *echte* Magie, nicht die verderbte Bosheit eines toten Gottes!«

Die Menge schnappte erschrocken Luft ob dieser Blasphemie, und Latchi stieß wütende Laute hervor – doch Natali lächelte.

»Blumen«, rief er aus. »Hübsche Blumen!«

Zwischen den herumwirbelnden Fledermäusen über ihnen erblühten Sterne.

Dsordas wußte nicht mehr, wo er war. Sein Körper hatte schon lange aufgehört zu existieren. Er wußte nur, daß sich großes Übel verbreitete, und er mußte es heilen. Das dunkle Feuer empfand er wie einen Schmutzfleck, und er mußte ihn abwaschen, mußte Zalys reinigen. Als er sein Bewußtsein wandern ließ, merkte er, daß er nicht allein war. Andere Heiler waren da, aus seiner und aus der nächsten Welt. Mit Foran und Habella hatte er vielleicht gerechnet, doch es waren noch andere da – einige von den Kindern, Aad und Tamor. Und natürlich seine Mutter. Dieses Mal sah er sie nicht, doch er spürte ihre Gegenwart, spürte, wie sie ihn ermutigte.

Nach wenigen Augenblicken war Dsordas völlig erschöpft. Es war noch anstrengender als seine Fernheilung der Geiseln in Xantium, und er war froh für jede Hilfe, die er bekommen konnte. Doch er hielt durch, angetrieben von Fens Worten, und als er fertig war, spürte er Frieden – zum ersten Mal seit Monaten. Er wollte nur noch schlafen, doch er zwang sich, die Augen offenzuhalten. Die Menschen waren noch immer da, ebenso Latchi, doch Natali befand sich sicher in Fens freudiger Umarmung. Das geisterhafte Turmviertel war so real wie zuvor, und die Menschen dort standen einander wie in einer erstarrten Pattsituation gegenüber.

»Es ist Wasser!« rief eine Frau und blickte in den Kessel. »Der Nektar ist verschwunden.«

»Er ist aus Euch allen verschwunden, aus ganz Zalys!« rief Fen triumphierend. »Auch aus Euch, Latchi. Da habt Ihr Eure Antwort.«

In der ganzen Arena schrien die Leute, als seien sie aus einem langen Traum erwacht. Die Geschichten, die seit Jahrhunderten vergraben gewesen waren, wurden wieder erzählt, die Geister kehrten in ihr Heim im Tal zurück, und die Magie der ganzen Welt wurde durch das Zentrum der Arena geleitet. Das Steinerne Auge sprach mit der Stimme der Götter.

Willkommen.

Jede Linie, jeder magische Ort auf der Welt begann zu glühen. Es gab keinen Raum mehr für einzelne Gedanken, alle wurden geteilt, alle Erinnerungen waren allumfassend. Fragen wurden wach und im selben Augenblick beantwortet. *Der Geist des Ganzen erwachte, und alle wußten von seiner Existenz, nicht als etwas Separates, sondern sie waren ein Teil* davon. Sie *waren* der Geist des Ganzen.

Kapitel vierundvierzig

Die weiße Eule fliegt für mich. Unter den Stimmen meiner Freunde. Ich höre sie meinen Namen rufen.
Alasia.

Ifryn hatte die sichtbaren Zeichen gesehen, sie hatte Fens Stimme gehört, doch sie konnte sie nicht *spüren* – und obwohl die anderen wußten, daß alle Magie der Welt ihr zur Seite stand, blieben sie bewegungslos stehen und brachten kein Wort heraus. Die Sonne wurde immer schwächer.

Doch Alasia *konnte* etwas tun. Sie erkannte den richtigen Augenblick und warf sich aus dem Fenster ihres Turms. Ifryn sah aus dem Augenwinkel voller Entsetzen, wie ihre Freundin auf den gnadenlosen Stein zuschoß. Doch da ergriff der Wind Alasia, als sei sie nicht schwerer als eine Feder, und sie *flog* und landete wie ein Vogel neben der Kaiserin. Ihre blassen blauen Augen leuchteten weiß und waren dem Feuer in Verkhos silbernem Blick ebenbürtig. Das Turmviertel war *ihr* Territorium, und in jeder ihrer Bewegungen drückte sich Selbstvertrauen aus.

Ifryn war sprachlos, doch als sie Alasia in der Hoffnung auf Rettung ansah, merkte sie, daß ihre Freundin sich offenbar immer noch damit begnügte zuzusehen. Und Azari lag weiterhin still in den Fängen des Feindes.

Auf Verkhos Gesicht zeichnete sich allmählich die Anstrengung ab, doch als er sprach, klangen seine verächtlichen Worte völlig gelöst – und er machte nicht mehr den Versuch, seine Stimme zu verstellen. Gar sprach für sich selbst.

»Ihr vertraut dieser Wahnsinnigen die Ausübung Eurer Macht an?«

»Ich kann Euch hier festhalten«, erwiderte Alasia prompt. »Ihr sitzt genauso in der Falle wie ich. Ich habe die Macht – und das wißt Ihr.« Sie sprach mit der Stimme der Fledermäuse, deren mannigfaltige Töne sich zu schimmernden Worten verbanden.

»Was nützt Euch das?« fragte Gar. »In wenigen Augenblicken werden meine Kreaturen hier sein. Dann werden mein Körper und mein Geist wieder vereint sein, und ich bin frei. Mit seinem Talent ...« Verkho hielt Azari hoch, »... ist mein Sieg vollständig. Die Gesetze werden zerbrechen, und all Eure jämmerliche Magie wird nutzlos sein«, fügte er geringschätzig hinzu.

»Wenn Ihr ihn halten könnt«, antwortete Alasia gelassen. »Ihr habt sein Talent in Euren Händen, aber solange Ihr ihn nicht für Euch gewinnen könnt, ist Euer Zugriff nicht undurchdringlich. Ich habe Zidons Prophezeiung gesehen.«

Ifryns Herz wurde ein wenig leichter, als sie Zeugin des Trotzes und Lebenswillens ihrer Freundin wurde, doch sie wußte immer noch nicht, wie sie ihnen damit helfen konnte.

Zwar versuchte Gar, jegliche böse Ahnung zu verbergen, die bei Erwähnung seiner Schwester in ihm aufstiegen, doch sein Lachen wirkte nicht sehr überzeugend.

»Ihr und ich, wir sind zwei ebenbürtige Gegner. Wer sollte mich aufhalten? Ich muß Euch alle nur hier festhalten, wie ich es bereits tue. Eure Magie verstärkt nur die Macht des Schicksals.« Er wandte sich wieder an Ifryn. »Oder werdet Ihr den Würfel werfen? Ein für allemal Schluß damit machen?«

»Das dürft Ihr nicht!« schrie Fen. »Genau das will er ja.«

»Still, Sterbliche!« rief Gar, und seine volltönende

Stimme brachte weitere verrottete Bauwerke zum Einsturz.

»Ihr könnt mich nicht zum Schweigen bringen«, erwiderte die Inselbewohnerin trotzig. »Ich habe kein Magie. Ich stehe außerhalb Eurer Macht.«

Ifryn fiel wieder ein, wie sie Zidon nach ihrer Zwillingsschwester gefragt und was diese geantwortet hatte. *Du hast sie bereits gefunden. Du wirst es erkennen, wenn das Leuchtfeuer zu leuchten beginnt.*

»Fen ist meine Zwillingsschwester«, sagte sie laut.

»Und zusammen können wir den Bann brechen«, erwiderte die Inselbewohnerin. »Bewegt Euch. Seine Macht über Euch ist nur eine Illusion. Ihr habt keine Magie, die er kontrollieren könnte.«

Aus der magischen Leere ...

Ifryn sah erneut zu ihrem Gegner, sah die letzten Anzeichen von Verkho in der Hülle seines besetzten Körpers. Sie sah auch seine Angst, seine Hilflosigkeit.

»Ihr wart einmal ein Heiler«, sagte sie sanft zu ihm. »Ihr könnt wieder so werden. Gebt mir Azari.«

Gar lachte, doch Verkhos Gesicht zitterte. Die Kaiserin bemerkte, wie grau sein Haar geworden war, sah das Blut an seiner bandagierten linken Hand, und sie verspürte fast ein wenig Mitleid mit ihm.

»Gebt ihn mir.« Sie streckte die Hände aus und merkte, daß sie sich tatsächlich bewegen konnte. Es ging ganz mühelos.

Unwille und echtes Entsetzen waren in diesen Augen zu lesen. *Welche Gefühle sind die des Gottes?* fragte sich Ifryn. *Und welche gehören zu Verkho?*

»Macht weiter«, drängte Fen sie und hielt ihre Zuschauer in der Arena in Atem. »Nehmt Azari, so wie ich Natali zurückgefordert habe. Er kann Euch nicht aufhalten.«

Da machte Ifryn ihren Zug – nicht nur in ihrer körperlichen Form, sondern auch mit ihrer Seele und ihrem

Geist. Ihr Widerstand durchbrach für einen Augenblick den Kreis, und der Griff des Gottes um Verkho lockerte sich. Wenige Herzschläge lang wurde Gars Puppe wieder zu seinem Herrn, und er nutzte die Zeit gut – für Rache. Ganz langsam zitterten seine Arme. Verkho hob mit einer einfachen und erschöpften Geste Azari über den Tisch. Ifryn nahm ihn vorsichtig und mit unendlicher Dankbarkeit entgegen. Da folgte bereits der Rückschlag, und die normale Ordnung war wiederhergestellt.

»Ihr habt mich im Stich gelassen!« brüllte Gar. »Ihr kennt das Schicksal, das Ihr nun erleiden müßt.«

»Absolute Vernichtung«, flüsterte Verkho.

»Ihr seid nichts, weniger als nichts«, rief der Gott boshaft. »Ich werde eine andere Form annehmen.« Er wandte sich an Ifryn und fügte bösartig hinzu: »Ihr werdet mir nicht entkommen.«

»Das werde ich nicht zulassen«, konterte Alasia, und ihre Worte klang absolut sicher. »Hier bin ich *Eure* Herrin. Ihr werdet warten bis zum vorbestimmten Ende.«

»Das gestatten die Gesetze nicht!« schrie Gar. »Ich bin ein Gott!«

»*Ihr* ruft die Gesetze an?« Alasia lachte.

Offenbar versetzte sie die Gottheit damit in Zorn, und Verkhos ganzer Körper erzitterte unter der aufgestauten Wut und Frustration.

»Ihr werdet ohnehin sterben«, stieß der Gott verächtlich hervor. »Wenn meine Kreaturen hier eintreffen, werdet Ihr alle sterben, und ich werde wieder ins Pantheon eintreten. Dann werde ich Eure totale Vernichtung zu Ende bringen. Ihr werdet Euch zu diesem Stück wertlosen Drecks dazugesellen.« Er schüttelte den Körper des Kanzlers, als wäre er eine Lumpenpuppe. »In der Vergessenheit.«

»Vielleicht stoßt Ihr tatsächlich wieder zu Euresgleichen«, bestätigte Alasia sehr zur Bestürzung ihrer

Zuhörer, »doch die Gesetze gelten immer noch. Es gibt noch andere im Pantheon.«

Während sie sprach, schien die Sonne wieder mit ihrer normalen Leuchtkraft, und Gar fauchte sie wütend an.

»Ihr müßt dort verschwinden!« kreischte Fen plötzlich. Ihr geisterhafter Körper kam näher und schien mehr Substanz anzunehmen. Anders als die Menschen in Xantium wußte sie, worum es sich bei Gars Kreaturen handelte, und sie wußte, daß man diese Bedrohung nicht auf die leichte Schulter nehmen durfte. Ein solches Ungeheuer konnte ohne Probleme die gesamte Stadt zerschmettern. »Der letzte der Kreischer kommt!« schrie sie, doch wie konnte sie es jemandem beschreiben, der es noch nicht gesehen hatte. »Ihr müßt vorher aus der Stadt verschwinden«, wiederholte sie. Fen streckte die Hand aus, als wolle sie Ifryn schütteln, und zur Verblüffung der beiden Frauen wurde die Berührung Wirklichkeit. Beide spürten die Berührung der anderen, obwohl sie Hunderte von Wegstunden voneinander entfernt waren. »Geht!«

Ifryn wirbelte herum, ihren Sohn fest im Arm, doch ihre fünf Gefährten standen immer noch bewegungslos da.

»Ich kann nicht allein gehen«, protestierte sie. »Was soll ich tun?«

Fen lief voran.

»Schließt sie in Euren Kreis mit ein«, sagte sie. »Laßt ihr Talent frei. Ohne Magie können sie nicht festgehalten werden.« Sie lief zu Kerrell und nahm seine bewegungslose Hand. Er starrte sie an und dachte, er halte die Hand eines Geistes – doch dann spürte er, wie etwas in seinem Verstand dahinschmolz, und er war frei. Er fühlte sich merkwürdig, als sehe er die Welt zum ersten Mal ganz deutlich. Das überlagernde Tal schien ihm jetzt näher, sogar wirklicher.

»Vielen Dank.« Er konnte kaum glauben, was da soeben geschehen war.

Ifryn sah, wieviel Erfolg Fen hatte, eilte zu Southan und wiederholte den Vorgang. Danach befreite sie schnell die anderen, und schließlich wandte sich die Kaiserin an Alasia.

»Jetzt du«, sagte sie.

»Nein!« erwiderte Alasia eilig. »Befrei mich, und du befreist ihn. Zidon hat diesen Verlauf so geplant. Laß mich. Das hier ist mein Schicksal.«

»Aber ...« begann Ifryn, und ihre Augen füllten sich mit Tränen.

»Geh!« befahl Alasia. »Zidon ist es gleichgültig, ob du entkommst, aber mir nicht.«

»Geht!« wiederholte Fen. »Ihr habt nicht viel Zeit.«

Plötzlich lachte Gar.

»Ihr habt so gut wie gar keine Zeit«, verspottete er sie. »Mein Wesen kommt.«

Mit einem letzten verzweifelten Blick zu Alasia drehte Ifryn sich um und rannte los, und die Männer paßten auf sie und ihre kostbare Fracht auf. Fens geisterhafte Gestalt rannte eine Weile mit ihnen durch den Irrgarten, und schließlich winkte sie zum Abschied.

»Ich kann nicht weitergehen«, rief sie ihnen hinterher. »Lebt wohl.«

»Wir sehen uns wieder«, versprach Ifryn. »In diesem Leben oder im nächsten.«

»Ich hoffe es«, rief Fen, dann verschwand sie außer Sicht.

Sie verließen das Turmviertel, und als sie sich wieder auf vertrautem Boden befanden, rannten sie mit voller Kraft auf dem Weg zurück, den sie gekommen waren. Doch bevor sie den kaiserlichen Hof verlassen konnten, erschien der entstellte Geist von Martyn in der Tür zur Geiselenklave und bedeutete ihnen stehenzubleiben. Er zeigte in die Richtung, aus der sie gekommen waren, und sein verunstaltetes Gesicht war eine Maske aus Frustration und wütender Angst.

»Was?« fragte Ifryn atemlos. »Was ist? Müssen wir zurück?«

Der *Soldat* nickte drängend.

»Warum?«

Martyn sprach weiter, aber niemand konnte ihn hören, und so griff er auf Gesten zurück, ahmte Tiere nach und stach mit einem imaginären Schwert nach ihnen.

»Braucht Alasia unsere Hilfe?« fragte Ifryn.

Martyn nickte wieder, noch heftiger als zuvor, und er zeigte erneut mit dem Finger und drängte sie zur Eile.

»Ich tue es«, sagte Kerrell. »Ihr anderen geht weiter.«

»Nein.« Southan klang entschlossen. »Das ist meine Aufgabe. Ich bin derjenige, der uns so weit gebracht hat. Ich werde gehen.«

»Nein, Ihr müßt –« begann der General.

»Schweigt!« fuhr der Kaiser ihn an. »Dies ist das letzte Mal, daß ich Euch einen Befehl erteile, Kerrell. Ich werde zurückgehen. Ihr nehmt Ifryn und Azari und bringt sie in Sicherheit – und falls mir etwas zustößt, überlasse ich sie und meine Töchter Eurer Obhut. Schwört mir, daß Ihr sie beschützen werdet.«

»Bei meinem Leben«, schwor Kerrell mit erstickter Stimme.

Southan wandte sich an Ifryn, die ihn nur sprachlos anstarren konnte.

»Es ist mein Recht, meine Liebe«, sagte er leise. »Ich werde sobald ich kann zu Euch stoßen, aber wenn du mich liebst – und ich glaube, das mußt du wohl – dann gehst du jetzt mit Kerrell.«

Er küßte sie, und dann wandte er sich um und lief Seite an Seite mit Martyn den Weg zurück, den sie soeben gekommen waren.

»Leb wohl«, flüsterte Ifryn, doch er hörte sie nicht mehr.

»Kommt«, knurrte Grongar. »Jeder Mensch muß seine eigenen Entscheidungen treffen. Und wir haben noch einen langen Weg vor uns.«

Sie drehten sich um und rannten in die Enklave.

Als Southan in den Hof unterhalb des runden Turmes trat, sah er den Grund für Martyns Nervosität. Alasia wurde angegriffen, nicht von Verkho, der immer noch unbeweglich dastand, sondern von einer ganzen Reihe übelkeiterregender Kreaturen. Riesige Spinnen krochen über den Boden auf sie zu, dicke Hornissen schwirrten um ihren Kopf, und gerade als er dazukam, huschten tückisch aussehende Ratten aus ihren Löchern hervor. Gar – der Wächter über alle lebenden Wesen – spielte verzweifelt seine letzte Karte aus. Doch Alasia stand nicht ganz allein da. Die Fledermäuse, die einzigen Wesen, die der Gott nicht kontrollieren konnte, wirbelten um sie herum und bildeten einen Schutzschild. Wären sie nicht gewesen, wäre Southan vielleicht zu spät gekommen. Und wenn Alasia gefallen wäre, hätte Gar freie Bahn für seine Rache gehabt.

Der Kaiser machte sich sofort ans Werk. Er zerstampfte mit seinen Stiefeln die schwarzen Spinnen, und ihr Gift spritzte über den Boden, und sein Schwert machte kurzen Prozeß mit den ersten Ratten. Die Hornissen überließ er den Fledermäusen – sie waren zu schnell für ihn –, doch gegen die anderen Tiere ging er entschlossen vor, ohne Angst um sich selbst, nur von der Sorge um Alasias Sicherheit getrieben.

»Narr!« spottete Gar wütend. »Damit hast du dein Todesurteil unterschrieben.«

Einen Augenblick lang stand Southan still und blickte seinen Gegner an.

»Wenn das so ist, habe ich es freiwillig getan. Wenn Ihr immer noch Verkho wärt, würde diese Klinge auch Euch töten. Aber das soll nicht sein.« Er hatte Alasias Warnung verstanden, und er wußte, daß sie den Körper des Kanzlers brauchte, um den Gott in seinem Gefängnis festzuhalten. »Ich bin es zufrieden.«

Mit diesen Worten wandte er sich wieder seiner Aufgabe zu, Alasia vor den Ungeheuerlichkeiten zu schützen, die Gar der Welt aufzwang.

Ifryn und ihre Beschützer betraten das Staatsviertel und liefen eilig auf den Kellereingang zu, nur um ihren Weg durch einen riesigen Hund mit drahtigen Haaren, sabbernden Fängen und grausamen Augen versperrt zu finden.

»Götter!« rief Zmura aus. »Was *ist* das?«

»Das ist einer meiner Jagdhunde«, erwiderte Grongar und drängte sich vor. »Shark, ich bin es, alter Junge. Laß uns vorbei.«

Das Tier knurrte tief in der Kehle und erkannte nicht einmal seinen früheren Herrn.

»Zurück!« befahl Grongar, doch als Shark statt zu gehorchen einen Satz nach vorne machte, zögerte der Barbar nicht. Sein Schwert war schneller als der Blitz und trennte den Kopf des Tieres beinahe vom Körper ab. Shark brach zusammen und zog Grongar mit sich, doch der Hund war schon tot, als er auf den Boden aufschlug. Die anderen halfen Grongar auf, dessen schmutzige Tunika nun auch noch mit dem Blut des Hundes verschmiert war. In den Augen des Nordmannes funkelte es wütend und abwesend, als könne er mehr als diese letzte Gemeinheit nicht ertragen.

»Er war mir einmal ein wertvoller Gefährte«, sagte er mit einer Stimme, die keinerlei Gefühle verriet und sie aufforderte, ohne einen Blick zurück weiterzugehen. Nur Corton wußte, wieviel diese Tat seinen Freund gekostet hatte.

Sie tauchten in die Dunkelheit der Weinkeller ab und rannten weiter. Doch wenige Augenblicke später kam Corton schlitternd zum Stehen.

»Da ist etwas«, flüsterte er. »Direkt vor uns.«

Da hörten sie alle die Geräusche, doch in dem dämmrigen Licht konnten sie nur drei paar leuchtender Augen sehen.

»Die Seedrachen!« flüsterte Ifryn.

»Er gibt nicht so leicht auf, was?« bemerkte Grongar lakonisch.

»Lockt sie in diesen Seitengang«, sagte Corton. »Wir können die Regale umstoßen und damit Zeit gewinnen.«

Der Kellermeister zeigte den anderen, was sie tun sollten, während Grongar ein Auge auf die unruhigen Drachen hielt.

»Sie kommen!« schrie er.

Zmura sprang zur Seite, und jetzt, da ihre Augen sich an das Dämmerlicht gewöhnt hatten, konnten sie ein paar Schläge gegen die erste Kreatur austeilen – zwar verletzten sie die Seeschlange damit kaum, doch das Tier zögerte.

»Sie sind verdammt groß«, murmelte Zmura.

»Und schnell«, stimmte Grongar zu. »Seid Ihr bereit?« rief er.

»Ja«, antwortete Corton. »Bring sie hierher.«

Die beiden Schwertkämpfer schoben sich rückwärts und lockten die riesigen, mit giftigen Fängen bewehrten Echsen hinter sich her in den Seitengang. Die Drachen schossen hin und wieder vor, doch die Männer reagierten schnell und hielten die tödlichen Zähne und Klauen auf Abstand.

»Seid Ihr bereit?« schrie Kerrell.

»Ja!« Zmura und Grongar sprangen rückwärts, und die anderen gaben dem Holzregal einen Schubs. Es geriet einen Augenblick lang ins Wanken und kippte mit lautem Getöse aus splitterndem Glas und Holz um. Die

Drachen schrien und wüteten, doch das Gewicht und Durcheinander der scharfkantigen Splitter hielten zwei von ihnen gefangen. Der dritte riß sich unter unvorstellbaren Mühen frei und warf seine gepeinigten Massen auf Grongar und Zmura. Sie verteidigten sich so gut sie konnten, doch Zmura trat auf zerbrochene Glas und rutschte aus. Bevor einer der anderen ihm helfen konnte, schnappten die Fänge des Ungeheuers zu und zerquetschten sein Bein. Die anderen Männer griffen das Wesen sofort an und zielten dabei auf seine Augen, und Grongar gelang ein direkter Treffer in das kleine, barbarische Gehirn des Drachen. Doch für Zmura war es zu spät, und alle wußten es. Das Gift wirkte bereits, er war verloren. Er schenkte ihnen ein letztes trauriges und um Verzeihung heischendes Lächeln – und starb.

»Kommt weiter«, sagte Kerrell grimmig. »Die beiden anderen leben noch.« Während er sprach, hörten sie die Drachen verzweifelt gegen das Regal anwüten. »Wir müssen *sofort* hier verschwinden.«

Sie folgten ihm vorsichtig durch die Überreste des Regals, denn sie wußten, daß er recht hatte. Dennoch ließen sie ihren Gefährten nur widerwillig zurück. Ihr Weg durch das Ringviertel und hinaus ins Ebene Viertel war nur noch ein Rennen gegen die Zeit.

»Ich würde alles für ein paar Pferde geben!« japste Grongar.

»Sie sind inzwischen sicher auch Gars Kreaturen«, erwiderte Kerrell. »Zu Fuß sind wir besser dran.«

»Eure Beine sind länger als meine«, machte ihn der Barbar verstimmt aufmerksam.

»Zumindest geht es bergab«, rief Corton.

Sie kamen an der Großen Würfelhalle vorbei und schließlich an einigen riesigen Lagerhäusern.

»Jetzt ist es nicht mehr weit«, keuchte Kerrell. »Weiter.«

In diesem Augenblick erlosch die Sonne. Die Finsternis

kam ganz plötzlich, und der südliche Rand von Xantium lag unter einem riesigen Schatten.

»Leckt mich!« schnaufte Grongar.

Die anderen waren vor Grauen sprachlos, als sie beobachteten, wie das gewaltige Wesen über den Himmel flog und alles überschattete mit Ausnahme eines kleinen Fleckens am Horizont.

»Lauft!« schrie Ifryn.

Das ließen sie sich nicht zweimal sagen. Das Südtor war nur noch wenige hundert Schritte entfernt. Die Angst verlieh ihnen zusätzliches Tempo, als die Luft von dem tiefen Heulen des Ungeheuers erfüllt wurde. Das Tor stand immer noch offen, doch war es jetzt verlassen, und als die Dunkelheit über sie hinweg zog, warfen sie sich hindurch.

»Weiter«, drängte Kerrell, und sie gehorchten ihm und hatten nur einen Gedanken: so viel Entfernung zwischen sich und Xantium zu legen wie nur möglich. Doch irgendwann mußten sie stehenbleiben und zu Atem kommen. Sie hatten Seitenstiche, und ihre Beine zitterten vor lauter Erschöpfung. Sie rangen nach Luft und wandten sich nach Xantium um, wo sich die Kreatur auf die Stadt herabließ.

»Es ist so groß wie die gesamte Stadt!« stellte Corton ehrfürchtig fest.

»Noch größer«, berichtigte Grongar.

Zuerst ließ sich das Ungeheuer langsam und kontrolliert herab, doch dann ging irgend etwas schief. Ein anderes Geräusch tauchte in der Welt auf, ein Klang, der sich dem blinden Schreien des Ungeheuers widersetzte. Es kam von überall, aus jeder Stimme und jedem Geist.

Es war ein Ton, der die Welten erschütterte. Azari gluckste glücklich in Ifryns Armen und leistete seinen eigenen kleinen Beitrag zu dieser tödlichen Harmonie.

Die Kreatur erlitt eine gigantische Zuckung und schien zusammenzuklappen, als versuche sie, ihren ganzen

Körper auf einen einzigen Punkt zu verkleinern. Sogar ihr Schwanz schlug aus, als sie völlig die Kontrolle verlor und vom Himmel stürzte.

Dann schlug sie auf die Stadt auf. Sie bedeckte Xantium von einer Stadtmauer zur anderen, und zerschmetterte alles und jeden und die Deadlands erschütterten wie unter einem schrecklichen Erdbeben. Die vier Zuschauer wurden umgerissen und fielen in den Staub, doch niemand, nicht einmal Azari, den Ifryn instinktiv schützte, wurde schwer verletzt.

Mit einem überwältigenden Brüllen, das alles erschütterte, gingen das niedergestreckte graue Ungeheuer und ganz Xantium in Flammen auf. Der Feuersturm verwandelte sich schnell in ein Inferno, als brenne sogar der Stein. Niemand konnte diesen Großbrand überleben, und die Intensität der Hitze machte die Reisenden sprachlos. Sie sahen wie gebannt zu, entsetzt über den Anblick, und sie wußten, daß sie bald fliehen mußten, doch für den Augenblick konnte sich niemand rühren.

Das Schreien erstarb.

Kapitel fünfundvierzig

Ifryn und ihre Gefährten kehrten dem grellen Leuchten des alles verzehrenden Feuers und der riesigen Säule aus dickem Rauch den Rücken zu und machten sich auf den Weg durch die Deadlands. Inzwischen war der erste Schreck verflogen, und sie konnten über ihre gefährliche Lage nachdenken. Sie hatten weder Lebensmittel noch Wasser – das verschlammte und verschmutzte Wasser des Flusses konnte man nicht mehr trinken –, und auch bei bester Gesundheit würde es vier Tage dauern, die Deadlands zu Fuß zu durchqueren. Es schien ihnen absurd, daß ihre knappe Flucht nach allem, was sie durchgemacht hatten, vergebens gewesen sein sollte. Es käme einer Verspottung der Opfer gleich, die Southan, Alasia und Zmura gebracht hatten, wenn sie jetzt in der Wüste verdursten würden. Ganz besonders Ifryn mußte ständig an die letzte heldenhafte Tat ihres Mannes denken und verweilte voller Qualen bei seinem letzten Lebewohl, bis sie fürchtete, wahnsinnig zu werden und viel zu erschöpft war, um auch nur zu weinen.

Sie trotteten schweigend weiter und spürten die letzten Überreste der intensiven Hitze im Rücken. Ihre einzige schwache Hoffnung war, daß Coulson und seine Phantomarmee auftauchte und ihr Fortkommen beschleunigen würden – doch von ihren geisterhaften Rettern war nichts zu sehen.

Kerrell wußte, er sollte versuchen, Ifryn zu trösten, doch er wußte nicht, wie er das anfangen sollte. Obgleich sie neben ihm ging, war die wahre Ifryn so sehr in ihrem stillen Kummer verloren, daß sie fast in einer anderen Welt war. Voller Verzweiflung, nur um zu sehen, ob er in den Augen der Frau, die er so sehr liebte, noch den Funken des Lebens entzünden konnte, holte Kerrell die vergessene Glaskugel aus der Tasche. Doch als er sie jetzt ansah, wirkte die Karte darin ganz normal und zeigte die traditionelle Darstellung des Roten Henkers. Der verblüffte Ausruf des Generals erregte auch die Aufmerksamkeit seiner Gefährten.

»Was ist das?« fragte Grongar.

»Ich weiß es nicht«, erwiderte Kerrell und wandte sich an Ifryn, »aber ich habe es in Verkhos Arbeitszimmer gefunden. Ich hätte schwören können, daß das Gesicht auf der Karte jemanden zeigte, den ich kannte, aber jetzt ...« Da wurde ihm plötzlich alles klar. »Es war Euer Vater, König Fyles. Ich bin ihm nur wenige Male begegnet, aber ich bin ganz sicher.«

Ifryn sah die Kugel gleichgültig an.

»Das ist nicht mehr wichtig. Und es hat keinen Sinn, diese zusätzliche Last mit herumzutragen. Werft sie fort.«

Kerrell schleuderte die Kugel in den Sand, und sie gingen schweigend weiter. Mehrere quälende Stunden später erspähten Cortons scharfe Augen etwas in der Ferne.

»Da kommt jemand!« rief er, und seine Stimme klang fast aufgeregt.

Die anderen waren so sehr in ihre eigenen Gedanken versunken gewesen, daß sie die ferne Staubwolke, die von schnellen Pferden kündete, nicht bemerkt hatten. Sie sahen einander an und versuchten sich davon zu überzeugen, daß es kein Trugbild war, doch das Bild verschwand nicht, sondern wurde immer größer. Zum ersten Mal verspürten sie echte Hoffnung, und bald winkten sie und schrien sich heiser. Als die Fremden näherkamen, konnten sie ihr Glück kaum fassen. Es waren Doneta und Nyl mit Ifryns Töchtern, und sie führten fünf Pferde an langen Leinen mit sich.

Die folgende Wiedervereinigung war gleichzeitig begeistert und tränenreich, und die Mädchen hielten sich an ihrer Mutter fest, und Doneta reichte eifrig Wasser und Essen herum. Sie erklärte, sie hätten gesehen, wie andere Leute versuchten, die Deadlands zu durchqueren, und hatten die Hoffnung, Ifryn und ihre Gefährten zu finden, schon fast aufgegeben.

Schließlich wurde die unvermeidbare Frage ausgesprochen. »Wo ist Papa?« fragte Delmege.

»Er kommt nicht zurück, meine Kleine«, antwortete Ifryn.

»Warum nicht?«

»Er mußte in der Stadt bleiben, um Alasia zu helfen. Das war sehr gut und sehr gefährlich. Er kommt nie wieder zurück.« Ifryns Stimme klang schmerzerfüllt.

»Nie wieder?« fragte ihre Tochter leise mit weit aufgerissenen braunen Augen.

»Nein.«

»Meinst du damit, daß er tot ist?« fragte Vrila ernst.

»Ja, Liebling, das ist er. Er war sehr tapfer.«

»Dann wird er doch glücklich, oder?« Delmege brach in Tränen aus.

Bald weinten auch Ifryn, Vrila und Doneta, und Kerrell mußte sich abwenden. Corton und Grongar blieben still und gedachten des Kaisers und auch Zmuras, der ihnen beiden ein guter Freund geworden war. Es blieb Nyl, dem Außenseiter, überlassen, sie zusammenzuholen, nachdem die erste Woge der Trauer vorüber war, und ihre Weiterreise zu organisieren.

»Woher wußtet Ihr, daß Ihr uns holen solltet?« fragte Ifryn und trocknete ihre Augen.

»Erzähl es deiner Mutter, Delmege«, sagte Nyl.

»Ich habe mit Großmutter gesprochen«, erwiderte das kleine Mädchen. »Ihre Stimme war sehr schwach, und ich konnte sie kaum hören, aber sie sagte, du brauchtest unsere Hilfe, und so sind wir hergekommen.«

Zwei Tage später erreichte die Gruppe den Zufluchtsort des Eremiten. Alle waren müde und steif von dem Ritt und vom Schlafen unter offenem Himmel, doch schon bald entwickelte der Ort seinen eigenen Charme. Nach einer Nacht in den kahlen Hütten fühlten sich alle erfrischt. Die Katzen begrüßen Vrila und Delmege wie alte Freunde. Am nächsten Tag bekamen sie Besuch von den Geistern von Zephia und Fyles, die aufgeregt erzählten und glücklich lächelten, und Ifryn wollte von Delmege wissen, was sie sagten. »Ich kann sie überhaupt nicht hören«, antwortete Delmege enttäuscht.

»Das macht nichts. *Die Magie kehrt in normale Bahnen zurück,* dachte sie. *Sie hat ihren Zweck erfüllt.* »Sie sind wieder zusammen, und das ist die Hauptsache.« Es half ihr sehr, ihre Eltern so offensichtlich glücklich zu sehen. Als die Geister langsam verschwanden, winkte ihnen Delmege mit ihrer kleinen Hand ein Lebewohl zu.

Nach weiteren zwei Tagen wußten sie, daß es Zeit wurde weiterzureisen.

»Wohin gehen wir?« fragte Kerrell.

»Zuerst zur Abtei. Ich habe dort etwas zu erledigen. Danach ...« Sie zuckte mit den Achseln.

Mitten in der weiten roten Ebene der Deadlands, unsichtbar für das menschlichen Auge, trafen sich sieben Gestalten, um sich zu beraten. Jede erhob sich hoch in den Himmel, größer als der geschwärzte Hügel, der einmal Xantium gewesen war. Einer von ihnen leuchtete so hell wie die Sonne und warf keinen Schatten. Ihm gegenüber stand sein Bruder und starrte ihn mit einem Schlitzauge an, das sehr menschlich wirkte – doch auf seinem Kopf saßen Fühler so groß wie Bäume, und seine Füße waren gigantische Pferdehufe. Eine dritte männliche Gestalt trug einen Umhang aus dunkelroten Flammen, und um sie herum standen drei weniger wichtige

Verwandte. Die dominante Gestalt war jedoch eine Frau, deren Umrisse sich ständig veränderten, und deren Gesichtszüge nebelhaft waberten, während ihre blau schimmernden Gewänder sich um sie herum bauschten. Sie sprach als erste, und sie konnte die Befriedigung in ihrer Stimme nicht verhehlen.

»Jetzt sind wir sieben wieder vereint«, sagte Zidon.

»Mein Feuer hat seine Aufgabe erfüllt«, stimmte Elcar zu. »Gar wurde wiedergeboren.«

»Und ist seinem Zwilling wieder ebenbürtig«, bestätigte die Göttin. »Dieser Rat soll unsere Feindschaft beenden. Was sagst du, mein Bruder?«

»Ich bin es zufrieden«, antwortete Gar, und die anderen konnten in seiner Stimme keinerlei Vorbehalte oder Bedauern erkennen.

»Ich bin es zufrieden«, wiederholte Meyu. Die Erleichterung des Sonnengottes war schon eher zu erkennen.

»So sind wir es alle zufrieden«, stellte Zidon fest. »Jetzt bleibt nur noch, das Schicksal dieses Ortes zu beschließen. Er kann nicht so bleiben, wie er jetzt ist. Die Sterblichen werden diese Zeichen falsch interpretieren, wenn die Erinnerungen langsam schwinden.«

»Dann mach sie blind«, schlug Gar vor.

»Das können wir nicht, wie du sehr wohl weißt«, erwiderte sie scharf. »Die Tage, in denen du dich unerwünscht einmischen konntest, sind vorbei.« Es war klar, daß Zidon nach Gars unterwürfiger Entgegennahme ihres Rüffels jetzt die Anführerin des Pantheons war.

»Aber wir könnten ihn in der Zeit verstecken«, sagte Elcar. »Diese Ebene war einst ein prächtiger Wald.«

»Und soll es wieder sein«, verfügte Zidon.

Und so taten die Götter ihre Willenskräfte zusammen – und begaben sich zurück in ihre eigenen Gefilde, wo ihre Spiele zumindest eine Zeitlang niemandem schaden würden. Sie überließen die Welt dem zerbrechlichen Frieden ihrer sterblichen Bewohner.

Ein kleiner Hügel erhob sich in der Mitte eines riesigen Waldes, und die funkelnden Serpentinen eines prächtigen Flusses waren durch die Blätter kaum zu erkennen. In der Ferne waren sanfte grüne Hügel zu sehen.

Jede Spur menschlicher Hybris, von Zerstörungswut und Arroganz, waren verschwunden. Übrig waren nur die dunklen und verlassenen Überreste einer einstmals großartigen Stadt – ein Denkmal überzogenen Ehrgeizes –, die von einer unbekannten Katastrophe zerstört worden und nunmehr völlig überwuchert war. Als einige abenteuerlustige Forscher sie viele, viele Jahre später entdeckten, reichte ihre Phantasie nicht aus. Sie konnten sich die Ruinen nicht als jenen wichtigen Ort vorstellen, der sie einst gewesen waren, und auch das furchtbare Ende blieb ihnen verborgen. Der Ort war zur Heimat für eine große Fledermauskolonie geworden.

Ifryn und ihre Gefährten brauchten ungefähr einen Monat bis zur Abtei. Sie reisten ohne Hast und gewöhnten sich langsam an die neue Welt und die Orte darin. Von den Erwachsenen fand Grongar als erster seine Lebensgeister wieder und konnte auch Corton dabei helfen, sich zu erholen – doch er wußte, daß er Ifryn und Kerrell sich selbst überlassen mußte. Der General war stets aufmerksam, bereit, sich jeden Augenblick seines Schwurs würdig zu erweisen, und schon bald kamen die Mädchen genauso häufig zu ihm wie zu ihrer Mutter. Doch Ifryn blieb weiterhin in ihrer eigenen Welt gefangen. Die reale Trauer, die sie für ihren Mann empfand – der in den letzten Wochen bewiesen hatte, daß er ihres Respekts und ihrer Liebe wirklich würdig gewesen war –, war von schrecklichen Schuldgefühlen überlagert. Sie wußte, daß sie ihn betrogen hatte, doch konnte sie nicht wünschen, zu jener Zeit zurückzukehren, bevor sie Kerrell geliebt hatte. Und das Wissen, daß ihre Freiheit einen so schrecklichen Preis gekostet hatte, war kaum zu ertragen. In der ganzen Zeit war Kerrell ein perfekter vornehmer Herr, der sie ›meine Lady‹ nannte und sich stets als Inbegriff der Höflichkeit und Diskretion gebärdete. Falls Ifryn das geheime Sehnen in seinen Augen sah, so ließ sie sich nichts anmerken, und er wußte, er konnte ihre Liebe nicht zur Sprache bringen, solange sie es nicht tat. Ihre Ankündigung, daß sie zur Abtei zurückkehren wollte, in den Hafen der gänzlich weiblichen Bewohnerinnen, hatte ihm Grund gegeben zu glauben – zu fürchten –, daß sie beabsichtigte, sich vor der Welt zurückzuziehen, vor ihren Erinnerungen, vor ihm. Doch er ermahnte sich, daß sie niemals Azari aufgeben würde, der ebenso wie Kerrell aus diesem verborgenen Refugium in den Bergen ausgeschlossen war. Er war davon überzeugt, daß es einen Weg gab, Ifryn seine Gefühle mitzuteilen und ihre Gefühle für ihn zu erkennen, doch hatte er keine Ahnung, wie er in ihre einsamen Gedanken eindringen sollte, ohne ihnen beiden großen Schmerz zu bereiten.

Ihre Rückkehr nach Furse Hollow wurde von den Dorfbewohnern mit großem Jubel begrüßt, und eine Zeitlang ließ sich sogar Ifryn von der einfachen Fröhlichkeit mitreißen. Die Reisenden merkten, daß sie ihre Geschichte gar nicht erzählen mußten. Irgendwie war Tharasia Zeugin der Ereignisse gewesen. Sie wußte bereits – und hatte es den anderen erzählt – vom Tode Zmuras und Southans, und obwohl diese Nachricht natürlich großen Kummer bereitete, spürten alle, daß diese beiden Männer ihr Leben für eine gute Sache geopfert hatten. Furse Hollow und zahllose andere Orte wie dieser waren wieder sicher – oder zumindest so sicher, wie es die menschliche Schwachheit erlaubte. Seit der Zerstörung Xantiums hatte es keine weiteren Angriffe von Wölfen gegeben, und man hatte auch keine Kreischer in der Ferne gesehen.

Die Dorfbewohner hatten eigene Neuigkeiten zu berichten, die ihre Besucher glücklich stimmten. Die Äbtissin war vollkommen genesen, und hatte, anscheinend sicher, daß Ifryn zurückkehren würde, eine Einladung an sie und alle ihre Gefährten ausgesprochen – einschließlich der Männer. Sie sollten sie in der Abtei aufsuchen, sobald es ihnen paßte. Jetzt, da Verkho tot war, wurde die uralte Regel ein wenig gelockert.

Die Dorfältesten wollten sie jedoch ein oder zwei Tage nicht gehen lassen – und auf jeden Fall gab es da etwas, das Ifryn noch erledigen mußte. Sie hatte von Grongars Fertigkeiten erfahren und spannte ihn für die Aufgabe ein. Und schließlich führte Tharasia sie in den Wald und lief die meisten Zeit neben Grongar her. Als sie die Schlucht betraten, sahen sich Kerrell, Corton und Grongar verwundert um, und Delmege und Vrila machten unablässig Bemerkungen über die Wunder der schmalen Kluft. Als sie an die Stelle mit den Botschaften kamen, blieben sie stehen, und Ifryn holte die frisch geschnitzte Tafel heraus. Sie war wunderschön: das Holz hatte eine tiefe, ebenmäßige Struktur, die mit einem wasserdichten Harz geglättet und glänzend poliert worden war, und in ihre Herstellung war große Sorgfalt geflossen. Sie fanden eine unauffällige Nische an der Wand der Klippe, die für diese Tafel wie gemacht schien, und Grongar brachte sie sicher mit einem Eisennagel an, den er in den soliden Fels trieb. Die ganze Gruppe stand einige Augenblicke lang schweigend da und betrachtete die neueste Ergänzung dieser sonderbaren Bibliothek der Dankbarkeit. Die Botschaft war einfach und wie bei vielen der anderen Nachrichten war ihre Bedeutung unklar, wenn man nicht wußte, von wem sie kam. Die sorgfältig eingeschnitzten Worte lauteten: »Der Weg, den du uns gezeigt hast, brachte uns großen Kummer, aber auch noch größere Freude. Die zurückgekehrt und die weitergegangen sind, bringen ihren Dank dar.«

Als Ifryn sich abwandte, spürte sie zum ersten Mal das stille Versprechen von Frieden in ihrem Herzen, und sie sah, daß Kerrell sie beobachtete. Der Blick seiner Augen war unmißverständlich – und plötzlich merkte sie, daß sie wieder an die Zukunft denken konnte.

Die Äbtissin erwartete sie auf dem Weg durch die Felder. Neben ihr stand grinsend, aber offensichtlich völlig gesund, Padina. Das Mädchen rannte entzückt zu ihrer Freundin und vergaß ganz ihren Kummer, und bald plauderten alle drei glücklich miteinander. Ifryn und die Äbtissin umarmten einander vorsichtig, und die alte Frau blickte hinunter in Azaris heiter-gelassenes Gesicht.

»Er hat kluge Augen«, sagte die Alte. »In ihnen spiegelt sich das Wissen aller Welten.« Ifryn wußte nicht so recht, was sie davon halten sollte. Sie wußte bereits, daß ihr Sohn etwas ganz Besonderes war, und daß er bei den jüngsten Ereignissen eine besondere Rolle gespielt hatte – doch er war immer noch ein Baby. Aber anstatt die Aussage der Äbtissin genauer zu hinterfragen, wandte sie sich einem einfacheren Thema zu.

»Ihr habt Euch beide wieder ganz erholt?«

»Ja.« Die Äbtissin lächelte. »Ich hätte Padinas Leiden verhindert, wenn ich gekonnt hätte, doch wie es aussieht, war es notwendig. Ich kenne natürlich ihre Vorfahren. Vielleicht war es für sie ein letzter Akt der Sühne für ihren Vater.«

»Das ist jetzt vorbei.«

»Ich weiß. Wollt Ihr mich nicht Euren Freunden vorstellen?«

Ifryn lächelte, denn sie hatte das Gefühl, daß eine Vorstellung für diese scharfsichtige alte Frau eigentlich nicht mehr nötig war, doch sie kam ihrem Wunsch nur zu gerne nach.

Sie genossen lange die Ruhe in der Abtei, und ganz allmählich machte der Frieden dieses Ortes und seine Tröstungen alles, was zuvor geschehen war, ein wenig erträglicher, selbst in der Kälte des Winters. Nur Grongar konnte es kaum mehr erwarten, etwas zu tun, und als seine Unruhe offensichtlich wurde, beschlossen die Äbtissin und Corton – die sehr enge Freunde geworden waren – mit ihm zu sprechen.

»Ihr fühlt Euch nicht wohl. Ist das Bier nicht nach Eurem Geschmack?« begann die Äbtissin lächelnd.

»Es ist ausgezeichnet«, gab Grongar zu. Da er nicht gerade wenig von dem Gebräu getrunken hatte, konnte er nicht gut das Gegenteil behaupten.

»Willst du uns verlassen?« fragte Corton, und daß er selbst es damit nicht so eilig hatte, war deutlich herauszuhören. »Ifryn ist jetzt in Sicherheit, und wir haben unsere Pflicht getan.«

»Ich glaube, ich muß es tun«, erwiderte der Barbar. »Vergebt mir, Äbtissin, aber ich bin an solchen Frieden oder solche ... heiligen Frauen ... nicht gewöhnt.«

Es war unglaublich, aber unter seinem üppig wuchernden Bart schien Grongar tatsächlich rot zu werden.

»Ich habe Euch nichts zu vergeben«, lachte sie. »Dieses beschauliche Leben ist nicht für jedermann das Richtige.«

»Wohin sollen wir gehen?« fragte Corton leise.

»Du, mein Freund, solltest hierbleiben. Dieser Ort paßt zu dir. Oder kannst du bestreiten, daß du dich nach der Weinernte des nächsten Sommers sehnst?«

»Nein«, gab der Kellermeister zu. »Das ist mein größter Wunsch, aber ich würde dich nicht im Stich lassen.«

»Ich gehe nicht weit fort«, erwiderte der Nordmann. »So leicht wirst du mich nicht los. Ich habe in Furse Hollow etwas zu tun, falls sie mich dort haben wollen.«

»Mit Tharasia?« Allmählich dämmerte es Corton.

»Wenn *sie* mich haben will.«

»Oh, ich glaube, in dieser Hinsicht braucht Ihr Euch keine Sorgen zu machen«, sagte die Äbtissin, die offenbar aus eigener Erfahrung sprach.

Über Grongars Gesicht zog ein breites Grinsen.

»Besucht uns hin und wieder«, fügte die Äbtissin hinzu.

»Das werde ich. Das Bier hier ist einfach zu gut.«

Der Barbar reiste noch am selben Tag in Hochstimmung ab, völlig zuversichtlich, den Weg ins Dorf allein zu finden. Corton beobachtete die untersetzte Gestalt mit gemischten Gefühlen. Er hatte das Gefühl, daß Grongars Besuche vielleicht nicht so häufig sein würden, wie sein Freund versprochen hatte, doch die Verbindung würde sich nicht völlig lösen, da war er sich sicher. Die Schnitzerei in Form einer Weinrebe, die Grongar ihm zum vierzigsten Namenstag geschenkt und die Corton hernach auf all ihren Reisen begleitet hatte, hing jetzt an der Wand des ordentlichen kleines Zimmers des Kellermeisters.

Corton drehte sich um und machte sich auf die Suche nach der Äbtissin. Sie verstand ihn besser als alle anderen Menschen, und einige Tage zuvor hatte sie ihn gebeten zu bleiben. Corton hatte nur zu gerne eingewilligt und dabei gar nicht an Grongar gedacht. Als die Keller in Xantium zerstört worden waren, hatte er seine Berufung verloren, doch in den Weinbergen der Abtei hatte er eine neue gefunden. Diese Aussicht erfüllte ihn mit Zufriedenheit, und er machte sich auf die Suche nach der alten Frau, die gesehen hatte, wie verloren er war, und die beschlossen hatte, ihm einen neuen Weg zu zeigen und ein neues Heim zu geben.

Ifryn war Kerrell für seine Geduld unendlich dankbar. Er hatte ebenfalls gelitten, und ihr Schmerz mußte für ihn schwer zu ertragen sein, doch hatte er endlos Takt und Höflichkeit walten lassen.

Er ließ sie allein, wenn sie die Einsamkeit brauchte,

doch er war immer da, wenn ihr nach Gesellschaft war, und sie gewöhnten sich an, nachmittags gemeinsam einen langen Spaziergang zu machen. In einvernehmlichem Schweigen wanderten sie durch die Felder, bis Ifryn eines Tages, als langsam die Dämmerung hereinbrach, fragend zu ihm aufblickte.

»Bist du glücklich, Kerrell?«

»Ich bin glücklich, wenn Ihr es seid, meine Lady.«

»Kannst du nicht einmal jetzt meinen Namen nennen?« fragte sie leise.

»Ich wage es nicht.« Kerrell spürte, daß er zu zittern begann.

Er konnte ihr nicht in die Augen sehen.

»Erinnerst du dich an Southans letzte Worte?« fragte sie.

Er nickte stumm.

»Es klang fast, als gebe er uns seinen Segen, findest du nicht?« *Wenn du mich liebst – und ich glaube, das mußt du wohl – dann gehst du jetzt mit Kerrell.*

Der General war plötzlich voller Hoffnung und blickte hoch. Er hatte dasselbe gedacht. *Schwört mir, daß Ihr sie beschützen werdet.* Aber er hatte seine Hoffnungen nicht aussprechen können. Das konnte nur Ifryn. Aber jetzt ...

»Ich glaube es«, sagte er leise.

»Liebst du mich immer noch?«

»Zweifelst du daran?« rief er leidenschaftlich. »Ich liebe dich mehr als mein Leben, mehr, als ich erfassen kann!«

»Dann sag meinen Namen, wie du es schon einmal getan hast«, befahl sie. *Als wir zusammen waren, in jener anderen Welt.*

»Ifryn«, flüsterte er ehrfürchtig, und aus seinem Mund klang dieses eine Wort wie ein Gedicht. »Ifryn. Ifryn.«

»Genug!« lachte sie. »Jetzt küß mich!«

Kapitel sechsundvierzig

Die Welt veränderte sich. Winter und Frühling waren gekommen und gegangen, und der Sommer war wieder da. Zwar hatte das Volk von Zalys lange und schrecklich gelitten, doch es hatte – und jetzt brachte es seine Welt wieder in Ordnung.

Ihre Anstrengungen fielen auf fruchtbaren Boden, weil die Insel nicht weiter sank – oder, wie Dsordas und die anderen inzwischen fest glaubten, weil das Meer nicht mehr anstieg. Einige Monate, nachdem das riesige Wesen aus dem Wasser gestiegen war, traf sogar das Gegenteil zu, und die verwüstete Stadt Nkosa fand ganz allmählich wieder zur Normalität zurück. Viele Gebäude waren wieder aufgebaut worden, und man hatte den Hafen instandgesetzt, so daß die Inselbewohner ihren Handel mit der Welt wieder aufnehmen konnten. Und eines der ersten Schiffe, die in diesem Frühjahr angedockt hatten, brachte fünf hochwillkommene Passagiere mit. Es waren die letzten Geiseln aus Xantium, die mehr Glück gehabt hatten als die meisten anderen, die aus der Stadt entkommen waren und die Deadlands durchquert hatten. Ihre Familien waren überglücklich, und die Verwandten der sechs verstorbenen Geiseln konnten endlich trauern, nun da sie sicher wußten, welches Schicksal ihre geliebten Kinder erlitten hatten.

Die silbrige sonderbare Verschmutzung des Meeres war ganz allmählich zurückgegangen, und es gab keine auffälligen Geräusche mehr unter Wasser. Das Meer war wieder kühler und wirkte ganz natürlich. Man hatte sogar ein paar Seefledermäuse gesehen – normal an Größe und Gestalt –, die sich wieder wie früher sanft und neugierig gaben. Es würde noch sehr lange dauern, bis die Menschen ihnen wieder vertrauen konnten – auch Fen, die früher gerne mit ihnen geschwommen war –, doch war es ein gutes Zeichen.

Die Fischerboote – die die Katastrophe überlebt hatten oder neu gebaut worden waren – fuhren wieder hinaus, und die Früchte des Meeres stockten die Erträge der Bauern auf, so daß auch in den schlimmsten Zeiten nur wenige hungern mußten. Ein ernsteres Problem waren Krankheiten und Verletzungen, die durch die anfängliche Knappheit an Unterkünften noch verschlimmert wurden – doch Dsordas, der endlich Vertrauen in seine eigenen Fähigkeiten gefunden hatte, ging den Heilern von Zalys mit gutem Beispiel voran, und ganz allmählich wurde die Situation besser.

Dsordas war inzwischen der unangefochtene Anführer der Insel, doch hatte er vor, das Volk in absehbarer Zeit einen neuen Verwalter wählen zu lassen. Latchi war nach der entscheidenden Kraftprobe in der Arena gestorben. Er war zusammengebrochen, als die Vision des Turmviertels verschwand, und einige sagten, sein Herz sei in Stücke gerissen, als seine beiden Herren wieder eins geworden waren und er gemerkt hatte, daß er nicht beiden dienen konnte. Die Anhänger des Starez gehörten jetzt zu den leidenschaftlichsten Befürwortern von Dsordas und arbeiteten mit der Inbrunst von Konvertierten.

Das magische Netz, das die Inselbewohner zu neuem Leben erweckt hatten, war jetzt in der Obhut von Nikolas, Zalys' Patriarch und spiritueller Führer, doch auch er hatte viele bereitwillige Helfer, einschließlich Aad und Tamor. Sie wußten, daß die massive Woge der Macht, das weltweite Aufblühen magischer Kräfte, nicht aufrechterhalten werden konnte – und tatsächlich verebbte diese Welle sehr schnell, als die meisten der neu entdeckten Talente wieder versickerten. Doch Nikolas schwor, alles zu tun, um das allumfassende Netz zu erhalten, damit es Zalys wieder die wirkungsvollste Möglichkeit der Selbstverteidigung bot. Niemals wieder sollte die Insel von einer fremden Macht unterjocht und erniedrigt werden.

Unter den wenigen stärkeren Talentierten, deren Fähigkeiten nicht vollständig verschwanden, war zumindest eine Person, die offenbar sogar noch stärkere magische Kräfte bekam. Zum Entzücken und Erstaunen seiner Familie konnte Natali weiterhin auf telepathischem Wege mit Tamor Kontakt aufnehmen. Außerdem sprach er – oder versuchte es zumindest; niemand konnte ganz sicher sein, wieviel nur in Natalis lebhafter Phantasie stattfand – mit den Geistern der Insel. Viele waren nicht mehr von ihnen zu sehen, doch konnte man sich immer darauf verlassen, daß ein oder zwei geisterhafte Besucher die Arena und den Balkon auf dem Fournoi-Platz aufsuchten, und niemand fand etwas dabei, wenn Natali ein wenig Zeit mit ihnen verbrachte.

Die Familie Amari, einschließlich Aad und Tamor, fand sich mit dem Verlust der Eltern ab. Dsordas und Fen waren stark in die Angelegenheiten der ganzen Insel eingebunden, Anto erwies sich als für den Haushalt verantwortlicher Mann und versuchte sogar, das Geschäft seines Vaters wieder aufzunehmen. Ihr Haus war inzwischen wieder bewohnbar, wenn auch die Küche ohne Etha nie mehr so warm wirken würde wie früher. Alles in allem waren sie besser dran als viele andere, und sie taten alles, um den weniger Glücklichen zu helfen.

Dsordas und Fen versuchten wann immer sie konnten bei den Familienangelegenheiten zu helfen, doch verstanden alle, daß sie für absehbare Zeit ihre Schwerpunkte woanders legen mußten. Aber das änderte sich alles dramatisch ein paar Tage vor Mittsommer, als ein ungewöhnliches Schiff von Norden die Insel anlief und an einem warmen Abend in den Hafen von Nkosa segelte. Dsordas und Fen diskutierten gerade mit ihren Gefährten über neue Bebauungspläne des Gebietes um den Fluß, als plötzlich Tamor ins Zimmer platzte.

»Natali sagt, wir müssen nach Hause gehen. Sofort!« rief er aus.

Fen wußte, daß ihr kleiner Bruder sie niemals unnötig stören würde, und so entschuldigten sie sich und folgten Tamor. Als sie zu Hause ankamen, schwanden ihre Befürchtungen dahin, nachdem sie die Tür zur Küche geöffnet hatten. Um den Tisch saßen Anto, Tarin, Ia, Natali und Aad – und auf der anderen Seite lächelte Gaye sie an!

Fen stürzte auf sie zu und umarmte sie. Eine Zeitlang brachte sie kein Wort hervor, und dann hatte sie so viele Fragen, daß sie kaum wußte, wo sie anfangen sollte. Gaye war offensichtlich immer noch blind, doch die Freude über ihre Rückkehr überstrahlte alles andere.

»Bowen ist ebenfalls hier«, erzählte sie Fen glücklich. »Er ist jetzt bei seiner Familie, doch er kommt bald her. Wir ertragen es nicht, lange getrennt zu sein.«

Bowen erschien wie es sich gehört, und den ganzen Abend erzählten sie einander ihre Geschichten – obwohl Fen und Gaye erstaunt waren, wieviel die anderen bereits wußten. Fen war besonders froh, daß sie nicht die Neuigkeit von Ethas Tod überbringen mußte. Gaye hatte sich schon Monate zuvor damit abgefunden.

Am nächsten Tag versammelten sich die beiden Familien zu einem festlichen Mahl im Hause der Folegandros, und die drei Brüder und ihre Eltern waren zum ersten Mal seit zehn Jahren wieder vereint. Bowen und Gaye nutzten dieses Treffen, um zu verkünden, daß sie sich wünschten, am Mittsommertag auf dem Fournoi-Platz offiziell verheiratet zu werden – genau ein Jahr nach der Zeremonie, die durch den bösen Marschall Farrag unterbrochen worden war. Diese Idee fand allgemeine Zustimmung, und unter Tränen und Lachen rief man Nikolas herbei und fragte ihn, ob er dieser Zeremonie vorstehen wollte. Der alte Mann war entzückt, und man machte sich daran, Vorbereitungen zu treffen. Der Patriarch wußte, daß sie bei dieser Gelegenheit die Erneuerung von Zalys auf besonders ergreifende Weise feiern konnten. Es würde ein freudiges Ereignis für die ganze Insel werden, ein passendes Ende für ein Jahr voller Kämpfe und Zwistigkeiten.

Doch gerade als Fen dachte, das Füllhorn des Glücks könne keine weiteren Überraschungen bieten, kamen noch mehr Menschen auf der Insel an, diesmal von Osten her. Wie es das Glück – oder vielleicht das Schicksal – wollte, war Fen gerade in der Nähe des Hafens, als ein Schiff einlief, und sie sah zu, wie die Passagiere an Land gingen. Sie glaubte, ihren Augen nicht trauen zu können. Sie rannte über den Kai und hastete über die Pier und erreichte das Schiff in dem Augenblick, als Ifryn die Laufplanke betrat. An ihrer Seite war Kerrell mit Azari auf den Armen, und die beiden Mädchen und Doneta folgten dichtauf. Fen und Ifryn umarmten sich stürmisch und erneuerten damit eine Verbindung, die ihnen inzwischen wie ein Traum vorkam. Die Gefühle machten beide sprachlos, doch schließlich drehte Ifryn sich um und nahm Kerrells Hand.

»Ich glaube, Ihr kennt meinen Mann«, sagte sie.

»Euren Mann!« rief Fen aus.

»Ja. Southan ist tot«, erklärte Ifryn eilig, denn sie verstand die Überraschung ihrer Freundin falsch. »Er wurde getötet ...«

»Ich weiß. Nachdem ich Euch verließ, sah ich ihn ins Turmviertel zurückkehren. Er rettete Alasia vor Gars Tieren – doch dann wurde alles dunkel, es gab einen riesigen Blitz, und das Turmviertel verschwand. Ich wußte, daß er tot war«, fügte sie traurig hinzu.

Ifryn war durch diesen Bericht aus erster Hand über eine Szene, deren Zeugin sie nicht mehr geworden war, sehr verblüfft, und in ihren Augen stand zu lesen, wieviel sie in den letzten Monaten hatte leiden müssen. Aber dieser Ernst hatte nicht lange Bestand. Dafür war sie zur

Zeit viel zu glücklich. Fen umarmte den reichlich verlegenen Kerrell und auch die Mädchen und Doneta.

»Wo wart Ihr? Was habt Ihr gemacht?« erkundigte sie sich.

Und so folgten neue Geschichten voller Wunder und Melancholie über die Neuerschaffung ihrer Welten. Eine der außergewöhnlichsten Nachrichten betraf die östlichen Länder des ehemaligen Xantischen Kaiserreiches. Kerrell und Ifryn hatten in Nadal zufällig Baylin getroffen, und der Reisende hatten ihnen die unglaubliche Geschichte von Haresh-al-Keth erzählt, von dessen magischen Kräften und von der mystischen Erfahrung, die ihn davon überzeugt hatte, daß er mehr verlieren als gewinnen würde, wenn er mit seiner Invasion fortfuhr. Er hielt die Länder, die er bereits erobert hatte, einschließlich Ifryns Heimat Idiron, weiterhin, doch es gab Grund zu der Annahme, daß seine Herrschaft nunmehr weniger barbarisch verlaufen würde, und er hatte geschworen, nicht weiter westwärts zu marschieren. Die dankbaren Menschen der westlichen Länder konnten nun ihr eigenes Schicksal bestimmen.

»Wo ist Baylin jetzt?« fragte Fen.

»Wer weiß?« antwortete Kerrell. »Ich glaube nicht, daß er seine Reisen jemals aufgibt. Es würde mich nicht überraschen, wenn er eines Tages hier auftauchen würde.«

Mittsommer kam, und als die Stunde der Hochzeit näherrückte, füllte sich der Fournoi-Platz allmählich mit Menschen. Die Familien von Braut und Bräutigam warteten zusammen mit ganz besonderen Gästen und Nikolas im Zentrum. Schließlich kamen Gaye und Bowen – nicht getrennt, wie ein Jahr zuvor, sondern gemeinsam, Hand in Hand, und sie strahlten so sehr vor Glück, daß Dsordas anmerkte, er wäre nicht überrascht, wenn sie in Flammen aufgehen würden.

Erst als die Zeremonie beginnen sollte, fiel auf, daß Natali in der Menge verschwunden war. Sie konnten ihn nirgends finden, doch da zeigte Anto auf den Balkon der Geister. Der kleine Junge war soeben aus dem Zimmer nach draußen getreten, sah über die Schulter zurück und schwatzte mit einer Person im Inneren. Alles drehte sich nach ihm um, und da erschienen die Geister von Antorkas und Etha neben ihrem jüngsten Sohn. Alle drei lächelten.

»Gaye, es ist –« begann Bowen.

»Ich weiß«, lächelte sie.

Und so heiratete Gaye unter den wachsamen Augen ihrer Familie, in dieser wie in der anderen Welt, ihre große Liebe aus Kindheitstagen. Wie die Welt hatte sich auch ihr Leben geändert. Der Kreis hatte sich geschlossen.